ミシェル・ビュトール評論集

石橋正孝［監訳］荒原邦博／岩下綾／上杉誠／小川美登里／笠間直穂子／倉方健作／三枝大修／篠原洋治／田中琢三／福田桃子／堀容子／三ツ堀広一郎［訳］

ミシェル・ビュトール

Répertoire IV

レペルトワールⅣ

［1974］

幻戯書房

ミシェル・ビュトール評論集

レペルトワール IV

ミシェル・ビュトール

Répertoire IV

［1974］

石橋正孝［監訳］
荒原邦博
岩下綾
上杉誠
小川美登里
笠間直穂子
倉方健作
三枝大修
篠原洋治
田中琢三
福田桃子
堀容子
三ツ堀広一郎［訳］

幻戯書房

IV

レペルトワール ✣ 目次

旅とエクリチュール 013

絵画のなかの言葉 032

ヴィヨンの韻律法 100

ヒエログリフとサイコロ 132

フーリエにおける女性的なもの 209

螺旋をなす七つの大罪 225

ボードレール小品《オプスクルム・ボードレリアヌム》 253

短編映画ロートレアモン 262
実験小説家エミール・ゾラと青い炎 278
ジルベール・ル・モーヴェの七人の女　もう一つの七面体 311
百頭女の語ること 345
変容 353
陰険な者たちのパレード 361
ちょっとした合図 370

モデルの深淵で ―― 385
魅惑する女《ひと》 ―― 391
流行《モード》と現代人《モデルヌ》 ―― 422
臣従の誓い ―― 437
私の顔について ―― 443
タイプライター礼賛 ―― 446
今日、あれこれと本をめぐって ―― 451

註　464
初出　506
解題　509

凡例

一、書名については『　』とし、書物の一部の作品題名は「　」で示す。
一、新聞名・雑誌名については、「　」で示す。
一、作中作の表題については《　》で示す。
一、連作、シリーズの表記については〈　〉とし、全集などの巻の題名は《　》で記す。
一、原文のイタリックによる強調は傍点で示す。
一、引用句、引用文中の［　］は、ビュトールによる補足註記を示す。［…］はビュトールによる中略を示す。
一、引用文の出典については、ビュトールの引用方法に倣い、邦訳文献があるものは、巻末註で文献情報のみを記載するにとどめた。
一、本文中の〔　〕は、訳者による補足註記（割註も含む）を示す。
一、本文中に付した下ツキの註番号は、巻末の註内容と対応している（収録作品別に分けてある）。

装幀——小沼宏之[Gibbon]

レペルトワールⅣ

ジャン＝ピエール・リシャールに

旅とエクリチュール

オーストラリアのロス・チェンバーズ[01]に

私は随分と旅行をしているように見えるらしい。確かにそのとおりではあるのだが、私の好みからすれば十分とはいえない。私がまだ一度として行ったことのない地域が数えきれないくらい地球儀の上にあるのを見るだけで、あの激しい欲望、ノスタルジーとは逆向きの欲望に改めて捉えられるのであって、われわれの言語ではこの欲望に名前がなく(そのことにはきっとなにかしらの理由があるに違いない)、私自身もさしあたりそれを名づけられずにいる。私はしばらく前からあまり旅行をしなくなっていて、どうやら丸くなってきたということなのか、腰が重くなり、あらゆる次元の厄介ごとを抱えているのはいうまでもなく、身の回りのことが安心できると感じられる必要があって、成長していく人たち[02]はいるし、物は溜まっていくし、それらを然るべき場所に落ち着かせる必要もあるが、それ以上に昔の旅を消化する必要があり、そこから私はまだ戻りきっておらず、完全に戻ってくることはけっしてありえない以上、書くこと《エクリチュール》を通してそれらとの折り合い《モドゥス・ウィウェンディ》を見つけ出さなければならず、それがなされないうちは、ほんとうの意味でもう一度出発することができない。つまり、私が旅をしなくなったのは、旅をするためなのだ。

　ところで私はものを書いており、私の旅と書くこと《エクリチュール》とのあいだには強烈な関連がある、と常々感じてきた。私は書くために旅をするが、ペルーや中国に出かけて講演や新聞記事を持ち帰ってくる人たちのように(私も同じことをしており、生憎とこの二カ国に関してはまだであるが、そのうち機会がめぐってくるだろう)、題材を、素材ないし材料を見つけるためだけにとどまらず、私にとって旅をするとは、少なくともある種の仕方で旅をするとは、書くこと(そしてそれ以前に、読むこと)だからであって、書くこととは旅をすることだからである。

　こうした親近性を人々は多少なりと感じ続けてきたわけだが(ラブレーやモンテーニュのローマ旅行を想起されたい)、それが最も顕著な形で現われたのはロマン主義の時代、特にドイツおよびフランスにおいてであった。作家たちはこぞって旅に出かける。彼らはイタリアやオリエントに旅をして、旅行記を発表し、資料と考察の貴重な総体をわれわれにもたらしてくれる。

I　旅としての読書

1　逃避

パリの地下鉄《メトロ》(モスクワ、東京、またはニューヨークのそれであっても一向に構わない)に乗ってみよう。一日の仕事を終え、帰宅する途中の時間にあって、くたびれ果て、表情の強張ったこれらの顔をじっくりと見てほしい。疲弊、倦怠のせいでくすんでいるその肌。周囲には目もくれようとせず、互いに注意を向けたりはしない。彼らの目は、なにかにとどまることを一貫して避けているのだが、もしそうではなくて、レインコートのボタンなり、ドアの取手なり、なんらかの細部に固定されている場合には、まるで救命ブイにすがりついているような風情だ。彼らはときおりまぶたを下ろし、狭すぎる住まいのことを思い、新聞のかげに始終隠れては、情報やら気晴らしの種をいくらか拾い集めている。だが、そんな彼らの中にひとり、本を読んでいる者がいる。その目は、ゆっくりとめくられる書物からもはや離れようとせず、一行また一行と文字を追い、一ページまた一ページと沈潜していく。微笑みが浮かび、期待に顔が輝く。彼は逃げ道を見つけたのだ——彼は別の場所に、ロンドンの霧の中や、極西部《ファー・ウエスト》の台地にいるのか、中世の森を探っているのか、あるいは防音処理を施された部屋、「作家」の実験室にすらいるのである。
　それゆえ、少なくとも一見したかぎりではその作品が旅行記でなかったとしても、その人は旅をしているのであり、理由は二つあって、
　第一に、記号から記号へと視線が渡っていく旅程が最低限そこにはあるからで、その道筋にはあらゆる種類があるにもかかわらず、必ずとはいわずともたいていの場合、ある出発点からある到達点へといたる一本の直線に従う進行として、雑駁に単純化することが可能であり

（それは、聖マルコ大聖堂の丸天井に展開されている記銘を解読するために頭をぐるりとめぐらせる、そんな運動の旅程であってもよいし[03]、全身のそれであってもよく、ガイドブックや鉄道の時刻表で読んだフォンテヌブロー、サンス、ディジョン、リヨンという一行を、これらの地名は互いに何キロも離れてはいるのだが、私は列車に乗って駅ごとに再読していくこともできる[04]）、第二に、あの逃げ道、あの逃亡、あの退出がそこにはあるからで、ページというあの天窓を越えて、たとえ作家の部屋の中、作家の書くページの上でしかないとしても、私は別の場所にいることになるのだ（だが、そこにしかわれわれを連れていけないのだとしたら、なんとお粗末な魔術師であることか、そこにすら連れていけないのだとしたら、なんとお粗末な指導者であることか）。

一つといわず複数ある第一の旅に対して垂直なこの〔第二の〕旅の諸段階は隠蔽されてしまうことがあまりにも多い。せっかちなわれわれは、直ちにシカゴに、メキシコに、ブロセリアンドの森〔中世ヨーロッパに伝わる魔法の森〕に行きたがる。われわれの移動を可能にしてくれるあらゆる媒介のことなど、ほとんど気にもかけない。すなわち、書物の制作、著者の仕事、それに関わる一切合切。われわれは到着地めがけて飛んでいく。

2　白さの神話

われわれを傷つけ、せき立て、敵意に満ち、不可解なこの日常、そこからの逃避を読書は可能にしてくれるため、それは浄めの儀式となるわけだが、付随する作法一式によってしばしば強化されている。このことは、白さの装束とでも呼びうるものが、われわれの社会における読書にとって果たす役割を明らかにする。われわれの書物の紙が白いのは、可能なかぎり白いのは、どうでもよいことではなく、シュルレアリストたちの最も人騒がせな発明の一つは、色付きの紙に作品を印刷させることだった（われわれの子ども時代、『プティ・ラルース辞典』の薔薇色のページ[05]が意地悪い目配せを送ってきたものだ）。書物が与えてくれる他所は、ページを横断するおかげで、白さに浸透されたように、洗礼を受けたようにわれわれには見えてくる。時として、あるがままの世界に対する忌避感、世界を変革することの困難を前にした失望の念が大きくなるあまり、読者は、この白さの宙吊り状態のうちにようやく心安らぎ、そこにとどまっていたくなる。あれらの記号のおかげで立ち現われることのできるものは、白い光を氾濫させるためのきっかけとしか見なされなくなるだろう。記号それ自体は、廃油やインクに塗れた指さながら、現実がこの純白に残した汚れ、痕跡であって、われわれが読み進めるにしたがって、みずからを否定し、自分から消え去らざるをえなくなるだろう。推理小説における第二の殺人、探偵による犯人の殺害が第一の殺人を消し去らなければならないように[06]、「白いエクリチュール」の神話において、第二行はじつに饒舌で、洗剤のように絶えずみずからに折り重なり、第一行を消し去って、どこにもないあの大洋、『スナーク狩り』〔ルイス・キャロルが一八七六年に刊行したナンセンス詩〕の口絵[07]の中にわれわれを置き去りにせずにはいないだろう。

だが、テクストは、自分以外のものを作り出さないかぎり、みずからを作り出せず、同様に、ほかのものを解体しないかぎり、みずからを解体することはできない。

II 読書としての旅

1 旅をする読者

あらゆる読書は二重の旅であるわけだが、旅行記というものはその旅を完遂し、表面化させ、あの垂直的な旅程を持ち運ぶことができるので、読者の移動につながり、読者が心の中でいる場所を変え、最終的には実際にいる場所を変えさせるにいたる。

われわれ現代人にとって、旅先もまた読書の特権的な場となるのは、そのためである。地下鉄《メトロ》、列車、飛行機の中でしかもはや本を読まなくなったという人がわれわれの中にどれだけいることか。移動するこうした場所は、日常のしがらみに対して必要とされる引きこもりの場所を提供し、船窓や車窓から見えるものの移動は、物語の、読書それ自体の運動を巻き込む。あの二つの本質的な旅に、読書は少なくともさらに三つの旅を重ねることができる——

この余暇を可能ならしめる乗り物による読者の旅があり、それ自体が二重化しうる。走行中の列車において、章と章のあいだで私は車室を変えることができるし、地球上のあらゆる不動性は相対的なものでしかないので、座標軸をいくらか広げさえすれば、ほかの天体に対してわれわれが絶えず移動していることが明らかとなり、あらゆる旅がその例証をなしているように、時間を空間に当てはめさえすれば、個人の生を誕生から死にいたる旅と見なす、汲めども尽きぬ意味を秘めた伝統的な暗喩、歴史全体を旅と見なす暗喩にたどりつくのだし、

著者の旅もあって、それは、紙の上の書字《エクリチュール》の旅程とは別物なのであるが、旅日記をつけている場合がそうであるように、書きながら移動することもできるからで、

作中人物の有無を問わず（一連の情景または連続画面《シークエンス》のモンタージュだけしかない場合もありうる）、物語それ自体の旅もあり、著者（あるいは著者たち、たとえば、旅行する作家について語る旅行する批評家など）と単数ないし複数の作中人物のあいだに、あらゆる種類の二重化が生じうるし、互いに対して多かれ少なかれ変位《モビール》し合う複数の語り手ないし偽名が重なり合い、彼ら自身が旅行記を読むこともありうる、等々。

垂直的な旅同士のあいだに関連があるならば、読書が営まれている場所から読書のなかの場所への〔垂直的な〕旅程が、読書のなかの場所の運動を巻き込むか、あるいはそれに巻き込まれ、読者自身を移動させる効果的な斜線となって、読者にとっての世界を一新させるならば、物語の対象となる旅の形式それ自体、その旅を物語る形式や、その旅が生み出す効果や、その旅が世界を変革する力から完全には切り離せなくなる。したがって、さまざまに異なる旅の諸類型を分析することは、現行の文学ジャンルを区分するための新しい鍵をわれわれに与えてくれるのであり、それは書物それ自体あるいは書かれたものの物理学にまでいたらずにはいないだろう。

2 携帯用旅学《イテロロジー》のための基礎的考察

新しい科学(近年は雨後の筍のごとく新しい科学が生えてきて、どの象牙の塔《ソルボンヌ》の下でも収穫されており、そのうちのいくつかはきっと実を結ぶことだろう)、文学と密接に結びついており、人間の移動に関わる科学を私は提唱するのであるが、呼び名それ自体のうちに移動を含ませるべく、それを戯れに旅学《イテロロジー》と名づけることにしよう[08]。無論のこと、この科学を打ち立てることは私の手に余るとはいえ、以下、取り組んでくださる方々のために、予備的なアイデアを少々、順不同でお示しする。

街中で、広告で何度も何度も連呼される言葉である旅は、誘惑そのものである。それはわれわれを旅行代理店に引っ張っていく。しかし、この事実からして言葉の意味が著しく狭められてしまう。旅には一種類しか、行って帰ってくるタイプの旅しかないような印象をわれわれは抱いてしまう。読むこと、そしてそれとの相関において書くことの全領域において、したがって、現実に関するわれわれの知識および現実に対する働きかけの双方において、旅という暗喩が持っている根本的な役割に鑑みれば、かかる誘惑が神話的な力を――われわれがそれに対してあまり注意を払わないだけにいっそう欺瞞的な力を――発揮するのは間違いない。然るに、人間の移動の多くは行ったきりで帰りがなく、鉄道でいう片道なる概念は、われわれの住む一帯のように標識が建て巡らされた場所では、出発点と到着点、区切り《テルム》、あるいは終点《テルミニュス》を前提としており、われわれがそれらを必要とするのは、警察がわれわれに定まった住居を、身分証明書に記入される住所を課しているからであって、こうした定住が常に存在していたわけではなく、いまだ存在していない地域も少なくない。

3 明確な区切りをもたない移動――放浪、遊牧生活

取り立ててどこから来たというわけでもなければ、特段どこかに行くというわけでもなく、持ち物はすべて携行し、テントを張ったり枝で小屋掛けしたりして、あとには何も残さず、立

ち去っていく。

このようにしてめぐられる空間は、禁じられた外部、蛮族の放浪を押し止める境界線《リメス》の向こう側に控えるローマ帝国のごとく、他人に所有されており、なんらかの条件抜きには立ち入れない領地と対立していない場合であっても、やはり途轍もなく組織化され、すでにして読解される空間となっている可能性がある。狩猟民族の場合、彼らは動物たちを追跡するが、それはつまり、彼らの存在を示す痕跡や徴候を読み取るということなのだ。遊牧民族の場合であれば、植生、季節の示す兆しをたどることで、手遅れにならないうちに縄張りのある部分から別の部分へと移動することになる。動物たちのために、最低でもとりあえずの縄張りの印づけがたちまち生じる。なにかしらほかの遊牧民ないし部族の不信に満ちた存在を示す印を読み取らなければならない。目印はますます重要性を増していく。年が移り変わるたび、移牧に際して正しい木々を、牧草地を、日影や水のある地点を見つけ出そうとする(ルソーは、『言語起源論』において水源の重要性を指摘していた[09])。かくて風景からそれと識別できる場所がいくつか切り離され、名づけられ、神聖化され、物語に取り上げられ、天然の記念碑が切り離される。大地はページと化し、人はそこにみずからの跡を残す。そのとき、放浪は、固定化された印、文字によって画される。

死が唐突に放浪を中断させる。個人の旅には終点がある。逆に誕生は、動きそれ自体において起きるのであって、子どもは母親の胎内にいながら母親と一緒に移動し、所構わず生まれる。死につつある者はその場に残される(遺骸が焼かれて灰が多少、あるいは形見が持ち去られる場合であっても、その人の旅路はそこで停止したのだ)。墓が極めつけの印となるゆえんである。遺骸と記念碑のこうした等価関係は、今日にいたるまで保持されている。埋葬によって人は樹木になり、印として芽吹く。エクリチュールと死のこうした結びつきは、歴史の奥底からわれわれの元にやって来る。都市は供犠の上に築かれるだろう。

すでにしてオーストラリアのアボリジニーにとってもそうだったのだ――われわれには砂漠に見えるところを移動することは、彼ら自身の歴史のなかを移動することにほかならない。

4　明確な終点を持つ移動――定住、集団移住

数千年にも及ぶこうしたエクリチュールは、砂漠を少しずつテクストに、痕跡と刻印による厚い織物へと変形していく。さまざまな要因が働いた結果、かかる放浪者たちが、標識が建て巡らされた領域から追い出され、ほぼ無印の別の領域、少なくとも彼らにとってはそのような領域に移らされ、移住が引き起こされるわけだが、それは、自然あるいは政治による障害、海岸や帝国の境界によって停止させられるかもしれない。あるいは、あの文化的織物が強固に、強力になるあまり、目印を保ち、

墓をますます入念に手入れする必要が出てくる。そうなると定住が見られることになる。際限のない放浪に始まった旅路がどこかに到着する。このことは、放浪を続ける文明が、久しい以前から定住にいたっていた文明と出会うとき、ことのほか暴力的となるのであり、後者の記念碑のうち、際立って印象的かつ不可避なものは、前者によって自動的に採用される。

定住は部分的にしか達成されないこともある。すると、都市、記念碑といった「陣地」と、限定の度合いが遙かに低い田園のあいだに対立が生じる。さして遠からぬ過去において、ヨーロッパの多くの国で、都市に向かってくるとは、ある種の放浪から定住に移行することであったし、アフリカの多くの地域では依然としてそうなっている。

放浪の文明において、個人の旅路の停止がその人の死に相当するとすれば、一民族全体の定住は、それまで慣れ親しんできた水準とは比較にならない経済的豊かさを享受させてくれ、比べものにならないほど堅固かつ効果的な言語に到達させてくれるのだとしても、必ずやなんらかの形で死として、乗り越えられた盛大な死として、一種の死後の生として経験される。われわれは誰しも、多かれ少なかれ密かに、放浪への郷愁を抱き続けている。びくびくしながらの〔教室での〕暗唱とは裏腹に、われわれのうちなる貪欲な子どもにとって、旅に出るとは生き直すことなのだ。

逆に、定住した住民が、侵略、自然災害の結果として住居を追われることもありうる。彼らは持てるかぎりの財産を持ち出し、荒らされ破壊された「自分の家《うち》」に戻る日が来るという望みをもはや持てなくなってしまう。集団移住である。以前の言語、土地に関する詳細な知識にはもはやなんの有用性もない。巨大な郷愁が膨れ上がるのはそのときである。人は別の定住、別の約束された土地を探し始める。

帰還の可能性が完全には潰えないかぎり、失われた言語がまだどこかで機能していると感じられるかぎり、それは亡命であって、詩的発明にとって恰好の条件の一つである。すなわち、その言語を維持し、再活性化し、よみがえらせること。

5　明確な両端を持つ移動——転居、移住

定住しているにもかかわらず、定まった場所を打ち棄てて、同じく定まった別の場所に向かい、所有物はすべて持ち運び、元の場所に対する権利はすべて放棄する。帰還することはない。旧居にはほかの人が住み、通常、この新来者とのあいだにはなんのつながりも感じない。転居である。この場合、到着点ははっきりわかっている。そこを訪れたことがあり、そこを選んだのだ。だが、到着点がはなはだ曖昧なままである場合もありうる。移住である。アメリカなりオーストラリアに向かうことはわかっているし、情報収集はしたし、必要書類も取得してはいるのだ

が、じつのところ、選んだ地に関する情報はほとんどない。多少なりと所有しているものを持ち出し、定住することはわかっていても、それが正確にどこになるかはわからない。

あらかじめ定められたこの到着点には魅力があるのが一般的で、そこは欲望の対象であり、合図を発信している。都市はかくして田園の中で輝くのであって、後者の住民が農奴となるまで完全に定住させられ、書字《エクリチュール》の行のように畝や盛土によって筋を付けられた土地に属することになるのだとしても事情は変わらない。同様に、移住者にとって地平線はエルドラードの微光を放っている。

6　二重の端を持つ移動――往復

この場合、到着点は出発点と一致している。紛れもなく定住しているのだ。出発するが、所有物、係累は残していき、権利も保持している。そもそもの初めから帰ることになっているのである。根を下ろしたこの場所、母港をひとまず単一と考えてみると、地図上で旅程をたどった際にそれが実際に描く正確な幾何学図形とは関わりなく、直線状の旅と円状の旅に分けられる――帰路が正確に往路の反対になっている旅は直線状であり、より多くの国を見たいがために、帰路に別の道を選ぶ旅は円状である。この後者は、途中に複数の行程を含んでいることが多いのに対し、前者はせっかちで、中間の目的地にも住居にも突進する。

7　商用、ヴァカンス

直線状の旅の純粋形態は、出張旅行である。用事が念頭を離れることはない。途中には一切注意を向けない。早く先方に到着できればそれだけ結構であり、早く帰れることになる。しかし、この種の旅行は、往々にして「ヴァカンス」と交雑しており、そこでは時間が開かれ、時には、地下鉄の車両の中で読書が提供していたあの避難所に相当する。ヴァカンス旅行の広告を見るだけで、ページの神話的白さがどれほど幅を利かせているか、それを知るには十分だ。浜辺か、スキー場という次第。煩わしいことを振り捨てましょう！　逃げ出すのです！

こうしたヴァカンスにおいて、旅は劇場となりうる。別の旅を模倣するか、いくぶんか引っ越しをし、しばしばほかの場所に居を構え、生活する地域を探し、移住の、放浪の真似ごとをする。かくしてキャンプをし、テントや星空を取り戻す。固定された住居をしばし持たなくなるのだ。多くの場合、第二の出発点を(たいてい、住居そのものから遠足を始めるのは難しすぎるのでどこかの駅まで鉄道に乗ることになる)、第二の到着点を持つことになり(そこに「局留め」で郵便物を回送させる)、この二点のあいだで、なんらかの目印を利用して放浪し、自然の印を解読する術を取り戻そうとする。原初の放浪に身を浸し、集団移住の恐怖を厄払いするのである。

8 外国

新しい土地に到着すると、このことは、別の言語が話されている外国への旅行に関してとりわけ言えるのであるが、自由に使えるヴァカンスであれば、私は読むことを改めて学び始めなければならなくなる。身振りは同じではない。礼儀作法も、法律も、道路交通法も異なる。私はポスターを、新聞の見出しを、通りの表示を解読することになるが、それらは別の文字体系で書かれていることもあって、激しく抗ってくることもありうるだろう(中国または日本)。私にとって一時的な居住、適応、休息、関心がどのようになるかは、かなりの部分で私の読解力に依存している。私自身の言語も新鮮さを取り戻し、思ってもみなかった側面が発見されることとなる。私自身の振る舞い方も同様だ。わが家を後にするや、祖国はすぐさま、訪れる夢がようやく叶った国と同じくらい魅力を帯びてくる。私はヴェネツィアに憧れていた。ヴェネツィアは私に、パリ、ヌヴェール、モーブージュに対する欲望を抱かせ、これらの街を輝かせる。

確かに、どの土地も同じ力を持っているわけではない。それらの読解は難しかったりそうでもなかったり、魅力的だったりそうでもなかったり、効果的だったりそうでもなかったりするが、なんといってもそれらは互いに対して、またじきに帰ることになる住居に対してシステムをなしている。そのとき、ヴァカンスは周遊《ツアー》、観光《ツーリズム》として組織される。

9 帰郷

これはロマン主義の本質的主題であるわけだが、最終的な帰還ではなく、その反対である。いうまでもなく、自分の村を去ってパリに向かう若者は、パリを居住地として選んだのであった。彼が戻りたい場所はそこである。所有物を、権利を残していくのはそこだ。彼は、自分がパリに属していると宣言する。だが、ある日のこと、彼は自分自身を、見捨てられ、仮装を施され、隠され、裏切られたかつての顔を探しにでかける。生まれ故郷へのこうした帰還は、意図せずしてなされることも多い。仕事で旅行をしたついでに、あるいは、ヴァカンスでの付き合いのついでに、彼はいわばみずからの過去のなかで躓き、天地がひっくり返る。彼の中で壁が崩れ落ちる。彼は涙に暮れ、人が変わって首都に戻っていく。

移民に際して祖国に関する抑圧が強く働くあまり、その個人ばかりか、子どもや孫さえも帰国できなくなって、イタリア、ポーランド、あるいはアイルランドからかつてやって来たことを誰にも知られぬよう、できることはすべてやり、名前を変えてしまう。アメリカ合衆国でよく研究された、いわゆる第三世代の現象である。一族の者たちがようやく帰属意識を獲得し、新しい国に受け入れられたという印象を持てるようになり、完全にアメリカ人になったと実感する時に初めて、子孫たちが出身国をあえて訪れ、じつに傷ましくも断ち切られた絆を結び直すことになる。そこで人はみずからの家族の歴史を旅するのだ。

10 巡礼

この語はまず、聖人の墓を詣でることを指し、次いで出現の地、神託の場を訪れることを指す。人はそこに問いを持ち込み、答えを、肉体ないし魂の治癒を待ち望む。聖なる地は、世俗の領域のただ中で分離される。天国を臨む天窓なのだ。次に、巡礼は、言葉を発する土地、われわれの歴史とわれわれ自身について語ってくれる土地への旅となる。ルネサンス人たちのローマ巡礼である。都市がその意味論的な力を田園に発散するように、ある種の土地は、茫漠とした、晦冥な諸時代から区別され、それらを照らし出す根本的な歴史的瞬間によって語られる言葉をわれわれの時代にまでもたらしてくれる。

ロマン主義の偉大な旅はすべて、行って帰る旅であり、この種の巡礼である。『パリからエルサレムへの旅程』は、この旅行記ではなく、『殉教者たち』という別の書物の執筆を完全に意識した計画に基づいて旅行それ自体が決定されたという事実を別にしても、そのこと〔往復かつ巡礼であること〕を特に明白に証立てており、十九世紀のフランス文学にとって、後世の多くの作家たちが模倣しようと努める原型をなしているように思われる。

私は『殉教者たち』のプランを立て終えていた。この著作を構成する部分の大半は下書きができていた。それらを仕上げるに先立って、私の描く場面の舞台となった国々を見ないわけにはいかないと思った。ほかの者たちはみずからのうちに素材をそなえている。私はといえば、自分に欠けているものを補うためにありとあらゆる種類の作業をする必要がある。かくして、この『旅程』の中にあれやこれやの有名な場所の描写が見つからない時には、『殉教者たち』の中にそれらを探していただきたい。

あれほどあちこち駆け回った末に、再び私をフランスから旅立たせた主要な動機に、別の考えが加わっていた。すなわち、オリエントへの旅は、私がかねて完成させたいと思っていた一連の研究を完結に導いてくれるだろう、と。アメリカの荒野の中で、私はかつて自然の記念碑に眺め入ったものだった。人間が作った記念碑のうち、私はまだ、古代ケルトと古代ローマの二種類の古代しか知らなかった。アテネ、メンフィス、カルタゴの廃墟をめぐることが私には残されていた。エルサレムへの巡礼もまた、私はやり遂げたかったのだ。

……………ここで敬虔に《クイ・デヴォート》聖墳墓《イル・グラン・セポルクロ・アドーラ》に祈りを捧げ、彼〔主人公ゴッフレードこと、第一回十字軍の総大将ゴドフロワ・ド・ブイヨン〕はついに《エ》〔巡礼の〕誓いを果たす《ショッリエ・イル・ヴォート》[10]

誓いや巡礼について語るのは今日では奇異に思われるかもしれない。しかし、この点において私は恥じるところがなく、迷信家と小心者の種族に長らくみずからを分類してきた。かつての巡礼者と同じ考え、目的、感情を抱いて聖地に旅すべくわが国を後にした最後のフランス人に私はなるのかもしれない。

これらの土地のいずれにも大きな墓が一つずつ存在する。『旅程』は、その全体が「偉大な人々の墓への長大な巡礼」である。どれほどの銘文が読まれることか！

三つの根本的な宿泊地、表意文字をなす三つの都市が道標として、ロマン主義にとっての理想でありながら完全には実行されたためしのない旅をしるしづける。ローマ、アテネ、エルサレムであり、これらはあれこれの衛星、補足に伴われている。出身国への帰還によって移民の子孫が親たちの抑圧を打ち破るように、シャトーブリアンは、祖先たちの都市を解読することで、彼が十八世紀から受け継いだ偽の古代、偽のキリスト教を打破する。パリをギリシアないしエルサレムから隔てる水平線は、精神的な水平線でもあるのだ。

11 発見の旅

われわれの歴史への旅というロマン主義的巡礼は、われわれに伝承されてきたことを別の仕方で解読し直すことを可能にするが、これに別の旅を対置する必要がある。大筋においてやはり往復の旅である探検旅行である。

この場合、人は未知の地域、あるいはむしろ、あまりよく知られておらず、予感のうちにある地域に向けて出発する。聞いた話や地図を信頼できることは稀にしかなく、物理的なものにせよ、精神的なものにせよ、地平線の彼方に向かい、それを拡張する。道を引き返すことなく出発点に戻ってくれば、マゼランによる周航の奇跡だ。

その際、自然の印を読み解く術を心得ていなければならず、固定された住居による括弧の中に、原初の放浪が見出される。大航海者たちや探検家たちの旅行記は、多くの場合、こうした解読には師匠が必要であることを示している。たどるべき道を見分け、目印を同定し、危険を見破ることを探検者に教えるのは、ほとんどの場合、程度の差こそあれ定住している土着民である。通訳者たる土着民がみずからの危険な教え子によって最終的にはしばしば排除されることになるにせよ、未知の国はすでにテクストとして加工されているのだ。

真に人跡の絶えた土地は、分け入るのに最も時間を要する。道標を設置するには最先端の科学器具が必要となるし、われわれの惑星においてすら、今日なお未踏のままとなっていることが多い（南極大陸）。

発見の旅は、刻印とエクリチュールという現象を最も目覚しく顕わにする。十字架を、記念碑を、墓を建て、文章を刻み込む。月面を歩いたアメリカ人たちが最初にしたことは、そこに旗を立てることで、だからといって誰ひとり驚こうとはしなかった。新しい土地を覆うテクストの織物がすでにきわめて密な場合、発見者は、師匠たる土着民たちから教えられた地名を母国に持ち帰るだろうが、たいていはみずから名づけ、新しきアダムとして、目印となりそうな場所が立ち現われるたび、倦むことなく命名するだろう。かくて世界地図は呼び名で覆われ、海岸を描く線は、実質的にはこうした語の群によって引かれることとなる。探検家は、征服者に先んじて、歩き回る土地をみずからの言語で覆うのである。

12 両端の活性化

社会はわれわれを定住させ、一つの住所とセットになった形でしかわれわれを認識したがらず、このことは、多かれ少なかれ勉強や仕事もすることにはなるにせよ、ヴァカンスの合い間を除き、われわれの空間表象を依然として支配している。だが、この住居または根を下ろすといった観念は、今日、ますます複雑化しつつある。事実、われわれが俎上に上げているこうした移動の両端は、それ自体が移動によって絶えず活気づけられている。このエッセイの冒頭で、私はパリのメトロを話題にした。じつのところ、地中海クラブに出かけていく際に旅行者が後にするのは、バルベス大通りのアパルトマンだけではなく、バルベス大通り、その人物が職工長を務めている工場や従業員をしている銀行、最低でも朝晩往来している経路からなるまとまりの全体にほかならない。同様に、その人が訪れる都市とは、ホテルの部屋にとどまらず、その人がめぐっていくことになる一定数の美術館、教会、レストラン、名所、通り、広場であり、利用することになるトラム、タクシー、バスなのである。旅は、第一の諸経路のまとまりから第二のそれへとわれわれを移動させる。

13 住居の複数化

定住と同様に、住居にも諸段階がある。私がパリに住所を持っているとしても、ローマに出かけることが習慣化するあまり、そこもまた自宅同然になって、友人たちの元に決まった寝室を持つということもありうる。別荘が増えていくわけだ。ある程度以上恵まれた立場(金銭的な余裕と運の両面で)に達すれば、そのうちの一つを主要な住居として区別することが不可能となる。放浪生活の高次の形態、住居と放浪の結合にいたったというわけだ。

それは、中世の王や大領主に生じていた事態である。畑に縛りつけられている農奴とは異なり、騎士たちは放浪状態にあった。王たちは城から城へ渡り歩いていた。ヴェルサイユに王宮が固定されたのは、パリのブルジョワたちにとって勝利であり、彼らの都において、かつてのローマのような意味論的絶対主義を模倣することに成功したからである。

14 乗り物

以上のことは、複数の固定された住居が可動式の住居によって結びつけられるようになっただけに、ますます重要となっている。王は、二つの城のあいだで天幕を張ることができた。マルコ・ポーロが語るクビライ・ハンの組立式宮殿を背景として思い浮かべておこう。

したがって、われわれによる旅の類型学のなかに、さまざまな乗り物に関する考察を組み込まなければならない。事実、それらのなかにはそれ自体が住居となるものが現われる。世界の要約であったかつての船がそうであるし、ロマたちの大型馬車もそうであって、定住者たちは、羨望混じりの恐怖とともにそれを見送ったものだった。今日では、都市住民の住居が、自家用車というあの走る小部屋によってますます拡大されており、そこで運転者はわが家にいるように感じ、かつての騎士が携行できたものとは比較にならない数の事物を意のままに持ち運ぶだろう。

15 提案

そして、私的所有というこの概念を多少緩められれば、固定された住居というこの概念が、それに関わるあらゆる法律ともども、いかに時代遅れとなりかねないか、想像できる。

以上のような最初の区分に、ほかにも多くの区分を組み合わせなければならない。いくつか例を挙げよう。旅行をその区切り目に従って分析すること——旅程は複数の行程を含んでいるのか、そして、どれくらいの長さなのか、それらの行程の内部では、乗り物や移動様式の変更があるのか、われわれの旅はそのほとんどが乗り物と移動様式を組み合わせてなされており、その区切り目は、それら〔乗り物や移動様式〕に、全体的な形式に、意図に密接に結びついている、といった具合であって、

旅行の速度、

旅行の装備、

旅行の同行者に従って分析すれば、中世の物語における遍歴の騎士のそれのようなひとり旅だったり、家族旅行、団体旅行、ある社会全体の旅、出会いによる旅（ヒッチハイク）、家族再会の旅、「知り合い」、「関係者」、「ホスト」によって行程が特徴づけられる旅だったりする。

16 垂直線

だが、旅程の幾何学という視点からも、もう一つ別の次元を導入しなければならない。これまでのところ、われわれは水平の移動、平面上の移動しか考察してこなかった。少しばかり厚みにこだわってみよう——

上昇の旅——登山（ダンテの『煉獄篇』）、気球、飛行機、ロ

ケットによる上昇は、地平線と座標軸の段階的な拡大に特徴づけられる——つまり、到着点から出発点が位置づけられるのであり、読解という旅程は当然、この上向きのベクトルの発見において果たされるわけだが、それとは反対向きのベクトルによって補われ、釣り合いを取る必要がある——

　下降の旅(ダンテの『地獄篇』、ユゴーの多くの箇所、〔ヴェルヌの〕『地球の中心への旅』)では、地平線が暫定的に収縮する結果、われわれを巨大な洞窟の内部にいたらしめ、通常の地平の向こう側の地表に上がらせたのちに、この表面を虚偽として告発する。それは転倒された上昇であり、転倒を引き起こし、到着点が出発点を位置づけることは確かだが、その出発点をひっくり返し(だからこそ、到着点はしばしば中心として思い描かれるのだ)、それに告白を強いることになる。

17　ネルヴァルとシャトーブリアン

ネルヴァルの『東方紀行』を例に取り、『パリからエルサレムへの旅程』と比較しつつ検討してみよう。『オーレリア』の作者は、本質的な三つの逗留地、『殉教者たち』の三つの鍵語を周到に避けている。すなわち、ローマ、アテネ、エルサレムである。彼は逆に、その旅程において三つの仲介的都市を選んで三つの主要な逗留地とし、それらを取り上げる順番を〔ヨーロッパからの順路とは〕逆にしている。すなわち、カイロ、ベイルート、コンスタンティノープル。

　コンスタンティノープルは帝国の首都であり、ローマの代わりである。カイロはエジプトの知をそなえ、アテネの代わりだ。ベイルートは、ドルーズ教徒および彼らの救世主たるハケム〔『東方紀行』所収「カリフ・ハケムの物語」の主人公〕が近くに控え、エルサレムの代わりとなる。これらの三つの都市が西洋の伝統的な三都市に取って代わるように彼の目には見えているからではいささかもなく、前者に旅をすれば、後者がわれわれに向けて発する言表の中にある虚偽を暴き出すことが可能になるからだ。

　シャトーブリアンがフランスを離れたのは、自分の書物の真実味を高めるためであって、それは風景に限ったことではなく、これら三つの土地の言葉が十八世紀フランスによって歪められたからであり、現地に身を置くことによってそうした言葉を栄光に満ちた状態で聞き取れるようになるからだとすれば、ネルヴァルは、ローマというテクストの歪みを除去するにはローマに行くだけでは足りず、変質はローマとパリのあいだでのみ起きているのではなく、皇帝および教皇の都市においてすでに生じているのだと考えている。それゆえ、外部にある聴取ポイントに陣取って、ローマの表面にできた罅割れを見抜き、このテクストをその裏側から把握する必要がある。

　シャトーブリアンの旅は、ネルヴァルにいわせれば、表面の旅にとどまっている。彼自身は、副次的な中心、すなわち主要な中心を包摂する楕円の焦点を用いて自身の旅を設定し、それらのもたらす視差のおかげで、あれらの標準的な中心が隠し持っている罠の厚みをすっかり明らかにしようとする。カイロの、ベイルートの、コンスタンティノープルの街路をめぐりながら、ネルヴァルは、ローマ、アテネ、エルサレムの下に広がる洞窟を予感させてくれるものなら、どんなものでも見逃すまいとし、

そうした洞窟には、決まって物語、フィクションという迂回路を通って到達する。真の下降は一つしかなく、それ自体がある物語への序章なのであるが、ほかのすべての下降の暗喩ないし聖別となっていて、ピラミッド内部への下降がそれである。

ピラミッドの知、フリーメーソン的な叡智は、アテネの知の土台として立ち現われる。ハケムの受難、モリスタンすなわち癲狂院に彼が収容される話は、ここでは地下への旅に相当しており、エルサレムで死んだキリストの受肉に別の受肉を対置する。最後に、ラマダンの夜、語り部がアドニラム〔『東方紀行』所収「朝の女王と精霊の王ソロモンの物語」の主人公〕ともどもわれわれを地下世界に導く時、そこではソロモン王のみならず、重厚なまでに見かけ倒しの権力を彼が振るう上でうしろ盾となっているエホヴァですら、簒奪者であることが明らかになる。

そして、アテネとエルサレムの遺産と遺言を、ローマが皇帝たちならびに教皇たちともどもも掻き集める一方、それらをいくぶんか混ぜ合わせることで、シャトーブリアンの三都市が通じ合っているように、ネルヴァルの洞窟は互いにつながり合っている。すなわち、ドルーズ教徒たちの救世主は、カイロで受難に遭い、アドニラムの地下世界〔ピラミッドの地下にある〕はエルサレムの下に広がっていればこそ、ローマの大地そのものを侵蝕するにいたるのだ。

確かに、墓という根本的な主題ゆえに、『パリからエルサレムへの旅程』にも地下は存在しているが、一方の作家にとっては、記念碑や銘文、すなわち、死者が埋葬され、文字へと変容する瞬間にそこから引き留められるものを記録しさえすれば十分であるのに対して、他方の作家は、まさに人が引き留めたがらず、秘密とされたことを死者からむしり取ろうとする。ネルヴァルが敷石の下に潜り込もうとして斜めの通路を発見するしかないのは、そのためである。

シャトーブリアンの巡礼は、歴史の中への旅であり、ジェラールの巡礼は、歴史の虚偽の中への旅なのだ。

III 旅と書物

1 旅の図書館

最後に、移動をその文学性の度合いに応じて検討しなければなるまい。

ギザのピラミッド

ロマン主義者の旅はことごとく、書物に基づいている。ラマルティーヌ、ゴーティエ、ネルヴァル、フローベール等は、シャトーブリアンが提示した主題を訂正し、補足し、変奏している。いずれの場合であっても、旅の起点には書物があり、読まれた書物(とりわけ『パリからエルサレムへの旅程』)の場合もあれば、計画された書物(『殉教者』をはじめとして)の場合もあって、

旅人たちは、旅行中に書物を読み、

書物を書き、ほとんどの場合、日記をつけ、
決まって帰還後には書物が生み出されるが、そうでなければ、われわれがそれらの旅について語ることもなかっただろう。

彼らは書くために旅をし、書きながら旅をしたが、それというのも、彼らにとって旅そのものが書くこと《エクリチュール》だったからである。

2 署名

原初の放浪の時からそうであった。移動する遊牧民は道をつけ、目印を切り離し、みずからの空間に標識を設置し、墓を刻み込む。発見者は上陸した土地に刻印する。われわれが取り上げた旅行者たちは、巡礼先の街に自分たちの痕跡を残していくだろう。署名のある宿帳、芳名録、記念《メメント》の落書きがどれほどあることか。そして、あれらの書物の中で、旅行者が自分より先に来た旅行者の痕跡を発見する時、どれほどの感動に決まって見舞われることか!

みずからの通過を示す痕跡を残すとは、その場所に属すること、みずからローマ人に、アテネ人に、あるいはカイロ人になることであり、それゆえ、これらの表意文字をなす土地の光に照らされてわが家に帰ることであるが、それだけではなく、訪問してきた記号の一部をなし、二度と消えないことが願われる「線分」へとみずからの存在そのものを変えることでもある。後世の旅行者たちにとって、アテネに行くことは、ほかの意味合いに比べればごく軽微な度合いに相違ないとはいえ、だが決定的に、シャトーブリアンの訪れた街に行くことでもあって、この来訪は、あれらほかの線分のいくつかとも結びついており、それらをある種の仕方で照らし出している。

しかしながら、ナポレオン軍の兵士たちが自分たちの通過を絶対に刻みたくて、カルナック大神殿の第一塔門《パイロン》の上部に、おそろしく力強い筆致で自分の名を刻み込んだのはじつに納得のいくことだし、それらの署名を目にするのはわれわれにとって感動的であるとはいえ、地表ないし場所を覆うテクストの織目がきわめて密になると、近代の旅行者は、自分が残す刻印は、それによって破壊されるものに比べてあまりにもつまらないように思えて、邪魔になる刻印を残すことにためらいを覚えてしまう。

こうして初期の観光者にやがて取って変わるようになるのは、気分転換をしたり学んだりするためにやって来た地に自分がもた

らす混乱を自覚して、そこを手つかずのままにしておきたい、そこにおけるただひとりの部外者であるのみならず、いわば目に見えない部外者、重さもなければ垢もついておらず、いうならば亡霊としてなんの痕跡も残さないことを夢見る観光者である。白紙のページというわれわれの神話が別の形で再び見出される。

3　刻印としての書物

となると、すでに残された印ないしそれらの不在すら破壊するおそれのある直接的な刻印よりも、より敬意のこもった、より優雅な、そして結局のところ、時としてより決定的な刻印、すなわち表象となるような物体による刻印のほうがしばしば好まれるようになるわけだが、そうした物体の最たるものが書物である。われわれがすでに言及したように、発見の旅においては命名が重要な役目を果たしており、それは土地それ自体に刻み込まれることとなるが(たぶん、かなり後になってからであるが、たとえば、ブラジルの海岸沿いにポルトガルの初期航海者たちが停泊した地点に与えた名前は、今日では駅、道の分岐点、通りの標札等に記入されている)、まずは地図や旅行記に書き込まれる。

旅そのものが土地に命名するのだ。しかし、ひとたび名が与えられると、その後に引き続く旅がそれらをなんらかの順番で繰り返していく。名勝地というこれらのきわめて複雑な単語は、旅人によって一つの文章の中で接続されることになる。シャトーブリアンは、ヴェネツィア、アテネ、コンスタンティノープルを経由することで、いわばエルサレムという「終点=単語《テルム》」に特定の仕方で近づくことになる。ある行程は余談や脱線のような効果を発揮し、別の行程は逆に、議論における本質的な瞬間となるだろう。書物の文法は、旅程の文法を再構成しようと努めるだろう。

4　通過

そもそも、通常の意味における書物が不可欠というわけではない。なんであれ痕跡が、旅の記録がありさえすればよく、それこそ今日では避けがたくなっていることなのだ。旅程の中に都市や景勝地を一定の順番で並べているというだけで、私は地球の表面に、あるいはその厚みにおいてすら、一つの安定した印を描いているということになる。ある科学をすでに提唱した以上、ある芸術を提案することも許されるだろう。ただ旅をするという芸術、たぶんそこに痕跡をいくらか残すことになるだろうが、そうした痕跡は、全般的効果に従属しており、旅程における新機軸であるとか、乗り物の変更であるとか、ある場所での逗留の延長であるとかが、偉大な詩における美しい表現と同じくらいに賞賛の念や注釈の言葉を触発しうる、といった。

だが、書物は、それが将来纏いうることが今日予告されているあらゆる形態において(そして、純粋な実践としての旅行、すなわち準備された即興演奏と、書物におけるその楽譜化のあいだに、想像しうるかぎりの中間形態を、ここで一瞬、夢見ておこう)、どのような手段をもたらしてくれることか——旅人が通過する土地に刻印をするための主要な方法に書物がなった瞬間から、書物に働きかけることによって、この刻印に対して途方もなく働きかけられるようになるのだから![11]

ロマン主義者たちの旅が書物の制作に結実するとすれば、それは、書物のエクリチュールにおいて、まぎれもなく〔旅と〕同じ営みが継続しているためである。読むことがすでにして横断である以上、白さの雲の中を眩惑されたまま横断することでしかないのだと読書が時に自己規定するとしても、エクリチュールのほうは、一貫して変容を続ける読書にほかならないわけだから、横断である度合いが必然として遥かに高い。

ローマ、アテネ、エルサレムという点=語《テルム》が、私の旅という一文によって一定の順番に配置されているわけだが、この旅に教えられた私は、自分が書こうとする旅行記の中で、それらをどれほど多様に変奏することができることか、その際、どれほど多くの地下道を、斜線を発見できるようになることか!

5 反歌

私はほとんど旅先ではものを書かない。旅日記をつけることもない。ある土地を別の土地で、別の土地のために語る。自分の旅を旅させることが私には必要なのだ。私の書くある文章の両端のあいだで、あるいは私が切り離し、刻印するところの、言葉による場所の一つの始点と終点のあいだで、地球が回転する。

私はこうして、複数の祖国からなる一大システムを自分のために構築し、それを少しずつ改良していく、

というよりもむしろ、

私はこうして、複数の祖国からなる一つのシステムとして自分を構築し、それが少しずつみずからを改良していく、

というよりもむしろ、

複数の祖国からなる一大システムがみずからを改良し、こうして私を少しずつ構築していく。

そして、私はこのテクストをアルプ=マリティーム県[12]から、同時にパリ[13]とオーストラリアに向けて送り出す、それがさらに多くのほかの場所へと広まっていくように。

絵画のなかの言葉

J・F・リオタール[01]に

I　題名の掲示

1　文字に取り囲まれて

絵画における言葉をめぐって、魅惑的で示唆に富む場所や時代はほかにもあるが、それらは心ならずもいったん傍に置き、中世末以降の西洋絵画を概観するだけでよしとしよう。

この問題を提起するや否や、絵画のなかに文字は数多あるというのに、研究といえそうなことは誰もしてこなかったという事実に気がつく。この盲目状態が興味深いのは、これらの文字の存在によって、われわれの学校教育によって文芸と美術のあいだに築かれてきた根本的な壁が、事実として崩壊してしまうからである。

実際には、われわれの絵画体験において、言語はかなり大きな部分を占める。われわれが絵画をそれだけで見ることはけっしてないのだし、われわれの視覚は断じて純粋な視覚ではない。作品についての話を耳にしたり、美術批評を読んだりすることで、ごく最近の作品を目にするときですら、われわれの視線は、注釈の量にすっかり覆われて先入観を与えられている。たとえば、ここにひとりのごく若い画家がいるとしてみよう——未知の画廊のショーウインドウのどこかに彼の絵が展示されていて、われわれが不意にその絵に心奪われるなどということは、なんと稀であろう！　ほんの少しでも美術に首を突っ込むや否や、われわれはあれこれ話を聞かされ、見せられ、招待状が届き、ポスターが目に入り、カタログをめくったり時として読んだりもしているため、われわれが見に来たのは、精神のなかですでにつよく規定されているものということになる——美術館に行くとなると、この規定はよりいっそう強くなる。まったくの話、なんとたくさんの言葉が、われわれの訪問を導き、あるいは攪乱することか！

数年前、ワシントンのナショナル・ギャラリーを初めて訪れたときの驚きを今でも覚えている。もちろん、明らかに解説役である生身の女性に引率されているグループもいくつかあったものの、とりわけ私の目を惹いたのは、どう見ても別々に来ているとおぼしき相当数の個人が、同一の経路をたどっていることで、動きばかりか、視線も一つひとつの作品の上に同じだけとどまり、同一のやり方で一緒になって細部を眺めていく——人物の顔を、右上の隅を、窓のなかの風景を……。彼らは揃って、耳の不自由な人々が使うようなマイクロホンを装着し、それから線でつながれている旧式の万年筆くらいの大きさの管を、ブラウスや背広の折返しに留めていた。彼らは密かな声によって見させられていたのである。

2　一本の映画があなたの質問に答えてくれる

このような絵画教育の方法はますます広がりを見せ、今日では、入館者にオーディオ・ガイドを提供していないような美術館は、現代的とは見なせない。ルーブル美術館にいたってはさらにその先を行っている。ルーヴルは美術館から、目にも耳にも訴えるスペクタクルの施設へと変貌を遂げており、私としてはその方針に称賛を送るのみだが、この美術館はいまや、美術史のジューク・ボックスをわれわれに提供してくれている。ルーヴルのグランド・ギャラリーにて、《ラ・ジョコンド》[02]のほほえみがあなたにとってあまりに謎めいたままであるならば、ドゥノン翼へ行かれることだ。そこであなたは、マリオネット劇の小さな城のようでありながら、小さなスクリーンが舞台の代わりになっているものと、その前には、「観客専用」と注意書きがあってイヤホンを備えたふかふかのソファを見出すだろう。一枚の張り紙があなたに座るように勧める。新フランの一フラン硬貨を一枚投入し、あなたが明らかにしてほしいと願う問いに関するボタンを押せばよろしい——用意された四つの言語、ドイツ語、英語、スペイン語、そしてフランス語から一番よく分かる言語を選んで。この知的饗宴のメニューは以下のとおり——

《ラ・ジョコンド》——レオナルド・ダ・ヴィンチとモナリザの謎。

《ナポレオン皇帝の戴冠式》[03]——〔ルイ十六世の死刑に賛成票を投じて〕王殺しとなった男は、いかにして皇帝勅撰画家となったのか。

《摂政ダイヤモンド》[04]——王室所蔵の一粒のダイヤモンドによって共和国軍隊がいかに馬を整備できたか。

《カナの婚礼》[05]——ヴェロネーゼはいかにして福音書中の一光景を、彼の流儀で「社交界および政界の最新状況」の絵に変えたのか。

ルーヴル宮[06]——一つの砦が七世紀にわたる紆余曲折を経て、いかにしてパリで最も大きく、最も美しい宮殿となったのか。

《ミロのヴィーナス》[07]——いかにして、一本の樹が空ではなく地中へと伸びていったことで、傑作の発見をもたらしたのか。

《メデューズ号の筏》[08]——三面記事に想を得たジェリコーが、いかにして省庁〔海軍省〕を一つ崩壊させそうになったのか。

《サモトラケの勝利像》[09]——いかにして考古学的パズルが、階段の上にエーゲ海の風を吹かせるか。

《ハンムラビ法典》——法典は芸術品たりうるのか。

　じつのところ私は、美術館を訪れるにあたってごく伝統的な態度を守っていると打ち明けなければならない。絵画に問いかけるには、静寂を、それどころか孤独をすら好んでいる。自宅なり宿泊先に戻るや否や、目録を調べたり、疑問に対してときには膨大な量にのぼる文献を参照したりすることになるにせよ。

　今日におけるあらゆる絵画体験の構造を私が仮に記述しようとするのであれば、忠実であったりなかったりする複製画の総体、かつてはかなりまばらであったが、いまではかなり密度が高いことも多いこの総体において、芸術作品「それ自体」がいかにして核を——この核がすでに破壊されてしまっていることもままあるとはいえ（ヘント〔ベルギーの都市〕にあるファン・エイク兄弟（？）の《神秘の仔羊》〔後出、「V－3 天使礼詞」《ヘントの祭壇画》を参照のこと〕の多翼祭壇画のうち、《義の十師たち》[10]を描いたパネルは盗難に遭っていまもなお発見されずにいるため、今日では複製画に代えられている）——なしているのか、そして、どのように言語の光量がまずは原画に根を下ろし、次に種々の複製のまわりでいかに増殖し、多様化しうるのかを私は当然にも明らかにしなければならないであろう。かくして目録や、とりわけ美術書のなかに、解説という包装にくるまれて挿絵が出現するのだ。

3　ラベル

　美術館やギャラリーや展覧会を訪れるとき、私を圧倒してくる足手まといなざわめきを、仮にひとまず鎮めることができたとしても、そのざわめきは、その本質的な部分が、作品自体にいわば貼りついたままになっている。それは、絵の額縁の上でなければ、すぐそばの壁にあるあの小さな長方形のことで、真鍮か金色の紙か安全ガラスでできたそれに、何か新しいもの、未知のものに衝撃を受けたときにはとりわけ、即座に問いかけずにはいられないのだが、それは少なくとも二つの基本的な情報をもたらしてくれる——すなわち、作者の名前(さもなくば「十四世紀シエナの画家」といった具合に、場所と時期によって限定された無名性)、そして作品の題を。

レンブラントの作品について、退屈で知識も乏しい教師の講義から引き継いだぼやけた言及やら、あちらこちらでぞんざいに複製された粗悪な写真によって与えられた散漫なイメージしかもっていなかったとしても、彼の主要作品のいずれかにいきなり出会ってしまい、しばらくのあいだはその作品しか愛さない、ということはありうる。しかしながら、その人がどんなにみずからの情熱を力説しようとも、さらなる感動をもたらしてくれるレンブラントのほかの作品(ないとは限るまい)を、ないしは、共鳴や比較を通して、先の作品がいっそう魅力を増すようになるようなほかの作品を即刻探し出そうとしないようでは、その人の覚えている情熱とはふやけて気の抜けたものにすぎず、そもそもたいして感動などしていなかったのだと断言してよい。

レンブラントに感動するということは、彼の作品の一枚にではなく、絵画を貫く一つの生命全体に感動することなのであって、《蕩児の帰宅》なり《肖像》なりがレンブラントに帰属させられるか否かは私にとってこの上なく重要であり、それはいわば、この新しい語が加わるのは、半ばしか口にされていないどのような文章のなかなのかという問題なのだ。このことは個々の芸術家個人について真であるが、それ以上に、あらゆる文明という統一体にとって真なのである。

4 《ラ・ジョコンド》

ある顔が十年前の人のそれだと言われた場合、六百年前の人だと言われた場合と同じように眺めることはないし、教皇の顔であると言われた場合、船長であると言われた場合、数学者であると言われた場合のそれぞれでその顔への問いかけ方は異なってくる。あらゆる文学作品は、関連し合う二つのテクストの結合によってできていると見なしうる——本文(エッセイ、長編小説、戯曲、ソネット)とその表題は、そのあいだで意味の電流が流れる二つの極であり、一方は短く他方は長い(詩人がおもしろがってあるページの上で両者の比率を逆転させることもあるが、一巻の詩集全体では常にその比率は元に戻る)。同様に、絵画作品においては、画布や板や壁面や紙の上のイメージと、一つの名前——それがたとえ空白であろうと、調査中であろうと、純粋に謎であろうと、たんなる一つの疑問符にすぎなくとも——の結合としてわれわれの前に提示される。

絵についておしゃべりをしたり研究をしたりするときには、絵を特定するために題が絶対に必要であるとはいえ、それを名づけたのが芸術家自身である必然性はいささかもない。標題にこの上ない重要性を見出すシュルレアリストたちのあいだでは、画家が詩人に題を選ばせることもあった。こうしてふたりの作者がいることになろうと、その作品にそなわる力や統一性が損なわれることはまるでない。モナ・リザの肖像画に、《ラ・ジョコンド》という世に知られたフランス語の通称を与えたのはレオナルド・ダ・ヴィンチではないが、われわれからするとこの語はあの作品と緊密に結びついているあまり、マグリットが自作の一枚に同じ標題を踏襲したとき[11]、われわれの目には、彼が描くところの雲が浮かぶ晴れ上がった空のカーテンにあの名高い微笑がすぐさま浮かび上がってきて、あの切り抜かれた空は別の解釈を誘い、われわれの注意は左下にある鈴の割れ目にひきつけられる。

なぜなら、単に作品の文化的背景のみならず、その作品がわれわれに対して提示されるときのあらゆる文脈もまた、題次第で変貌するからである——絵画における形と色彩の構成は、場合によっては相当に漸次的になされるこれら数語の理解の過程を通して、その意味作用を変容させてゆくのだが、この構成もまた変化するのだ。

5　イカロスの墜落

一枚の画布の上に、最も鋭い頂点を上にして描かれている三角形を想像してみよう。それに木という題を付けられていれば、私はそれが木であることを理解し、幹を一本と、枝を何本か付け足すことになる。もしもそれが山であれば、私の眼前には斜面が広がっていく。もしそれが三角形であったなら、その縁は直線となり、その点は角になり、その色彩は純粋な幾何学を取り戻すために忘れるべき着色となるだろう。もしそれが構成という題なら、私の注意を最大限に要請するのは、その額縁との関係であろう。もし単なる番号でのみ示されているならば、多くの場合、私の連想は自由に、ときに豊かになり、そして形態は浮遊し、私の気分に合わせて眼下で変形し、ときにその連想はごく貧しくもなろう。

ある《風景》が、《イカロスの墜落のある》を被せてそう名づけられていると私が知っている場合[12]、解明すれば興趣の尽きない新たな象徴体系があらゆる細部に込められることになるのみならず、当初は、前景における鋤による見事な畝や、後景の繊細な描写に感服こそすれ、水から出てじたばたしているあれら二本の足にはたぶん気がついてすらいなかったのであるが、その後者がイメージ全体の核となるのは当然である。ここに現われる人物がみな別の方向を向いているという事実は、作品のこの部分から私の視線をそらしていたところ、いまやこの強調された一点に斥力を与える。無関心の領域がこの惨事のまわりに広がっていて(それをさらに錬成したものがウィーン美術館の《十字架を負うキリスト》[13]に見出せるだろう)、以後われわれの目には、船の帆とマストを通じて、ある種の鎖がダイダロスの無鉄砲な息子をその欲望の対象に、すなわち水平線上にある太陽という彼の殺人者に結びつけることになり、この太陽が昇りつつあるところであると考えられるのは、その光線を強くしはじめたときに、遥か彼方、天のまったく違う地点にて、精巧な翼に羽を接着していた蝋を溶かしたに違いないからである。

それにわれわれは、彼が墜落したことを知っている。そのため、単にそばの船尾から落ちて溺れている人間がじたばたしているのではなく、あらゆるほかの動きをそれに呼応して震えさせるような、目眩のする墜落なのである。

明け方なのか、夕方なのか。繰り返し指摘されてきたように、この疑問は、題が画と同じくらい顰蹙を買い、またより大きな歴史的重要性を持っているクロード・モネの作品《印象、日の出》[14]についても提起されうるものだった。画家の軌跡を対象とする総括的な分析によって、ただ題によって示されているにすぎないこの赤い円の上昇運動にどのような価値を付与するのがふさわしいかが明らかになる。

6 二つの緑の点

一九一四年に始まった世界大戦の終わりの頃から、ワシリー・カンディンスキーは、それまで以上の入念さで自作の題を選び、自身で管理している作品目録にそれを記載するようになる。たとえば、六一六の番号がふってある一九三五年の作品。それは垂直に立って重ね合わされた一群の大まかな長方形で、それらは透けた色をしている。その上にはいくつかの曲がりくねった形象が載っている。私の目にすぐ入ってくるのは、右側に一種の暗い色の蛇がおり、二つの集合体のあいだに、上下に重なった三本の弓形があり(これらは、《橋》[15]と名づけられた一九三一年制作の作品番号五四六番に関連づけるべきところだ)、その下には三本の垂直の棒があることである。ところが、カンディンスキーはこの絵を《二つの緑の点》[16]と名づけた。私はその題を読むや否や、それらの点を探し、確かに真ん中からやや右寄り、上の外縁の近くに、同じように二色で塗られた揃いの円形を見つける——緑色である上部のほうが菫色の部分よりもやや大きいのだが、それらが「緑色」と名づけられているからには、この菫色は、それをほぼ覆っている大まかな長方形の影響によって変化したのだと私は考えざるをえない。すると、すべての構成は、唯一、互いを文字どおり反復しているこの二つの要素から発散されているかのように見えてくる。最も「抽象的」な構成にあっては、われわれに対してそのすべての味わい、すべての力を発揮するために、題を読むよう迫ってくることもある。

7　弱体化

題が造形的組織そのものにとってこれほどの重要性を有しているのだとすれば、まずい名づけによって作品が危機に晒されることもありうる。そんなことは気にかけない画家は、軽率な題をつけることで、われわれがその絵を鑑賞することを邪魔しかねないがゆえに、この異物たる題を厄介払いする必要が生じ、それは、よりふさわしい題と交替することによってのみ可能になる。ちょうど余計な絵具やニスの層を取り除くことで画を復元することができるように、何世紀ものあいだに積み重ねられてきた誤解を退けることで、題を復元することもありうるのだ。

近年の画家たちの多くは、名前のこれほどの重要性をおぼろげには理解しつつも狼狽えてしまい、ことばの剣呑な支配のもとに深入りするリスクを冒したりはせず、みずからの作品を指し示すにあたって、できるだけ特徴のないやり方にすべく努めてきた。シュルレアリストたちがつけたような派手な題、それ自体が詩であるような題、声高であったり、高らかであったり、徐々に滴ったりするような題に対し、控えめな題、忘却されようと努め、消え入りそうな声で「私を見ないでください、私に注目しないでください、私はかろうじて単語であるにすぎないのですから」とわれわれに囁きかけるかのような題もある。

これらの特徴のない題というのは、絵画のジャンル分けを指し示すためにすでに使われた語であることが多い――《柏の木》だの《モレ橋》だののかわりに、単に《風景》とだけいって、表面的には没個性化するわけだ(とはいえ、画家のほうでは、自分の風景画は完全に識別可能であり、あらゆるほかの風景画、あれら有象無象の風景画と混同されることはありえないと思っているのではないだろうか……)。究極的な抽象化は、純然たる整理番号、つまり作品番号《オプス》を適用することでしか実現できないのではないだろうか。なぜなら数字の使用は、真の名が存在しないことを強調し、結果として時に数字の使用が命名へのいわば悲壮な呼びかけとなり、絵が洗礼志願者と化すこともある。モーリス・ルイス[17]がそうであるように、違う種類のアルファベットを使用することは、それだけで作品の問題系全体と結びついている。このような命名を検討してみれば、単なる数字の灰色の仮面の下にさえもまま隠されている、この上なく豊かな題名の価値をわれわれが読み解く助けになるかもしれない。

《風景》や《コンポジション》といった単語や、《c》という文字や《7》という数字が、使われているうちに、それらをあてがわれた作品の題として相応しくないと判明することもありうるので、われわれは、ほんとうの意味でそれらの作品を眺められるようになるべく、そうした題を徐々に別のものへと変えていかねばならないが、とりわけ、それがほとんどふさわしいと言えるもので、あまり混乱を招かず、画を歪めない題であるとしても、あまりにも没個性的な題は、作品を特定する力があまりにも弱いがために、それを保持することはできない。そうした題は、会話や研究において、どの作品が問題になっているのかをわからせてはくれない。専門家はこの不足を補うために、三角測量や基板割りのようなやり方を用いて、作品の所在地や作品が所属する美術館やコレクションが、決定的な指標となるようにする。単なる《マドンナ》は《ドレスデンのマドンナ》に、《コンポジション》は《Xコレクション蔵コンポジション》となるのだが、いうまでもなく、この方法では、情報としての度合いが低く、Xコレクションに含まれているのがあの《コンポジション》であり、別の《コンポジション》ではないことをはっきりさせられないため、絵それ自体がわれわれに対して、どのような外観や細部で他と区別できるのかを示さなければならないという事態が頻繁に生じて、《静物》は《ビスケットのある静物》となる。

8　画面の裏

ある画家たちは可能なかぎり題を目立たなく、特徴のないものにすることで、作品にさまざまな悪影響が及びかねないにもかかわらず、じつのところ他者に命名を委ねているのだが、他方では、この問題に正面から向き合い、作品と同じようにそれらの呼び名を保護することに固執する画家たちもいる。今日では、作品名はふつう裏面に記入される。展覧会になれば、名前もまたカタログやキャプションボードによって示されるが、いったん作品が購入されてしまえば、たいてい名前は壁のほうに向けられたまま、徐々に忘れ去られていく。

そうしたことが無邪気に行われているのは、

と、題をつけるのが抜群に上手いピエール・アレシンスキー[18]は、彼の制作活動を全体として評価するうえで必要不可欠である表題群をわれわれにあらためて提示しようと試みている著書『タイトルとフレンチ・トースト』〔一九六五年刊行〕のなかで述べており、

客間において、家の主人がお客を安心させるために、「絵はそれ自体で完結していなければならないのですよ」というようなときである。なるほど、絵はその題を押しつけてきたりはしない。絵画の裏側に画家が書き入れたことを読むには絵を壁のほうに向けなければ(つまり絵を見えなくしてしまわなければ)ならない。そして、イメージの愛好家、すなわち無媒介の消費者は、今日ではほとんどものを読まない。このことは周知のとおりだ。彼は自身の所有物を視覚的に記憶しているので、自分の絵をさまざまな言葉で描写しようと大童にはなるだろうが、絵をその題で呼ぼうとは絶対にしない。彼にとってその絵は識別の対象ではない。それは彼の絵である。それは彼なのだ。犬

だって、迷い犬になれば名前を失ってしまう。

じつは、アレシンスキーの作品の個々の題が消滅し、覆い隠されてしまうことは、それらの総体において定められている。彼の題はいずれも、埃にまみれ忘却されるという試練に晒されるために書かれているのであり、それは展示場所や所有者が変わるごとに回復される。彼の題は、それらが作品の背後にあるということ、すなわち、われわれにとって絵画とは、表面の一方のみが高貴であり、恥ずべき裏面をもつ物体なのだという事実に関する断片的な瞑想をなしているのである。

9 キャプション

題が重要視されるあまり、それが常に絵画鑑賞者の視界に入ることを画家が望むのであれば、画家はみずから表側に題を書き入れなければならなくなる。こうしてパウル・クレーは、そのデッサンや水彩画を提示するにあたって、画面の下のほうに定規で直線を引き、その上に素晴らしい題をみごとな書体で書き入れている。しかしこの場合、われわれは別の領域に足を踏み入れるのであって、なぜなら、ここまでのところ、われわれが扱ってきた絵画という核においては、一つのイメージに一つの題が組み合わせられていたとはいっても、両者間の距離の長短にかかわりなく、題は作品の枠組の外側にとどまったままであったのだし、また、題の書かれ方、インクの色、曲折のかたちなどは原則としていかなる役割も演じてはいなかった。いまやわれわれは、眼に同時に働きかけてくる二つの部分、つまり水彩（あるいはグアッシュやデッサン等々）に加えて、その下にある文字──〔画面と〕同じ至上の四角形に囲まれている《さえずる機械》や、《豊饒なる領域のはずれに》といった題──からなる作品を前にしている。

丹念に手書きされた題の描線は、長くなればその分だけ強力なベクトルを備える。われわれは、ペンの動きを、その優雅な蛇行の一々を、だが何よりも、ある文字から次の文字へ、ある単語から次の単語へと、われわれの書字においては強制的に左から右へと移動してゆく手そのものの動きを追っていくのだ。理解しようと思えば、われわれの眼はこの軌跡を追わなければならない。あたかも一つの巨大な矢印か拳が、あちらに行けとわれわれに強いているかのようだ。構成の全体が、かくも活発な要素によって深く影響される。

そしてこの銘文は一本の下線として全体を強調することになる。これらの描線、これらの色彩や形態は、いうなれば銘文という地面に根差した格好になるだろう。そのため、ある種の主題にたいして、クレーは、皮肉なまでに従順この上ない小学生を思わせる丁寧さをもって題のために定規で引いたこの基底を移動させ、それがさながら石炭袋か砂袋の重さで沈み込む平底船の列であるかのごとく、多くの語を積んだまま、イメージの内部にまで侵入させる羽目になる。

一九二一年作の《蒸気船が植物園の前を通過する》では、河の両岸のあいだのこの一文が、船の進行をいわば巻き込み――その進行は、前方を示す矢という型どおりの記号によって延長されていて、画用紙の端を越えたその先にまで船を引っぱっていこうとする。もう一つの矢印は、この題を、いまそれが置かれている場所から、通常それが占める場所、すなわち、中心にある形象の下へと結びつけている。

額内に記入されたいずれの文字も、その解読に努力を要するのに比例して長いあいだ、ということは、それだけ強烈に、視線を惹きつけるだろう。したがって画家はみずからの躍動する幾何学によって、この凄まじい魅力を統合するのでなければ、せめてものこと、それを相殺しなければならない。

10　蝸牛　女　花　星

キャプションは、それが通常置かれるべき場所である基盤や地面から離れるほど、われわれの観賞に混乱を、情報をもたらすことになる。

くわえて、その筆跡が通常とは異なって、たとえば装飾が施されていたり、枠で囲まれていたり、下線で強調されていたり、削除線が引かれていたりすれば、とりわけ、われわれが字を書くときの慣例である水平な線から外れていたりしようものなら……。

かりにミロがその綴織下絵の外側に《蝸牛　女　花　星》という四つの単語を残しておいたのだとしても、われわれは確実に、それぞれの単語に対応するものを探すよう促されたことだろう――そんな単語がなかった場合であっても、われわれは、ひとりではなく三人の女をそこに見出したはずだ。が、他方で、われわれが蝸牛や花や星について考えることはあっただろうか。これらの単語からの呼びかけに応えて、這いながら粘液を出すもの、開花するもの、香気を放つもの、きらめくもの、予言するもの、女性化するものが現われ、これらの単語があの女性たちをきらめかせ、開花させ、蠱惑的に這い回らせる――、

ところが、画家は題を形と形のあいだに、崩し文字で描いていたのであり、この字体は、印刷された文字に起こることとは逆に、ある種の素早さや描線の連続性を含意しており、単語の端から端へと、〔見る者をして〕滑らせ、スケートをさせ（ページという氷結した水盤の上で往時のペンが軋む音）、とろりと流れさせ、糸を引かせる（油絵具の海であるカンバスに筋をつけて進んでゆく絵筆のゆらぎ）のだが、

これらの単語同士を、ミロは正真正銘の紐で結び合わせており、それによる数々の輪がわれわれの眼差しを捕えるせいで、ある単語をそれだけ見ることは許されない。われわれがその上

を転がり落ちる滑走路のようなもので、蝸牛から星へ、女から花へと終わることなく移行していくことになり、それは、登場人物たちを捕まえてみずからの穏やかなサイクロンのなかへ引きずり込む長縄なのである。

わずか一行を書くあいだにも、われわれの書字は、左から右への動きのなかに画家を封じ込めるように見えたのであったが、そこからの解放を可能とすべく、二つの名前を並べて書くときに、最初の名前の最後の文字と次の名前の最初の文字のあいだでペンを紙面から離すことすら面倒で、字画を連続させてしまう怠惰な公証人とは異なり、「花〔fleur〕」の「f」の字にひっかけるのは「女〔femme〕」の「f」の字であり、左側にある「蝸牛〔escargot〕」の最初の「e」の字に、ずっと右側にある「星〔étoile〕」の最後の「e」の字を結びつけているため、通常であればわれわれが最初に読むこの「escargot」という単語の内部で新たな逆行が生じ、

ジグザグ運動だけでなく、往復運動も、というわけで、

各語はそのまわりの範囲をとくに照らしだすため、われわれは「蝸牛」なり「花」なりが指示するものを、それぞれの周辺につい探してしまいがちであるが、これらの単語が額の外に書かれていたならば、それらの影響力は画面の全体に一様に行き渡り、われわれが右側にある形象を蝸牛と解釈するのを妨げるものはなにひとつなかっただろう。「星」はといえば、ことさらに大きく、ほかの単語およびそれらをつなぐ紐はもちろん、三つもの形象に取り囲まれており、この単語がそこにあるのは、それらの形象を形容するためというよりは、不在の星のかわりとしてなのだということ(題が外部にとどまっていたのであれば、われわれはありもしない星をむなしく探すか、別の形象を星だと勘違いしていただろう)、それだけで、必要とされる四番目の要素、四番目の世界をそこに付け足していることがはっきりとわかる。

11 著名な犬たち

現代におけるある芸術家が「花」という語を画に書き込むことで、独力では花であることがわれわれには認識のしようがないと思われる形象のなかに、花を発見させようとするのであれば、それはまったく理解できる事態でこそあれ、何が描いてあるのかわかるように描くことが画家に要求されていた別の時代にあっては、画のなかに題が書きこまれていることに対して別の正当化が求められる。一切の曖昧性もなく絵が一本の樹を表わしているのであれば、カタログのなかでは「樹」という単語だけがその絵を十全に指示するであろうが、額縁の内側に「樹」という単語を書き込むには及ばない。これに対して、絵のなかに樹木一般ではなく、特定の種類の樹、たとえばコナラならコナラの樹を、とりわけ、どこそこのコナラの樹を見分けなければならない場合、モデルとなった樹の特徴によっては、どれだけ情熱的

に忠実になっている絵画であれ、私にとってモデルの特定には不十分となってしまう危険性がある。となると私は、一部の人々にとって、あるいは、万人にとって、このイメージに欠けている可能性のある一面を補う必要がある。そこで題が、なんらかの欠落を埋めるわけだ。題は、主題、そして、それ以外のイメージによって示されるものを指し示すのに役立つばかりではなく、主題以外のすべてと相俟って、主題を表現することに貢献するのである。

デポルト[19]やウードリ[20]が特定の犬を描いた肖像画をとりあげてみよう。動物にしか注目しなければ、この絵の主題が私には単純に「一頭の犬」だとしか思えず、強いて言えば「何々種の犬」といった程度で、これらをカタログの中の題とすることも可能であり、一見しっくりくるようでありながら、それでは本質が見すごされてしまうだろう。実際、肖像画に描かれたある人物を私が特定できるのは、その人物の名前が多くの同時代人にとってはっきりとした内容をもっており、彼の容貌と厳密に結びついていて、死によってその容貌の個別性が同時代人にとってまったく失われはしなかったためである。それとは逆に、ある犬の名前とその造作、すなわちその犬を同種の別の犬から区別する身体的特徴との関係は、遙かにつかみにくい。それらの犬にわれわれがどれだけ愛着を寄せていたにせよ、彼らをやがては識別できなくなる。彼らの名前すらも、歴史性をほとんど含んでいないため、普通名詞に戻ってしまう。かかるがゆえに、問題となっていたのは、有名であったし、その名前もとてもよく知られたままであった犬がどのような様子をしていたかを示すことではなく、この名前に個別性を保持させてやることだったのであり、それは、〔犬の姿の〕この形象化という助けがなければ必然的に失われていただろう。名前は、絵のなかに描かれることでしか、「固有」名詞のままではいられなかったのだ。

12　**彼は当年とって《アエタティス・スアエ》**

犬の肖像画にかぎらず、多くの人物肖像画、とくに王侯たちの肖像画では、絵にモデルの名前を書き入れる。ここでフランス語の「titre」〔「題」という意味のほかに「肩書」という意味もある〕という単語の言葉遊びに注目しよう。

画家は無論のこと、高貴な、王家のモデルの名前を、その人物に似せて描いた肖像画に書き込むわけであるが、それは、このモデルが何よりも一つの名前にほかならず、彼の領地や国民を指す記号だからである。画家の手で、その眼や唇の様子、ときには髪の毛の一本一本までも詳しく描かれるその顔は、一つの名前の内側に現われてくるのだとすら言ってよい。いま現在のイングランド王はこういう顔をしている、サリー伯はこういう顔をしている、といった具合に。あなたがその人物を初めて見る時に、このように見れば彼を見分けられるという次第なのだ。この手の絵画の目的は、すでに会ったことのある人物の顔立ちをわれわれに思い出させることではなく、大使としてあるいはなんらかの任務で先方に派遣されるとき、われわれが当然にもすでに話には聞いている人物を、確実に識別できるようにするためである(たとえば、フェリペ二世は、イギリスの女王マリー・チューダーとの国家的政略結婚に先立ち、彼とは会ったこともない女王に宛て、ティツィアーノによる自身の肖像画を送った際、女王がこの画家の革命的な技法に慣れていないのは自明であったため、最良の条件でみずからの出現が起きるよう、画面から十分に離れたところに立ってほしいと勧める手紙を添えたのであった)。

　ある称号や役職そのものは不変である反面、それを体現する人物のほうはつぎつぎに交代していく。現在であればこの名前にはこの顔が対応している、というわけなのだが、注意すべきは、この顔自体もまた変化するということだ。死がその顔を別の顔に置き換えるまでもなく、そこには皺が刻まれ、髪は白くなり、抜け落ち、装いは変遷するだろう。肖像画は、一つしかない象形文字のなかに顔と名前が封印されているときに、その有効性を最大化させるのであるが、モデルの姿をそこに認めがたくなった瞬間から、すべてが劣化する。作品を受け取った人が、肝心なときに、この人はサリー伯ではないではないか、などと思ってしまいかねない。元となった人物とそのイメージを私が同時に目にするとしても、そのイメージのうちに、両者の相違を説明し、イメージのもたらす隙間を埋め合わせてくれるなにかが必要になる。ホルバインがモデルの名前をその都度年齢によって明確化するようになるのはそのためである。多くの場合、彼は年齢しか書きこもうとはせず、人物の特定は別の方法でなされるようにするだろう。

　一五三二年ごろから、彼は、文字――たいていの場合、ローマン字体の美しい大文字――および数字を配置する際、どのくらいの距離のところにあるのかはっきりできるものを完全に欠如させたのっぺらぼうな背景の上、それらが顔の両側で一本の水平線となるようにする。顔のほうも同じ強度で背景から浮かび上がっているため、同じ平面に置かれた水平線の流れを中断させるように現われる。

　いずれもヘルマン・ウェデヒという同じ名前をもつケルンの二商人を描いた肖像画では、顔の左側に「一五三二年〔anno 1532〕」[21]ないし「一五三三年〔anno 1533〕」[22]とあり、右側に「彼は当年とって二十九歳〔aetatis suae 29〕」「彼は当年とって三十九歳〔aetatis suae 39〕」とある。われわれの読書がそうであるように、時間がこの水平の直線に沿って左から右へと流れてゆき、かくて中央の顔は時間の内部に位置づけられるのであるが、ホルバインは右に向かうこの流失を埋め合わせており、古代の廃墟の上に残っているのが感嘆できる文字のような字体を、崩壊のただなかに

おける永続性の象徴として採用し、

われ青銅より永続せる記念碑を成せり《エクセーギ・モヌメントゥム・アエレ・ペレニウス》

を地で行くことによって（しかも、ラテン語の二つの単語の順番では、うしろの「suae〔彼の〕」が前の「aetatis〔年齢〕」を限定するので、われわれは左のほう、つまり現在時の顔のほうに戻されるようになっている）、

　それ以上に、同じ一つの瞬間を意味する二つの日付指定を釣り合わせることによって、この埋め合せをしたのである。とはいえ、〔二つの日付指定の〕一方は明らかに他方に従属している。「anno 1532」はわれわれをキリスト紀元に、この商人の一生がそこで展開される暦の原点に送り返し（ほかの作品では、画家が「紀元《アンノ・ドミニ》」と明記していることもある）、「aetatis suae 29」は、この商人が誕生した年へとわれわれを連れ戻すのだが、この年は必然的に、彼の現在の年齢とキリスト紀元原点とのあいだに位置づけられる。この人物の眼差しがわれわれのほうにやって来るのは、この誕生の底からなのである。

　ホルバインはその後も新たな文字配置を試みるだろう。ベルリン美術館にあるフォス・ファン・ステーンウェイク家の一員の肖像では、日付指定をなす四つの語によって顔が次のようにかこまれている——

ANNO　1541
AETATIS　SUAE 37

　この人物の生の流れは、時間というものの一般的な流れに支配されており、「年齢〔aetatis〕」と「彼の〔suae〕」のあいだの文法的つながりが、頭の両側から〔この絵の〕構成を万力のように締めつけている。おまけに、「anno」という語は二重の機能をもちうる——「一五四一年〔anno 1541〕」と読む以外にも、「彼の三十七歳の年〔anno aetatis suae 37〕」と読みうるのであって、画家は晩年に手掛けた肖像のほとんどにおいて、後者の言い回しを選ぶようになる。《サリー伯ヘンリー・ハワード》の肖像画では、顔は苗字と称号のあいだ、そして、「anno」という単語（年号数字は明示されていない）と、「彼は当年とって二十五歳〔aetatis suae 25〕」という言葉のあいだにはさまれる。ここでは、語からなる四角形が、左上にある名前と、それを受け直した右下の「suae」という所有形容詞の結びつきという文法的な万力によって締めつけられている。

　あなたの洞察力を鍛えてくれるものとして、アラビア数字やローマ数字等、いろいろな種類の数字、略号、装飾文様など。われわれのほうを見つめるこれらの眼は、どこまでも深く沈んでいく。その日に記録された仮面に、日々新たな仮面が被せ

られる(明確な日付を記された肖像画が複数存在する。その一枚を仕上げるために、ホルバインは何週間を要しただろうか、と想像させられる)。一日ごとにその仮面は覆い直され、同じ名前のもとに、違う顔たちがそれを覆い直し、そして名前そのものもまた、ほかの名前に、ほかの名前の体制にとってかわられる。われわれの眼前で深淵に沈んでゆくこれらの眼は、彼ら自身の死の彼方からのみならず、彼らの世界がわれわれの世界へと変ってゆくその変化の対岸から、われわれのほうを見つめている。これらの眼のなかに、われわれの世界がついに変化する過程を見つめよう。

II 紋章の冒険

1 家紋

それぞれ変貌していく複数の顔がそこを通過するところの称号や役職名は、紋章で示すことができる。「ムーランの画家」の手による《オータン美術館の聖児降誕の図》[23]において、この絵の寄進者の身元を特定している大紋章では、赤い帽子が彼の役職名を示していて《枢機卿》と読み解かれ、楯形紋章がその苗字を示し、より詳細な紋章学的解読の対象となりえ、というのも、原則的には、この楯形のなかに目録化された要素はいずれも、寄進者の家の起原たる先祖のうちのひとりに、この寄進者の家に集められた遺産のうちの一つに紐づけできるからだ。

マクシミリアン皇帝〔一四五九－一五一九。神聖ローマ皇帝〕が没したのは、デューラーが肖像画の下絵(アルベルティーナ美術館所蔵の水彩画〔鉛筆画の誤り〕)[24]を描いた時点と、肖像画(ウィーン美術館とニュルンベルク美術館蔵)[25]を完成させた時点のあいだである。このあいだに作品はその性質を変えた。皇帝との謁見や儀式の際に、モデルとなった人物を認識させる役目を作品はもはや果たすことができないし、時の経過とともにモデルの容貌が変化することももはやない(現実の顔は土ないし石畳に覆われてしまい、もはや近づくこともかなわず、いずれにせよ見分けはつかない)。絵はある祖先の記念碑と化した。肖像画の左手には、ハプスブルク家の紋章があって、皇帝の冠を戴き、金羊毛頸飾章にかこまれている。これらの肩書はどれも、後継者の肖像を描く場合にも用いることができるが、その右側の長い題辞は、マクシミリアン皇帝という個人の実存に幕を下ろすこととなる——

POTENTISSIMUS MAXIMUS ET INVICTISSIMUS CAESAR MAXIMILIANUS QUI CUNCTOS SUI TEMPORI REGES ET PRINCIPES IUSTICIA PRUDENCIA MAGNANIMITATE LIBERALITATE PRAECIPUE VERO BELLICA LAUDE ET

ANIMI FORTITUDINE SUPERAVIT NATUS EST ANNO SALUTIS HUMANAE
MCCCCLIX DIE MARCII IX VIXIT ANNOS LIX MENSES IX DIES XXV
DECESSIT VERO ANNO MDXIX MENSIS IANUARII DIE XII QUEM DEUS
OPT MAX IN NUMERUM VIVENCIUM REFERRE VELIT

強大にして偉大、敗れざるマクシミリアン皇帝は、
同時代のあらゆる王と君主たちに比べても、正義、慎重、
高潔、寛大、何より武勲と
魂の不屈さにおいて優っていたが、人類の救済の年
一四五九年三月九日に誕生し、五十九年九ヵ月二十五日間生き、
一五一九年一月十二日に崩御し、
至　にして偉　なる神がこの方を生者にふたたび数えられんことを。

第一行目に、「偉大〔Maximus〕」「マクシミリアン〔Maximilianus〕」とある。その木霊を最終行の「偉　なる〔max〕」という略語に見出せるものの、この略語はじつのところ、デューラーにとって唯一の「偉大《マキシムス》」な存在〔神のこと〕、真に「偉大」である唯一の存在にしか当てはまらない。恐るべき木霊！　ここでは付加形容詞の全体を書くにはもはや及ばないのであって、この形容詞は至高の名前と永遠に結びついており、その第一音節を読みさえすれば、われわれは直ちにこの形容詞を最後まで発音できてしまう。その反対に、マクシミリアンは、皇帝という称号が彼にもたらしていたもの、いまや別人の頭の上にある帝冠、つまりは、この文章の第一行目の全体を死によって剝ぎ取られてしまった。もはや彼に残されているのは、第二行目から第四行目までの美徳のみであって、それらは第五行に示された彼の地上での生涯を通じて顕現したのであった。第六行で神は彼を死なせ、第七行は彼の復活への希望である。

では、これらの美徳の序列を詳しく見てみよう。最初に来るのは、人が皇帝に求める美徳（王侯貴族にも求められるものの、その度合は劣る）たる正義と慎重さ、次に、文字どおり高貴な美徳、ある程度の財産と能力なしには表出しえない美徳たる高潔さ、寛大さ、武勲（御前騎馬試合と甲冑の時代にあっては）、最後は、その地位にかかわらず個人を際だたせる美徳たる魂の不屈さである。「魂〔âme〕」〔ラテン語の原文はanimi〕という語は、すぐ上の行にある「高潔〔magnaminité〕」の一語によって予告されており、第四行目にあたる誕生と救済の行を導く。

デューラーは、二枚あるこの肖像画のうちの一枚を、マクシミリアンの娘であり、彼女の甥にあたるカール五世の摂政をしていたマルグリット・ド・サヴォワ〔一四八〇－一五三〇。オランダを統治していた〕に献上したものの、画家の日記によれば、この贈り物があまりに彼女の不興を買ったため、絵を取り返すことを選んだ上で、イギリス製毛織物一巻きと引きかえに、トマゾ・ボンベリに売り払った

が、要は厄介払いしたのである。父親の肖像画のどこがそれほど女摂政の気に障ったのか。あの題辞にもかかわらず、あまりにも「存命中の」皇帝でありすぎたせいに違いない。この肖像画があるために、皇帝という地位の内部において、マクシミリアン一世の顔を若きカールの顔に置き換えることが、彼女には困難だったのだろう。なるほど、「聖なる」先祖たちの肖像画によって、一族の権威が強固にされる必要はあって、それらが新しい当主に前例を提供し、ほかの者たちには当主の公正さや慎重さを評価するための比較対象をもたらすのは確かである一方で、在位中の王や皇帝の尊厳に、前任者の亡霊の尊厳を対抗させる危険は避けなければならない。

　デューラーは周到にも、マクシミリアンの手に、彼が生前に握り締めていて然るべきだった地球儀のかわりに、死すべき定めと復活の象徴である半ば裂けた柘榴、外皮の亀裂から果粒が現われている柘榴を持たせてはいた。右側の題辞の配列は、左側の物体の配置と彼此照応している。復活への希望がこのように強調されてしまうと、マクシミリアンの聖画像は、聖なる先祖たちの聖画像のあいだに即座には鎮座できかねる。何もかも剝ぎ取られて孤影悄然、救済を必死に待ち望んでいる姿で描き出された彼は、子孫たちにとり憑くことしかできない。記念碑は記念碑でも、半開きの記念碑なのであって、いかな孝行娘であれ、女王にはその墓の蓋を閉める必要がある。

2　おお、汝らすべての《オー・ヴォス・オムネス》

古い絵画において、多くの事物は、言葉そのものであった。聖女アニェスは仔羊、聖ロックは犬、聖ペテロは鍵、聖ヒエロニムスは一冊の本と一頭のライオンによって性格づけられていた。殉教者であれば、拷問の道具、もしくは拷問をうけた体の部位によって示されることが非常に多い。ホルバインは肖像の顔を日付で取りかこむことで、モデルとの類似がもつ一過性を埋め合わせようとするのに対し、この場合の聖人は、その至高の行為の瞬間、彼を聖人として顕示する証拠となる一瞬において、われわれに現前してくる。聖人にとって、時はもはや不動となるために、彼はこの姿で永遠の存在となる。肉体が復活しようとも、聖人である証拠へと肉体が変容することはまったく揺るがないだろう。

　二種の語彙体系が同時に使用されることは珍しくない。すなわち、聖人がそのアトリビュートを伴っているにもかかわらず、その名が絵に書きこまれていることであって、それは聖人の名を難なく識別できる場合にすら起こるのだ。特定の聖人を以前から崇めてきた聖堂において、聖画像を差し替える場合、当然のこととして聖人への信仰は変わることがなくとも、新しい聖画像を前のものと視覚的に結びつけておく必要があって、これは、後者の威光《アウラ》や力のほうが大きかった場合ほど必須となる。

然り、これが相変わらず聖マルコであることは認めよう、しかし、われわれとしては、有翼のライオンと、「MARC」という語が記されたページのところで開かれた本、それらがこの新しい顔に付き添っていてもらいたい。そうすれば、これらの象徴に想いを馳せるだけで眼前の画像を聖マルコと呼ぶことができるし、消えてしまった以前の顔立ちにその都度送り返されずにすむ。一重でも二重でもいいが、題辞が聖堂の連続性には必要なのである。

　ヴィルヌーヴ＝レ＝ザヴィニョンの《ピエタ》[26]では、聖母、マグダラのマリア、聖ヨハネの三人は、場面内でのそれぞれの役割によって、どれほど無知なキリスト教徒であったとしてもすぐに識別可能であるにもかかわらず、彼らの名前はそれぞれの光輪のなかに記入されている。反対にわれわれは、描かれた寄進者を見ても誰であるかわからないのだが、この無知からわれわれを抜け出させてくれるような文がどこにもない。キリストについていえば、その背景にあるのは光の放射のみで文字はない。光輪の言葉は——

JOHANNES EVANGELISTA
VIRGO MATER
MARIA MAGDALENA

聖ヨハネ
処女なる母
マグダラのマリア

なのであるが、じつはこれらの語は描かれているわけではなく、金地に刻みこまれており、一見しただけで判読するのは難しい。われわれは照明の加減で、文字を一つひとつゆっくりと解読していくほかない。文字は人物を判別できるようにするためではなく、——判別はとっくにできているのだから——われわれをして彼らの名前を恭しく、可能なかぎり頻繁に発語させるためにあるのだ。それらの語はいくらかの遅延を経てはじめて解読可能になり、われわれに注視を強いる。エジプトの墓で、死者の名を実際に発音させるために、驚くべき文字で刻まれている墓碑銘を前にしたときと同じ現象をわれわれは前にしているのである。現代の広告で、文字をさまざまに変形することが果たす役割はよく知られている。

　一つには、ひとりひとりの顔のまわりに文字が円環状に配列されており、いくつかの文字が逆さまになることもあって、解読を緩慢にし、遅延させるのだが、とりわけこの絵全体がいわば五つの金の輪によって釘づけにされたようになっている。すなわち、三つの光輪、キリストの背光、聖母の上装の折返しのところに、さながら留金でとめた宝石のように見える星、つまり暁の明星《ステラ・マトウティナ》の五つである。
金の背景は空であり、その上には、聖なる人物たちの名前が永遠に刻みこまれている。地平線上の聖母の身体という外皮を貫く暁の明星は、天の地上への降下を告知し、その降下はいま、死せるキリストの身体という形で実体化され、地平線下のキリストの頭は燦然と輝いている。

このとき、キリストの背光に名前がないことが、ほかの光輪には名前があることと同じくらい重要になってくる――キリストの名前がまだ認知されておらず、全面的に広がるには復活を待たなければならないだろう。

ほかの者たちの名前を、彼らの頭から発される光芒としてわれわれに開示する金の放射――彼らが天に入るや否や、ひそやかに、果てることなく、天使たちの合唱のなかでみずからの名前を発音するのであり、文字の解読は、われわれを名前の発音に参加させる。

中央の光輪のなかには、「処女《ウイルゴ》」と「母《マテル》」の語が左右均衡に配置されている。聖ヨハネの側に立つと「母《マテル》」の語が読みとれるようになる。実際、キリストはゴルゴタでヨハネに言う、「見よ、汝の母なり」と。「処女《ウイルゴ》」の語はマグダラのマリアの側から読み取れる。ヨハネは聖母に母の名を永遠に捧げ、罪の女は、聖母に「処女」という名を捧げることにより、神の母を永遠に讃える。ふたりの読解という光線がこの円環のなかで交錯するのだ。

マリアという名は、マグダラの娼婦だけでなくイエスの母のものでもあり、後者に近い側に記されている。「福音書作者《エヴァンゲリスタ》」の語は磔刑された者を見つめている。だが、われわれはこのような絵の響きを汲みつくしていない。天空を表わす金の部分はすべて、さらに小さな字で書かれた長い題辞に縁どられており、なおさらゆっくりと読まれることになる。

O VOS OMNES QUI TRANSITIS PER VIAM ATTENDITE
ET VIDETE SI EST DOLOR SICUT DOLOR MEUS,

おお、汝らすべての道を行く者たちよ、足を止めて眺めよ、わが苦しみに比肩しうる苦しみがあるのか、

聖金曜日と聖土曜日の祈禱において、カトリックの典礼によって聖母のものとされている言葉である――
はじめの部分は左側で上昇していくので、われわれの読書における通常の道筋である水平のそれの過程でわれわれは足止めされ、つづいて、われわれの道行き、われわれの不注意を具現化するように、「足を停めて眺めよ〔ATTENDITE ET VIDETE〕」という言葉に注意を引きとめられ、それから右側へと下ることで、われわれを苦悩の化身のほうへと連れ戻していくのであり、
まさに敬虔なる罠である。

3　土地のダイアグラム

ヴィルヌーヴ＝レ＝ザヴィニョンの《ピエタ》では、それぞれの聖人たちの身許は直ちに判別できるが、たとえばルネサンス揺籃期のイタリアがわれわれに提供するあれら無数の多翼祭壇画においては、そうとも限らない。祭壇背後の聖画像は、一般的にいってただひとりの聖人ではなく、複数名の組み合わせを提示しており、元々はそれぞれの壁龕に孤立して祀られていたもので、おのおの独自の徳を、そして、その地方の地理に対しては固有の関係をもっている。

いくつもの礼拝堂に代わって新たな教会が一つ建設される場合、それらの礼拝堂で崇められていた聖人たちは、新たな教会のなかでそれぞれの場を見出す必要が出てくる。多翼祭壇画とは、天の影響に対してその土地がどのような状況に置かれているかを示すダイアグラムのようなものなのだ。占星術的表象が多翼祭壇画にいかに容易に滑り込みえたかよくわかる。ある町が別の町の支配に屈するとき、その代償として、敗北者たちの守護聖人が勝利者たちの崇敬を受けるべきなのではあるまいか。ペストの流行、奇蹟のあとで、その日を祭日とする聖人がなんらかの貢献をもたらしたように思われる戦勝のあと、新しい崇拝が確立したのだとしても、それまでの守護聖人たちの場所もとっておかねばならず、ダイアグラムは複雑化していくだろう。楯形紋章のなかに遺産が集中していく歴史が書きこまれるように、何人もの守護聖人への崇拝が集中していく歴史が多翼祭壇画に描きこまれるのである。

この土地では今なお聖テオドロスが崇められており、この土地から発せられる祈りにこの聖人は心を動かされるのだと確信しているだけでは足りない。この地でやはり崇められているほかの聖人に対して彼がどのような位置を占めているかをわれわれが確かめられることが、さらに必要なのである。それゆえ、聖人たちの名前を正確に特定できるよう細心の注意を払わなければならない。二重の語彙体系は余計ではないのだ。

名前は聖人の基本的な属性の一つである。洗礼のとき、子どもをピエールやポールと名づけることによって、それと同時に聖ペテロ〔ピエール〕なり聖パウロ〔ポール〕なりを「守護聖人」として、いいかえれば手本かつ守護者として与えていたわけで、子どもはすでにして天上の家族の一員に、聖人の聖歌隊の一員になっていたのであった。幼いピエールであれば、鍵とともに描かれているので判別できる自分の守護聖人の聖画の上に、自分の名前がどのように書き記されているか、教会に見に行くことができるようになっていなければならなかった。このように、象徴物はそれと結びつけられた文字の解読を可能にし、反対に旅行者であれば、文字を読むことで、この地方ではこの象徴物がこの聖人を示すのだと理解することができる。

4　聖会話

イタリア絵画の発展とともに、イリュージョニズム〔立体感や奥行きの錯覚を与える技法〕の傾向が強まるにつれ、やがて画中に題辞を描き入れるのが難しくなってしまい、しばらくのちに、かつての多翼祭壇画が建築的な仕切りをすべて失って聖会話となり、そこでは、一つの場に集まり会話をしている聖人たちは、もはやそれぞれの象徴物によらなければ見分けることができず、それらの象徴物がこのような「リアリズム」、とりわけジョヴァンニ・ベリーニの作品において、特異な幻想性をもたらしている。かつては明確に分けられていた複数の属性が同じ場に置かれた瞬間から、いわば幻想小説のような効果がひろがりだす。ある壁龕に聖カテリーナの属性である鋸歯のついた車輪、もう一つの壁龕に聖ヒエロニムスのライオンが目に入れば、これらの象徴物はそれぞれの聖人にのみ関連しており、たちまち象徴物として認められる。ところが反対に、一つだけの風景あるいは広間のなかで車輪とライオンが遭遇しようものなら、冒険の火花がこの二つの極のあいだで飛び散る。

ウフィッツィ美術館所蔵の《聖なる寓意》[27]と呼ばれる絵の主要人物たちは、その大半がそれぞれの象徴物によって容易に判別される聖人たちであるとはいえ、われわれは、男性裸像に矢が刺さっているならそれを聖セバスティアンと読み取るべきであることを忘れて、こんなに涼しい顔のまま何本もの矢を突っ立てている青年、こんなにも穏やかに傷を受けている青年は、この魅惑的な風景のただなかで、会話する貴婦人や、愛の神なのだろうと思われる小天使たちのあいだで、一体何をしているのだろうと夢想にふけってしまう。

5　連禱

聖会話において象徴物が題辞に勝利してしまったせいで、——ただし、この勝利によって、あっという間にそれらの象徴物はわかりづらくなり、もはや幻想的価値しか残らなくなる——われわれは、聖人たちへの崇拝において、ということは多翼祭壇画の芸術において、象徴物こそが本質で、題辞のほうは蛇足であり、あたかもわれわれ現代人がそれらの面々に名前をつけていくのを助けるためだけに置かれたにすぎない、とでも考えてしまいがちである。重要であったのは、狂犬病を治癒する精力的な聖ロックが、文盲にもわかるくらい明快に、一匹の犬で示され、火事の際に祈るべき聖人が火で示されていたことではなかったというのか。しかし、その祈りが真に効を奏するには、その聖人が本名で呼ばれることが必要だったのであり、したがって、画のなかに名前のための場所を、文字を読む術を知らない人々にさえ、最低限そこに文字があることだけはわかる場所を残しておかねばならず、あるいは、そこに文字が書いてあってもよかったし、書いてあって然るべきだった、というだけでよかった。あれらの吹流しや枠はすべてそうしたもので、そこに書きこまれた文字は、十六世紀以降、だれにも読めなくなる。奇妙な断絶――名前が書き込まれねばならないのは、文字が読めない人々のためであり、それゆえ、かならずしも実際に名前が書かれている必要はなくて、そのための場所さえあればよいとすれば、それとは逆に、文字が読める人々のほうは、ある特定の聖人に向けられ、多少なりと迷信に染まった崇拝からは距離を置き、聖人を福者たちの一団の中に包括するのだが、彼がその一員であることは、総称的な象徴物一つで十分に明示されうる。題辞の読解不能性、あるいは題辞にあてられるはずの場所におけるその不在は、異なる社会階層を互いからひきはなしていく誤解であり、漸進的な読解不能性にほかならない。

しかし、なんといっても、象徴物は聖なる人物のただ一つの側面しか表わさないが、名前はその人物全体を指し示している。それぞれの聖人が一つの連禱の内側で、感応作用における兄弟たちの名前に伴われて、その名を唱えられることが可能であっただけではなく、彼個人のための連禱が、そのさまざまな徳を詳細に唱えてゆく場合もありえた。われわれは、それぞれが聖母讃頌の項目の一つひとつに呼応する以下のような事物を組み合わせた絵画を多数知っている――

「正義の鏡、知の玉座、神秘の薔薇、霊妙なる壺、ダヴィデの塔、象牙の塔、黄金の堂、契約の箱〔十戒を刻んだ石板を納めている〕、天の門、暁の星」

（この循環によって、ヴィルヌーヴ＝レ＝ザヴィニョンの《ピエタ》の「暁の星」は、香料入れを捧持しているマグダラのマリアの光輪内に書き込まれたマリアの名前に結びつき、さらに、そのまわりで処女《ヴィルゴ》と母《マテル》の二つのほかの属性を列挙している中央の顔に結びつけられる）。

画家は、あるいはいわずもがなのこととして、画家に主題を指定する聖職者は、聖書に実際にあるか、もしくはありそうなこうした唱句のなかから、同じ一つの多翼祭壇画に描かれるほかの聖人たちから特定の聖人を最も確実に区別させる、最も特徴的な象徴を選び出さなければならなかったのであるが、とはいえ、この目印を出発点にして、たとえば鍵を手にしている男を目にした信者は、かならずやその聖人の名を恃んでその聖人の全体に呼びかけ、自分の精神を天国の番人のほうだけでなく、教会創設者、ガリラヤ湖の漁師、逆さに磔刑を受けたひと等、説教や聖務課や聖書の物語によって、ペテロという音節に結びつけられたすべてのことに向けることになっていた。

6　未知の文章の坩堝

題辞がそこになくてはならないのは、住人たちのうち、まさしく文字が読めない人々のためであるが、それらの数音節を、文字の読める人がかつてのように然るべき態度で発音することができなくなっているとしたら、あるいは、住民全体が、みずからの生み出すイメージに対して、かくも読解能力を欠いていることを曝け出すならば……。その場合、題辞のために用意された場所にそれが不在であるという事実は、決定的に過ぎ去ってしまった事態への郷愁となるのはそのとおりであるにせよ、われわれの言語の空白と無能に対する告発、新たな解読と別のテクストへの希求ともなるだろう。かくてマルセル・デュシャンは、《花嫁は彼女の独身者たちに裸にされて、さえも》において、《高所の掲示》用の場所を確保しているばかりか、この作品と関連する《グリーン・ボックス》のなかで、その題辞のために解読不能な文字を実現することをいっとき目論んだ顛末を説明している。

今日の画布には、来るべき語のための罠がなんとたくさん張られていることとか、それらの必要性について、眼に見える瞑想がなんと多くあることとか……。

象徴物は、それしか描かれていないとき、題辞を呼び求めていた。そのとき、絵は一つの謎かけとなり、発音すべき聖人の名前がその答えとなるのであった。しかし、象徴が自由に解き放たれたとき、謎は多様化し、聖人名だけではもはや十分な解答とはなりえず、ウフィッツィ美術館の例のベリーニの絵がそうであったように、謎かけの運動が暴走してしまい、かつてのような答えでは、もはやその動きを鎮めるには足りなくなった。昔日の多翼祭壇画から聖会話への発展とは、聖人への崇拝をめぐる識字層の態度変化の結果なのであるが、それが徐々に信仰全体を蝕んでいく。

ヒエロニムス・ボスの芸術は、象徴物の解放にその源泉を汲んでおり、それらの大半が寓意的形象、とりわけ悪徳と美徳の寓意的形象から借用されたもので、道徳的な響きをもつそうした事物同士の衝突が、シュルレアリスムの詩論における単語の衝突と同様に、イメージを生みだす〔《聖アントニオスの誘惑》〕。このように考えてくると、さまざまな人物と付属物の意表を突く結合はことごとく、それらと結びつく言葉を探すよう誘いかけてくるものだから、その絵がもつべきテクストを絵に返してやらないかぎり、それは真に完成されず、ところが、象徴物の方法的解放はこのような結合を無限に多様化させるため（ボスをして風景画法をかくも根底から革新するにいたらしめた理由の一つ、それは、こうした象形文字の動員によって、空間を無限に掘り下げて拡張すること、したがって、すでにファン・エイクに現われていた遠景の描き方を体系化することが求められた点にある）、

彼の作品は新たなテクストを無限に生みだすのだといえる。

《聖アントニオスの誘惑》(中央パネル)
ヒエロニムス・ボス作
リスボン国立古美術館

III 諸現実の意味

1 諺

アントワープのマイヤー・ファン・デン・ベルグ美術館には、大ブリューゲルが十二の諺を形象化した十二個の円形牌からなる連作[28]があって、これらの円形牌は、奇妙な具合に一枚の長方形のパネルに嵌めこまれており、その仕切りには、該当する十二のテクストが記入されている。円形牌はいずれも独立していることから、これらがパネルのなかに寄せ集められたのはあくまで画家の死後だと考える人々もいるものの、綴字はブリューゲルの時代の慣用と符合している。

制作された後に補強や部分的な塗り直しが確かに施されているとはいえ、これほどまでに複雑な指物細工がどうして作られたのか。これが一種のゲームだった可能性はないだろうか。円形碑に暗示されている諺を言い当てられれば、それを然るべき仕切りのなかに戻すことができたというわけである。

これら十二の諺のうち、十一までは、ベルリン国立美術館に所蔵されている絵〔《ネーデルラントの諺》〕に描かれているのが再び見出されるのだが、なんの書き込みもないこの絵には、すくなくとも百三十五の諺が描かれている──というのも、ヴィルヘルム・フレンガーがこの絵を九十二の場面に分割し、その時代の九十二の諺または表現に結びつけているのに対し、それらの情景のいくつかについて、別の諺の挿絵にもなりえたし、さらに細分化されえたことを証明した研究者たちがいるのだ。一例を挙げれば、燃えさかる家を前にして跪いている男を描いた細部について、グスタフ・グリュックがわれわれに提案する謎解きは以下のとおり──

(一)「熾で暖をとれるかぎり、誰の家が燃えていようが知ったことではない」(確かに、跪いている人物の腕は、手を温めることができそうな格好をしている)、

(二)「火が屋根から吹きだす前に火事を消せ」(確かに、火が屋根から吹きだしているし、人物のほうは消そうと試みているのかもしれない)、

(三)「火のないところに煙は立たぬ」(確かに、濃い煙が立ち昇っている)、

(四)「汝兵士なりや、農夫なりや?」(確かに、この人物は兜を被っているのに、裸足だ)、

これら以外の言い回しをこのリストに追加するのは十分に可能である。

この絵は、その全体が日常言語に発して組み立てられており、翻って日常言語に作用を及ぼすはずだ。あらゆる慣用的な話し方に含まれて使い古された言葉たちが、ここではそれらが本来

《ネーデルラントの諺》
大ブリューゲル作

もっていた異様さを取り戻す。ここでの諺は、多翼祭壇画内の壁龕に納まった聖人たちのごとく、それぞれの円形碑に孤立しているのではなく、場面あるいは場面群のなかで混じり合っているだけに、なおさらそうなのである。「猫に鈴をつける」のは「ナイフを歯でくわえた男」なのだ。『アリス』におけるルイス・キャロルの発想の手法と同じである。

鑑賞者は、この絵によって力を取り戻すことになるはずの言葉を自分自身で見つけ出すべきであって、ここには、山ほどの表現が、日常表現の一大百科事典がある。

2　標題が口火を切る

ボスの作品は、われわれの口にふだんのぼるようなことはなかった新しいテクストを、われわれの眼前に生み出していたが、ブリューゲルの作品は、まさしくわれわれの口にふだんのぼっていたようなことの更新に成功したのであった。この二つのいずれの場合においても、本質的なのは、われわれに発音させるべきテクストが画中に不在であることであって、しかしこの不在は、なにかしら別のテクスト、さもなくば、われわれの読解の口火を切ってくれるような第一段階のテクストが存在していれば、それだけいっそう強調されうる。

ナポリ国立美術館には、アントワープの円形牌と同様にまるい絵[29]があり、それは明らかに諺を描いており、二行の題辞を含んでいるのだが、額縁や、そこから取り外せそうななんらかのパネルの上ではなく、この絵それ自体の上に描かれている。

この世はまったくのいかさまなので
私は苦痛を抱いて立ち去る

しかし、この文は、絵に表されている諺ではない。これは、画面上に見られる人物のひとりで、黒いケープを着用し、頭巾で眼を隠し、両手を組んで道を行く男の台詞なのである。彼は足元に撒菱が散らばっていることにも、上に十字架を戴き、世間を象徴している透明な球体に半ば閉じこめられている若い男に財布をすられそうになっていることにも気づかずにいる。

ベルリン〔国立美術館〕の絵にも、これと似たような球体が一つ(そして「世間」を象徴するほかの事物が複数)、なんとか世間を渡っていけるようにしようとして体を折り曲げる羽目になった男とともに描かれている。

この場合、題辞は、投げかけられた謎の構成要素の一つなのだ。このキャプションを介して、絵はその題〔《人間嫌い》〕を呼び出す。

3　ここに女あり

多翼祭壇画からそれだけ残された板絵にあって、そこに記入され、象徴によって裏書きもされている聖人の名前は、私が自分のカタログ内でその作品に与えることになる題そのものである。画家は、自作の標題を選ぶことで、私が考えなかったかもしれない側面を強調することもしばしばあるが、その題がなければ考えもしなかったであろう一面を啓示されることもある。

キュビスムの時代になると、モデルとされた物体の見慣れた形状と、制作の結果とのあいだに、極端に距離が生じてしまうため、このあいだの軌跡を保持すべく、題をつけることがきわめて重要になった。ここでわれわれにとって興味深いのは、題によって指し示される物体と、われわれに提示されるイメージの類似性ではなく、それどころか、両者が似ていないことなのである。このとき題は、失われた外見に対する証言、われわれをしてゆっくりと、ことによると甘美に、その外見にまでさかのぼらせてくれる梯子にほかならない。この旅程を測ろうと思えば、われわれにはなにがなんでも題が必要であり、マルセル・デュシャンのいくつかの決定的な作品、《階段を下りる裸婦》の最後の二ヴァージョン、《全速力の裸婦たちにかこまれた王と王妃》、《移行、処女から花嫁へ》、一九一二年の《花嫁》において、標題が画面の上にやって来るようになるのはそのためだ。

ピカビアの作品においては、完成した絵画がわれわれに示すところからわざとかけ離れるよう、おまけに、モデルに発するいかなる旅程からも無関係に題が選択されたうえで画中に記されれる。ここでは、旅程は名づけ行為それ自体の内部にある。ふたりの別々の聖人の象徴物が対置され、一篇の詩の内部で異なる領域から借用されてきた二つの語のように、そのあいだで幻想的な火花が走るのと同様、あるイメージと、一見似ても似つかないものを指示している題の激突から、新しい意味の火花が噴き出すのだ。この場合もやはり、題となるテクストが画中にあることが不可欠であって、さもなければ、鑑賞者は、関連性を即座には把握できずにカタログにあたることをやめてしまうか、これは何かの間違いだとすら思いかねず、そうなるともはやなにものも生成されないだろう。

モデルに対する慣例的なものの見方からいかなる形で徐々に遠ざかろうとも、一九一五年の水彩画《ここに女あり》がわれわれに提示する機械を、絵の上部に書きこまれたこの題と結びつけるような絵画的旅程は存在していない。名づけ行為それ自体が明らかに本質となっているこの作品を解読しようとするならば、次のような文章によって可能となるかもしれない——「仮にもこれをこんなふうに名づけたら、君たちはいかがお思いになりますかな、どんな効果が起こりますでしょうかな」。アンドレ・ブルトンは、『失われた足跡』に収録された一文において、いくつもの円に《伝道の書》という題を、一本の直線に《スターの踊り子》という題をつけるという発案を少し前に得たのは、

ピカビアだ

と記憶を新たにしている。こうした題の不都合なところは、鑑賞者がそれらがパロディか悪ふざけであるという解釈にあまりにもすぐ飛びつくことができたこと、どんなものにも一様に適用可能な「わかった」のひと言をもってそれらを除去できてしまったことだった。ブルトンが先のエッセイで取り上げている一九二二年の水彩画において、

> こうした不都合が消えるのは、いかなる題もイメージを形成せず、そうかといってイメージと重複することもないからだ。題のなかに、絵画が必要とする補完物以外のものを見出すのは不可能なのである。

《ここに女あり》という文字を読むと、ひとりの女が描かれていることを私がなんの困難もなく認識していたあらゆる種類の絵画的表象が、私の念頭に浮かんでくるが、記憶の美術館に所蔵されている作品に対して題がそのような呼びかけを一切引き起こさない場合には、そしてそれゆえ、提示されたイメージに——最初に一瞥した時点で、疑いようもなくなんらかの馴染み深い物体がそこに現われてこようとも——これまで一度たりとも描かれたことがない何かに関して形象化という価値を付与する場合には、われわれの受ける衝撃が同じくらい大きく、実り豊かなものになりうる。

真の主題がこうした隠喩であるのは自明であって、かくのごとき水彩画をその上に書き込まれた題で指し示すのがいくら便宜に適っているといっても、ひとたびカタログの中に題だけが切り離されてしまうと、その題は何か本質的なものを取り逃してしまう。これほどかけ離れた呼称を作品そのものの内部に持ち込むことは、乗り越えられるべき第一段階に呼称を位置づけるのである。

4　イメージの裏切り

一見女とはまるで似ていない機械が《ここに女あり》という題のもとに示されていたピカビアの一九一五年の作品に対して、マグリットの一九二九年の作品[30]が呼応しており、そこでは、一本のパイプが、これ以上になくわかりやすく、ということは、われわれが実際に見ているままではなく、広告や、とりわけ教科書やポスター教材で表象される場合のような慣習的な仕方で描かれていて、こんな注釈が添えられている——

> これはパイプではない。

しかし今回、描きこまれているこの文章は、題の第一段階に

すぎないものとして提示されているのであって、なぜなら、額縁の外に第二段階の題があり、なにがこの作品で暴かれているのか、この上なく明快に示しているからだ――《イメージの裏切り》、と。

実際、一見したところではこのパイプのイメージがいかばかりパイプに似ていようが、われわれがパイプを話題にする際に実物の代役を務めるこのステレオタイプを実物に近づけさえすれば、それとの差異および裏切りが赤裸々になる。

多くの場合、ピカビアとデュシャンは、かなり大味な活字体で題を画面上に描き入れており、デューラーやホルバインの絵でわれわれが讃嘆させられるあの壮麗なアンチック字体の遙かな記憶と思えるのだが（とはいえ、《移行、処女から花嫁へ》という題において、「移行」という文字の粗雑な印刷体の大文字から「処女から花嫁へ」の優雅な筆記体の小文字への移行によって、水準の違いがもたらされることに注目しておこう。このように強調された「移行」という文字が、読みの運動をいっそう際立たせるのだ）、

文字の線の描き方におけるこの気の抜けた感じは、同時代の画家たちのお気楽な名づけ方にたいしてこれらの作品にこめられた皮肉をわれわれに伝えてくる。反対に、二枚の《チョコレート粉砕機》〔デュシャン作〕のラベルに使われている念入りな工業デザイン的字体に讃嘆することもできるだろう。

他方、《イメージの裏切り》において、テクストは、生真面目な書体の模範であり、クラスの首席が首尾よく書き上げ、手本として同級生たちに示されるような一行を拡大させたものである。それは教師であれ生徒であれ、文字の使用法を教え、学ぶ者の書き方なのだ。

5　昼なのか夜なのか

一九三〇年制作の《夢の鍵》は、区画が仕切られていることにより、かつての多翼祭壇画をわれわれに想起させる。六つの区画のおのおのに、まったく奇を衒わず実物に似せて、物体が一つずつ描いてあるのだが、それぞれの下にあるキャプションは、その物体とは違う名前を与える。たとえば卵は《アカシア》と命名されている。《イメージの裏切り》の教えから、われわれはこの絵をつぎのように言い換えられる――

これは卵ではなく（もっとも、これはなにかと尋ねられれば、あなたはこの名称をこのイメージに与えたであろうけれど）、
アカシアであり、
これは婦人靴ではなく、月であり、
これは帽子ではなく、雪であり、
これは火のついた蠟燭ではなく、天井であり、
これはグラスではなく、嵐であり、
これは金槌ではなく、砂漠だ。

ランボーなら——

おれはひどく本気で、工場のかわりにモスクを見た……

《イメージの裏切り》に関して、絵に実物のパイプを近づけることで、実物とその表象をへだてる深淵が示されたが、同様に、私が《夢の鍵》の第一区画に卵を近づけるならば、齟齬の空間がひろがり、そのなかにアカシアも出現してこられる。

書店で買える『夢の鍵』〔夢占いのこと〕の類いやフロイトの『夢判断』を参照してみれば、たとえば夢に戸棚が出てきた場合、一般的にいってそれを女と解すべきことを私は教えられる。この絵は、「あなたが夢で卵を見たら、それをアカシアと解すべきだ」と読むことも可能だろうし、あるいは、より穿った言い方をすれば、「アカシアの現物と、この名が通常私に呼び起こすもの、すなわち私がこの名の上に置きがちであるようなイメージとのあいだに距離があるために、アカシアは、私の夢のなかで卵の姿となることができる」と読むことも可能だろう。

「月」という語は、それが喚起するあらゆることと相俟って、この婦人靴のイメージと実際の婦人靴を隔てるものを示す。黒い帽子のイメージは、私が見、触る実際の雪、それに結びつきうるあらゆる表象に伴われた現実の雪から、私が「雪」という語を発音する際に、私の頭のなかで習慣として呼び覚まされるステレオタイプを分け隔てる一切を告発する。

雪のことを考えていながら帽子の夢を見たとしたら、自分が雪のことを考えていると知りたくなかったからだ。ゆえに帽子は、私が雪という名詞を発音するとき、雪にまつわる自分の経験から排除しようとしているすべてのものを表わしている。

私が嵐を見れば、私はあとからでもこれは嵐だと識別できるようなイメージを、したがって、その下に「嵐」という語を置けるであろうイメージをつくることは可能であるが、この識別と名づけが行われるや否や、「嵐」という語が私にとって指示しているものとこのイメージを引き離している距離にまざまざと気づくだろう。実際、そのイメージとは、イタリアの教会の多翼祭壇画における聖人の象徴物と同じく、なんらかの連禱においてほかにも列挙可能な象徴物のなかから、適切なる識別を可能ならしめるために選びとられた一つでしかありえないのだから。だが、嵐にまつわる私の経験と、「嵐」という語を発音する際に私がその経験から引き留めるものとのあいだにもまた、同様に果てしない距離があって、後者の切り抜きは、ありとあらゆる類いの文法的かつ心的な必然性に迫られた結果であって、イメージがどれほど不完全であれ、常にあのステレオタイプからはどこかしらはみ出さざるをえない。

夢で嵐が私にとり憑いて、私がそれを嵐だとは認めたくないとき、嵐は私の前に現われようとして私の昼間の語彙集が選んでおいた象徴物を借用することは当然ながらできないので、まさにそこから洩れた象徴物を用いるだろう。このように、マグリットにとって、コップは嵐の忘れられた象徴物であり、それによって嵐は、われわれが嵐についてあれこれと語ることに対し、夜のあいだに、たぶん鮮やかなお手なみで復讐をとげることになる。

いうまでもなく、コップの実物と画中におけるそのイメージを隔てている局面のなかには、コップのなかにありながら、コップが嵐の忘れられた象徴物をなすことを可能にするすべてが含まれている。〔「嵐」という〕キャプションは、この絵がコップで「ある」というにはなにが不足しているのか、はっきりと指示している。

われわれは、四つの項を次のように配列できる——

砂漠、金槌のイメージないし夢、「砂漠」という語、金槌。

なるほど、マグリットは、金槌のイメージが砂漠の忘れられた唯一の象徴物だなどと一度として主張していないのだが、金槌のイメージが近づいてくるとある一つの夢が立ちのぼりはじめるかぎりにおいてのみ、金槌からそのイメージを「砂漠」の語が然るべく分離できるのだと指摘することは重要である。さもなくば、われわれは、この題を異物として単に除去するだけのことだろう。

この現代版多翼祭壇画における六つの区画は、一つの窓を形象化するよう配置されている。マグリット作品にはなんと多くの窓があることだろう、そして窓が昼と夜を溶け合わせる絵がなんと多いことか！　この窓もまた、慣習的な絵画を批判する語による昼の思考に、慣習的な日常の言葉を批判する象徴物による夜の思考を結びつけ、われわれをして白昼に星を見せてくれる。

6　謎々

諺に関するブリューゲル作品は、それらの絵の元となった文章や言い回しを発音するようわれわれに促し、常套句のなかで眠っていた語の意味をそこから引き離すことで、日常言語が再構成され、若がえるような一種の劇場を誕生させる。

しかしながら、すべてが話し言葉から噴出していようと、そこに話し言葉の音響性はまったく介入してこないため、たとえフラマン語を知らないとしても、対応する諺が知っている言語にありさえすれば、諺を解読することはできる。諺を構成する単語はあらゆる種類の冒険をすることになるが、絶対にみずからの統一性を失ったりはしない。

これに対し、ゲームであれ、宗教であれ、広告であれ、なんらかの理由で解読を遅らせたければ、単語単位で同音異義語に置き換えたり、長い単語の音を、複数の部分的な同音異義語を連結させたかたちに分解したりして、ある名詞をその音声的等価物に置きかえられる。この場合、読解はもはやただ一つの言語の内部でしか可能ではあるまい。

ある宿屋の看板に表されている金獅子《リオン・ドール》〔lion en or〕を、フランス語では「ベッドで人は眠る《オン・ドール・オ・リ》〔Au lit on dort〕と読みかえることができた[31]。

同音異義語が詩において本質的な役割を演じているのは知られているとおりで、古典的な詩人の脚韻、最近の詩人の語呂合わせがその例である。語というものは例外なく、みずからと似通った語にとり憑かれている。われわれが天文学の研究をしている場合には、「獅子」という語(星座の名前)から、吼える動物、勇者、ある社会の大立者、洒落者といった意味はもちろん、リトレ辞典であれラルース辞典であれ、辞書の同じ項目に載っているほかの意味をことごとく追放する必要があって、さらに陰からはリヨン〔Lyon〕市が秋波を送ってくる始末。子ども時代のミシェル・レリスは、「ビアンクールで〔à Billancourt〕」という言葉を聞くと、「宮廷服を着て《アビエ・アン・クール》〔habillé en cour〕」だととった。

錬金術師の場合なら、〔音声の類似性に基づく〕聖書の秘教的《カバ》解釈《ラ》がある。

古くからの判じ絵は数多く知られており、判じ絵とは特定されていない判じ絵も、おそらく多数存在し(たとえそれが、発音上のあらゆる変化のせいで解読に途方もなく支障が生じたからにすぎないにせよ)、なぜなら、今日において最もよく知られた判じ絵の形式、すなわち、クロスワードパズルやほかの多くの言葉のゲームがそうであるように、集団でやる遊び、特に十九世紀の新聞紙上で発達した娯楽の形式では、その判じ絵を支えている文章の直線性が基本的には尊重されているため、ある単語なり音綴なりを喚起する事物が、たとえば帽子《シャポー》〔chapeau〕を表わすための猫《シャ》〔chat〕と壷《ポ》〔pot〕という具合に、左から右に延びる直線上の然るべき場所に、それらが発音されるべき順番に並んでいるのに対し、芸術家はそれらをすべて、たった一つの情景のなかに混ぜおおせるということが起こるからである。

百年前の「ル・モンド・イリュストレ」紙かどこかにあった例が思い出される――大河があり、小舟の船首にはきらびやかな服装の女がひとり坐り、金貨をつめた袋や、蓋が半ば開いて宝石が溢れ出た箱に取り囲まれ、彼女の頭は「S《エス》」の文字にとって替わられている。船尾には伯爵《コント》〔comte〕の冠をかぶった男がひとり立って、渡守の代役を務め、そのケープには「ENTEMENT」の文字が刺繍されている。

こう読んでいただきたい――Contentement passe richesse〔満足〔comte+entement〕は富〔riche〔金持ち女〕+s〕に優る/富を渡す〕

多翼祭壇画の区画わけが廃されて聖会話にその地位が譲られると、画中の象徴物がそれぞれ固有の生を生き始めるのと同様に、謎々を構成するさまざまな事物は、どれほどある特定の響きに結びつけられることができたにせよ、直線からひとたび逃れるや否や、互いに、またそれらが呼び出す単語とのあいだに、新たな、汲み尽くしえぬ関係を結んでしまう。

謎々の作者は、ある水準を越えると、まさしくレーモン・ルーセルのように、われわれの言語やわれわれの意識の舞台裏を探索するのだ。

7　栄光に輝く身体

判じ絵芸術の最も興味深い面の一つは、文字や、ときには単語の〔形象への〕翻訳が断念されるとき、あるいはつい先ほど例に挙げたように、単語の断片の場合すらあるが、添えられている物体とまったく同等にそれらが扱われ、その結果として文字に内在する形象性・表象性が炸裂し、それらに対して解釈や読解をはじめるよう迫ってくるという事実である。反対に、直線が尊重されている場合であれば、〔元になった〕文章がいまだ判明していないとしても、各形象が文章の動きに巻き込まれてしまう。

「シュルレアリスム革命」誌の第十二号に、熟睡中であるかのように眼をつぶっているグループメンバーたちの、身分証明書タイプの写真が額縁のように取り囲んでいるマグリット作品の複製が見られ、残念ながら題はつけられていないものの、「私には、森に隠れた裸の女は見えない」という文章をその上に読み取ることができて、そこではすべての語が生真面目な筆跡で書かれており、ただし、「裸の」と「女」という二つの語のみ、裸の女のイメージに置きかえられている。新たなる夢の鍵。実際、私に見えているのはほかでもない裸の女であって、それを私の眼から隠していて然るべき森のほうではない。あの書き込みにつられた私は、夢の森、おそらくは周囲のシュルレアリストたちが眠りながらそのなかを徘徊中の森でこのイメージを覆ってしまい、だがそのときには絵の全体が題辞となり、題辞の全体がイメージとなって、その不安定さといったら、目の錯覚を催す立方体群が六個にも七個にも見えるのといい勝負である。

イメージにとって替わられた語が仮に「裸の女」ではなく、「森」であったのならば、隠されたその女をまったく見分けられなくても当然であったろう。ところが、彼女の裸が、それを匿うはずの森を透明に、不可視にしてしまったために、文章から判じ絵にいたる全般的な動きのなかで、森がみずからの名を一つの外見で置き換えられなくなるほどの透明度にいたって、驚異的な明るさに滴り、その明るさたるや、この暗い原生林《セルバ》の幹や枝を浸し、それらがなんであるかについてのほとんど完全な理解のうちに、それらを焼き尽くしてしまう。事物を隠していた夜から、もはや夜すらも隠すことをしない昼に、光の帝国にわれわれは目覚めるのである。

8　会話術

《心からの感謝〔La Reconnaissance infinie〕》——古めかしい窓枠を通

して狭い谷間が見え、上空に浮かんでいる球体に乗った小さな人物が遠くを眺めている。「reconnaissance」という語にある別の意味、すなわち、ある地域を探査する行為という意味に対する呼びかけと、「infinie〔「限りない」〕」という語の意味のひろがりが復元されることによって、ある種の感謝の気持を表わしているにすぎない慣用表現「La reconnaissance infinie」が刷新される。《歌の声〔La Voix des airs〕》――この場合は、大きさが異なる、ということは音の高さが異なる四つの鈴が協調するように灰色の空に浮かんでいる絵である。この題の下からは当然、「空路〔la voix des airs〕」という慣用表現が聞こえてくる。「air」という語がその二重の意味を取り戻す――「われわれの頭上の空間」とそれを構成する要素たる空気に加えて、「歌を構成する一連の音」(いずれもリトレによる定義)。

この二つの例では、題がわれわれにそのイメージの起源を与えてくれており、その点でアントウェルペンにある十二枚の円形牌のキャプションに似ているわけだが、イメージの根底にある言い回しとイメージそれ自体との関係が題によって明示される場合のほうが多い。

一九五〇年の《会話術》は、誰が見ても明らかに次のボードレールの詩句を起源としている。

　わたしは美しい、おお死すべき者たちよ、石の夢のごとく
　……〔「美」〕

実際、われわれの目に入るのは、広大な平野において、ふたりの小さな人物が、一つ目巨人《キュクロペス》的な記念碑、ストーンヘンジ〔イングランド南部ソールズベリ平原にある有史以前の環状巨石群遺跡〕のようなものを眺めているところで、そのなかには、巨大な石を積んで「夢〔RÊVE〕」という単語が記されている。石を一定数取り外すと、文字が多少なりと孤立して、「イヴ〔ÈVE〕」、「休止〔TRÊVE〕」、「夢みる〔RÊVER〕」といったほかの単語が生み出され、こうしたすべてがそれらより重い基盤を支えているのであって、

これぞまさしく、ボードレールとマグリットの会話である。

IV　刻印と贈与

1　ヤン・ファン・エイクここにあり《ヨハネス・デ・エイク・フユイト・ヒック》

小プレートの話題に戻ろう。《風景の呪縛》と題されたマグリットの絵の内部におけるがごとく、額縁上にあって題が記されている場合もあれば、現在の美術館でより一般的になっているように、絵を掛けた横の壁面にある場合もある小プレート。現在ではそこに、題のほかにもう一つ、それとまったく同じくらい

重要な言及として、画家の名前(あるいは土地の名に限定された匿名性)がかならず含まれていることをわれわれは知っている。それがある個人の名前の場合、ここ数世紀の絵であれば、圧倒的大多数の場合において、われわれはそれを作品そのものの上に署名のかたちで改めて見出す。

往時(中世あるいはルネサンス時代)の画家たちが作品に署名をしたのは、自分の工房の旗幟ないしは看板としての価値を認められるくらい自信があった場合に限られていた。しかし、画家が教会や王侯の注文に応じて制作する代わりに、作品を制作してから商人を介して売りに出すようになって、西洋経済のなかで画家の地位に変化が生じると、作品にはなんらかの商標、真作であることの保証が必要になり、署名は慣習としてますます一般的となり、重要となっていくだろう。西欧の芸術家の多くが筆の運びに心血を注ぎ、筆の技を凝縮させる。

看板としての署名、つまり、その署名が書かれているオブジェの販売を促進するのが目的ではなく、ある工房を宣伝して大作の注文をひきよせるべき署名は、まずもって、見本ないしカタログとなる作品(顔、花、拷問、風景、題辞を私たちであればこんなふうに描くことができます)に示された技能の一つについて実例を提示しているがゆえに、くっきりと丁寧に描かれるだろう。

《アルノルフィーニ夫妻の肖像》[32]のなかの有名な一文をとりあげよう。その文章の下にある鏡の内に、画家の姿が疑いなく見受けられるのだが、夫婦の背中のあいだにいる三人の小さな人物像[33]のいずれが画家なのか特定できない——《Johannes Van Eyck fuit hic》(ヤン・ファン・エイクここにあり)とあって、のちの時代の署名の定型文に則り、文字の細部を蔑ろにしてかつてそう読まれがちであったように、《fecit hoc》、「これを作れり」ではない。

ヤン・ファン・エイクは、結婚のまさにその瞬間、夫婦が秘蹟の言葉を唱えた瞬間に立ち会ったのである。この作品は、彼がその場に居あわせたことの結果なのだ。肖像画製造をことする画工であれば、厳密な意味での儀式に招待されようはずはなかったので、それとは別の場で、彼が必要とするポーズがわざわざとられた、という話なのでは断じてない。この作品が祝福しているのは、画工が、おそらくは証人として招かれたというまさにその事実なのであり、このような出来事が画工にとって意味していた身分の上昇であった。この作品は感謝のしるしとして制作されたのであった。

それにしても、この豪勢な贈り物はなんという宣伝であったことか！　わが色彩による鏡というこの罠のなかに、あなたがたの最も私的な儀式を捉えることができる以上、この儀式に参加する資格が私にはあると世間から認めてもらえる。私の絵の卓越性は、私をあなたがたと実質的には同じ地位にまで引き上げるほどだ。私以外の画家にもこれらの顔を描き、これらの物体をすべて構成できたかもしれないが、果たしてほかの誰がそこに居合わせたというのか。

極度に洗練されたこのゴチック文字は、これが工房の商標などではいささかもなく、ただの看板でもないことを明示している。ある本質的な行為(結婚、招待、列席)の記念である以上に、この署名それ自体が本質的な行為なのである。ヤン・ファン・エイクは、自分がこの日にいわば受けとった有産者階級《ブルジョワジー》という肩書を、自分なりのやり方で確かなものとし、公にしようとしている。

2　略号の賜物

工房を離れる作品すべてに刻みこまれる印として署名が発達したのは、十五、六世紀のことである。それは組合せ文字《モノグラム》のかたちを取ることもあれば、ガロファロのカーネーション[34]のように、判じ絵のかたちを取ることすらある。

ウィーン美術史博物館所蔵の《聖三位一体の礼拝》[35]は、デューラーにおいて署名の組み合わせ文字がいかにして一種の象徴物になっているのかを、われわれにわからせてくれる。実際、この作品では、天にいる聖人や聖女たちはいずれも、ダヴィデは髭、モーゼは律法の板、聖アニエスは仔羊、聖カテリーナは拷問道具の車輪といったように、彼らの識別を可能にするそれぞれの象徴物とともに表されているのであって、彼らより下にある第一の地平線の下には、天国に入ろうと群をなして最後の審判を待っている教皇、皇帝、枢機卿、修道士、修道女、貴婦人、騎士、農民といった者たちが、それぞれ自分の位のしるしを身につけている。そして、一番下の第二の地平線のまえでは、きわめて美しい風景の寂寥のなか、確かに遙かに小さく描かれているとはいえ、縁取りのある一枚の板を手にしているデューラー本人が目に入り、その板には以下のような銘文が刻まれている。

ALBERTUS DURER NORICUS FACIEBAT ANNO A VIRGINIS PARTU 1511,

〔ノリクム人アルブレヒト・デューラー、聖母出産より数えて一五一一年目にこれをなせり、〕

この署名自体に、「A」のなかに「D」を嵌め込んだ有名な組み合わせ文字をもって署名が施されている。

全体が聖書の解釈になっている絵画によって、署名者にして幻視者の孤独、暗号の書き手かつ解読者としての画家の孤独が体現されている。

3 署名の文法

やがて崩し字体の署名が現われ、画家は手紙に署名するように自分の絵に署名する。

遠慮がちに署名をする者たちの場合、画面に近づかなければ彼らの名前は読めない。他方で、画面を占拠するほど巨大な署名を書く者たちもある。署名しか見えぬこともままある。この爪痕がほかの一切を追い出ししてしまった。

身振りによる絵画、アクション・ペインティングの相当部分は、署名の発展と解釈しうる。実際、この芸術家の一派は、その筆相によってしかわれわれの関心を惹くつもりがない。筆相とは、絵筆なりペンなりを操る仕方のことであり、爪痕において画家を同定させ、その爪痕が疑いようもなくその人のものだ、とわかるものなのである。

これこそが作品の真の主題である。然るに、まさしく署名においてこそ、筆相が最高度に精錬されると同時に、この上なく直接的なものとなるのだが、画布に入りきらないくらい署名が大きくなってしまい、もはやその残骸しか見えない——一つの巨大な環、〔署名の終わりの〕飾り書きが投縄さながら壁面の全体をとらえるので、右下にもう一度署名しなければならなくなるだろう。

画家たちの署名はある種の筆蹟学を要請するものの、通常この言葉で理解されているような、崩し字体に限定された筆蹟学よりも遙かに広がりのある筆跡学が必要になる。ここでは、文字のあらゆる形態にわれわれの関心が払われるべきであり、モノグラムの表現性とでも呼びうるものに特別に一章が割かれて然るべきだろう。

画家たちの筆相にとどまらず、言葉遣い、書かれた言語(ラテン語の演じる役割についてなど)にも関わる科学である。われわれは、署名の長さの諸段階を浮き彫りにできるだろう——デューラーと苗字のみの場合、アルブレヒト・デューラーと名前と苗字の場合、動詞が一つの場合、二つの場合、地名がある場合、一五一一のような単純な日付の場合、聖母出産より数えて一五一一年目と敷衍してある場合、というように。センチメートルに換算すればごく短い署名が、言葉としては際限もなくつづくのだ。

4 略号の場所

この種の研究に、絵画において署名が占める位置に関するもう一つの研究をつなぎ合わせる必要がある。実際、署名は作品を変化させるのであり、というのは、これはしかじかの画家の手になることを署名がわれわれに請け合い、その画家についてのわれわれの知識をはっきりさせるばかりか、特定の箇所を見るようわれわれに強いるからだ。題のもつ造型的特性がことごとくそこに見出されるだろう。

ヨーロッパの書き言葉が、ページ上では、左から右、上から下へ進むため、ひとたび文章を書き終えたあとに加える署名も、ふつうは右下にある。われわれが絵の中で署名を探してしまうのもたいていはこの場所で、絵が個別に署名されているとき、それをわれわれがどれほどまでに、一種の信書のように見てしまうのかが明らかになる。

一字一字省略せずに書かれた署名は、われわれの注意をこの隅に釘づけにするのみならず、額縁の外側へ向けられた一種の矢印にその場所をあてがうことにもなり、絵の構成全体がそうした矢印に真っ向から逆らうことになるだろう。作品の主題が求める配置関係によっては、画家が署名を移動させざるをえなくなり、たとえば別の隅に置かざるをえなくなるだろう。すると署名は、遙かに大きな注目を集めることになって、習慣的に署名が書きこまれるはずだった場所に関しても同じことがいえるだろう。

署名が通常なされる場所が作中にあるためには、作品それ自体が右下に角を一つもっていなければならず、したがって、すくなくとも下部は長方形になっていなければならない。楕円形または円形のメダルにおいては、署名すべき場所、強調すべき、署名によって注意を向けるべき場所を画家が探さざるをえず、とりわけリアリズム的錯覚を作品が破るような場合にそうなのだが、その選択は、通常の署名の位置を犠牲にしてなされるわけではない。それゆえ、署名の位置にはすくなくとも三つの段階がある――

(一)右下の角の場合、そこは、強かったり弱かったりするベクトルによって活気づけられうるため、署名が組み合わせ文字であればそうした力はゼロ、頭文字二つならば弱く、一字も省略せずに書いてあれば強められ、注釈があったり文章になっていたりするとさらに、筆記体ならば格段に、その走り書きの度合が強調されていれば(怒り狂った、激情的な書体……)なおのこと強められ、複数の行にわたれば二つのベクトルができる。

(二)右下に角のない絵のなかで場所を選ぶ場合、

(三)右下に角のある絵で、それ以外の場所を選ぶ場合、この移動によって、右下の角はある種の照明を受けるだろう――署名をそこに置くのを妨げたものは何だったのか、われわれが自問することになるからだ。

5 ブロードウェイ・ブギウギ

絵のなかで用いられている形式と、筆跡に用いられている形式が違うほど、署名は重みをもつことだろう。それゆえ、だまし絵と幾何学的抽象画という二つの極端な場合において、署名は特有の問題を提起するだろう。

モンドリアンは、絵の安定性を乱しすぎていた崩し字体を早々に捨て、省略した日付を添えた頭文字だけというかたちをほどなくして採用するようになる。しかし今度は、「PM30」[36]とか「PM37」[37]という署名をどこに置くかでたいへん難儀する。画面の右下の角を手つかずのまま空けておく必要が生じることが非常に多くなる。そこで、彼は、画面構成上最も微妙な場所に、たとえば水平直線と垂直線のことのほか重要な交叉部を強調するよう取り計らうなどして、頭文字をできるかぎり目立たぬように忍び込ませることに決めるだろう。

何枚かの絵、とりわけ晩年の絵において、彼は署名全体を二つに分割し、絵の構成を締めつけようとする。《ブロードウェイ・ブギウギ》[38]では、頭文字と数字がそれぞれ、画面の一番下にある水平直線内の〔二つの〕青い四角形に赤で描きこまれていて、水平直線自体は同じく赤で塗られた重要な四角形によって底辺と結びつけられ、赤い文字と数字とは途方もない価値を帯びる。右側の年代の四角形は右側にあるにもかかわらず、左側の頭文字の四角形ほど画面の隅には寄せられておらず、そのなかでモンドリアンは二つの年代を

42
43

と縦に重ねることで、4の反復によって強調され、2から3へと進む動きに活気づけられた垂直線を水平方向にむかう動きに結びつけている。数がゼロに向かって減少していく動きが、上向きの小さな矢印を形作り、最も大きな白い表面、画布のなかの画布、完成された絵画のなかの無垢なる画布を指す。他方、この二つの数が、作品の制作が一九四二年にはじめられ、四三年に完成したという意味であることをわれわれは知っているので、数字の通常の継起順がもう一つの矢印である歴史の矢印を確立し、それは外部に、モンドリアン自身が制作を終えてしまったあの瞬間〔画家自身の死のこと〕に向けられている。モンドリアンの署名仕方のなかには、彼の作品のあらゆる問題系が見出されるのである。

6　跳躍

われわれは一般に、複数の単語をひとまとまりとして読み、馴染みのない単語以外は綴りを拾い読んだり音節ごとに読んだりはしない。そういうわけで、数語よりなる題辞のもつベクトルは、それらが一文をなしているときはとりわけ、単語一つだけのときのベクトルより、遥かに強力であるのが常だろう。このことがことのほか明白になるのは、崩し字体による署名に関わる際、個々の文字が全体の動きのためにしばしば犠牲にされるときなのであるが、なるほど、この動きはそれだけ強く速度を印象づける反面、動きそれ自体は絵のほかの部分から孤立したり、署名の終わりの飾り書きにおけるがごとく、強調された

後戻りを含んだりすることにもなる。激しく書かれた頭文字がただの一語からなるとき、われわれが最もつよく感じさせられるのは、この刻印を押しにきた手が近づいてきたり遠ざかったりする垂直の運動である。こうした頭文字は、ほとんどモノグラムあるいは印章であるといってよい。対して、頭文字が二語からなっているときには、描線の速度は、複数の文字や個別の文字の要素が省略される度合によって測られるわけだが、その速度が左から右に伸びる水平直線に導かれることで、はじめの語から次の語への跳躍がなされるのであって、署名全体としてのベクトルは非常に強力であるだろう。

逆に、署名の文字を引き離すことによって、たとえそれが一語しか含んでいなかったとしても、画家はわれわれにそれを踏破させ、左から右への方向性を感じとらせることができる。署名というよく知られたこの統一体のばらばらになった断片が、互いを呼び合うことになるだろう。

複数のパネルからなるラウシェンバークの大作《エース》において、署名はあるべき場所に、間をあけてステンシルで書かれた白抜きの大文字で置かれているが、最初の一文字が欠けており、「AUSCHENBERG」になっている。われわれがこの画家の画風をそれと認めるか、プレートなりカタログに彼の名前が省略なしに書いてあるので、われわれは欠けている「R」を探さずにはいられなくなって、それは反対側の隅に発見される。署名は左から右へ跳躍しているのだ。

署名のなかで、種々の速度はもちろん、加速、減速、休止……等、速度のさまざまな転調がいかに容易に明示できるか、これでおわかりだろう。こうしたすべてを、ほかの種類の題辞にも見いだせるだろう。

7　衝迫力、照準

署名がなされるべき通常の位置があり、そこからのあらゆる逸脱によって、通常の位置が強調されるのと同様、通常の方向というものもあり、西洋において文字が通常書かれる方向である水平直線がこれにあたる。この線からのあらゆるずれは、力を加えてそれをねじったとか、回転させたとかいった印象をわれわれに与え、往々にして鑑賞者の顔の動きになって表れるだろう。四五度傾いた署名は、右上に(もしくは、場合によっては右下に)向けた矢印を絵に付与するだけでなく、通常の水平直線から逸脱したこの方向にいたる回転運動を、そして、署名が曲線を描いている場合には、署名に最も近い直線に発する衝迫力を付与するだろう。

ファン・ゴッホの署名は、ファーストネームのみというだけですでに特筆に値するが、ロンドンのナショナル・ギャラリーにある絵では、何本かのひまわりを生けた花瓶の胴部にそれが書きこまれている結果、署名は独特の力を獲得し、そのねじれ具合が作品に立体感を与えている。

ブリュッセルのピエール・ジャンレ・コレクションに含まれている《ばった》という通称の一九二六年作の風景画では、ミロ〔Miró〕という署名が画布全体を横切っており、われわれの視線は絵の表面だけではなく、深さの方向にも進むことを余儀なくされるが、それはなんといっても大きな「M」の字の形が歪んでいるからである。

一九一五年以降、カンディンスキーは、自身のモノグラムの最終的なデザインを採用する。みずからの名前〔ワシーリィ(Wassili)〕の頭文字「W」の簡略化である「V」の左右の分岐線のあいだに嵌めこまれた「K」である。この二つのアルファベット文字はそれぞれの垂直軸を直交させており、さらに「K」の字がその上に立っている直線の方向は、〔右側に斜めになった〕「V」の字の下側の分岐線の下部、西暦の末尾二つの数字によってもう一度反復される。

このモノグラムは、ほぼ決まって画面左下の角に位置し、そこを強調する。「V」の字が載っている線が回転しつつあることは、その線をして下方にあるものをいうなれば探させるのであって、「K」字と日付が二重に立ち上がっていることは、画面全体を上昇運動で活気づける。引用符《ギユメ》または瞼のような形が飛び立って焦点に照準を定めているこのモノグラムは、六分儀なのだ。

8　二つの世界のあいだにある署名

《民衆を導く自由の女神》[39]において、血の赤で書かれたドラクロワの署名の〔右上への〕動きは、バリケードが描く水平線のすぐうしろに出現しているだけに、よりいっそう感じられる。「1830」の日付はまるで一斉蜂起のように描かれている。しかし、この署名が「うしろ側」に出現してくるのは、ちょうど《ひまわり》におけるファン・ゴッホの署名のように、とはいえそれと同じくらいほとんど「写実的」とは言いがたいやり方で、表象された空間内に位置しているはずの物体の上に、この署名が書きこまれているからである。

現実であるかのように錯覚させることにより注力する画家たちは、われわれに押しつける罠としての絵画空間に乱暴な断絶がもたらされまいとして、署名を絵画空間に完全に従属させるだろう。署名は物体の上に、画面内の大理石に刻まれたり紙に書かれたりして現われるだろう。アングルは、ナント美術館所蔵の《スノン子爵夫人の肖像》[40]において、その美しいモデルの背中を映す鏡の枠に下絵用紙を滑りこませている。われわれには彼の名前の最初の三文字である「Ing」しか読めない。この画家はそれで十分だと自負していたのだ。一見したところ慎ましく、実際には狡猾なこの署名は、なんと絶妙な位置にあることか、署名全体をこちらに推測させたり、ほかの名前をいくつも覆い隠していたり、鏡に反射して二重になっていたりすることで、徐々にどれほどの力を帯びてくることか！

9 宛先

署名と相関関係にあるのは、献辞である。献辞によって、絵は掛け値なしに信書となる。

帽子に垂らしたヴェール、薔薇色の靴、扇、菫の花束という異なるアクセサリーをそれぞれ身につけさせ、ポーズをとらせることでベルト・モリゾの四つの側面を開示したあと、マネはこれらの象徴物のうち二つを一枚の静物画[41]に描いているのだが、ごらんのとおり、これは昔の宗教画に近いわけで、そこには一通の手紙が加えられていて、「ベルト嬢」という宛名と、その便箋の右下、とはすなわち絵の右下にある署名だけが見える。

中世の多翼祭壇画のパネルで献呈を受けるのは、そこに描かれた聖人自身である。実際には、その名前の指示対象は、その人物像と似ている者である以上に、それを捧げられている者なのであって、文字どおりの類似性など、いにしえの幾世紀ものあいだに跡形もなく失われ、一般には到達不可能であるし、象徴物一つあればそれがどの聖人なのか明示できる以上、ほとんど重要性をもたない。ここにあるのは聖パウロに捧げられた画像であり、それを介すれば、ほかの人々も聖パウロに祈りを差し向けることができるだろう。その画像のなかに識別すべきは、彼の徳にほかならない。

反対に寄進者のほうは、その肖像が描かれて名前も明記されているのが普通であって、制作された時点では〔寄進者本人との〕類似性が確認できる必要があった。イメージを聖人に捧げたのは彼であり、画家のほうは、彼によってこの献呈が可能になったところの職人である。翼祭壇画における寄進者、画家、聖人それぞれの名前のあいだの最初の関係は、次のような文章にまとめられる――

「しかじかの寄進者が、しかじかの画家の手で制作されたイメージを、しかじかの聖人に捧げる」

ところが、画家が、ということはその署名が重要性を増してくるにつれて(寄進者は、献呈を行いたいと思っている聖人をほんとうに崇拝しているのであれば、自分の最も尊重する職人を選ばざるをえないので)、先の関係は反転し、次のようになる。

「しかじかの画家のおかげで、しかじかの寄進者があるイメージをしかじかの聖人に捧げることが可能になった」

そうなってくると、寄進者は、献呈の起源であるというよりは、最初に献呈を受けた人物である。画家がまず寄進者にイメージを献呈しなければ、寄進者自身がそれをある聖なる人物に献呈することはできない。

《聖三位一体の礼拝》では、アルブレヒト・デューラーはみずからの肖像を寄進者として描いており、この寄進者は、彼が署名しえたかぎりの一切を、したがって、中間的寄進者たち——彼らの姿は作品の中央領域に、集合的に描かれている——に中継されているあらゆる作品を、高みにある天国の住民たちに献呈しているのであって、

それらの聖人たちですら、この新教徒の目には寄進を中継する者たちのように思われたので、聖人たちに献呈された人物像すべてを、彼らを仲介にして神に差し出しているのは、ほかならぬ彼、アルブレヒト・デューラーである。

V 台詞

1 判決文

題、署名、献辞は、絵を束ねる三項であるが、刻文のこれら三つの基本タイプだけでは、われわれが画中に読む語をことごとく説明し尽くすことはとてもできない。われわれに発音されるのを画中で待っている言葉——

直接われわれに割り当てられている言葉、つまり、われわれに示される光景のなかで、それにたいするこちらの返事として画中に用意されている言葉、

画中の特定の人物と緊密に結びつけられている言葉、こちらはその人物がその言葉を口にするのを眺めており、その人物と同一化しないかぎりわれわれ自身のものにはできない言葉がなんとたくさんあることか！

宙に浮いた言葉、語の本来の意味におけるキャプション[42]は、題にはなはだ近く（ブリューゲルの絵と結びつけられた諺は無論、同時にその両者である）、同種の造型上の問題を提起するが、ただし、この両者のちがいは、キャプションの文字がしばしば帯状飾りの上に配置されることによって、その音声的側面が強調されている点で、この帯状飾りの起源は、いうまでもなく、ある人物の唇から出る言説をわれわれがたどれるようにする〔中世やルネサンスの絵画に描かれた〕巻物にある。

セビリアの慈善病院内の教会に付属しているミゲル・デ・マニャーラの死者礼拝堂を《最後の瞬間《ポストリメリアス》》[43]と題された二枚の絵が飾っており、そのうちの一枚、「空なるかな《ヴァニタス》」の主題を壮麗に発展させたこの絵のなかで、バルデス・レアルは、絵の下部に這わせた帯状飾りに「この世の栄光の終わり《フィニス・グロリアエ・ムンディ》」と記入し、運命の秤の二つの皿には、七つの大罪を示す象徴物を〔左側の皿に〕のせてその下に「それ以上ではない《ニマス》」を、〔右側の皿の〕信仰を示す象徴物の下に「それ以下ではない《ニメノス》」を書き込んだ。これらの象徴物のグループそれぞれの中央に心臓が一つずつあって、左の心臓は悪魔の翼を冠し、右の心臓は「IHS」〔人々の救世主、イエズス（Iesus Hominum Salvator）の略号〕のモノグラムを戴いている。ここに見ら

れる四つの異なる書法――
（一）画中で繰りひろげられ、画から分離する判決文がわれわれの唇までやって来るのであり、
（二）平衡状態にある二つの字句は、秤皿の上に彫られたり描かれたりした写実的なものではなく、秤皿のイメージに貼りついており――それらは秤皿が発する台詞である――どちらかを先に読むように強いるような字句の動きがないために、われわれの眼差しは二つのあいだを行ったり来たりし続けるのであって、そのうち一つがわれわれを動揺させるや、たちまちわれわれはその対重のほうへと戻り
（この二つの否定によって生み出される垂直方向の動きに暫時足を止めておこう――それ以上であれば、左の秤皿が下方、司教冠をかぶったまま腐敗した死体のほうへ傾き、それ以下であれば、右の秤皿が同じ動きで上昇し、ちょうど〔神の前に〕出頭し、〔生から死へ〕移行している最中の騎士を見放してしまうだろう。二つの否定がぎりぎりのところで平衡を取り戻した。罪は贖われ、信仰深い行いの数々がこの臨終の男を指し示そうとしている。この回転がもう少しだけ続けば、秤皿の指針は天の右側、皆殺しの天使の右側、父の右側、つまりは救済を指すのだろうが、
　われわれはこの期待の身震いのうちにとどまったまま、秤竿の絶対的な水平性には目も眩むような震えが走り、この絵の出資者にせよ、彼の画家にせよ、みずからの選択を明言できずにいるものの、動きはすでにこの方向に向かって始まっており、画家はそのように自分の希望を表明している）、
（三）象徴物は完璧に明確な書き言葉そのもので、左の秤皿にある動物はそれぞれ七つの大罪の名称に翻訳できるが、これらの動物は緊密なグループをなし、どれか一つに触れてもほかのものに影響が及び、地獄堕ちの心臓、下のほうへ飛んでゆき、その斜めの転落がいかなる地面にも食い止められない心臓という基調の下にあって、
（四）象徴物としての文字《エクリチュール》、モノグラム、すなわち、文化的《キュルチュレル》ないしは礼拝的《キュルチュエル》象徴物が動物という象徴物に対立する。キリスト教において、とりわけ、宗教改革による問いに苛まれていたこの時代のキリスト教において、救いは聖書《エクリチュール》から来る
（語の本来の意味での「ローマン〔ローマ（＝カトリック）的〕字体」であるこのモノグラムでは、聖書《エクリチュール》の価値ばかりでなく、教会位階制度内における口誦伝承の価値も肯定されている。ここで思い起こさずにはいられないのは、あの別のモノグラム、目を見張るばかり宙に浮いたモノグラムで、レンブラント描くファウスト博士が、それを大胆にも描いて口にした直後、その輝きと力に、そしておのれが獲得した自由に茫然としながら見つめるあのモノグラムは、書字《エクリチュール》の、あらゆる書字《エクリチュール》の価値の肯定であって、それは、いずれの教会であれ、そのあらゆる法典の外

部にあって、それらすべてから溢れ出し、ときとしてそれらを転覆させることさえあるのだ）。

この板絵に応答している板絵では——とはいえ、それぞれの板絵はもう一方に応答しうるため、セビリアのこの礼拝堂は、時が罠にかけられて沈没していく永続的な葬送の劇場へと変容させられる——数多の書物を筆頭に、この世の権力や栄光を表わす象徴物の上で、死に神である骸骨が燭台の炎を手で消している。消えた炎のまわりには、「瞬く間に《イン・イクトゥ・オクリ》」（字義どおりには、一「瞥」で）という事実確認が半円を描いて並んでいる。

二つの判決文の交錯——瞬く間に起こることとは、これらの輝かしい一式が、向かい側の板絵に描かれた墓堂内の遺骸や残骸に変貌することである。その反対に、運命の秤竿が不動となるのは瞬く間であって、燭台の明るさが持続するあいだにこの世の栄光が繰りひろげられてわれわれを惑わさないかぎり、平衡回復は生じえない。

「この世の栄光の終わり《フィニス・グロリアエ・ムンディ》」という言葉は、腐敗を表わすイメージ群の下に広がり、蛇行し、這っているが（ついでながら、吹出しにして可能な並外れた表現の豊かさに注目しておこう、これは書き言葉による線のねじれを空間内に秩序づけるみごとな方法であり、就中、このおかげでいくつかの文字や単語を隠しつつ、それらが隠されていることを明示できる）、「瞬く間に《イン・イクトゥ・オクリ》」の円状配置は、この文章を、まるで黒い太陽のような炎の消滅から発散させている。この場合は、爆発によって直線が急激に破裂してしまったのだ。

銘文、注解は、描かれた人物たちをとりまく時間とは別の時間のなかで読まれる。この「瞬く間に《イン・イクトゥ・オクリ》」はこの距離に発作的表現をもたらすが、そのたった数語をもって鑑賞者の各瞬間と同時的な瞬間を排除することによる。教皇冠、帝冠、書物の山といった壮麗な装備の一切がその持続を誇示しようとも、死に神の身ぶりによってなにもかもすでに廃棄されている。これは、たちまち夜のなかへ没み込むことを永遠に続けるイメージなのである。

2　時とともに《コル・テンポ》

他方で、登場人物たちにあてがわれている言葉は、彼らに固有の時間に属しており、イメージのなかに刻みこまなければならないだろう——言葉は彼らの口から「出ている」のでなくてはならないだろう。漫画《バンド・デシネ》の作者たちによるさまざまな解決策はよく知られているところだ。

〔中世絵画において人物に祝詞や予言を語らせる〕巻物は、ある人物像からだんだんと離れていくため、その人物の言説をたどることができ、〔図案自体の〕うねりくねりのおかげで、その人物の話し方までたどることができる。この話し手が同じ画中に描かれたほかのだれかに言葉をかけているのであれば、読解の動きによって私はその相手に導かれる必要がある。巻紙に記される言葉は左から右へと展開するため、通常であれば巻紙図案は語る人物の右側にある。しかしながら、ヴェネツィアはアカデミア美術館所蔵のジョルジョーネ作とされる《老婆の肖像》[44]をここでごらんいただこう。「時とともに《コル・テンポ》」という老婆による有名な宣告は、彼女の左側にある。この文を読む動きは、われわれを彼女のイメージへと立ち戻らせるが、それは、もしこの言葉がイメージの右側に置かれていたならば、イメージから遠ざかってしまうために不可能であっただろう。この回帰運動は、人物の手つきによって強調されている——「時とともに彼女はこのような姿となった」。

　だが、これはわれわれが発語するためだけに提示された宣告なのではない。開かれた老婆の口は、これは彼女が語っている言葉なのだと示している。巻紙は彼女の手のうしろで反り返っていて、これをもとの方向に戻すならば、これらの語が彼女の唇から出たものとわかるが、文字はそのとき巻紙の裏側にあったであろうから、私には読めなかったことだろう。これは彼女がすでに発語をすませ、彼女自身からは離れた言葉、いよいよ真実となっていく言葉、彼女の固有の時間において老婆がそれを語ってから長い時間がたっていればいるほど、ますますはっきりと読めるようになる言葉なのである。

3　天使礼詞

　ファン・エイクは、われわれの主題に必要欠くべからざる作者である（西洋絵画論において、彼を欠かせられる章などあるものだろうか）。ヘントの〔聖バーフ大聖堂の〕多翼祭壇画（《ヘントの祭壇画》）を検討してみよう（あらゆる多翼祭壇画は、天のさまざまな影響力のダイアグラムである以上、その真の題とは決まってそれが制作された地、祭壇画が捧げられた場所の名ではないだろうか）、語によるあの驚異的な建築、

　あれを閉じたままの状態にしておこう——

　ここに謎めいた署名があって、それは中心的な制作者の名前である「ヤン」だけでなく、彼に先行した作者の名前「フーベルト」[45]も示し——今日では複数の専門家がその史実性に疑問を抱いているのだが——

（しかし、仮になんらかの資料が発見されることで、この作品が当初からヤンに注文されたものであり、したがって、フーベルトは神話的存在にすぎないと立証されたとしても、疑問はさらに増すばかりであろうし、

　こうした疑念のよってきたるところは、絵画とは個の表現、その気質の表現だと解釈するロマン主義的モデルに基づいて研究している美術史家が多く、ティツィアーノがジョヴァンニ・ベルリーニの《神々の饗宴》[46]を完成させ、小パルマはティツィアーノの《ピエタ》[47]を完成させてから、その事実を、これまた注目すべき署名を通して知らしめているように、制作途中でひとりの作者から別の作者への移行があったことはごく頻繁に証

《ヘントの祭壇画》(閉じられた状態)
ファン・エイク作

明されているにもかかわらず、そうした移行を認める上で彼らが突き当たる解釈上の困難なのではないか、

このような疑問視には、少なくとも、フーベルト・ファン・エイクという名前の神話的価値が、誰であれ「最初の」作者なるものの神話的価値が強調されるという利点があって、あるひとりの巨匠の残した作品を完結させるとは――現在の絵画の状況では考えられないことであって、たとえ著名であろうとある芸術家が、晩年のセザンヌの作品にいくらか筆を加える意図を表明した場合を想像してみればよい――、聖人たちと同種の感応力がその巨匠にあると考えることであり、その巨匠をボードレール的な意味における「仲介者」にすることであった）、

さらに、妻とともに肖像が描きこまれているこの絵の寄進者の名前も示しており、そして、黒い文字のあいまにいくつかの文字の色として赤を用いることで、完成日を、すなわち設置の日付をも示し、

ここには旧約の預言者たちや異教の巫女たちの名前が枠の上や彼らの人物像の下に描きこまれ、彼らの言葉が巻紙の上に繰りひろげられ、

彫像を模して描かれたふたりの聖ヨハネ、各自の象徴物を手にした洗礼者ヨハネと福音書記者ヨハネの台座に、その名前が具象化されて刻みこまれ、

中央には受胎告知の対話――

その情景は〔縦に並んだ〕四枚のパネルからなり、ふたりの人物、天使と聖母が両端のパネルにおり、中央のパネルには室内装飾の諸要素があるものの、極限まで練りあげられた舞台配置のせいで、ひと目ではそれらを〔別のパネル内の〕ほかの諸要素と結びつけることができない。実際、外側の二枚のパネルでは、それらを視覚的に強引に結びつけるべく、ファン・エイクはこの部屋に二重の奥行を与えている――アーチ開口から別の部屋に通じ、その別の部屋は窓で街に面しているのであるが、反対に、中央部の左側のパネルでは、アーチ開口は通りに直接面しており、そのためこの部屋のほうが街を取り巻いているかのような印象が生じ、〔部屋と街との〕経験的な関係が逆転され、中央部の右側のパネルにはアーチ開口がなく、そのかわりに洗面台を収納した壁龕があって、小さなステンドグラスに照らされているとはいえ、ステンドグラス自体はほとんど半透明ですらなく、そこから向こう側を見ることはできない。加えて、鑑賞者の側に向けて三角架から垂らされた一枚の手拭きが、このふたりの人物のあいだで、いわば遮蔽幕をなしている。ちなみに、この手拭き〔の上下の線〕は偽の遠近法を形成しており、その見せかけの消尽点は聖母の顔に位置している。

つまり、最初はかくも隔たっていたこの主役ふたりを結びつけ、奥行きがばらばらのこれら四枚のパネルを用いて統一された情景をつくりあげることが肝要だった。左側の天使が言葉を

発すると、それは金の文字で空中に自在に刻みこまれ、完璧に水平な線となる。

AVE GRATIA PLENA DOMINUS TECUM

［めでたし、恩寵に満てる者、主がなんじとともにあらんことを］

「恩寵に〔gratia〕」と「満てる者〔plena〕」のあいだに枠の木材があって、そもそも人口に膾炙した定型表現に属するこれら二語のあいだに働く強固な文法的関係が、これらを疑念の余地なく一つの場において結びあわせる。つづく語で、ファン・エイクは、「dominus」のかわりに「dns」、「tecum」のかわりに「tecũ」と略語を用いたが、音の響きが文章の終着点を越えて延長され、したがって左右両翼の境界である第二の木枠を越え、あの膜、手拭いたるあのヴェールをも通り抜けるのであり、この動きは明白に、天使の口から聖母の耳へと向かい、

聖母は答える——

ECCE ANCILLA DOMINI

［視よ、この婢女は主のものなり］

だが、天使に語りかけられた以上、彼女は右側にいるわけなので、ファン・エイクはこの返事の文章を上下逆さまにして画面中央に戻らせ、末尾の「主のものなり〔domini〕」を「dni」と略語にすることでその動きを加速させ、直線を延長させている。天地が逆になったこれらの文字を読み解くには多少時間がかかるため、われわれは必然的に天使の告知を聖母の受諾より先に読むはめになる。

祝福の台詞は天からやって来て地へ向けられるため、われわれは、われわれの大地から高みを仰いでそれを読まなければならない反面、聖母の台詞は地から天への応答であり、したがってそれは高みからわれわれを見下ろしながら読まれるべきだろう。ファン・エイクの全神学が、彼の刻文の配置の方法を要請している。

4　仔羊のパイプオルガン

では、祭壇画を開いてみよう[48]。絵画のなかの言葉という視点からだけであれ、ここで詳細に検討することは問題にならない。言葉によって驚異的に多彩な仕掛けがなされていることを指摘するだけで十分である——

（一）〔下段中央にあたる仔羊の〕礼讃の左右に計四枚あるパネルの下に、それぞれの人物群の特定、

（二）この全体において、人物を個別に特定させるための象徴物、

(三)アダムとイヴの像の上に彼らの名前、
(四)その下には、彼らの役割に関する注解、
(五)合唱する天使と奏楽する天使の下に聖書の引用、
(六)上段中央、父なる神、聖母、先駆者ヨハネの三人それぞれの顔のまわりに、同心半円状の三層に放射し、黄金に刻みこまれているかのように描かれている宣告、
(七)神の足もと、玉座の階の蹴込みに描かれたもう一つの宣告、
(八)神の寛衣の縁飾りの上に、真珠を刺繍して描かれた宣告、
(九)神の背凭せに張られた綴れ織にいくつも繰りかえし織りこまれ、文章による背景をなす宣告、
(十)天使たちの立つ床の上に、七宝焼で描かれた宣告、
(十一)〔下段中央「仔羊の礼讃」のなかの〕十字架の掲示文、
(十二)〔仔羊の〕祭壇の奉献文、
(十三)そしてもちろん、閉じられたり、半ば開かれたり、大きく開かれたりしているこれらすべての書物があって、選ばれた文章の解読の難易度には差がある

(これらの書物は、個々の文字を判別しうるにはあまりにも小さく描かれているため、いくつかの彩色装飾された冒頭の文字は別として、ページの配置が許す場合以外、判読はできない。この領域ではまだまだ膨大な研究が必要であって、現在までのところ、近代の批評家によって唯一判読がなされたのは、洗礼者ヨハネの指さしているくだりが、彼の出生を予示する『イザヤ書』のある章の冒頭であることのみであるが、少なくとも一部の人々には、これ以外の暗示にも気がつくことができていたはずだ)。

VI 物に書かれた言葉

1 風景に刻まれた文字

ここでわれわれは、これまでの蛇行する道のりのなかで、いくつかの迂回のおりにかすめてきたにすぎないわれわれの問題の一面に、はっきりと触れる。われわれは、文字がイメージのなかで「具象化」されるのを、それらがあたかも物の上か中に記され、刻まれ、織り込まれ、刺繍されているかのように描かれているのを見てきた。それらの対極から出発し、元々文字が記入されている物体を画家が表現しようとするときに何が起こるのか、考えてみることもできる。

西洋の風景には、少しずつ、文章が書かれていく。こうして、ヨハン＝ベルトルト・ヨンキントが一八六八年四月十九日に制作し、現在はハーグ市立美術館所蔵の《フラン＝ブルジョワ街》[49]には「皮革製作所」と、ジュー・ド・ポーム美術館にあるシスレーの《ポール＝マルリーの氾濫》[50]という絵のなかには「サン＝ニコラ館」と書かれているのを読むことができる。

書きこまれた言葉は、絵画におけると同様に風景においても矢印を導入するのだが、額の中に転置されることでその力は途轍もなく増大されるだろう。そのため画家は、しばしばその力を中和する必要に迫られる。そればかりか、あまりにも読みとりやすい文字は、暗示的な筆遣いによって制作される絵画という布地に、穴を開けてしまいかねない。そのためこれらを弱め、過剰な読みやすさを矯めてやらなければならない。そういうわけで、《ポール＝マルリーの氾濫》においてシスレーは、「サン＝ニコラ館」という書き込みをわれわれに伝えはしたが、ほかの書き込みに関してはぼやかしたのであった。下の行に、「gagne〔稼ぐ〕」「Lefranc〔ルフラン〕」「vin〔ワイン〕」の語を読み取ることはできるが、その他は、いくつかの文字が判別できるのみで私には解読することが不可能である。その上部の黒い看板には、何か書かれているということはわかるものの、なにひとつ判別できない。

ありとあらゆる大きさと材質のプラカード、看板、ポスター、ラベル、標示板、旗、そして掲示板、道路標識、時刻表、メニュー、通告、切手、落書、商標、電光掲示板、幻燈映写、飛行機雲、織物、刺青……

そして、われわれの室内風景や装飾においては、なんと多くの物が、文字を置かれる支持体となっていることか！　この点に関してホガースは並外れた想像力を示していた。

2　画家たちの書棚

書物の問題が中心を占めていることは明白である。キリスト教において、エクリチュール概念が果たしてきた役割によって、書物は最も頻繁に用いられる象徴物の一つとなった。いずれの福音書記者も自分の書いた書物を手にした姿で表される。画家が遵守する細部の縮尺率によって、文字を描ける——つまりわれわれに読めるようにできる——場合も、描けない場合もあった。

ファン・エイクのアプローチの並外れた精妙さにもかかわらず、彼が描いた書物のなかの文字をわれわれに判別させることはできていない。それでも彼は、文字を個々別々に描きだそうと努力してはいる。より描写が精細で、しかも細部の縮尺率が異なるほかの絵であれば、ホルバインの《イギリスの宮廷におけるふたりのフランス大使》[51]のように、ページを実際に読み取ることも可能となるだろう。

しかし画家が崩し字風の描き方を展開している場合、互いに分離された文字が記されたページを構成に取り入れることも、手書きの文章を素描の細部に収めることも難しくなるため、画家は文字の効果だけを模倣することになる。たとえばエル・グレコは、福音書記者の持っている書物を震える線で覆っており、こうした線について二次的な筆相学が発達しなければならないだろう。エル・グレコは、特定の語はもとより、特定の言語にも左右されずに、霊感のままに書きつづられる文章の動きとはいかなるものか、ひたすら表現しようとしている。

ときには、文章が完全にかき消されてしまい、一様な、あるいはほぼ一様な色彩に溶け込んでしまうこともあるだろう。ジョルジュ・ド・ラ・トゥールは、机の向こうで聖ヒエロニムスが開いた本を前にしているところを表現した(《読書する聖ヒエロニムス》)。各ページの上では、われわれが逆さまに読まなければならないはずの文章が一つの灰色の四角形でかたどられている。ここにあるのは様式の問題だけではなく、選択の難しさでもある。事実、この聖書翻訳家は聖書を眼前にしているわけだが、どのページでこの聖なる言説を読みさしているのだろうか。

3　黄表紙本

本という物体がわれわれにとって有している主な特徴は、そこに何かしら読み取れることであるが、絵画における非常に頻繁なその形象化のなかで文字が読めたり読めなかったりすることに基づいて、われわれは、重要であったり魅惑的であったりするある種の物体をめぐって細部の縮尺率が変化するさまを観測できるだろう。読めて然るべき本の題名がいわばその不在によって輝くこともあれば、題名が読まれるようにすべく、画家が画法の転調を強いられることもある。

ここにファン・ゴッホの静物画が三点ある。最初の二点である《黄表紙本——パリの小説本》[52](チューリヒのボナー・コレクション蔵)と《本のある静物》[53](ラーレンのフィンセント・ファン・ゴッホ財団蔵)はほぼ同時期、パリ滞在時代の一八八六年ごろの作品である。三枚目の絵はクレーラー＝ミュラー美術館にあって、アルルで一八八九年一月に描かれている。

《本のある静物》も、ほとんど全面的に黄表紙本、パリの小説本により構成されている。イギリスの鉄道のなかでひとりの牧師が私の女友達のひとりに向かって、「奥さん、そんな黄表紙本を読んでいらっしゃるとは、神様が見ておられるのをご存知ないんですか!」といきなり呼びかけてきたときの憤懣やるかたない様子をよく覚えている。こんな呪わしくも下品な意味があるからこそ、オーブリー・ビアズリーは自身の雑誌を「ザ・イエロー・ブック」と名づけたのであった。

チューリヒにある静物画のほうでは、本に題名が描かれているのはわかる。どのような題名なのかはわからないが、題名はしかとある。開かれた本は、ページの上に何本も線がある。これに対し、ラーレンの静物画では、表紙もページも画家の眼によって完全に洗い流されている。それでいながら彼は、厚みの層を表現したし、薄い仮綴本を事細かく描写してはいるのだ。そう、これは縮尺の問題などではなく、ここでは語がある種の嫌悪をかき立てたのである。芸術家がこれらの本を描いたのは、

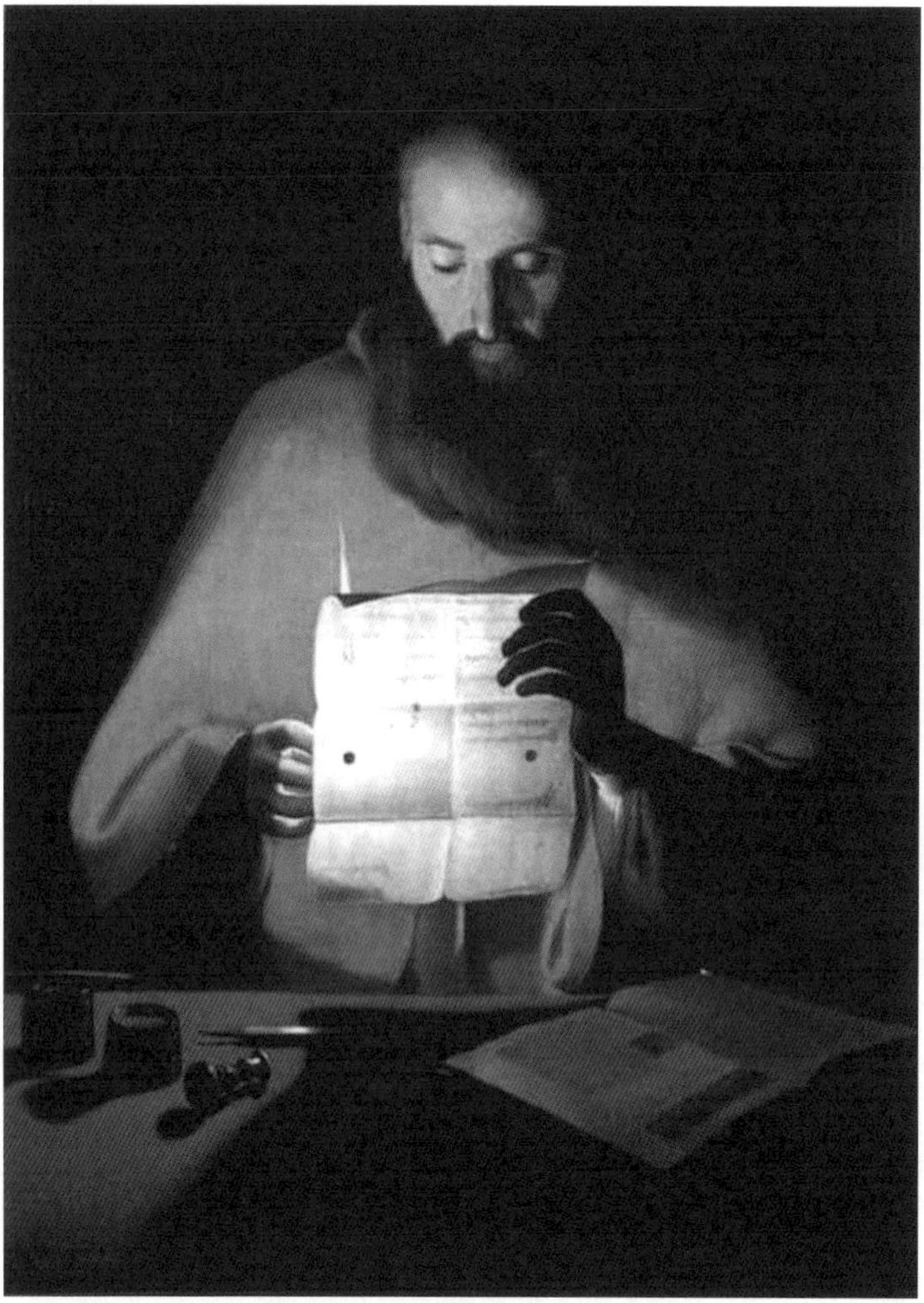

《読書する聖ヒエロニムス》
ジョルジュ・ド・ラ・トゥール作

それらの文章から自身を解放するためだったと言ってよい。

アルルで制作され、さまざまな日常的物体を含む《静物》で、ファン・ゴッホは、自分にとって本質的な語、「F・V・ラスパイユ著『健康年鑑』」を本の表紙に詳しく描いており、彼が虫眼鏡を表紙に近づけたかのようだ。ここで署名は前景にある封筒の宛名を介してなされ、この宛名もまた驚くほど細密に描かれているのだが、逆さになったその文字列は、まるで返信であるかのように本の上の文字に従属している。

4　ある画家論への返事

同じ拡大効果がマネによるゾラの肖像〔マネ《ゾラの肖像》〕にも見られる。前景でこの作家が開いて手にしている書物は、その造形的価値においてのみ研究されている。それはいわゆる「豪華本」で、文章による灰色のなかには飾り文字があり、波形模様《モアレ》がある。この本がどれかを特定することは可能なのかもしれないが、ここにこの本が描かれたのは、当然ながら個別的に認識されるためではなく、蔵書の水準を示すためなのである。

対して、羽根ペンのうしろ、仮綴本の堆積のなかから、ゾラがマネを論じた一冊だけが浮き上がっており、二つの名、すなわち主題にして献呈を受ける者と、署名者にして献呈する者の名がわれわれには完璧に読みとれる。この絵の全体がこの物体に対する応答になっている。

5　暗殺されたマラ

手紙も同じような問題を提起し、同じような効果を可能にするだろう。第三者の筆跡とされる文字、とくにその署名を対象とする筆相学がここに浮上する〔ダヴィッド《マラの暗殺》〕。

アンチック字体による〔「マラへ」という〕献辞、〔画家の〕署名、革命暦による制作年代が、浴槽内のマラが小卓として使っていた木箱の上にあって、前景のこの木箱を石碑に、絵全体を記念碑に変貌させる。

暗殺された男は、シャルロット・コルデーからの手紙を手にしている――

> 一七九三年七月十三日――マリ＝アンヌ＝シャルロット・コルデーより市民マラへ――とても不幸というだけで、あなたのご厚意にすがる権利が私にはあるでしょう、

書字、そして日付の間の対立。石碑と化した木箱の側板が画布の表面と同化しているため、国民公会議員の手紙は画面からとび出しているような印象を与え、よく見ろといわんばかりにわれわれに突きつけられているが、筆跡が実際に見合った縮尺にずっと近く、アシニア紙幣が一枚添えられている。

《ゾラの肖像》
エドゥアール・マネ作
ルーヴル美術館

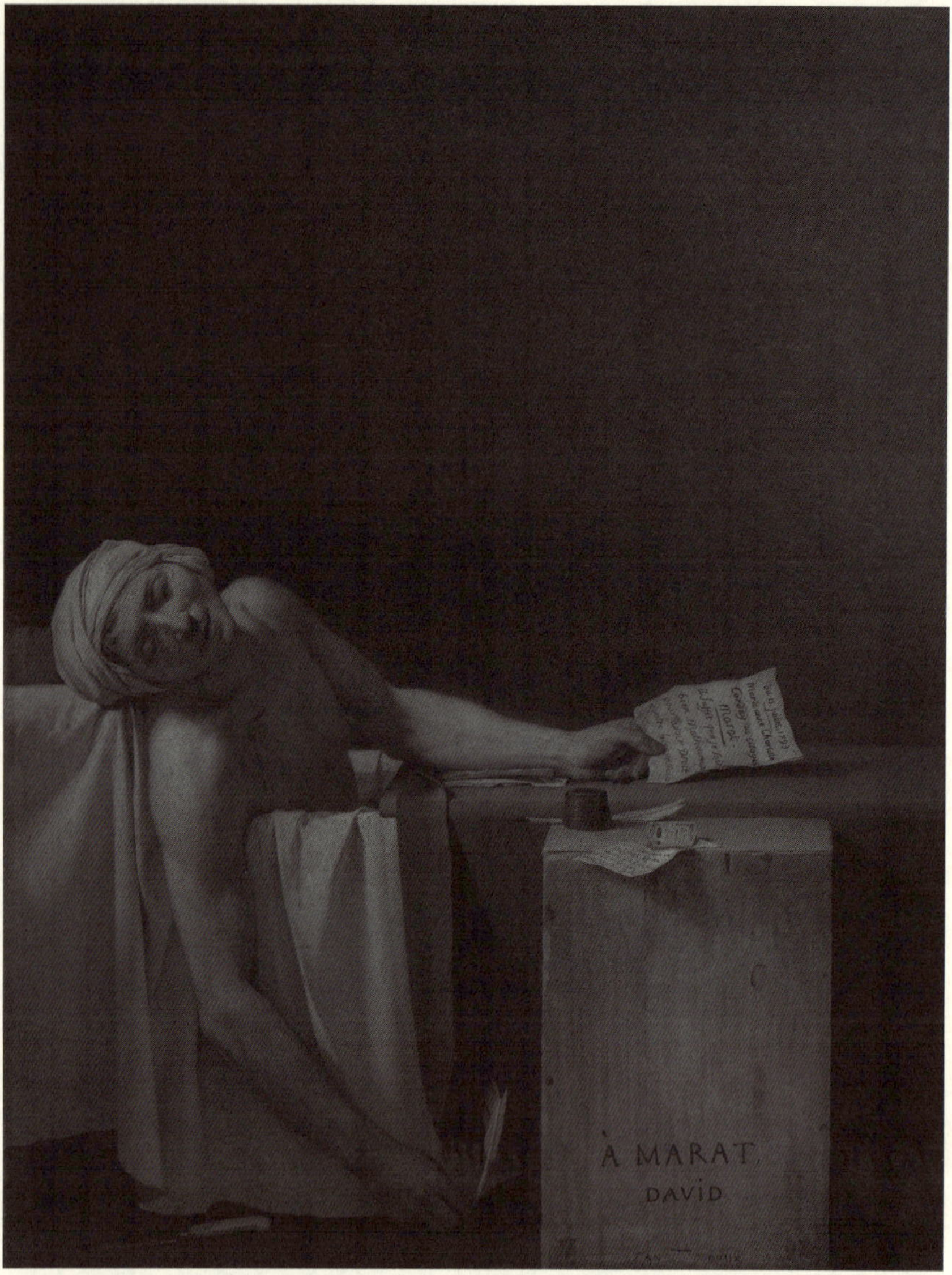

《マラの暗殺》

ダヴィッド作

ベルギー王立美術館

〔木箱の上の献辞とコルデーの手紙という〕二つの宛名は、まったくちがう形で刻印されたマラという名前において結合され、そのあいだで一つの対話が展開される。シャルロット・コルデーの不実の手紙に

（完璧な解読を可能にしている、この手紙の途方もない拡大のされ方は、憤激の叫びのようである――かくも下劣な策略が知られずにすむことなどあってはならない）

マラは寛大さをもって応じる。暗殺が彼に対する返礼であり、絵が結論をひきだす。

暗殺されたマラは、読み書きをしている最中にその姿が捉えられているのだが、この行為、この職務は、弁舌や聴取などよりも絵画には翻訳しやすい。描かれた読者、たとえばプッサンの《われもまたアルカディアにありき《エト・イン・アルカディア・エゴ》》[54]で墓に刻まれたこの言葉を解読している羊飼いたちは、ある場面や風景を眺める人々がいればそうであるのとまったく同様に、作品内部におけるわれわれの代表でもある。それどころか、遠く離れた観客であれ、絵画愛好家であれ、たとえ〔ワトーの〕《ジェルサンの看板》[55]におけるそれのように拡大鏡で絵のどこかしら細部を検討していたりしようとも、そうした場合以上に、文字を一つひとつたどり、なぞっているこれらの指において、われわれはいっそうつよく、文字を書いた人物と関係づけられる。たとえばしかじかの福音書記者やカルパッチョの《聖ウルスラ伝説》[56]におけるテオナット王の書記のごとく、描かれた記述者は、これからカンヴァス上に形象化しようとしているモデルを見つめているところを描かれた画家とは当然違ったかたちで、画家を形象化している。その場合、第一の鑑賞者として自分の絵を見つめ、そこに文字を、とりわけ題名および署名を記入しようとしている画家が形象化されているのだ。

主題（現実であれ非現実であれ）、現実の画家、そして現実の鑑賞者という三者の関係が、モデルと画家と鑑賞者というテーマに反映され、ときには同一の絵のなかで、テクストと記述者と読む者というテーマに二次的なレベルにおいて反映される。画家は、すでにして鑑賞者である自己を筆記者として描き、すでにして画家である鑑賞者を読者として描く。

ダヴィッドは、鑑賞者が読者たるマラに同一化することを望む――われわれもまた、このような嘘に騙されてしまったのではあるまいか、と。彼は、われわれが彼を記述者マラと同一視することを、同じように短剣による一撃の脅威に晒されながら、自分がマラと同じくらい寛容なのだと見做してくれることを望む。ダヴィッドはマラを継続する。

シャルロット・コルデーはといえば、画家が彼女を消滅させている。とはいえ、彼女は、読書の瞬間と筆記の完了の瞬間のあいだのどこかで、その場にいた。だが、このような絵画的モニュメントによって彼女の犠牲者を英雄になしえたという事実

が、彼女を決定的に消滅させる。もはや顔もなく、殺害行為は偽りの数行によって署名されているばかりだ。

ダヴィッドは、彌漫する虚偽の特殊個別的な事例をわれわれに見抜かせ、今にもわれわれを刺そうと暗闇のなかで待ち構えている短剣の存在をわれわれが感じるように望み、その短剣の前に身を呈してわれわれを守り、この脅威を払い除けようと望む。〔コルデーの手紙の〕数行の下に隠されていた短剣はここに暴かれ、画中に閉じこめられ、この絵画の力により、以後、もはやいかなる短剣もこのような血に汚れうるような事態があってはなるまい。

マラの活動にあった真理への愛、貧困との戦い、真の解放の一切は(彼の流させた血は、ダヴィッドにいわせれば、マラ自身の血のなか、この浄めの浴槽のなかで洗い流され)、この作品の開始するものにより強化されるはずだ。これほどまでに、真の意味で革命的な行為もない。

6　印刷物

ホルバインの《ゲオルク・ギッセの肖像》や、ロンドンのナショナル・ギャラリーにあるマリヌス・ファン・レーメルスヴェーレの諷刺画《収税吏》[57]に横溢する手書き文書。後者の場合、この人物ないし役職の象徴物はもはや文字ではなく、文字の堆積である。同様に、カルパッチョ[58]やアントネルロ・ダ・メッシーナの《聖ヒエロニムス》[59]のじつによく整理された書棚とは正反対の、バルデス・レアルやファン・ゴッホやマネにおける乱雑な本の山。

われわれの日常生活を取り巻く書き言葉の量は、印刷術によって大幅に増えた。書物は一貫して、かつては空の空《ヴァニテ》なり、死に関わる瞑想であった静物《ナチュール・モルト》の本質的要素の一つであり続けたが、公の祝祭が徐々に適合的とはいえなくなり、その反動として静物画が私的生活の称揚、スティル・ライフとなっていくときに、静物画の題材として欠かせなくなるもの、それが新聞である。人物像において、新聞は最も重要な近代性の象徴物となる(ドランの《レジオン・ドヌール五等受勲者X氏》など)。

印刷物においては、われわれがそこに読むものは、あらゆる類いの機械による仲介によってもとの記述者から切り離されており、それらの文字を書いたのはもはや手ではない。それゆえ、書かれた文字のもつ象徴性が同じようなかたちで発展するのは不可能であって、そこから画家は、いわば手を使わない方法を発見して文字を画布に置かなければならなくなる——ステンシルやコラージュといった。

文字が書かれた物質の途方もない多様化、われわれが新聞をもはや読むためではなく包装紙として使用したりするという事実のために、文字が書かれた物質は素材として、それを覆うテクストは、形象としてではなくテクスチャーとして扱われるようになるだろう。

《ゲオルク・ギッセの肖像》
ホルバイン作
ベルリン絵画館

すでに昔の絵であっても、縮尺率なり画風なりコンセプトなりを理由として、テクストに判読可能性を保持できない際には、それがテクストであるという事実、手書きの文字または印刷文字のもつ「材質《マチエール》」は、ビロード、絹、毛皮ないし金属の質感を表現していたように、しかと表現しなければならなかった。しかし、キュビスムが、テーマ上の変遷のために必須となったコラージュの技法を導入してからというもの、さまざまな画家たちが、判読可能性を完全に保っているテクストを、テクスチャーとして用いているのが見られるようになるばかりか、電話帳のページの上に大雑把な花押を書き、次にそれを白いカンバスの上で大々的に讃美したフランツ・クライン〔一九一〇－六二。アメリカの画家〕のように、テクストを絵の下地にする例まで現われるようになる。

コラージュにあって、語とはもはやなぞられる何かではなく、発見される何かである。書き言葉の多様なテクスチャーは、それが読まれる以前であっても(言語が読める読めないの如何とは、選択の余地なく無関係な視覚的テクスチャーというわけだ――だが、読めることと読めないことのあいだにはなんと多くの段階があることか!)、また、それが読まれつつあるあいだ、あるいは読まれたあとであっても(言語をある程度知っていることを当然にも要求してくる意味のテクスチャー)、芸術家によって、響きと色彩の巨大な鍵盤のように使用される。

シュヴィッタース[60]は、拾われてきたテクストによるコンポジションの素晴らしい実例をいくつもわれわれにもたらしてくれたわけだが、静物《ナチユール・モルト》の新版であるこれらの作品のなかでは、鉄道や芝居の切符、封筒、手紙や新聞やちらしの切れ端、細々した物といったある時代の残り滓によって、その一時代全体がまるごと要約されている。これらのテクストそれぞれを、失効したその最初の用途に、その直接的な意味に結び直すことは、これらが切り抜かれ、引き裂かれ、裏返しにされていたりされていなかったり、インクで汚され、塗り潰され、削除されるやり方によって制御を受けている。そのため判読のしやすさには、意味を中性化し、呑み込んでしまう強い効果がここにはあるにもかかわらず、グラデーションがあり、いくつかの断片は、ほぼ視覚的テクスチャーのためだけに、つまりマチエールとして用いられていることが可能になっている。書かれたものが漸進的に識別されることによって、さまざまな形態の配置から生まれる視野に、知性の働きによる視野が重ね合わせられるのだが、この後者は、ドイツ語を知らない人たちよりも知っている人たちにとって、ゴシック書体に不慣れな人よりも慣れ親しんでいる人たちにとって、比較を絶して強力となる。

今日におけるコラージュ〔本書所収「ボードレール小品」参照〕のような画家においては、原典だろうがその複刻版だろうが、活版印刷だろうが写真複製だろうが、われわれを取り巻く印刷物の織物のなかにすでに存在しているさまざまな形態的特性、それらをわれわれが全体として眺めようと細部において眺めようと、われわれがそれらに付与する意味作用に部分的に従属している特性が、方法的操作により白日の下にされているのであって、

荒廃の度を深めつつもわれわれをときに圧倒するこの文化的沖積層から、どんな形象もどんな意味も生まれうる。

7 模倣された文字

こうしたすべては、アルファベットにたいするわれわれの眼差しを刷新する。絵画における文字がわれわれの注意をかくもつよくひきつけるのは、われわれがそれらを認識し、語りかけられているような印象を受けるからであるのみならず、ある言語における音声が互いに関連し合いながら区切って発音されなければ、一つの言説に組み立てられることが可能とはならないように、文字は、話し言葉を転写できるようになるために、目を見張るばかりに差異化された形式的要素からなる一つの体系を構成していなければならないからでもある。アルファベットは、その組み合わせが決まって雄弁な形態を作り出すことになるさまざまな図形の総体をなしている。各言語は、これらの組み合わせに対して、それらが個別的な単語として理解される以前に、一定数の規則を課している——アルファベットのうちのいくつかについて、それらを二度重ねて用いることはできるか否か、ある文字を一つだけ孤立させて用いることはできるか否か(フランス語では「i」、英語では「y」を単独で用いることはできない、等々)、〔各文字が使用される〕相対的頻度や、二つの空白のあいだの長さなど、これらの規則は、仮に構成要素自体にはなんの違いもなかったとしても(実際にはアクセント記号の有無や、使用されない文字がある)、それぞれの言語に独特のテクスチャーを与えることだろう。

印刷物もしくは手稿で用いられている言語をわれわれが知っているか否かによって変わってしまう、そのようなことがまったくないこうした造型的特性を、われわれはテクストの視覚的テクスチャーと定義したわけであるが、ここで、きわめて重要な第二の水準——文字そのものやその種類を知っているいないにかかわりなく存続する特性を区別して考えなければいけない。アラビア文字のことをなにも知らない人にとっては、それが右から左へ読む文字だと話には聞いたことがあっても、アラビア語で書かれた数行によって右から左への動きを彼の眼が強制されたりはせず、この方向を指す矢印が導入されたりもしないだろうし、しばしば反対方向の矢印をそこに持ち込んでしまうだろう。

ギリシア語のアルファベットやキリル文字など、われわれが西洋のアルファット言語と認めているような、すなわち、われわれの文字と一定数の記号を共有しているすべての言語には、共通する一連の特徴があって

(外国語の文字は、その読解上の価値とは無関係に、特有の異

国的色調を〔自国語に〕帯びさせるために容易に使用されうる。たとえば、キリル文字にはフランス語の「N」と「R」を反転させた文字があるので、いくつかのアルファベット文字を反転させると、結果的にキリル文字には属していない形態が生じたとしても、書き込まれた文章にロシア的な響きを与えることができて、われわれの教養に応じて異なったかたちで滑稽味を感じ、添えることになるだろう)、

これらすべての場合において、私自身には読めない場合であっても、どのように読解されるべきなのかはわかる。ところがまったく未知の文字を前にすると、私の眼差しは途方に暮れる。複数の記号が一つの体系をなしている以上、間違いなく書き込みであることはわかるが、それ自体は遭難多発区域のようなものを構成しており、文字の書き方が複数あることを私がまえもって知らされていれば、それだけいっそう私はこの感覚を味わうだろう(完全に無知だと、私は逆向きの動きを持ち込んでしまうことになって、それはしばしば作品を破壊するだろう)。

理解していない文字を書くことは、人を当惑させる作用のゆえに大きな魅惑を発揮する一方、画家にとって相当に剣呑な領域を形作る。無邪気すぎる鑑賞者はそこに誤ったベクトルを導入してしまうし、その文字を読める人となると、画家自身には制御する術がない真の矢印を画中に回復せずにはいられなくなるだろう。

おまけにそもそも、ある種の文字の書き方を知らない画家は、それを読解できるようには再現できないことが多い。視覚的特性をごく大まかにしか捉えることができないせいで、どれほど注意を凝らそうが、意味作用のとっかかりに必要不可欠な細部を取り逃してしまう。こうした歪曲を逃れるのは、明瞭な形象性を保っている文字だけだろう――『エジプト誌』[61]の挿絵画家たちにとっての象形文字のように。

東洋の文字を読むことのできない西洋の画家たちが、そうした文字をそれとして認識できるように描くべくいかなる努力を払ったのか、それらの文字から彼らが引きとめえた様相、それらの特定を可能にするために十分な様相とはいかなるものだったのかを眺めるのは興趣が尽きない。《アルジェの女たち》[62]の住む部屋をアラビア文字の銘文で装飾した際のドラクロワ然り、《広重による樹》[63]の周囲に表意文字を再現した際のファン・ゴッホ然り、両者はともに、これらの文字に内在する規則、すなわち、意味が通じるにはどの部分を尊重すべきか、逆にどの部分であれば歪めたり、変形したり、省略したりしても大丈夫なのか、まったく知らなかったため(しかもよく知られているとおり、これらの文字はじつに驚くべく多様な形象を組織できるのである)、描線の分析に正確さを欠いていた。それでいながら彼らは、われわれが難なく「日本語」、「アラビア語」として識別できるものを完璧につくりおおせている。

8　発明された文字

外国語の文字からの挑発に応じて、画家たちが大胆に文字を発明してしまうこともときどきあるが、その場合は誰にとっても外国の文字となって、画中に意図したとおりの方向喪失圏を導入することができる。

彼らは、読む術がないという事実そのものを、したがって、文盲者にとって文字が有している魔術的な力を描くことになる。

このようにしてキリコ〔一八八八−一九七八。イタリアの画家・彫刻家〕は、一九一四年作の《春》において、『ソロモンの鍵』〔魔法書の古典〕のそれを想起させるような記号に覆われた手稿を展開する。そこに見られる西洋アルファベット文字の残骸、そして行分けによって、われわれは右から左への読み方を適用することを余儀なくされる。

カンディンスキーはしばしば文字に対抗し、とりわけ、多少なりと歪んだ四角形で囲われた領域の内部に、同系統の記号を配置するときはそうである。一九三五年作の《継起》[64]のなかで、彼は、アクセント記号や句読点に伴われた二十二の主要グループをわれわれに披露し、くっきりと引かれた四本の水平直線上にそれらを並べている。最終行がひと続きの点をもって右側で終わっており、最初の点が最も力強いので、これらの点の中断効果が強調される。一番下のこの長い水平直線の下に、だんだんと短くなる三本の直線があって下降運動を延長している。そのためわれわれは、文字の書かれたページであるような印象を受けるのだが、これらの二十二個の記号のいずれも反復されず、しかも驚くべき躍動感を備えているため、それらは何よりもまず象形文字か絵文字による継起的形象のように見えてくる。

《花嫁は彼女の独身者たちに裸にされて、さえも》における高所の掲示は、それがどのように位置づけられるべきだったのか、そのアルファベットの奇怪さがどのように実現されるべきだったのか、添え書き〔《グリーン・ボックス》のこと〕によってわれわれは知っており、それだけにますます、その部分の執拗な白さが当惑を催してくる。

9　読解可能性の瞬間

他なる文字を読めないという事実ばかりか、もはやわれわれ自身の文字すらも読めなくなるということ、つまりは文字の濃密化を描くこと——われわれを定義する「書類」、それ自体を晦冥ならしめることでわれわれをも晦冥ならしめる「書類」を主題とするスタインバーグの変奏がそれにあたる。

文字の孕むさまざまな難解さ、その起源から文字にそなわる厚み、文字の発明と習得と実用という骨身を削る全空間、〔文字練習用の〕縦線、書き損じ、抹消線といった、文字周縁のあらゆるもの。

このとき、読解可能性がまるで波がしらのように見えてくる

——一瞬の明るさは、ときにはいつわりの明晰さであり、努力の一大前史に先行され、今にも消去あるいは加筆の海に呑みこまれてしまいそうだ。

VII 終了するためのささやかなファンファーレ

1 母音の歌

アルファベット文字が孤立してそこにあるとき、たとえそれが言語のなかで一つの単語を形成している場合であっても、一般に語の読解可能性は消失する。そのアルファベット文字が印刷されているときにいたっては、ベクトルまで失う。

しかし、その一つの文字が、たとえば署名の頭文字のように、明らかに一つの語を表示しているのであればまったく別の話だ。モンドリアンの絵において「P」から「M」へと向かう動きは、画布の表面に刻みこまれており、カンディンスキーの絵における「V」から「K」へと向かう動き、もしくはデューラーの絵における「A」から「D」へと向かう動きの場合はとくに、二番目の文字が一番目の文字の内部にあり、より小さくなっているため、奥行きに沈み込んでいく。両者はともに、われわれに作品を通り抜けるよう誘う。

孤立した子音、たとえばクレーの風景画[65]における「R」の文字は、われわれに発音することすら許さず、アルファベットのなかでそれらの子音字のもつ名前によって同定することしかできない。われわれはそれを音というよりむしろ形態と見なす。反対に、母音字はわれわれに歌いかけてくる——ファン・エイクにおいて、天使たちの口が取るかたちによって母音字の発声が形象化されているにせよ〔前出のヘントの祭壇画のこと〕、あるいは、「R」と「S」の二つの子音字が名前の頭文字として母音の響きに対置されるクレーの水彩画《女性歌手ローザ・ジルバーの声の織物》で、われわれの文字が母音に与えている形象によって表わされているにせよ。

ここで、絵画における響きと音——台詞はその特殊事例の一つでしかない——について、ほかの何にもまして楽器と楽譜が果たす役割について敷衍することも可能だろう。

2 皇帝のモテット[66]

話すこと。歌うこと。

しばしば一枚の絵と同じくらい横に大きく、五線がみごとに引かれたページの上に、作曲家は単語を配置できるばかりか、それらを二分割したり、増殖させたりすることもできる——出現、反響、予告といった、画家なら転調と言うかもしれないものすべてを、作曲家は、長い説明文がしばしば付されるデッサ

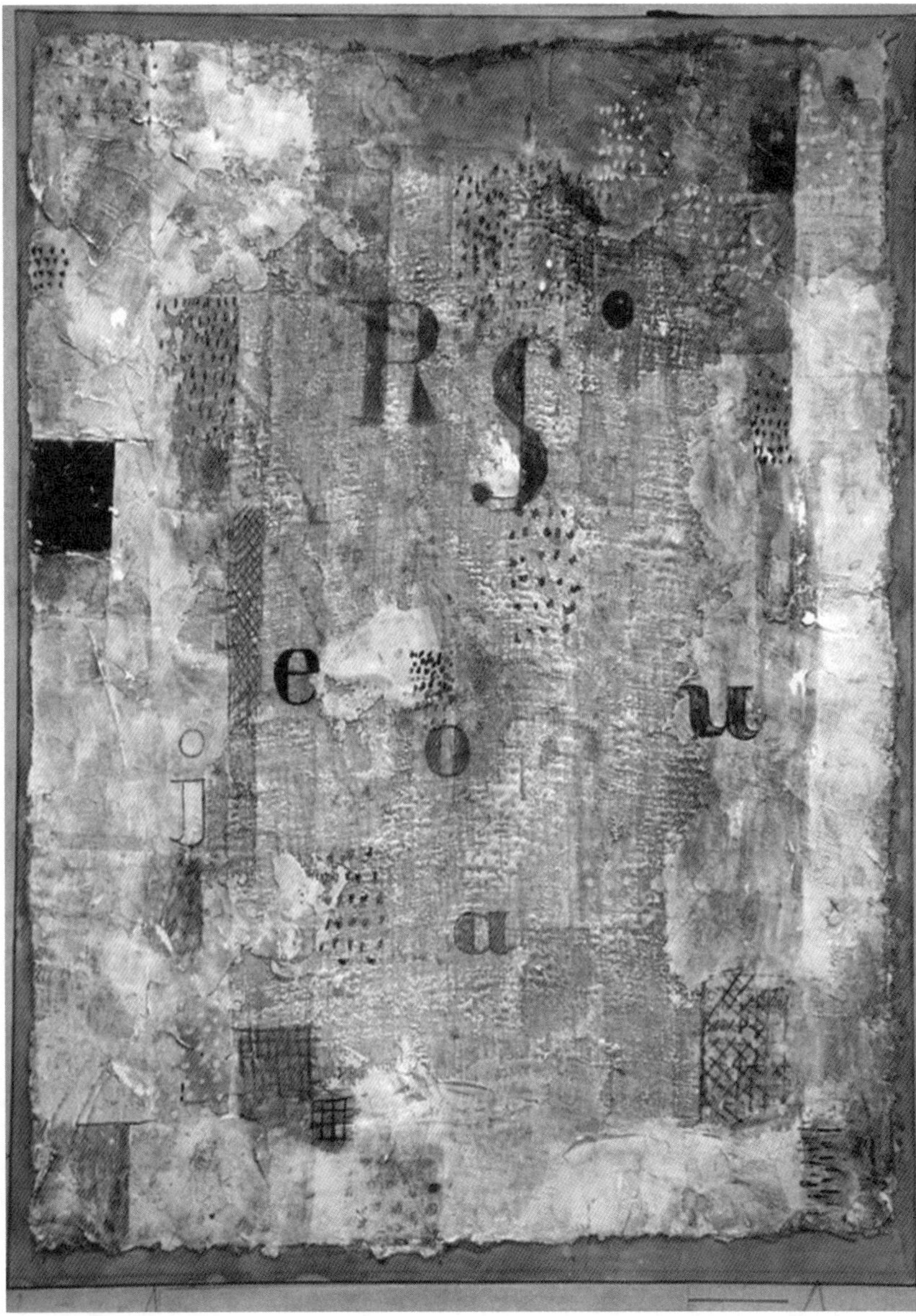

《女性歌手ローザ・ジルバーの声の織物》
パウル・クレー作

ンを媒介にわれわれに提供する。

テクストのさまざまな見通しとポリフォニー。

ダヴィッド、ダヴィッドよ、あの記念碑的作品をマラに捧げたあと、まったく異なるひとりの誘惑者のために、あれほど数多くのモニュメントを築くことができたとは、ローマ帝国の夢がそれほどまでにおまえの天才を魅了してしまったのか！　それにしてもまた、銘文と象徴物のなんという音楽をもって、あのコルシカ人〔ナポレオンのこと〕は、おまえの首都の風景を響き渡らせる術を知っていたことか！《シャン＝ド＝マルスにおける鷲章軍旗の授与》[67]式の際、おまえだけがわれわれにその質感を伝える術を知っていた絹地の上で語の立てる比類なき衝突音が、もはや覆い隠されてすらいない短剣を忘れさせてしまうほどにおまえの目を眩ませてしまったというのか！

〔武器が〕ぶつかりあう響きのなかの昏い弔鐘。郷愁。せめてこの緋色が響きを持続させるのに役立たんことを！　これらの語がこんなにも悲壮に呼応し合っているからには、それらはまた、この絵の外部にある語、彼が定着させるこの儀式と彼の時代の外部にある語にも呼びかけているのだ。幻想の帝国の、催眠にかけられてしまいそうな盛儀を通して、ほかの都市への、「永遠の都《ウルビ》」への、その根源的な共和国への、ここにおける共和国の夢への参照が常に貫き通っている――人々があまりにも早く覚めてしまった共和国のその夢は、これらの忠誠の誓いと壮麗な仮面行列の下、ひそかに温められ、熟し、拡大し、浸食し、煽り立てられ、研ぎ澄まされてゆくだろう。派手な雷鳴が、睡眠下で大きくなっていく秘密の雷鳴にじっと注意を注いでいる。

3　詩は絵のごとくに《ウト・ピクトゥラ・ポエシス》

かつて、詩人は言葉で描くと言われていた。画家にも同じことができる。

ジャスパー・ジョーンズ〔一九三〇－〕が《五十年祭》と名づけた画はほとんど一面に灰色でありながら、そこには色の名をたくさん読むことができる――「red」とか「blue」と「yellow」などの語が噴出してきて（ステンシルの技法で描かれているため、それらの語は上へと迸りながら、われわれのほうに浮き上ってくる）、そのため、私がこの絵を見つめ、読んでいくに従い、絵は色づいてゆく。他方で私は、さまざまに異なる灰色を区別する微妙なニュアンスをことごとく知覚しはじめる。

クロッキーによる草案や模写というかたちで、私が未来の絵あるいは現在の絵を描くとき、しかじかの部分の色彩を注記によって明示しておくことができる。絵を複製する際、校正刷とともに原画を見に戻り、校正刷の上に「緑が暗すぎる」とか「赤はもっとオレンジ色に近く」などと指示するが、私自身も研究したいと思っている作品について、あまりに不忠実な複製しか手元にない場合には、複製の横や上に、どこが最も重大な誤りか書きとめておく。私が目にしているイメージを起点にして、言葉が私により優れた別の画を想像させてくれるだろう。

いくつかの部分には直接色が塗られ、ほかの部分は文字を介して色彩を獲得することになる作品、ある正方形は青く、別のある正方形は白地の上に「青」という語が書き込んである作品、あるいはマグリットのように形態の名前が――一本の瓶の横に「コップ」という語が――書き込んであるような静物画。

絵画的な楽譜――作曲家は、ある作品をわれわれに聞かせようとして、ピアニストがすべきこと(もし私にできるのであれば自分でやるべきこと)を、音符と文字を用いて書くが、それと同じく、図式と文字とを使って、画家が私(あるいはだれか演奏者)のすべきことを書き、ある別の作品をわれわれに見せようとする。

締めくくりとして、フアン・グリス〔一八八七―一九二三。スペイン出身、フランスで活躍した画家〕のデッサン＝詩を眺めよう。

スペードのエース
　このコップ
　　パイプにつまった灰
わが愛の数々の上に立てられた消えた蠟燭
　　　雨の朝
そして重くのしかかるこの倦怠
　未来が夢を見ているトランプの手札

スペードのエース、コップ、灰のつまったパイプ、トランプの持ち札が素描される。それぞれの要素が、このコンポジションのなかに二つの場所、名前という場と形象という場をもつ。雨模様の朝と重くのしかかる倦怠がなにもかも浸している。消えた蠟燭が表象されていないのは、パイプの解釈であるからだ。言葉は、このキュビスム風デッサンが組み合せる事物のさまざまな面の一つとして、立ち現われる。二種のコンポジションが重なり合い、対話する。詩行が書き込まれている静物画は、それらの詩行を同時的なものにし、それらの空間的な配置を検討せずにはいられなくして、詩は、静物画の諸要素のなかに一つの継起性を導入し、「未来」がわれわれのほうに飛び来《きた》る。

この試論の中では、本の内部にある絵、絵画における文字に主として関わるエッセイの内部にある絵という問題には触れないと決めたのだが、それについては夢想をめぐらせていただきたい。

ヴィヨンの韻律法

ピエール・ギロー[01]に

I　正方形

フランソワ・ヴィヨンの作品のほぼすべては、八音節詩句八行の詩節で書かれている——

『形見分け』の四十詩節、
『墓碑銘』も含めた『遺言書』の百八十五詩節[02]、加えて
同作中の十六篇のバラード[03]のうち九篇（うち一篇は二重バラード〔六詩節で構成される定型詩、ときに反歌を伴わない〕）の三十歌節《クプレ》、
「マリー・ドルレアン姫への書簡体詩」の十詩節、
同詩篇の中に置かれた二重バラードの六歌節《クプレ》、
諸々のバラードのうち四篇の十二歌節《クプレ》、
しめて合計は二百八十四、

隠語によるバラード十一篇のうち四篇は、周知のとおり、これら全体の真正性が問われているため、さしあたり除外する。

基礎となる形式で、上述したものの次によく見られる石材、それが十音節詩句十行の詩節である。

『遺言書』の四篇のバラードの十二歌節《クプレ》、
諸々のバラードのうち七篇の二十一歌節《クプレ》、
合計三十三。

このほか『遺言書』に見られるのは、中間的な長方形を呈する十音節詩句八行で書かれた三篇のバラードで、これが九歌節《クブレ》、

そして一般的に十二行に整えられるロンドー〔繰返し句のある定型詩〕三篇は、ヴィヨン自身は下記のとおり八音節詩句十行と二行の反響句として読むようにわれわれを誘っている。

十行で書かれたこの小唄　〔『遺言詩集』九七三行〕

歌節《クブレ》に従属する反歌を別にすると、雑詩篇中にはその他に以下のようなものがある――

「フランスの敵に対するバラード」の十音節十一行の詩節、

「《運命》の名におけるバラード」の十音節十二行の詩節、

二つの四行詩。「ブルボン公への嘆願」の裏面に書かれたものと、マロ〔ヴィヨンと同時代の詩人クレマン・マロ（一四九六頃－一五四四）〕によれば「彼に死罪の判決が下った際に」作ったもの、

最後に「ジュナン・ラヴニュ」のロンドー。

八行詩節の全体（二九三詩節）は、以降本論では標準形と呼ぶことにする正方形のものも、長方形のものも、次の脚韻のパターンを持っている――

ABABBCBC

（十五世紀には男性韻とその変形の女性韻が好んで組み合わせられたことが知られているが、二つの「文法上の性」を交互に置く規則はまだ存在しなかったため、「恋人に与えるバラード」のようにすべての行末をRで、あるいは「でぶのマルゴのバラード」のようにTで揃えるような効果が可能であった）

同様にすべての十行詩節は次のパターンを持っている――

ABABBCCDCD

「《運命》の名におけるバラード」も同様に中央に折り返し点を持つ対称形である――

ABABBCCDDEDE

四行詩も――

ABBA

『遺言書』のロンドーも――

ABBAAB ABBA

「ジュナン・ラヴニュ」の脚韻のパターンも同様に、反響句を括弧でくくると四行詩になる――

ジュナン・ラヴニュよ蒸し風呂に行け
そこに着いたら（ジュナン・ラヴニュよ）
素っ裸で体を洗え
湯船に体を沈めろ[04]
（ジュナン・ラヴニュよ蒸し風呂に行け）

Jenin l'avenu va-t-en aux étuves 〔A〕
Et toi là venu (Jenin l'avenu) 〔B〕
Si te laves nu 〔B〕
Et te baigne es cuves 〔A〕
(Jenin l'avenu va-t-en aux étuves)

（原文にも写本にも初期刊本にも句読点はないので、私も引用の際には最近の校訂者が加えた句読点を取り除くことを選んだ。ヴィヨンの詩は、アポリネールの詩と同様に句読点なしで成立する。綴字法については簡略化のために普及版のものを採用したが、文中で数語を引用する場合にはさらに現代的な綴りに改めた場合もある）。対称的な構造を持つ詩節が十五世紀の詩に多いのは確かだが、たとえばシャルル・ドルレアン〔フランスの王族、詩人（一三九四－一四六五）〕の全バラードを見ると、次のような例に出会う——

三例　ABABBCDCD
十例　ABABBAAB
十一例　ABABBCCDEDE、その他

一方ヴィヨンの場合は、この対称の規則を逸脱しているように見える唯一の確かな(?)テクストは「フランスの敵に対するバラード」である——

ABABCCDDEDE

しかしこの場合も、ロンドーの例で見たように第七行、第八行を同一の韻が繰り返された単一の行とみなせば、次の配列が容易く見出される——

ABABCCDEDE

これは、この詩の大部分が接続詞「あるいは」で連結された節で構成されており、言い換えればこのバラードは、文章全体の構造を損なったり、文意をすっかり変えたりしてしまうことなく除去できる抽斗のようなものを備えているだけにいっそう当てはまる。すべての脚韻Cが、このように取り外し可能な二行詩を示している——

あるいはヘレネー誘拐のためにトロイア人たちが
被ったがごとき戦争と恐るべき災厄を経験するがいい〔五－六行目〕
Ou perte il ait et guerre aussi vilaine 〔C〕
Que les troyens pour la prinse d'Hélène 〔C〕

あるいはマグダラのマリアのごとく三十年間
亜麻布も羊毛も着ずに過ごすがいい〔一六－一七行目〕
Ou trente ans soit comme la Magdeleine 〔C〕
Sans drap vêtir de linge ne de laine 〔C〕

あるいは鯨の体内に入ったヨナよりも不運に
呼吸もできずに海に呑まれるがいい　〔二七－二八行目〕

Ou transglouti en la mer sans haleine　〔C〕
Pis que Jonas ou corps de la baleine　〔C〕

こうして遙かにすっきりしたバラードが現われ、反歌の部分の形が、倍の長さとした最初の行も含めて、詩節の後半部〔DEDEの部分〕と一致することがわかるだろう——

金羊毛を求めるイアソンが目にしたがごとき
炎を吐く獣どもと戦うがいい
あるいはネブカドネザルと同じく
七年のあいだ獣に姿を変えられるがいい
あるいはタンタロスやプロセルピナと一緒に
地獄の沼に落ち込むがいい
あるいはダイダロスの塔に閉じ込められて
ヨブ以上に苦しむがいい
フランス王国に災いをなそうとする者は〔一－四、七－一一行目〕

Rencontré soit de bêtes feu getants　〔A〕
Que Jason vit querant la toison d'or　〔B〕
Ou transmué d'homme en bête sept ans　〔A〕
Ainsi que fut Nabugodonosor　〔B〕
Ou avalé soit avec Tantalus
Et Proserpine aux infernaux palus　〔D〕
Ou plus que Job soit en grieve souffrance　〔E〕
Tenant prison en la tour Dedalus　〔D〕
Qui mal voudroit au royaume de France　〔E〕

サンカノゴイ《ビュトール》のごとく頭を水に突っ込み
ため池のなかで四カ月鳴くがいい
あるいはトルコ皇帝に金で買われて
雄牛のように首枷でつながれるがいい
あるいはナルキッソスのごとく溺死するがいい
あるいはアブサロムのごとく髪の毛で吊るされて
あるいは絶望して首を括ったユダのごとく人生を終えるがいい
あるいは魔術師シモンのごとく命を落とすがいい
フランス王国に災いをなそうとする者は
〔一二－一五、一八－二二行目〕

Quatre mois soit en un vivier chantant　〔A〕
La tête au fond ainsi que le butor　〔B〕
Ou au grand Turc vendu deniers comptant　〔A〕

Pour être mis au harnois comme un tor 〔B〕
Ou soit noyé comme fut Narcissus

Ou aux cheveux comme Absalon pendus 〔D〕
Ou comme fut Judas par despérance 〔E〕
Ou puît périr comme Simon Magus 〔D〕
Qui mal vouldroit au royaume de France 〔E〕

アウグストゥス帝の時代が再来すればいい
奴の腹に己が宝物を詰め込ませるために
あるいは聖ヴィクトリウスのごとく
風車小屋の挽き石臼に挟まれるがいい
そしてポイボスの光
ユーノーの富ヴィーナスの悦びを奪われるがいい
サルダナパロス王がそうなったように
軍神マルスから厳しく懲罰を受けるがいい
フランス王国に災いをなそうとする者は
〔二三―二六、二九―三三行目〕

D'Octovien puît revenir le temps 〔A〕
C'est qu'on lui coule au ventre son trésor 〔B〕
Ou qu'il soit mis entre meules flottants 〔A〕
En un moulin comme fut saint Victor 〔B〕
Ou soit banni de la clarté Phébus
Des biens Junon et du soulas Vénus 〔D〕
Et du dieu Mars soit pugni à outrance 〔E〕
Ainsi que fut roi Sardanapalus 〔D〕
Qui mal vouldroit au royaume de France 〔E〕

王よグラウコスが支配する森へと
アイオロスのしもべたちが奴を運びますように
平穏も希望も奪われるがいい
なぜならそのような幸福には値しないゆえ
フランス王国に災いをなそうとする者は〔反歌、三四―三八行目〕

Prince porté soit des serfs Eolus
En la forêt où domine Glaucus 〔D〕
Ou privé soit de paix et d'espérance 〔E〕
Car digne n'est de posséder vertus 〔D〕
Qui mal voudroit au royaume de France. 〔E〕

一篇のバラード全体に行き渡る様子をここで確認したような、同じ脚韻の詩句を重ねる倍加は、ヴィヨンの作品においては一般に反歌の調整に役立っている。八行の歌節《クプレ》で構成されるバラードはすべて、正方形、長方形を問わず『遺言書』では詩節の後半部と形式が重なる四行の反歌を持っているが、その一方で「わが母のため聖母マリアに祈願のバラード」や「でぶのマルゴのバラード」は、Villon の文字を折句《アクロスティッシュ》として繰返し句の前に入れるために、CCDCDがCC(C)DC(C)Dの形に調整されている。それとは逆に「フラン・ゴンティエ反駁のバラード」では、バランスを取るためか、最初の脚韻Cが省略されている。雑詩篇においては、Villon の名の折句《アクロスティッシュ》または署名によって反歌の構成が四回にわたって乱されているが、その他では常に正確である。

　ヴィヨンは彼の時代において、間違いなく最も「ゴシック的」な詩人である。彼はほかの誰よりも詩節がつくる堅固な構造を強調する。しかしそれは、ロンドーや反歌における膨張がすでに示すように火焔式《フランボワイアン》ゴシックなのだ。炎の勢いがいっそう増すように彼は足場をしっかり固める。対称性にこれほど執着するのも、噴火をいっそう力強くするためである。かくして、準備された溝に文章が完璧に流れ込む一節と、尋常ならざる句跨ぎ《アンジャンブマン》[05]が滝のように流れ落ちる一節が対置される。それは布地の端を走る炎である。

わが日々はヨブが言うように
たちまちのうちに消え去る
機織りが持つ火のついた藁にあたる
布地の端の糸のように
飛び出た糸があれば
即座に消え去る
だからもう私は不幸をおそれない
なぜならすべては死で終わるのだから

〔『遺言書』二一七―二二四行目〕

Mes jours s’en sont allés errant 〔A〕
Comme dit Job d’une touaille 〔B〕
Font les filets quant tisserant 〔A〕
En son poing tient ardente paille 〔B〕
Lors s’il y a nul bout qui saille 〔B〕
Soudainement il le ravit 〔C〕
Si ne crains plus que rien m’assaille 〔B〕
Car à la mort tout s’assouvit. 〔C〕

II 脚韻の色

古典詩法の必然的な放棄ののち、私たちは古い詩作品のあらゆる韻律的事象を聞き取れなくなってしまい、聴力を取り戻さないかぎりは古い詩作品を感知できるようにはならない。しかし自由詩の出現よりも遙か以前に、十七世紀の大劇作家たちに始まる平韻〔二行ずつ同一の脚韻が繰り返される韻律〕のほぼ完全な支配が、私たちから少しずつ、中世詩が持つ宝の秘密の一つであるところの音楽を奪ってしまった。

ヴィヨンの標準形の詩節においては、投入された三つの脚韻がそれぞれ異なる機能を持ち、脚韻を構成する語を強調したり、別の方向から語に光をあてたりする。こうして語の用法は関係性の網目を通過することでニュアンスを帯びる。そして対称性の中心点は、ほかの箇所がすべて間に一行置かなければ響きが戻ってこない交差韻であるのに対して、そこが次の行で同じ響きが戻る平韻が見られる唯一の場であるために強調される。そのうえこの脚韻はほかに比べて遙かに出現頻度が高い――

A――二回、B――四回、C――二回

したがって主脚韻と呼ぶことができるだろうし、この脚韻が詩節を性格づける。つまり詩節の主音である。そして同じ音の反復、すなわち開始と閉鎖がないかぎり脚韻は当然存在せず、このことから標準形の詩節のパターンは次のように説明することができる――

Aの開始
Bの開始
Aの終了
Bの一時的終了
Bの再開
Cの開始
Bの最終的終了
Cの終了

このタイプの詩節がいくつか続いて、このパターンが耳に馴染むと、三つの脚韻のコントラストはいっそうはっきりする――

A――新しい詩節の開始、主脚韻の予告
B――主脚韻、中心軸
C――詩節の終了

AやCの箇所に同じ語が頻繁に戻って来ることはない。さらにヴィヨンは中央での折り返しを進んで強調する。たとえば「古の美女たちのバラード」は次のようになっている（強調は私による）――

言ってほしいどこにどの国に
ローマの美女フロラはいるのか
アルキビアダと
実のいとこのタイスは
エコーは人が立てる物音に応える
川のなかや池のなかにあり

その美しさは人間を遙かにしのぐ
さても去年の雪はどこにあるのか

知性に溢れたエロイーズはどこにいるのか
彼女のためにピエール・アベラールは
去勢されサン＝ドゥニの修道士となった
愛ゆえに彼はそれほどの不幸を知ったのだ
同じくどこにいるのか
ビュリダンを袋に入れて
セーヌ川に投げ込ませた女王は
さても去年の雪はどこにあるのか

ユリと同じくらいに白く
セイレーンの声で歌った女王は
大足のベルトはベアトリスはアリスは
メーヌを治めたエランブルジュは
そしてイギリス人がルーアンで火刑に処した
猛々しきロレーヌの乙女ジャンヌは
彼女たちはどこにいるのか聖母マリアよ
さても去年の雪はどこにあるのか〔『遺言書』三二九－三五二行目〕

Dites moi où n'en quel pays 〔A〕

Est Flora la belle Romaine 〔B〕
Archipiade ne Thaïs 〔A〕
Qui fut sa cousine germaine 〔B〕
Écho parlant quand bruit on mène 〔B〕
Dessus rivière ou sus étang 〔C〕
Qui beauté ot trop plus qu'humaine 〔B〕
Mais où sont les neiges d'antan 〔C〕

Où est la très sage Héloïs 〔A〕
Pour qui fut châtré et puis moine 〔B〕
Pierre Esbaillart à Saint Denis 〔A〕
Pour son amour ot cette essoine 〔B〕
Semblablement où est la roine 〔B〕
Qui commanda que Buridan 〔C〕
Fût jeté en un sac en Seine 〔B〕
Mais où sont les neiges d'antan 〔C〕

La roine blanche comme un lis 〔A〕
Qui chantoit à voix de sereine 〔B〕
Berthe au grand pied Biétris Alis 〔A〕
Arembourgis qui tint le Maine 〔B〕
Et Jeanne la bonne lorraine 〔B〕

Qu'anglois brûlèrent à Rouen 〔C〕
Où sont-ils où vierge souveraine 〔B〕
Mais où sont les neiges d'antan. 〔C〕

ここで見ているのは一篇のバラードであり、この配列では標準形の詩節の機能はかなりの変化を受ける。というのも、脚韻Aが開始の役割を十全に果たすためには、前節の脚韻Aとは異なっていなければならない。したがって『形見分け』や『遺言書』の脚韻の構造をほんとうに特徴づけるのであれば、相違に関することの規則を加える必要があり、同じ響きであってもたとえば〔連続する詩篇で〕Bの箇所ではなくAの箇所に用いられ、別の機能を果たしている場合は、別の脚韻とみなすべきだということも同じく明確にする必要がある。

『形見分け』では相違の規則が常に遵守されている。ある詩節の脚韻は、前の詩節の脚韻と比べるとすべて新しくなっている。『遺言書』の場合、テクストの本体から顕著に際立ったいくつかのバラードは無論のこと別にして、例外となるのがアレクサンドロスとディオメデスにまつわる挿話の冒頭である——

アレクサンドロス大王の御代に
彼の前に引き出されたのは
ディオメデスという名の男
あたかも盗賊のごとく
手と指が結ばれていたのは
彼は海賊のひとりであったからであり
この判官の前に引き出され
死刑を宣告されるために連れて来られた

皇帝は男に言葉を投げた
なぜ海で強盗をしているのかと
男は彼に答える
なぜ強盗などと呼ぶのか
私がみすぼらしい小舟に乗って
海を荒らすのを人が目にするからか
もしお前のように兵士を集められるなら
私もお前のように皇帝になっているだろう

〔『遺言書』一二九－一四四行目〕

Ou temps qu'Alissandre régna 〔A〕
Un hom nommé Diomédès 〔B〕
Devant lui on lui amena 〔A〕
Engrillonné pouces et dès 〔B〕
Comme un larron car il fut des 〔B〕
Écumeurs que voyons courir 〔C〕

Si fut mis devant ce cadès 〔B〕
Pour être jugé à mourir 〔C〕

L'empereur si l'araisonna 〔A〕
Pourquoi es-tu larron de mer 〔B〕
L'autre réponce lui donna 〔A〕
Pourquoi larron me fais nommer 〔B〕
Pour ce qu'on me voit écumer 〔B〕
En une petiote fuste 〔C〕
Se comme toi me pusse armer 〔B〕
Comme toi empereur je fusse. 〔C〕

Aの脚韻が再利用されているため、バラードが始まったのではないかと一瞬思うのだが、すぐに主脚韻がそうではないと、通常の詩節の進行なのだと請け合う。このことは、石材の性格づけに主脚韻が果たす本質的な役割だけではなく、ヴィヨンが一つの挿話を彼の語りのほかの部分から浮き立たせるために、いかに彼自身の脚韻のシステムを利用しているかということをも示している。

III バラード

バラードでは、脚韻は歌節《クプレ》から次の歌節《クプレ》へと引き取られ、テクストは折り重なり、繰返し句《ルフラン》〔各歌節《クプレ》の最終行に置かれる同一の詩行〕にいたってその重なりは完全となる。

正方形の詩節の使用は水平方向と垂直方向の等価性を規定し、視覚にも訴える。連禱形式〔歌節《クプレ》が連続する形式〕の場合は、行を追うごとに歌節《クプレ》の反復が細部まで広がり、碁盤目のような印象を強めていく——

ヤギは地面を掻くほどに寝づらくなり
水差しは水を汲むほどに壊れ
鉄は熱するほどに赤くなり
それを叩くほどに割れてしまい
人は値打ちがあるほどに尊敬され
遠ざかるほどに忘れられ
悪人であるほどに見下され
その名を叫ぶほどに降誕祭《ノエル》はやってくる

〔『雑詩篇』、「格言のバラード」一–八行〕

Tant gratte chèvre que mal gît 〔A〕

Tant va le pot à l'eau qu'il brise 〔B〕
Tant chauffe on le fer qu'il rougit 〔A〕
Tant le maille on qu'il se débrise 〔B〕
Tant vaut l'homme comme on le prise 〔B〕
Tant s'éloigne il qu'il n'en souvient 〔C〕
Tant mauvais est qu'on le déprise 〔B〕
Tant crie l'on Noël qu'il vient. 〔C〕

私は牛乳のなかの蝿がよくわかり
私は衣服で人がわかり
私は天気の良い悪いがわかり
私はリンゴの木でリンゴがわかり
私は樹液で木がわかり
私はすべてが同じであるときはそれがわかり
私は働き者と怠け者がわかり
私は私以外のことならすべてがわかる

〔『雑詩篇』、「些事のバラード」一－八行〕

Je connois bien mouches en lait 〔A〕
Je connois à la robe l'homme 〔B〕
Je connois le beau temps du laid 〔A〕
Je connois au pommier la pomme 〔B〕
Je connois l'arbre à boir la gomme 〔B〕
Je connois quand tout est de mêmes 〔C〕
Je connois qui besogne ou chomme 〔B〕
Je connois tout fors que moi-mêmes 〔C〕

ここでは一つの詩行が極小の歌節《クプレ》であるかのような様相を呈している。一般的にバラードにおいては、歌節《クプレ》とは詩行の拡大であり、複数の詩行で作られた一つの詩行、垂直方向の詩行である。最終行はその全体が一つの脚韻となる。このことは数字七が〔水平と垂直との〕二方向に読まれるべき次のような図式に要約することができる――

七＋脚韻　　r
＋　　　　　＋
繰返し句《ルフラン》[06]　7 ＋ R

このため繰返し句《ルフラン》の脚韻は、一般的にバラードが反歌で終わるだけに(ヴィヨンのバラードは『遺言書』の二重バラードを除くすべてがそうである)、いっそう新たな色を帯びる。反歌は通常、歌節《クプレ》の後半部を付け足した形式であり、ときおり〔一行目と二行目の〕脚韻の重複が見られるが、いずれにしても脚韻の頻度の割合を変化させる。たとえば八行の歌節《クプレ》で構成されるバラードでは、反歌は常に四行となる(適切にも「逆説のバラード」と名づけられた一篇は例外である)。この際には詩篇を結ぶ脚韻の頻度は主脚韻と同じになる。ヴィヨンはこの形式を、闘争の場として利用し、その結末は繰返し句《ルフラン》の勝利となる。
十行の歌節《クプレ》で構成されるバラードでは、頻度の序列は緩やかである。実際、次のようになっている――
A＝二回、B＝三回、C＝三回、D＝二回〔ABABBCCDCD〕
主脚韻は二つ存在し、対称の中心は二組の平韻の間に位置する。ここから、ある種の内的な振動が、潮の干満の中間にある震えるような静止期間が、三連画の左右両翼のあいだに置かれた光景が生じる。例として「聖母マリアに祈願のバラード」を取り上げてみよう。この詩では、いま挙げた主軸部は、天国と地獄の対立で一本の線が引かれているかのようだ。事実、最初の歌節《クプレ》の中心では――

あなたに選ばれた人々のなかに私を迎え入れてください
それに見合うことをなにひとつしていない私ですが
わが婦人にしてわが女主人たるあなたの恩恵は
私が罪を犯した女であることよりも遥かに偉大です
〔『遺言書』八七六－八七九行〕

Que comprinse soie entre vos élus 〔B〕
Ce nonobstant qu'onques rien ne valus 〔B〕
Les biens de vous ma dame et ma maîtresse 〔C〕
Sont trop plus grands que ne suis pécheresse. 〔C〕

〔脚韻に置かれた〕「選ばれた人々」〔élus〕が「女主人」〔maîtresse〕と、「見合うことをなにひとつしていない」〔rien ne valus〕が「罪を犯した女」〔pécheresse〕と調和している。二つ目の歌節《クプレ》の中心では――

修道士テオフィルスは
あなたによって自由にされ許されました
かの男は悪魔と契約をしたというのに
私が同じ罪をけっして犯さないようお守りください
〔『遺言書』八八六－八八九行〕

Ou comme il fit au clerc Théophilus 〔B〕
Lequel par vous fut quitte et absolus 〔B〕
Combien qu'il eût au diable fait promesse 〔C〕
Préservez-moi de faire jamais ce. 〔C〕

〔脚韻に置かれた〕「テオフィルス」〔Théophilus〕が「悪魔と契約をした」〔au diable fait promesse〕と、「許された」〔absolu〕が「同じ罪をけっして」〔jamais ce〕と調和している。三番目の歌節《クプレ》の中心では――

天国の絵にはハープとリュートが描かれ

地獄では罪人が煮られています
一方は私を慄かせ一方は嬉しさと歓喜になります
天上の女神よ私に喜びを与えてください

〔『遺言書』八九六－八九九行〕

Paradis peint où sont harpes et luths 〔B〕
Et un enfer où damnés sont boullus 〔B〕
L'un me fait peur l'autre joie et liesse 〔C〕
La joie avoir me fait haute déesse. 〔C〕

〔脚韻に置かれた〕「ハープとリュート」〔harpes et luths〕に「嬉しさと歓喜」〔joie et liesse〕が調和し、「煮られた罪人」〔damnés boullus〕に調和するのは、そう呼ばれることでおそるべき存在と化す「女神」〔déesse〕である。これらの三例で、意味の脚韻は音の脚韻と交差している〔音声上は平韻だが意味上で交差韻になっている〕。十行で構成される歌節《クプレ》の脚韻のパターンは、次のように詳しく分析できる――

A――開始、あるいは〔先行する歌節《クプレ》の脚韻の〕再開
B――開始、あるいは再開の確認
A――この歌節《クプレ》における終了
B――この歌節《クプレ》における暫定的終了
B――この歌節《クプレ》における決定的終了、別の側面の擬似的開始、軸の半分
C――第二側面の開始、軸のもう半分、繰返し句《ルフラン》の擬似的予告
C――第二側面の開始の確認、この歌節《クプレ》における暫定的終了
D――繰返し句《ルフラン》の真の予告
C――この歌節《クプレ》における決定的終了
D――繰返し句《ルフラン》

反歌における脚韻の二重化は、序列の動きに微妙なニュアンスをつけることができる。八行の歌節《クプレ》で構成される標準形バラードでは、脚韻の頻度は次のようになっている――

A＝六回、B＝十四回、C＝八回〔ABABBCBC ABABBCBC ABABBCBC BCBC〕

「聖母マリアに祈願のバラード」と「でぶのマルゴのバラード」では以下のとおりである――

A＝六回、B＝九回、C＝十四回、D＝八回〔ABABBCCDCD ABABBCCDCD ABABBCCDCD CCDCCD〕

通常、反歌では繰返し句《ルフラン》の脚韻〔D〕が主脚韻と同じ数になったのち勝利するのだが、ここでは第二主脚韻〔C〕が重複することで、歌節《クプレ》における習慣となっていた以下の序列、

C＝三回、D＝二回

が弱められることなく（あるいは「中傷のバラード」の場合のように序列がそのまま維持されるかわりに）大幅に強調される

――
C＝五回、D＝二回

このために繰返し句《ルフラン》の勝利はほぼかき消えてしまい、外面的な勝利のみにとどまる。こうして「聖母マリアに祈願のバラード」では、〔繰返し句《ルフラン》の最後に置かれて〕決定的なはずの「死を迎える」という語が、生を透かし見させることになる――

堂々たる処女の女王よあなたは
とこしえに世をすべるイエスを懐胎なさいました
全能の神が弱い人間のすがたをとり
天上から私たちを救いに降ってくださり
その美しい青春を死に捧げてくださいました
かのお方こそ私たちの主であると私は告白いたします
この信仰のうちに私は生きて死を迎えたいのです

〔『遺言書』九〇三－九〇九行〕

Vous portâtes digne Vierge princesse 〔C〕
Iesus régnant qui n'a ne fin cesse 〔C〕
Le Tout Puissant prenant notre foiblesse 〔C〕
Laissa les cieux et nous vint secourir 〔D〕
Offrit à mort sa très chère jeunesse 〔C〕
Notre Seigneur tel est tel le confesse 〔C〕
En cette foi je veuil vivre et mourir ; 〔D〕

――

反対に「でぶのマルゴのバラード」では、「稼業」〔état〕の語が「ついてくる、避ける……」〔suit, détruit...〕が作り出す全体、華々しい外観をめくった下の浮世の移ろいやすさを透かし見せる

――

風の日も霰の日も霜の日も俺はパンが食べられる
俺は好色な男で好色な女が俺についてくる
どっちがましな人間だか俺たちはわかりあっている
互いに似合いの悪い鼠には悪い猫
汚辱が好きだから汚辱も俺たちにまとわりつく
名誉を追い払うから名誉も俺たちを避ける
俺たちが稼業を営むこの淫売屋で〔『遺言書』一六二一－一六二七行〕

Vente grêle gèle j'ai mon pain cuit 〔C〕
Ie suis paillard la paillarde me suit 〔C〕
Lequel vaut mieux chacun bien s'entresuit 〔C〕
L'un vaut l'autre c'est à mau rat mau chat 〔D〕
Ordure amons ordure nous assuit 〔C〕
Nous défuyons honneur il nous défuit 〔D〕
En ce bordeau où tenons notre état. 〔C〕

アレクサンドロスとディオメデスの挿話にバラードの始まりを思わせる部分があったのと同様に、ほんとうのバラードの内部に亀裂や分岐を見出すこともある。主脚韻が、母音を保ちながらも子音を変化させるのは、常に二つ目の歌節《クプレ》においてである。たとえば「些事のバラード」ではhomme《オム》〔人〕, pomme《ポム》〔リンゴ〕, gomme《ゴム》〔樹液〕, chomme《ショム》〔怠ける〕という具合に主脚韻は -omme《オム》 であるのを見たが、第二節ではこうなっている——

私は襟で胴衣がわかり
私は修道服で修道士がわかり
私は使用人で主人がわかり
私はヴェールで修道女がわかり
私は人の話す俗語がわかり
私は美食にふける狂人どもがわかり
私は樽でワインがわかり
私は私以外のことならすべてがわかる
〔『雑詩篇』、「些事のバラード」九－一六行〕

Je connois pourpoint au collet 〔A〕
Je connois le moine à la gonne 〔B'〕
Je connois le maître au valet 〔A〕
Je connois au voile la nonne 〔B'〕
Je connois quand piqueur jargonne 〔B'〕
Je connois fous nourris de crèmes 〔C〕
Je connois le vin à la tonne 〔B'〕
Je connois tout fors que moi-mêmes 〔C〕

主脚韻〔B〕だけがこの変化を受けることができる〔ここでは脚韻 -omme《オム》 が -onne《オヌ》 に変化している〕。事実、脚韻Cは繰返し句《ルフラン》のために固定されており、また脚韻Aが変化すれば、〔次の歌節《クプレ》に続く〕期待の効果を損なってしまう。「でぶのマルゴのバラード」の第二主脚韻〔C〕は -uit である。

俺は音も立てずにワインを取りにいき
水とチーズとパンと果物をやつらに差し出す
金払いが良ければやつらに言ういかがでしたか
したくなったらまたおいでくださいと
俺たちが稼業を営むこの淫売屋で〔『遺言書』一五九六－一六〇〇行〕

Au vin m'en vois sans demener grand bruit 〔C〕
Je leur tens eau fromage pain et fruit 〔C〕
S'ils payent bien je leur dis bene stat 〔D〕
Retournez ci quand vous serez en ruit 〔C〕

En ce bordeau où tenons notre état, 〔D〕

この主脚韻は三つ目の歌節《クプレ》でほとんど単語も変えずに繰り返され、効果を強めている——

目ざめてあいつの腹が音をたてると
この機を逃さじとあいつは俺の上に乗る
あいつの下で俺はうめいて板より平たくなる
あいつの好色のせいで俺はへとへとだ
俺たちが稼業を営むこの淫売屋で〔『遺言書』一六一六－一六二〇行〕

Et au réveil quand le ventre lui bruit 〔C〕
Monte sur moi que ne gâte son fruit 〔C〕
Sous elle geins plus qu'un ais me fait plat 〔D〕
De paillarder tout elle me détruit 〔A〕
En ce bordeau où tenons notre état, 〔C〕

この脚韻は、二つ目の歌節《クプレ》では冒瀆的な言及とともに変化を見せる〔-uit の音が -it の音に変化している〕——

この反キリストは腰に手をあてて
叫び罵るキリストの死にかけて
そんなことはさせないと俺は木片をつかんで
やつの鼻に傷をつけてやる
俺たちが稼業を営むこの淫売屋で〔『遺言書』一六〇六－一六一〇行〕

Par les côtés se prend c'est Antéchrist 〔C'〕
Crie et jure par la mort Jesus-Christ 〔C'〕
Que non fera lors j'empoigne un éclat 〔D〕
Dessus son nez lui en fais un écrit 〔C'〕
En ce bordeau où tenons notre état. 〔D〕

「マリー・ドルレアン姫への書簡体詩」は二重バラードを含んでいるが、その後半部を構成する三つの歌節《クプレ》の脚韻AとBは前半の三つの歌節《クプレ》の脚韻と異なっている。一方で『遺言書』の二重バラードは、反歌を欠いているという点でとりわけ変則的であり、後半部が前半部の脚韻を保ってはいるが、後半部の中央には主脚韻の変化があって、これは語りが一人称へと戻る箇所を示している。ほかの節では主脚韻が -etes であるのに対して、第五節では次のようになっている〔-etes の音が -eles の音に変化している〕——

哀れな私について話をしたい
私は川で洗濯物が叩かれるように

裸で殴られたことを隠しはしない
私にスグリを喰らわせたのは
カトリーヌ・ド・ヴォーセルでなければ誰なのか
目撃者としてそこにいたノエルも
この災難の分前を振る舞われた
その場にいなかった者は幸いである〔『遺言書』六五七－六六四行〕

De moi pauvre je veuil parler 〔A〕
J'en fus battu comme à ru teles 〔B'〕
Tout nu je ne le quiers celer 〔A〕
Qui me fit mâcher ces groselles 〔B'〕
Fors Katherine de Vaucelles 〔A〕
Noël le tiers est qui fut là 〔C〕
Mitaines à ces noces telles 〔A〕
Bien est heureux qui rien n'y a. 〔C〕

あたかも、このバラードの後半部を通して、冒頭で中断されていた叙述の続きが現われるかのようである。

標準形の詩節は叙述や演説として具現化されるだけでなく、連禱的バラードの詩句のように次々に積み重なったり、抽斗のように入れ替え可能な部分にもなる。こうした配列を性格づけるのは、「同じく」〔item〕という語である。この「同じく」という語は、『形見分け』では十九の詩節、『遺言書』では五十六の詩節の冒頭に置かれている。どちらの作品でもこの語は一度だけ「再び」〔derechef〕によって置き換えられている。大きな集合が構成する機構に、このような道具立てがどれほどの柔軟性をもたらすかが感じられる。実際、残りの部分の結びつきを壊すことなく、「同じく」で始まる詩節を省略したり、付け加えたり、場所を変えたりすることは容易である。

IV 「ヴィヨン」という署名

バラードは脚韻という事態を著しく強調する。特に主脚韻に関して、音の響きへの期待は次第に高まる。そのため巧みな詩人は、ある語彙を最後の最後まで取っておくだろう。表面的なものにすぎないにせよ、最終的には繰返し句が勝利を収めるのだが、その最後の登場はまったく驚きを与えない。なぜならすでに完全に知られているからである。それに対して、最終節の主脚韻は強調される。それは一つの型の最後の輝きであり、その型の豊かさは読者を驚かせ、夕暮れの燃え上がる炎となる。

最も興味深い主脚韻の型の一つは、彼の名〔ヴィヨン〕で呼称される型であり、彼は詩の最後にそれを挿入する習慣がある。これは二重の署名である。その語が詩人を同定するだけでなく、このようなやり方で署名するという事実もまた作者を同定するためである。『形見分け』でも『遺言書』でも、この脚韻は彼にとって「父親以上の人物」であるギヨーム・ド・ヴィヨン師に言及する際にはじめて現われ、『形見分け』ではCの位置にある
――

まずはじめに父と
子と聖霊の御名において
また主の輝かしい御母
その恩寵ですべての者を地獄から救う方の名において
私は神の名においてわが名を
ギヨーム・ヴィヨン師に遺贈する
わが名の高きは彼の名高きゆえ
また私の天幕と仮小屋《パヴィヨン》も遺贈する〔『形見分け』六五－七二行〕

Premièrement ou nom du Père 〔A〕
Du fils et du Saint-Esperit 〔B〕
Et de sa glorieuse mère 〔A〕
Par qui grâce rien ne périt 〔B〕
Je laisse de par Dieu mon bruit 〔B〕
A maître Guillaume Villon 〔C〕
Qui en l’honneur de son nom bruit 〔B〕
Mes tentes et mon pavillon. 〔C〕

『遺言書』ではBの位置にあり、より強く印象づけている――

同じく私にとって父以上の
ギヨーム・ド・ヴィヨン師に
かの人は私に母親以上に優しかった
なつかしさこの上なきわが幼少時から
彼は私を渦中《ブイヨン》から何度となく引き戻した
彼にとって少しも面白いことではないのに
私は跪いて彼に頼む
どうか私をひとりで楽しませてほしいと〔『遺言書』八四九－八五六行〕

Item et à mon plus que père 〔A〕
Maître Guillaume de Villon 〔B〕
Qui m’a été plus doux que mère 〔A〕
A enfant levé de maillon 〔B〕
Déjeté m’a de maint bouillon 〔B〕
Et de cetui pas ne s’éjoie 〔C〕
Si lui requiers à genouillon 〔B〕
Qu’il m’en laisse toute la joie 〔C〕

（この人物の名を呼ぶときには、父と母という組み合わせが反復されている）。『形見分け』の最後の詩節はヴィヨンという語に主脚韻が置かれているが、これはわれらが詩人フランソワを指す——

上述の日時に
世にも名高きヴィヨンによって書かれる
この男はイチジクもナツメも食べず
棒ブラシのように乾いて黒ずむ
天幕も仮小屋《パヴィヨン》も持ってはおらず
それらが友人たちに遺贈されることはない
持っているのは小銭少々のみ
それも間もなく使い切るだろう　〔『形見分け』三一三－三二〇行〕

Fait ou temps de ladite date 〔A〕
Par le bien renommé Villon 〔B〕
Qui ne mange figue ne date 〔A〕
Sec et noir comme écouvillon 〔B〕
Il n'a tente ne pavillon 〔B〕
Qu'il n'ait laissé à ses amis 〔C〕
Et n'a mais qu'un peu de billon 〔B〕
Qui sera tantôt à fin mis 〔C〕

（ここでは天幕と仮小屋《パヴィヨン》が反復されている）。この脚韻は『遺言書』においてまず、「同じく」で始まる詩節群の終わりのほうで再び現われる。以降、この語は常に詩人自身を指し示す——

同じく恋に悩む恋人たちには
アラン・シャルティエの形見に加えて
その枕元に涙と悲しみを
縁までたたえた聖水盤を与える
さらに野ばらの若木
青々とした枝を灌水器として与える
ただし彼らが詩篇を唱えるのが条件
哀れなヴィヨンの魂のために　〔『遺言書』一八〇四－一八一一行〕

Item donne aux amants enfermes 〔A〕
Outre le lais Alain Chartier 〔B〕
A leurs chevets de pleurs et lermes 〔A〕
Trestout fin plein un benoitier 〔B〕
Et un petit brin d'églantier 〔B〕
Qui soit tout vert pour guepillon 〔C〕
Pourvu qu'ils diront un psautier 〔B〕
Pour l'âme du pauvre Villon ; 〔C〕

この脚韻は数詩節先、「墓碑銘」の冒頭でBの位置に現われて増殖する――

この屋根裏部屋に横たわり眠る
愛神の矢で射られて死んだ
哀れな小身の学生
その名はフランソワ・ヴィヨン
わずかな土地も所有することなく
誰もが知るとおり彼はすべてを与えた
テーブルも椅子もパンも小籠も
どうか以下の詩節を唱えていただきたい

（『遺言書』一八八四－一八九一行）

Ci gît et dort en ce solier (A)
Qu'amour occit de son raillon (B)
Un pauvre petit écolier (A)
Qui fuit nommé Françoys Villon (B)
Oncques de terre n'eut sillon (B)
Il donna tout chacun le sait (C)
Tables tréteaux pain corbillon (B)
Galants dites-en ce verset ; (C)

葬送のロンドーがそれに続く。『遺言書』以外では、「友への書簡詩」の繰返し句《ルフラン》にヴィヨンの脚韻が見られる――

哀れなヴィヨンをここに捨て置くのか

Le laisserez là le pauvre Villon
（針《エギヨン》、旋風《トゥルビヨン》、渦中《ブイヨン》、小籠《コルビヨン》と韻を踏んでいる）。そして「運命の名におけるバラード」では――
私の忠告に従いすべてに感謝するがいいヴィヨンよ

Par mon conseil prends tout en gré Villon
（下男《スイヨン》、渦中《ブイヨン》、仮小屋《パヴィヨン》、ぼろ切れ《アイヨン》と韻を踏んでいる）。しかし、この署名の脚韻がBの位置に置かれて、その力を最も発揮するのは、当然ながら大作を閉じるバラードにおいてである――

ここに閉じられ終わる
哀れなヴィヨンの遺言書
皆来たれ彼の埋葬に

鐘の音を耳にしたならば
真紅の服を身にまとって
彼は愛ゆえの殉教者なのだから
自分の睾丸に誓ってそう言った
彼がこの世を去るときに

彼の言うことに嘘はないはず
なぜなら彼は恋人たちから野人のごとく
憎しみとともに追い立てられたのだ
この地からルーションにいたるまで
彼のぼろ着の切れ端の残らぬ
やぶも茂みもありはしない
嘘いつわりなくそう言うのだ
彼がこの世を去るときに

彼は真実そんな男である
死ぬときにはぼろ切れしかなかった
さらに彼の死の瞬間には愛神の針が
彼を残酷に苦しめた
その苦しみたるや肩帯の
留め金よりも鋭いもの
私たちもそれには大いに驚いた
彼がこの世を去るときに

ハヤブサのごとく溌剌とした王よ
彼が出立にあたってしたことを聞いてください
真紅のワインを一杯飲んだのです
彼がこの世を去るときに
〔『遺言書』一九九六－二〇二三行〕

Ici se clôt le testament 〔A〕
Et finit du pauvre Villon 〔B〕
Venez à son enterrement 〔A〕
Quant vous orrez le carillon 〔B〕
Vêtus rouge com vermillon 〔B〕
Car en amour mourut martyr 〔C〕
Ce jura il sur son couillon 〔B〕
Quand de ce monde vout partir 〔C〕

Et je crois bien que pas n'en ment 〔A〕
Car chassé fut comme un souillon 〔B〕
De ses amours haineusement 〔A〕
Tant que d'ici à Roussillon 〔B〕
Brosse n'y a ne brossillon 〔B〕
Qui n'eut ce dit-il sans mentir 〔C〕

Un lambeau de son cotillon 〔B〕
Quand de ce monde vout partir 〔C〕

Il est ainsi et tellement 〔A〕
Quand mourut n'avoit qu'un haillon 〔B〕
Qui plus en mourant malement 〔A〕
L'époignoit d'Amour l'aiguillon 〔B〕
Plus agu que le ranguillon 〔B〕
D'un baudrier lui faisoit sentir 〔C〕
C'est de quoi nous émerveillon 〔B〕
Quand de ce monde vout partir 〔C〕

Prince gent comme émerillon 〔B〕
Sachez qu'il fit au départir 〔C〕
Un trait but de vin morillon 〔B〕
Quand de ce monde vout partir. 〔C〕

　水平のものと垂直のものを関係づけること、そしてその相関として聞かれるものと見られるものを関係づけることは、折句《アクロスティッシュ》へと向かう。この詩的文彩をこの時代に使用したのはヴィヨンひとりではないとはいえ、彼においてはほかの誰においてよりも重要な意味を持っている。ヴィヨン〔Villon〕の折句《アクロスティッシュ》〔各行の文頭の一字を縦に続けて読むとVillonの名が現われる〕によって、私たちは再び二重の署名という現象と向き合う。

　『遺言書』では「ロベール・デストゥトヴィルへのバラード」の冒頭に、アンブロワーズ・ド・ロレ〔Ambroise de Loré〕の折句《アクロスティッシュ》があり、「恋人に与えるバラード」の冒頭には、マルト〔Marthe〕の折句《アクロスティッシュ》がフランソワ〔Françoys〕の折句《アクロスティッシュ》に寄り添い、
　そして彼自身の名は二回（「聖母マリアに祈願のバラード」と「でぶのマルゴのバラード」）、雑詩篇においては三回登場する（「勧告のバラード」「逆説のバラード」「心と肉体の論争」）。

　作品における「フランス」の語とパリの街の重要性を考えると、フランソワ・ヴィヨンの名は突如として重々しい意味を担うものと映り、そこに学識豊かな研究は興味深い余白を与えて虹色に輝かせることができる〔フランソワ François は語源的に「フランス人」を意味する〕。ヴィヨンという名は、「父以上の」存在によって彼にもたらされた養家の姓であることが知られている（これに関しては「世にも名高きヴィヨン」という表現もまた別の力強さを示している）。したがって署名の前半〔フランソワ〕と後半〔ヴィヨン〕の間には大きな違いがある。このヒエログリフは、彼の作品ばかりではなく彼の生涯にも同程度に痕跡を残したに違いない。

　同じように、ミシェル・ビュトールという一連の音節に漠然とした隠語的意味を求めたり、アナグラムや地口を使って掘り

下げようとしたりすることは可能だが、それはありふれた語義、子どもの頃からつきまとってきた私の姓に大いに関係する悪口であり〔ビュトール butor は「がさつ者」を意味する〕、言語が示すこの敵意に対抗しようとして用いたのは私自身が早くから一種の象徴動物《トーテム》としてきた鳥の名だったが〔ビュトール butor は「サンカノゴイ」も意味する〕、「フランスの敵に対するバラード」のなかにこの語を見出すと、古くからの苦悩が私の心を締めつけ、その一方で公教要理《カテキズム》や聖書が私に解釈を与えてくれたミシェルという名のほうは、私の心を逆に明るく照らしたものだった〔ミシェルは大天使ミカエルのフランス語読み〕。

V 特徴的逍遥《ディヴァガシオン》

以下に述べるやり方、すなわち一つの詩節全体を高次の詩句と絶えず見なし、一篇のバラードを増大した詩節としてあつかう方法は、大規模な詩作品、特に『遺言書』のような作品の構成について考えさせるものを持っている。事実、この記念碑的作品における挿話であるバラードとロンドーの配列に見られる調和と多様性には驚くべきものがある。詩法を分析して、私たちは脚韻を感じ取る力を取り戻した。脚韻は多くの単語を失われていた色彩で再び染め上げる（このように、色あせたもののしか見たことのなかった複製画が、手つかずの一冊の本のなかのみずみずしさで私たちを驚かせることもあるのだ）。それと同じように、作品構成の原則を明らかにすれば、忘れられた起伏をあちこちに発見し、テクスト全体をその空間に置き直すことができるだろう。

はじめにまず、いくつかの際立った対称性を取り上げてみよう。脚韻に注意を払うと、見たところきわめて印象の異なった、連続する二篇のバラードの間に、緊密な親近性のあることが見えてくる。次に示すのは「聖母マリアに祈願のバラード」の反歌である――

堂々たる処女の女王よあなたは
とこしえに世をすべるイエスを懐胎なさいました
全能の神が弱い人間のすがたをとり
天上から私たちを救いに降ってくださり
その美しい青春を死に捧げてくださいました
かのお方こそ私たちの主であると私は告白いたします
この信仰のうちに私は生きて死を迎えたいのです

〔『遺言書』九〇三－九〇九行〕

Vous portâtes vierge princesse 〔A〕
Jesus régnant qui n'a ne fin ne cesse 〔A〕

Le tout puissant prenant notre foiblesse 〔A〕
Laissa les cieux et nous vint secourir 〔B〕
Offrit à mort sa très chère jeunesse 〔A〕
Notre Seigneur tel le confesse 〔A〕
En ceste foi je veuil vivre et mourir ; 〔B〕

次いで、「恋人に与えるバラード」の冒頭部である――

俺にはあまりに高くつく偽りの美女よ
ほんとうは野蛮な偽善の優しさ
噛むには鉄よりも硬い愛
破滅が確実な俺はなんと呼ぼう
裏切りの魅力よ哀れな心の死よ
人々を詩にいたらしめる隠された傲慢よ
無慈悲な眼よ過酷な運命は
不幸な男を打ちのめさず救ってくれないのですか

〔『遺言書』九四二－九四八行〕

Fause beauté qui tant me coûte cher 〔A〕
Rude en effet hypocrite douceur 〔B〕
Amour dure plus que fer à mâcher 〔A〕
Nommer que puis de ma défaçon seur 〔B〕

Comme félon la mort d'un pauvre cœur 〔B〕
Orgueil mussé qui gens met au mourir 〔C〕
Yeux sans pitié ne veut droit de rigueur 〔B〕
Sans empirer un pauvre secourir. 〔C〕

「フランソワ」〔Françoys〕の折句《アクロスティッシュ》がヴィヨン〔Villon〕の折句《アクロスティッシュ》に反響しているだけではなく、Cの位置に置かれた「死ぬ」〔mourir〕と「救う」〔secourir〕の二つの脚韻が、反歌の終わりの脚韻では順序を反転して繰り返される。二番目のバラードの反歌は、反転をさらに強調する――

愛の王よあらゆる恋人のなかで至上の方よ
あなたのご不興を買いたくはありません
ですが神の名において高貴な心は是非にも
不幸な男を打ちのめさず救ってくれないのですか

〔『遺言書』九六六－九六九行〕

Prince amoureux des amants le graigneur 〔B〕
Votre mal gré ne voudroie encourir 〔C〕
Mais tout franc cœur doit par Nôtre Seigneur 〔B〕
Sans empirer un pauvre secourir 〔C〕

（「愛の王」はここではすなわちクピド、エロスを指す）。これほどまでに緊密な結びつきは、中世的な「素朴さ」の完全な例示としばしば見なされる「聖母マリアに祈願のバラード」にも淡いパロディがないわけではないということを示す。次は〔『遺言書』の三篇のロンドーのうち〕最初の二篇のロンドーの番である。まず「小曲《レ》」は——

死よ私は汝の厳格さに異を唱える
私から私の恋人を奪い去った汝
それでもなお満足することなく
私の物憂さを引き延ばそうとしている
私が気力と活力を取り戻すことはない
だがなぜ彼女は生前汝の機嫌を損ねたのか
　死よ

私たちは二人ながら心は一つだった
その心が死ねば私はくたばる
もしくは命なしに生きるということ
まるで亡霊に似た姿で
　死よ

〔『遺言書』九七八－九八九行〕

Mort j'appelle de ta rigueur 〔A〕
Qui m'a ma maîtresse ravie 〔B〕
Et n'es pas encore assouvie 〔B〕
Si tu ne me tiens en langueur 〔A〕
Onc puis n'eus force ne vigueur 〔A〕
Mais que te nuisoit-elle en vie 〔B〕
　Mort 〔C〕

Deux étions et n'avions qu'un cœur 〔A〕
S'il est mort force est que dévie 〔B〕
Voire ou que je vive sans vie 〔B〕
Comme les images, par cœur 〔A〕
　Mort. 〔C〕

次に「歌《シャンソン》」は——

私が厳しい牢獄から
そこで半ば命を失って戻るときには
もし運命がまだ私をねたむのなら
運命は思い違いをしているのだと思われよ
道理に従えば
運命は満足するべきなのだ
　私が戻るときには

もし運命が道理にはずれて
私がくたばるのを望むのならば
神がどうかわたしの魂を奪い
その家に迎えてくださいますよう
　　私が戻るときには
〔『遺言書』一七八四－一七九五行〕

Au retour de dure prison 〔A〕
Où j'ai laissé presque la vie 〔B〕
Se fortune a sur moi envie 〔B〕
Jugez s'elle fait méprison 〔A〕
Il me semble que par raison 〔A〕
Elle dût bien être assouvie 〔B〕
　　Au retour 〔C〕

Se si plaine est de déraison 〔A〕
Que veuille que du tout dévie 〔B〕
Plaise à Dieu que l'âme ravie 〔B〕
En soit lassus en sa maison 〔A〕
　　Au retour ; 〔C〕

脚韻Bで「命」〔vie〕の音が繰り返されるばかりでなく、同じ単語が用いられている――

奪う〔ravie〕　命〔vie〕
満足する〔assouvie〕　ねたむ〔envie〕
生前〔en vie〕　満足する〔assouvie〕
くたばる〔dévie〕　くたばる〔dévie〕
命〔vie〕　奪う〔ravie〕

そして変形の図式は、単純な反転ではないにせよ(そのためには「くたばる」〔dévie〕が中心に来なくてはならない)、対称形をなしている。この二篇のロンドーの間には七篇のバラードが置かれ、最初のロンドーの前にも七篇のバラードがある。『遺言書』という構造物を支える多数の交差アーチをこのように詳細に観察してもいいが、さらに踏み込むことも可能である。

八音節八行の正方形詩節からは容易に立方体を、つまり八詩節からなる一つの「詩句」を思い描くことができる。さて『形見分け』にはこの形の詩節が四十(五×八)あるばかりではなく、本来の意味で形見分けに相当するものは、この詩では九番目の詩節から始まる。したがって次のような図式化が可能になる――

序章――八詩節
遺贈、「まずはじめに」で始まり、「同じく」〔item〕という語で拍子を取る部分――二十六詩節＝(三×八)＋二

終章、「最後に」で始まる部分——六詩節

「まずはじめに」から「最後に」にいたる遺贈の部分全体は、一篇のバラードの大きな影のようなものを構成しており、「殿下《プランス》」〔prince〕の語をこの全体の終わりに、つまり反歌の影の最終行に見出しても驚きはしないだろう〔一般に反歌は「殿下」「王女」等への呼びかけとなる〕。

親方《プランス》〔ここでは劇団の座長の意〕の配る金貨　〔『形見分け』二七二行〕

Ecus tels que le prince donne.

『形見分け』は一四五六年の執筆と推定される。一四五七年にはシャルル・ドルレアンの娘マリーが生まれ、この機会にヴィヨンは自身の名、フランソワと署名した書簡詩を彼女のために書いているが、この詩も類似した構造を持っている——

序章——六詩節

二重バラード——六詩節と二分の一（反歌を含む）

終章——四詩節

この詩も、全体が一篇のバラードの大きな影になっている。事実、詩節の全体を四詩節からなる「歌節《クプレ》」と、挿入された二重バラード〔の反歌〕の「王女」〔princesse〕に始まる四詩節半のはっきりした反歌に配列することが可能である。こうしてみれば『形見分け』の全体もまた、十一詩節の歌節《クプレ》で構成され、「殿下」を含む詩節に始まる七詩節の反歌を持つ、バラードの大きな影と見なせることがわかる。

次は『遺言書』に移ろう。『形見分け』との照応は明白である。まず八十四詩節の長い序文があり（いくつかの挿入詩はひとまず除外する）、次の詩句で終わる——

私は口を閉じこのように始める　〔『遺言書』八三二行〕

Je me tais et ainsi commence

続いて遺贈——「墓碑銘」までの九十四詩節、そして埋葬についての忠告——八詩節。もしヴィヨンの署名を介入させれば、きわめて明瞭な構造が得られる——

序章——八十四詩節（三×二十八）

遺贈——次に挙げる詩句までの八十四詩節（三×二十八）

哀れなヴィヨンの魂のために　〔『遺言書』一八一一行〕

Pour l'âme du pauvre Villon

遺贈の反歌——「墓碑銘」までの十詩節

終章——八詩節

一見すると奇妙に感じられるのは、八という数の系列が頻繁であるのに、これらの「歌節《クプレ》」を構成する詩節の数は七の倍数(二十八＝四×七)だということである。しかし私たちはすでに、標準系バラードの歌節《クプレ》は七＋繰返し句《ルフラン》の形であると分析した。

私たちの目に映る『形見分け』と「マリー・ドルレアン姫誕生への書簡体詩」におけるバラード形式の拡大では、比例関係のみが尊重されている。もし私がほんとうの上位詩節《ハイパー》を得ようと望むのであれば、私はそこに脚韻を導入する手段を見つける必要がある。真のバラードの特性は、各節が同じ脚韻を踏むということにある。水平方向と垂直方向の関係づけをさらに追い求めて、上位《ハイパー》四行詩を作り出すことは私にとって容易い。たとえば各ページに詩節を四つ、八ページ目にバラードを置くと、その四つの塊が脚韻を踏ませる次のような四行が得られる——

詩節　詩節　詩節　詩節　詩節　詩節　詩節　歌節《クプレ》
詩節　詩節　詩節　詩節　詩節　詩節　詩節　歌節《クプレ》
詩節　詩節　詩節　詩節　詩節　詩節　詩節　歌節《クプレ》
詩節　詩節　詩節　詩節　詩節　詩節　詩節　反歌

繰返し句《ルフラン》、つまりその行全体がほかの行全体と韻を踏む一行を作るためには、ほかのバラード八篇を付け加えればよいと私には思われる。こうして上位詩節《ハイパー》の図式が完成する——

詩節　詩節　詩節　詩節　詩節　詩節　詩節　歌節《クプレ》
詩節　詩節　詩節　詩節　詩節　詩節　詩節　歌節《クプレ》
詩節　詩節　詩節　詩節　詩節　詩節　詩節　歌節《クプレ》
詩節　詩節　詩節　詩節　詩節　詩節　詩節　反歌
詩節　詩節　詩節　詩節　詩節　詩節　詩節　歌節《クプレ》
詩節　詩節　詩節　詩節　詩節　詩節　詩節　歌節《クプレ》
詩節　詩節　詩節　詩節　詩節　詩節　詩節　歌節《クプレ》
詩節　詩節　詩節　詩節　詩節　詩節　詩節　反歌
歌節《クプレ》　歌節《クプレ》　歌節《クプレ》　歌節《クプレ》　歌節《クプレ》　歌節《クプレ》　歌節《クプレ》　歌節《クプレ》[07]

「標準形」の反歌は次のようになると推論できる——

詩節　詩節　詩節　詩節　詩節　詩節　詩節　歌節
詩節　詩節　詩節　詩節　詩節　詩節　詩節　歌節
詩節　詩節　詩節　詩節　詩節　詩節　詩節　歌節
詩節　詩節　詩節　詩節　詩節　詩節　詩節　反歌
反歌　反歌　反歌　反歌　反歌　反歌　反歌　反歌

上位歌節《ハイパークプレ》のそれぞれが一篇のロンドーによって強調され、

上位《ハイパー》反歌が最後のバラードによって強調されると想定してみよう、そうすれば『遺言書』の挿入詩と同じ数を得ることができる——すなわちバラード十六篇、ロンドー三篇である。

VI　炎のなかのヴィヨン

上位《ハイパー》バラードというこの最初のアイディアのみでは、現在見られる形での作品を細部まで十分に説明することはできない。私たちが反歌とみなす部分(十八詩節)は「標準形」ではない。二重バラードの存在も、挿入詩の配列も正確に説明できない。「同じく」という継ぎ手があるため、確かにいくつかの詩節を移動させることは容易に実現可能であり、そうすれば上位《ハイパー》バラードという構造はより明白なものとなるであろうし、初期の写本を見れば、現在われわれが手にしているテクストが決定版となるまでにかなりの時間を要したこともわかるのだが、しかし私たちが直面しているのはおそらく(『形見分け』や「書簡詩」の作る「影」におけるごとく)また別の上位《ハイパー》バラードに含まれた上位《ハイパー》バラードであり、さらに言えば私たちは、韻律法の当初の容器から溢れ出て拡がり続ける作品、とりわけここで劇的な調子を帯びる堅固な足場《エシャフォダージュ》を飲み込んでいく炎に直面している。

詩人が身を置いている場所は、実際に処刑台《エシャフォー》の上だとさえも言えよう。『形見分け』が十分に時間をかけた作品であるとして——

ついに今晩たったひとりで
ペンを執る気になって
この形見分けを書いていると
私はソルボンヌの鐘を耳にした
それは毎日九時に
晩の祈りの時間を告げるのだ
私は執筆を中断してペンを置き
心の底から祈りを捧げる

Finalement en écrivant
Ce soir seulet étant en bonne
Dictant ce lais et décrivant
J'ouïs la cloche de Sorbonne
Qui toujours à neuf heures sonne
Le salut que l'ange prédit
Si suspendis et y mis bonne
Pour prier comme le cœur dit.

〔『形見分け』二七三―二八〇行〕

『遺言書』には、これに匹敵する作品完成の宣言が完全に欠如している。そもそも『遺言書』では、序盤の形見分けは『形見分け』の配列をなぞっているが、そのあとで読者は正真正銘の爆発に立ち会う。六四番目の詩節(六十四＝八×八)の直後に二重バラードが置かれていることには留意すべきであり、長方形ないし十音節十行の正方形のバラードが存在するという事実は、このような拡大の継続を想像させ、そこでの『遺言書』の規模は『形見分け』を八倍ないし十倍したものに似通ったものとなるだろう。

これらの分析から出現するのは、私たちの酒場に流布する詩人像とは全く異なった、一つの詩人像である。それはきわめて理知的な性格を持った作品を意味するのだが、だがそれらが理知的であるからといって、ラブレーの作品以上にパロディ的で、滑稽で、カーニヴァルめいたものであることを妨げてはおらず、また作品の伝記資料的価値を否定するものでもない。親愛なるピエール・ギロー、あなたはヴィヨンの二つの詩作品に見られる固有名詞群が、一定の水準に達したあらゆる小説中でそうであるように、一つの解読可能なシステムを形成している事実を見事に示してくれましたが、だからといってヴィヨンの場合は小説が問題となっているわけではありません。なぜなら言葉に対する情熱に生きる人々にとっては、言葉はまた日常生活を設計するものなのですから。〔ルソーの〕『告白』に出てくる固有名詞は『新エロイーズ』の固有名詞と同じくらい重要です。詩人とは、ひとりの女性をその名前ゆえに愛することのできる人なのです。

ひとりの犯罪者が自身の不幸を歌い、神秘的な恩寵が彼の素朴な心をよりいっそう人の心を動かすものにする、と仮に認めるとして、受け入れることに遙かに抵抗があるのは、意識的な芸術家であり、ブロワの歌合せに参加したことからわかるように同時代でもそのように認められていた詩人が、最悪の金策を余儀なくされ、そのために死刑の判決を受けるという事実です。詩作品が延命だからといって、それが極度の危機であることには変わりがありません。絶えざる脅しのもとでシェラザードは語り続けるのであり、自分たちを救うべき作品が作者を破滅させることを同時代人はしばしば目にします。フェルブー事件〔一四六三年にヴィヨンが弁護士フェルブーの事務所前で起こした喧嘩騒ぎ〕でフランソワ・ド・モンテルビエまたはデ・ロージュ、通称ヴィヨンに下された絞首刑という判決の厳しさは人々を驚かせましたが、以下のように考えることも的外れではないのではないでしょうか。つまり『遺言書』は、彼に裁判を免れさせるには程遠く、のちに彼が恩恵に浴した赦免には多少役立ったにしても(「雑詩篇」の数篇はよりいっそう役立ったかもしれませんが)、作品が示す技巧ゆえに、裁判官の判決を急がせ、厳しいものとしたのではないでしょうか。

隠語による十一篇のバラードが示す問題については、まさしくこの点で触れるのが適当です。大雑把な作詩法に基づいたバラードもどきの作品であるがゆえに、その大部分が真作かどうか大いに疑わしいものではあるにせよ、その中には、ストックホルム写本によれば、反歌に(不完全とはいえ)ヴィヨンの署名を折句《アクロスティッシュ》にしているものがあり、また本論でこれまで引き出した韻律法と一致するものも数篇あります。あまりに専門的な議論に立ち入ることは慎みますが、これらの作品は、悪党の言葉に知的な形式を適用していることでいっそう、その文脈において価値観を転覆するものであり、知的な言葉を大衆的なものへとただ変形したというものではないという点を強調したいと思います。というのも、こうした実践は、泥棒団、コキヤール党、奇跡の庭〔いずれもヴィヨンが属していたとされる裏世界の集団の名〕を、それらに当時認められた社会の裏側という場所、反転した不完全な反映のなかで確固たるものとするからです。

あなたは分析のなかで、隠語のバラードの最初の六篇が、盗み、詐欺、同性愛という三重の音色を奏でていることを示し、そのたびに首尾一貫した解釈を与えてくれました。この三つの領域にまたがる対応関係を成立させているのが隠語そのものであることを認めれば、この特性はそれ自身を明確にし、私たちのことをよりいっそう明らかにします。

高貴な話し振りにおいては、中世以降ずっと後まで、愛と戦争とが際立って貴族に相応しい活動とみなされていますし、知的な詩はその一方をもう一方に重ね合わせようと努めます(ゴンゴラ〔スペインの詩人(一五六一-一六二七)〕の一節——

愛の戦いのための、羽布団の戦場

A batallas de amor campos de pluma〔スペイン語原文による引用〕)。

たとえば『薔薇物語』は、婦人の征服を砦の攻囲に例えて描き出しています。ですが、こうした戦場における武勲と性的な力強さとの理想的な一致は、そのためには一致を夢想する余暇の中間的活動を必要とするという現実と頻繁に矛盾します。したがって遊戯に関する語彙(トランプ、チェスなど)が、二つの分野を通い合わせることになります。泥棒団という反=貴族の言語活動では、卑しむべき暴力性が、武勲の下賤な反映になり、また同性間の不毛の愛が、貴婦人の宮廷風な敬愛ばかりではなく子沢山の結婚に対する下賤な反映になり、詐欺に関する語彙がそれらを通い合わせるのです。

ヴィヨンの作詩上の策略とは、互いに結びつくことを当時の社会が頑なに拒んでいた諸領域を『遺言書』のなかで関連づけることです(彼の語彙の豊かさは言語学者を戸惑わせます)。彼の言葉が作り出す動きが、韻律が形成する骨組みの碁盤目を輝かせながら飲み込んでいくように、危険に晒されても自分を描き出す彼の存在そのものが、彼の世界を牢獄にしている壁のすべてを炎で焦がし、露わにするのです。

ヒエログリフとサイコロ

ドゥニ・オリエ[01]に

I　古き良き時代——あるいは比類ない生涯、パンタグリュエルの饗宴官フランソワ・ラブレー

1　火炙りになったとて、いや、それだけはご免だがな

パンタグリュエルの青年時代、父のガルガンチュアは、彼にフランスの大学をめぐらせ、そこで知識を収集させた。というのも、大学教育は、父親自身の勉学時代から特筆すべき進化を遂げていたのである。したがって、若き巨人パンタグリュエルは、まずポワティエ、ボルドーを訪れ、続いてモンペリエ、アヴィニョン、ヴァランス、アンジェ、ブールジュ、オルレアン、そして最終的に

　リュテースと称せられる、恵み多くして、名にし負う、音に聞こえし学びの都《アカデミー》[02]、

にたどりつくが、ここには名高い図書館〔第七章に登場するサン・ヴィクトール図書館〕が、かつてのワイン市場、今日では理学部〔現在はソルボンヌ大学理学部ピエールとマリー・キュリー・キャンパス〕となっている場所にあり、その図書館がパンタグリュエルに、驚きをもたらすことになった。この驚きは、今日の学生たちが

そこで駆使する(どれほどの器用さと忍耐力を備えているのだろう!)数々の学問を前にして、外国人訪問者たちが捕われる驚きに類するもので、

パンタグリュエルは、しばらくトゥールーズにとどまるが、

> けれども、学生が教授連中を、まるで燻製ニシンみたいに、生きたまま火あぶりにしているのを目撃すると、「こんなふうにお陀仏になっちまうなんて、とんでもない話だ。ぼくはもともと、十分のどからからなんだからね。これ以上、あっちっちにならなくていいんだから」というと、長居は無用とばかりに立ち去ったのである。
> 〔『パンタグリュエル』第五章〕

大衆を楽しませるための、とんだ誇張、無駄話……。

この大学の法学教授ジャン・ド・カオールは、夕食の際に異端と疑われる話をした廉で、一五三二年一月に火刑を宣告され、同年六月に生きたまま焼かれた。『パンタグリュエル』初版出版の四カ月前のことである。

確かに、それを笑い飛ばせればよかったのだろうが、それほど簡単な話ではなかった。

パンタグリュエルがパニュルジュに出会ったとき、パニュルジュは自分をローストにしようとしたトルコ人たちから逃げて、シャラントン橋の方から来たところだった。彼にとってもわれわれにとっても幸いなことに、彼らの属する修道院の長、これら「神学博士たち《ムシャフィ》」の「総督《パシャ》」は、あらゆる悪魔に身を捧げていた。そのおかげで、われらが好事家パニュルジュは、総督がパニュルジュに科そうとしていた刑罰を、総督自身に受けさせることができたのである[03]。

> ようがすか、下から火をぼうぼう焚きましてですね、暖炉で薫製ニシンでも作るように、総督閣下殿を炙ってさしあげたのです。
> 〔『パンタグリュエル』第十四章〕

若き日のラブレーがフランシスコ会修道士だったとき、エラスムスが聖ルカの福音書のギリシア語テクストに注釈をつけて出版したことに、ソルボンヌ〔パリ大学神学部〕が恐れを抱いて、この危険な言語の習得を禁じるのが賢明であるときわめて短絡的に判断したため、フォントネー・ル・コントのピュイ・サン・マルタン修道院長たちは、冒険好きなラブレーと、彼のエピステモン[04]であるピエール・アミ[05]が首尾よく手に入れていたすべてのギリシア語原典を、彼らから没収するのが適当であると考えた。

二人とも、当時この分野に対してより寛容だったベネディクト会士たちのところへ避難したが、この逃亡が可能だったのは、彼らがすでに数々の交友関係を築いていたからにすぎない。特にラブレーは、パンタグリュエルに庇護されるパニュルジュの

ように、この時権力者の庇護下に入った。脱走者の立場を調整するための教皇の許可をラブレーが得ることは、マイユゼー司教ジョフロワ・デスティサック[06]なしにはけっしてできなかっただろう。ラブレーが旅行をし、パリに来て、最終的にあえて修道士人生を棄て去って、そして医学を学び、実践しに行くことができたのも、ジョフロワ・デスティサックのおかげである。このようにラブレーはみずから背教を犯した罪人となったのであったが、この罪に対する正式な赦免を受けて一定の平穏が保証されたのは、何年も後、『ガルガンチュア』出版後に、彼がさらにもっと偉大な人物、ジャン・デュ・ベレー枢機卿[07]のローマ行きに同行するようになってからのことなのである。

数々の糾弾はラブレーが死ぬまで続くのであり、こうした巨人たちの恩寵をもってしてのみ、糾弾の影響から逃れられるのだった。ラブレーにとっては庇護者たちになんらかの質草を差し出すことが不可欠だった。彼らがどんなに偉大であろうと、自分たちも立場を脅かされる危険があり、結果として、質草なしにはラブレーを火刑に、彼を追い回して焼こうとする人々の手に委ねかねないのである。ラブレーがこうした高位聖職者たちの家に引き続きかくまわれることを望むのであれば、自分はカトリックを信仰しているとしょっちゅう主張しなければならない。しがない第五元素の抽出者[08]ラブレーは、生活の糧としてだけでなく、書く手段としても偉大な聖職者たちを頼っており、彼らの取り巻きは、ひとまずとんでもない幼年時代を過ごしたあとに君主の規範となるよき巨人たちと、偉大な聖職者たちを同一視しようとせずにはいられないので、ラブレーとしては、巨人たちをよきキリスト教徒のように描き、彼らが庇護する逃亡者たち、すなわちパニュルジュやジャン修道士が犯す重大な間違いを面白がって容認しながらも、時おり正す様子を示す必要がある。

2　中傷

したがって、まったく語れないということにならないよう、今、この状況下で言っておかなければならないことがある。誠実さは問題にすらならない。これは文法規則の問題なのである。今後問題となるのは、このようにどうしても言われずにはすまないことが、それを取り巻くものごとによって、あるいは、表に現われ、出版されることを許されたものによって掘り下げられることが可能となり、その結果、内容が変質し、この保護膜の下で、刷新された文法という腐食性の水滴が浸み出すためには、どのような方法によればよいのか、ということである。

まずはソルボンヌの側から、続いてカルヴァンの側から、キリスト教の名においてラブレーに対置されるものごとは、ラブレーにとってはあまりに常軌を逸しているので、必然的にラブレーに関してなにかしら誤解があるとしか思えない。異端であるのは決まって他人なのだ。しかしながら、今日このように歪曲されてしまっているものを取り戻すためのラブレーの努力は、現今の宗教機関全体からあまりに遠く離れる旅へと彼を導くことになり、ローマ〔教皇庁の所在地〕あるいはジュネーヴ〔カルヴァンの活動拠点〕がキリスト教の真実についていうことすべてに当の真実が欠けている、とラブレーは思うようになる。ローマやジュネーヴは、火刑と改竄の地であり、それらの影響に抵して休むことなく戦い、術策を弄さねばならない。ラブレーは真実を別のところや彼方に求めねばならなくなり、たとえその言い回しが、聖職者たちが用いたものと同じままであったとしても、本を注意深く読めば、彼らにはもはや認識することができないであろう骨髄が、その見せかけから[09]立ち現われるだろう。

この点に関しては、予防措置として『第四の書』に付されたシャチヨン枢機卿への献辞がきわめて明確である。

それにしましても、人食い族《カニバール》、人間嫌い族《ミザントロープ》、笑わん族《アゲラスト》連中の、わたしに対する非難中傷は、あまりにすさまじく、理不尽なものでありましたから、わたしの忍耐力も根負けしてしまい、もう一言一句《イオータ》たりとも書くまいぞと決意の臍を固めていたのでございます。といいますのも、連中が口にする誹謗のうちで、もっともくだらないもののひとつは、これこれの書物にはすべて、あれやこれやの異端邪説が詰めこまれているというものなのです（が、彼らは、どこを探しましても、具体的な個所を、たったひとつも指摘することができませんでした）。その代わりに連中が見つけたのは、神や国王を冒瀆することとは縁遠い、愉快で、ふざけたことばの数々なのでして、それならばむろん沢山ございますが——それこそ、わが物語における唯一の主題にしてテーマなのでありますから——、異端思想などは、いささかもなかったのであります。ただし、たとえ可能だとしても、千度も死ぬのはまっぴらごめんだからと、このわたしが思いもしなかったようなことを、その邪な心により、通常の理屈や言語の用法にさからって、勝手に解釈するというのならば、話は別ということになりましょう。つまり、パンを石と、魚をヘビと、卵をサソリと解するといった手口であります。こうした次第でございますから、わたしはあるとき、殿の前で苦情を訴え、率直にこう申しあげたのであります。もしも、わたしが、連中などに比べて、自分のほうが優れたキリスト教徒だとは評価しておらず、また、自分の生き方、著作、発言、さらに思想において、なんらかの異端の火花を自らのうちに認めているとしたならば、連中は、誹謗中傷の魔神《エスプリ》という罠に——つまり、その手先を使って、わたしにそうした濡れ衣を着せた「ディアボロス」の落とし穴ということですが——おめおめと陥ることなどにはなりますまい。なぜならば、その場合には、焚き木を集め、それに火をつけて、不死鳥《フェニクス》のひそみに倣いまして、このわが身を焼き尽してみせますからと[10]。

フランス国王への侮辱？　事実、五作の中にはいささかの侮辱も見つからない。国王が想起されるときは必ず、最も深い敬意を伴う。確かに、ほかの王たちは嘲笑され、嘲弄されるが（ピクロコル王やアナルク王）、彼らを現実の王と同定しうるものは何もない。神に対する冒瀆に関しては（ほかに複数の神がいると明言することは忌まわしい異端となるだろう）、当然まったく別の問題である。なんという冒瀆的表現の数々だろう！　もしパンタグリュエルとガルガンチュアが仲間たちほどそのような発言をしないとしても、この点に関して、彼らは仲間たちをまったく咎めたりしない。

「ジャン殿、なぜまた、口汚いおことばなどを？」と、ポノクラートが聞いた。
「いや、いや」と修道士。「単なることばのあやですから、心配ご無用。キケロ風レトリックの華とかいうやつですわ」[11]

なるほど。申し開きとしては、つまりこれは「おふざけ」、酔っ払いのおしゃべりであり、考慮されえないのである。その上、それが実際に「おふざけ」でしかなければ、教会はこの点に非常に寛容であった。しかしラブレーはそれで満足するつもりはない。間違いなく、五作には十分なほどの酔っ払いのおしゃべりがある。敵が脅しに来るや否や、この城壁の背後に必ずや避難するためである。

だって、この堂々たる書物を執筆しながら、わたしは元気を回復するために設定された時間、つまりですね、飲み食いする時間以外は、これっぽっちも消費もしなければ、使いもしなかったのです、
〔『ガルガンチュア』「作者の前口上」より〕

しかし、ラブレーはより多くのことを要求する。ラブレーは人々が自作を別様に読み、みずからの学識に感嘆するよう求める。すると、検閲者たちにとっては、彼らが仕え、崇拝している神に対する冒瀆の言葉が深刻化するのだが、ラブレーにとって彼らの神は、唯一の神の風刺でしかないのだ。

ところで、サン・バルテルミの虐殺で死ぬことになるコリニー提督の兄であり、シャチヨン枢機卿、ボヴェ司教であるオデ・ド・コリニーがこれほどの精神の柔軟性を示していたのは、彼が教会を変えようとしており、したがって教義と規律の要点について、疑いなく大いなる躊躇を覚えている状態にあったからである。一五五二年二月に『第四の書』の最初の完全版とともにこの献辞が発表されてからしばらくして、オデ・ド・コリニーはカルヴァン派に改宗して結婚し、破門され、イギリスに亡命し、そこで毒殺されることになる。オデ・ド・コリニーは、庇

護者としてあまり頼りにならないと思われるだろうが（しかもラブレーは一五五三年に死んだらしく、どこで、またなぜ死んだのか分かっていない）、おそらく当時、たとえ著者ラブレーを支え続けていた者たちがいたとしても、公式にこのような作品の庇護者となることを受け入れる者は、ほかにほとんどいなかっただろう。枢機卿自身、いったん新教に改宗すると、さぞや臍を噛んだに違いない。航路は危険に満ちており、上手く渡っていく術が必要だった。

この高位聖職者の事件は、ラブレーが聖職者であったとはいえ、彼にとって、『第三の書』以降、パニュルジュがあらゆる神託に問うような問題がどのように提起されえたかということを、理解させてくれる。

II　髄入りの骨——あるいは権謀術数《ストラタジエーム》、医学博士フランソワ・ラブレー

1　笑いと解釈

a　髄が入っている骨

一方では王と神への忠誠を装った防備としての外見があり、他方では「おふざけ」の外見がある。今一度、有名な『ガルガンチュア』の序文を読んでみよう。

> ［…］『ガルガンチュア』『パンタグリュエル』『フェスパント』『ブラゲットの品位について』『注釈つき、ベーコン豆』などなど、われわれがでっち上げた書物の、愉快なタイトルを読みますと、その中味はどうせ、冗談話や、おふざけや、おもしろおかしいほら話ばかりに決まってらあと、早合点するからなのです。いやはや、店の外に出ている看板などというものは——まあこれがタイトルということなのでありますが——、はてなと深く考えてもらえることはなく、とかく、ばかにされたり、笑いぐさになるのが落ちなのでございますよ。けれども、人間のすることを、そんなふうに軽々しく評価してはなりませんぞ。［…］ですから、ちゃんと書物を開いて、そこで述べられていることを、念入りに吟味しなくてはいけません。そうすれば、みなさまも、箱のなかに収められた薬が、外箱から予想されるものとはまったく別の、価値あるものだとおわかりになるはずです。つまり、ここで論じられている主題は、うわべのタイトルから想像されるほど軽佻浮薄なものではないのでございます。
>
> 〔『ガルガンチュア』「作者の前口上」より〕

そしてもう少し先では、

というか、髄が入っている骨を見つけた犬の様子を見たことがあるんですかい？〔…〕こやつが、どれほどの思いをこめて、この骨をじっとうかがい、注意深くあたりの様子をうかがってから、やおら骨をわっとつかんだかと思うと、慎重にかじり始めて、熱心に噛みくだいて、夢中になって骨の髄をすることに、気づきましたよね。では、いったいどうして、犬がこんなことをするのか知っていますかい？　なにを期待して、こんなに熱心にがんばるんです？　なにが欲しいというのです？　えっ、なんですって？　そうそう、そうなんです。ほんの少しばかりの骨の髄ですわ、こやつが欲しいのは。だって、本当の話、このわずかな髄こそ、他のたくさんのところよりも、よっぽど美味なんですから。〔…〕

ですからみなさまも、お犬さまを見習って、賢くなられてですね、こってりと、こくのある、これらの良書をば、しっかりと嗅ぎわけた上で、正しく評価しなければいけません。すばしこく獲物を追いかけ、大胆に飛びかかっていかなくてはだめなんです。そして、熟読玩味をおこなって、思索をつみかさね、骨を噛みくだき、滋味豊かなるエキスをすすらなくてはいけません

〔『ガルガンチュア』「作者の前口上」より〕

（これこそ、数々の碩学の士が行うことである。彼らがこのように、テクスト全体を細かな謎の織物のように検討するのはもっともなことであり、ついにピカルディーのあるいはガスコーニュの言葉の意味や、さらにはトゥーレーヌ地方や同時代の裁判へのほのめかしを見つけて身を震わせる。とはいえもっと大きな謎はないのだろうか。つまり、作品の総体において何を読むべきなのだろうか）。

〔…〕といいますのも、こうした読み方をしていれば、思いがけぬ味わいにも、また隠れたる教えにも出会うことになり、われわれの宗教のみならず、政治状況や家庭生活についての、最高の秘儀やら驚異の神秘が明らかになるのは必定なのであります。

〔同前〕

さてさて、もしそれがほんとうだとしても、あまりにも言葉が過ぎたのではないか。これでは、すべての下級役人と検閲者たちに聞き耳を立てさせて然るべきである。今や彼らは石をパンと、蛇を魚と読み、最も由緒正しくふざけている話の中に数多くの異端を見つける資格が自分たちにあると思いはしないだろうか。あらゆる底意地の悪い解釈の試みを摘み取っておかなければならない。

その昔、ホメロスは『イーリアス』や『オデュッセイア』を書き綴りながら、プルタルコス、ポントゥスのヘラクレイデス、エ

ウスタティウス、フォルヌトゥスといった連中が、自分の作品をつぎはぎして、いろいろな寓話《アレゴリー》を作ってしまうかもしれないなどと考えていたと、みなさまは本気で信じているのですか？　そして、いずれはポリツィアーノに剽窃されることまで、ホメロスが、しかと見通していたと思うのですか？「うん、そう思うよ」とおっしゃるならば、わたしの考えていることに、手も足も届いておりません。わたしが思うに、ホメロスはそんなことは夢にも思っていなかったのでありまして、これは、『変身物語』を書いたオウィディウスが、『福音書』の秘跡のことなど想像もしていなかったのと同じことなのです。〔同前〕

このパラグラフ、すなわち髄が入っている骨を、熱意をもって砕こう、熱心にすすろう。ホメロスがおそらく考えもしなかったことを、プルタルコスやその他の著者がホメロスの著作に見つけたからといって、ラブレーの彼らに対する称賛は、まったく損なわれはしない。もし万物が宇宙において照応しているのだとしたら、一つの作品がある方向に十分進むだけで、一見してたいそうかけ離れているように見える別の分野にとっての教訓をそこに見つけることも可能になる。ホメロスとオウィディウスを、偉大な作家たちだからという理由で適切に読むことは、最も賢明な人々の教義や、立て直された《レストレ》キリスト教にかなったことであると示されるに違いない。当然の歴史的理由から、この古い作家たちが担保することに貢献する諸命題を彼ら自身ははっきりと考えられはしなかったとしても。

特に聖史が問題となる。依然として異論を持たなければの話だが、そして明らかな異端になりたくなければ、少なくとも公式には、以下を是認し続けることが必要なのだが、神の啓示以前には、異教徒は、その啓示が含みうることについて非常に漠然とした予知的な意識、つまりダンテにいたる中世全体がウェルギリウスにあてがった意識しか持ちえなかった。第五元素の抽出者ラブレーは、一部の錬金術師が自慢するような結果に関してはどれほど懐疑的たりえたにせよ、ここでは錬金術的文学にどっぷり浸っていることがわかる。

「いや、そんなこと信じてないよ」とおっしゃるならば、〔同前〕

（私がそう思うように、もし皆さんが、ホメロスとオウィディウスは、ある人々が彼らの作品に見出した事柄について、はっきりした自覚を持っていなかった、と考えるなら）、

このわたくしめの愉快にして、最新の年代記につきましても、なぜ、同じように考えていただけないのです？　もっとも、わたしにしても、この年代記を書きながら、ひょっとしてわたし

と同じように、お酒かなんかがぶがぶやっていたみなさまと同様に、そんなことなんて考えてもいなかったのですけれども

〔同前〕

(なぜあなたがたは私のテクストにも同じようなアレゴリーを見つけてくださらないのでしょうか。たとえ私がそれを思いつかなかったとしても)、

あなたがたがこの解釈の冒険に乗り出すことは至極まっとうなことで、私のテクスト全体があなたがたにそうするよう誘っていますが、あなたがたがこれから発見することの責任はすべてあなたがたにあるのですよ。あなたがたは私の異端を立証できないでしょう、たとえ私の作品についての瞑想が、キリスト教的、そして道徳的とすら通常は見なされることからたいそうかけ離れた見解へとあなたがたを導くとしても。

いずれにせよラブレーが警告するのは、彼の本の中に道徳と宗教についての瞑想が確かにあったとしても、ソルボンヌで通常教えられる道徳あるいは教理問答の比喩化といった方向に、われわれが探りを入れる様子を彼が見たがっているわけではない、ということなのだ。そんなことだろうと思われたことだろう。確かに、誰かしら善良な注釈学者、すなわち「正真のベーコン齧り」が、異端の誹りに反旗を翻し、「自分と同じぐらい狂った」人々に向かって、書物が既成の教えにひそかに適っていることを示そうとしたならば、たいそう歓迎されるだろう。そうなれば外見と甲冑の装備は硬固なものとなるだろうが、あまりありそうにないことだ。重要なのは、近代のほかの多くの作家同様、抽出者であるラブレーは、彼が読者に与えうる大胆さをすべて受け入れるように、読者に要求するのである。

b　ジュ・ド・ポーム[12]

『ガルガンチュア』の最後の章で、ラブレーはこの解釈の問題の顕著な例をわれわれに差し出す。テレームの修道院の基礎工事の際に、ブロンズの板が発見される。そこには「予言の謎詩」が刻まれている。これはメラン・ド・サン＝ジュレ[13]が書いたものだと分かっている。

幸運を待ちわびる、あわれな人間たちよ、
勇気を出せ、わたしのことばを聞きなさい〔…〕

〔『ガルガンチュア』第五十八章〕

これを読み終わると、ガルガンチュアはため息をつき、次のようなコメントをする。

福音の信仰にめざめた人々が迫害を受けるのは、今の世の中だけの話ではないのだな。それにしても、今後もつまずくこと

なく、神が、その愛しい息子を介して、われわれに予定した目標に、まっすぐ突き進み、地上の情念にまどわされて、道を踏みはずすことのない人こそ、まことに幸せではないか。

〔同前〕

しかし、修道院から逃亡し、テレームというこの新しい「社会」の大修道院長となるはずのジャン修道士は、まったく異なる読解を提案する。

するとジャン修道士がいった。
「殿のご判断では、この謎歌は、はたしてなにを示し、なにを意味していると思われますか?」
ガルガンチュアは言った。
「なにをいうのだ。神の真実が、いかに進み、いかに持続するのかに決まっているではないか」
そこで修道士が、こういった。
「聖ゴドランさまにかけて、わたしの解釈は、さようなものではございませんぞ。スタイルとしては、あの予言者メルラン流のものですから、それは、お好きなように、深刻なる寓意《アレゴリー》やら釈義《アンテリジャンス》をなさるのは、勝手ですし、殿も、ほかの方々も、まあお好みの夢物語を紡ぎだされるがよろしいかと存じまする。さりながら、このわたしから見ますれば、この詩の意味といいましても、こんなものは、ジュ・ド・ポームの試合のありさまを、晦渋なことばで描いただけにすぎません」

〔同前〕

そしてジャン修道士の証明は非常に説得力があるので、実際にメラン・ド・サン=ジュレがこの謎詩を書いているときにそれ以外のことは考えなかったに違いない、という印象を与えるのである。とはいえ、彼が用いる文体が、たいそう強くもう一方の解釈に誘うので、ガルガンチュアもまた当然ながら正しいのである(問題を明らかにし、異端を修正するのはいつも二人の巨人である)。おそらく気づかないうちに(かどうかはひとまず脇に置いておこう)、詩人はジュ・ド・ポームの中に、一つのアレゴリーを、「神の真実が、いかに進み《デクール》、いかに持続する《マンテイアン》のか」ということの優れた演出を発見したのである。運行《デクール》とは、下降する過程で[14]、したがって真実が分かりにくくなること、変質していくことが問題となっている。「持続《マンテイアン》」は、真実を回復させようとする人々の戦いを指し示しており、彼らは「福音信仰にめざめ」〔『ガルガンチュア』第五十八章〕、ほかの人々から迫害された、エラスムスの周囲にいた最初の宗教改革者たちである。

このように、テクストとテクストが呼び起こす二つの返答という、三声のダイアローグが提示される。重ねられた二階層の読解は、常に一方が他方を隠しうる。

メラン・ド・サン=ジュレ——

この場所に、一群の人々が出現するぞと、
彼ら、休息に飽き、無為に疲れて、
白昼堂々と、闊歩して、
あらゆる人々をそそのかし、
争いや謀反に駆りたてるぞと。
そのことばを信じて、聞くならば、
（はたして、なにが起こり、どれほどの犠牲が出ることか、）、
彼ら、友だちどうしを離反させ、
近親の人々も、骨肉相食むようにし向けるぞ。
生意気なる息子は、徒党をくんで、
父親に反抗することを、恥とも思わず、
高貴な生まれの偉い御仁も、
臣下の者に襲われよう〔…〕　〔同前〕

ジャン修道士――

〈人々をそそのかし〉うんぬんとありますが、これはジュ・ド・ポームの試合をする人たちのこと、ふだんは友人なんですな。そして二ゲームばかりいたしますと、試合をやめて、別の選手が入ってくるわけです。　〔同前〕

ガルガンチュアにとって、そそのかす人とはもちろん、福音主義者たちの苦難を煽るソルボンヌであり、それはまもなくひどく血まみれの宗教対立を引き起こし、社会の現組織はまるごとひっくり返されることになる。

メラン・ド・サン＝ジュレ――

そして、真実を求める人々よりも、
信仰なき人々が、大いに権威を誇ることになる。
なぜならば、無知で愚かな有象無象の、
信仰や熱意に、みんなが追従するのだし、
いちばんのまぬけが、裁き手にも選ばれよう〔…〕　〔同前〕

ジャン修道士――

そして、ボール〔esteuf〕が、コードの上を通ったのか、下を通ったのかは、最初の者《ル・プルミエ》が判定するのです　〔同前〕

（esteufあるいはpeloteとは、ボールのことである。現在の網に相当するのは一本の紐であった。しばしば上を通ったのか下を通ったのか決めねばならなかった。最初に声を上げた人の主張が通ったのだが、それはたびたび従者だった）、ガルガンチュ

アにとって、ソルボンヌの人々は無知で真の信仰を持たず、福音主義の真実をばかげた迷信に歪めてしまうのである。

メラン・ド・サン＝ジュレ——

ああ、甚大なる被害をもたらす、おそろしい洪水よ！
わたしが洪水というのには、当然の理由がある、
突然に、水が大量にあふれ出すまでは、
こうした動きが、一世を風靡して、
地上は、これから解放されはしないのだから。
もっとも穏やかなる人々も、戦いのさなかに、
この洪水にみまわれて、水浸しとなるのは［…］〔同前〕

ジャン修道士——

「〈洪水〉といいましてもねぇ、それは流れる汗のことですぞ［…］」、〔同前〕

ガルガンチュアにとっては、それはあきらかに神の罰である。この洪水は大地から湧き出る。土からのこの汗は、「あたかも人間がたっぷりと汗をかくように」〔『パンタグリュエル』第二章〕大旱魃の際に大地から出てくるのが見られた塩辛い水の大きな粒を思い起こさせる。『パンタグリュエル』第二章、ガルガンチュアの息子が生まれたその日のことである。

メラン・ド・サン＝ジュレ——

必定のこと、
闘争に身を捧げし、彼らの心は、
罪もけがれもない動物の群さえも、
いささかも容赦することなく、
その卑しき、腱や腸は、
神々に捧げられることなく、
人々の日用の品に使われる［…］〔同前〕

ジャン修道士——

またラケットのガットは、ヤギやヒツジの腸で作られます［…］、〔同前〕

ガルガンチュアにとって、ソルボンヌ主義者の大きな犯罪は、無実の人々を迫害して拷問にまでかけることで、それがしばしば宗教的な信条からではなく、個人的な利益に基づいている、ということだ。

メラン・ド・サン＝ジュレ——

ああ、今こそ、考えるのだ、
いかにして、これらすべてを免れるのかを！
これほどに、深刻なる騒擾のなかにあって、
この球形の物体が、いかなる安らぎを得るというのか［…］
〔同前〕

ジャン修道士――

〈球形の物体〉とは、なにを隠そう、ボールのことですわい、
〔同前〕

ガルガンチュアにとって、球形の物体とは、じきに焼かれ血まみれになる地球のことである。

メラン・ド・サン＝ジュレ――

かくして、この動きに終止符を打つ、
絶好の潮時も間近とならん。
おまえたちも話に聞いているはずの、あの大洪水により、
だれもが、引け時をわきまえることとなるのだから。
とはいえ、出発に先立ちて、
洪水と対立抗争とを終わらせるべく、
天空にて、巨大なる炎が灼熱の光で輝けるのを、
人は、はっきりと見ることになろう［…］
〔同前〕

ジャン修道士――

そしてゲームが終わったら、赤々と燃える火の前でひと休みしてから、着替えをいたしますです［…］
〔同前〕

ガルガンチュアにとっては、戦争と災難の後に新しい真実の炎が輝くことになる。もしジャン修道士の読解の方が全体的な構成をより分かりやすくするとしたら、ガルガンチュアの読解は、反対に、細部をより繊細に説明する。聖パウロはこのようにスポーツの比喩を用いていた[15]。しかし、ヨーロッパを血まみれにし始めた宗教対立が、最終的にはおぞましいゲームでしかない、と宣言するところまで、あるいはさらに、ジュ・ド・ポームのようなゲームは、真正のキリスト教道徳とはかくもあらんという素晴らしいモデルである（このことは教育に関する数章〔『ガルガンチュア』第十四―二十四章〕と、謎詩のすぐ前の、テレームの規則に関する数章〔『ガルガンチュア』第五十五―五十七章〕に完璧に符合するものだ）、と宣言するところまで、この解釈の道筋をたどるとなると、最低限の警戒心から、ジャン修道士の単純な解釈に甘んじられる方がよい。じつは、メラン・ド・サン＝ジュレが、この二重の指示機能を完璧に自覚していたはずだということを示す重要な手がかりがあ

る。というのも、一五四二年にラブレーは、『パンタグリュエル』と『ガルガンチュア』の修正版をフランソワ・ジュスト[16]に渡しており、その版において彼は一貫して「神学者」という語を「ソフィスト」に修正し、「ソルボンヌ」ならびにその味わい深い合成語[17]を削除し、一定数の悪態を消去しているのだが(同年に、旧友であったエティエンヌ・ドレによって出版された海賊版は、オリジナルのテクストを複製したもので、それにラブレーは激怒したのだが、これは一五一三年[18]三月二日にソルボンヌが本書を禁書に指定する原因となる。一五四六年には『第三の書』のために国王の特認を得るべく、ラブレーは再びこの版を撤回し、すべての異本を印刷出版業者の修正によるものとすることを余儀なくされる)、

　とりわけ、謎歌の最後の十行が関わってくる——

その後は、これらの試練に、身を投じすぎ、
疲れ、くたびれ、色あせて、苦しんだ人々が、
永劫の主の聖なる思し召しによって、
幸福を取り戻すこととなろう。
そこには、適切に、
忍耐の成果と利益が見られよう。
というのも、事前により多くの苦労をした者が、
より多くの褒美を受け取るのだから。ああ、最後の最後まで、
不退転である者こそ、讃えられるべきではないか[19]、

これがジャン修道士によって翻訳されると、

　もちろん、酒宴でもということになりまするが、そりゃ、勝利収めた連中は陽気にもなりますわな。てなわけでして、みんなでごちそうでも食べましょうよ!　〔同前〕

そして、ガルガンチュアにとって、迫害された人々を待ち受ける楽園の報酬を描くこれらの行が、次のような詩句に修正される。

こうしたできごとが完了した後には、
選ばれし者たちは、財産やら、
天の恵みをとりもどして、歓びいっぱい、
さらには、しかるべき褒美にもあずかって、
富める者ともなろう。それ以外の者は、
最後には無一物となろうが、それも当然の話。
苦しい試練が、こうして終わることで、
各人は、予定された運命を果たすのだからして。
これこそは、約定ずみのことなり。ああ、最後の最後まで、
不退転である者こそ、讃えられるべきではないか!

〔同前。一五四二年版の謎歌最後の十行〕

当然ながら、この詩句は先の引用よりもジャン修道士の読解と合致しており（重要なのは、先の引用で理解しづらかった「永劫の主の聖なる思し召しによって」という行が削除されたことだ）、

然るに、メラン・ド・サン＝ジュレがこの修正をしたのは、ラブレーの要請によるものであるらしく、したがって、メラン・ド・サン＝ジュレが最初のヴァージョンを書いたのもまた、ラブレーの指示によるものだと考えられる。

2　民衆の言語と学問の言語

a　言葉をかみ砕く

常に脅かされる立場にあって、ラブレーが、宗教や政治・経済状況に関する御しがたい自分の考えを押し進めることができたのは、ひとえにそれを酔っ払いのおしゃべりに変えてみたり、あるいはより深いところでは、普遍的に病んだ世界への励ましとしての医者の陽気さに変えてみたり、あるいは自分やわれわれのために、この哄笑の滋味豊かなる骨髄を抽出してみたりすることによる。結果として、ラブレーを読むときにこのような発見をした際、ほんとうにラブレーがそう考えたかどうかを問うても詮ない。なぜなら、ラブレーは、自分がそう考えないように、そう考えることがわれわれに委ねられるように書いていた部分があるからである。

危険な夢想であり、避けられない夢想、ラブレーは自分の代わりに語句に夢想させることで、それらから解放され、重荷を下ろす。

（そう、言葉が彼を悩ませ、聖務日課書が彼の中で発酵する。いやはや、われわれのために発酵して、新しいお酒にお目にかかれますように！）

濃厚な言語、

ブドウ液、

泡立つ言語、隆起する言語、内部を持つ言語、内部に洞窟や旋風が現われて、あなたを巻き込み、魅了する言語、口の中に残り、人が噛み、味わい、反芻する言語。

専門家はさておき、十六世紀のほかの多くの作家に関しては、綴り字をまずまず現代化するのに不都合はほとんどない。しかし、もしこの方法でラブレーを読みやすくしてもらおうものなら、門外漢の読者ですら、裏切られたという思いを抱く。読者は、「soubz」という味わい深い綴り字の背後に、前置詞「sous」〔「〜の下に」等の意味がある〕を発見する楽しみを味わいたいのだ。このように時間はラブレーのワインを改良し、熟成させる。時間が、われらが作家ラブレーと同じ方向に働いたということである。実際、

もし彼の「soubz」が読者にとって味わい深い一方で、多くの同時代人たちにおけるそれは単に古いというだけだとしたら、それはラブレーのテクスト全体がその厚みの中で整序されたということで、理解のこの遅延は、遅延の一大システムにおける特殊な事例にすぎない、ということだ。

　私が話して、人が答える、私は語句に立ち止まる必要はなく、会話は続き、私が情報を求めると、それが与えられる、こうしたことが続くが、突然、ある一文が私を戸惑わせる。私にはもうなんだかわからなくなる。他者の言語が私には晦渋となる。相手は話を続け、私はうろたえ、私が頭を悩ませる必要のなかったかくも透明で、かくも流動的だった空気が、今やもつれ、まもなく壁の前にいることがわかる。私の拳はバベルの塔のブラインドアーケード〔開口部のない装飾としてのアーチ〕を連打して、傷つく……。そのとき、これらの石を半透明にしてくれる者、私を内側に、背後に入り込ませてくれる者は歓迎される。理解というゲームはなんと甘美なゲームなのだろう！

　ラブレーは語り、旅をする。彼は確認する――地方が変わり、田舎の人を相手にすると、言語は厚みを増すことを。本物あるいは偽物の学者を前にする時、言語はいっそう不可解になり、異国に行くと、言語は不透明になる、と。その地方や分野や国に属していれば理解できる。そういうわけで、十六世紀以降に廃れてしまっていたがゆえに理解できない言葉のほかにも、十六世紀の読者にとってすでに理解しがたかった言葉、たとえば、ちょっとした謎かけ歌や、地方の言葉、外国の言葉、学問用語が無数にある。

b　リムーザンの学生

パンタグリュエルは、アルコフリバス・ナジエ[20]と一緒に、オルレアンで若い学生に出会う。

「きみ、こんな時間にどこからやってきたんだい」と聞いてみた。するとこの学生、「リュテースと称せられる、恵み多くして、名にし負う、音に聞こえし学びの都より参上つかまつった」と答えるではないか。

　そこでパンタグリュエル、「はてさて、なんのことだい？」と、側近のひとりに尋ねてみた。

「つまり、パリから参ったと申しているのでございます」と側近は答えた。

〔『パンタグリュエル』第六章〕

　パンタグリュエルはこの「偽ラテン語」を嫌うあまり、学生の喉元を摑んだので、学生はとり繕った言葉を捨てて、みずからのリムーザン方言で叫んだ。

「おねげえでござんすよ、お殿さんまさん。ああ、マルティアリス上人さま、お助けでござんす！　ほうっといてくださいませ、神しゃま！　わしをあんまりぶたんでくだしゃいましぇ！」

パンタグリュエルはそれに対して言った。

「今度は、ふつうに話したじゃないか」〔同前〕

さて、リムーザン出身ではない当時の普通の読者にとって、この自然な話し方が、直前の懲りすぎたラテン語風の話し方と同様にわかりにくく、われわれがわからないのと同じようにほとんどわからなかったとしても、パンタグリュエルとして今度は学生になんら含むところがない。「ありきたりの話し方」〔『パンタグリュエル』第六章〕の、対照的ともいえる二種の変質が問題となっているからである。この二種は同じ危険を呈しているわけではない。民衆の言語は、慎ましやかに本質を明らかにする。民衆の言語は、けっして我が物顔に振る舞おうとしない。上品な日常の言語は、そもそも当時の「共通」言語であったわけだが、その存在と美徳を、民衆の言語は認めている。反対に、学問の言語は、不透明になると、人を恐怖に陥れる。学問の言語は、威圧と隷属と搾取の技術となりうる。ラブレーの五作品を通して、その例をいくらでも見ることができる。専門技術よりも専門らしさを獲得する方が、学問よりも学問らしさを獲得する方が、比較にならないほど簡単なだけになおさらである。人々を恐怖に陥れる不透明な言葉は、ソルボンヌや、裁判所や、会計検査院で地位を得ているように、自分の無知を隠すための卓越した手段なのである。ここでは外皮はいかなる髄をも覆っておらず、髄が存在しないことを共犯者以外には見抜かれないために、外皮は徐々に分厚くなり、硬くなっていく。

この話に続く注釈の中に、何よりある冗談がある。

かの哲学者とアウルス・ゲッリウスが述べているごとく、われわれは、常用の言語を話さなくてはいけないのだ。オクタウィアヌス・アウグストゥスも申すように、それは、船長が暗礁を避けるのと同じことであって、はぐれ者の語句などは注意深く避けなくてはいけないのである。〔同前〕

実際、古い言葉にしろ、方言にしろ、専門用語にしろ、外国語にしろ、あるいは「たわむれに作られた」言葉にしろ、これほどまでにきわめて珍しい言葉に出会うことは、フランスのほかの作家ではない。珍しい言葉の多さは、ラブレーが『パンタグリュエルの英雄的な言行録、第四の書』に含まれている、より難解な言葉づかいを、簡単に説明したもの〔『第四の書』の一部の版の末尾に付された語彙集〕をもって、非常に有用な小辞典をわれわれに提供する必要を感じたほどである。この小辞典では、ラブレーの嘲りの対象となった人々が使った言葉だけでなく、善き巨人パンタグリュエルが使った言葉や、とりわけ語り手として、あるいは解説者として彼自身が語っている箇所を装飾する言葉が取り上げられていることをはっきりさせておこう。すでに引用したシャチヨン枢機卿への献辞の中に次のような一節がある。

それにしましても、人食い族《カニバール》、人間嫌い族《ミザントロープ》、笑わん族《アゲラスト》連中の、わたしに対する非難中傷は、あまりにすさまじく、理不尽なものでありましたから、わたしの忍耐力も根負けしてしまい、もう一言一句《イオータ》たりとも書くまいぞと決意の臍をかためていたのでございます[21]、

ラブレーは、人食い族《カニバール》、人間嫌い族《ミザントロープ》、笑わん族《アゲラスト》、一言一句《イオタ》という四つの語を解説しているが、これは特に驚くべきことである。というのも、今日の平均的な読者にとって、四語のうちの三語は、モンテーニュ(人食い族)、モリエール(人間嫌い)、ギリシア語教育(イオタ)のおかげで日常語になっており、われわれが注を必要とするのは笑わぬ族だけである。そして、最もまじめな箇所はラテン語風の言い回しに溢れている。

しかし、言葉に歴史的かつ地理的な幅を与えて、日常的な語彙を著しく増やすときにはいつでも、ラブレーは語彙を常用の言語の中に根づかせ(ことのほか危険ないくつかの節は除いて)、だいたいの意味がわかるようにしている。それは、ラブレーがいくらかの知識人や旅行者たちの愉悦のために珍しい言葉を詰め込んだ、おびただしい数の列挙において、きわめて明白である。このようにしてラブレーは、透明度がさまざまに異なる語彙の寄せ集めを形作っており、まったく無知な読者にとっても、意味がはっきり分かる語が近くにあることで、そうでない言葉がきちんと意味をもつことが分かり、結果としてそれらの外皮を剥ぐよう、読者を導くのだ。かくして、幼年時代のガルガンチュアが木馬の色を変える時には、「祝祭の種類によって」毛色を変える。

黒鹿毛、栗毛、連銭芦毛、ネズミ色、鹿毛、白黒のぶち、赤茶、鎌形紋、まだら、芦毛、白、

〔『ガルガンチュア』第十二章〕

ここでは、ギリシア語(pécile＝まだら〔bigarré〕、leuce＝白〔blanc〕)が、それらによって充実させられた総体のもたらす光に押し流されている。

c　パニュルジュ

パンタグリュエルがリムーザンの学生と別れた二章後、シャラントン橋の道でパニュルジュに出会い、パンタグリュエルは彼を生涯愛することになる。パニュルジュは、似たような質問に対して、十三の異なる言語を用いつつ最終的にはフランス語へといたるまで、いよいよもってわかりにくく答える。

七つの外国語(ドイツ語、イタリア語、スコットランド語、

バスク語、オランダ語、カスティーリャ語、デンマーク語)、

三つの古語(ヘブライ語、ギリシア語、ラテン語で、カルディア語と古アラビア語がないことは意外である)、

三つの想像上の言語(地球裏側《アンチポード》語、ランテルノワ語、ユートピア語、これらは朧げに理解できるよう、そこここにフランス語と認識できる語を含んでいる)。必ずしも理解できるわけではないにせよ、仲間たちはそれぞれ、これらの言語のうちの一つを特定する能力を持っている。

ユーデモンはバスク語(読者がバスク語自体を知っているか、あるいはもちろん、ユーデモンがそのとき発言する「ジェニコア」(神)という語を理解する手がかりを誰かからもらいでもしないかぎり、推察できないが)、

カルパランはスコットランド語とギリシア語、

エピステモンは少なくともヘブライ語、

パンタグリュエル自身は、ラテン語を解するのは言うまでもないが、ユートピア語は多かれ少なかれ忘れており、その音しか認識していない。

パニュルジュは、場当たり的な人物で、あらゆる言語を知っているかのように振る舞い、巨人パンタグリュエルはそれをたいそう高く評価する。パニュルジュは、別の場所の「常用の」言語あるいは昔の「常用の」言語を話すことができる。そのことによって、パニュルジュは、外国の語彙で、自分の言語を豊かにする権利が得られるのである。この外国語の語彙を彼は後々分かりやすくできる、少なくとも語彙自体が自ずと明快になるよう仕向けられる。パニュルジュはラテン語が話せる。それに対し、リムーザンの学生はラテン語を正確に話さず、フランス語を用いながらただラテン語を知っているように見せたかったにすぎない。

方言とは、ありきたりの話し方が地域的に変質したものである。首都から離れれば離れるほど、言葉の闇の深さに打ち勝つためのランプがより必要になるだろう。しかし、もし私が境界を通り過ぎると、つまり別の君主の封土に入ると、私が出会う方言は別のありきたりの話し方の変質となるだろう。たとえばイタリア語がそうであるが、イタリア語自体、そしてフランス語や、ほかのヨーロッパの言語の多くがラテン語の古いありきたりの話し方の変質ではないのか。ラテン語の古い話し方は、今日のどんな言語とも比較にならないほど、その時代には広く使われていたのだ。真の学者たちに使われていたものではなかったか。私が空間的に遠ざかるとき、そう、私はありきたりの話法のいやまさる変質に出会うが、この間隔は、別のありきたりの話法に対しては反対に縮まる。ところが、私が時間的に遠ざかり、次第に古くなっていくフランス語のテクストの方へさかのぼって行くと、確かに困難は増していくものの、こちらには現行の言語からの変質があると言うことはできない。その反対

ではなかろうか。そもそも方言は、今日の用法であるというよりもむしろ、昔の用法に属しているのではないか。ますます古風な表現を用いることで、ラテン語に戻っていくのではないか。というのも、ゴート族が通ったあとだからである。ガルガンチュアはパンタグリュエルに次のような手紙を書いている。

> いまだ時代は暗澹たるものであって、あらゆるよき学知を破壊した、あのゴート族による不幸な災難の影響が感じられたのである、
>
> 〔『パンタグリュエル』第八章〕

ゴート族とはもちろん、ゲルマンの蛮族のことだが、同時にある時期から、〔ラブレーの〕テクストの中で常に接尾辞として（われわれにとって語源的に正しい接尾辞であろうとなかろうと）この音節が指し示す連中、つまり高位聖職者を指すことに疑問の余地はない。たとえば、テレームの修道院の大きな扉に刻まれた碑文の第一段に見て取れる。

> ここに入るなよ、まゆつば信者に熱狂信者〔bigotz〕、サルまね坊主〔matagots〕、ネコかぶり坊主にぶくぶく坊主、えせ信徒の先祖のゴー〔Gotz〕や、オストロゴー〔Ostrogotz〕、それに輪かけた首ひねり野郎〔magotz〕にあほんだら、苦行服着た偽善の徒〔cagotz〕、上げ底の信心者〔…〕、
>
> 〔『ガルガンチュア』第五十四章〕

そして『鐘の鳴る島』では、

> 牡の鳥には、学僧鳥〔Clercygaulx〕、修道士鳥〔Monesgaulx〕、司祭鳥〔Prestregaulx〕、修道院長鳥〔Abbegaulx〕、司教鳥〔Evesquegaulx〕、枢機卿鳥〔Cardingaulx〕、教皇鳥〔Papegault〕——これは一羽しかいない——と呼ばれていた〔…〕[22]

中世の根底には、いわば最大級の変質[23]があって、人々はそこから脱け出しつつある。ラブレーにとって、自分の時代のフランス語は、過ぎ去った時代のフランス語よりも真のラテン語に近い。しかしながら、彼も重々承知しているとおり、彼の話している言葉が、ウェルギリウスやキケロの言葉に立ち戻ろうとしているわけではない。彼らの言葉は、生み出されつつあるフランス語にとって、モデルとしてしか見なしえない。それゆえに、再生《ルネサンス》という言葉を使えるのだ。ラテン語は、われわれの常用の話法に取って代わるために戻って来るのではなく、われわれの常用の話法の中で再生する。われわれは、詳細にいたるまで、特に語彙の創出と語彙の派生方法において、できるだけ古代のテクストを模倣しなければならない。それと同時に、放棄された言葉や、古フランス語の使われなくなった言葉を避け

なければならない。とりわけ学校の中に転がっているあの変質したラテン語の言葉は、われわれが良質なテクストを読んでそこに浸らせることで、それらを若返らせるという予防策を取らないかぎり、避けねばならない。

d　アダムの言語

ラテン語はフランス語の中で再生する。かつての巨人が、現在の子どもの中に認められるのである。フランス語は変質したラテン語だが、もしフランス語がラテン語のようなものに戻らなかったとしたら、それはフランス語がラテン語にのみ由来しているわけではないからであり（ひとまずゴート族のことは置いておこう）、ラテン語はこの子ども〔フランス語〕が範とすべき唯一のモデルでもない、ということである。周知のとおり、人文主義者たちは、古代ギリシア語からの直接的な影響がフランス語にあると考えた。そもそも彼らにとって、ギリシアの「統治」は、ローマの「統治」よりも前のことであると同時にその後のことでもあった。ガルガンチュアの家系と歴史の章に以下の記述がある。

　王位やら、皇帝の位が、驚くばかりの変遷を経ていることからして、そういうことなのである。
アッシリア人からメディア人へ、
メディア人からペルシア人へ、
ペルシア人からマケドニア人へ、
マケドニア人からローマ人へ、
ローマ人からギリシア人へ、
ギリシア人からフランス人へという具合に。
〔『ガルガンチュア』第一章〕

ビザンツ〔東ローマ帝国〕の手を離れたばかりの炬火が摑み取られるのだ。種々のロマンス言語が変質したラテン語だと考えられるのと同様に、ラテン語それ自体、そしてヨーロッパのほかのいくつもの言語、特にフランス語は、少なくとも部分的には、変質したギリシア語だと考えることができる。コイネー〔ヘレニズム時代とローマ時代の共通ギリシア語〕がそれであり、これもまた再生する。

ソルボンヌの伝統的なラテン語は、今日話されねばならないラテン語というわけなのだが、なぜならば、それはつい先頃まで話されていたからで、論理的には、十五世紀よりも十四世紀の方がこのラテン語をうまく話していたに違いなく、実際、後者の方がより源泉に近かったのであり、当然ながら教師よりも学生の方がよく知らないラテン語であって、人々が徐々に話せなくなっていくそれと対置されるべきは、

徐々に上手く話されるようになり、だんだんとキケロが書いていた言葉に近づいていき、学生たちの方が、できの悪い彼ら

の教師たちのみならず、今日における最高の教師たちよりもよく知るところとなるラテン語、ギリシア語に照らされたエラスムスの新しいラテン語なのである。

ソルボンヌがギリシア語教育の前に立ちはだかるという事態がどうしてありえたのかが理解できる。ソルボンヌにしてみれば、みずからの権威全体がそこで切り崩されていたのであり、数世紀にわたって継続してきたという価値がまるごと無に帰されていたのだから。

しかし、ここで立ち止まってはいられない。というのも、聖書は、異端の烙印を押されたくないのであれば、われわれが過去から受け継いだ最も重要なテクストとして、また部分的には最も古いテクストとして考えられているのではなかったか。救い主が自身の考えを表わすために選んだのはラテン語ではなく、新約聖書ではギリシア語、旧約聖書ではヘブライ語であった。

ヘブライ語に関していえば、現行の言語のいくつかは、ヘブライ語の変質ではなかったか、そして、アラビア語やカルディア語とともに、ヘブライ語それ自体、最初の人類に共通の、なにがしかの本源的言語の変形であるとの考えもありえたのではないか。つまりは自然的な言語[24]、アダムの言語ということになろう。それを取り戻すことはまったく不可能だったのか。

キケロのラテン語、プラトンのギリシア語、モーゼのヘブライ語は、三つの卓越した言語の時代にして、新しいフランス語がそれらに匹敵するように努めねばならない三つのモデルであり、それらを介して、多かれ少なかれ直接的に神が次々に顕現した三つの道具である。ある一つの自然言語[25]、全人類が自分自身の奥底に見出すことができるような、生まれつき耳の不自由な人であれば誰でも本能的に、直接の賜物である最初の言語から再現できるであろうような自然言語、それ以外のすべての言語はその影でしかないであろうようなただ一つの自然言語(イスラム教徒にとってはそれがアラビア語であって、というのもコーランは永遠のテクストで、片言隻句にいたるまでそれ自体で神々しいものであり、そしてカバラにとってはヘブライ語がそうである)を通して神がみずからを表明しなかったのだとすれば、そのような言語は存在しない、ということなのだ。確かに、アダムは口を利いた。したがって時系列的に最初の言語があるのだが、その言葉は、後続の諸言語に比べて、いかなる絶対的な優位性も有してはいない。

この点に関してパンタグリュエルの意見は、はっきりしている。『第三の書』の第十九章において、この巨人は、可能なかぎり本物の唖者の意見を聞くために、生まれつき耳が聞こえない唖者に相談するよう、パニュルジュに提案する。

というのも、全然耳が聞こえないだんまり人間ほど、本物はいないのだからな[26]。

パニュルジュは、次のように指摘する。

「それは、どういう意味ですかい？」と、パニュルジュが聞いた。「人の会話が聞こえない人間は、口がきけないというのが正しいとすれば、このわたくし、なんとも矛盾した、逆説的な命題をば、論理的に引き出してみせるのですがね」

〔『第三の書』第十九章〕

なるほど、その場合、アダムはどのように話したのだろうか。神がアダムのために言語を作らねばならなかっただろうし、するとアダムはこの神の言語を持っていたことになるだろうが、なぜ神自身がこの言語を捨てたのかがわからなくなるだろう。正しいのは必然的にユダヤ人となるだろう。

しかし、古典古代はわれわれに、最も古い言語に関する別の仮説を提供する。パニュルジュは続ける。

「でもまあ、やめておきましょう。殿は、エジプト王プサンメティコスの命令で小屋の中に閉じこめられた二人の赤子について、ヘロドトスが書き記していることを、信じられないわけですね。この二人は、それからずっと沈黙のうちに育てられたのですが、やがて、しばらくいたしますと、〈ベコス〉ということばを口にしました。これはプリュギア人の言語で、パンを意味することばだったというのですが」

「まったく話にもならん」と、パンタグリュエルが答えた。「われわれが自然に言語を持っているなどというのは、まったくの誤謬にすぎない。言語というものは、どれも、慣習的な制度と、人々の約束でできているだけなのだぞ。弁証法学者たちも述べるとおり、声《ヴォワ》（すなわち言葉）には本来意味はなく、それは好き勝手なものなのだ。わたしはな、しかるべき理由なく、このようなことを話しているのではないぞ」

〔同前〕

アダムの問題に話を戻すと、言語そのものであり、ロゴスである神は、みずからの言葉を人間に与えたのではなく、言語を生み出す手段と使命を与えたのであろう。その言葉は、人間に関わるすべての物事のようにはかなく、次々に交替していく諸民族によって永遠に刷新され続ける。その結果としてとりわけ、聖書の言葉を神自身の言葉と考えるのではなく、その時点ですでに、歴史的文脈におかれた人間の言語への翻訳であるとみなさねばならなくなる。

e　唖者の言語

言語は多かれ少なかれ変質させられ、変質を引き起こすのだが、常にそういうものなのである。屈折のない透明さはない。では、言葉なしですませることは不可能なのだろうか。大声を出していようがなかろうが、身振りによって、異なる国の人々がいくぶんかは互いに理解し合えるのではないか。そしてネロの時代にアルメニア王ティリダテスがローマで見た茶番劇の演者のようなミモス劇の役者たちには、その身振りの語彙を、外国の観客が完璧に理解できるような長い台詞、あるいは描写に編成する能力がなかったであろうか。そこには真の「ありきたりの共通の話し方」がなかっただろうか。

実際に、パンタグリュエルがパニュルジュに対して、唖者のもとに行くように勧めるのは、神託、すなわち決定的な言葉には、常に曖昧さがつきまとうからである。

書物で読んだのだがな、その昔は、正真正銘にして確実なる神託とは、文字で書かれたものでも、発話で示されたものでもなかったというぞ。真に知略にみちた、優れた知性と評された人々も、幾度となくまちがいをおかしたのだが、それはことばの多義性、曖昧性、晦渋性に加えて、その文章があまりに簡潔すぎるせいでもあったのだ　〔同前〕

（この簡潔さは、実際に言葉の厚みを軽減することを妨げ、言葉の屈折を見積もることを難しくし、あれやこれやの意味を除去できなくする）

こうした理由から、予言の神アポロンは「ロクシーアス様」、すなわち「曖昧な」とあだ名されたのだ。そして、身ぶり手ぶりや記号で示されたお告げこそ、もっとも真正かつ確実なものと考えられた。　〔同前〕

確かに、理解できるのであれば万事うまく行くが、理解がしづらくなり、曖昧さが出現するや否や、厚みが尋常ではなくなり、助けを求めて言葉の力を借りねばならない。もし私がパントマイムの流れを中断させ、もしある身振りが宙吊りになったまま、私にとって明確な意味を欠くとしたら、私はその身振りを満たそうとするだろう。そして話される言葉とは反対に、身振りは身体から切り離せないので、性が常にその地位を簒奪しがちになる。そもそもパニュルジュが唖者の女性のところに行くことを拒むのもそのためであって、事実、

ひとつは、女というものが、なにを見ましても、その心のなかでは、それが真正なる直立陽物神のご入場かと、思い描き、

> 考え、想像をめぐらせてしまうことであります。彼女たちの目の前で、どのような身ぶり手ぶりやらジェスチャーをしましても、それを、小麦ふるいのゆさゆさ運動と結びつけて、解釈してしまいますからね。〔同前〕

かくしてパニュルジュは、『パンタグリュエル』の中でイギリスの学者トーマストにしたことのしっぺ返しを、生まれつきの唖者であるナズデカーブルから受けることとなる。これら二つの無言の会話を綿密に突き合わせてみる必要があるだろう。一方ではパニュルジュがからかう側、他方ではからかわれる側に回ることに加えて、主な違いは、この上なく純粋なスコラ学的伝統に則って（事実として、数学の表記のように、あらゆる副次的な意味を削除することが問題になっていた）トーマストは動作で議論するのだが、この場合、ことは、唖者の中で最も「純真」でない人物に関わっている。トーマストは、一般的な言語の対岸に位置しており、彼の動作の一つひとつが膨大な数の定義をその背後に予想させ、問題が起こるや否や、当然、それらに立ち戻らなければならなくなる。トーマストによる最初の一連の動作の後に、パニュルジュが別のパロディ的物真似で応じ、当然ながらトーマストにはそれが理解できず、口を開くことになる。

> 「そしてもしメルクリウスが……」と、イギリス人が思わずひとこともらすと、パニュルジュがこれをさえぎり、「口をきいたな、正体がばれるぞ！」といった。〔同前〕

トーマストが身振り言語を再開した時から、つまり、パニュルジュのいわんとしたことが理解できていないことを認めまいとした時から、彼は負けている。実際に、ある者によって一つの動作が、長大な定義に、演説まるごと一つに結びつけられていた可能性は常にある。そして、トーマストは、彼を相手にパニュルジュが繰り広げる身振りのすべてについてそれを予想することとなり、パニュルジュ、観衆、読者にとってそれらが持っている民衆的な意味を完全に見落としてしまうだろう。会話の全体は、したがって、メラン・ド・サン＝ジュレの謎詩のような一個の謎と化すのであって、論敵はおそらくそれぞれが正しい。なるほど、この茶番劇において、パニュルジュはひょっとすると、それと気づかずに「学芸百科の真の井泉と深淵」〔『パンタグリュエル』第二十章〕をトーマストに開いてみせたのかもしれないが、その反面、われわれの方では、あまり労せずして第一の意味たるパニュルジュのそれを察し、トーマストがそこに読みえた意味はどうやらたいていの場合知らないままで、というのも、ラブレー曰く、トーマストが余すところなくすべてを吐露し、ロンドンで印刷されたという偉大な作品は、今のところわれわれの元には届いていないからである。

結果として、絶対的な薄さにいたったような表現を探し求めつつ、屈折を除去しようと努めたところで虚しい。明快さに達する手段はただ一つ、それは恒常的に失われつつある透明さを言語に取り戻すべく、言語の厚みの中で言語を検討し、この屈折を除去するのではなく、利用することだ。

f　またしてもことわざ

もし地方の人々によって、あるいは、隠語《アルゴ》を用いる首都の人々によってすら、さらには学者の仕事によって（あるいは偽学者の策略によって）ありきたりの話し方の変質が奥深くまで進行し、原型がまったく見分けがたくなってしまうまでにいたることを示すのが容易であるとしたら、翻訳を通して人々が戻ってくるところのこのありきたりの話し方、相対的にはじつに透明に思えるこの言語それ自体、曖昧さに充満しており、非常に豊かな厚みを含有しているのだ。第一、民衆的な変質である方言は、単純な身振りという若返りの沐浴を語に受けさせ、それらの意味を原初的な欲求に発して絶え間なく保証するという非常に大きな効能を備えている。あらゆる通用的な表現、あらゆることわざは、神話《ミトロジー》の濃縮であり、ラブレーが『第四の書』の献辞の中で自作を指して用いた言葉を借りれば、すなわち「架空のお話《ファビュルーズ・ナラシオン》」[27]の濃縮なのである。

このようにいくつもの章全体が、ある一つの言い回しを発展させていたり、ほかの章では、多くの言い回しが並置されたりする。そうした言い回しを構成する語をある一文あるいはある一つの物語の運動の中に巻き込み、そのそれぞれに、周知でありながらこの場合に関するかぎり忘れられていた意味を取り返してやる。最も鮮烈な例の一つは、ガルガンチュアの少年期（ガルガンチュアが三歳から五歳のとき）の章に見出される。

木靴で歯をみがき、煮込みのスープで手を洗い、コップで髪をとかしていたし、二つの腰かけのあいだに尻もちをついたり[28]、びしょぬれの袋をかぶったり[29]、スープを飲みながら酒を飲んだり、パンがなければフーガスを食べたり、笑いながら噛んだり、噛みながら笑ったり……雲は青銅のフライパンで、ブタの膀胱は提灯だと思いこんだり、ひとつの袋から二つの製粉をとったり[30]、干し草を得るためにロバになったり[31]、自分のこぶしをハンマー代わりにしたり、飛び立つツルをつかまえようとしたり、鎖を編んで鎖帷子をつくろうとしたり、馬とみれば、かならず口のなかをのぞきこんだり[32]、雄鶏の話をしていたかと思うとロバの話をしたり[33]、二つの青い実の間に熟れたのを一つ置いたり[34]、掘り返した土で掘割をつくるようなまねをしたり、お月様をオオカミから守ろうとしたり、空が落っこちれば、ヒバリをつかまえられるなんて期待したり[35]、必要を美徳としたり[36]、これこれのパンをクルトンにしたり、はげ頭もぼうず頭も、区別なしに無視して、朝ともなれば、狐の皮を剥いだり[37]したのだった。

〔『ガルガンチュア』第十一章〕

ここでまたもや、時流は著者と同じ方向に進んだ。というのも、これらのことわざがいずれも当時は一般的であったとしても、そのうちの多くは、あたかも好き勝手に作られたか、外国語から翻訳されたかのように、不明朗になってしまった（学術的な版の註を見れば、こうしたことわざを解く鍵、すなわち、ここで詳細に立ち入ることは問題にならないが、この当時それらが持っていた意味が見つかるだろう。そのうちのいくつかは反対の意味に使用されており、実際には「熟れた二つの間に青いのを一つ置く」と「もらった馬の口は見ない」あるいは「手綱にはこだわらない」と言っていた（そして今なお言う）、しかし、それらは、その他諸々のことわざの流れに運び去られ、集塊の嵩を増やし、多様化する。これは、ベルリンの有名なブリューゲル作品[38]の文学的な等価物なのだ。これら二つの「一覧表＝絵画《タブロー》」のどちらにも見つけられることのできる言い回しがいくつかあるだけに、なおさら。

ことわざ以外の言葉の堆積において、再利用されている要素がいくつか見受けられる。『第四の書』のクセノマーヌによってなされるカレームプルナンの解剖の終わりに再見されるのは、

心配すると、剃った頭や丸刈り頭になりました。[…]ものを嚙みながら、笑ったり、笑いながら、ものを嚙んだりしてました。[…]自分のげんこつをハンマーにしてました[…]

〔『第四の書』第三十二章〕

そして『第五の書』の、カント国の役人が行うさまざまな仕事を扱った章である。

ほかの者たちは、ブタの膀胱で提灯をつくり、雲で青銅のフライパンをつくっていた。[…]ほかの者たちは、必要性で美徳をつくっていた[…]

わたしは、ふたりの巨人が、ほかの連中とは離れた塔の上にいるのに気づいたが、彼らはお月さまをオオカミから守っているのだと教えられた[…]

〔『第五の書』第二十一章〕

若き日のガルガンチュアの場合は、子どもの豊かな活力の表現であるところのものが、カレームプルナンに対しては邪悪な反自然の表現となる。抽出者たち（アルコフリバス・ナジエは、最初の二作ではラブレーの名の綴り変え《アナグラム》による筆名だが、自称「第五元素の抽出者」である）に関しては、それは新しい真実を時おり包む逆説的ユーモアとなるが、この真実の探求が最も不条理

な活動にしばしば同一視されうるからで、もちろんこの本それ自体の「陽気さ」のことであって、かくも多くの骨髄を覆う皮にほかならない。カント女王自身が次のようにコメントしている。

人間の思考力が、底なしの驚愕によって混迷させられるのは［…］いきなり知性・感覚のうちに新しき経験が訪れたがため［…］したがって、目の前で、わが役人たちが実行したことがらの数々を、とくと眺むれば、そちたちも怖じ気づくかもしれぬ。だがな、よいか、明晰な精神をもちなされ、そのような恐怖はすべて捨て去るのじゃ。わたくしの社に収められたるものを、すべて、そちたちの自由意志によって、しっかりと見て、聞いて、深く深く考えるのじゃ。さすればそちたちも、無知という隷属から徐々に解放されるに相違なかろう［…］〔同前〕

このようにラブレーは、ありきたりの話し方を、その高揚の極限まで持っていくのである。

g　語呂合わせからヒエログリフへ

ラブレーがことわざを解体するとしたら、さらに遠くへ行くこともできるのではないだろうか。語それ自体を解体し、同時代の多くの錬金術師、カバラ学者たちのように、あらゆる時代の多くの詩人たちのように、われわれひとりひとりのうちなる夢のように、語呂合わせや判じ絵《レビュス》を作ったりすることもできるのではないか。確かに、ラブレーはそれらをせずにはいられず（たとえば、パニュルジュは、自分の捕虜であるアナルク王に、ターコイズブルー《ベール》と緑《ヴェール》色の美しいベルトを与え、

「この制服はお似合いじゃないか。なんてたって、よこしまな《ペールヴェール》奴なんだから」とのことだった〔『パンタグリュエル』第三十一章〕）

しかし、『ガルガンチュア』のある章で、まさしくガルガンチュアの衣装の色について語られる章で[39]、語り手は次のことに反発する。

宮廷の鼻高々な連中とか地口の運び屋たちも、その紋章には「希望《エスペール》[40]」の象徴としては「球体《スフェール》」を表した〔『ガルガンチュア』第九章〕

（この二語の発音はほとんど同じである）

「苦悩《ペーヌ》」の象徴には鳥の「大きな羽《ペーヌ》」を、「メランコリー」には「オダマキ《アンコリー》」を描かせているのです。また、「隆盛をきわめる《ヴィーヴル・アン・クロワッサン》」ならば、「三日月《クロワッサン》」で、「破産《バンク・ルート》」ならば「こわれた台《バンク・ロンピュ》」で［…］「解雇された人《リ・サン・シエ》」ならば「天蓋のないベッド《リ・サン・シエル》」で表したという次第なのです。これらは、いずれも同音異義ということでしょうけ

れど、まったくもって不適当で、くだらないし、やぼで野蛮なしろものにすぎません。よき学芸が復興されたこのご時世にあっては、こうしただじゃれを弄する連中に対しては、その襟元にキツネのしっぽでもつけてやる必要がありますよ。そして各人に、牛糞仮面でも特注してやるがいいのですよ。〔同前〕

こうした襟飾りも仮面もなんのその、この類の音声的カバラを喜び勇んで使わずにはいられないくせに、ラブレーがそれらにけちをつけるのは、地方限定かつ過渡的な発音に頼りすぎている点である。語呂合わせ、あるいはその視覚的な等価物である判じ絵は、細分化されたことわざのように、ありきたりの話し方の中に隠されている神話を明らかにするのに役立ち、その結果としてわれわれの夢と妄想を喜劇的な光で照らすことになる一方で、キケロのラテン語、プラトンのギリシア語、モーゼのヘブライ語がその実例となるような卓越した言語に、フランス語を近づける助けにはなれないだろう。陰険な変質や、われわれの語彙の収まりの悪さを暴く段には非の打ち所がないが、こと由緒ある家柄の紋章に関して、何ごとかを新たに打ち立てるとなると、じつに嘆かわしい。

アラゴン王の紋章官であったシシルが、自著『紋章学』の中で行なった色の読解が間違っているとして、同じ章でラブレーは非難する。シシルは、白は信仰を、青は剛毅を表わすのだと明言する。何人かの「時代遅れの背高帽子をかぶった連中〔『ガルガンチュア』第九章〕」はそれを鵜呑みにした。ところがどっこい、ガルガンチュアの父にいわせれば、

白は喜び、楽しみ、快楽、祝賀を、青は至上のものを意味した 〔同前〕

のであり、この命題は、次の章〔『ガルガンチュア』第十章〕で、大真面目に長々と発展させられる。第九章の末尾で著者は以下のような希望を表明する。

いずれまた、なにかの折にでも、もっと詳細なる記述をこころみて、自然には、どのような色彩が、どれほどたくさん存在して、それぞれの色彩がなにを意味するのかにつきまして、古代から、受容され、認められてきた権威をも援用しつつ、哲学的な考察をも含めて、こもごもに述べてみたいものだと考えております。〔同前〕

確かに、白がフランス語では「blanc」、ラテン語では「candidus」、ギリシア語では「λευκός」によって表されるのはあくまでしきたりであって、この三語のいずれもが、ほかより白いわけではない。しかし、言語がうまく機能するためには、語

の縁戚関係が、物の縁戚関係を引き写していなければならず、白を指す語は、自然において白に結びつけられるものを指し示す語に縁づけられている必要があって、さもなくば、言語は必然的に不実で変質を起こすものとなるだろう。

神はロゴスであり、被造物という莫大な言説の全体においてみずからを表現している。神は自身の言語を人間に与えなかったものの、みずからの姿に似せて、神さながらに言語の創造者となりうる能力を人間に与えた。さまざまな言語は、しきたりによるものであり、神が提示したモデルから無限に遠ざかりうるとはいえ、もしそれらがなんらかの真実を伝えようとするのであれば、このモデルに可能なかぎり近づかなければならない。学問、すなわち自然を知ることによってのみ、われわれは透明な言語を得られるであろう。この学問は、部分的には古い言語を介して獲得されるもので、それによってのみ、われわれはひどい誤解を犯す危険なしに古いテクスト、特に聖書を解釈できるであろう。

ラブレーは、シシルによって提示された色彩の異端的読解、あるいは言語の嘆かわしい状態に基づく「頓珍漢な」同音異義に、エジプトのヒエログリフを対置している。

> その昔、エジプトの賢人たちがヒエログリフと呼ばれる文字でものを書いたときの方法は、これとははるかに異なっていたわけです。この象形文字は、描かれたものの功徳、特性、性質を理解していないと、見当がつきませんものの、逆にそれを会得していれば、しっかりと納得がいく文字なのであります。ヒエログリフに関しましては、オルス・アポロンがギリシア語にて二巻の書を著しておりますし、『ポリフィルスの夢』のなかでは、さらに詳しい説明がなされております。フランスにおきましては、かの大提督殿の紋章に、このヒエログリフの一部をごらんになれますが、これは実はですね、皇帝アウグストゥスが最初に用いたものにほかならないのであります。〔同前〕

非常に重要な点なので、ラブレーは、『第四の書』の語彙集である「難句略解」の「ヒエログリフ」という語において、より詳細な説明とともに立ち戻ってくる。

> 神聖な彫り物。古代の賢いエジプト人たちの文字は、このように呼ばれていた。これは樹木、草、動物、魚、鳥、道具などの図像で作られていて、それらの性質や用途によって、彼らが意味しようと思うものが表象されていたのである。このヒエログリフは、大提督閣下の紋章に見ることができる。それは、非常に重い道具の錨と、地上の動物のすべてにもまして軽快な魚であるイルカとでなっている。オクタウィアヌス・アウグストゥスも、この紋章を用いていたが、それは「急がば回れ」「怠けながら、急げ」、つまり「必要なことをし残すことなく、急いで片

付けよ」という意味なのである。この象形文字については、ギリシア人では、オルス・アポロンが述べているし、『ポリフィルスの夢』も示している。

〔『第四の書』「難句略解」〕

絶対的な暗号文だったというわけだ。あらかじめ取り決められていた、隠されるべき解読格子など存在しない。それにふさわしい人々のみ、読むことができる。一例を挙げてみよう。『第五の書』に登場する聖なる酒瓶の七角形の神殿には、七人の惑星の神々の像が、それぞれに対応する動物たちとともに見られる――

サトゥルヌスと鶴、ユピテルと鷲、マルスとアオゲラ、太陽《アポロン》と白い雄鶏、ウェヌスと鳩、メルクリウスとコウノトリ、月《ディアナ》とグレーハウンド、

もし、私がヒエログリフの中にサトゥルヌスに伴われた鳥の図像をみつけたら、私が事物の属性を知ってさえいれば、すぐに「鶴」を読み取るだろうし、

反対に、もし私が鶴と一緒にいる神の図像、あるいは惑星の図像を見たら、それはサトゥルヌスのことだと分かるだろう。もし私がこれらの「自然な」親戚関係を知らなかったら、テクストは解読できないままとなるだろう。

シャンポリオン以来、われわれは次のことを知っている。ヒエログリフはラブレーが思っていたようなものではなく、アルファベットや音節の要素を含んでいて、したがって中国語の書字のように、語の響きが大きな役割を担う。ところが、表意文字としての側面が古代人に最も強い印象を与えたせいで、この側面しかもはや記憶には止まらず、おまけに、十六世紀にはそれは解読できなかったのだ。

表意文字の多大なる利点は、パントマイムの身振りのごとく、その図柄がどれだけ型どおりになろうとも、同じものを表現でき、したがって、表意文字の定型表現は、異なる言語を話す人々に対して同じ観念を表現できることだ。それは、韓国人や日本人にも使用されている、正真正銘の表意文字たる漢字で起きていることである。アウグウトゥスとボニヴェの大提督は、錨とイルカの結びつきをまったく異なる文章に翻訳するとはいえ、彼らの双方にとってそれが意味することになんら違いはない。ラブレーにとって理想の言語とは、その表記が表意的であると同時に音声的でもありうるもので、音声の各要素が意味の一部分に対応している。たとえば、「鶴」という言葉であれば、一方は「鳥」という語、他方は「サトゥルヌス」という語に相当する二つの音節からできている、といった具合に。こうしたことは、諸言語の多様性や、しきたりとしてのその性格を妨げるものではない。とすれば、ヒエログリフは、こうした卓越した言語的状況の不変項となるだろう。そして、暗号文としての側面も保持されるだろう。というのは、サトゥルヌスを認識できないだけで、「鶴」の音も読めなくなるからである。

以上の点を認めた上で、エジプト人たちの文字が読解不能なままだとしたら、物事の効力、属性、性質の理解から程遠いところにいる、ということなのだ。ヒエログリフが現時点では理解不可能であればこそ、ラブレーにとってヒエログリフは、トーマストにとってのパニュルジュの身振りのように、「学芸百科の真の井泉であり深淵」の夢を、その失われた楽園を表わしている。したがって、彼の努力はことごとく、彼が知るかぎりのあらゆる言語を研究し、厳しく検査することから出発して、みずからの物語の中で、巨人的な表意文字を構築することに向けられるようになる。巨人的というのは、それらが生まれた時代と場所を徹底的に越えようとするからだ。ここに、民衆的な巨人たち、すなわち、沸騰状態にあるフランス語の子どもたちが、よき学芸の復興[41]に貢献する様子が見られるのである。

III 掛け算と諸々の再生――あるいはまことに真なる大年代記、占星術の師フランソワ・ラブレー

1 数字

a 巨人たちの算術

数字とはまず言葉であり、数学者たちは、彼らの言語において、その属性の一部しか研究していない。ラブレーのテクストには数字が溢れていること、数字に対する彼の特異な感受性は、長らく指摘されてきた。

巨人にちなんだ大きな数字が犇いているが、その数字はそもそもある最大値を超えない。書き記す際に十個以上のアラビア数字を必要とするような数字はおよそ見当たらない。しかしながら、それらの機能のためには十二分に事足りている。というのも、それらは実質的にはすでに想像の埒外にあるからだ。十二くらいまでであれば、われわれはそれらを正確に思い浮かべられる。それ以降は、媒介となるような単位ごとに対象がまとめられないかぎり、われわれは大まかにしかそれらの量を感知しない。ある群れや群衆を前にして、それらを数える暇や可能性がない時、われわれは、まとまりを示す数詞を用いる。たとえば、約十《ディゼーヌ》、一ダース《ドゥゼーヌ》、約十五《キャンゼーヌ》、約二十《ヴァンテーヌ》、約三十《トランテーヌ》、約四十《キャランテーヌ》、約五十《サンカンテーヌ》、約六十《ソワサンテーヌ》、約百《サンテーヌ》(六十から百の間のこの空白に注目)、約千《ミリエ》。これらの単語は、たいていは十で割り切れるぴったりの数字にいうなれば基づいており、したがって媒介となる単位ごとに並べることが容易である。たとえば千一夜における一のように、追加的な要素が一つあるいは複数あると、それがあるからといって全体的な見積もりは変わらないとしても(この場合であれば、約千《ミリエ》の範囲にいることに変わりはない)、数字の扱いやすさの面で著しく支障をきたすだろう。

次のような段階的な発展を設定できる――
約千《ミリエ》は想像しやすい。すなわち、包括的な近似値であり、
千は数え上げを前提とするが、十×十×十として考えると、容易に思い浮かべられる。これは切りの良い数字なのであって、
千一は、すでにより面倒になっているものの、切りの良い数字との関係は単純なままで、
千三百七十四は、想像するのに大変な努力を要し、

そしてこの努力のせいで、このような数字は、二千《ドゥ・ミル》あるいは約二千《ドゥ・ミリエ》のような、客観的にはより大きなほかの数字よりも強く大きさの印象を読者に与える。そして正確さが失われ、しばしば近似値(「と少しばかり」〔『パンタグリュエル』第二十四章〕)によって正確さを強調されると、この努力の虚しさが笑いに変わる。

三百万と私が言うと、この数字の総体を私は即座に把握しており、それは安定している。反対に、二百七十万八百三十一の大緬羊[42](これは硬貨のことだが)と言うと、私がそれを発音するにつれて量は増していき、『パンタグリュエル』の第一章でセイヨウカリンを食べた二人のように[43]、とてつもなく膨らんでいく。

一般的に、われわれの言語では、この拡張は限定されたままだ。仮に私が二百万と言い出そうものなら、続けて何を付け加えたところで、三百万以下にとどまるだろう。したがってわれわれの数字は、それらを展開していく際、常に減少していく。私は足していくのだが、どんどん少なく足していくのだ。われわれには、増加が加速していくような言語構造を想像することも十分に可能である。われわれは「二十と一〔vingt et un〕」と言わなければならず、それをドイツ人は「一と二十〔ein und zwanzig〕」と訳す。地球裏側語《アンチポード》あるいはランテルノワ語では、一足す三十足す八百足す七十万足す二百万の大アネル金貨、と文字どおり表わす形式を見つけられない、などという道理がどうしてあろうか。しかし、より近くから、フランス語の表現のほかならぬ内部から見てみると、この種の増加の、少なくとも雛形であれば見て取ることができる。もし私が大きな声で「二百万七《ドゥ・ミリオン・セット》」と読んで、少し時間を置いたら、聴いている人はそれを二〇〇〇〇〇七として解釈する。もし私がそのとき、「百《サン》」という言葉を付け加えたら、七という数字はうしろ[44]へ飛んで増加し始め、聴いている側は二〇〇〇七〇〇と解釈するだろう。私がさらに「千《ミル》」と続けると、新たにより大きな跳躍が生じ、二七〇〇〇〇〇となる。知的な読解、ここではそれがゆっくりでありさえすれば十分なのだが、それによって、こうした数字の中に驚異の宝物が現われてくる。ラブレーは、同時代の言語から与えられた可能性を最大限利用し、この上なく粗野な言葉、すなわち、それ以上先には行けない限界を確定しにくる言葉の出現を遅らせようとする。先ほど私がやったように書いていれば、慣用から外れなかったであろうが、その代わりに、同じ数字といくつ

かのほかの数字を表現すべく、ラブレーはいかに振る舞ったか。

修道院の建物ならびに諸設備の費用として、ガルガンチュアは、大アネル金貨二百七十万八百三十一枚をぽーんと寄付した。そして、完成までは毎年、ラ・ディーヴ川の通行税から、太陽エキュ貨幣を百六十六万九千枚、またスバル座貨幣を同じだけ供出することにした。また修道院の基金ならびに維持費として、ノーブル・ア・ラ・ローズ金貨で、二百三十六万九千五百十四枚分の地代が永久に入るようにして、毎年、修道院の門前で支払うこととして、正式の書状を与えて、これを保証した。

〔『ガルガンチュア』第五十三章〕

b　視覚的な数

長々しい数（この長さは、数学的な意味での大きさから部分的には独立しているが、そうした〔大きさの〕印象を与える）には、とりわけ、ラブレーのようにそれらをきっちり言葉にする場合、読解の糸をもつれさせ、滞らせ、本筋から逸脱させるという特性がある。それらは最初から最後まで〔数字ではなく〕文字で書かれており、そのことでわれわれはこの糸をたどり、この減速に耐え、この混乱を体験することを余儀なくされる。もしこれらの長い数が数字によって示されていたら、直ちに全体的なまとまりを把握できていたはずだ。実際、二〇〇〇〇〇〇は、二七〇〇八三一とまったく同様に、七文字を要する。

しかし、ラブレーは、数字の特性のうち、それらを表わす言語に関連した特性を用いるだけでは満足せず、それらを書き記すことを可能にした書字から派生した特性とも戯れている。『第三の書』の第一章を手に取り、最初の節を大きな声で読んでみると、アラビア数字の数にぶつかるだろう。無論のこと、あなたはそれを頭から音節に変換していくだろう。キュウジュウハチオクナナセンロッピャクゴジュウヨンマンサンゼンニヒャクジュウ、と。とはいえ、それも少し時間を経たあとのことだ。数を数字で表記することによって、それらの数字を一つひとつ読み上げるまでもなく、われわれはその大小について情報を得られるにせよ、文字数があまり多くなりすぎるとその限りではない。ラブレーが、われわれの現在の習慣どおりに三文字ごとに句点やスペースを入れなかったため、仲立ちとなる単位がないと、早くも十にして感覚的な認知が難しくなるという証拠をわれわれは手にしている。にもかかわらず、意地の悪いことに、ラブレーは十個の異なる記号、それらがあれば、いかなる数でも書き記すことが可能になる十個の数字を用いた。その結果、われわれは自分が目にしているものに引きずられ、なされるべき読解とは異なる読解に誘われてしまう。事実、もしあなたがラブレーのテクストそのものを参照しなかったら、あなたはおそらく、「見」たらその場で一目瞭然のこの数の特異性に、まだ気づいておられなかっただろう。

パンタグリュエルは、ディプソディを完全に平定したのち、ユートピア人の植民団をそこに移住させたのであったが、その数は、女子供を除いて、なんと9876543210人にものぼり、あらゆる仕事の職人や、あらゆる自由学芸に携わる人々がそろっていた。植民の目的は、この国に活力をもたらして、人口を増加させ、潤いをもたらすためであった〔『第三の書』第一章〕。

一見してすぐ、数字が下っていくのがわかるため、われわれは勢いの中で、9、8、7、6、5、4、3、2、1、0、と読んでしまいがちだ。そしてわれわれがこの塊を一つの数として言葉にするには、ひと仕事が必要である。

このような効果は、まったくもって、アラビア数字の使用による。古代人や中世の人々が、ローマ数字で大きな数を書くのにどれほど苦労したかをわれわれは知っている。千倍にしたい数字の上に置く横棒、括線《ウインクルム》の使用が発展したのはかなり後になってからのことだ。しかし、乗じるべき数字にいかなる解決策を当てはめることができたにせよ、表記の基礎は、次のような形式をとっていただろう。

IX.DCCCLXXVI.DXLIII.CCX、

あるいは

IX.DCCCLXXVI.DXXXXIII.CCX、

別の方式においてならばかくも顕著なあの横滑りを、これらの中に見出すことは絶対にできない。

『パンタグリュエル』と『ガルガンチュア』の初版はゴシック体で書かれている。ゴシック体は、当時の民衆本に使われていたもので、すべての数字は、文字で一語一語表記されない場合、ローマ数字で表記されている。それに対して、『第三の書』とその後の作品の初版は、まだ学術書専用とされていたイタリアの字体[45]で書かれており、数字は、注記に関するものを除いて、アラビア数字で表記されている。この新しい字体の出現のおかげで、著者はさらなる思いつきを得る。

確かに、数も言葉である以上、聴覚的な特性のみならず、視覚的な特性も持っている。『第三の書』から取り上げたあの最初の例では、数字のそれぞれに与えられた慣用的な価値にのみ依拠した現象となっていたが、第二章「パニュルジュ、ディプソディはサルミゴンダンの城主に任ぜられる。そして、麦が青いうちに食べてしまう」において、ラブレーは、目に訴えかけてくる数字同士の関係を用いることで、われわれが数字に与える価値とは別個に、読書に揺さぶりをかける。反復であれ、左右対称であれ、ラブレーはそれらの形態と戯れるのだ。

こうして、ディプソディ全土の統治形態を整えたパンタグリュエルは、サルミゴンダン城主領をパニュルジュに親授したのであったが、この所領からは毎年、確実に、ロワイヤル金貨にして6789106789枚分の収入が上がったし、これ以外にも、不定期収入としてはコガネムシやカタツムリが入り、これは豊作の年や不作の年をならすと、大アネル金貨で2435768枚から、2435769枚分にも相当した。そしてカタツムリが豊作で、コガネムシの需要が大いに増加した年などは、セラフ金貨1234554321枚分もの収入となったのである。
〔『第三の書』第二章〕

ディプソディ国におけるユートピア人入植者の数によって、われわれが大きさをさまざまに言葉にする方法のうち、「ディミヌエンド〔しだいに弱く、の意の音楽用語〕」をいかに数字で美しく表現するかが提示されていたのに対し、城主の確実な収入の数値は、反対に、二重化された「クレッシエンド〔しだいに強く、の意の音楽用語〕」となるが、その二つ目の波は中断される。もし、六十七億八千九百……と言い換えるのを諦めて、誘惑に屈し六、七、八、九、十、六、七、八、九、と素早く読むと、ちょうどよいところで止まりきれずに、もう一度十と言ってしまいそうになるだろう。われわれは実際よりもさらに長い数を読もうとしてしまう。

右向きであれ左向きであれ、これほどはっきりとした数列の後ともなると、われわれは同じやり方で後続の数字を読もうとするわけで、てっきり「2345678枚から2345679枚」と書かれていたとばかり思ってしまう。とりわけ69の形状はあからさまなシンメトリーになっているため、9に先立つのは7ではなく6であることをわれわれに突如気づかせるのはこの目分量であり、われわれはそのとき、ずいぶん前から誤読していたことに思い当たる。

このように、数字は道化けてみせ、とんぼ返りをし、われわれを茶化す。見過ごされてきた数字の形態が、しかめ面を始めるのだ。

c　不純な数学

数は純粋であると数学者たちは主張し、学寮において、悪しき思考に対する城壁として数の研究がどれだけ奨励されたことか！　数は、監視者の目が逸れるや否や、あらゆる不純なものを運ばずにはいられない。『フィネガンズ・ウェイク』の中ではというと、シェムとショーンが宿題をしている時、幾何学の問題に表れる図形が、ALP[46]の性器になる。

『第三の書』の第十一章において、パニュルジュは自身の結婚問題について、パンタグリュエルの意見に耳を貸さず、サイコロを振って調べようとする。まず問題となるのは、テーブルの上に開いたウェルギリウスの著作中のどの行を読むことにするか、ということだが、それに先立って、仲間たちは少々数字を弄び、それらに少々どんちゃん騒ぎをさせずにはいられない。

さいころを取り出して、振ってみると、五、六、五という目が出た。「合わせて一六でございますな」とパニュルジュがいった。「では、このページの一六行目の詩句で占いますか。この数字は気に入っておりますし。いやはや、われらの出会いは、しあわせいっぱいなものだと思いますが。悪魔軍団のなかに、突撃だい！　ボーリングのピンにボールががーんとぶつかるみたいに、大砲の弾が、歩兵たちの大軍を直撃するみたいにね。こんにゃろ、新婚の初夜にな、新妻をば、何度も何度も揺さぶれないとしたら、悪魔ども、もう承知しないからな！」「なるほどな」と、パンタグリュエルがいった。「だがな、そのような大げさな誓いを立てる必要などなかったのだよ、パニュルジュ。いいか、これはな、最初のサーブで失敗して一五ポイント取られるけれど、またぞろ、むくっと起き出して、しっかり一ポイント取り返して、しめて合計一六ポイントという意味だろうに」「ええっ、そのように解釈なさるのですか？」と、パニュルジュが言い返した。「わが臍下三寸にて、わがために、日夜張り番をしておりまする勇敢なる騎士は、かつて一度もしくじったことなどございませんのでして。おいらの顔を、ダブル・フォールト信心会で見たとでも？　絶対に、決して、断じて、そのようなことはござんせん。おいらは、神父さまや、腰帯修道士みたいに、確実にお仕事を果たしおりますので。プレイヤーの諸君、よろしいかな」

〔『第三の書』第十一章〕

（今日のテニスのように、ジュ・ド・ポームでの最初のミスは、相手側への十五ポイントとなる）。

本書全体から考えて、サイコロを振った結果は結婚についてだけでなく、妻を寝取られることについても予告していなければならない。城主は、前者のことしか考慮に入れたくないのだとわかるが、二つの五の間にある六(six すなわち sex)は二人の男の間にある女を確かに象っている。その上、悪魔軍団に突撃するために(われわれは『第五の書』のカサード島の章〔『第五の書』第十章〕で、サイコロ博打における六ゾロが大悪魔であることを知ることになる)城主が用いる比喩が性的にあいまいであるのは興味深い。ボール、とはいえ九柱戯を通ったボール、大砲、とはいえ大勢の歩兵を通った大砲がそれにあたる。『パンタグリュエル』を締めくくる予告によると、パニュルジュは結婚した最初の月からすでに寝取られ夫になるとのことだった。この一節によると、それはむしろ初夜からであろう。数字の形を見てみよう。一擲目で、臍下三寸で見張り番をしている勇敢な騎士は、心待ちにしていた六には出会わず、五に出会う。すでに競争相手がいるのだ。

数章あとで、パニュルジュは唖者のナズデカーブルに相談しに行く。ナズデカーブルは、とりわけ五本の指をパニュルジュに見せて返答する。

パンタグリュエルがいった。「いいか、こうやってな、五という数字の意味作用によって、おまえが結婚するということを、十分にな、暗示してくれているのだ。婚約して、結婚し、夫婦となるばかりか、家を持って、大いに楽しく暮らすんだ。というのも、ピュタゴラスは五という数字を「婚姻数」と呼んで、結婚式や床入りなども含めていたのであってな、この理由からして、五は、「トリアス」、つまり最初の奇数で、約数の和より小さな数と、「ディアス」、つまり最初の偶数からなるのだ――まぁ、夫婦ががばっと合体したようなものだがな。実際、その昔のローマでは、婚礼の日に、ロウソクの燭台を五本灯したのであり、たとえ富豪の結婚式でも、それ以上の燭台を点じるのは御法度とされていたのだし、ひどく貧しい者の婚礼でも、その数を減じることはできなかったのだ。また、大昔の異教徒たちは、夫婦にさせる者たちのために、五体の神々に、あるいは五つの功徳をほどこしてくれる神に祈願したというぞ。婚姻の神ユピテル、宴をつかさどるユノー、美しきウェヌス、説得と饒舌の女神ピトー、お産の苦しみを助けてくれるディアナだ」

〔『第三の書』第二十章〕

われわれは、すべての偶数を女、すべての奇数を男と考えることができる。とりわけ、三以上の奇数は、シンメトリーを成す本体に、余りの一が加わるか隆起するものであることからして、男である。サイコロの面にある点の配置や、あるいはトランプの単位の配置を見てみよう。六は、その割れ目ゆえに典型的な女性であり、五は中央の点ゆえに典型的な男性である。私が五の配置を二と三の配置から得ようと思うのであれば、骨あるいは紙のこの白いシーツの上に両者は隣り合って、片方は左に、もう片方は右に横たわり、中央の点はそれと対峙する間隙へと向かっていくだろう。

d　七

空間的な配列のこうした図式的な特性に、分配の一般的な特性が結びついている。ある文化を研究する際、最も重要な問題の一つは、組分けの問題である。何が四ずつ、あるいは九ずつ展開するのか、もし二つずつにまとめるのが常に基本的な役割を果たすのだとしても、それにほかの組分けを還元することはまったくもって不可能であり、後者に観察される分解には、独自の性質があって、それらは真の二分法から根本的に弁別される。

世界を整理する際にどの数を用いるかに従って、文明を分類することができるようにならねばなるまい。われわれの文明はというと、何が n ごとに展開するのか、という問題を試金石シンプルな形式は、二つの項目をもつ表である。第一列の構成要素の各々に、第二あるいは第三列の唯一の要素が対応する。すると、一つのグループから、もう一つのグループへと翻訳するのは容易であるが、同じくらい正確だが比較にならないほど複雑な道筋を展開することができる。芸術作品や文学作品の中で、部、章、幕、翼《パネル》、楽章の数は、これらの行程が安定することを可能にする。ソナタに第五楽章を加えるということは、その作品の意味作用、つまり感情のあらゆる可能性を変化させることにほかならない。

分化されたある系列の内部に、強制的な、あるいは主要な順序がありうる。この場合、それぞれの要素をその呼び出し番号に一致させることができる。分配器に入った数は、呼び出し番号と同じかそれよりも小さく、それぞれが明確な意味作用を有するだろう。それらは別の言葉を翻訳できるだろうが、それは、その系列の文脈でしか有効たりえない。すなわち、三という数字が弥生を示すのは、十二による配列に関連する時だけであり、さらに、月の並び順は不変だとしても、数える際の起点、数え始める月は変化しうる。そして、もしある要素がいくつもの異なる系列に属していれば、その要素は異なる番号で示されることになるだろう。配列の行き届いた各系列は、したがって数秘術を生み出しうる。

十六世紀には数秘術が隆盛を迎えており、ラブレーは彼が出

にしてみれば、
二つの半球、
三つの物質の状態、
四つの地質時代、
五つの大陸、
六を見つけよ、

まず気づかされるのは、ある数がほかの数よりもずっと豊富であること

七がそうだ。一週間の曜日、虹を構成する色、音階の音……
十二も同様である。暦の月、一日の時間、円卓の騎士……
ほとんど何もない数もある。十一で展開するものを探してみよ――

そしてとりわけ、十二以上となると、分化した系列は顕著に少なくなり、多くの場合、唯一の意味を持つようになる――

フランス語のアルファベットは二十六文字、だが、ほかに何があるというのか。

メンデレーエフの元素周期表は九六元素だったが、すでに九七あるいは九八あるのではないか。これらの数は、いずれにしろ、われわれの日常的な想像力においてほとんど役割を演じていない。

ほかの文明は、われわれの文明よりも大きな数による分化された系列を扱っている。それらは操作する上でより柔軟だ。

同じ数による系列同士を対応させることができる。その最も

くわす数秘術すべてに興味を持ったに違いない。しかし、それらが単なる対応表のように立ち現われるだけで、みずからを正当化せず、数の意味論的な生命についてなんら明らかにせずにいるかぎり、ラブレーは数秘術を退ける。こうした懐疑は、すべての数秘術の主であるピュタゴラスにまで及ぶだろう。ピュタゴラスは、ラブレーにとっても、この分野においてやはり偉大な権威ではあるのだが。『第五の書』の序文において、ラブレーは次のようにわれわれの注意を促す。

したがいまして、来たるべき英知にあずかり、
〔『第五の書』「フランソワ・ラブレー先生の前口上」より〕

（英知とはすなわちパンタグリュエリスム）

いにしえの痴愚から解放されるためには、即刻にも、みなさんの黄ばんだ文書のたぐいから、黄金の腿をした老哲学者〔ピュタゴラス〕の象徴などは、消していただきたい。この象徴のせいで、みなさんはソラマメを用い、これを食することを禁じられていたのですぞ［…］、〔同前〕

そして、少し前には、われわれに向かって、次のことに対する警戒を呼びかけている。

まるで美しい蝶々のごとくに、たくさんの書物が花と咲き、咲き乱れるものなのでございます。ところが、実際はといいますと、ヘラクレイトスの著作のように、どれも退屈で、腹立たしく、危険で、とげとげしく、晦渋でありますし、ピュタゴラスの――ホラティウスによりますれば、ソラマメの王さまであったわけですが――数のように、難解なものでございます。そうした書物は滅び去りますから、もはやこれらを手にすることもなくなり、二度と読んだり、繙いたりすることはございません。これが運命であり、それこそが予定された結末なのであります。
〔同前〕

『第五の書』は、ひとまとまりの草稿を「編集者」が清書したもので、後者が誰なのかは謎のままだが、その全体的な信憑性は、もはやまともな異議申し立ての対象となりはしない。近年のあらゆる研究が、『第五の書』とほかの作品との基本的な調和を証明しているが、確かにこの序文は、ほとんどの場合、疑義を引き起こしてきた箇所の一つである。最終的に、序文の作者の資格を「編集者」に与えねばならないとしても、編集者はそれでもなお初版において、それがフランソワ・ラブレー師によるものであることを心して明言しており、その申し立てを無視してもよいことにはなるまいし、同じことが、編集者に文責を負わせ

るよう導かれるであろうすべての節について言えるのであって、というのも、編集者は、彼が書いた部分があるのだとすれば、その部分と真作の部分の区別が、同時代の読者にとって可能なかぎり難しくなるよう、できるかぎりのことをすべて行なったのは明らかであるし、したがって、この当時、一定数の学識者たち、編集者も所属しないわけにはいかなかったサークルにおいて、ラブレーは忠実なピュタゴラス主義者だという認識が仮にあったのだとすれば、編集者はこのような文章を書けなかっただろう。

　ピュタゴラスの教えに付された疑念は、『ガルガンチュア』第九章の『色彩の紋章学』という書物への非難と軌を一にしている。確かに、ピュタゴラスは、アラゴン王の紋章官であったシシルより示唆に富んでこそいるが、伝統なるものはいつも、われわれの元に届いているすべてよりも以前のものであり、必ずや再構成され、乗り越えられるべきものなのである。ラブレーは、古代エジプト人たちが持っていたと彼が想像していたような、科学として打ち立てられた数的ヒエログリフをモデルとして構想していて、それを発展させるためには、フランチェスコ・コロンナ[47]が最良の導き手だと考えている。

　七という数の、演算としての価値は、われわれの文化にとって依然として重大であるにせよ、中世やルネサンスにおいてその価値はずっと大きなものであった。というのも、この数は、惑星や金属やほかの多くの集合をも統制していたからである。この点について、バシリウス・ウァレンティヌス[48]や、ヤーコプ・ベーメ[49]を参照する必要があるだろうか。したがって、世界の中心かつ縮図である聖なる酒瓶の時代の描写において、『ポリフィルスの夢』から引用され、いくらか変更を施された七角形の噴水を見ても、われわれはなんの驚きも抱かない。この七角形の噴水の柱は、七体の惑星を司る神の彫像を支えており、それぞれに対応する金属に刻まれた神々は、現在の用語体系にも名残をとどめているとおり、一週間の曜日を司る。

『第五の書』のカサード島の章〔『第五の書』第十章〕では、エジプトの賢者が、アポロンをエースに、ディアナを二に、ミネルウァを七に結びつけ、

　それによって、次のように一週間を配置することができる――

一、日曜日、太陽〔アポロン〕、
二、月曜日、月〔ディアナ〕、
三、火曜日、火星《マルス》、
四、水曜日、水星《メルクリウス》、
五、木曜日、木星《ユピテル》、
六、金曜日、金星《ウエヌス》、
七、土曜日、ミネルウァだが、とりわけ土星《サトウルヌス》。

神々は奇数に関係し、女神たちは偶数に関係する。水星《メルクリウス》は中心にあり、あいまいだ。当然ながら、婚礼の神ユピテルは五で

《ポリフィルスの夢》
ジャン・グージョン作

あり、ウェヌスは六である。

2　テクストの展開

a　時間の振れ

手が届かないエジプトの教えは、未来の言語モデルであり、夢物語《ユートピア》であり、すでにキケロとプラトンにとって（そしてモーセはファラオの宮廷でそれを研究していたのではないか？）、われわれにとっての彼らの著作に相当していた。

あらゆる人文主義者の頭の中で、時間は振られる。遠ざかっていたラテン語は近寄ってきて、生徒の方が教師よりもラテン語をよく知るようになる。ガルガンチュアは、教育についての手紙の中で、自分の息子に向かって宣言する。

> 〔…〕神慮によりて、学芸にも光輝と威厳とが取り戻されて、いちじるしく改善がはかられたがために、壮年期には当代きっての学識者と評判をとった、このわたしも――いやはや、うそなんかではないぞ――、現在では、低学年の生徒連中のクラスに入れてもらうのも、なかなか容易ではなさそうではないか。
> 〔『パンタグリュエル』第八章〕

今度は、彼らのまた生徒たちの方が、彼らよりラテン語をよく知るようになるだろう。ギリシア語の夜明けが訪れたのであり、ヘブライ語が間もなく到来し、次いでエジプトのヒエログリフそのものが光明に溢れることとなろう。ここにいたって、ようやくふさわしく紡ぎ上げられた真のフランス語の時代となるであろう。

「治世」は、直線状にであれ、あるいは輪状にであれ、単に継起するだけでなく、到来を予告し、互いに呼応し合う。治世が晦冥な時は、さらに汚らわしさを増す古い過ちのいつ果てるともなき単調さの中、互いを反復し合う。治世が明らかな時は、無尽蔵に芽を吹く多様性の中、互いを通して現われる。このことは、特に、五書の間の奇妙な時系列構造において説明される。『パンタグリュエル』の最終章で、ラブレーは、今後の作品の計画をわれわれに提示する。

> 物語の続きは、もうすぐ開かれるフランクフルトの書籍市で、お求めいただけますので、よろしくお願いいたします。それをお読みになれば、次のようないきさつがおわかりになるはずでございます。すなわち、パニュルジュが結婚するものの、新婚一か月で寝取られ亭主になること。パンタグリュエルが賢者の石を見つけたことと、その発見方法ならびに使用法について。パンタグリュエルがカスピの山々を越えたこと、大西洋の海原に乗り出して、食人種を退治して、ペルラス諸島を征服したこ

と。インドのプレスタン王[50]の娘と結婚したこと。悪魔軍団と戦って、地獄の部屋を五つも炎上させ、大暗黒部屋を壊滅させ、プロセルピナを火中に投じ、ルシフェルの歯を四本、尻の角を一本、へし折ったこと。月の世界を訪れて、本当は、お月さまがまん丸ではなくて、女性が、その四分の三を頭のなかにしまいこんでいるのではないかと確かめようとしたこと。その他、正真正銘の、ちょっとばかり愉快なお話のかずかず。いずれも、見物、聞き物、掘り出し物なのでございます。
〔『パンタグリュエル』第三十四章〕

（初版では、

これらはいずれもフランス語で書かれた、みごとな福音のテクストなのでございます　〔同前〕

と書かれていた）

この予告のうちに、『第三の書』の主題を読み取ることができる。

パニュルジュが結婚するものの、新婚一か月で寝取られ亭主になること

『第四の書』の主題は、

パンタグリュエルが大西洋の海原に乗り出したこと

『第五の書』の主題は、

パンタグリュエルが賢者の石を見つけたことと、その発見方法ならびに使用法について

パンタグリュエルの結婚の計画については、『第三の書』第四十八章で、ガルガンチュア自身が手配しようとする。

おまえが留守のあいだに、花嫁を見つけて、華燭の典にそなえておくからな。おまえの婚礼の祝宴は、空前にして絶後の豪勢なものにしたいとも思っているのだ。〔『第三の書』第四十八章〕

この計画によって、インド王の娘、すなわち、マルコ・ポーロの伝えるプレスター・ジョンの女性版を登場させることがいよいよ可能になったのだが……。ほかの項目は、完全に消え去ったが、ラブレーはおそらく長い間それらを手元に残しておいたのだろう。なぜなら、ラブレーは『第三の書』の本扉におい

て、第七十八巻目まで笑うようにと懇願しているのだから。

『第五の書』第三十五章bisの「ランテルヌのご婦人方の夕食がどのように振る舞われたか」[51]に、次の指摘がある。

　以下は、余白にあったもの、本書には含まれていない、第四ノ書パニュルジュ婚礼ノ場ノタメニ保管スベシ〔servato in 4 libr. Panorgum ad nuptias〕。

この指摘は、この後に続く献立が加筆であるということだけでなく、ある時点では、パニュルジュの婚礼が『第四の書』において挙行されるはずだった、ということを示しており（というのも、〔servato in 4. libr.〕を「『第四の書』のある一冊の中に取っておいた」という意味に解釈すると、「余白にあった」という表現も、言語の切り替えも、とりわけ「パニュルジュ婚礼ノ場〔Panorgum ad nuptias〕」という表現も、説明がつかない。この文のフランス語部分は、写字生が記したとおぼしく、

――というのも、本章は日付表記のない写本にしか出現しないが、後者は明らかに著者の死後で、一五六四年の版より前だからである――

そして、ラテン語はラブレー自身の書き込みのようである）、

このことから、ラブレーの計画には少なくとも三つの段階があったことが明らかになるだろう――

（一）『パンタグリュエル』にすぐ続く巻、すなわち現行の『第三の書』におけるパニュルジュの婚礼、

（二）続いて、『第四の書』における婚礼、

（三）続いて、現行のような『第五の書』の後の婚礼

さらに、著者がこの一節を切り離して四巻目のために残しておいたと考えると、そのときには、ここで言われる「本書」は、すでに十分に捗っていたに相違ないことを示しているのであろうが、

然るに、現行の状態にある『第三の書』に続いて、『第四の書』で婚礼が行われ、そして『第五の書』でランテルヌ国に到着し、聖なる酒瓶の神託にたどりつく、などということは想像できないだろう。なぜなら、パンタグリュエルと仲間たちが聖なる酒瓶の神託を授かりに行くために航海に出るのは、婚礼を行うべきかどうかに関するパニュルジュの質問への答えを見つけるためだからで、

その結果、われわれは『第五の書』のいくつかの節を、第三巻刊行に先行して書かれたと考える必要がある。以下のように、問題を要約できるだろう。

（一）最初の段階――『パンタグリュエル』の末尾に添えられた、七巻本あるいは複数の新しいエピソードを含む計画、

（二）新たな段階、少なくとも二巻を含む段階で、そのうち一巻はパニュルジュの結婚について、もう一巻は賢者の石の発見について。問題になっている献立は、おそらくこの時期にまで

さかのぼらせる必要があり、

（三）第三の段階――パニュルジュの結婚の予告が果てしなく続き、ラブレーは二冊の本を重ねて一冊にし、それを再区分する（ラブレーは必要に応じて七八の部分に分けることさえできるかもしれない）。終盤の章は、すでにしてほとんど現行の版にあるような形で執筆されることになって

（同様に、プルーストにおける『見出された時』の幾らかのページの執筆は、『ソドムとゴモラ』の仕上げ時よりも前のことである）、

（四）最終的に、ラブレーの死後、誰かが発見しえたすべての下書きを整理して一つにまとめ、われわれが知っているような『第五の書』に仕立てたのであろう。

だが、これらすべての中で、第一の書すなわち『ガルガンチュア』となった分をわれわれは忘れている。事実として、『パンタグリュエル』の二年後、フランクフルトの書籍市に登場したのは、パニュルジュの結婚話ではない。この結婚は未解決のまま後半三巻の構成要素となる。書籍市に登場したのは、まったくもって思いがけない巨人の父親の生涯だったのである。本扉に「かつて創作された」[52]という言葉――この言葉を、『パンタグリュエル』の本扉にある「創作された」という単純な言葉に対置できるかもしれない――がはさまれているにもかかわらず、〔『パンタグリュエル』刊行後の〕合い間にこの書物が書かれたことを疑おうとした者はひとりとしていなかった。というのも、『ガルガンチュア』は、作者の前口上の後で、前作をほのめかして始まるからだ。

> ガルガンチュアが生まれてきた家系と祖先について知りたいとおっしゃるなら、『パンタグリュエル大年代記』をごらんになるがよろしかろう、
> 〔『ガルガンチュア』第一章〕

そのため、われわれは『ガルガンチュア』を最初に読む傾向がある。もっとも、ラブレー存命中に出版された総集版のいずれにおいても（死後に出版された版も同じことだが）、『ガルガンチュア』はパンタグリュエル冒険譚の最初の本だと一貫して考えられていた、という事実は強調しておかねばならない。なぜ突然、主人公パンタグリュエルより前の時代の話にこうして突入するのか。この二巻を付き合わせると、父の人生は、じつは息子の冒険の新版であることが明らかになる。

b　父子の重ね合わせ

「偉大なるガルガンチュアの家系と祖先について」[53]は、「偉大なるパンタグリュエルの祖先と歴史について」を参照しながら改変しており、

「ガルガンチュアがとても変な生まれかたをしたこと」は、「とてもおそろしいパンタグリュエルの誕生について」を、

「ガルガンチュアの幼年時代」は、「パンタグリュエルの子供時

代」を、

ガルガンチュアの教育についての章は、パンタグリュエルの教育についての章を、

ピクロコル戦争は、ディプソード戦争を改変している。二人の巨人の仲間たちに関して、こうした改変は際立って明確である。巨人たちにはそれぞれの書物において、互いに一対一対応する四人組の主要な仲間がいる。

(一)ポノクラートまたはエピステモン、家庭教師、

(二)ユーデモンまたはユステーヌ、倣うべき良い生徒(『パンタグリュエル』の中で、ユステーヌは一度、パニュルジュのバスク語を聞く際にユーデモンと呼ばれる。注目すべき書き間違いである)、

(三)ジムナストあるいはカルパラン、スポーツマン、

(四)最後に、ジャン・デ・ザントムール修道士とパニュルジュ、二人の逃亡者、よき相棒、二人の饒舌家にして不敬の徒、

ガルガンチュアにはアナグノストとリゾトームのような例がほかにもあるが、上記の四人が支配的な役割を担っており、グラングジエは、ジャン修道士による手柄に先立ち、ピクロコル戦争の開始を知らせるべく息子〔ガルガンチュア〕に宛てて送る手紙の中で、最後に次のように頼む。

ポノクラート、ジムナスト、ユーデモンにも、よろしく伝えてくれ、

〔『ガルガンチュア』第二十九章〕

そして、この仲間たちを中世のカルテットに結びつけることは、たいそう心をそそられるところだろう。気質にせよ、枢要徳にせよ、元素にせよ、いずれの場合もそれぞれの要素の一つが(多くの民間伝承においてそうであるように)主人公におけるなんらかの優れた点、なんらかの能力、たとえば知識、情熱、敏捷さ、巧妙さを表現する。

『第三の書』以降、これらの仲間たちは全員、あたかも揃って同じ年齢であるかのように、パンタグリュエルのもとに配属される。いかなる新旧の差もまったく感知されなくなる。その上、彼らは互いにいささか分化する。パニュルジュとジャン修道士は、分かちがたいコンビとなるものの、ジャン修道士の勇気に対し、徐々にパニュルジュの小心が対置されるようになる。後者は、『パンタグリュエル物語』ではまだ問題となっていなかった。リゾトームは、仲間であるユーデモンを取り替えてユステーヌと組む。『第四の書』の航海では、新参者が一団に加わる。クセノマーヌこと、

危険な海路陸路を踏破してきた大旅行家、

〔『第四の書』第一章〕

であり、パニュルジュの友人である。こうして、仲間たちはギリシア神話のムーサの数と同じ九人になる（ポノクラートとエピステモンにはほとんど違いがないので、仲間たちのリストを提示した時に、ラブレーはポノクラートを忘れていて、二つの名前にひとりしかいないかのように、八人しか名前を挙げていないのだが）。

したがって、若き日のガルガンチュアの仲間たちは、あたかも若き日のパンタグリュエルの仲間たちであったかのようなのだ。父と息子は双子みたいである。一方が他方の新しいヴァージョンになっている。教育についてのガルガンチュアの手紙の中で、彼は、みずからのこのイメージを相手取って心中を吐露する。

霜雪をいただきし、老齢の身でありながら、このわたしは、おまえの若さのなかに、ふたたび自分が花咲くのを目の当たりにすることができるのであるから、わが守護者であられる神に感謝を捧げ奉るのも、至極当然のことなのだ。すべてを司り、お導きになる神の御心によりて、わが魂が、人の世という寓居を離れることになろうとも、このわたしは完全に死ぬのではなく、むしろ、その場所を他者のうちに移すのだと考えている。なにしろ、おまえのうちに、そしておまえによって、このわたしは、現世に目に見える姿でとどまり、これまでと同様に、りっぱな方々や友人と立ちまじりながら暮らし、出会い、交誼をかたじけなくすることになるのだからな［…］。

したがって、わが肉体の形姿がおまえのうちにとどまるのと同じく、わが精神の資質もまた、光り輝くようでなければ、世人はおまえを、われらが不滅の家名を守り、大切に宿す存在とは認めてはくれないぞ。かりに、そのようなありさまを眺むることとなれば、わたしの喜びも些細なものにとどまろうぞ。なぜならば、わが卑小なる部分としての肉体が残ったにせよ、精神という――このおかげで、われらの家名は人々のあいだで祝福を受けるのだぞ――、わが最良の部分が退廃して、堕落したことになるのだからな［…］。

〔『パンタグリュエル』第八章〕

このような一節から、ラブレーにとってあの世がどれほど隠喩的なものであるかが分かる。唯一の天国とは、最後の審判の時に創始される、あるいは回復されるであろうそれにほかならない。

そこでイエス・キリストが、罪業のあらゆる危険やけがれをまぬがれた平和なる王国を、父である神にお返しすることになるのだ。というのも、そのときにはな、すべての生成も衰退も動きを止め、もろもろの要素は、不断の変転からまぬがれるのであるからな。なぜならば、かくも望まれた平和が完璧なものとして仕上がり、なべてのものが、その最終の局面へと至っているからにほかならぬからだ。

〔同前〕

それは、時の別の状態、すなわち天国に人々が移行する折であり、この変異の時点で生を享けている人類が、そしてもっぱら彼らを通してすべての祖先が、その天国に到達する。不死性は家系にあって、個人にはない。時の流れの中で徐々に遠くなっていくように、あるいは時の流れの外にあってあらゆる時代と同時代であるとさえ思われる瞬間、

そしてこのような一節はわれわれに対して、おそらく、『第五の書』を閉じるエピグラムの鍵をわれわれに差し出しもする。

ラブレーは死んだのだろうか？　ここにさらに一巻を送る。
いや、彼の最良の部分が、その意識を回復して、
その著作のひとつを、われわれに贈ってくれたのだ。
この作品こそ、彼を不滅の人々の仲間に返して、生かすもの。
Nature Quite〔『第五の書』「エピグラム」より〕

ラブレーの最良の部分とは、まさしく彼の魂であり、彼の末裔のひとりの中に現われるものでしかありえず（直系の、それとも傍系の？　彼には少なくとも私生児《フィス・ナチュレル》の息子がひとり、二歳で亡くなったテオデュールがいたことが知られている。もし別の子どものことであるとしても、末尾の符号の説明はつくだろう。自然《ナチュール》がこの子を要求し、その子を介して父親を不死の存在にすることに貢献することで、負った債務を返済するというわけだ……）。

ガルガンチュアとパンタグリュエルの本質的な違いは、前者の父親が、テュバル・オロフェルヌを指導者とする嘆かわしい教育を息子に与えることから始めたのに対し、後者は、幼年期からすでに、十六世紀初頭に果たされた教育の進歩を享受することである。したがって、パンタグリュエルは、遙かに優れたガルガンチュア、発展したガルガンチュアだと言えるのだろうし、だからこそラブレーは、絶えず脅威がつきまとう中、自作の新版を出したいと望み、主人公の父親を対象にして、その書物を計画された全体の縮図としたのである。実際に、『ガルガンチュア』の冒頭の数章と『パンタグリュエル』の間に相関関係があって、前者が後者を詳細に説明し、深めていることを示すのは容易であるのに、『ガルガンチュア』の末尾の数章ではそれが不可能となる。テレームの修道院に関するそれらの章に相応するのは、『第五の書』の酒瓶の神託が描かれた章しか見当たらない。

われわれは第一巻を通して第二巻を調査することになるのだが、この第一巻は、この神話体系がいかにフランスの地方を参照しているかを強調する。そこでは、トゥーレーヌ地方がよりそれと認めやすくなっている。

作品の内部にある反復と重ね合わせの現象を際限なく研究することができるだろう。法律家のテーマ一つとってみても、そ

れが『パンタグリュエル』(ユムヴェーヌとベーズキュの裁判、巨人《パンタグリュエル》の判決)に始まり、『第三の書』(ブリドワ判事)、『第四の書』(シカヌー族)、『第五の書』(シャ＝フレ族)を通して発展するのだ。

　パンタグリュエルの航海は、われわれを北大西洋とトゥーレーヌ地方、パリ市、ヨーロッパへと同時に巡らせる。

　細部を一つ——『パンタグリュエル』の末尾で、アルコフリバスが巨人パンタグリュエルの喉で別世界を発見して外へ出てきたところ、パンタグリュエルは彼にサルミゴンダンの所領を与える。『第三の書』の冒頭では、サルミゴンダンの所領はパニュルジュに与えられた。アルコフリバスは物語からだけでなく、本扉からも消えている。なぜなら、ラブレーはそれ以降、アナグラムを放棄して、本名で作品を発表するからである。周囲の人々の目には、パニュルジュのうちにラブレーが見て取れたのは確かだ。彼は、いくらかはジャン修道士にも面影が通じていなかっただろうか。二重の横顔にして、二面鏡。

IV　渇望する大道芸人——あるいは模擬戦と祝宴、イエール諸島の導師フランソワ・ラブレー

1　サイコロと空間

a　六

中世の文化において、七による系列はしばしば三の組と四の組に分けられ、一方は他方より上位である、すなわち天上の三と地上の四となる(たとえば、三つの対神徳と四つの枢要徳がそうである)。われわれがテレームの大扉に記された碑文の七詩節の中にすでに見出せるのもこの分類で、最初の四詩節は次のように禁じる。

　ここに入るなよ、　〔『ガルガンチュア』第五十四章〕

そして最後の三詩節は次のように受け入れる。

　あなたがた、ここに入りなさい、　〔同前〕

修道院の描写の中に、聖なる酒瓶の神殿の象徴表現を予告する細部がいくつも見つかり、そのことから、『ガルガンチュア』が、計画された総体のいわば要約であること、そして最後の数章は暫定的な結論であることが示される。それだけに、碑文を除き、すべてが六ずつ進行するのを見て、なおさら驚かされる。

　六つの側面、
直径六十歩の六つの塔、

六階、
六カ国語のための
六つの図書館、
螺旋階段の入り口は六トワーズ〔一トワーズは一・九四九メートル〕で、
六人の兵士が横に並んで登ることができる。ここまで強調された数字は、ほかのどの節にも見当たらない。

　さて、このように繰り返される合図は、読者の心に何をかき立てえたのであろうか。もし、『パンタグリュエル』と『ガルガンチュア』における数字がローマ数字であること、そして、それゆえにいくつかの文字は、そこでは足し算の意味だけでなく、引き算の意味をも持っていることをわれわれが覚えているなら、『第五の書』がわれわれに与える鍵に意を強くして、この六という数字を七－一、すなわち完成を待つ不完全な七であると考えることができ、

　そして、いく人かの注釈者がこの数字を七つの秘蹟の系列と関係づけ、そこに婚姻の秘蹟を見たがったとしても、この役割を演じる五を『第三の書』が強調しているし、そしてとりわけ、すべてがテレームにおける婚姻に向かって配列されているとしても、そこでは何ごとも完遂されない事実に鑑みて、そうしたことはあまりありそうになく、

　また、多くの古の洗礼堂や洗礼盤が六角形をしている事実に基づき、それを洗礼の秘蹟(とはいえ、洗礼の秘蹟は、大部分の著者から第一番だと考えられていて、この第一番を最初に通らなければ、ほかの秘蹟を利用できるようにはならない)だと理解した注釈者も別におり
(〔『第五の書』の〕寺院の中央部のように、〔テレームの〕中央にはまさしく一つの噴水があるが、それはまったくもって慎ましいものではなく、たいへん特殊な洗礼となる[54])、

　六角形は、それ自体、今日もそうであるように当時も、誰にとっても明確なあのユダヤ教の象徴を指し示し、六芒星、ソロモンの印は、完成型としてのカトリック教会の予型にして、新約聖書を予告する旧約聖書としてのシナゴーグを指し示し、洗礼はこの移行の秘蹟であった。六を、未完の七として、予型として、七への導入としてとらえるこの解釈が堅固となるのは、『第五の書』の中で、仲間たちが寺院に到着し、七角形の噴水の前に到るまでに、これまた『ポリフィルスの夢』から引用された扉の前を通る際である[55]。

　階段を下り終えると、目の前には上質の碧玉でできた玄関が現れた。
〔『第五の書』第三十六章〕

(赤碧玉は婚姻のユピテルに関連する[56])

それは形も装飾もドーリア式に設計され、建築されていた。

そして扉の前面には、純金製のイオニア文字で「エン・オイノー・アレテイア」、つまり「ワインのうちに真実あり」という銘句が記されていた。二つの扉は、コリントスのものとおぼしきブロンズ製であり　〔同前〕

(コリントスのブロンズは、噴水のマルス像が作られた金属である)、

どっしりと大きくて、ブドウの葉をあしらった装飾模様が浮き彫りにされていて、この彫刻に合わせるように七宝細工がほどこされていた。この二枚の扉は、錠前も、南京錠も、なんの掛けがねもなしに、ほぞ穴でぴったりと閉じられていた。扉の合わせ目には、唯一インドのダイヤモンドがつり下がっていたが　〔同前〕

(ダイヤモンドは、噴水ではアポロンの柱の材料である)

それはエジプトソラ豆ほどの大きさの　〔同前〕

(ソラ豆はピュタゴラスを想起させ、エジプトはこの移行の重要性を強調する[57])、

純金の台座に二つの爪で留められた　〔同前〕

(精製された金は、噴水ではアポロン像の材質で、反対に、二つの爪はディアナを想起させる)、

すっきりとした六角形をしていて　〔同前〕

(つまり、垂直だということ)

そして、玄関の両側の壁のところに、スコルデオンの球が一個ずつぶら下がっていた　〔同前〕

(スコルデオンとはニンニクのこと)。

この配置(二つのニンニクの間の六角形)は、『第三の書』第十一章のサイコロで出た数字、二つの五にはさまれた六という配置を想起させないだろうか。宝石それ自体が結合であるが、だが扉が開くためには、まず男性と女性の要素が分離することが必要で、二人の求婚者がお互いに離れなければならない。婚姻をほんとうの意味で果たすためには、婚姻の聖別を待たなければならない。以上は婚姻の告知にすぎない。接合部に吊るされたダイヤモンドは、右手の銀(女性の金属、月、ディアナ)の箱に投げ込まれ、ニンニクの塊は、両側の金(男性の金属、太陽、

アポロン)のフックにかけられる。原則として男性にあたるのは、右側だが、噴水の入り口では、ウェヌスが右側、マルスが左側で、大扉からテレームの修道院に入るときは、女性が右側で男性が左側に見出される。配列が通常に戻るのは、寺院、あるいは修道院の内部にいるときである。

この六角形は自ずから、サイコロとトランプにおける六の図式のエロティックな意味合いを思い出させる。修道院の中央には、三美神の噴水があるのだが、それは

> 乳房、口元、耳、目など、身体の開口部からは清水が流れ出ていた　〔『ガルガンチュア』第五十五章〕

のであり、修道院は女という性の一種の賛美である。

しかし、テレームの修道院の描写は、メラン・ド・サン＝ジュレによる予言の謎歌で終わっており、これには二つの解釈が課されている。一つは、思慮深く高尚な解釈で、「キリスト教的真実の運行と持続」というガルガンチュアのそれ、もう一方の軽薄かつ民衆的な解釈は、ジュ・ド・ポームだとするジャン修道士のそれである(『第三の書』の第十一章は第三の解釈を示唆する)。六という数字に関しては、洗礼、シナゴーグ、婚礼の支度といった神学的、あるいは哲学的に満足のいく解釈がある。しかし、ゲームを介入させるようなジャン修道士の解釈により近い読解を見出すことも可能ではないか。

サイコロはすでに大いにわれわれの役に立っている。サイコロにおける最大の数あるいは図表は六である。正立方体には六つの面がある。『第五の書』の第十章では、カサード島というサイコロの島に到着するのだが、そこにわれわれが読むことができるのは、

> そのなかには、わが国では大層怖れられている、サイコロばくちの悪魔が二〇匹住むところの、六階建ての黒い屋敷があるという。　〔『第五の書』第十章〕

(もし五－六および六－五の組み合わせなどを互換可能と見做せば、二つのサイコロで、じつのところ数あるいは図表の組み合わせが二十一とおりできるのだが、写字生の誤りだろうか)

> そのうちで、もっとも大きい双子は「六ゾロ《センヌ》」と呼ばれている。もっとも小さな双子は「ピンゾロ《アンブザス》」といい[…]　〔同前〕

正立方体によって、空間を組織することが可能になる。それは、平面上の基本四方位に上下を加えるのだが、ここで修道院の六つの塔の名前を見てみると、以下のようになっている。

(一)アルティス＝北の塔、
(二)アナトール＝東の塔、
(三)メザンブリーヌ＝南の塔、
(四)エスペリ＝西の塔、これらに加わるのが、
(五)カラエル＝薫風の塔、これは上方を指し、
(六)クリエール＝氷結の塔、すなわち下方ということで、なぜなら、現行の神話において、われわれは今なお火を地球の中心に置いているものの、われわれの祖先は、火の祖国は最も離れた天球、最高天であり、火は常にそこに戻ることを切望していると考えていて、他方で、冷気は重く、下方へ向かい、墳墓の気候だと考えていたからだ。地獄の中心で、ダンテは彼の想像するサタンを氷の中に置く。

したがって、修道院の六角形は、正立方体あるいはサイコロを平面へ投影した結果でもある。そのことによって、これらの章に興味深い調和がもたらされる。というのも、サイコロは作品全体を通して、著しく曖昧な役割を演じるからだ。サイコロは明らかに危険なのである。

> さて、それから船長がこう述べた。——この四角い岩の周辺や縁辺においては、シュルティスの浅瀬、カリュブディスの渦潮、セイレーンの岩礁、スキュッラの岩礁、ストロパデス諸島、全世界の海の渦潮の周辺よりも、はるかに多くの難船難破があり、生命や財産が失われたのだと。太古の昔、賢いエジプト人たちのあいだでも、ヒエログリフでは、ネプトゥヌスを基本立方体で示していたことを思い起こして、船長のいうとおりにちがいないと考えた[…]
> 〔同前〕

そして、パニュルジュが相変わらず「ずだ袋のなかに、わんさか〔『第三の書』第十一章〕」サイコロを携帯していたとしても、トランプと同様に、ガルガンチュアはこの暇つぶしを王国中で禁じた。

> 図版類とともに焼き捨てて、危険きわまりない厄難《ペスト》であるとして、これを完全に根絶し、抹殺し、廃棄した。
> 〔『第三の書』第十一章〕

ある者たちにとって女性がそうであるように、サイコロは悪魔的である。聖書が三回にわたって六を発する時、それは〈獣〉の数字を示すためであり、『第五の書』において、シャ・フレのおぞましい錬金術は、第六元素の天下であると形容されている。

しかしガルガンチュア本人は、幼年時代に多少のサイコロとトランプをうまく活用しており、それらは彼の教育においてきわめて重要な役割を果たしていた。

> それが終わると、今度は、トランプが持ってこられるのだけ

れど、それは遊ぶためではなくて、すべての算術の分野に属する、興味深いことがらや発見について学ぶためだった。

　こうしてガルガンチュアは、数字の学問が好きになって、毎日、昼食や夕食のあとには、さいころ遊びやらカードゲームに時を忘れるのと同じく、数字遊びにも楽しく時間をすごしたのだった。やがて、数学を、理論も実践もしっかりと理解するにいたり、この学問について浩瀚な書物をあらわしたイギリス人のツンスタールも、「ガルガンチュアさまとくらべたら、わたしなど、数学は、さしずめ高地ドイツ語でして、さっぱりわかっていないのでございますよ」と、告白したほどであった。

〔『ガルガンチュア』第二十三章〕

パンタグリュエルはというと、彼が父親の考えに表向きには賛成しているとしても、

　いずれも釣り針のようなもの[58]で、誹謗中傷男は、これを使って単純なおつむりの連中を永遠の滅びに陥れているのだからな、

〔『第三の書』第十一章〕

パンタグリュエルは、パニュルジュが三つのサイコロを振ることを許し、そしてとりわけ、サイコロの成り行きで判決を決めていたブリドワに対して、判決を言い渡すようトランカメルがパンタグリュエルに依頼すると、パンタグリュエルは著しい寛大さを示し、次のように言うほどだ。

　それにまた、これは神の見えざる手が働いたものであろうか、さいころ裁判によるこれまでの判決は、いずれも、この尊ぶべき最終最高法廷において、正当なるものと認められてきたではないか。諸君も分かりおろうが、神は、賢人を愚鈍にし、権勢ある者を失墜させ、はたまた、身分いやしき者を昇進させることによりて、しばしばその栄光を示されようとなされるのだ。

〔『第三の書』第四十三章〕

もしトランカメルが彼のために使用法を見つけていなければ、彼が自分からサイコロを使うことだろう。そして、啓示、神的なといいたくなるような霊感が偶然においてもたらされるこうした可能性は、次の章でエピステモンによって長々と解説される(この文章は非常に複雑なので、わかりやすくするためにその体裁を修正している)。

　察するところ、さいころ判決が、あのように幸運に恵まれましたのは、星辰の巡りあわせがよく、星の動きを司る、天の知性のご加護を得たからではないでしょうか。ブリドワ判事の純粋なる心情と、誠実なる熱意とを、天の知性は、しっかりとご

覧になっていたのです。

ブリドワ判事は、自分の知識や能力に懐疑をいだき、諸々の法律、条令、慣習法、勅令が矛盾撞着をきたしていることや、地獄の悪魔の誹謗中傷による策略を知悉しているのです。いや、実際、悪魔野郎ときたら、しばしば光の使者に変身して、邪悪な弁護士、上級審裁判官、代訴人などの職務遂行者や、その手先の力を借りて、黒を白だといいくるめまして、原告被告の双方に、自分たちに理があるのだとの幻想をいだかせてしまうのでありますから(なにしろ、ご存じのとおり、いかに勝ち目のない裁判でありましても、弁護士がつかないことはありませんで、さもないと、この世から訴訟など消えてしまいますからね)。

ですからブリドワは、公正なる裁き手であられる天の神のご加護にすがり、われを助けたまえと、その恩寵を祈願しまして、あやふやで、不確かなる最終判決に関しましては、これを神聖にして不可侵なる精霊に委ねて、さいころというくじ引きにより、われわれが判決《アレスト》と称しまする、神命なり神意なりを探ろうとしたのではないでしょうか。

そうしまして、天の知性は、正当なる訴因・反訴を有し、裁判により当然の権利が守られるべきことを求めている側に運が向くようにと、骰子を振動・回転させるのではないでしょうか。

タルムード学者もいうとおり、くじ引きのうちには、いかなる悪も含まれてはおらず、人間が不安や疑惑に苛まれている際には、この抽籤により、はじめて神のご意志が明らかとなるのであります[59]。

〔『第三の書』第四十四章〕

何年か後に、モンテーニュがわれわれに思い出させることには、プラトンによるとあらゆることは

自然か、偶然か、人為の、いずれかによって作り出される。もっとも偉大にして、美しいものは、前二者のどちらかで、もっともつまらなくて、不完全なものは、最後のものによって作り出される[60]。

テレームの修道院の六角形の中では、すべてのサイコロの精霊が名誉を回復できるのだ。

b 諸言語

テレームの修道院の図書館に提示された六つの言語[61]は、パンタグリュエルへの手紙の中でガルガンチュアが推奨した言語ではない。

わたしとしては、ぜひとも、おまえに諸言語を完璧に学んでほしい。まず第一は、かのクインティリアヌスも申したように、ギリシア語であり、次がラテン語となる。聖書の読解のために

は、ヘブライ語が欠かせぬし、カルディア語とアラビア語も不可欠だ。

〔『パンタグリュエル』第八章〕

フランス語は明言されていないだけだが、修道院ではアラビア語とカルディア語がスペイン語とイタリア語に置き換えられており、この二つの言語は、ヘブライ語、ギリシア語、ラテン語と同じく、とはいえその他諸々の言語と十把一絡げではあるが、パニュルジュの言語的知嚢の一部をなす。

相棒《コンパニョン》と称されたパニュルジュは、初版では十の言語を使えることを披露していた[62]。

現代の五言語——

(一)デンマーク語
(二)ドイツ語
(三)イタリア語
(四)スペイン語
(五)フランス語

その他の五言語、すなわち古典三言語——

(一)ヘブライ語
(二)ギリシア語
(三)ラテン語に加えて、二つの想像上の言語——
(四)地球裏側語《アンチポード》
(五)ユートピア語

これらを二つずつ重ねるのは容易である。現代の五つの言語は、中心となるフランス語を取り巻く東西南北に配置される。遠方の言語のうち、ローマのラテン語は「トスカナ語」より南であり、古典ギリシア語はドイツ語より東、地球裏側語《アンチポード》あるいはアメリカ語はスペイン語より西、北部のユダヤコミュニティで依然として使われているヘブライ語はデンマーク語より北、ユートピア語はフランス語それ自体より中央に位置する。

『パンタグリュエル』の第三版、一五四二年の版(『ガルガンチュア』の初版はおそらく一五三四年で、遅くとも一五三五年)で、パニュルジュの知嚢には新しい言語が四つ増えている。のちの諸版では英語に置き換えられるスコットランド語、バスク語、ランテルノワ語、オランダ語である。そうすると、以下が諸言語の風配図となる。

(一)
西寄りの北——オランダ語、
正北——ヘブライ語、
東寄りの北——デンマーク語、

(二)
北寄りの東——ドイツ語、
正東——ランテルノワ語、
南寄りの東——ギリシア語、

(三)
東寄りの南——イタリア語、
正南——ラテン語、
西寄りの南——スペイン語、
(四)
南寄りの西——バスク語、
正西——地球裏側語《アンチポード》、
北寄りの西——スコットランド語あるいは英語。

東西南北(古典言語と遠方の言語)のうちで、ギリシア語は超東としてのランテルノワ語に置き換えられるのだが、ランテルノワ国は西周りで地球一周をした後に発見される。『ガルガンチュア』の第一章冒頭は、王位と帝位の感嘆おくあたわざる変遷についてであり、それは、ビザンティウムを除外しないのが相応しく、ギリシア語は古くもあれば同時代の言語でもあることにわれわれの注意を向けていた。地球裏側語《アンチポード》はといえば、超西として、「al」という語に富むことをもって特徴づけられ、中心に「アルカティム[alkatim]」という語が認められる。これについては、『第三の書』のナズデカーブルに関する章が、われわれに鍵を与えうる。地球裏側語《アンチポード》はつまるところ、いくらかアラビア語に似せて作られているのだ。ところで、われわれは、テレームの図書館において、スペイン語がどのようにこの言語に取って代わるかを重々承知している。スペイン語は、アラビア語の一部をフランス語に伝えるのである。だが、イタリア語は何を伝達するのか。ラテン語ではないのは確かだ。なぜならラテン語はすでにそこにあり、また、フランス語もまったく同じようにラテン語の系譜にあるのだから。とすれば、ローマ人たちの言語に対して東方に位置する言語を伝えることになる。諸帝国の変遷の続きを見てみよう。

アッシリア人からメディア人へ、
メディア人からペルシア人へ
ペルシア人からマケドニア人へ、
マケドニア人からローマ人へ[…]
〔『ガルガンチュア』第一章〕

明らかに不完全な連続である。なぜならば、古代エジプト人の王国は言うに及ばず、少なくともヘブライ人の帝国、ソロモンの王国を付け加えねばならないからだ。しかし、この連続は、マケドニア語から何がしかを、またマケドニア語の仲介によって、カルディア語にいたるまでのそれ以前の帝国の諸言語から何がしかを、いかにして現行のイタリア語がテレームの修道院に伝えうるのかを、われわれに理解させてくれる。地中海の両側からの移住によって、東方の古代帝国の諸言語が、現行の諸言語に情報をもたらしに来ることが可能になり、真のフランス語、すなわち明日の言語が、それら〔東方の古代帝国の諸言語〕の教え、それらを取り巻く中世のユダヤ人移民たちを受け継ぐことが可能になる。そこで私は[63]、図書館の言語のそれぞれを、風配図としての修道院の塔の一つに結びつけてみたい。塔は六角形に変形し、満帆の船となって、空間に噴出する。

修道院の北側をロワール河が流れており、その岸辺に「北の塔《アルティス》」が立っていた。そこから東にいくと「薫風の塔《カラエール》」、そして「東の塔《アナトール》」、「南の塔《メザンブリヌ》」、「西の塔《エスペリ》」と続き、最後が「氷結の塔《クリエール》」となっていた、

〔『ガルガンチュア』第五十三章〕

宵の明星《エスペリ》〔西〕にはスペイン語が
南中《メザンブリーヌ》にはラテン語が
日の出《アナトール》〔東〕にはイタリア語が
氷結《クリエール》、厳密な意味における北の、西方向に落ちる天底にはヘブライ語が、
薫風《カラエル》、厳密な意味における東の、北方向に落ちる天頂にはギリシア語、いうなれば、カルディア[64]からマケドニア、ピエモンテ〔イタリア北部〕を通ってトゥレーヌをつなぐあの線[65]に対するビザンツが、
最後に北極《アルティス》にはフランス語が相当し、六角形の北の頂点はパリを指し示す矢印のようで、フランス語は成長期にあって、それに向かって人々は進むのであり、

というのも、この修道院の六角形の上で、テクストが描き出す道筋をたどるならば、以下のようになるからだ。

ギリシア語、ラテン語、ヘブライ語、フランス語、トスカナ語、スペイン語、

〔『ガルガンチュア』第五十三章〕

三言語ずつに分かれたグループの各々は、三角形を形作っており、二つの三角形は見事なソロモンの印の形に絡み合うのである。

2 飢えと渇き

a ディプソード国の王

厚みに気をつけられたい。厚みは文体においてきわめて明白であり、作品全体を組織している。作品は、虹の輝きと収差に満ちた、底の知れない光学的媒質に似たこの世界のイメージに合わせて構成されている。そうした媒質を検討することで、屈折性が制御可能になるだろう。

全五巻に含まれる最初のアレゴリーあるいはヒエログリフは、あらゆる注釈者がそれと認めるとおり、パンタグリュエルと渇きの関係である。周知のように、巨人パンタグリュエルの名前

は、酔っ払いたちの口の中に塩を投げる小鬼の名前であった。然るに、ラブレーが第一作を書いていたその年に、フランスは大旱魃に見舞われており、そのことが第二章に描かれている。

それはさておいて、洗礼の際に、この息子に与えられた名前の故事来歴をば、十二分におわかりいただくためには、みなさまは、これからお話しすることを、しっかりと心に留めおかれたい。その年は、アフリカ全土にわたり、ものすごい干ばつであって、三六か月と三週間と四日と一三時間、それにまだ少しばかり、とにかく一滴も雨が降らずに、灼熱の太陽が照りつけて、大地はことごとく、かさかさになってしまった。エリヤの時代にも、これほどあっちっちのことはなかった。なにしろ地上には、葉っぱ一枚、花一輪つけた木もなく〔…〕

〔『パンタグリュエル』第二章〕

名前そのものについては、

そして、まさにこうした日に息子が生まれたものだから、父親ガルガンチュアは、パンタグリュエルと名づけたのである。というのもPantaはギリシア語では「万物」という意味になるし、Gruelはムーア人のことばで「のどが渇いた」を意味することから、これにより、息子が生まれ落ちた日に世界がからからに渇いていたことを示そうと思ったのだ。そればかりかガルガンチュアは、その予知能力によって、この子が将来、のどからから人の支配者となることを透視していたのである〔…〕

〔同前〕

パンタグリュエルは本扉において、「ディプソード人たちの王」、つまり喉カラカラ人たちの王という肩書を認められており、パンタグリュエルは本書の末尾で彼らの国を征服することになる。いくつもの箇所で、パンタグリュエルは喉の渇きのように、人々の喉元を摑む、等々。しかしながら、先に進めば進むほど、彼がその名を受け継いだ小鬼とは反対に、パンタグリュエルは渇きを与えるのではなく、渇きの存在を知らしめるのだ、ということが明らかになる。作品全体が、「渇いた喉を潤す《ス・デザルテレ》」という語をめぐる奥深い遊戯を繰り広げる。飲むことは、失われた原初の形式に立ち戻ることなのだ。

パンタグリュエルは、喉を渇かす者《アルテール》、とはすなわち飲み物を奪う者なのではなく、反対に、とめどなく流れる壮麗さと寛大さをもって、渇いた人々《アルテレ》に飲みたいだけ飲ませ、彼らを支配する者なのである。単に液体だけの問題ではなく、教育という精神の飲み物も問題になっている。彼が生まれたのは、言語がそのあらゆる形において変質《アルテレ》している世界であり、あるべき姿、ありうべき姿から程遠いところにいる社会である。リムーザンの学生のような、もはや自分では感じることすらできないほど変質して＝渇いて《アルテレ》しまっている人々に対して、パンタグリュエルは渇きの苦痛を感じさせ、彼らがみずからを変えながら、ようやく自身の真の本性を再発見し、至福にいたるように仕向ける。笑いは、この渇きを癒すことの発露そのものである。それゆえに、ラブレー作品において笑いは飲み物と密接に結びつけられており、ラブレーは、『ガルガンチュア』の読者に宛てた自身の書簡詩を、バクブック神祇官の口を借りて修正しつつ、次のように言うことができるだろう。

　ですからここでは、わたくしどもは、笑いではなくて、飲むことが人間の本性だと主張しております。〔『第五の書』第四十五章〕

　読書とは飲み物である。聖務日課書の形をした酒瓶のメタファーは、ジャン修道士の言動においてのみならず、『第四の書』の第一の前口上にも、何度も現われる。

　さて、みなさん、わたしになにか「与える」ですって？　これはこれは、ずいぶんと、ゆったりした、りっぱな聖務日課書ではありませんか［…］、で、半信半疑で、これを開いてみますと、これがまた驚くべき構想によって作られた聖務日課書でありまして［…］つまり、みなさんのお気持ちとしては、このわたしに一時課には白ワインを、三時課、六時課、九時課にも同じく白ワインを、晩課と終課にはクレレ・ワインを飲んでほしいというわけですよね［…］
　おまけにみなさん、『第三の書』というワインは、みなさんの好みに合ったし、おいしかったと陳述してくださるんですって［…］[66]。

そして当然、聖なる酒瓶の神託の際には、

　そして、銀製の大きな書物を引っぱり出してきたが、二分の一ミュイの樽みたいな形をしているようでもあり、『命題集』の第四巻のようでもあった。バクブックは、この書物を泉に浸けると、パニュルジュにいった。
「あなたがたの世界の哲学者も、説教師も、博士たちも、麗しいことばによりまして、みなさまのお耳を通じて、みなさまを養ってくださいます。ここでは、わたくしどもの教えを、文字どおり口を通じて、みなさまの血肉とするのでございます。ですから、わたくしは、〈この章を読みなさい、この注解を見なさい〉などとは申しません。〈この章を味わい、この注解を呑みこみなさい〉と申し上げたいのです。かつて、古代ユダヤ国のある預言者は、一冊の書物を食べて、学識を歯の先まで、すっかり身につけました。ですから、今、あなたがこれを一口お飲みになれば、肝臓まで、すっかり学問が身につくのです。さあ、お口をば、お開けくださいませ」

　パニュルジュが口をぽかーんと開けると、バクブックが銀の書物を手に取った。われわれは、聖務日課書みたいなその形状からして、てっきり本物の書物だと思っていたのだが、この聖務日課書は、正真正銘の酒瓶にほかならず、ファレルノ・ワインがたっぷりと入っていたのである。バクブックは、このワインをパニュルジュに全部飲ませてしまった。

〔『第五の書』第四十五章〕

宇宙は言語である。人間の慣習的な言語は、それが学問となれば、この言語に近づけるようになるが、それから遠ざかってしまうこともある。それを飲むことは、渇きによる変質を破壊すること、ないし洗浄を表わす形象であり、洗浄の発露が笑いなのだ。これは実効性のある形象であり、したがって、こういってよければ秘蹟である(こうした千思万考において、ラブレーは一貫して聖餐を世俗化している)。また、飲むことが、知を表わすかくも優れたヒエログリフであるのは、それが知の要件だからだ。話すことで喉が渇き、続けたければ、喉をすすがねばならず……
　なぜなら、飲むことは知にとって父にあたるからだ。人は飲むためにこそ、知りたがる……(聖なる酒瓶によって言い渡された言葉が「ご託宣《パノンフェ》」[67]であり、あらゆる言語に共通な言葉であるのはそのためである。飲むことは、慣習的な言語がそこで身振りあるいは叫び声に根差すポイントの一つである)、
　そしてとりわけ、人間による飲むことは、ある意味では知の源であり、真実を啓示する陶酔を、霊感を可能にするからだ。

　ただ単に、ひたすら飲むことではございません。けものたちだって、飲んでいるのですから。そうではなくて、さわやかな美酒を飲むということなのでございます。酒によって、人は神に近づくのでありまして、これほど確実な論証法や、これほどいつわりなき予言はないのだと、みなさまもご承知くださいませ。みなさまの世界のプラトン学派の方々も、このことをワインの語源と結びつける形で、はっきりと肯定しておりますよ。すなわち、ワインのことをギリシア語では「オイノス οἶνος」と申しますが、これはラテン語の「vis」すなわち、「力」とか「強さ」に相当するのだとの理屈でございます。つまり、ワインは、精神を、真理そのもの、英知と哲学そのもので満たす力を有しているということなのです。

〔同前〕

ラブレーはわれわれに飲酒癖を勧めているわけではない。節度のある酩酊こそ、われわれをして創造を可能ならしめ、創造を与えてくれるのだ。

　こうした陽気さ一切の背景に、辛酸の岩を見落とさないよう

にしよう。ワインが知を表わすヒエログリフであるならば、それはまた、知の挫折に対する避難所でもあるからだ。もしあまりにも困難な問題に苦しめられたら、ひとりでいるにしろ、仲間といるにしろ、人はワインに全面的に身を任せる。ワインはその酩酊によって、そうであったらよかったこと、ほかの者にとって後にそうなるだろうことの、慰めともなるが偽りの形象を、解決に伴う安堵と哄笑をもたらす。

b　世界一の技能師範

当然ながら渇きは言語の唯一の起源ではない。飢えもまったく同様にそうなのである。ラブレーは、食べること《ス・レストレ》に対しても、渇きを癒す《ス・デザルテ》をめぐる遊戯と同じ遊戯を行う。パンタグリュエルが初めてパニュルジュに出会ったとき、十四の異なる言語を駆使して後者が最初に表明するのは、空腹であるということだ。そして、最初の言語を探したプサンメティコス一世の挿話について記憶にとどめうるのは[68]、二人の子どもが最初に発した言葉が「パン」を意味することだ。

言葉およびすべての技芸の根元にあるのは、身体的欲求である。もし露骨にそうした欲求に放埒なまでにこだわるべきではないのだとすれば、もし欲求のヒエログリフ的な射程の全域にわたって、欲求を追跡しなければならないのだとすれば、欲求を適切に満たすことでしかそれは不可能だ。大雑把にいえば、というのもそこには無数の重層があるからなのだが、それぞれの巻は、それらの欲求のうち、とりわけ一つに拘泥していると言えるかもしれない。飢え、渇き、性、旅（そこに情報を加えねばならない）、遊戯、これらはすべて、ほかの何よりも読むことのメタファーとして、特にラブレー作品を読むことのメタファーとして、解釈できる。読むことは、潤い、栄養、親密な仲間（そして新しい私の生成、と言っておこう。パンズーの巫女の詩に対する注釈の中で、パニュルジュはこれらの再生を喚起する。

それとも、わが細君が、腹のなかにおいらを宿して、産むとでも？　そして世の人々に、こういわせるおつもりですかい？「パニュルジュは第二のバッコスだ。二度も生まれたんだからな。名前はルネ[69]、ヒッポリュトスのように、プロテウスみたいに、二度生まれたのだから」　（『第三の書』第十八章）、

旅、運動あるいは練習をわれわれにもたらす。ラブレーはまた、飲料のあらゆる禁止（公式のイスラム教がその一例を提供している）、断食、貞潔、隠遁、退屈に可能なかぎり反対している。

飢えに関して、最も明白な一節は、当然ながら『第四の書』のガステル師匠をめぐる箇所、就中、第六十一章「ガステルが、

穀物を入手、保存する方法を発明したこと」である。

みなさまもご承知のとおりで、自然の制度により、パンも、その専有物とともに、ガステルがこれを食料として貯蔵するものと認められており、それに加えて、パンを見いだし、保持するにあたっては、なにひとつ不足がないようにとの天の恵みまでも、ちょうだいしているのである。

ガステルは最初から、土地を耕すために、鍛冶と農業を発明して、大地に穀物を生産させることをめざした。そして、穀物を守るために、兵法と武器を発明し、何世紀にもわたって穀物の安全を確保するのに必要な、医学、占星術ならびに数学を発明し、天地の災害や、野獣による損害や、強盗・山賊による盗みから守った。穀物を挽いて粉にするために、水車、風車、石臼や、さまざまの道具を発明した。パン生地などの練り粉を発酵させるための酵母を、それに風味を添えるための塩を発明した——発酵させず、塩も使わないパンほど、人間を病気に罹りやすくするものはないのだと、彼は知っていたのだ。

〔『第四の書』第六十一章〕

（[70]喉カラカラ人の象徴は塩で、彼らを統治するパンタグリュエルは、食べる人々を統治するガルガンチュアの息子である）

パン生地を焼くための火を、そして穀物から生まれたパンを焼き上げる時間がわかるようにと、機械仕掛けの時計や日時計を。

〔同前〕

それから、ガステルは、旅行技術や、気象の魔術（彼が行う天気操作の技法が再び出現可能に、あるいは出現可能になることを期待しつつ）、町、要塞、城を建築してから、とりわけ近年の大砲のような戦争用器械でもって、それらを解体する技術を、飢えがどのようにして生み出すのかをわれわれに提示する。

次の章でラブレーは、ガステルが大砲それ自体を超える方法を発見するところを想像する。まずは巨大な磁石で砲弾を引き寄せ、あまつさえそれらを放った人々の方へ戻らせるのだ。ラブレーはその原理を明示していないが、古代の著作家たちの中から、新しい技術を生み出してもおかしくはないありとあらゆる種類の知られざる奇妙な現象を拾い集めて話を終えている。

ああ、何と豊かな渇き《オ・フェリクス・アルテラティオ》だろう！　われわれも知るとおり、この「立て直し《レストラシオン》」においては、以前の状態に復帰することだけが問題になっているのではなく、欲求の運動は、ラブレーが折に触れて構想せねばならないモデルを決まって超越し、より優れた発明にたどりつこうとするのであって、そのことは、われわれの最初の両親の楽園〔アダムとイブのエデンの園〕が予兆していたにすぎなかったあの楽園、そこにいたるまでの道程である歴史を統合する新しい天国へと地球がようやく変化するまで続く。

とりわけ興味深いのは、飢えと渇きが、表面的にはそれらを否定し、それらが満たされることを拒む掟の起源そのものだ、とラブレーがわれわれに示していることである。鐘鳴り島の鳥たち、すなわちローマ教会の修道士と司祭たちは、「子だくさん《トロディス》」と「パンなしの日《ジュールサンパン》」と名づけられた二つの地方に出自を有しているのだ。


「長々と続く〈パンなしの日《ジュールサンパン》〉の地方からはな、さらにおびただしい数の鳥が飛来しおるぞ。というのも、そこの住民アサフィス族は、食べ物がなくなっても、なすすべもなく、まともな職業や仕事をするすべも知らず、りっぱな人々に忠実に仕える手だてもないのよな。こうしてな、飢餓という悪しき忠告におどかされて、この地にやってくるのじゃ[…]。どいつもこいつも、この島に飛来しおるんじゃ。ここに来れば、定められた生き方ができるから、以前はカササギみたいにがりがりだった連中だって、たちまちにして、オオヤマネのように肥えることができるし[…]」

〔『第五の書』第四章〕

ラブレーによると、人が修道士になるのは、食べるためである。たとえほとんど食べないフルドン会修道士[71]になるのだとしても。断食の制度があるのは、修道士自身がせめてうわべだけでも範を示さねばならないにせよ、その目的は、食べ物を彼らのために取っておくことなのだ。自分たち以外が食べれば、その行為が罪深いものとされるように彼らが手はずを整えるのは、自分たちが食べるためである。ラブレーは、その道徳の系譜学において、原則としてはカトリックの教義を無傷のままにしておきながら(しかし、なんと異なる物の見方を透かし見せることか!)、聖職者社会を相殺の一大システムからなるものとして提示する。一種の全面化された精神分析を、この語の出現以前に用いることにより、欲求が満たされることを妨げんとする禁忌の根源そのものを欲求の中にまんまと暴き出してみせるとき、騒々しい場合もあれば密やかな場合もあり、寛大な場合もあれば怒りに満ちている場合もある笑いの中に、この禁忌を少しずつ解体していく。そして、互いに照らし合い、加減し合う情熱の新たな体系に到達する。テレームの革命の基底部をなす、意志のあのような理解[72]へと、少しずつ迫っていく。

c　債務と義務

以上のことは、性に関してことさら鮮明になる。飢えを満たすと渇きが呼び起こされる。飲むことと食べることは欲望を目覚めさせる。ただし、飲酒癖と暴食は体をそれ自体のうちに閉じこめる以上、一定の限界があってそれを超えないかぎりは、の話であるが。これこそ、医者のロンディビリスが『第三の書』

でパニュルジュに説明するところである。

「われらが医学部におきましては、いやさこれは、古代プラトン学派の解答をば借用したものでありまするが、肉体的な欲望は、五つの方法にて抑制されるものなのであります。その第一は、ワインであります」

するとジャン修道士が、こういった。

「そう思いますぞ。わたしなんぞ、酔っぱらうと、あとはもう眠りたいだけですから」

「いや、そうではなくて」と、ロンディビリスが付け加えた。「過度の飲酒によりという意味で、申しているのです。度を過ごして酒を飲みますと、人体は、血液の冷却、神経の弛緩、精液の消散、感覚の麻痺、運動機能の不調を招きますが、これらはどれもこれも、生殖行動には不適合なものであります。たとえば、酔いどれのバッコス神は、ひげも生やさず、女装して、去勢された宦官さながらに、女々しい姿で描かれているではありませんか。しかしながら、節度をもって酒を飲むとなれば、話はちがってまいります。古くからの格言が、このことを示しておりまして、〈ケレスとバッコスの供がないと、ウェヌスは風邪を引く〉などと申しますよね。シキリアのディオドロスの述べますところでは、古代の人々は、プリアポス殿はバッコスとウェヌスとのあいだの息子と考えておりまして、とりわけランプサコス人がそうであったことは、パウサニアスも証言しております」

〔『第三の書』第三十一章〕

パニュルジュは、債権者と債務者を賛美する演説の中で、人体というミクロコスモスにおいて(肉体的欲求のこうしたヒエログリフ体系の全体は、ミクロコスモスとマクロコスモスの照応の、ことのほか生産的な応用と考えられる。人体の研究が宇宙全体の研究にとって特別な鍵であるという考えは、われらが修道士〔ラブレー〕が、修道院から去った後で、最終的に医者という職業を選んだのはなぜなのかを説明してくれる)、食物を与えること一般がいかにして生殖行為に帰着するのかをわれわれに示す。

うむむむ! こうして貸したり、借りたりしている世界の深淵に入っていくと、もう溺れちまって、五里霧中、迷い込んでしまいますぜ。貸すは聖なることにして、借りるは英雄の美徳なり! 信じてくださいませ。

いや、まだこれで全部というわけではござらん。貸したり、恩義ができたり、借りたりしている、この人体世界は、なんとも善なるものでござって、こうした滋養供給が完了いたすと、早くも、まだ生まれていないものに、なにか貸そうなどと考えるのでござる。貸与により、できるものなら生き続けたい、自分の同胞の似姿を、つまりは子供をですな、いくつも増やしたいとの心算でござる。この目的のため、身体各部は、滋養のうち、もっとも貴重なる部分を切除し、削減して、これをば下半身へと送付いたすのでござる。自然は、そのための器やら受け皿をば用意してござってな、ここを経て、長い紆余曲折のはてに生殖部位にまで下降して、しかるべき形態を与えられ、男女ともに、人類の種の保存・永続のために適切なる場所を見いだすこととなるのであるぞ。そして、すべては、相互のあいだの貸借によりなされるのであり、ために、婚姻の義務といわれるのでござるぞ。

それを拒む者には、自然により刑罰が定められてござってな、四肢には刺すような責め苦が、感覚には狂乱が訪れるは必定。されど、貸す者には、快楽、歓喜、思考の満足感といった報償が与えられるのでござる。〔『第三の書』第四章〕

同様に、暴食は、ガストロラートル族〔『第四の書』第五七－六二章〕の異端であり、ガステル師自身にとって嘲笑にしか値しない暴食が精神の活動を妨げるとすれば、非常に厳格な修道会の規則に従って実践されているとおりの断食は、精神の活動を歪めることしかできない。そうすると、断食を結果として生み出す精神の翳りを取り除くのはますます難しくなる。誤謬はそれ自体互いに維持し合う。パンタグリュエルは、パニュルジュが自分の問題を熟考できるように、こう言って軽い夜食をとってから寝に行かせる。

たらふく飲み食いした人間が、霊的なことがらを認識するのが困難であることは、わたしにもよくわかる。とはいえ、長期間、根気づよく絶食したあとでないと、神的な事象を観照する道に深く入りこんでいけないという意見には、賛成できないのだ。

おまえも覚えているはずだ。ここは敬意を表して、名前を出させてもらうが、わが父ガルガンチュアはな、断食修行をしている隠者たちの書いたものは、それを書き綴っていたときの彼らの肉体と同じく、弱々しく、やせ細った、無味乾燥なものであって、そもそも、肉体が栄養失調なのであるから、精神が、健全にして晴朗であることなど無理な話だと、常々話されていたではないか。実際、哲学者や医学者たちも、動物精気は、脳室の下部にある驚異の毛細管のなかで、完璧なまでに精製純化された動脈血のはたらきにより湧出して、呱々の声を上げ、活動し始めるものだと断言しているのだ。そして父は、ひとりの哲学者の例を挙げたわけだが、この人は、充実した注釈を付したり、思索を深め、著作を執筆するために、群衆を離れて、孤独になるのだと考えたと言う。ところが、いざそうしてみると、自分のまわりでは、犬がワンワン、オオカミがワオーン、ライオンがギャオー、馬がヒヒーン、ゾウがブオーブオー、ヘビがシュルシュルッ、ロバがヒンヒン、セミがミンミン、キジバトがクークーと泣き叫んで、フォントネーやニオールの縁日にでかけたときよりも、かき乱されたというぞ。というのもな、その体が飢えていたのだよ。この飢餓状態を治そうとして、胃は吠えまくり、目はかすみ、血管は、肉のついた身体各部から、その実質を吸収して、かのさすらいの精気をば、下方へと引きずりこんでしまって、動物精気は、その本来の養い主にして、宿主でもある身体への手当てを怠るにいたるのだ[…]

〔『第三の書』第十三章〕

当然ながら、性はこの立て直しのテーマ系に関わっている。息子の中で、若くなって復活するのは、老いゆく父である。そもそもこの父は、誕生時からすでに、時と場に固有の変質を免れていない。あらゆる子どものうちには、嘆かわしいほどに台なしにされた可能性が湧き立っており、すくなくともこの時代にあって、台なしは不可避であった。それゆえ、ラブレーは、優れて巨人というべき小さな子らに、あれほどまでの重要性を与えるのだ。私が思うに、ラブレーは、子どもについて語る術を知っていたただひとりのフランス人作家である。若きガルガンチュアは、一歳十カ月の時に、金のプレートに七宝で作られたバッジを自分の帽子につけていて、

そこには、頭がふたつ向かいあっていて、腕と足が四本、お尻がふたつという人体が描かれていたが、プラトンも『饗宴』でいうように、創世の神話時代の人間の姿とは、こうしたものなのだった[…]

〔『ガルガンチュア』第八章〕

V　謎歌形式の予言——あるいは永年のための占い、第五元素抽出者フランソワ・ラブレー

1　性と不在

a　代理による強姦

どこにでもあって、根絶できないもの、ラブレーにおける性はそのようなものとして顕現する。誰もが結婚を望み、寝取られるのは不可避である、というのが、パニュルジュの質問に対して、すべての神託が与える答えである。断食の制度がそうであるように、聖職者の禁欲は支配するための術策にほかならない。聖職者たちは純潔の誓いを立て、みずからの罠にかかってそれに従う者も間違いなくいるだろうが、その他の者たちはたいてい、こっそりと自分の欲望を満たす方法を見つける。このようにして数えきれない子どもが生まれ、彼らの父親は特定されない。なぜなら、父親は隠されたままでいることを望み、子

どもは自分のほんとうの居場所を見つけられず、ほとんどの場合、鐘の鳴る島の鳥の群れを拡大させにくるだろう。とりわけ、彼らの生まれた家が社会的な上昇を目論んでいたり、自分たちの高貴さを主張し、息子の中にその父親の「血」を認めさせ、自分たちの娘にまずまずの結婚をさせようとして、幾らかの持参金を与えられるようになろうとしたりする場合には。「子だくさん《トロディスー》」と名づけられた、西方にある次のような地方のことである。

その経緯というのはじゃな、たとえば、いまいった〈子だくさん《トロディスー》〉という土地の、どこかの由緒ある家でな、男でも女でも、子供がたくさんできてしまうと、全員が遺産の分け前にあずかろうとした場合――まあ理屈からいってそうなるしの、これが自然のことわりじゃし、神のご命令でもあるわけなのじゃが――。その家門は消滅しかねないじゃろうに。そうした場合、両親はじゃな、子供たちをこの島に押しつけるんじゃよ。
〔『第五の書』第四章〕

つまりカトリック教会は市民社会の裏面である。カトリック教会は、社会における経済の不十分さを示している。この組織の現行の状態では、十分なパンがなく、十分にうまく分配がなされず、何より真の結婚が十分になされていない。おまけに、「パンなしの日《ジュールサンパン》」からは、飢えた人々のほかに、さらに二種類の除け者がやって来る。

あるいはな、愛の快楽を味わえなかった者とか、自分の計画や試みに成功しなくて、絶望している者、よこしまな心から悪事をしでかして、不名誉きわまりない死罪を申しわたされて、行方を追われている者など[…]、なにしろ、ここにいればな、完璧に安全であって、身の心配はないし、自由を享受できるんじゃからの。
〔『第五の書』第四章〕

カトリック教会は、現にある社会の矛盾に対してある種の解決を提示はするが、みずからの権威を保つために、それらを強化することに専心する。欲求を免れられる者などほとんどいないにもかかわらず、教会はそれらを罪深いと宣言し、犯罪を増やして許しを与える力を手に入れる。

恋愛の情熱に関しては、作品全体を通して最も奇妙で、少なくとも最初に検討するときには最もぎょっとさせられる章のうちの一つを読まなければならない。それは『第三の書』第四十八章で、ガルガンチュアは、両親の同意なしに結婚することがどれほど犯罪的であるかを息子に説明するのだが、この章はおまけに、パンタグリュエルが航海をしている間に彼のために適切な伴侶(おそらくプレスタンというインドの王様の娘)を見つけてやろうとの約束をもって締めくくられる。息子が適切な伴侶に出会うことがありうるなどとは、いささかも想像されていない。
司祭の立ち合いのもと、夫婦二人の合意さえあれば婚姻を成立させるのに十分である(これはロミオとジュリエットの物語だ)という事実に、ガルガンチュアは憤慨し、若者たちのためになるように見えるこのような措置は、実際には聖職者自身を利することにしかなりえないと考える。

というのもな、わたしの時代には、この大陸には、とんでもない国があったのだよ。そこには某モグラ修道会の連中がおってな、婚姻なるものを忌み嫌っていたのだ。連中が、好色で、淫らな邪念でいっぱいのおんどり《ガル》ではなくてだな、きんぬきどり《シャポン》であったなら、プリュギアはキュベレの神官のお仲間といいたいところだがな。で、このモグラ修道士たちが、結婚した人々に、婚姻の掟を申し渡していたのだ。霊妙なる教会の格子部屋にこもっていないで、おのれの身分とは、まったく正反対のことがらに容喙する、この恐ろしきモグラ坊主連中の、図に乗った横暴さを憎むべきか、あるいはまた、このように邪悪で、野蛮な掟の数々を認めて、これに服従を誓うという、新婚さんの、小心翼々たる愚鈍さを憎むべきか、それはわたしにはわかりかねる。だが、とにかく、こうした婚姻認可の決まりが、どれもこれも、それを執り行う祭司の利益となるばかりで、結婚当事者にはなんの得にもならないことは、これはもう、明けの明星と同様に明らかであるのに、彼らには、それが見えていないのだ。こうしたことからして、モグラ坊主たちに、よこしまで、腹黒い存在だとの嫌疑をかけるのも、十分な理由があるわけだ。

〔『第三の書』第四十八章〕

今日、このことが明けの明星ほど明らかでないのは確かだ。結婚制度がだいぶ変わったのである。恋人たちが深く愛し合っており、たとえ若い男の方が将来の義理の父にあまり気にいられなかったとしても、たとえば、王あるいは結婚した男たちのなんらかの寄り合いが婚姻を承認したとすれば、ラブレーは間違いなく、彼らを結婚させることに同意しただろう。彼は、真の婚姻の儀式が世俗のものであることを望んだことだろう。当時、婚姻の儀式はもっぱら宗教的なものであり、両親の承諾も、ほかの誰の承諾も必要とされなかったという事実は、貴族の家同士の姻戚関係をカトリック教会が厳格に統制することを可能にするという結果をもたらしたのであった。

いまいった掟のせいで、近郷近在でも悪名高い放蕩者でも、与太者、極悪者、ろくでなし、鼻持ちならぬ奴、腐りきった野郎、癩病み、追いはぎ、盗人、悪太郎、どんな奴でも、ひとたび祭司と結託して、いずれは獲物の分け前にあずからせてやるなんてことにすれば、いくら高貴で、美しく、裕福で、つつましやかで、清純であっても、好きな娘に目をつけて、その父親の家から、あるいは母親の腕の中から、親族みんなの反対もなんのその、力づくで奪ってしまえばいいわけだ。〔同前〕

　ラブレーによると、若い娘が誘惑されるあまり、とっさに承諾を奪われたからといって、彼女が根本的に不誠実で慎み深くないことには断じてならず、いかなる点でも彼女の真意が表明されたことにはならない。司祭が唯一の保証人であり、彼の前では両親も引き下がらねばならない違法の婚姻は、介在者による強姦なのだ。そのとき司祭は、思いのままにできる餌食を手にしており――新婦はもはや誰にも訴えることができない――、しかし、それ以外にも多くの餌食があったのではないか。要点は、みずからの権威から逃れようとしていた一族すべてを破壊する手段をこうして司祭が手にしていたということなのであり、それゆえ、程度の差こそあれカトリック教会を排除することになるであろう一切の社会革命の試みを未然に防ぐ術を持っていた。ある家族において、このような考え方が表明されるや否や、与太者をそそのかして誰かしら娘と違法に結婚させようとする司祭が現われるだろう。城塞に入り込むトロイの木馬というわけだ。

　テクストがこれほどまでの憤りの色を帯びるからには、おそらく、明けの明星よりも明らかな同時代の出来事によってそれが引き起こされたに違いない。

b　不在の愛人

　性という事象、そして、結婚による性の社会への統合という問題は、作品において、われわれが愛情と呼ぶものよりもずっと重要である。パニュルジュは、三巻を通して、自分が結婚すべきか否かを探求してきたものの、依然として女性たちの間から誰も選ばずにいた。そしてパンタグリュエルは、学生だった若い時分に恋人が何人かいたにしろ、彼女たちと結婚しようとはゆめゆめ思わず、父親の決定を待つ。

　フランソワ・ラブレーが修道服を脱いだのは、どうやらひとりの女性への愛ゆえではなさそうだ。いかに数々の美女たちの魅力に無関心でいられなかったか、それは明らかであるとはいえ、いかに悩み苦しんでいたとはいえ。というのは、ほかの司祭や修道士のうちに、彼がこれほど見事に浮き彫りにしえた抑圧、それに彼自身が苦しんだに違いないのだし、自分が結婚できるか否か、ローマを去ってジュネーヴに向かうべきではないのか否かという問題は、『第四の書』が献辞されたシャティヨン枢機卿が最終的にしたことであるが、答えは明白に否と彼自身によって決定されずにいる間、この問題が未解決のままであるかぎり、芽生えた恋心はことごとく、情け容赦もなく押し殺されなければならなかったのだ。

さしあたり遊戯と旅、そして、他と同一の次元ではないとしても、だからといって全体において重要な役割を果たすことに変わりはないあのテーマ、排泄物のテーマは置いておき（ラブレーは特に最後の数章に神経を遣う――『パンタグリュエル』の最後から二番目の章は、巨人の尿に割かれていて、『第四の書』はパニュルジュの「ヒベルニアのサフラン」で終わる[73]。――そして、本稿の前のヴァージョン〔「クリティック」誌掲載のヴァージョンのこと〕において私は間違いを犯した。ヒベルニアのサフランは読書の暗喩ではありえない、と言ってしまったのだが、医師であるラブレーは、この点でよきアリストテレス学派であった以上、その著作を読むことは、彼にとって、アンティキラのヘレボルス[74]のような浄化効果を持っていたに違いなかった）、直接『第五の書』の末尾に行こう。そこでは禁じられた結婚の強迫観念が興味深い表現を呈している。

知られているとおり、聖なる酒瓶の寺院の描写は、フランチェスコ・コロンナによる『ポリフィルスの夢』のイタリア語テクストをかなり忠実になぞりつつ、細部は異なる点があって、それらを列挙するのは刺激的だろう。この作品に対してラブレーが表明する賞賛の念は、早くも『ガルガンチュア』（一五三四年）に確認でき、『第四の書』完全版（一五五二年）に付された『難句略解』の中で改めて念を押されているので、このこと自体は驚くべきでない。

ところで、ネルヴァルが考えたかもしれないこととは反対に（聖職者からの表には出ないなんらかの影響があった、とラブレーなら言うところだろうが）、『ポリフィルスの夢』が、十六世紀の読者によって、肉体的愛の称賛として解釈されていたことに疑問の余地はない（もしかしたらロマン主義者たちにとってもそうだったかもしれないが、彼らはそれを公言できなかったか、内心で認めることもできなかった）。二人の恋人が第一部の末尾に到着する時は、『第五の書』の突拍子もない噴水に対応しており、性行為のあからさまな表象になっている。

> サファイアの柱とエメラルドの柱の間には、金の留め金に吊るされた垂れ幕があった。それは屑繭でできており、たいそう美しく、自然が特別に神々を覆うために作ったと思われるほど豪華なものだった。それほど素材が洗練されたものだった。これをどう表現して良いのかわからないが、それは白檀の色をした美しい花模様の布に、次のような四つのギリシア文字が刺繍されていた。
>
> ＹＭＨＮ
>
> つまり、
>
> 子供が母の胎内で包まれている皮膜のことである[75]。

（私は、一五四六年に出版されたジャン・マルタンの翻案、こ

れはその言語同様、視覚的な面でも素晴らしいものだが、それを引用する）

クピドンはポリフィルスに金の矢を与え、ポリア自身があえてなそうとはしなかったこととして、この幕を破らせる。

すぐにこの神聖な道具を手にとって、異議申し立てや拒否をすることなく、女神ウェヌスを一目見たいという激しい欲望と盲目的な感情に圧されて、私はこの美しい幕を破った。そしてその瞬間、私はポリアの顔色が変わり、彼女が心の中でそれを悲しんでいるのを見たように思った。そのとき、自然が想像しうるすべての美を纏った、泉に浸った神聖な女神の崇高さが完全に私の前に出現した。私がこの神聖な対象に目を向け、これほど思いがけない光景を見るや否や、ポリアと私は、この上ない甘美さと長い間待ち望んでいた悦楽を享受し、忘我の状態となり法悦に浸ったのだった[…]

このテクストとラブレーのテクストとの結びつきについては、もう少し先の箇所で、以下の貴重な縷説が訪れる。

二本の柱の間にある階段の最上段には、陽気な若い神が対になって座っており、移り気な女性のような顔をして、頭には角を生やし、胸がはだけて、二頭の虎に寄りかかって、葡萄の実をつけた葉叢でできた冠をつけていた（バッカス）。

もう片方には貴婦人がゆったりとしていて、麦の穂の冠を戴いて、二匹の蛇の上に肘をついていた（ケレス）。

この二人のそれぞれが、胸に柔らかい素材でできた玉を持っていて、そこから時おり泉の中に、乳房の穴のようになった小さな部分から、甘美な液体を滴らせ、足を水に浸さないようにしていた。

ラブレーはこうした象徴表現に、聖なる酒瓶の象徴表現を重ねている。聖なる酒瓶に割り当てられたことはすべて、愛に割り当てられうるが、しかし愛の対象たる女性は完全に匿名であり、彼女は個別化された顔つきに到達することを禁じられている。酒瓶そのものがある礼拝堂は寺院の隣にあり、『夢』において、ポリアがウェヌスに献身するために純潔なディアーヌを否認する礼拝堂から想を得ているものの、その中央には、本体の特徴を採用したミニチュアの噴水が設置されている。酒瓶は、そこの液状の神殿の中にウェヌスのように据えられている。

礼拝堂の中央には、良質の雪花石膏で作られた、独特の装飾や象嵌細工を施された、七角形の泉があった。泉は、元素そのものかとみまごうほどに澄み切った水で満たされていて、そこに聖なる酒びんが半ば浸かっていた。酒酒びんは、混じりけなしの水晶でおおわれた楕円形をしていたのだが、楕円というには、胴回りがややふくれすぎている感じだった、

〔『第五の書』第四十三章〕

つまり顔である。しかし、キクラデス文明におけるいくつかの偶像の顔、あるいはキリコのマネキンの顔のように、およそ輪郭を欠いている。

2　中心と時間

a　土星《サトウルヌス》の境界で

そういうわけで、われわれは聖なる酒瓶の寺院の中にいる。地球の虚構上の中心にして、

この無限の、理念的な天球、この天球の中心は宇宙の各所に遍在して、円周なるものが存在しないわけで――ヘルメス・トリスメギストスの教義によるところの神ということになるわけだが――、そこにはなにも生起も、変化も、衰退もせずに、すべての時間が現前している

〔『第三の書』第十三章〕

この天球のヒエログリフであって(そして夢がそれとなんらかの交信を有している)、

偽りの中心である鐘の鳴る島、すなわち、皇帝たちのローマが体現していたあの傑出した中心のイメージの微光以上のものを、腐敗の中に保持する教皇たちのローマを逃れたあとに到達されるのであるが

(ラブレーは、ジョヴァンニ・バルトロメオ・マルリアノの『古代ローマ地誌』を編集した際の書簡体献辞のなかで、次のようにジャン・デュ・ベレーに言う。

いくらかの文芸の初歩を心得て以来、私が最も望んでいたこと、イタリアを巡り、世界の首都であるローマを訪ねるということ、それをあなたは奇跡的なご厚情とともに私に与えてくださいました)、

地球の中心、知のヒエログリフ、効験あらかたなる印である。それというのも、思惟のあの真の楽園、オドス島[76]におけるがごとく道自体が前進するその楽園にたどりつく方法を発見するのは、

自然の中で繰り広げられる言葉によって、そしてほかの人々との同行によって導かれ、この中心に近づいていく時なのであり、

なぜかといえば、かつてプロメテウスによって盗まれた雷がわれわれの意のままになるのは、鉱物の内部においてなので
（錬金術から工業へ）、

時間に勝利する時間のヒエログリフであって、

なぜかといえば、ラブレーによると、この中心からは、人を陶酔させる言葉、「フランス語による福音の美しいテクスト」が湧き出てくるのであり、それはつまり、世界が幼年時代にあって、われわれの人間社会は、いまだ知られざる母から出てきたばかりということで、

時間の絶対的な開始である
（パニュルジュが、借金の根源的かつ汲み尽くしがたい性質を認めた際に〔『第三の書』第三－五章〕、すでに表現されていたことだ）。

> みなさまの世界の哲学者たちは、すべてが古典古代の人々によって書かれてしまった、新しいものを見いだす余地は残されていないと、嘆いておられますが、これはあまりにも明らかなまちがいでございます〔…〕
> 〔『第五の書』第四十七章〕

七角形の噴水の柱は、フランチェスコ・コロンナとは異なる順番で紹介されていて、それは、太陽と火星《マルス》の入れ替えによる古代天文学の順番（外側から中心にある地球へ向かって、土星《サトウルヌス》、木星《ユピテル》、火星《マルス》、太陽〔アポロン〕、金星《ウエヌス》、水星《メルクリウス》、月〔ディアナ〕の諸天球の順番）の変形であって
（これは一五六四年の初版のことである。国立図書館所蔵の出版年のない写本において、写字生が慣れ親しんだ順番に戻しているが、前のページでこれらの柱の材質は修正していない）、

おそらくは宇宙形態に関する正確を期すためであり、明らかなことには、それ以上に、男性と女性の古典的な二つの象徴、マルスとウエヌスが入り口の扉を両側から挟むようにするためだ。よりわかりやすくすると、それらの配置は以下のようになる。テクストはサトゥルヌスから始まり、次いで反時計回りに左へ、

（一）扉の右――金星《ウエヌス》、
（二）水星《メルクリウス》、
（三）月〔ディアナ〕、
（四）扉の正面――土星《サトウルヌス》、
（五）木星《ユピテル》、
（六）太陽〔アポロン〕、
（七）扉の左――火星《マルス》、

女性の惑星――ウエヌス、ディアナ、そしてあいまいなメルクリウスは、テレームの修道院にある女性用の続き部屋がそうであったように、右側であり、男性の惑星は左側である。入っ

た時には、修道院の中に舞い戻ったように思われるだろうが、塔あるいは柱が一つ多い。われわれの正面、真北、扉がロワール河に面して開いていた辺り、図書館全体の中心にサトゥルヌスの塔がある。

（一）　金星《ウエヌス》、日の出《アナトール》(東)、イタリア語、
（二）　水星《メルクリウス》、薫風《カラエル》、ギリシア語、
（三）　月〔ディアナ〕、北極《アルテイス》、フランス語(ディアーヌは王の愛妾の名前[77])、
（四）　図書館の向こう側、土星《サトウルヌス》、
（五）　木星《ユピテル》、氷結《クリエール》、ヘブライ語、
（六）　太陽〔アポロン〕、宵の明星《エスペリ》(西)、スペイン語、
（七）　火星《マルス》、南中《メザンブリーヌ》、ラテン語、

　サトゥルヌスの言語はというと、古代エジプト語である。失われたと同時に書き込まれ、刻印され、石化し、凍結し、解読を待っており、フォントであり、最古のフォントでなければ、少なくとももっと古いエジプト語の形象ではあって、後者はそれ自体、たぶん無限に〔過去へと〕後退していくのだし、同時にまた、最新のエジプト語のモデルでもあって、全イタリア語あるいはラテン語より南でありながら、全ヘブライ語あるいは全フランス語より磁気的に北であり、下から上への軸、諸帝国の話し言葉のスクリューがそのまわりに組織される軸、時間の作用を明示しうる秘密の言葉なのだ。

〔…〕賢人タレスがエジプト王アマシスにした返答は真実である。賢明さは何により備わるかと尋ねられたとき、彼は「時間の中で」と答えた。というのは、潜在的なあらゆる事物は、これまで時間によって明るみに出されたのだし、これからも明るみに出されるのである。それゆえに、古代人はサトゥルヌスを真実の父たる時間と呼び、真実は時の娘なのであった。彼ら自身、あるいは彼らの先駆者たちの全知識は現存するもののほんのわずかな部分であるということも、必ず分かるだろう。〔…〕[78]

b　五への敬礼

八とともに私はサイコロを出る、サイコロの先端は外側をひっかけ、私はサトゥルヌスのほかならぬ北から、大いなるロワールに乗り出して、ネプトゥヌスの想像力を経験しに行く。そして振り向きざま、私は五に敬礼をする。書物の巻数にして、抽出者の元素の番号、
手、把握、所有、
四方位プラス中心、みずからの新しい真実に向かって漕ぎ出す、中心のない六の空間に比べて、固定された、この平らな世界、
　王位を剝奪されることを待つ横領者たる老ユピテルさながらの五に、

新しい教会を告げるや否や六つに開かれるシナゴーグ、
明日のワインへと発酵する果汁をわれわれが絞る必要のある房、
一度に拒絶すべきであり、引き止めるべき過去、
われわれの親。
すべては可能であるし、ユートピアは出現するだろうし、飢え、渇きはあらゆる障害に打ち勝つだろう。労働者である哲学者たちよ、苦役を急ぎなさい！　われわれの子孫を介して、われわれはついに、自分たちが望むであろうことをなすだろう。
それまでの間、火による絶えざる脅威のもと
（歴史なるもののおそろしくも血生臭い遅さよ、われわれはいつになったらこの悪夢からようやく目覚めるのだろう？[79]）、
この本がわれわれにとって修道院であれかし。

ここに入りなさい、世間になんといわれても、
聖なる福音の教えを、するどい感覚で説く人々よ。
ここに入れば、隠れ家も砦もそろい、
世間に毒を流さんものと、いかさまな筆で、
追い立てる、敵意あふれる誤謬からも守ってくれる。
入りなさい、ここに深い信仰を確立するために。
声と書かれたもの《パル・ロール》により、
聖なることば《パロール》の仇敵を、うち倒すのだから。

〔『ガルガンチュア』第五十四章〕

フーリエにおける女性的なもの[01]

フランシス・ブーヴェ[02]に

I 伝記的な玄関

一七七二年四月七日、ブザンソンに生まれたシャルル・フーリエは、古典教育を受けたのち、リヨンの仲買業者のもとで徒弟となる。彼は、恐怖政治時代[03]を「度重なる嘘を代価にして」生き延びたといっている。一七九九年、マルセイユで食糧品店の店員をしていたフーリエは、雇い主が高騰を見込んで腐らせてしまった米の積荷の廃棄を任される。この年が「大発見」の年になる。すなわち「普遍的統一」の発見、宇宙の「調和的」すなわち音楽的本性の発見である。

フーリエは、リヨンの新聞に論文を寄稿し始め、一八〇八年には処女作『四運動の理論』[04]を上梓する。本の扉には「ライプチヒにて」と記されているが、実際にはリヨンで著者名を明かすことなく出版された。

帝政[05]が崩落すると、フーリエは『大論』の執筆のため、ビュジェ地方（アン県の南部）のタリシュー村にひきこもった。壮大な草稿にとどまった『大論』の一部が、一八二二年に『家政と農業のアソシアシオン概論』[06]の題名で、パリとロンドンにて出版された。

フーリエのもとに、後にソシエテール派を形成することになる最初の弟子たちが集まり始めたのは、この頃のことである。彼らは師に、その思想をより親しみやすい形で解説する著作を書くことを勧める。それが、一八二九年にパリで出版された『産業的協同社会《ソシエテール》的新世界』[07]である。この著作は、十九世紀を通して大きな影響力をもつことになる。

一八三二年、ソシエテール派は、機関紙「ファランステールあるいは産業改革」をパリで創刊する。また一八三三年には、現在のイヴリーヌ県にあるコンデ＝シュル＝ヴェグルにおいて、フーリエの原理に着想を得た農場「試行ファランジュ」を創設しようとする。フーリエはそれをまがいもの《カリカチュア》とみなし、自身との関係を認めなかった。

何年ものあいだ借金生活を強いられたのち、フーリエは広く知られるようになり、祭り上げられる。そこで一八三五年と三六年には、最後の著作となる『偽産業論』[08]をパリで出版する。それを受けてソシエテール派の方では、師の承諾を得ることなく新たな機関紙「ファランジュ」を創刊した。にもかかわらずフーリエが草稿を託したのは、これらの不誠実で几帳面とはいいがたい弟子たちだった。彼らは乱雑に、しかもかなり検閲を加えて草稿を出版することになる。

一八三七年十月十日、フーリエは、パリのアパルトマンで花々と猫たちに囲まれ、フロックコートを着たまま跪いた姿勢で息を引き取っているのを、管理人の女性によって発見された。

II 媒介者たちの階段

フーリエによる影響の最も華々しい成果は、スエズ運河とパナマ運河の開通である。しかしながら、彼はとりわけ社会主義の「先駆者」として崇められてきた。それは、既往の選集が強調してきた側面にほかならない。その際、悪い種から良い種を選り分けることが試みられた。狂気といって憚らない輩もいた奇異な部分の隠蔽を図ることで、彼の社会批判の透徹ぶりを強調したのである。

フーリエの賛美者たちを閉口させたことがとりわけ二点あって、

（一）不適切な表現。そのせいで「ファランジュ」紙の編集者たちは、師の最も完成された原稿のうち、かなりの部分の出版を控えざるをえなかったのであり、

（二）大胆な想像力。それは今日でも生真面目な人々を狼狽させている。フーリエは、その支離滅裂な宇宙論において、証拠にも信憑性にもおかまいなく、滑稽《ビュルレスク》かつ壮大な世界をわれわれの目前に展開してみせるのみならず、こうした奇想天外な物理学――これこそが彼をして、おそらくは最も偉大なＳＦ作家

たらしめている――を絶えず手直しすることも厭いはしなかった。
フーリエ作品のこうした諸側面のために、彼は今日、マルクス主義の先駆者としてのみならず、精神分析の先駆者として、また現代芸術や現代思想のあらゆる種類の方向性を指し示した先駆者として立ち現われてくるのだが、それらが明らかになったのは、アメリカで書かれた『フーリエへの頌歌《オード》』を手始めとして、アンドレ・ブルトンのおかげである。確かにフーリエの最初の賛美者たちは彼の語り口の力強さを感じ取ってはいたものの、彼の著作の詩的でユーモラスな力を強調することで、われわれがそれらを単に断片的にではなく、総体として評価することができるようにしてくれたのは、やはりアンドレ・ブルトンなのだ。

アンドレ・ブルトンが亡くなった翌年、シモーヌ・ドゥブーが、フーリエの非常に大部の未公開草稿を出版したのであるが、ブルトンならこれにはさぞかし喜んでいただろう。それは、『愛の新世界』[09]の名のもとに、アントロポ社版のフーリエ新全集中の一巻、おそらく最も心をそそる一巻として公刊された作品であって、彼女が序文を付けたこの新全集には、ソシエテール派による出版の写真複製版がまず何よりも収録されているとはいえ、新たに未刊の草稿や資料も加えられたと告げられている。

それからというもの、研究は増えた。たとえば、ロラン・バルトやピエール・クロソウスキー[10]、その他の多勢の才人が、フーリエのテクストとの新たな対話を始め、おかげでわれわれは、テクストをより有意義に読むことができるようになった。

III　隠し部屋

『産業的協同社会的《ソシエテール》新世界』についていえば、アントロポ社版新全集は一八四五年に出版されたソシエテール書店版をそのまま複製している。ところがこのソシエテール書店版には、四カ所に及ぶ割愛がほどこされていたのだ。フーリエがおかれた特有の状況を理解するためには、ほかでもなく彼の思想を広めようと願った人々によっておこなわれたこの検閲を知っておくことが不可欠だ。以下、ソシエテール派の前書きを見てみよう。

> フーリエは、ある種の主題について、粋でしばしば自由奔放《リベルタン》な雰囲気に包まれた言葉、あるいはヴェールで覆われた言葉で語る体の、優しさを装った繊細なアカデミシャンではなく、端的に誠実で頑固な天才であって、聖書が通常そのように語るように、モンテーニュがほぼ常にそうであるように、モリエールやディドロ、ヴォルテールその他がしばしばそのように語るように、歯に衣着せずに語るのである。
>
> その結果フーリエの諸作品のなかには、『四運動の理論』のよ

うに、その性質上、図書館の蔵書となる運命にある著作がある。それらは大多数の古代の書物、あるいは現代の書物の多くと同じく、成人つまり成熟した大人向けの著作、したがってある一定水準の読者たちのために書かれた著作なのだ。

　われわれが再版する『産業的新世界』は、ソシエテール理論を、非常に方法論的で論理的に、見事な明解さをもって要約したものなので、本題への入り口(第一略述)は初心者にとってとても難解かもしれないが、知的でとても読みやすい。われわれはこの新版のために望んだ性格、すなわち広く普及する書物という性格を与えるために、普及版においては容認できない露骨な表現を伴った三つの箇所を削除するだけですんだ。これら三つの箇所は、一つ目が旧版の一二行分、二つ目が一五行分、三つ目が一〇三行分で、合わせても新版の三ページ分にも満たないが、著作の構成上まったく必要のないものなので削除することを厭わなかった。

　われわれがしたことは、フーリエ作品の毀損ではない。削除した箇所は、数多く残存する初版本の中に見いだすことができるし、必要なら図書館にある初版本によっていつでも復元できるだろう。われわれは、フーリエ思想を伝播させる積極的な道具として広く普及する新版を作りたいという願いから、またこの一巻に全集の他巻よりも手頃な値段をつけるためにも、われわれ自身も認めるところだが、繊細な読者にショックを与える可能性のある数行を削除しなければならなかった。これらの数行は、激怒した偽善者や一部のスキャンダル屋や公衆道徳のうるさがたに、非難の口実を与えてしまう可能性があるからだ。

　われわれは実践的に、現行社会がその思想、民法、道徳を一切変えることなく受け入れ可能なことをフーリエの理論のなかで追求し、その実現を世に問うているだけである。われわれの活発で戦闘的な普及活動はそれ以外の目的をもたない。そのほかのことは未来に関わっており、未来が判断するだろう。われわれは、もしある偉大な人物が生み出した作品のうち任意の作品を消滅させるとしたら、人類だけが判断する権利をもち、誰も消し去る権利をもたない、天才と人類の諸権利を侵害することになるだろうと考えた。また同時に、われわれは、この普及版において、多くの偉大な道徳家の諸著作や、教会自身が信者たちに読むことを禁ずるべきだと判断した多くの聖典のページがそうであるように、現在の礼儀作法や時代の慣例的な慎みに合致しない箇所を削除することによって、われわれ自身の礼儀正しさ、賞賛に値する慎ましさや良識を示すことができたと思っている。

　われわれ自身が、この新版の冒頭で注意を促し、文中で明示したわずかばかりの削除の後でも、『産業的協同社会《ソシエテール》的新世界』は、そもそも女子学寮や小学校におかれるべき本ではまったくないと考えている。真面目な人々だけが、手に取り有益に読むことができる科学書なのだ。

読者はこのように釘を刺される。ここには彼らの困惑が見てとれる。直ちに留意しておく必要があるのは、わずかばかりの削除が文中で明示されているというのは虚偽[11]であることだ。いかなる意味でも著作の構成上まったく必要がないとはいいがたい最も長い一〇三行の削除が、フーリエ自身の検閲であるがごとく、以下のように示されているのだ。

先入観に配慮して、連繋の優美な計算を私が削除せざるをえなかった結果として生じた欠落［一八四五年版、三二四ページ］

また再版の編集者たちは、前書きで言及した三カ所の削除のほかに、三十六章の補遺、顕花的習俗に関する次の箇所を削除し、「欠落」〔という注記〕によって置き換えている。

自由恋愛、複数の恋人をもつことは明らかに多産の障害となる。高級娼婦がまれにしか多産でないことがその証左である。彼女らはかろうじて十分の一しか子供を産むことはない。他方、貞節な娘ないし妻は妊娠しやすい。ところで調和期になると(たった一世紀を過ぎただけで)、多くの女たちが社会に有用な団体的美徳から複数の男に身を委ねることになる。バッコス巫女、舞姫、修行尼、そして産業軍や隊商に奉仕するその他の諸団体は、当然、顕花的になるだろう。彼女たちにとってそれは自己献身であり、そこから国家は大きな利益を受け取ることになる。つまり、この種の習俗が女たちの三分の二まで広がると、人口抑制策の第三の優れた方法となるのだ。

次に検閲された三つの箇所を見てみよう。確かに「優美」ではあるが、相当に無害なものだ。

(一)一点目は第二十五章にあり、一張羅にかぎ裂きを作ってしまった貧しい若者バスティアンと、かけはぎに情熱をもち、この仕事では右に出るものはないと自負する五十歳の裕福な婦人セリアントとの物語のなかに見いだせる。一八四五年版では、物語は次のような結論にいたっている。

文明期において、召使を、そして時として主人をも悩ませる奉仕労働は、ファランジュでは数えきれない絆の源泉になる。

〔元の〕完全なテクストは、この末尾に読点が打たれ、次のように続く。

とかく恋愛において。若者バスティアンは、さまざまな家事奉仕で自分に親切にしてくれるセリアントに、二十歳の男が五十歳の女に与えることができる感謝の証を必ず与えることになるだろう。

ソシエテール体制では、老人は男も女も、かれらが秀でた仕事に対して情熱をもちながらも未熟な若者たちに、さまざまな団体で多くの家事奉仕をしている結果、かなりの艶福を手にしていることがある。

年の離れた男女の恋愛の連繋は、さらにより貴重な連繋を予感させるにちがいない。それは情熱的な教育の連繋である〔…〕

一八四五年版では以下のように〔削除後に本文が〕再開しており、確かに遙かに不明瞭なものになっている。

この連繋は、より貴重な連繋を予感させるにちがいない、云々。

(二)二点目のものは、三十六章に見いだされ、二十五章に直接関係している。ヴァレールとユルジェルの物語であって、そこでは、反感を持つ者同士を和合させる、すなわち「連繋」をもたらすことが問題になっている。フーリエが宣言するところでは、情熱的家事労働の項目で友情の連繋についてはすでに概略を示したので、愛に関係する事柄について続けたいという。削除の断り[12]が割って入るのはここである。完全なテクストは表明する。

ほかの三つの集団〔友情、野心、父性愛の集団〕と同様、恋愛の集団は四倍の反感に見舞われがちである。私は恋愛を次のように区別する。

単純直行、　複合直行

単純逆行、　複合逆行

こうした体系的な様相を見るだけで、読者はたじろいでしまうに違いない。それゆえ、四種類の連繋のうちの一つを、それがどれに分類されるか示さずに描写するにとどめる。

ヴァレールは二十歳の若者、ユルジェルは八十歳の婦人。ユルジェルはヴァレールを好んではいるが、彼女はヴァレールのもとに恋愛面の自然的反感を見出してしまう。当を得た関係がどのようにこの反感を打ち負かすか見てみよう。二つの友情関係と二つの連帯関係の、四つの感情的関係を〔自然的反感に〕対立させるのである。

友情一。ヴァレールは四十の集団に属している。そのいくつかの集団で彼はユルジェルと非常に親密な関係にある。彼は五歳から青色ヒヤシンスの集団に加わっているが、抜きん出ている。彼の才能を開花させたのは集団を率いるユルジェルだ。彼女は熱心な教師であり、技の洗練のすべてを伝授したのだった。

友情二。ヴァレールは装飾彫刻に自負をもち、この産業部門で賞賛されている。この成功もまた、ユルジェルのおかげである。この集団の最長老である彼女は、ヴァレールに小さい頃から恵まれた素質を認め、教えることに喜びを感じてきた。

連帯三。ヴァレールは、文明においてはまったく知られていない学問、恋愛における偶発的共感の計算という恋愛代数学に嗜好をもっている。それは、一度も会ったことのない男集団と女集団を情念的に組み合わせる技術だ。すなわち、百人の男のそれぞれが、百人の女の中から複合恋愛――感官と魂の完全な適合にして、性格および偶発的幻想における当意即妙な共感――を抱くことができる相手を直ちに見分けることを可能にする技術である。この学問は理論に結びついた、長きにわたる実践を要求する。ユルジェルはこの地で最も熟達した共感導女だったので、ヴァレールの指導を請け負った。ヴァレールが、ソシエテール体制では名声と財の獲得の道となるこの学問領域での成功の期待をかけたのは、ほかならぬユルジェルに対してである。

連帯四。ヴァレールは第九審級の産業軍(約三十万の軍隊、うち十万人が女性)に入隊を望んだ。彼らは良い季節にライン川に遠征し、橋を建設し、低水路工事を行う。そして毎夜、素晴らしい祝宴を催す。この産業軍に入隊するにはすでに八回の従軍の経験が必要だが、彼には二回しかない。したがって第九審級の産業軍への入隊は、例外的な場合を除いて許可されることはない。

ユルジェルは、ライン軍隊で三十万の男女の間に偶発的共感を案配する高等花車ないし高等仙女の地位にある。そこで彼女は、ヴァレールはこの分野の仕事において彼女の助手の役目を首尾よく務めるであろうと提言した。彼は資格がないにもかかわらずこの立派な軍隊に入隊が認められるだろう。これが彼にとっての例外的な場合である。ヴァレールは高等仙女執行部補佐官として従軍することになる。

このようにヴァレールとユルジェルの間には、自然的嫌悪感を和らげるための四つの連繋関係がある。すなわち、二つは過去の奉仕に関する友情関係であり、残りの二つは未来の奉仕に関する連帯関係である。その結果、ヴァレールは、ユルジェルに対する直接的な愛情だけでなく、感謝の情愛、間接的親和性を抱くようになる。この中立的関係は恋愛の代わりとなり同じ目的に達する。ユルジェルは純粋な愛情によってヴァレールを手に入れる。八十歳という年齢は、幼い頃から慣れ親しんできたヴァレールにとってまったく障害とならない。若者は、十分な発奮剤がある場合には、恋愛において大胆になるものだ。ヴァレールの方から、もし貴女に負うていることすべてに感謝することができれば幸せです、と告白したのだ。ヴァレールはユルジェルの決まった恋人にはならないだろうが、彼女は、彼の宮廷風恋愛のいくばくかを甘受するだろう。これはユルジェルにとって、利益やさもしい動機とは無縁の純粋な愛の成就であって、お金の力で若者を獲得するだけで、魂と感官を同時に満足させる関係、すなわち**複合恋愛**を手に入れることができない今日の八十歳の女とはまったく異なる。

（註、私がこの連繫について思索しているのは、調和期におけるような美しい老年期についてである。調和期になれば、八十歳を過ぎてもいい寄られた高級娼婦ニノンのような女性たちや、百歳で結婚し子供をもうけたヴァレ地方の**スマーマター**という名の男と同じぐらい生き生きとした老人たちを見いだすことになる。）この点、哲学者たちも将来の調和期について予知していたことがわかる。自称『自然哲学論』の著者であるモラリストのドリル・デサル〔正確にはド・サル〕は、七十七歳で十七歳の若い娘と結婚したが、年の差はたった六十歳でしかなかった。情念なきわれわれの真の賢人、理性の権威者、完成可能性〔理性に基づく文明の無限の進歩〕の可能性を信じそれを甦らせる論者とはこのようなものだ。われわれは、ユルジェルとヴァレールの恋愛の絆のうちに、自然的反感を和らげ、それを非常に活発な共感へと変換する四つの連繫方法を見て取ることができた。四つの緩衝策の代わりに二つだけに限定される場合でも、すでに十分だろう。それだけでも複合的魅力（三十一章）を創造するのに十分だろう。

現在の世代は、自然的反感のそれぞれに対して、四つの緩衝策を対抗させるための原動力を十分にもてないだろう。だが、二つの緩衝策を働かせることで、多かれ少なかれ目的に近づくことはできるだろう。それは、はじまりとしてはすでに非常に輝かしい。将来の調和期の奇跡を垣間見させ、この世代から定期的に釣り合いをもたらす連繫のシステムを荒仕上げするためには十分なのだ。このシステムでは、各階級の一人ひとりがいくつもの集団に散らばり、ヴァレールとユルジェルのように情熱的な協働者に対して直接的に反感をもったり、ジェロント（三四一ページ）のように間接的にもったりするが、そこで形成される和合によって、各階級の集合的対抗心と反感の緩和が実現する。

野心と父性愛による二つの連繫を描くことが残されている。二十歳と八十歳の間の恋愛反感よりもずっと強い反感に対して、私はこの連繫を用いるつもりだ。

そして一八四五年版は、初版どおり先を続ける。

まず野心とその刺々しい性格を論じるとしよう［…］

正誤表によれば、この段落の冒頭には、**野心**という小見出しを加える必要があり（ジェロントの物語のページ番号は当然、一八二九年版のそれであって、三十二章にあたり[13]、

「文明」と「哲学」は、フーリエにとって常に悪者である[14]。「文明」とは、著者が現に身を置いている社会形態であり、彼としてはそこから是非とも脱出したいと願っている。「哲学」は、「文明」の効果であると同時にそれを維持する思考形式である。現在の状況は、同じ道をたどり続けてさえすれば際限なく改善され、完成していくという考え方だ。これとは反対に、フーリエ

にいわせれば「哲学」が鼻にかけるあらゆる「進歩」なるものは両刃の剣であり、さしあたり人々をますます不幸に陥らせる一方であって、むしろ、同時代の社会の市民的・道徳的思想と法律といった「哲学」の原則の大部分を逆立ちさせることによってのみ、進歩の真の効果は実現できる)、

(三)最後に、三番目の箇所は最も短いもので、同じ三十六章の最後、次の文章の直後に見出せる。

　残念ながら理論のこの魅力的な部門を、文明化された読者に開陳することはできない。われわれの社会政策はあまりに小人物的で偏見に満ちているので、この新しい難解な奥義の手解きを受けることはできないのだ。

元のテクストは次のように続けている。

　私はこの意見に敬意をはらって、恋愛の連繫を二人という可能な限り小さい組み合わせで樹立しなければならなかった。とはいえ、友情、野心、父性愛という三つの情念による連繫は、恋愛においては高位の調和に向かう道となる数多くの組み合わせへと拡張される。

最初に気づかれるのは、以上三つの箇所には、いかなる「露骨な表現」もないということだ。逆に、われわれは「粋で自由奔放《リベルタン》な雰囲気に包まれた」テクストの、典型的な一例を目の前にしている。いかなる禁止された言葉も、「ファランジュ」紙が「寝取られ夫の階梯」を掲載した際に、編集者が次のように書いた意味で「ショック」を与える言葉すら、どこにも見当たらない(全集第十一巻、「商業と結婚」の節、二五一ページ以降にある)。

　フーリエの草稿のなかに、彼が話題にしている表《タブロー》の下書きが見つかったが、テーマが十分に慎み深いやり方で扱われているので、読者を大いに怖気付かせるとは思わなかった。それゆえ、現在の良俗に最もショックを与える言葉をできるだけ略記するにとどめ、ここに掲載する。

略記とは、「寝取られ夫〔cocu〕」が概ね c... によって置き換えられたことを指す。

なるほどソシエテール書店は『産業的新世界』をできるだけ広く読まれるように努めたものの、それはあくまで限定的な目的のためであって、図書館を漁ればありもしない「露骨な表現」を完全なテクストの中に見つけられると読者に信じ込ませようとした、といった類の文学的戦略が編集長ないし編集者の側にあったなどと見なすのは難しい。それどころかこれらの箇所には彼ら自身にショックを与えた何かが透けて見えるようであって、

そのショックの大きさゆえに、彼らが検閲した理由はただ単に言葉の露骨さのためだけであるという印象を与えることを望んだように思われる。

他方で、問題とされた最後の箇所の、

> 恋愛においては高位の調和に向かう道となる数多くの組み合わせ

という表現によって、『愛の新世界』を実際に読むことができ魅了された者の脳裡に、きわめて官能的な絵図の数々が喚起されるとしても、編集者たちによって保持された同じ段落の冒頭部分などよりも、この点では比較にならないほど「危険度」は低い。

> 私は認めて良いのだが、この理論は家族集団に適用されてしまうと非常に無味乾燥なものとなる。が、もしそれが恋愛集団に適用されるなら、並外れて陽気なものとなるだろう。メンバーが非常に多数になり、少なくとも千人を超える場合、その発展は、情念の戯れにおいて最も優美で最も刺激的な組み合わせを提供するだろう。

先の数行の削除を引き起こしたのは、それらによって、ヴァレールとユルジェルの物語を割愛したのがフーリエ自身ではないことが暴露されてしまうからだ。

それゆえ、若者と明らかに主導権を握った老女との間の恋愛を物語る新たな対[15]が、〔編集者の検閲を逃れ〕残されている。

逆の場合を想像してみよう。五十歳の男、いや八十歳の男でもよいが、ずっと年下の若い女に恋をし、彼女と結婚したとしよう(「哲学者」ドリル・デサルの物語だ)。これに驚くのはフーリエだけである。ことはあまりに「当たり前《ノーマル》」になっているので「連繋」の必要さえない。そのような夫には妻を寝取られる危険があることを認めざるをえないにしても、それは自然に合致していると正式に認められている。

したがって、ソシエテール派が拒否しているのは、男女の真なる平等という見地なのだ。彼らは、結婚の解消不可能性であればよろこんで批判するが(たとえば『四運動の理論』の再版に加えられた序文を参照せよ)、結婚がもたらす主従関係を放棄することはけっしてない。男にとって婚姻外の情事が、当時のフランスに残っていた軽い罪悪感から解放されるのは大変結構、男が複数の愛人をもつことを楽しむのも構わない、だが、そこから進んで男の優位を放棄するとなると話は別だ。編集者たちは、想定される読者がこの優位に固執するあまり、そうした物語に嫌悪感を抱くのではと懸念したのだった。

彼らが検閲を行い、しかもこうした巧妙さを発揮したのは、それらの物語が公式の道徳に軽いショックを与えるからでも、道徳が不当な厳格さをもって禁じている魅力をなしているからでもなく、それらがソシエテール派の大義を毀損することにしかなりえないからだ。

彼らによれば、若い読者は試行ファランジュに熱狂する可能性があるのだが、ユルジェルのような老女と真剣に恋に落ちたいなどとはまったく願うまい、と彼らは考えたのだ。一般にそのような結びつきに付きものの物質的利益、欲得づくの側面は、フーリエによればさもしいものであるが、それこそ、彼らの目にはそうした結びつきを正当化するものなのだ。実際、その場合には、年齢差にもかかわらず男の面目は保たれる。ニノン・ド・ランクロは、素晴らしい例外にとどまるべきである。とはいえ、年齢差は、ある種の女たちの恋心に火をつけるかもしれないという向きもあろう。然り、だが、彼女らは被後見人の立場にとどめられる以上、彼らの大義には直接関わらないだろう。

ある時、フーリエは自分自身が「サッフォー愛者補佐者《プロサフィアン》」であることに気がつく。すなわち、女子同性愛を助長することに喜びを感じるのだ。おそらくこの特殊性のおかげで、彼は男性優位のドグマを徹底して拒絶することができたのである。われわれがこうした箇所を読むことでもはやいささかの気詰まりを感じることなく、優美さだけを受け取るためには、西欧の女性の境遇がすでにしてかなり改善されている必要がある。

フーリエの想像の世界のなかでの女性のこうした解放は、その言葉遣いに見事に現われている。われわれはみな学校で、「男性形は女性形よりも優位である」と習った。私はこの規則に対するフーリエの態度について、なんらかの示唆を引き出すほど十分に彼の文章を広範に検討することはできなかった。しかしフランス語にあって男性の優位は、女性名詞のほとんどが男性名詞に依存し、エヴァがアダムの肋骨から生まれたように、後者から派生していることにも現われる。フーリエは、語彙のこの隷属的領域において同等の形成力を発見する。すなわち既存の女性名詞から新しい男性名詞を発明しているのだ。それは、彼による最も味わい深い言語的発見のいくつかの源泉であるし、性別の絶えざる煌めきに彼の言説を湯浴みさせている。たとえば、sibylle〔シュピラ巫女〕からsibyl〔シュピラ巫師〕、matrone〔花車〕からmatron〔男花車〕、vestale〔ウェスタ巫女〕からvestel〔ウェスタ巫師〕、fée〔仙女〕からfé〔仙師〕が発明される。最も興味深い事例では、bonne〔女中〕から単純な男性名詞であるbonに戻るのではなくbonnin〔下男〕が生まれ、女性名詞は二重に女性化したbonnine〔下女〕となる。

IV 二重の隠し部屋

編集者たちによる検閲は、フーリエが彼らの優位を認めた領域、すなわち普及活動のために、彼らの求めに応じて彼が自身のテクストに施した検閲を続行しつつ、それを捻じ曲げる。実際、初版のテクストは、すでに欠落が透かし模様を入れているかのごとき観を呈している。

> 省かれた章〔…〕
> このプランから多くの細部を削除した〔…〕
> 集合的引力における主導性に移ろう。私は三つの原動力について書くつもりだった。
> 両義的な情念の使用（第三巻、一三五ページ）、
> 産業軍における色恋、
> 母性愛の階梯。私は最初の原動力だけに限定する〔…〕

（この参照ページ数は『家政と農業のアソシアシオン概論』を指し示す。『愛の新世界』は、産業軍における色恋がどのようなものになりうるかについて、より興味深い詳細を与えてくれる）。

こうした監視には、著者自身によるものに加え、広く普及されることが願われた著作のためにフーリエが部分的に従った不誠実な弟子たちの監視があったわけだが、まずは政府の公的な検閲の裏をかくためだった。しかしこの場合、政府による検閲はさほど心配するに及ばなかったことに注意すべきだろう。相当に大胆な箇所を含む『家政と農業のアソシアシオン概論』や『偽産業論』が、まったく訴追の対象にならなかったからだ。回避すべき暗礁は別にあった。読者がそのようなページに遭遇したときに、噴出するおそれがあるあけすけな笑いである。当時であれば、「寝取られ夫」という単語を見たり聞いたりしたときに、自動的に湧き上がってくる笑いがまさしくそれにあたる。弟子たちは、師の文章の一文一文から透けて見える嘲笑的な目配せに、ほとほと我慢がならなかった。彼らは師の著作を、「真面目な人々だけが手に取り有益に読むことができる科学書」として世に認めさせたいのだ。そういう次第で、あまりに性急にほかの連中を喜ばせてしまいかねない議論の展開は早々に食い止めようとする。

反対にフーリエにとっては、「陽気さ」こそ、探し求める候補者〔後出。ファランジュ創設のための候補者〕の情熱を掻き立てるための主たる餌の一つにほかならない。この下劣な社会において、たとえ吐き気を催させる脂によって、その笑いが最初は重苦しいとしても、その炸裂によって脂を燃やすだろう。ひとたび煙が消え去れば「辛辣さ」の炎が残る。

フーリエはそれゆえ、削除箇所を強調し、読者の食欲をそそろうとする。

フーリエは、自著を科学の書と見なす。なぜならそれが計算に終始貫かれ、あらゆる水準において形式化がなされているからだ。ほかの人たちにとっては、それだけでは十分とはいえない。科学的な口調《トーン》、いってみればそうした式服が同じく必要な

のだ。然るべき学者たち――もっともフーリエはそのほとんどをひたすら軽蔑していた――が、彼の著作を認め、高く評価できるようにする必要があった。ソシエテール派にとって重要なのは、試行ファランジュ創設のために十分な数の志願者をグループに加えることだけでなく、ファランジュの前に立ち塞がりうる障害をできるだけ排除しておくこと、とりわけ、その時点において権威をなしていた知識人の反対を避けることだった。

西欧社会の進化を加速したいという願いから、フーリエは、賛美者たちの戦略に同意したと信じ込ませることを甘受する。彼らが要求する武器を彼は提供してやる。どのように既成団体を武装解除させるか。これは、「福音書を例にとった確証」と題された、第五節の非常に奇妙な補遺が提案する教えである。この教えは、実際には教会が教える神学とは程遠い「科学」をそこに忍ばせるために、どのように教会言語を使うかをわれわれに示している。聖職に対する非難を伴った『偽産業論』において、この箇所の一部が再び取り上げられていることは、ソシエテール派にとって不可欠なこの策略の失敗を物語っている。ただし、フーリエ自身、ほぼ成功のチャンスはないと考えていたに違いない。

V　トルバドゥール様式の小さな礼拝堂の形をした墓が見えるバルコン

ソシエテール派のメンバーたちは、フーリエが「候補者」として思い描く人物像、すなわち、調和期にいたる西欧社会の進化を促進できる人物にまったく対応していなかった。彼らにとって肝要なのは、既存の権威の合意を取りつけることであり、他方フーリエにとって重要なのは、そうした権威から完全に離反することだった。そういう次第で、武装解除させるべき反対勢力といっても、実際には双方にとって意味がまったく異なっていた。学派のメンバーたちにとっては、潜在的な対抗者に、彼らが大きな顔をすることのできる手段を与えることであったのに対して、フーリエにとっては、注目に値する読者(幸福な少数者《ハッピー・フュー》!)の情熱の炎が燃え上がるのを妨げる先入観を打ち砕くことだった。学派のメンバーたちは、グループを強化し体面を高めるためにできるだけ多くの読者(しかもきちんとした読者)を探し求めていた。フーリエの方は、必要な読者に出会う蓋然性を高めるためにのみ、著作の発行部数を増やすことを望んだ。というのも、ほかにどうしようもなければ、必要最低限の地位のそれぞれに、たったひとりずつ見つけられれば十分だからだ。

これは、富と名声を**直ちに**勝ち得たいと望む人々に呼びかけている。すでに述べたように、試行ファランジュから始めて地球全体にアソシアシオンを創設するためには、四人の個人の協力が必要である。(一)創設者あるいは会社の長、(二)交渉人、(三)弁論家、(この二つの役割をひとりが兼任することができる)(四)発明者、機構不全や哲学的精神すなわち単純かつ間違った行為から施設を守るためである。

　先駆けて仕事を始めるのは交渉人である[…]。

発明者とはフーリエ自身である。弁論家と交渉人は兼任でひとりの人物でもよい。創設者、すなわち、十分に資産をもち身分の高い人物(フーリエは例として、故ベッドフォード侯爵、あるいは故ラ・ロッシュフーコー侯爵をあげている)の心を即座に捉えることさえできれば、発明者が交渉人＝弁論家を決めるのは難しくないだろう。

『偽産業論』は投瓶通信であり、受取人すなわち可能な候補者を探し求める長大な手紙となるであろう。王族がひとりでも事業に関心をもてば、それはなされたことになる。二カ月後には歴史は大きく方向転換するだろう。ならば既成団体の非難がなんであろう。彼らには反撃する暇さえないだろう。

ところでそうした候補者は、ソシエテール派のメンバーなどまったく必要としないだろう。なるほど彼らを受け入れるかもしれないが、それはけっして彼らが望むことではない。

かくして、候補者を見つけるためにフーリエはソシエテール派を利用しようとしたが、結局のところ、いっぱい食わされたのはどちらだったのであろうか。フーリエは、書いたものを出版するためには学派を経由するほかなく、草稿を彼らに委ねた。「先駆者」が亡くなった時、これらの風変わりな遺言執行者たちの口から、なんという安堵の奇怪なる叫び、ほとんど勝ち誇ってすらいる叫びが漏れ出たことか。シモーヌ・ドゥブーが注意を促しているように、ルモワーヌ[16]は、コンシデラン[17]に次のように書き送っている。

　フーリエがすでに無用だったのは明らかだ。

そしてシャンブラン[18]は、明言してみせる。

　彼の死には心は痛まないし、学説にとっても不幸ではない。

学派メンバーはもはやフーリエに煩わされることがないだろう。だがフーリエ自身、いくつかの面倒な点で目障りな頑固さを示したにもかかわらず、未来の候補者を常に男性として想定していた以上、ソシエテール派の戦略、すなわち彼の「科学」の学派による解釈に事実上同意していた、と主張する権利がメンバーにはあったのではないか。

最後に、学者、芸術家、文学者、教育者たち《アンスティチュトゥール》に向かって、ここに大金持ちになるチャンスがあることを喚起しておこう。

女性の教育者《アンスティチュトリス》たちであっても構わないではないか。

決め手になる方策は、影響力のある王族《プランス》をひとり説得することだろう。彼が最初の株式を入手しさえすれば、翌日にはほかの株式への投資がなされるはずだ。(供与されるのは三分の一までにとどまるだろう)。世論は国王のなかでバイエルン王が適任であるという。もし誰かが国王たちに、ソシエテール機構の理論が哲学的諸体系と党派精神を瓦解させると教えられるのなら、私はフランスの王族たちを任命してもよい。最も大きな国では、広大な国土を温暖化し多くの人々を住まわせたいと願うロシア皇帝から、最も小さな国では、失った以上に領土を取り戻し、全王権を獲得したいと願うザクセン国王まで、あらゆる君主がこの変貌に利益を見いだすだろう[19]。

女性の王族《プランセス》であっても構わないではないか。

さしあたり男が文法的にも法律的にも権力を保持しているのだから、男だけが真に権力を手放し、歴史のこの方向転換点で主軸的な役割を果たしうる。だが彼は情熱的に恋に落ちなければ、男性優位の幻想を放棄できない。彼は世界の未来全体を後押しすることになるこの決意において、両性間の関係にあっての貞節《コンスタンス》と呼ばれるあの徳を最高度に顕示しなければならない。この決意は当然、不可逆なものとなるだろう。

ここにおいて学派によって糾弾された箇所は、ついに決定的なものとして立ち現われる。真正なる試行ファランジュの創設に、財産と実際の地位をかけることのできる候補者にとって、ヴァレールとユルジェルの物語は不快ではなく魅力的でなければならない。事実として、彼はひとりの老女と恋仲になりたいと願わなければならない。彼は貞節《コンスタンス》の極みとなるのだから。そして彼が今や恋する女は、年を重ねても、彼自身がやがてなる老人にとってのみならず、二十歳の若者にとっても、欲望を掻き立てる女であろうと願わねばならない。このカップルは、なんという感動をもって連繫の教説を解読することだろう。

移り気《アンコンスタンス》がようやく全面化し、調和の原理の一つとなる理想社会において[20]、初めて貞節《コンスタンス》が現実となることができるだろう。ところが一八二九年のフランスでは、貞節《コンスタンス》は原則においては義務と見なされたが、寝取られ夫の普遍的な広がりのなかで溺れている。

確かにソシエテール派の面々は、師を情熱的に賛美したが、ある程度まででしかなく、賛美において移り気《アンコンスタン》であり、愛において不十分だったので信用に値しなかった。

歴史の急展開は、貞節《コンスタン》なひとりの王族にかかっていた。だが、彼はどこにも見つからなかった。したがってソシエテール派の努力は、些細な点を除き無駄に終わるだろう。確かに彼らは師の著作を世に広めるだろうが、不完全な形ででしかない。歴史は遅々とした歩みを続けるだろう。フーリエのテクストがその襞を一つ残らず伴い、手つかずの大胆さにおいて靄の中から今現われ出るためには、辛抱強く念入りに、垣間見える多くの真実を発見しなければならないだろう。

螺旋をなす七つの大罪

ロジェ・ケンプ[01]に

I 盲たちのもとで

1 手負いの夜

彼は原稿を頭上に振りかざし、「これで熱狂の叫びをあげないなら、きみらを感動させうるものはなにひとつないってことだ！」と怒鳴った[02]。

と、マクシム・デュ・カンは語る。フローベールはデュ・カンとルイ・ブイエをクロワッセへ招き、驚異の自作を披露した。絶対の自信があった。四日間というもの、正午から四時までと、八時から夜中の十二時まで、『聖アントニオスの誘惑』初稿の熱烈な朗読を二人に浴びせたが、見たところ本稿にはなにひとつ彼らを感動させうるものがないらしい。いままでほかの作品や、自分のする話に対して、あれほど感銘を受ける二人の姿を目にしてきたはずなのに。食事時の沈黙、翌朝顔を合わせた際の気まずい視線は想像に難くない。

四日目の夜十二時、最後の句点のあと、ルイ・ブイエは、日中のうちにいかなる振る舞いに出るべきかを相棒とあらかじめ協議しておいた上で、こう告げる。

ぼくらが思うに、それは全部火にくべて、二度と話題にしないほうがいい。

デュ・カンの書きとどめたところによれば、

フローベールは飛びすさり、恐怖の悲鳴をあげた。

次いで痛ましい会話が朝の八時まで続き、昼間になると、同情したブイエは哀れな男に向かい、ある三面記事を元に書いてみてはどうかと示唆した。男は挑戦を受けて立った。これが『ボヴァリー夫人』となる。

二人の人物への模範的な友情を堅持するフローベールの、一見して並外れた謙虚さ。実際、私ならば、かくなる出来事のあとでマクシム・デュ・カンその人に附いてエジプトへ行くことなどけっしてできはしなかっただろう。たとえ彼らの言うことを信じ、彼らの外科手術のおかげで自分の真に進むべき道を発見させてもらえたのだと何年も後に感謝するようになり、ほんとうに原稿を燃やしてしまったのだとしても、それでも私は二人に二度と再会せずにすむよう手を打ったことだろう。

変わらず二人と頻繁に、かくも忠実に付き合いつづける一方で、フローベールはじつのところ彼らの審判を断固拒否し、自分の仕事を手放さない。要するに彼は、二人の反対意見が共通の価値基準の内部における評価の違いによるものではなく、根本的な盲目状態によるものであることを感じていたのだ。マクシム・デュ・カンは次のように告白している。

骨折り損である！　われわれには理解できなかった、彼がどこへ向かおうとしているのか把握できなかった、そしてじつのところ、彼はどこにも到着しなかったのだ。三年に及ぶ労働が実を結ぶことなく崩れ去った。作品は煙と消えたのである。

なにひとつ残らない！　まるで昨今のあれこれの作品を扱う文芸記者の記事でも読んでいるかのようだ。

いまにわかる！　いまに見えてくるから！

と、朗読を中断して、フローベールは二人に大声で訴える。が、駄目だ、鱗はちっとも落ちない。むしろ、あまりに鱗が分厚いからこそ、二人は貴重なのだ。無論フローベールは目の見える仲間たちのために書きたいと思っているのだが、しかし書物が仲間たちの手元へ到達するには、ぜひとも——当時はこうした星目《ほしめ》が大変多くの目を濁らせていたので——一定数の目の見えない人々をも満足させる必要がある。ところが『聖アントニオスの誘惑』のページから放たれる光は、自分の触覚や嗅覚や味覚を撹乱している恐れがある、と彼は考えており、だからこそ、そうした視覚以外の感覚において濃やかであることが認められるブイエのような者の見解を懸命に聞き入れようとするのだ。

2　幻灯

プルーストにおいてきわめて重要なステンドグラスおよび幻灯の視像《イメージ》について、なんらかの典拠を探さねばならないとするならば、それはフローベール作品の中に容易く見つかるだろう。まず「聖ジュリアン伝」はステンドグラスであり、また「素朴なひと」の聖なる鸚鵡、すなわちポン゠レヴェックのシーモルグ゠アンカー鳥[03]は、まずステンドグラスの中に登場するわけだが、さらにステンドグラスはエマとレオンのルーアン大聖堂訪問で肝心な役割を担うのだし、とりわけ例の驚嘆すべき叙情に満ちた一節では、ブルジョワ教育なるものが、若き田舎娘のその後の全生涯を定めることになるあらゆる誘惑を娘の周囲に配していくさまが見てとられる。

ジャンヌ・ダルク、アニェス・ソレル、うるわしのフェロニエール、クレマンス・イゾールが、彼女にとっては歴史という広大な闇に閃く彗星のようにくっきりと見え、また闇に紛れつつあちらこちらへ脈絡なしに浮かびあがるのは、樫の木のもとの聖ルイ王、瀕死のバイヤール、ルイ十一世の残虐あれこれ、聖バルテルミの残虐少々、ベアルヌ人アンリ四世の羽根飾り、そして絶えず思い出されるのはルイ十四世を讃える絵皿の数々［…］

〔『ボヴァリー夫人』第一部第六章〕

そして次のように読まれる。

そしてエマの頭上の壁に掛かったケンケ灯のシェードが、こうした世界の絵図《タブロー》を照らし出し、絵が一枚また一枚と目の前を通り過ぎていくあいだ、寝室は静けさに満ち、帰りの遅れた何台かの辻馬車がまだ大通りを走っている音が遙かに聞こえた。

〔同前〕

アントニオスは同じ状況に立ち会う。

これらの像は唐突に、ぎくしゃくと、黒檀に描いた深紅の絵のごとく、闇夜に浮かびあがった。

〔第一部〕

デュ・カンとブイエが『聖アントニオスの誘惑』において非難するのは、まさに絵図が次々と入れ替わるだけで互いにまったく無関係であることなのだ。

文また文、それらの文は美しく、巧みに組み立てられ、調和が取れていて、繰り返しが多く、壮大な比喩や思いがけぬ隠喩からなるのだが、しかし文の集積にすぎず、一文を移動させても書物全体にはなんら変化がない。

二人は必死に物語を待つ。

この長い神秘劇にはなんの展開もなく、ひとつきりの場面が多様な人物たちによって演じられ、延々と反復されるのだ。

確かに、『聖アントニオスの誘惑』にはたくさんの物語があり、しかも第三稿よりも初稿のほうがずっと多いとはいえ、エマの幻視の数々が《フランス史》として秩序立てられており、同様に本書の(そしてまた『諸世紀の伝説』の)主たる手本であるエドガール・キネ『アハシュエロス』の劇中の景《タブロー》の数々が《世界史》として秩序立てられるのに対し、本書はそうであるとは言えない。たとえかくなる《世界史》が、『聖アントニオスの誘惑』の内部において、神々の死の行列という、初稿および第二稿では末尾を飾り、第三稿では第五部を占める場面に配されているとしても、その時系列は、オリュンポス十二神をはじめとする現存の神々が、同時にではなく段々と消えていくこと、かつ何よりも古代イタリアの神々が彼らの前ではなく後にやって来ることによって、著しく宙吊りにされている。第七部の結末にある《自然史》はといえば、逆向きに語られる。

とはいうものの、それは聖アントニオスの一夜の物語を形づくっているのは間違いない。ただこの範例としての一夜において、ほんとうのところ、特筆すべき何事も彼の身には起こらないのだ。彼は抵抗し、持ちこたえる。翌日は前日と同様だろうし、翌晩は同じ誘惑が、多少の変形を伴いつつ、多少異なる順番で彼を襲うだろう。

順序に重要性がないというのではない。本書に進展がないというのは誤りだ。反対にフローベールは、読み手ないし聴き手が驚きの連続を味わえるよう、初めの数時間見えていなかった者が突如開眼し、迫り来るものの思いがけなさ、まさにまったく予測を許さなかった思いがけなさにとうとう熱狂の叫びをあげるようにするためにできることは残らずやった。ただし、小説的な進展はここにはない。

バルザックやスタンダールの小説は、一つの行為が別の一つを引き起こすような行為の連鎖から成る。ある瞬間に異なる決定が下されたなら、続きはすべて変わってしまう。そこにおける根源的な力は、エネルギーである。フローベールの小説は同じ仕方でできているように見えるが、じつは個々人は遙かに広範に及ぶ決定論に組みこまれており、彼らがなにをしようとも、行きつく先は常にほぼ同じなのだ。ブヴァールとペキュシェは自分たちの失敗の連続に対してまったく責任がない。ところどころで成功する余地は十分にあった。だが、あらゆるものが徒党を組んで彼らを阻む。だからこそフローベールの作中人物たちは、かくも無力な印象を与えるのだ。この場合の大きな力とは、作家の言に与するなら「芸術」となるわけだが、私としては「的確さ」という言葉を使ったほうが、意図をよりよく理解してもらえると思う。存在するものを表わす譜面はそこにある、問題はそれをできるだけうまく演奏することだ。悲劇は、聞く耳の不在にある。ここからとりわけ導き出されるのは、「エネルギーに満ちた」決意だけでは人生を変えるには足りない、ということだ。自分の周囲に生じつつある変化を耳に留め、更新された楽曲を読みとらねばならないのだが、それは改竄された古い楽譜を使ったおぞましい演奏から抜け出せない大方の者にとっては、難解すぎる。

　通常の語りの形式の代わりに彼は別の形式を置く、それは通常の形式を下支えするものでもありえて、このことは彼の小説作品のいくつかの特徴を説明してくれるのだが、

　その別の形式のほうが遙かに根源的だと彼は考えている――互いに引き立て合い、照らし合い、互いをより魅力的、魅惑的にしていく視像《イメージ》の連なり。そして典型的な主題が、誘惑ということになる。フローベールの作中人物たちはだれでも、『感情教育』だろうと『心の城』だろうと、みな数々の誘惑に襲われて、多かれ少なかれ抵抗するのである。

3　聖布《ザインフ》

　この形式は、当時の文学界の意識からは覆い隠されており、個人による決定的行為の連鎖という支配的イデオロギーのせいで、もはやそれと認める術が失われてしまっていたが(だからこそフローベールは、ブルジョワジーの産物でありつつも、根底からアンチブルジョワを名乗ることができるのだが)、他方で同時代の日常生活においては多大な重要性を担っていた。というのも、この形式はあらゆる祭礼を具現化しているのだ、たとえば儀式の行列や、祭りの練り歩き、行進など(あまりに全作品を通して例が多く、数えあげる気にもならない)。『聖アントニオスの誘惑』で異端者たち、神々、怪物たちが列を成して進む様子は、あたかもシャンゼリゼ大通りの軍隊、ニースのカーニバルの山車、幻灯の一連のガラス板、あるいはエジプトの碑文に並ぶヒエログリフのよう、

> ヘリオポリスの神殿に住んでいたころ、よく壁にあるものを残らず見つめた。笏を持った禿鷲、竪琴を爪弾く鰐、蛇の体をした男たちの彫像、陽物神たちの前にひれ伏す牛頭の女たち。

彼らの自然を超えた姿はわたしを別の世界へ連れていった。これらの物静かな目がなにを見ているのか知りたかった。

物質がこれほどの威力を持つには、精神が宿っていなければならない。これらの図像《イメージ》には神々の魂が結びつけられているのだ[…]　〔第五部〕

より一般的に、東方の建築物に現われるさまざまな形象もそうだ、

始原の形象というものがどこかにあるはずで、それらの形象において体は影像《イメージ》にすぎない。それらを見ることができたなら、《存在》を織りなす物質と思考との関連を知ることができるだろうに！

バビロンのベロス神殿の壁に描かれていたものこそ、こうした形象なのだし、カルタゴの港でモザイクを覆いつくしていたものもそうだった。わたし自身、時おり空に精霊のかたちのようなものを見かけたことがある。　〔第七部〕

このモザイクは『サランボー』の、不可思議な光に輝くタニト神殿内部に見いだされる、

眩い光に二人は目を伏せた。次いでまわりじゅうに無数の獣が、痩せこけ、息遣い荒く、爪を立て、謎めいた無秩序さで互いに重なり合い入り交じっているのを目にし、おののいた。蛇たちには足があり、牡牛たちには翼があり、人面の魚たちが果物を貪り、鰐たちの顎のあいだに花が咲き、象たちは鼻を高く掲げて、鷲のごとく威風堂々と蒼穹を飛び交う。途轍もない力をこめているため、足りなかったり多かったりする四肢が歪んでいる。舌を突き出して、みずからの魂を引き出そうとしているかに見える。そしてあらゆる姿がそこにあった、あたかも胚を積んだ花托が突然の発芽に破裂して、中身が部屋の四方の壁にぶちまけられたかのように。　〔第五章〕

幻灯の効果は女神の衣に割かれた一節においてなお強く現われる、

その奥は、まるでひとひらの雲に星々が瞬いているかのようだった。襞の奥にさまざまな姿が現われる。カベイロイの神々を従えたエシュムン神、すでに見たのと同じいくつかの怪物、バビロン人の聖なる獣たち、その他、自分たちの知らない諸々。それは外套のように偶像の顎の下に巻かれ、その先は引きあげられて壁に広げられ、隅を留めてあり、夜のごとく青みがかっていると同時に、暁のごとく黄色、太陽のごとく深紅で、翳っていながら澄みきり、輝かしく、軽やか。女神の衣、見ること

のできない聖なるザインフであった。

マトーが衣をかついでサランボーの寝室に着くときはまだ漆黒の夜だ。ガレー船のかたちをした銀のランプを手に取り、近づくと、寝台の蚊帳が一瞬にして燃えあがり、消える。娘が目覚めると、照明の暗さにもかかわらず、

聖衣《ザインフ》は光線につつまれて輝いていた。

この衣を通して、彼女は夜が明けるのを見る。そしてしばらく後、あらゆる市民が太陽に燦めく衣を見るだろう、

海風に支えられた布は、太陽のもとに多彩な色と宝石と神々の姿をさらしてきらきらと輝いていた。マトーはそうやって衣を運びながら、平野をずっと抜けて兵士たちの天幕まで行き、民衆は城壁の上から、カルタゴの財産が遠ざかっていくのを眺めていた。

4　行進

軍隊の分列行進は、敵を怯ませることもできるが、何よりも一般市民に向けて自国の武力に対する安心感を与えるためのものであり、あるいはまた、誘惑するためにあるもの、つまり見学の若い女子をかくも優れた戦士たちへの恋心に燃え立たせ、若い男子を栄誉心に燃え立たせて、あわよくば儀式が終わるや否や徴兵局に殺到してもらうよう仕向けるものだ。多様な部隊がそれぞれに最高の効果をあげるためには、順序が決定的に重要である。青い軍服は赤い軍服を引き立てる。コントラスト、段階的発展、休止が必要となる。

行進は物語を語らない。軽騎兵が先頭に来るとして、それは次に来る竜騎兵の原因ではまったくないし、竜騎兵は胸甲騎兵に先立つからといって後者を発生させているわけではなく、目立たせているのだ。ひとりのうら若き槍騎兵がいかに見目うるわしかろうと、大行進という照明を浴びたとき以上に、子守女や女中にとって堪らない姿に映ることはけっしてない。

歴史的順序がこうした効果的順序と一致することはありうる。陸軍大臣が最新兵器の披露を一番最後に取っておくと決定することはできるが、ただそれは先立つ数々の兵器よりも最新兵器のほうが強い印象を与えると大臣が確信した場合に限られる。確か戦前のパリで見た覚えのあるカーニバルの行進で（モンパルナス大通りのバルコニー、家族の友人宅で、私は柵のあいだから見ていた）、

連なる山車が各世紀のパリ情景を順番に表わしていた。互いをつなぐ因果律は括弧に入れられ、残ったものはただささまざまな場面、模倣を促す手本の数々、熱狂を促す栄光の数々であっ

た。

さらに別の年になれば、組織者たる陸軍大臣は見世物の順序を変更しようと決定することができるわけだが、これはとりわけ特定の連隊が目覚ましい働きを見せたために、傑出した華々しさの係数を必要とし、したがって引き立たせ方を改めるに値すると大臣が評価した場合に起こる。大臣が判断を誤った場合、群衆はがっかりしつつ自宅へ帰り、パレードがいつもに比べて冴えなかったとこぼすことだろう。

同様に、いくつもの夜のうちの、ある別の一夜に、悪魔がアントニオスに同じ一連の視像《イメージ》を、ただし順序を変えて見せることはありうるだろう、たとえば日中の状況や特定の弱みに乗じて、手持ちの音階のうちの一つの音にアクセントをつけるといった具合に。フローベールは、可能なあらゆる組み合わせの中から、われわれにとって最も効果が高いと彼の考える組み合わせを選んでいるのだ。前日がどうであったかについての特記はまったくなく、われわれはその日がすべての日々の中で最も普通の日だったと考えるしかない。その一日がほかの日々に対して際立っているとするならば、それは特徴の不在においてでしかないのだ。

価値づけはまた遡及的でもあらねばならない。単純な進展、たとえば大きさの異なる七台の大砲の場合を考えてみるならば、最小のもの、次にもう少し大きいもの、以下同、というふうに並べることができるわけだが、全体を遙かに印象深いものとし、同時に一つひとつをそれぞれに印象に残すには、大きくなっていく展開が一区切りつくごとに小型の大砲を一台置けばよいのであって、その小さな大砲は記憶の中で、いましがた見たものの大きさを際立たせる上、結果としてこの後に続くものの大きさをさらに目立たせることにもなる。先に来たものを、後に続くものによって押し潰すことのないようにしなければならない。陸軍大臣が新兵を必要とするのは、最後の連隊だけでなく、すべての連隊においてなのだ。

ここに誘惑のパラドックスがある。もし個別の連隊が、ほかの連隊とともにあることで、それぞれに魅力を増すのだとすると、それらは相殺されることにはならないだろうか。誘惑された若者はどれを選べばよいかわからなくなり、誘いに屈することなく帰宅してしまう。あまり長く集中力を維持することができない者であるなら、魅力は特定の演し物に集中し、後に続くほかのものは一種の倦怠とともに眺めるだけで、特定のものを引き立てる添え物の役割しか果たさない。少し遅れてから見はじめた者の場合や、さらに別の事情を持つ者の場合は、また違った罠に陥るだろう。かようにして悪魔、ないし徴兵官は凡庸なる者どもの上に勝者として君臨する。他方、真に行進を全体として見る能力のある者は、さまざまな誘惑の均衡の中心に立つことになり、ある誘惑からほかの誘惑のおかげで免れる。

悪魔は突出した芸術家であればあるほど、注意を引きつづける能力を持ち、となれば、彼が失敗する率は高まるように思われる。そして、これこそがアントニオスの身に起こったことではないだろうか。景色の中央に現われる太陽の円盤、その中に輝くイエス＝キリストの顔、十字架の印、これらこそは先に述べた中心にあたる場所であり、誘惑者がそこからアントニオスを引き抜くことに成功しないのは、まさに全方位から同時に攻撃しているせいではないのか。多くのページを読むうちに、どうもこの画像《イメージ》の遣い手は映写するものを急いで変えすぎるのではないか、もう少しだけ待っていれば聖人はそれ以上耐えられなかったはずなのに、次の誘惑のおかげで救われてしまっている、という印象をわれわれは抱かないだろうか。一定の時間を過ぎると、前に見たものの記憶が後に来るものから彼を救うようになる。

しかし悪魔は遙かに狡賢い。確実に国民全員を徴兵し、最も戦力の高い軍隊になるかたちで全員を組み入れようとする陸軍大臣を想像してみよう。彼は下位の連隊による誘惑によって最も才能に欠ける兵士たちを排除していき、そうすることで行進終了時には最後まで抵抗した最も注意深い群衆が最高の連隊として姿を現すのであり、この連隊はほかのすべての連隊が備える力を併せ持つことになる。

悪魔がこれほど見事にアントニオスに執着し、この一夜のあいだにすべての誘惑の短縮版を繰り広げ、これほどまでに急ぐのは、見者たちの上位部隊にアントニオスを徴兵したいと思っているからなのだ。神の円環は地獄の円環と等価である。第六部の末尾でアントニオスを放棄した夜の悪魔は、最後のページで昼の悪魔としてアントニオスに再会するのだ。同様に「聖ジュリアン伝」の結末において、あのレプラに罹った者（大食漢、吝嗇家、羨望家、淫蕩家）、すなわち主イエスの仮面ほどまでに〈敵〉に似通ったものがあろうか？

5　螺旋

本作に対するブイエとデュ・カンの抵抗において、一見して彼らは目が見えず、示された絵図《タブロー》のいずれにも大して誘惑されなかったように感じられるが、それでも、じつは自分たち自身も知らないまま上位アントニオスだった可能性がほんの少しだけありはしないだろうか、つまり作品のすべての部分に対してあまりに同等の魅力を感じたがために、どれかを抜き出して話題にすることがまったくできなかったのだと？　悪魔フローベールはその場合、彼らを自分の最後の部隊に徴兵する手段を見いだしたはずだ。第三稿における構成の変更がこの疑問に明確な回答をもたらしてくれるに違いない

（そして私は結局のところ、あのブヴァールと、あのペキュシェが介入してくれたことに深く感謝せねばならない、なぜな

らこの第三稿の形式は以前のものに比べていかにも上位にあると思うからだ)。

フローベールの描く行進は、そもそも回転式の見世物をいくつか含んでいるが、彼はそこに盲目のブイエを満足させるような小説的筋立を重ねるのではなく、螺旋による進展を注ぎ込む

(彼はこの題名を持つ作品を計画したことがあったが、そこでは大麻常習者の主人公が次々と試練をくぐり抜け、過去と未来とを現在と見なすにいたって、神々と語らい、各種の類型を目にする。いくつか筋書きの細部が保存されているが、たとえば、

> 女の首をした巨大な蛇が壁の穴から出てくる[…]孤高のバラモンが主人公に教えを授け、鳥の言語を理解したり植物の秘められた成長を見破ったりできるようにする[…]04

といったもので、いかにこの計画が『誘惑』決定稿に吸収されているかが見てとられ)、

それは自分でそうと知らない見者ブイエを取りこめるようにするため

(デュ・カンとの仲はすでにずいぶん前から冷え切っている)、

それはブイエに自分自身の真の姿を知らしめるため、いやむしろ、ブイエは亡くなったところだから

(このことが最後の手直しに飛び込む勇気を与えた理由の一つであるに違いない、

前もってあたうるかぎりブイエへの敬意を示した上でのことだが、

というのもこのアルフレッド・ル・ポワトヴァン05の期待外れな代役がどう応えるか恐れる根拠は十分にあったからで、若き日の数々の誘惑に関する相棒でありこの第三稿を献じた相手でもあるル・ポワトヴァンならば、間違いなく、いくつかのくだりを前に熱狂の叫びをあげたはずだ)、

生きているすべての見者たちに自分たち自身の真の姿を知らしめるためなのだ、仮に彼らが一八四九年の朗読と同じような機会に面した場合に、例の二人の友人と同じ反応を示したとしても。

6 保証

もしも芸術作品が目の見えない者のためにできておらず、彼らに完全に合わせることが不可能であるとしても(代わりに彼らが堪能できる別の作品が作られるだろうし、それらは目の見える者をもまた惹きつけて、いずれ芸術作品のほうへ呼び寄せることができるに違いないが)、それでも、盲目がこれほど広まった今日びともなると、ただ作品を世に出すだけのことでも、目の見えない人々からあまり反対が出ないよう計らわなければ実現しない。本書の意義は隠者が過ごした一夜の心理学的分析にはまったくないが、とはいえその観点から見て真実らしさに

欠けるようなことは一つたりとあってはならない。このことから第二稿の執筆が導かれる。一八五六年六月一日、彼はまさにブイエに向けてこう書く、

いまなにをしているのかというきみの質問に答えると、例の伝説(聖ジュリアン)を進めているのと、聖アントニオスを直している。聖アントニオスは、場違いに思える箇所を全部削除した[…]。第二部では[…]やっとつながりが見えてきた、貧弱なものかもしれないが、まあとにかくつながりができた。聖アントニオスの人物像は二、三の独白で膨らませ、この独白が誘惑を不可避的に引っ張ってくる[…]

そして少し経ってから、やはりブイエ宛てに、

慰めはある。きみの成功を思うことと、それから聖アントニオスにいまや筋立てがあるという希望。ボヴァリーよりもずっとしっかり自分の足で立っている気がする[06]。

追加されたこれら二カ所の現実主義的な独白というのは、一八五六年版においてシバの女王登場の前と後に見いだされることになる。一八七二年版では消えるだろう。フローベールはできるかぎりのことはしたのだ。

「つながり、不可避的、筋立て」。奇妙なのは、人物や場面の連続を比較してみると、一八五六年版のテクストは、一八四九年版に比して多くの削除がなされている一方で、残ったものに関しては、言ってみれば順序の変更はまったく認められないということである。一八五六年版の『聖アントニオスの誘惑』にいまやあるという筋立ては、じつのところ以前にあったものとまるきり同じで、ただその筋立てをブイエが心理学的に解釈できるようになったはずだということだったのだが、結局双方とも不満が残った末、おそらくは暗黒の国への忠実な案内役たる彼が、また新たに次のごとき反対の声を挙げたものと思われる——心理学的な真実らしさに欠けるという批判のみならず、歴史的な真実らしさに欠けるという批判に対しても、本書を保証しておくことが必要なのではないかと。フローベールはそこで『サランボー』に着手するが、攻撃に応えられるよう参照資料の鎧に身を固めておいたところ、現にその点に関する攻撃が相次いだ。『聖アントニオスの誘惑』の直しに取りかかった際、再び大量の読書に浸かったのは、まずもってそのためである、というのも「中世の動物誌をめぐる」のを楽しんだり、博物館へ行って夢想したりしても、新しい怪物はほぼ見つからないのだし(「風を喰って生きる鳥」「バビロンのドゥダイム[07]」「バアラスの根[08]」と、重要な形象は一つもない)、逆にいくつか削除するのだから。

イポリット・テーヌは、こうした二つのレベルがあることを

確かに感じていた、

　本作の根源的な困難は、次の二つの視点を両立させることにあります。一つは、紀元三三〇年の苦行者の見た本物の幻覚を作りあげることで、そこには現象相互の支離滅裂さ・不規則性に加え、この人物に見合った愚昧さ・精神異常の痕跡もあり（ただしフローベールは件の聖人に愚昧さの痕跡を与えようとはけっして思っていなかったのだが）、
　二つ目は、巨大な形而上的・神秘的饗宴、さまざまな体系の混乱を見せる絵図《タブロー》を作りあげることです。

そして類いまれな洞察力をもって、彼はとりわけ微妙な点を指し示してみせる、

　[…]シバの女王。一体全体、あなたはどこからこの精神的・身体的な類型と、この衣装を見つけてきたのでしょうか。というのも、このことに関しても、あなたは権威ある典拠、あるいは少なくとも資料、出発点を持っているものとわたしは確信しているからです[09]。

フローベールはそれらを提示しようとすれば、ずいぶん苦労したはずだ、なにしろ女王の衣装は細部にいたるまで、まったく初稿から変わっていないのだから。

7　変容

　第二稿から第三稿への移行を、歴史的保証の追求によって説明しうる割合はほんのわずかでしかない。豚の削除はこの追求によるものかもしれないが、それでは説明のつかない遙かに根源的な変容が次のとおり見られる、

（一）美徳の完全な消滅、
（二）七つの大罪が擬人化されなくなり、唯一残った終盤の色欲は死に対置されているために、おぞましきものとして現われず（大罪たちの顰め面が第二部の冒頭に漠然と垣間見られるだけであり、これは彼らのかつての擬人化の痕跡に属するものと言える）、
（三）今回は筋立てが根底から変動していること。

最初の二つの稿は三部に分かれており、次が二稿に共通する図式である、

（一）七つの大罪の合唱、

異端者たちの行列、
(二)七つの大罪および美徳たちの合唱、
以下を含む多様な幻覚
ネブカドネザル、
シバの女王、
スフィンクスとキメラ、
怪物たちの行列、
(三)悪魔がアントニオスを宇宙空間に連れていく、
死と色欲との対話、
死にゆく神々の行列。

第三稿のほうは、七部に分かれており、次がその概略である、

(一)アントニオスの独白、ナイル河畔における孤独、
(二)七つの大罪、これらは七つの夢として表現される、
a 怠惰 ナイル河の船遊び、
b 暴食 食事の用意された食卓、
c 吝嗇 金貨の溢れる杯、
d 憤怒 アリウス派の虐殺、
e 羨望 宗教会議列席の司教たちの屈辱、
f 傲慢 ネブカドネザル、
g 色欲 シバの女王、
(三)元弟子ヒラリオンとの対話、ここでヒラリオンはかつて合理に割り当てられていた台詞を引き取る、
(四)異端者たちの行列、
(五)死にゆく神々の行列、
(六)悪魔がアントニオスを宇宙空間に連れていく、
(七)死と色欲、スフィンクスとキメラ、怪物たちの行列。

II 地獄の虹

1 七つの大罪群の予備的出現

七大罪の一群はすでに第一部で数回にわたって、多かれ少なかれ完全な形で予告されており、それはアントニオスを惑わせる最初の声、幻灯の最初の像《イメージ》に加え、とりわけ次の場面で予告される。

(一)聖書を読む場面において

暴食と羨望、

「使徒言行録」にしては？……そうしよう……どこでもいい！

「彼は空がひらけ、大きな布が四隅を吊されて降りてくるのを見たが、その中には地上のあらゆる動物と野生の獣、爬虫類、鳥類が入っていた。そして「ペテロ、身を起こしなさい。屠り、食べなさい」という声が聞こえた」

では、主は使徒になんでも食べるよう望まれたのか？……なのにわたしは……、

憤怒、

「ユダヤ人は剣《つるぎ》をもってすべての敵を斬り、大殺戮におよび、憎む相手を思うがままに扱った」

続いて彼らに殺された人々が列挙されている。七万五千人。彼らはあまりに苦しんだのだ。しかも彼らの敵は真の神の敵でもあった。偶像崇拝者を虐殺しつつ、どれほど復讐の喜びに浸ったことだろう。町は死者に溢れたに違いない。庭の入口にも、階段にも散らばり、部屋の中ではあまりに高く積みあがって扉が開かないほど！……　――いけない、今度は殺人と流血をめぐる思いに耽ってしまった！［…］、

傲慢、

「ネブカドネザルは額を地につけてひれ伏し、ダニエルを拝した」

ほう、けっこうなことだ。天は王たちよりも預言者たちを称揚する。この王は宴に生き、絶え間なく悦楽と傲慢に酔っていた。しかし神は罰として彼を獣に変えた。彼は四つ足で歩いたのだ！［…］、

吝嗇、

「ヒゼキヤは彼らを大喜びで迎えた。香、金、銀、あらゆる香料、香油、貴重な壺、手持ちのすべての宝物を見せた」

これが自分ならと想像してみる……天井まで積まれた宝石、ダイヤモンド、ペルシアの金貨を目にしていると。これほどの富の集積を所有する者は常人とは異なるのだ［…］、

色欲、

「シバの女王はソロモンの名声を知り、謎をかけて試そうとやってきた」［…］、

（二）次いでその先の長台詞において、

傲慢、

わたしの命令によりこれら多くの神聖な隠遁所が建てられたのだが[…]、

吝嗇、

[…]少し金が要るのだが。いや、たくさんではない、少しの額だ!……大事に使おう[…]、

羨望、

ニカイア公会議の司教たちは深紅色の長衣を着て、賢者のごとく壁沿いの高座に腰かけていた。彼らは饗宴でもてなされ、尊敬の印を浴びせられた。特にパフヌティオスは、ディオクレティアヌスによる迫害以来、片目が見えず片足が不自由だったためにもてはやされた。彼の潰れた目に皇帝は何度も口づけた。なんたる愚行![…]

憤怒、

(アリウス派について)[…]ああ、皇帝のお力でやつらを追放していただきたい、さもなくば打ち据え、踏みつぶし、苦しむところを眺めたい![…]

暴食、

絶食しすぎたせいだ! 力が出ない。食べようか……一度だけ、肉を一切れだけ。

彼は弱々しげに目を半ば閉じる。

ああ、赤い肉……葡萄の房にかじりつく……皿にゆらゆら揺れる凝乳!……

色欲、

自分は一体どうしたのか……どうしたというのか!……心臓が、嵐の前に膨れあがる海のごとく膨らむのを感じる。果てしないけだるさに打ちのめされ、熱い空気が毛髪から立ちのぼる香気を運んでくるようだ……

これらの予備的な大展開には怠惰が欠けているのが見てとれる。怠惰は当然ながら、閉じられてまだ読まれていない書物、あるいは開けられているがもはや読まれていない書物によって象徴されており、もはや読まれていない書物はアントニオスの腰掛けの上に置かれて「黒い文字の詰まったページ」がまるで「燕にすっかり覆われた灌木」のように見えるものとして現われ、

これらの文字は第二部の冒頭で顰め面をする小さな顔の群れとなるのだが、何よりもこの導入部全体が怠惰の印のもとにあることを感じ取るのは容易い。

2　アタナシオスから星座へ

第三部においてヒラリオンはアントニオスに次のごとく指摘する、

あらゆる大罪がやってきました。しかしやつらの最悪の罠すら、あなたのような聖人に当たれば打ち砕かれるのです。

そして七大罪の音階を、アタナシオスの人物像の描写において、先とはまた異なる順序で繰り広げてみせる、

傲慢、

なにを仰る！　傲慢な男です[…]

吝嗇、

そしてしまいには買収の科で追放されました[…]

憤怒、

復讐として、アルセニオスの家を焼いたのです！[…]

羨望、

ニカイア公会議では、イエスについて「主の従者」と述べました、

怠惰、

結局は視野が狭いあまり、御言葉がなんであるかまったくわからないと白状しているのです。

第四部の行列では、大罪を特定の異端に結びつけることは容易であり(第一稿では、異端たちが場面《シーン》を、いやむしろ画面《スクリーン》を占拠する際に、擬人化された大罪たちが駆けつけて異端に加わり、交じり、溶け込んでいた)、

第五部の行列では、尊ぶべき伝統に則って大罪は特定の神々に結びつき、

第六部では、アントニオスの見分ける星々がさらにもう一度、われわれの問題とする一群を言い表わす。

(一)吝嗇、

彼はひと目で南十字星を認めた、

(宝石。このくだりに考古学的な真実性を見いだすことは難しい)

(二)怠惰、

そして大熊座

(カトブレパス〔長い首を地に垂れた伝説上の動物〕に似る)、

(三)色欲、

山猫座

(すべてを見通す者であり、シーモルグ＝アンカー鳥のごとく、あらゆる衣を貫く)、

(四)傲慢、

そしてケンタウロス座

(第一部においてアントニオスは「自分の尻に乗せようとするケンタウロス」をはねつけたと述べているが、現時点では悪魔が彼を角に乗せて運んでいる)、

(五)暴食、

かじき座の星雲、

(六)憤怒、

オリオン座の六つの太陽

(オリオンは狩人。キリスト教の天空であれば救護者聖ジュリアンの星座にあたるだろう)、

(七)羨望、

四つの衛星を従えたユピテル〔木星〕と、怪物じみたサトゥルヌス〔土星〕の持つ三つの輪

(四足す三、神々は自分たちの父を羨み、父を王位から下ろす)。

3 動物誌

フローベールは一八七二年八月に「架空の獣たちの象徴的意味合いを明確に」せねばならないと書き留めている[10]、

(一)暴食——無頭人ブレミュアエが暴食の音を鳴らしているのは明らかである、

おれたちは消化によってものを考え、分泌によって詳細を練る。おれたちにとって神とは、体内の乳糜のなかを安らかに漂うものなのだ。〔第七部〕[11]

バシリスク〔伝説上の大蛇〕も同様である、

おれは火を飲む。火はおれだ。――いたるところから火を吸い込む[…]

(第一稿は次のように詳述していた、

気をつけろ！　おまえはおれの口の中に落ちる。すべてがここに入る、というのもおれは幻惑する者、抗しがたき脅威、万物を貪る者だから……おれがこのように貪るのは腹が減っているからではない、喉が渇くせいなのだ……おれはおまえの骨髄を呑み込み、心臓を吸い出さねばならない……)、

(二)怠惰――スキアポデス〔伝説上の民族。巨大な脚をあげて日よけとする〕、

移動もなければ仕事もない！

(第一稿は次のように詳述していた、

われわれは怠け者のスキアポデス……)、

カトブレパスも同様である、

……おれは絶え間なく腹の下に泥のぬくみを感じている、

(三)憤怒――キュノケファロス〔犬の頭をした狒々〕、

……おれたちこそが主人だ、――腕の力と心の酷さによって、

マルティコラス〔人頭の四足獣〕も同様である、

マルティコラスは尻尾から棘を投げ、それらは矢のごとく全方位に光を放つ。血の滴が降り、葉叢に当たって音を立てる

(第一稿は次のように詳述していた、

やつらは笛と喇叭の音を耳にしたとき、おそらくどこかの戦士たちの一隊が遠くでファンファーレを鳴らしながら通っていくのだろうと思った。次いで様子を見に近づいた。まったく違っ

た！　このおれがやつらを来させようと声を張りあげていたのだ。そこでおれはやつらを爪で裂き、尻尾で首を絞め、歯で貪った……）、

（四）吝嗇――ニスナス〔アラブの空想上の生物とされる、半分になった人間のような存在〕、

　わたしたちは半分の家で、半分の妻、半分の子どもたちとともに、きわめて快適に暮らしている

（第一稿は次のように詳述していた、

　わたしたちはみずからの頭《かしら》にあらゆるものを片づけて、半分の脳みそに収まるようにした。芝生は切りつめ、飼い犬は毛を刈らねばならぬ）、

グリフォンも同様だが、地位はまったく異なる、

わたしは深淵に潜む豪華な品々の主。古《いにしえ》の王たちの眠る墓の秘密を知っている［…］

　彼らの宝物は幾つもの部屋に仕舞われている、菱形に、小山の形に、ピラミッドの形に

（『サランボー』におけるハミルカルの宝物、「ヘロディアス」における四分封領主《テトラルケス》の宝物）

　――そしてさらに深く、墓の下、息の詰まる暗闇の中を長々と旅した先に、金の河があって、周囲にはダイヤモンドの森、紅玉の野原、水銀の湖［…］

（この行列はまず群れを成す複数の怪物たちが下位の誘惑を示し、次いでヒエログリフの動物たちがより高いレベルにおいて同じ誘惑を繰り返した上で、集合して一つの猛烈な形、騒乱となり、別の段階に向けて開かれる。こうした類いの騒乱は三つの行列の各々において起こる）、

（五）羨望――アストミ〔重さをもたない「生きもの以前」の存在〕、

（六）傲慢――サデュザーグ〔七十四本の角笛を生やした怪獣〕

（七）色欲――海の獣たち

　かように七大罪の音階は、第二部において最も明確に提示されているものの、ほかの六部の各々において、縮小版として、伴奏として、さまざまな順序で、一度ないし数度、より完全であったりそうでもなかったり、より変容していたりそうでもなかったりしながら繰り返されるのだが、何よりもこの音階こそが本書における総体的な分配を律しているのであり、この増大

を伴う反復は陳列の順序そのものにしたがい、当の順序を強化する。

　こうした扱いのすべてを通じて、七つの大罪は性質を変える。初めの二つの稿には、擬人化があり、フローベールはまだ伝統に基づく神学的解釈の域にとどまっていたが、第三稿において七大罪は誘惑をもたらしうるものの多様な側面を露わにする。大罪が命ずる三分割から七分割への移行は思考の深い進化を表わしている。大罪をこれ以上ないかたちで見せるべく順序を定めることによって、ある欲望の系譜を打ち立てようと彼は試みたのだ。

III　悪徳の美徳

1　怠惰

　第二部における最初の夢の終わりで、アントニオスは舟に乗り、夢の中で「自分がエジプトでひとりきりでいる」ことを夢みるが、これによってわれわれは冒頭のページへと送り返される。物語の中のこのような輪は、特にわれわれがすでに見た縮小版の呈示を踏まえると、果てしなく拡大していく螺旋状の動きを作品全体に刻印するものであり、怠惰がこの導入の根源的な調べ《キー》であったことを示す。ヒラリオンは少し後に隠遁者に向かって次のごとく告げる、

　ほら、あなたはそうしていつもの罪、すなわち怠惰に陥るのです、〔第三部〕

それに、怠惰はほかのあらゆる悪徳の母であるとわれわれに述べる諺もあるではないか。終盤のヒエログリフの怪物たちのうち、カトブレパスはだれにも増してアントニオスを誘惑する、

　アントニオスよ、だれひとりとしておれの目を見た者はいない、あるいは見た者はみな死んでいる。おれが瞼をあげたならば――薔薇色に腫れた瞼だが――たちまち、おまえは死ぬのだ。〔第七部〕

アントニオス

ああ、こいつは！……おお……わたしがそうしたいと願ったらどうなる？……こいつの愚かさがわたしを魅惑する

（第一稿は次のように詳述していた、

　考えてみればほんの一分のことなのだ、一瞬の誘惑、髪一本の厚み！）〔第二部〕

愚かさを直視しながら死なずにいること、これこそが『ブヴァールとペキュシェ』の実験となるだろう。その眼差しは彼らのほうを変容させる。仲良し二人組は、もしも悪魔たるフローベールが彼らのレベルに合った誘惑を周囲に増殖させていなければ、そして、もしも彼らにとって不幸なことに、実行してみた分野のいずれかにおいて成功してしまったならば、愚かなままであっただろう。二人の失敗はすべて偶然の作用によるものなのだから、成功してしまう可能性は十分にあった。誘惑者がなにがなんでも音階を残らず展開しようとするせいで、二人はさまざまなものが集まったその中心にあって、自分たちの姿を眺める能力を得たのだ、

二人が明らかに優れていることが村のみんなを傷つけた[…]そこで二人の脳内には憐れむべき能力が発達したが、それは愚かさが目について、しかもそれを大目に見ることができないというものだった。

ちょっとしたことが二人を悲しませた。たとえば新聞広告、俗物の横顔、たまたま耳に入ったくだらない感想。

この村で話されていることを思い、地球の裏側にもクーロンやマレスコやフーローと同じような連中がいるのかと思うと、二人は全地球の重みに圧しつぶされそうな気がした。〔第八章〕

彼らの驢馬の耳は音楽家の耳に変わった。二人は感受性豊か《コピー・》な筆写《サンシーブル》[12]を通じて、狂った音の百科事典を制作することまでできるようになるだろう。アストミの域に達したのだ。

知的怠惰は魅力的である、というのも目の見えない者の世界にあって、目の見える者はみずからの目に苦しむからだ、しかしこの第三稿においてそうであるように、あらゆる価値は、すでに前もって大いに揺らいだのち、調和の取れた逆転に成功するのだから、そこから逃れるにはまさに上位の怠惰が必要なのであって、この怠惰はほかのすべての誘惑によって均衡を保ちつつ、それらの誘惑が十全に展開することを可能たらしめる。ここに現われるのは世界からの離脱、退却、アントニオスとフローベールと例の二人組に共通する隠遁主義だ。

2 暴食

第二部において、暴食の奏でる調べはほかのすべての大罪の底に重なって聞こえる。最初の夢、すなわち怠惰の夢では、

鈴と太鼓と歌い手たちの立てる音が遠くに響いた。カノポスへ行ってセラピスの神殿で眠り、夢を得ようとする者どもだ。アントニオスはこのことを知っている。彼は風に押され、運河の両岸の間をすいすいと進んでいく、

この夢は第一部へと送り返すものであるばかりか、彼の夢想のうちの一つを反復するものでもあり、そこでは食料および飲料が多大な役割を担っていた、

　アレクサンドリアの商人たちが祭りの日にカノポスの川を船で下り、蓮の萼で葡萄酒を飲むなか、長太鼓《タンブラン》の音が岸沿いに並ぶ居酒屋を震わせる！［…］主人は長椅子に寝そべりつつ、まわりに広がる平野を見わたすが、麦の合い間には狩人がおり、圧搾機では葡萄搾りの最中、牡牛は麦を打っている。

吝嗇の杯は次のものを手に入れることを可能にするはずだ、

　牡牛三頭……小さな畑……

アレクサンドリアにおける憤怒の夢では、

　荷車の軋る音に、地面の肉の屑や魚のあらを食べていた鳥たちが飛び立つ。
　［…］香草にあふれる数々の市場は、緑色の花束を成す。

ビザンティウムにおける羨望の夢では、アントニオスが皇帝の宮殿に入って最初に見るのは斑岩製の水盤で、その中央にはピスタチオをいっぱいに載せた金の杯がある。

　案内役がピスタチオを取ってもいいと言う。アントニオスは取る。

ネブカドネザルの夢は宴である。一八五六年版では全面的に暴食に割かれていた。
シバの女王はといえば――肉桂、ソースに入れるタンジェ茴香《シルフィウム》、さらにその他、アッシリアの歴代の王にのみ取り置かれたハレブの葡萄酒、また大鳥籠から鳥を、水槽から魚を取る調理場の奴隷たち――テーヌはこの「断片＝楽曲《モルソー》」の特徴を言い表わすにあたり、ごく自然に「餌でおびき寄せるような」という言葉を思いつくのだ。

3　吝嗇

ヒラリオンは第三部の花形である。一八四九年版では、合理にまつわる問いに続くかたちで、金の杯の夢が現われる。
合理にまつわる吝嗇、それはまずもってニスナスたちの、半分の脳みそに収まるようみずからの頭にあらゆるものを片づけるという吝嗇のことだ。ブヴァールとペキュシェは二人組でいるおかげで救われるのであり、彼らが苦心の末に手に入れた的

確さは、二人用の書きもの机の上でこそ実行できることになる。フローベールは自分を補うために知的な片割れが必要であると感じている。

だが、上位のレベルにおいては、吝嗇とは宝物を好むこと、解読に熱をあげることである。ヒラリオンは数々の質問を発した末に、次のように告げる、

あなたが手にしたいと望む秘密は賢者たちによって守られています。彼らは遠い国に住み、巨大な木々の根元に腰掛け、白い衣を纏い、神々のごとく穏やかです。熱い空気から彼らは栄養を得ています。周囲では豹たちが芝生の上を歩んでいます。泉のせせらぎと一角獣たちのいななきが彼らの声と混じり合います。あなたはそれらの声を聞くでしょう。すると〈未知〉の面《おもて》が露わになるでしょう。

じつにこのとおりのことがのちに起こり、太陽の輪の中には、われらが主の周知の相貌が現われる。

4　**憤怒**

四つ目の夢、すなわちアリウス派の虐殺に呼応するのは第四部における異端たちの行列であり、その中に、最初の騒乱に続くかたちでアリウスの姿が現われる。初めの二つの稿では、傲慢が異端たちを呼ぶ、

こちらへ来るのだ、わが娘たちよ！

確かに、憤怒の娘たちと見なされうるのは特定のいくつかの異端でしかない（モンタヌス派、アルコン派、タティアヌス派、ワレシウス派、カイン派、そしてとりわけキルクムケラス派、

狼の皮を纏い、茨の冠をかぶり、鉄の棍棒を持って果実を潰せ！　泉を濁らせろ！　子どもを水に沈めろ！　幸せな身分でたらふく食っている金持ちどもを略奪しろ！　驢馬の衣を、犬の餌を、鳥の巣を羨み、ほかの者が自分と同じほど惨めでないことを嘆く貧乏人を叩け！

聖人たるわれわれは、世の終焉を早めるため、毒を盛り、火をつけ、虐殺する！）、

しかしこの配役において重要なのは、人物たちの体現することではなく、惹起することである。ひとりの怒れる者の図像《イメージ》は憤怒を点火しうるが、その炎をさらにかき立てるのはほかの連中なのだ。

異端たちはまずアントニオスの頭に疑念を吹き込むのだが、これはこの第四部を、第三部におけるヒラリオンの陰険な一連

の質問と固く結びつけている。次いで異端たちはアントニオスの激怒を引き起こし、疑念が強かったがゆえになおさらこの怒りは激しいものとなる。さらに続けて彼らはアントニオスの羨望を目覚めさせるが、特に最後の三人の異端者たちがこれを行う。裸行者、魔術師シモン、そしてとりわけテュアナのアポロニオスである。第五部冒頭において、アントニオスはテュアナのアポロニオスについて次のように述べる、

この者には地獄のすべてがふさわしい！

ネブカドネザルもこれほどわたしの目を眩ませなかった。シバの女王もこれほど深くわたしを魅了しなかった。

この者の神々を語る語り方は、彼らのことを知りたい思いを呼び起こす。

5　羨望

五つ目の夢において、

その間アントニオスは回廊の奥にいる奴隷たちを目に留める。それはニカイア公会議列席の司教たちで、おぞましい襤褸《ぼろ》をまとっている。殉教者パフヌティオスは一頭の馬のたてがみにブラシをかけ、テオフィロスは別の一頭の脚を洗い、ヨハネはさらに別の一頭の蹄に色を塗り、アレクサンドロスは馬糞を拾って籠に集める。

アントニオスは彼らの真ん中を通っていく。彼らは列をなし、口利きをしてくれと頼み、手に口づけてくる。群衆が一体となって彼らを野次る。アントニオスは彼らの失墜に途轍もない喜びを覚える。いまや自分は宮廷の重鎮、皇帝の腹心、第一司祭となったのだ！〔第二部〕

羨望はこれにとどまらない。自分は皇帝になるべきなのではないか。次の夢において、アントニオスは自分をネブカドネザルと同一視するが、後者もなお羨望に苦しんでいる、

彼はバベルの塔を立て直し、神を王座から降ろすつもりでいる。〔同前〕

したがって、第五部においてアントニオスの羨望をかき立てるのは、神々たちとなる。疑う彼は、まず異教徒たちの信仰を羨むが、このことは異教徒たちの偶像に対し彼が笑ったり憤ったりしているだけになおさら強い印象を与える（ほかの宗教は、よりたちが悪く誘惑をそそる異端の一種と見なされうるのではないか）、

偶像たちが人間の型に近づけば近づくほど、アントニオスは

苛立つ。拳で殴り、蹴りつけ、躍起になって攻撃する。
恐るべき神々の行列を締めくくるのは、最悪の神である、

　ある神は赤く熱した鉄でできていて牡牛の角を持ち、子どもたちを喰らう。

無論、ここに認められるのは『サランボー』のモロク神である（モロクは青銅製だったが、鉄はそれよりも遥かに悪質だ）。どれほど恐怖と羨望がそこに入り交じっているかを確認するには、問題の十三章を読み返すに如くはない、

　あたかもひしめく群衆からなるいくつもの塀が、恐慌の叫びと狂信的な悦楽のもと崩れ落ちていくかのようだった。

アブラハムのごとく息子たちを生贄に差し出すこれら父親たちの信仰に対する羨望。ヒラリオンはこう指摘する、

　しかし神々は常に苦行を要求する。あなたの神も同様に……
アントニオス　泣きながら
ああ、最後まで言うな、黙るがいい！

　カルタゴを生き返らせようとすることは、ローマを殺そうとすることと、教皇たちのローマも皇帝たちのローマも殺そうとすることであった。それは歴史の別の解釈を提示すること、モロクに犠牲を捧げる人々とキリスト教徒になるかもしれぬ人々との価値は等しいと宣言することであった。
　そして神々はその存在自体によってアントニオスを羨望に燃え立たせる。神々と共にいること、神々のごとくあること、神々の一員であること（サランボーがタニト神に同一化せんと欲したのと同じく）。オリュンポスの神々が出現したとき、彼は叫ぶ、

　わたしの胸は膨らむ。経験したことのない喜びが魂の奥底まで降りてくる！　なんと素晴らしい！　なんと素晴らしい！

ここで羨望は収まるのだろうか。だが、もしも神々が永遠でなかったなら、もし神々もまた欲を持つのであったなら、もし互いを王座から追い落とすのであったなら……。ティタンの神々、巨人族、百手巨人《ヘカトンケイル》たち、一つ目巨人《キュクロプス》たちがこぼす、

　わたしたちにはわかっていた。神々はおしまいにすべきなのだ。ウラノスはサトゥルヌスに、サトゥルヌスはユピテルに傷つけられた。ユピテル自身も滅ぼされる。順番は回ってくる。

これが運命なのだ！

羨望する神々は、もはや羨望されなくなるのだろうか。いや、逆に、神々が引き起こす誘惑の第三段階はここにこそある。彼らはみずからの欲望を伝達するのだ。私はユピテルを羨むが、それは彼がサトゥルヌスを王座から外したいと欲したせいである。正しい傲慢とはもはや、エピクロスの説く神々のごとき羨望の喪失によってもたらされるのではなく、反対に、神々と同じく癒やしがたい羨望を自分が抱いているという自覚によってこそ、もたらされる。

6　傲慢

かようなわけで第六部は、ネブカドネザル王の傲慢を下位の欲望にあたるものとして位置づける。ネブカドネザルとの同一化により、またさらに深いところではネブカドネザルが退位させんとするイスラエルの神との同一化により、自分が羨望に我を忘れていると思い込むという、ただその一点のために、アントニオスはネブカドネザルと同様、獣に変身する。逆に学識は、正当にも、みずからの探求の無限性を誇るのだ。

7　色欲

第七の夢たる色欲は、ただ一つ擬人化された罪として第七部に現われ、シーモルグ＝アンカー鳥は怪物たちの行列を予告する。色欲は『聖アントニオスの誘惑』を締めくくるものであるのみならず、本作の最終点、完成することのない完全形であり、先行するすべての部は絶えずこの色欲へ向かって進みつづけているのだ。

かくしてヒラリオン、すなわち間もなく悪魔＝学識に変身することとなる合理＝吝嗇は、一番初めに登場するときは小さなジャッカルの姿で現われ、隠者に言わしめる、

　なんとも愛らしい！　優しく背中を撫でたくなる、〔第一部〕

次いで

　砂漠の真ん中に現われたあの黒い子は、とても美しく、自分の名は姦淫の精だとわたしに言った。

飽食を伴う怠惰にまつわる夢はといえば、第一部に出てくる際は、次のように終わる、

　彼の子どもたちは地べたで遊び、妻は体を傾げて彼に口づけようとする。

エロスとタナトスは、最初は母親と愛される女の二人だが（この第一部の最初というだけでなく、本書全体の最初でもある）、後には合体して一匹の怪物となる。実際、想像上の動物という特権的形象のもとに現われる怪物的なるもの、混成的なるものこそが、上位の色欲、すなわち創意工夫《インヴエンシヨン》をなににも増して煽り立てる

（最初の二稿における一連の低俗な悪徳、擬人化されたそれらの各々に、第三稿における上位の誘惑が対応する、

怠惰　超然
暴食　洗練
吝嗇　好奇心
憤怒　義憤
羨望　競争心
傲慢　学識
色欲　実現

採用された順序は、これらの大罪の効力が最も高まりうる順序であり、ここには蟄居から公刊にいたるフローベールの文学活動の図式を見ることができる）、

ここにあるものは現実に面してわれわれが応ずるべき挑戦であり、それは暴食の悦楽ではなく、なにか別の種《しゆ》を産み出すことによって行われねばならない。

冒頭においてアントニオスは、ファラオの墓の中で次のものを見たと回想する、

突然、壁に描かれたおぞましいものどもが動き出すのを。〔第一部〕

海の獣たちの言葉と、それに続く動物界・植物界・鉱物界の対話の後、アントニオスは錯乱して叫ぶ、

ああ、なんたる幸福！　わたしは命が生まれるのを見た、運動が始まるのを見た。〔第七部〕

あらゆる形がそこにある、タニト神殿の中と同じように、

あたかも胚を積んだ花托が突然の発芽に破裂して、中身がぶちまけられたかのように

飛び散る先は、宇宙という画面《スクリーン》。そこでアントニオスは欲望そのもの、生まれんとする至上の混成物となる、

飛びたい、泳ぎたい、吠えたい、呻きたい、喚きたい。翼が欲しい、甲羅が欲しい、樹皮が欲しい、煙を吐きたい、長い鼻を持ちたい、体を捩りたい、分裂してあらゆるところへ行きた

い、あらゆるものの一部を成したい、匂いとともに拡散したい、植物のごとく成長したい、水のごとく流れたい、音のごとく響きたい、光のごとく輝きたい、あらゆる形に抱かれたい、個々の原子に入り込みたい、物質の奥底まで降りてゆきたい——物質になりたい！

ネブカドネザルの変身は、結末でアントニオスが思い描く自分自身の変身を、冴えない形であらかじめ示すものでしかない。思い描かれる変身とは、物質になることであり、これのみが神聖なる羨望を、まったく思いがけない数々の形象として具現することを可能たらしめる。

太陽の円盤の中に光り輝くイエス・キリストの姿も、畢竟このように解釈すべきなのであって、これは古代神学への回帰などではさらさらなく、太陽の宗教としてのキリスト教の照射であり、またこの受肉という思考を示す至上の象形文字（ヒエログリフ）なのである。

惑わされた聖アントニオスは、羊歯の葉状部にも似て、無数の粒子ないし胚芽の束、すなわち世界が、新たな螺層または新たな夜明けを成すことを可能にするための加速装置のごときものとなる。

252

ボードレール小品

オプスクルム・ボードレリアヌム

I パリの夢

イジー・コラーシュ[01]に

思い出の源であるひとよ、　恋人のなかの恋人よ[02]、

言ってほしい、　君の心はときどき飛び立つのか、　アガートよ[03]、

わが快楽のすべてであるきみよ、　わが務めのすべてであるきみ
よ[04]、

穢らわしい都会の黒い海を遠く離れて？[05]

親しい友よ[06]、

思い出してくれないか、　愛撫の美しさを[07]、

栄光が輝く、　もうひとつの海のなか[08]、

暖炉の心地よさと夕べの魅惑[09]、

それらは処女性のように青く、　明るく、　深い[10]。

親愛なるJ・K

あなたの作り上げた図像と適切に戯れるためには、　通常の意

味での序文を書くといったことではなく、　あなたと同じ敬意と

同じ隔たりをもって、　あなたのそれに似たある種の手法にボー

ドレールのテクストを従わせる必要があったのです、その手法のなかに、同じ運動によって、その手法が詩人の教えに拠るものであると正当に主張するに足るなにかを見つけながら。

言ってほしい、君の心はときどき飛び立つのか、アガートよ[11]、
いまやその時がきた、茎の上で震えながら[12]、
思い出の源であるひとよ、恋人のなかの恋人よ[13]、
花のひとつひとつが香炉のように薫じられる[14]。

II　人と海

私はあなたにひとつの小さな著作をお送りしますが、これについて、尻尾も頭もないなどと言う人があれば、それは不当であることを免れないでしょう[15]、

あらゆる音と口づけが夕べの空気のなかにめぐる[16]、
炭火の灼熱で照らされたこの夕べに[17]。
憂愁のワルツと気だるい眩暈[18]、
海、広い海は、私たちの労苦を慰める[19]。

この小品を実現するために、私はまず、『悪の華』の二つの詩篇「バルコン」と「悲しみ彷徨う女」を薄片のように一行ずつ切り離して、互いに貼りつけることからはじめました。両詩篇とも、五行目が一行目とほぼ同一である五行詩句の六詩節から構成される、同じ律動のパターンを持っています。

バラ色のもやに包まれたバルコニーで過ごすこの夕べ[20]、
どんな悪魔が海に霊感を授けたのか、このしわがれ声の歌手に？[21]
きみの胸のなんと心地よいこと、きみの心のなんと優しいこと[22]

とどろく風のオルガンの伴奏をうけながら[23]。

なぜならそこでは、すべてが、代わる代わる互いに、頭であり同時に尻尾なのですから[24]。

III

曇った空

私たちに不朽のことごとを語りながら[25]
崇高で人を眠りに誘うこの役目のなかで[26]
海、広い海は、私たちの労苦を慰める[27]、
花のひとつひとつが香炉のように薫じられる[28]。

まず「バルコン」の詩句、次に「悲しみ彷徨う女」の詩句と繰り返しましたが、詩節の最終行だけは、効果に変化を持たせるために、繰り返しの詩句の順序を逆にしました。

炭火の灼熱で照らされたこの夕べ[29]、
ヴァイオリンは痛めつけられる心のように震える[30]、
憂愁のワルツと気だるい眩暈[31]。
熱を帯びた夕べにはなんと太陽が美しいことか！[32]

考えてみてください、こうした方策が、あらゆる人に、あなたに、私に、そして読者に、どれほど素晴らしい便利さをもたらすのかを[33]。

仮祭壇のように悲しく美しい空の上へと[34]、

客車よ私を運んでゆけ、快速船よ私をさらってゆけ[35]、
そこでは空間は奥深く、心は力強い[36]、
遠くへ！　遠くへ！　ここでは泥が私たちの涙でできている!![37]

IV 旅

それから私は、このようにして構成された十行詩節を、反復する部分を持つ別の詩篇「夕べのハーモニー」の詩句で連結しました。この詩は各四行詩節の二行目と四行目が次の詩節の一行目と三行目になる「パントゥーム」形式です。

私へと身を傾ける、愛される女たちの女王であるきみよ[38]、
ほんとうか、アガートよ、きみの悲しい心がときおり[39]、
私がきみの血の香りを吸い込むような心地がしているときに[40]、
悔恨、罪悪、悲嘆から遠くへと、と言うというのは……[41]

私たちは好きなところで中断することができるのです、私は私の夢想を、あなたは原稿を、読者はその読書を。私は読者の非協力的な意欲を、不必要な筋立てのきりのない糸にぶら下げたりはしないのですから[42]。

客車よ私を運んでゆけ、快速船よ私をさらってゆけ！[43]
ヴァイオリンは痛めつけられる心のように震える[44]
（熱を帯びた煙のなかで太陽はなんと美しいことか……）[45]、
広く黒い虚無を憎むきみの優しい心よ！[46]

これらの〔「夕べのハーモニー」を構成する四つの〕四行詩節だけでは私が作った〔六つの〕十行詩節をすべて結びつけるには足りなかったため、五つ目の四行詩節を作るために、私は一行を「髪」から、別の一行を「香水瓶」から借りて構成のプロセスを継続しました。この継続から演繹された、詩篇を円環へと変貌させながらその結部となりうる六つ目の四行詩節は、次のようなものとなります。

おお巻き毛よ、物憂さのこもる香りよ[47]、
いまやその時がきた、茎の上で震えながら[48]
乱された大気のなかで……目は閉ざされ……〈眩暈〉……[49]
あらゆる音と口づけが夕べの空気のなかにめぐる[50]。

V　功徳

このような操作は、選択されたテクストの驚くべき類似性を際立たせ――それらは心、海、夕べ、香りといった同一の中心的語彙によって制御されているため、文法上の流れをより自由にするために必要不可欠な微修正に加えて、私は語の悩ましい反復を避けるためにある程度の修正を加えなければなりませんでした――詩句の自律性をはっきりと示しましたが、脚韻を踏む詩句同士を引き離し、その執拗さを漠たる残響へと変化させることで、詩句がかたちづくる音楽を変化させます。新たな編曲のようなものです。同じメロディが使われながら、音色は違って響くのです。このことを私たちの時代は経験しました。

空は仮祭壇のように悲しく美しい[51]。
夜はまるで仕切り壁のように厚みを増しつつあった[52]、
太陽は凝固するみずからの血のなかに溺れてしまった[53]。
なんと遠いことか、香りたつ楽園よ！[54]

椎骨をひとつ取り去ってごらんなさい、それでもこの曲がりくねった幻想の二つの破片は難なくつながるでしょう[55]。

そして私の目は暗さのなかにきみの瞳を探り当て[56]、
そこでは澄んだ青空のもと愛と喜びだけがあり[57]
(私はきみの吐息を呑んでいた。おお甘美さよ！ おお毒薬
よ！)[58]
そこでは愛されるものは愛されるにふさわしい[59]。

追加の四行詩句のおかげで、私たちの小品の結部を冒頭に連結することは当然ながら可能となるでしょう。こうして読者に介入の余地が与えられ、「親しい友よ」を現状の最初の詩節の前に置いて最初の行だけに手を加えて、次にすべての介入文を作品を一巡するようにスライドさせ、もし望むのであれば、螺旋のひと巻きひと巻きをまた別の即興によって強調させることができるのです[60]。

VI 前の世

そして私の両足はきみの友愛の両手のなかで眠ったものだった[61]
そこでは心が純粋な欲望のなかに溺れる[62]
(なんと遠いことか、香りたつ楽園よ……)[63]
広く黒い虚無を憎む私の優しい心が[64]。

これをいくつもの断片に刻んでごらんなさい、それでも断片のひとつひとつが生きているのを目になさるでしょう[65]。

夜は仕切り壁のように厚みを増しつつあった[66]。
輝かしい過去からあらゆる残存物をかき集める[67]
凝固するみずからの血のなかに溺れる太陽[68]
幸せな時を呼び戻す術とともに[69]。

私は各ページに作者による別の詩篇のタイトルを、それ自身もまた輪番制を取ることが可能であるような輝かしい王冠として戴かせました。

きみの思い出は私のなかで聖体顕示台のように輝く[70]
そして幼い愛の緑の楽園……[71]

私はきみの膝の間に身を丸めて過去をもう一度生きる[72]、
遠出、歌、口づけ、花束の数々を[73]。

VII
異邦の香り

こうした断片のいくつかが、十分に生き生きとしてあなたのお気に召し[74]、

なぜならきみの気だるい美しさを探すことがなんになろう[75]
（丘の背後で響くヴァイオリン）[76]
それがあるのはただきみの愛しい体とかくも優しい心のなか[77]、
夕べに木立のなかでワインを酌み交わしながら[78]。

私は『パリの憂愁』序文の第一段落を十個に分割して余白に配置しました。

そして幼い愛の緑の楽園は[79]
輝かしい過去からあらゆる残存物をかき集める[80]
幸せな時を呼び戻す術とともに[81]、
おお巻き毛よ！　物憂さのこもる香りよ！[82]

あなたを楽しませることを願いつつ[83]、

VIII　踊る蛇

きみの思い出は私のなかで聖体顕示台のように輝く[84]、
誓いよ、香りよ、無限の口づけよ[85]
乱された大気のなかで……目は閉ざされ……〈眩暈〉……[86]
つかのまの喜びに満ちた無垢の楽園よ[87]。

私の九つの説明文を挿入したあとで。

私たちには測りえない深淵からきみはよみがえるのか[88]、
インドや中国よりも遠い場所に秘められたきみは[89]、
まるで太陽が若返って空に登るように？[90]
嘆きの叫びできみを呼び戻すことはできるのだろうか[91]。

私はこの蛇をまるごとあなたに捧げます[92]。

深い海の底できみの身体を洗ったあとで[93]、
きみの銀の声で私を再び活気づけにきてほしい[94]、
つかのまの喜びに満ちた無垢の楽園よ[95]、
誓いよ、香りよ、無限の口づけよ！[96]

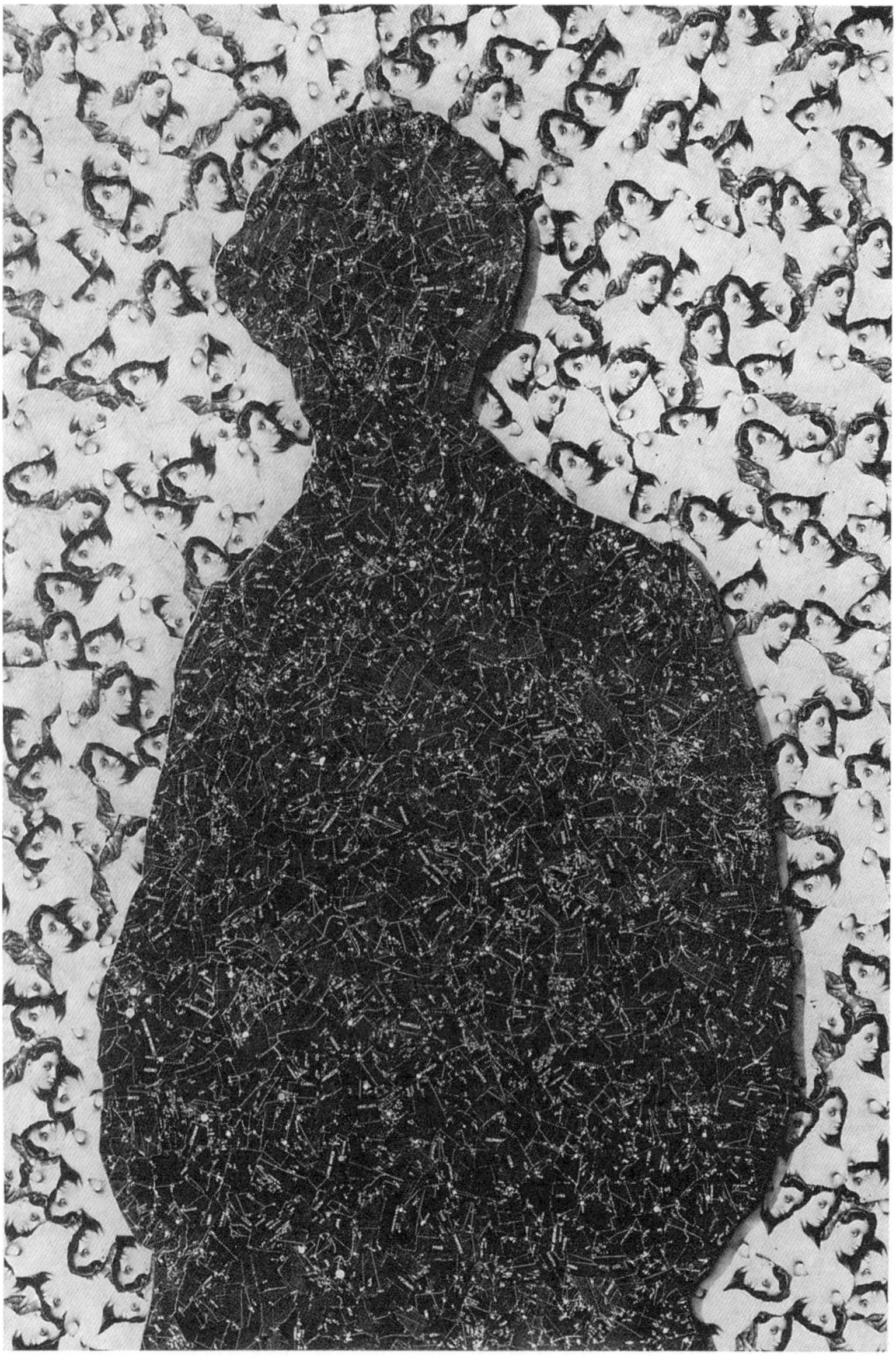

《ボードレールの肖像》
イジー・コラーシュ作
クレーフェルト美術館(「ボードレールへのオマージュ展」)、作品15

短編映画ロートレアモン[01]

ジャック・キュピソノフ[02]に

青みを帯びたスクリーンに見えている〈「Lautréamont」という〉筆名が拡大されて「autre」のみになり、それがさらに拡大されて「au」のみになったあと、今度は縮小されつつ横にスライドし、左側に「 e 」の文字が現われる〈「au」の左に「e」が付加されると「eau」という語（フランス語で「水」の意）ができあがる〉。すると、こんな言葉が聞こえる——

感情に流されることなく、大声で朗誦してやろうじゃないか[03]

黄みがかっていくスクリーン上で「Eau」が縮小され、ほどなくしてその周囲に次のような文が現われる——「**海の水全部をもってしても**」（「海」という）この語が出現すると、大型船のカラー映像を背景に、テクストが徐々に小さくなりながら書きこまれていく）「**知性の血痕一つを洗い流すのに十分ではあるまい**」[04]。

これから諸君が耳にすることになる、大真面目で冷厳な詩の一節を。諸君、そこに含まれているものに注意してくれたまえ、

緑がかったモンテビデオの映像、

そして、そいつが諸君のかき乱された想念の中に、必ずや烙印のように残していくであろう、つらい印象からわが身を護るん

だ［…］

が引き裂かれ、代わりに出生証明書が現われる。ナレーターの声——

一八四六年四月四日に、イジドール・デュカスはモンテビデオに生まれました[05]。

生まれ故郷の街〔モンテビデオ〕の別の映像が引き裂かれ、代わりに青色を帯びて『マルドロールの歌』初版本のタイトルページが現われる。

［…］俺が再び海にまみえ、船の甲板を踏みしめてから、さほど時が経ったわけではない［…］

「O」の文字がスクリーン全体に広がっていく[06]。

彼は『マルドロールの歌』の作者です。

色とりどりの魚の群れ。

［…］ああ、絹の眼差しを持つ蛸よ［…］

砕ける波。

［…］二人で一緒にどこか海岸の岩にでも座り、俺の愛してやまないこの光景を眺めていられたら！　老いたる大洋よ

海の風景。

水晶の波を持つおまえが、何に似ているかといえば［…］

緑がかったモンテビデオの映像が引き裂かれ、代わりに洗礼証明書が現われる。

一八四七年十一月一日[07]に、イジドール・デュカスはモンテビデオの大聖堂で洗礼を受けます。

その街〔モンテビデオ〕の別の映像

［…］おまえが吹かせているそよ風のささやきか、と聞き紛うばかりの悲しみの息吹が長々と尾を引いて

が引き裂かれ、代わりに黄色を帯びて『ポエジー』初版本のタイトルページが現われる[08]。

消えることのない痕跡を残しつつ、甘やかに通り過ぎていく［…］

「O」の文字がスクリーン全体に広がっていく。

彼は『ポエジー』の作者です。

「大いなる軟弱者たち」のパラグラフ[09]――〈「大いなる軟弱者たち」という〉この表現は円で囲まれている。

［…］その苛酷な始まりにおいて、人間は初めて痛みというものを知り

「シャトーブリアン」という名前がスクリーンに飛び出してくる。肖像画にこう書きこまれる――「**〈物憂げなモヒカン族〉**」。

以後はもうそれと縁を切ることはできない。

頭髪。

おまえに敬礼しよう、老いたる大洋よ！

潮騒とともに、海の風景。

老いたる大洋よ、調和のとれた丸みをもつおまえの形状は、

大型船。

幾何学の厳めしい顔をも喜びに輝かせるものだが、

紫色を帯びたタルブの風景、

俺にはただひたすら人間の小さな目を想起させるばかりだ［…］

当時の教科書の類、その中には成績優秀者の名簿も紛れている、

一八五九年から六〇年にかけて、彼はタルブの高等中学校《リセ》の第六学級に在籍しています。

その街〈タルブ〉の別の風景の数々

［…］そして、その輪郭の円の完璧さにおいては、夜行性の鳥た

ちの目に［…］

が引き裂かれ、代わりに赤みを帯びた自筆の手紙が現われる。

彼のものとしては五通の手紙、それから六通目の文章の一部が残されています[10]。

手紙の中の「O」の文字が一つ、スクリーン全体に広がっていく。黄色を帯びた「大いなる軟弱者たち」のパラグラフ。

［…］俺としてはむしろこう考えている、人間がおのれの美を信じるのは自尊心のゆえにすぎないのだと――

「セナンクール、〈ペチコートを穿いた男〉」、

だが実際には美しくなどないし、自分でもそのことに気が付いているのだと――

「ルソー、〈気難し屋の社会主義者〉」、

なにしろ人間は、自分の同類の顔を眺めるときに

頭髪。

あんなにも軽侮の念をむき出しにするんだから。

魚の群れ。

おまえに敬礼しよう、老いたる大洋よ！

海の風景。

老いたる大洋よ、おまえは自己同一性の象徴だ――

紫色を帯びたタルブの風景、

常に自分自身に等しい［…］

教科書の類、その中には成績優秀者の名簿、

一八六〇年から六一年にかけて、彼はタルブの高等中学校《リセ》の第五学級に在籍しています。

その街［タルブ］の別の風景の数々、

[…]おまえの波は、仮にどこかで荒れ狂っていたとしても、
が燃えて
もっと遠くの、どこか別の海域では、この上なく完璧な静穏の
うちにある[…]

代わりに赤みを帯びた自筆の署名が現われる[11]。

彼のものとしては四つの署名が残されています。

飾り書き《パラフ》〔署名の終わりに書き加えられる装飾的なマークのこと〕がスクリーンに広がっていく。

[…]今朝は愛想がいいが、今晩は不機嫌であり——

かすかに鮮やかさを増した黄色を帯びて——「アン・ラドクリフ、〈頭のいかれた幽霊〉、エドガー・ポー、〈アルコールの夢の奴隷騎兵《マムルーク》〉。」

今日は笑っていても、明日には涙を流す。

頭髪、魚の群れ、
おまえに敬礼しよう、老いたる大洋よ！
海の風景、
老いたる大洋よ、いささかもありえないことではあるまい
紫色を帯びたタルブの風景、
[…]おまえがその胸の内に秘め隠しているというのは
教科書の類、成績優秀者の名簿、

一八六一年から六二年にかけて、彼はタルブの高等中学校《リセ》の第四学級に在籍しています。

その街〔タルブ〕の別の風景の数々
[…]おまえは容易く見抜かせたりはしない[…]

に点々とインクの染み。その最後のものに、イジドール・

デュカスの印章が陰画《ネガ》で焼きつけられる。

彼の肖像は一枚も残されていません[12]。

わずかに鮮やかさを増した黄色を帯びて——「マチューリン、〈暗闇の相棒〉」

[…]おまえは慎み深いのだ。

「ジョルジュ・サンド、〈割礼を受けた両性具有者〉」、

人間は絶えず鼻にかけている、

頭髪、

それも、つまらないことばかりを。

魚の群れ、

おまえに敬礼しよう、老いたる大洋よ！

海の風景。

老いたる大洋よ、おまえが養っているさまざまな種類の魚たちは

わずかに鮮やかさを増した紫色を帯びて、ポーの風景の数々、

お互いにいかなる同胞愛をも誓ってはいない[…][13]

教科書の類、成績優秀者の名簿、

一八六三年から六四年にかけて、彼はポーで修辞学級に在籍しています。

その街〔ポー〕の別の風景の数々、

[…]ひとかけらの土地に三千万もの人間が住みついているのであれば[…]

どっさりと、当時の肖像写真《ポルトレ》。

それから六十三年の歳月を経て、彼の同級生だったポール・レスペス[14]が、齢八十一にして彼の相貌を思い出すことになります。

「[…]人は皆、それぞれが未開人のように自分の巣穴の中で暮らし[…]」

老人の声[15]――

いまでも目に浮かぶようですよ、長身痩躯のあの青年、ちょっと猫背で、顔色が悪く、長い髪が額に落ちかかっていて、声は少し甲高かった。彼の容貌には、人の目を惹きつけるようなところは何もありませんでした。

無数の肖像写真《ポルトレ》の眼。朗読者の声――

「[…]万人からなる大家族[…]」

少しばかり鮮やかさを増した黄色を帯びて――「大いなる軟弱者たち」。老人の声――

彼は普段は陰気で無口、まるで自分の中に閉じこもっているような雰囲気でした。

「ゴーチエ、〈比類なき香辛料商人《エピシエ》〉」、

二度か三度、海の向こうの国々について、何やら活き活きした口調で話してくれたことがあります。

「ルコント、〈悪魔の捕虜〉」、

そちらでは、人々が自由で幸福な暮らしを送っているのだとか。

茶色を帯びた当時の版[16]で、ダンテの翻訳――「汝、入らんとする者よ、一切の希望を棄てよ」[17]という一文。〔「希望(espérance)」という〕この語が線を引いて抹消され、「絶望(désespoir)」に置き換えられる[18]。「e」の修正[19]。さらに鮮やかさを増した黄色を帯びて、イジドール・デュカスの署名。朗読者の声――

「[…]数知れぬ親どもが、〈創造主〉に対する恩を忘れ、

頭髪、

自分たちのみじめな結合からできた果実を捨てている。

魚の群れ、

おまえに敬礼しよう、老いたる大洋よ！

海の風景。

老いたる大洋よ、おまえの物質的な大きさに比較しうるのは少しばかり鮮やかさを増した紫色を帯びて、ポーの風景の数々、

［…］どれほどの活力が必要だったかについて、われわれが拵える尺度くらいのものだ。

教科書の類い、成績優秀者の名簿、

一八六四年から六五年にかけて、彼はポーで哲学級に在籍しています。

その街〔ポー〕の別の風景の数々。

［…］視覚はみずからの望遠鏡をぐるりと回転させねばならない［…］

逆さまに撮影された当時の新聞や本の雨が、少しばかり強度を増した茶色を帯びて、細かな断片へと引き裂かれていく。書き込みのあるページが見つかる。

彼の所有していた本が一冊残されています――エルネスト・ナヴィルによる『悪の問題』、その中の一ページに彼は書き込みをしています[20]。

書き込みが拡大される。

［…］人間は栄養豊かなものを食べている［…］

さらに鮮やかさを増した黄色を帯びて――「大いなる軟弱者たち」。老人の声――

彼はよく、自習室で何時間も過ごしていました、

「ゲーテ、〈お涙頂戴の自殺者〉」、

机に肘を突き、額に両手を当てて

「サント＝ブーヴ、〈お笑い種の自殺者〉」、

読んでいるわけでもない古典の本をじっと見据えながら――

かすかに鮮やかさを増した茶色を帯びて、ヴォーヴナルグの箴言集[21]の当時の版[22]のタイトルページ――「人は、死よりもまちがった尺度によって生を判断することはできない」という箴言――「juger」と「de la vie」のあいだに「de la beauté」という言葉を、ついで「que」と「la mort」のあいだに「celle de」を挿入する[23]――「une plus fausse règle」を削除したうえで「que」と「par」の順序を逆転させ、イジドール・デュカスの二つ目の署名を添える[24]。朗読者の声――

[…]好きなだけ膨れあがればいいのさ、この愛すべきカエル君は[…]

「mort」[25]の「O」がスクリーン全体に広がっていく。頭髪。老人の声――

物思いに沈んでいるのだ、ということはすぐに見てとれました。郷愁にかられているのだな、と思ったものです

魚の群れ、

それから、もしご両親がモンテビデオに呼び戻してやれるのであれば、それがいちばんいいだろうに、と。

朗読者の声――

[…]少なくとも、俺はそう思っている。おまえに敬礼しよう、老いたる大洋よ！

海の風景、

老いたる大洋よ、おまえの水は苦い。

大型船、

[…]胆汁とまるっきり同じ味だ[…]

緑がかったモンテビデオの風景の数々。

一八六六年頃、プルデンシオ・モンターニュという人物[26]が、彼の生まれ故郷の街〔モンテビデオ〕の路上で彼〔デュカス〕にばったり会っていたようです。

大型船、

[…]誰かが天才に恵まれていたとしても、世間では馬鹿者だということにされてしまう[…]

ピアノの和音、パリの風景の数々(オペラ座の前の彫像群、サン＝トゥスタシュ[27]、解体中のバルタールのパヴィリオン[28]、その中にある肉屋の肉、商品取引所《ブルス・ド・コメルス》——そのペディメント、ガラス屋根、大時計、気圧計)、

最初期の出版者たちによれば、彼は一八六七年にパリにいて、理工科学校《ポリテクニーク》か高等鉱業学校《エコール・デ・ミーヌ》の講義を受けていたそうです。

当時の機械装置、

それから、ノートル＝ダム＝デ＝ヴィクトワール通りの二十三番地に住み、

その二十三番地、

ピアノの前に座って、夜、和音を弾きながら執筆していたのだとか[29]。

かなり鮮やかな黄色を帯びて——「ラマルチーヌ、〈めそめそしたコウノトリ〉」、

以上のように、イジドール・デュカスの人生については信憑性の異なる三つの証言しか残されていません。

「レールモントフ、〈咆哮する虎〉。」

[…]なるほど人間は

わずかに鮮やかさを増した茶色を帯びて、パスカル『パンセ』の当時の版のタイトルページ。「人間とは一体何という幻獣《キマイラ》なのだろうか。何という新奇、何という怪物、何という混沌、何という矛盾の主体、何という驚異！　万物の裁定者にして、愚かな虫けら。真実の受託者にして、不確実と誤謬の掃きだめ、宇宙の誉れにして屑物だ。」[30]

みずからの不完全さを強く感じているに違いない、

語の群れが回転運動を起こし、最終的には『ポエジー』の中の次の一節となる——「人間とは幻獣《キマイラ》どもの征服者だ。明日の新奇であり、混沌を呻かせる規則性であり、和解の主体だ。人間

は万物について裁定を行う。愚かではない。虫けらではない。真実の受託者であり、確実さの集積であり、宇宙の誉れであって、屑ではない。」[31]

そもそもその四分の三は自分自身のせいでしかないわけだし、

黄色を帯びて、というよりはほぼ黄色に染まって、イジドール・デュカスの三つ目の署名が添えられる。

だからこそあんなふうに文句をつけてばかりなのだ。

頭髪、魚の群れ、動物の毛並み、

おまえに敬礼しよう、老いたる大洋よ！

海の風景

老いたる大洋よ、人間どもは優れた方法をもっているにもかかわらず、

ピアノの和音。赤みを帯びた当時のパリの写真の数々。少しばかり強度を増した青色を帯びて、『マルドロールの歌』第一歌の初版[32]のタイトルページ、

まだ成功していない、

刊行年と三つの星印[33]のクロース・アップ、

科学による調査手段の助けを借りてもなお、

「老いたる大洋」の数ページ、

おまえの深淵の、目も眩むばかりの深さを測ることには――

『魂の芳香』[34]のタイトルページ、

おまえには、最も長く、

刊行年と三つの星印のクロース・アップ、

最も重い測鉛でさえ、

「老いたる大洋」の数ページ。

底までは到達できないと認めている深淵があるのだ。
わずかに鮮やかさを増した赤みを帯びて、第三、第四、第五
の手紙、
　魚たちには……
ピアノの和音、住所のクロース・アップ。
　それが許されているのだが――
フォーブール＝モンマルトル通りの三十二番地、
　人間どもに対しては、そのかぎりではない。
その街路、
　俺はたびたび考えてみた
その界隈（小路《ギャルリ》や小公園）。
　見極めやすいのはどちらだろうかと

鮮やかな青色に染まった『歌』の完全版初版[35]のタイトルページ、
　大洋の深さか
刊行年（一八六九）のクロース・アップ、
　はたまた人間の心の深さか！
「ロートレアモン」という筆名のクロース・アップ。
　しばしば、額に手を当てて、
薄い黄色で――「ヴィクトル・ユゴー、〈陰鬱な緑色の添え
木〉」、
　船の上に立ち、マストのあいだで月が不規則に
「ミツキエヴィチ、〈サタンの模倣者〉」、
　揺れているさなか、俺はふと気がついたものだ、

少しばかり鮮やかさを増した茶色を帯びて、パスカル『パンセ』のタイトルページ。

自分が追い求めている目的以外のものはすべて無視して、

「人間は一本の葦にすぎず、自然の中で最も弱いものだが、それは考える葦である。これを圧しつぶすのに宇宙全体が武装するには及ばない――わずかな蒸気、一滴の水さえあれば、それを殺すには十分なのだ。だが、たとえ宇宙に圧しつぶされようとも、人間はみずからを殺す当の者よりもさらに高貴であるだろう、というのも人間は自分が死ぬことを、また宇宙が自分に対して備えている優越性を知っているが、宇宙はそんなことは何も知らないのだから。」[36]

この難問を解こうと努力している自分自身に！　そうだとも、

パスカルのテクストが燃え、代わりにかなり鮮やかな黄色に染まった『ポエジー』のテクストが現われる――「人間は楢の木だ。自然にはこれ以上に頑強なものは見当たらない。これを守るのに宇宙が武装するには及ばない。一滴の水ではそれを保護するのに十分ではなかろう。たとえ宇宙に守られるとしても、それは自分のことを保護してくれないものよりも名誉を傷つけられたりはすまい。人間はみずからの権勢が死を迎えることはないということを、また宇宙には始まりがあるということを知っている。宇宙の方では何も知らない――それはせいぜいのところ一本の考える葦にすぎない。」

二つのうちで、より深いのは、より見通しがたいのは、どちらなのか[…]

イジドール・デュカスの署名。心臓の鼓動。テクストの中の「O」がすべて拡大され、その中に脈打つ心臓のX線写真が見えてくる。

[…]心理学にはまだ大いに進歩の余地があるのさ。おまえに敬礼しよう、老いたる大洋よ！

海の風景。

老いたる大洋よ、おまえの力はあまりにも強く、

遠い砲声。

人間どもは散々な目に遭いながら、そのことを学んできた。

ピアノの和音。ほぼ真っ赤に染まった当時のパリの写真の数々、ついで日付と住所とがクロース・アップされた第六の手紙。

奴らが才能の資源をすべて注ぎ込んだところで……

砲声。ヴィヴィエンヌ通りの十五番地。

おまえを支配することはできない。

ピアノの和音。建物の残骸。

奴らは主《あるじ》を見出したのだ。

砲声。鮮やかな黄色で、『ポエジーI』のタイトルページ。

つまり、自分よりも強い何かを見出したのだ。

ピアノの和音。イジドール・デュカスという名前のクロース・アップ[37]。

その何かには名前がある。

砲声。刊行年（一八七〇）のクロース・アップ。

その名とは、大洋だ！

ピアノの和音。

「ミュッセ、〈知性のシャツを着ていない伊達男《ガンダン》〉」、

おまえが抱かしめる恐怖は凄まじいものだから、奴らはおまえのことを敬っている。にもかかわらず

砲声。

「バイロン、〈地獄のジャングルの河馬〉」——

おまえは奴らの最重量級の機械にさえ、優美に、優雅に、易々とワルツを踊らせるのだ。

ピアノの和音。『ポエジーII』のタイトルページ。

天まで届く、軽業師のようなジャンプをさせたかと思えば、

砲声。黄色地に茶色で——「人は、死の美しさによってしか生の美しさを判断することはできない」、印字され、横線で消されたヴォーヴナルグの署名と、イジドール・デュカスの自筆の署名を添えて。

おまえの縄張りの底にまで届く、見事なダイビングをさせたりもする。

船の汽笛。「人は、生の美しさによってしか死の美しさを判断することはできない。」赤色に染まった無数の戦死体の上で、「mort」の「O」が急激に拡大される。

おまえに敬礼しよう、老いたる大洋よ！

海の風景、

老いたる大洋よ、ああ偉大なる独身者よ、おまえがその粘液質の王国の荘厳なる孤独をくまなく見てまわるとき、

建物の残骸。

その生まれながらの壮麗さと、俺が急いで捧げようとしている心からの賛辞とを誇って、胸を張ってみせるのは当然のことじゃないか［…］

強烈な赤色で——死亡証明書。

一八七〇年十一月二十四日、イジドール・デュカスはホテルで死去します[38]。

モンマルトル大通り[39]の七番地の風景。

［…］そんなふうにして、人間というこの生ける波どももまた、

漂流物、

ひとり、またひとりと単調に死んでいくのだ——ただし、水泡《みなわ》の音は残すことなく［…］

建物の残骸、

その翌日、彼は北墓地[40]の一時的使用区画に埋葬されます。

海の風景、

［…］だからもう一度だけ、俺はおまえに敬礼し、別れを告げたいんだ、水晶の波を持つ、老いたる大洋よ……[41]

建物の残骸、

彼の遺骸はパンタン納骨所[42]で消失しています。

浜辺で燃やされる書物の山――

［…］心を強く持て！　大いに努力しようじゃないか［…］

灰の中で何冊かは風を受け、ひとりでにページがめくられている――

イジドール・デュカスには墓がありません。

海上に立ちのぼる煙――

［…］おまえに敬礼しよう、老いたる大洋よ！

映像が一つの円と一つの点に収縮していく。

実験小説家エミール・ゾラと青い炎

アンリ・ミトラン[01]に

I　試験と転生

1　実験と観察

『実験小説』に関する試論で、ゾラはバルザックの手法を次のように説明している。

具体例として、バルザックの『従妹ベット』〔一八四八年刊〕に登場するユロ男爵を取り上げよう。バルザックによって一般的に観察された事実とは、ある男の惚れっぽい気質が彼自身や家族や社会にもたらす災いである。彼はそのテーマを選ぶや否や、（文章の途中であるが、この美しい重複合過去[02]を称えよう）観察された事実をもとに実験を行なった。つまり、ユロを一連の試験にかけ、いくつかの環境を経験させ、その情熱のメカニズムがどのように機能するのかを描き出したのである。したがって、この小説においては観察のみならず実験も行われていることは明らかだ。なぜならバルザックは写真家としてみずからが集めた事実だけでは満足せずに、みずからが直接的に物語に介入して、いつでも思いどおりに変化させることができる環境に登場人物をおくのである。問題は、個人的・社会的な見地から、ある情熱が、ある環境で、ある状況において何を生み出すのかを知ることである。たとえば『従妹ベット』のような実験小説は、小説家が読者の前で繰り返す実験の調書にすぎない。

こうした文章を読むと、ゾラの小説理論が常に誤解にさらされてきた理由がよくわかる。つまり、ゾラにとって重要なことは登場人物の行動を描くために同時代の科学的発見を利用することのみだと考え、この小説家が不確かな科学的学説に軽率に依拠しているために学説が覆される否や描写も古びる運命にあると結論づけるのである。したがって、〈ルーゴン＝マッカール叢書〉〔全二十巻からなるゾラの連作小説。一八七一－九三年刊〕の土台としてゾラはきわめて怪しげな遺伝の理論を素朴に軽々しく取り入れており、その理論が崩壊すると同時にゾラの作品も崩壊して、もはや作品の美しい「断片」、それらは印象的なものではあるが、その「断片」しか残っていないと宣言されることになる。

ゾラは科学的な装いをまとった学説に盲目的な信頼をよせていたとされるが、それは無批判な理論の適用に対して彼が繰り返し警告を発していたこととまったく矛盾している。この点において、ゾラ自身が何度も引き合いに出すクロード・ベルナール[03]の立場を明らかに踏襲している。

「実験的方法が学問にもたらした革命は、個人の権威の代わりに科学的な基準を用いることにある。実験的方法の性格を規定するものは、もっぱら実験的方法である。なぜなら実験的方法には実験という基準が内包されているからである。実験的方法は事実以外の権威を認めず、個人の権威から解放される」とベルナールは書く。つまり、理論はもはや存在しないのである。

「思想は常に独立しているべきであり、哲学的・宗教的信条と同様に科学的信条によっても束縛されてはいけない。みずからの思想を大胆にそして自由に表明し、みずからの考えを追求すべきであり、理論と理論の間の矛盾という子どもじみた危惧にあまり気を取られるべきではない〔…〕理論を自然に合わせるために理論を修正しなければいけないが、自然を理論に合わせるために自然を修正してはならない。」

確かにゾラは科学による発見を最大限に尊重しているが、彼は「発見」という語を、その「発見」以降は、ある領域である考え方が不可能になるという意味において使用している。だからゾラは最新の科学的知見を得ようと努めていたのである。同時代人の多くがそうであったようにゾラの考え方には無数の誤謬があり、彼は少なくともそのうちのいくつかを正そうとしたが、未知の事象に比べて既知の事象がきわめて少ないこと、そしてゾラは、あらゆる一般化を慎重に回避すべきであることをはっきりと意識していた。

さまざまな分野で科学者が行なった実験によってもたらされた結果は、ゾラがそれを知ることにあらゆるメリットがあるのは確かであるが、彼自身の仕事においては彼が観察と呼ぶものの一部をなすにすぎない。そして、同じことが、ゾラが原稿を書く前に、質問によってあるいは罠を仕掛けて行なっているであろう近親者あるいは隣人を対象とするあらゆる実験についてもいえるように思われる。

2　小説における実験

クロード・ベルナールは、化学や物理学の分野で無生物の研究に適用されるこの方法が、生理学や医学の分野で、生物の研究にも適用すべきであることを論証している。このことを受けて、私は実験的方法が身体の働きを解明できるのであれば、情動や知性の働きも解明されるはずであることを立証したい。化学から生理学へ、生理学から人類学や社会学への道のりは同じであり、程度の問題にすぎないのである。実験小説はその行き着く先にある。

少なくとも当時は人類学と社会学の成果はわずかであったが、その理由がこれらの分野における実証の難しさにあることは明らかである。しかし、ゾラはこの点で小説が唯一無二の役割を果たすことが可能であり、独創的で疑問の余地のない実験のための場であることを発見する。小説を実験的にするということは、けっして小説の外部で行われた実験を利用することではなく、ゾラが現実を対象に言語を介して行う実験を、可能なかぎり有効なものにすることである。

想像上の、したがって論証的価値のない実験でしかありえないではないか！　という人もいるであろう。ある本のなかに、通常の気圧で沸騰したお湯に温度計を入れると百度を示すという記述があり、私が読書中に想像上の実験を行うとすると、その実験の結果に満足できない場合には検証することができる。確かに、こうした記述の正しさを検証することはあまりない。なぜなら信頼に値する人々が何度も何度も確かめてきたことをよく知っているし、権威から逃れることは容易ではないからである。しかし、小説家が、彼自身が生み出し、彼だけが権威を行使できる登場人物について語る場合、その正しさを検証することができるであろうか。

バルザックがわれわれに描いて見せるのは、ユロの惚れっぽい気質の影響を受けて崩壊する一家族全体であり、それに伴って起こるあらゆる種類のドラマであるが、われわれはそれをほんとうだと信じることになるのであろうか。ゾラの答えは単純である。小説を読んでいる間、われわれはバルザックによって信じることを強いられる。そして科学的発見と同じ結果が生じるのである。つまり、ユロに似た人々という領域において、私はもはや異なった結果が生じるとは思えなくなるのだ。同じように私の精神は洗い浄められるだろう。

結局のところ、物理学と化学は目に見えるものを対象とする。音響でさえもいつかは目盛盤やオシロスコープを用いて読むことになるであろう。語られたすべての実験は私の目、あるいは私がこの点で全幅の信頼をおく人間の目によって確かめられることになる。小説は信じられるものを対象とする。バルザックが出来事をある角度から描いたとすると、読者はこの作家によって導かれる結論を信じざるをえない。この場合、小説の外部で確かめる必要はない。私は読書という行為の内部で実験を行なっているのである。それゆえにゾラは次のようにいうことができる。

『従妹ベット』は小説家が読者の目の前で繰り返す実験の調書である。

読者は小説を読み終えたあとで、そこに書かれている実験をやり直す必要はない。もしそれが物理学や化学の本であったとすれば、少なくとも理想としては実験をやり直す必要があるであろうが、小説に関しては実験はすでに繰り返し行われているのでやり直す必要はない。小説を読み終えたとき、読者はその内容を信じたのであろうか、あるいは信じなかったのであろうか。読者が最後まで読み終えたということは、概して読者がその内容を信じたからである。もし小説家が、記述するだけではなく、われわれの目の前で繰り返し行なった実験に首尾よく成功したとすれば、もはや読者はある領域において、あるいくつかの方法で考えることが不可能になる。

小説はとりわけ読者が信じるものがどのように変化するのかを実験する場であり、その信じたもののいくつかを破壊する場でもある。現実がある物の見方であなたに示されたとき、あなたはある登場人物と同じようにあれやこれやを信じることになった。また、別のある側面があなたに示されたとき、あなたは彼とともに物の見方を変えることとなった。もし現実の世界で前者の物の見方で示された状況に類似した状況をあなたが見出すとすると、あなたは後者の物の見方を生じさせうる新たな情報を探し求めるであろう。

3 資料収集

小説家は、作品の執筆中に、読者ひとりひとりのために繰り返される実験の最初の立会人となる。彼は可能なかぎり用心深く、批判的でなければならない。彼はユロ男爵を選び、ある環境の下におき、その結果をわれわれに描いている。しかし、その結果は小説家にはどのようなものに思われるであろうか。多くの場合、おそらく結果はあいまいで、一定しないものになるであろう。あれもこれも起こりうるのである。私が同程度にほんとうらしい複数の可能性のなかから、一つの可能性を選んだとすると、その確からしさを読者に納得させることはできないであろう。私が語ることが確実に起こるという可能性は低いのである。数ページ先にある新たな分かれ道で私が同じように軽々しく振舞うならば、ほとんど確実性はなくなり、作品の力は完全に失われ、読者が信じていることを乱すことなく、もはや気晴らしのためだけに読まれることになるであろう。ゾラのいう実験家であろうとする小説家は、ある結果がほかの結果よりも遥かに信じられると認められる場合にのみ執筆を続けることができる。

> 要するに実験とは、自然における諸事実を取り上げ、自然の法則からけっして逸脱せずに状況や環境の変化を諸事実に与えることで、諸事実のメカニズムを研究することにほかならない。

　残念なことに、この自然の法則はほとんど知られていない。したがって、迷いが生じるや否や、資料から法則を導き出すという実際に行えば大胆な作業のためではなく、その場面が必然的な性格を持つようにするために、可能なかぎりあらゆる資料を収集し、当時はまだ存在していなかった社会学や人類学の埋め合わせをしなければならないのである。

　ゾラの全作品は、ゾラも読者もそれが必然的だと思われる理由を正確に説明することはできないが、ゾラには必然的だと思われる場面、そして読者にも間違いなく必然的だと思われるであろう場面によって構成されている。

　この本質的な信憑性とほんとうらしさを慎重に区別しよう。ある結果を小説に採用するためには、それがほんとうらしいだけではまったく不十分なのである。しかし、これは作品を書き続けるために不可欠なことであるが、ゾラはとりわけ十分に必然的だと思われる結果に導くためには、その状況がほんとうらしさを限りなく失ってしまうほど細かく状況を説明することを躊躇しないのである。厳密に言えば現実にはけっして起きたことがない、実際には例外中の例外であるこれらの状況において、私は読者を証人として物事がどのように起こりうるのかを描くのである。唯一の制約はよく知られた自然の法則から逸脱しないことである。なぜなら、このような逸脱はそれが必然的に起こるという印象を消してしまうからである。私が周知の事実にはっきりと異議を唱えると、すぐさまほかの事実にも異議を唱えないのはなぜなのかを自問することになり、これと同程度にありうることが限りなく増えていく。反対に、ある場面がゾラの目に絶対的な必然の結果のように思われる場合には、その場面をもっと手間をかけずに実現させるために彼は自然の法則を躊躇なく覆すのである。

ゾラにおいて資料は予想外の新たな可能性を発見するためではなく、逆に新たな可能性の幅を狭めるために役立つものである。彼は迷いが生じると、目の前にある実例のみに従おうとする。追加された正確な情報を用いることでゾラは作品の領域を視界に捉えられる範囲まで縮小するのである。したがってゾラの小説はモデル小説のいわば反対に位置している。ゾラはまずモデルを設定してそのモデルを少しずつ変化させていくのではなく、逆に、まず登場人物を設定してその登場人物を現実のモデルに時おり接近させる、つまり、ある状況においてゾラには必然に思える行動をとった実在の人物に登場人物を近づけようとするのである。小説の場面を固定させることになるのは知覚された必然性である。現実の事例は、作中でそれとして言及されることはけっしてないが、作者にとっても、この事例について知識のある読者にとっても牽引力として作用するであろう。われわれの場合は、学術的な校訂版の註を読むときに同じことが起こる。

ゾラは新聞や会話で流布されるようなあるがままの事実だけではけっして満足しない。彼は常に正確な説明を必要としている。文脈が事例に十分な説得力を与えなければいけないし、そこになんらかの法則が作用していることが察知されなければいけない。しかも、この事例に関して、場面の必然性を高めるような情報、つまりほんとうらしさに異議が唱えられた場合に援用できる重要な未発表の情報を知る読者がいるかもしれないのである。

小説における実験は読書中に「繰り返される」が、それは読書から外にはみ出るものでなければならない。小説家の成功は、彼が自分の予感が多くの読者の手で明確化してもらえるよう誘導するだけに、いっそう大きなものになるであろう。書物とその信憑性が議論の余地のない事実として存在するようになって初めて、このように行われた実験から社会学者や人類学者が真の結論を引き出すことができるであろう。

4　バルザックと天才

小説はそれ自体によって諸事実を立証するが、他方で別の諸事実を立証することにも寄与している。それらの事実はけっして孤立した事実ではなく、諸々の事実の連鎖である。私があなたにこのことをいうと、あなたはこのことを想像する。私がそのことを付け加えると、あなたは必然的にそのことを想像し、確認する。しかし、この連鎖において、どのようにして多かれ少なかれ重要なものを抜き出すのであろうか。列挙されたすべての状況のうちどれが不可欠な状況なのであろうか。この連鎖を損なうことなしに置き換え可能なのはどの状況であり、それは何によって取り替えられることが可能なのであろうか。
バルザックはユロ男爵を取り上げ、彼をある環境において描き、そして別のある環境に彼を移してわれわれが必然と認めざるをえない結果を描いている。しかし以前の環境に由来するものと、この人物自身に由来するもの、つまり彼の出生時の状態に由来するものを、どのように見分けるのであろうか。ユロの病気についてその原因をどのように診断するのであろうか。

ユロというひとりの成員が腐敗するや否や、彼の周辺のすべてが損なわれ、社会の循環が変調をきたし、健全な社会が危険にさらされる。バルザックがユロ男爵の人物像にこれほど力を入れ、入念に分析したのはこのためである。実験は何よりもユロ男爵を対象としている。なぜならこの情熱がもたらす現象を掌握し、それを制御できるようになる必要があるからである。ユロを治癒する、あるいは少なくとも彼を制御して無害な人物にすることができれば、すぐにドラマは存在意義を失い、均衡、あるいはもっと正確に言えば、社会の健康が回復するのである。

ゾラにとってもバルザックにとっても、小説の機能は社会の健康を回復させることにある。この前提からゾラは政治的にはバルザックと正反対の結論を導くことになるが、ゾラがみずからをバルザックの後継者と考えるのはまったく正当なことである。どのようにしてユロを治癒すべきであろうか。バルザックが示す唯一の方法は彼を抑制することである。実際に、病原を正確に診断するためには、生まれてすぐに異なる環境に置かれたユロその人を描く必要がある。ところが、それはバルザックの手法によっては不可能であるので、彼は個人のうちに検証不可能な要素を残さざるをえない。それが彼の天才の理論の起源である。なぜなら、バルザックの作品には生理的機能そのものに環境の影響が反映された登場人物がいる一方で、それぞれの環境によって異なった現われ方をするとはいえ、環境に還元できない性格によって環境を生き抜く登場人物も存在するからである。結局のところ、バルザックのあらゆる政治上の権威主義は、天才たちを貴族に格上げするか、彼らに庇護を与えることによって、元々いた環境から天才たちを引き出し、それが公認されることはないにせよ、彼らによる人々の支配を実質的に可能にさせることを目的としている。
バルザックの手法は、私が現在の環境から他の異なる環境に身を移すと仮定した場合に、私に起きるであろうことや(バルザックの読者は何よりも教養あるパリの若者である)、私が百姓や強盗になったと仮定した場合に私が考えるであろうことを、かなり正確に私が想像することを可能にしたが、この手法は、私が出生時から今とは異なる環境だったと仮定した場合に起こるであろうことを描くには不十分であった。バルザックの作品に労働者はほとんど登場しない。民衆は他者であり、彼らは何があっても隷属状態のままでいなければならない。この隷属状態から救出すべきは、民衆にときおり現われる天才たちだけである。そうして、天才たちは、最悪の無秩序状態を引き起こすのではなく、全体の利益に奉仕できるようになる。

5　遺伝の文法

出生時の検証不可能で、語ることができないこの領域、それを維持すると政治的独裁の正当化にいたらざるをえない領域を克服するためには、はっきりと識別できる特徴、つまり変異[04]や先天性の異常がある同一の子どもを、きわめて異なった二つの環境で誕生させる必要があるであろう。

したがって、リュカ博士の著作『神経組織の健全または病的な状態における自然的遺伝に関して、生殖を原因とする疾患の治療全般に生殖の法則を体系的に適用することによる哲学的・生理学的概論――この問題を、きわめて重要な概念、つまり生殖の理論、性別を決定する要因、人間の本性の後天的変化、神経症と精神病の諸々の形態との関係において検討した著作』を読むことは、ゾラにとってかなり大きな発見であったに違いない。

遺伝の概念は、小説における実験でゾラが必要としていた転生を表現するために鍵となるものを彼に与える。この概念によって、ゾラは壮大な叙述の内部で、変異によって特徴づけられた同じひとりの新生児を、きわめて多様な環境に登場させることが可能になる。

リュカ博士の本はゾラに二つの護符を与えた。まず、なんらかの迷いが生じた際に拠り所となる事例の一覧表、そして、語彙である。ゾラは、博士の理論を自分で確認したり否定したりすることを望まず、それらすべてを無視して、事例と用語のみを取り入れようとする。確かにある語彙を取り入れると必然的にいくつかの考え方を取り入れることになるのであり、ゾラもそのことをよく心得ているが、彼はこの分野における自分の師〔リュカ博士のこと〕のことを絶対に誤りを犯さない証言者とはけっして思っていない。ゾラは例証、この問題に関してそれまで彼が見出したなかで最も練り上げられた言葉によるこの例証によって、諸事実が明らかにならずにはいられなくなると考えている。〈ルーゴン＝マッカール叢書〉全巻の要約であり結論でもある『パスカル博士』〔全二十巻の〈ルーゴン＝マッカール叢書〉の最終巻。一八九三年刊〕において、ゾラは次のようにみずからの用語体系を説明している。

遺伝に関して彼〔『パスカル博士』の主人公パスカル・ルーゴンのこと〕は四つの事例しか認めなかった。直接遺伝、つまり子の身体的・精神的性質において父親と母親の性質が現われること、間接遺伝、つまり傍系の親族、おじとおば、従兄弟と従姉妹の性質が現われること、隔世遺伝、つまり一世代あるいは数世代離れた先祖の性質が現われること、そして最後に、感応遺伝、つまり以前の配偶者の性質が現われること、たとえば、女性にいわば浸透した最初の男性〔女性が最初に性的関係を持った男性のこと〕の性質が、女性が将来妊娠した場合、その男性がもはや父親でなかったとしても、子どもに現われることである。生得性とは、それまで存在しなかった新しい人間、あるいはそう見える人間であり、その人間においては、両親の身体的、精神的特徴が表面化することなく混ざり合っている。[…]遺伝は二つの事例、子において父親あるいは母親が選択される事例、つまり選定や個別性の優越が見られる事例と、父親と母親が混ざり合う事例、つまり、最も良くない状態から完全な状態の順で、接合か、拡散か、あるいは融合によって三つの形態をとりうる混合という事例に分けられる[…]

同時に、ここでゾラは登場人物を作り上げる元来の方法を明かしている。登場人物たちは、ゾラ自身が彼らを生み出したように、小説において互いに生み出し合うことになるであろう。パスカル博士は、みずからが家族全体について念入りに作成した系統樹、つまり、この場合は科学書として執筆される遺伝に関する重要な作品の核となる系統樹について姪のクロチルドに説明する。

繰り返していうが、すべてがここに含まれているのだ[…]直接遺伝における選択を見なさい。母親を選択したのはシルヴェール、リザ、デジレ、ジャック、ルイーゼ、そしてお前自身だ。父親を選択したのはシドニー、フランソワ、ジェルヴェーズ、オクターヴ、ジャック＝ルイだ。そして、混合の事例の三種類について言えば、ユルジュール、アリスティッド、アンナ、ヴィクトルが接合、マクシム、セルジュ、エティエンヌが拡散、アントワーヌ、ウージェーヌ、クロードが融合の事例になる。非常に注目すべき第四の混合、つまり釣り合いのとれた混合も明示すべきであった。これはピエールとポリーヌの事例だ。遺伝にはさまざまな変異が生じる。たとえば、母親を選択すると、往々にして身体的には父親と似るのだ。あるいは逆のことも起きる。混合においては、身体的、精神的優越は、状況に応じてある要因あるいは別の要因に起因することになる[…]間接遺伝つまり傍系親族の遺伝の顕著な事例は一つしかない。それはオクターヴ・ムーレとおじのウージェーヌ・ルーゴンの際立った類似である。感応遺伝についても一つしか事例がない。ジェルヴェーズとクーポーの娘アンナが、特に子どものころに母親の最初の愛人ランチエと似ていたことだ。あたかもランチエがジェルヴェーズに永久に浸透したかのようだった[…]隔世遺伝の事例は数多くある。最も見事な三つの事例は、ディードおばに似たマルト、ジャンヌ、シャルルだ。これは一世代、二世代、三世代を飛び越えて似ているのだ〔…〕最後に残っているのは生得性だ。エレーヌ、ジャン、アンジェリックの事例だ。これは親族の身体的、精神的特徴が混ざり合った組み合わせで、化学的な混合であるが、新しい人間にはこれらの特徴がまったく見出せないように思われる。

いくつかの方程式を作ることが可能である。デジレはマルトであり、ゆえにディードおば（ルーゴン＝マッカール家すべての共通の祖であるアデライド）でもある。ジャックはジェルヴェーズであり、ゆえにアントワーヌ・マッカールである。

しかし、遺伝のトランプの札が結合して二重の人格になることもある。同じ身体に二人の先祖が共存するのである。「融合」の事例では、登場人物の行動において絶えずこの二人の先祖が現われるであろうし、登場人物の行動は彼らの合意の結果として生じるのである。つまり、二つの顔が重なっていて、どちらか片方が欠けることはありえない。「拡散」の事例では、先祖のひとりが〔ほかの祖先たちに〕自由な行動の余地を与え、その間はそれが完全に認められることになる。それはセルジュ・ムーレ神父の行動の揺れ動きによって例証されている。「接合」の事例では、一方が作ったものを他方が壊しながら、二人の先祖が交互に新しい身体に宿ることになる。これはアデライドと密猟者マッカールの娘ユルジュール・ムーレの事例であり、『ルーゴン家の運命』〔ルーゴン＝マッカール叢書の第一巻。一八七一年刊〕において以下のように記されている。

それに、この事例はもはや二つの性質の融合ではなく、むしろ並置であり、きわめて緊密な接合であった。移り気なユルジュールには、野蛮さ、悲しみ、のけ者にされた人間の激しい怒りがときおり認められた。そして、いつもと言っていいほど感情も知性も錯乱した女性のように神経を高ぶらせて突然笑い出したり、気が抜けたように空想に耽ったりした。アデライドのおびえた眼差しが通り過ぎる彼女の目は、衰弱して死ぬ運命にある子猫の目に似て、水晶のように澄み切っていた。

交互に現われる二枚の遺伝の手札は、概して闘争状態にあり、ユルジュールやルイーゼにおけるように個体を破壊するか、アリスティッド、ナナ、ヴィクトルにおけるように個体を破壊者に変える。しかし、環境面や教育面で好都合な状況があれば、これら二つの人格が結合して、釣り合いがとれることもある。その場合は、交互に権力を持ち、それぞれの人格が別の人格の活動を継続することになる。ピエール・ルーゴンの身体的な健康とポリーヌ・クニュの精神的な健全さがその事例である。

接合が積み重ねられていくならば、活動中の先祖はかなりの数にのぼるであろう。たとえば、ヴィクトルはアリスティドと母親の接合である。われわれはこの母親について何も知らないに等しいが、アリスティド自身がピエール・ルーゴンとその妻フェリシテの接合であり、ピエール・ルーゴンが老ルーゴンとアデライドの釣り合いがとれた混合であることを知っている。したがって、ヴィクトルの人格は少なくとも四人の先祖に分けられるのである。これらの先祖をヴィクトルの行動のなかに代わる代わる認めることが可能であろうし、彼ら全員の眼差しがヴィクトルの目を通過することになるであろう。

指摘すべきは、ゾラが直接遺伝の場合にかぎり多様な混合を適用していることである。その他のケースに関しては、ゾラは選択だけを適用しているが、もしすべての組み合わせが適用されていたとすると、より発展した系統樹になっていたと想像できる。

6　性格と個体

「生得性」が現われるときに初めて、完全に統合された新しい人格が出現する。そうであれば、親族に由来するものが何も認められないようないわば独創的な人格において、バルザック的な検証不可能なものが見出されるのではないだろうか。そんなことはまったくない。なぜなら、これらの人格は子孫を生み出すことができ、その子孫のなかに彼ら〔親族たち〕の姿を認めることができるからである。このことは小説が完全に実験的でありえるためにきわめて重要である。小説は、その起点である三つの統合された人格〔アデライドのこと〕の先祖をわれわれに示す必要はない。アデライドは、彼女と同様に発狂して死んだことしか分かっていない父親の生まれ変わりかもしれない。つまり、アデライドによって具現化された「性格」が作り出されたのは、必ずしも彼女の出生時とは限らない。重要であるのは、この「性格」が認識可能であること、そして遺伝によって伝達可能であることである。

それに〈ルーゴン＝マッカール叢書〉における「症例」は、ゾラが観察によって得たものを小説的に拡大したものである。ゾラは、パスカル博士の言葉を借りながら、概して類似性はそれほど際立ったものではなく、そこまで広がりもしないことを最初に主張した人物である。

> 確かにこの試み〔ルーゴン＝マッカール家に遺伝法則を適用すること〕は例外的なものである。なぜなら私は隔世遺伝をほとんど信じていないからだ。配偶者や偶発的な出来事、あるいは混合による無限の多様性によってもたらされる新たな要素は、個体を一般的な類型に還元しようとして、特殊な性格をすぐに消し去ることだろう〔…〕

遺伝、それはゾラの小説においては統辞法[05]である。

最後に、素晴らしいことは、それが共通の祖先の必然的な変化にすぎないとしても、同じ祖先から生まれた人々がどのようにしてまったく異なる人間になるのかを直観的に理解することだ。幹は枝を説明し、枝は葉を説明する。お前〔パスカルの姪クロチルド・ルーゴンのこと〕の父親サッカールとおじウージェーヌ・ルーゴンの二人は、気質も生き方も正反対だが、同じ衝動がサッカールの常軌を逸した欲望を、ウージェーヌの極端な野望を生み出した。あの百合のように清純なアンジェリックは、女性を環境に応じて神秘家あるいは恋する女にしてしまう魂の高揚のなかで、いかがわしいシドニーから生まれる。ムーレの三人の子どもは同じ息吹に駆り立てられ、頭がいいオクターヴは大金持ちの服飾販売人となり、信心深いセルジュは貧しい田舎の司祭となり、頭の弱いデジレは幸せな美しい娘となった。しかしもっと驚くべきはジェルヴェーズの子どもたちの事例だ。神経症が伝達されて、ナナは肉体を売り物にし、エティエンヌは反乱を起こし、ジャックは殺人を犯し、クロードは天才になる〔…〕

バルザックの小説では、どの登場人物も強い性格あるいは弱い性格、つまり生まれながらに備わる還元不可能で、検証不可能な性格を有しているが、ゾラの小説では、性格とは特定の人物だけに完全に具体化されうる行動の一貫性であり、ほとんどの人物において、この行動の一貫性が別のさまざまな行動の一貫性と組み合わさって系統だった行動となる。天才つまり創造における独創性は、けっして新しい性格の出現と混同されることはない。そもそも、新しい性格は、ほとんどの場合、両親の性格との比較においてのみ新しいのであり、実際にはよく知られた類型への回帰なのである。ゾラにとっては、彼がリュカにならって「生得性」と呼ぶものは、彼が「遺伝」と呼ぶものに対していかなる優越性も持っていない。確かに、釣り合いのとれた人格は、自分自身と絶えず戦う分裂した人格よりも優れているが、こうした寄せ集めの人格は、単純な性格よりも豊かな人格を生み出す可能性がある。概して芸術家はきわめて複雑な個性の持ち主である。芸術家はみずからの内部に、みずからの作品によって統合されうる社会を丸ごと一つ宿している。ゾラは人種の純血性にいかなる価値も認めていなかった。

〈ルーゴン＝マッカール叢書〉における家族関係は、小説における実験のためにすべてが構成されている。家族関係がそれ自体として研究対象になることは皆無といってもいいほどである。ジャックとエティエンヌ・ランチエが兄弟であり、元々はひとりの人物であったので[06]、双子の兄弟ですらあることをわれわれが知っていることはかなり重要である。なぜならそのことでわれわれは、兄弟の片方の行動のうちにもう片方の行動を認めることになるし、この二人の兄弟の行動のうちに母親のジェルヴェーズ、祖父のアントワーヌ、曾祖母のアデライドの行動、そしてアデライドが中継地となって、銀行家のアリスティドあるいは大臣のウージェーヌの行動を、ときおり認めることになるからである。しかし、ジャックとエチエンヌが同時に存在することはけっしてないし、彼らとジェルヴェーズの会話は皆無である。しかも概してゾラは登場人物の幼少期にめったに言及しない。彼は類似性という紋章をつけた成熟した登場人物を描くのである。

なぜなら、さまざまな環境の目に見える影響に先立って人格形成に関わる諸性格の一式が出生前に完全に準備されていること、今日、遺伝子と呼ばれているものだけがそれを決定すること、あるいはそれが幼少期に完成されること、つまり精神分析の概念によって説明できることは、ゾラにとってじつは興味のないことだからである。彼にとって重要なことは遺伝という事実であり、それがなぜ、どのように発動するのかさえも重要ではない。ゾラがリュカ博士から借用した感応遺伝、すなわちゾラの若書きの小説『マドレーヌ・フェラ』〔一八六八年刊行〕で重要な役割を果たし、〈ルーゴン＝マッカール叢書〉においても、クーポーの娘ナナが、その幼少期に母親の最初の愛人ランチエと瓜二つである理由を説明するために用いられた感応遺伝はこれまでひどくばかにされてきたが、言葉の通常の意味における社会環境が論じられるかなり前から、ゾラが環境による影響を可能性として残していることを示すものである。ゾラは感応遺伝、つまり医学的に父親ではない男性が幼児の人間形成に影響を及ぼすという遺伝が、出生前ではなく出生後に適用されていたとしても、それをなんの抵抗もなく認めたことであろう。そして、それを認めたとしても彼の小説の機能にまったく変化はないであろう。

II 王位[07]

1 血の枯渇

家系全体に渡ってある性格が元のまま個体から個体へと変化することなしに伝わること、一族においてある性格が循環することは、アンシャン・レジーム期の自明の理の一つであり、貴族という概念の根幹の一つである。遺伝する性格は血の中に存在し、一族のすべての成員に渡って同じ血が流れている。傷から噴き出るこの赤い液体は、じつは、性格の流れ、一族の始祖たる英雄的人物のすべての子孫が浸かっているこの流れの本質を体現するものにほかならない。

生理学に関するゾラの想像力は驚くほど豊かである。この点については、ロラン・バルトによるミシュレの研究〔『彼自身によるミシュレ』、一九五四年刊）に匹敵するような研究が待たれるところであり、とりわけ液体、社会の「四体液」と呼びうるものがこの上なく重要な役割を果たしている。

〈ルーゴン＝マッカール叢書〉における『パスカル博士』は、〈人間喜劇〉における《哲学的研究》とほぼ同じ機能を果たしている。この小説ではすべての主題が集められ、それらについて、ほとんど幻想的ともいえる考察がなされている。『パスカル博士』を叢書全体との関係において検討すると、この小説が比喩化された素晴らしい注釈であり、ゾラが書いた最も詩的な場面のいくつかを含んでいることが明らかになる。

貴族において血は変異した性格を尽きることなく伝えるものである。ゾラの作品では、アデライド・フークが具現化している変異した性格、おそらく彼女の誕生以前に現われていた性格は、実験に必要とされる期間においてのみ伝えられることになる。『パスカル博士』では、第五世代の成員のうちひとりだけがこの性格をはっきりと保持している。おそらくそれは、彼以外の成員にあっては消失したのである。そして、若いシャルルの死の場面において、アデライド・フークの貴族的な意味における「血」は尽き果てる。

シャルルは、マクシム・サッカールとプラッサン近郊の出身である女中ジュスティーヌ・メゴの間に生まれた子である。彼女はシャルルの養育費となる年金を手に、息子と一緒に故郷に戻ってきた。彼女は結婚しており、シャルルのほかに二人の子どもがいる。

> シャルルは十五才だったがせいぜい十二才にしか見えなかったし、知能は五才の子どものような未熟な段階にとどまっていた。高祖母のディードおばに瓜二つで[…]すらりとして繊細な気品があり、絹のように軽く青白い長髪で、一族の最後によく現われる血の気の失せたあの幼い王たちのひとりのようだった。

シャルルについて語るたびに、ゾラはこうした「王のような」外見に触れることになるであろう。

> シャルルは母親の家にいないときは[…]フェリシテやほかの親戚の家にいたが、しゃれた服を着て、数多くのおもちゃに囲まれ、零落した古い一族の柔弱な幼い王太子のような暮らしをしていた。
>
> しかし、年老いたルーゴン夫人は、王のように立派な金髪をしたこの私生児に悩まされさていた[…]

王を想起させるほかの特徴として、彼が血友病に罹患していることがある。シャルルはかすり傷でも大量の血を流し、とりわけ鼻血を出すのである。

ディードおばというあだ名の一族の始祖アデライド・フークは、ピエール・ルーゴンがプラッサンで権力を掌握したときに孫のシルヴェール・ムーレが殺されるのを目撃してから精神に異常をきたしていた。彼女はチュレットの施設に入れられている。しばしばシャルルが面会に連れてこられる。役所のはからいによって彼は午後の時間をディードおばと一緒に過ごし、兵隊や隊長の絵、とりわけ緋色と金色の服を着た王の絵をはさみで切り抜いて遊んでいる。普通は部屋に女の番人がいるのだが、八月の猛暑の日に、この番人はシャルルとディードおばが瓜二つであることをあらためて確認した後、二人がとてもおとなしくしているので、自分の楽しみのために時間を少し使うことにする。最初はすべてが順調に進む。老女は小さな子をじっと見つめる。するとシャルルが眠りに落ちる。

その百合のように白い顔が、王のように豊かな髪の重すぎるかぶとの下で傾いたようだった。切り絵のなかに頭が落ちた。彼は緋色と金色の王たちに頬をつけて眠った。

一族の始祖の目に閃光が走る。

異変が起きていた。子どもの左の鼻孔の縁を赤い滴が垂れた。この滴が落ちると、別の滴ができて、それに続いて垂れた。血が、玉になっていく血の露が、今回は打ち身も打撲傷もなくひとりでに出て、流れ去っていたが、それは退化による緩慢な衰弱の現われのようだった。それらの滴は一本の細い筋となり、金色の絵の上を流れた。小さな血だまりができて、血で絵を浸し、テーブルの角に向かう血の道ができあがった。そして、重々しく濃い血の滴が一滴ずつ部屋の床石に落ち始めた。

シャルルは目を覚まし、自分が血にまみれていることに気づいて人を呼ぶが、その声はすでに弱々しくなっている。そのときアデライドは完全に正気に戻る。彼女は力を振り絞って叫ぼうとするが、ひと言も発することができない。雷に打たれたかのように身体が麻痺し、彼女自身の血が尽き果てる場面に立ち会うことになる。アデライドと瓜二つの王のようなその末裔の血が、彼女の目の前でゆっくりと流れ出る。

再び眠りに落ちたかのように静かになったシャルルは、血管の血をすっかり失いつつあった。血は小さな音を立てて際限なく流れ出た。シャルルの百合のように白い顔がいっそう白くなり、死人のような青白さになった。唇は色褪せて淡いピンク色になろうとしていた。それから唇は白くなった。

シャルルは目を開くが、目を開くのはこれが最後となる。こうしてアデライドは彼の目が空ろになっていく様子も自分自身の目で見ることができる。

突然、彼の目は空ろになって輝きが消えた。それが最後であり、目の死であった。シャルルは微動だにせず、すべての水が流れ出た泉のように枯れ果て、息を引き取っていた。

このときシャルルは「神々しいまでに美しい」ままである。血だまりの中、王のように立派な長い金髪が広がったその中央に頭を横たえ、「血の気のないあの幼い王たちのひとりに似た」姿で息を引き取る。まさにその瞬間にパスカル博士が母親のフェリシテ・ルーゴンと姪のクロチルドとともに部屋に入り、シャルルの死、つまりアデライドの血が尽きたことを確認したのである。

2　良心の衝撃

三名の証人が居合わせたことで、アデライドが短い時間ではあるが言葉を取り戻す。彼女は何度も「憲兵！」と叫ぶ。アデライドの心に三つの血まみれの死が重なり合って現前する。つまり、自分の「血筋」と関係のない憲兵によって殺害された密猟者で愛人のマッカールの死、プラッサンの権力を奪取したときに、二人のおじ、つまり嫡出子のピエール・ルーゴンと非嫡出子のアントワーヌ・マッカールというアデライドの二人の息子によって間接的に殺された彼女のお気に入りの孫シルヴェールの死、そして最後に「みずから」死んだ曾孫の死である。もちろんこれらの死によってアデライド自身も数時間後に死ぬことになる。

曾孫の死を認識したことによるこの衝撃、この明晰さ、登場人物が長年の失語症の後に取り戻す言葉、これらはすでに『テレーズ・ラカン』〔ゾラの最初の自然主義小説。一八六七年刊〕の結末部の老女の重々しい眼差しにおいて予告されていたし、〈四福音書〉〔ゾラの最後の連作小説（一八九九－一九〇三年刊）〕の第二巻『労働』〔一九〇一年刊〕において再び見出されることになる。三十年間、ひと言も発しなかった老人ジェローム・キュリニョンが、煙がくすぶる廃墟と化した自分の工場の前に群衆を集め、みずからの人生のすべてを語る。

八十七才の老人の頭の中に蓄積された物語は何と恐ろしいことか！　まる一世紀に及ぶ努力を要約し、一族の過去、現在、未来を明らかにする一連の出来事の何と恐ろしいことだろう！　この物語が眠っていたであろう脳がゆっくりと目覚めているのだ。そして、すでにたどたどしくなっていた唇がはっきりとした言葉を叫び出すならば、すべてが溢れんばかりの真実となってその唇からすぐさま発せられることになるのだ。

「返還すべきだ、返還すべきだ」というリフレインによってリズムがつけられたジェローム・キュリニョンの長い演説は、アデライドが口にした二つの単語[08]を発展させたようなものになるであろう。『パスカル博士』のこの場面においてゾラの説明によれば「憲兵」は贖罪の掟の象徴である。こうした突然の良心の回復によって罪が意識されることになる。ゾラはジェローム・キュリニョンについて次のように述べるであろう。

> ジェロームがこれほど多くの災難を生き抜き、幸福な人もいれば非業の死をとげた人もいる一族全体の生き残りとなったのは、もっぱらそこから大いなる教訓を引き出すためのように思われた。死を前にして覚醒した日、ジェロームが語り続けたのは、当初は自身が建設した帝国に住む自分の一族を信頼していたが、その後、長く生き延びてしまったために、未来の息吹によってその一族や帝国が奪い去られるのを目撃した男の責め苦の日々であった。彼は弁明し、裁き、そして償った。

ジェローム・キュリニョンの場合は一大工業帝国を築いた人物であるので、彼個人に罪があるといえるかもしれないが、哀れなアデライドに同じような罪があるといえるであろうか。若いシャルルに「忌まわしい先祖たち」がいるのは確かだが、この「忌まわしい」という形容詞は、まさに一族の始祖たるアデライドには当てはまらない。ルーゴン＝マッカール家にも、キュリニョン家と同じような遺伝的な同一性がある。つまり、多様な人間の間に同じ「性格」が循環する。そして、長い間、身体を動かすこともできず、話すこともできずにいたにもかかわらず、その期間の忌まわしい子孫のあらゆる言動を記憶していたアデライドあるいはジェロームという一族の始祖＝眼差しは、性格つまり原初の変異を具現化した初めての人間（「初めての」というのは研究される集団においてという意味であり、キュリニョン家の先祖やアデライドの父親など、それに先行して変異を具現化した人間も存在しうる）である。罪を犯したという明らかな事実は、雷のような衝撃を与えて言葉を回復させるが、この事実はこの変異した血が流れるすべての人間についてもあてはまる。

罪を犯したのはアデライド個人ではなく、彼女の「血」である。コルネイユも同じことを作品で表現している。罪を犯した血が尽きると同時に言葉が発せられる。ほかの人間たちが能動的に罪を犯しているのに対して、一族の始祖＝眼差しにおいては沈黙が罪となる。若いシャルルから流れ出る血は、アデライドの発話を妨げたすべてのものである。

『労働』で、ジェローム・キュリニョンから流出することになるのは、彼のあらゆる知識であり、罪を負った彼の一族の長大な物語のすべてである。

したがって、若いシャルルだけではなくルーゴン＝マッカール家の遺伝的変異のすべてが尽きて溺死する血だまり、悪い天使に取りつかれたこの血の湖は、パスカル・ルーゴン博士が自室の大きな戸棚に丹念に集めた一族全員の資料、この一族の血統ではないものの、一族をとても熱心に支援して一族と深く結びついたパスカルの母フェリシテが何が何でも処分して、消し去りたいと願うあの資料の一つの形象である。

　ゾラ自身がこうした変異、つまり状況や経験した環境によって悪徳、反逆、犯罪あるいは天才を生み出す変異が、自分にも刻印されていると感じていたことは間違いない。この変異から天才を生み出すにはどうすればよいのであろうか。

　〈ルーゴン＝マッカール叢書〉のあらゆる思考様式を研究することや、作者の思想を体現する数多くの登場人物全員をほかの登場人物との関係において研究することはとても興味深いであろう。しかしここではゾラが「天才」という語を用いた登場人物のみを検討しよう。それは、いくつかの点においてセザンヌをモデルにした画家だが、セザンヌよりもゾラにかなり近く、『制作』〔〈ルーゴン＝マッカール叢書〉の第十四巻。一八八六年刊〕におけるゾラのもうひとりの代弁者であり、幼馴染の作家ピエール・サンドーズよりももっと本質的にゾラに似ているクロード・ランチエ、挫折はするが天才的で、生のままの才能を有する（「神経症が伝わる、クロードには才能がある」）このクロード・ランチエと、作家つまり本を書くことに成功した人間の最終的な形象として登場するパスカル博士で（よく知られているように「事件」〔ドレフュス事件のこと〕後、ロンドンに亡命したときにゾラはみずからを「パスカル氏」と呼ばせている）、

　とはいえ、パスカル博士は天才であるのだが、自分のことを「生得性」の完璧な事例と考えている。それは、ゾラが取り入れたリュカ博士の言い回しに従えば、彼においては遺伝的特徴がもはや識別不可能であり、少なくとも外見的にはより一般的な類型に戻ることを意味する。パスカルは贖罪と復活を体現する。ルーゴン＝マッカール家という、忌まわしくも、ときには天才を輩出するこの一族に、彼が属していることを示すものは何もなく、一族と異なる血が流れた人々から彼を隔てるものも何もない。パスカルにおいて変異は、それが見られる登場人物のうちの何人かにそれがもたらしえた利点のすべてとともに共有財となる。パスカル博士が資料を収集してルーゴン＝マッカール家の物語を書くのは、パスカルが遺伝による天才だからではない。パスカルがこの物語を書くからこそ、彼においては遺伝的変異が完全に識別できなくなり、それが純然たる才能に転じるのである。

3　返還

　ルーゴン＝マッカール家は、忌まわしい一族であることは確かであるが、この一族のうちに天才が宿り、この一族において、

この一族によって第二帝政期のフランスがみずからの罪を自白し、罪に汚れたフランスの血が尽き果てることになるのであるから、掛け替えのない唯一無二の一族なのである。まさにそうであるからこそ、シャルルが死ぬと一族は突然王らしい王のようになるのであり、それは一見すると予想だにしないことである。

しかし、ゾラが万物の霊長としての人間という中世の思想にどれほど注目していたのかを知るには、『ムーレ神父の罪』〔〈ルーゴン＝マッカール叢書〉の第五巻。一八七五年刊〕を再読するだけで十分である。

> このとき、庭園のすべてが彼らのものだった。二人は完全な権力をもって庭園のあるじとなっていた[…]野原では草と水を所有していた。草は二人の前で絶えず絹のカーペットを繰り広げ、彼らの王国を拡大していった。水は彼らの最大の楽しみだった[…]彼らはあらゆる場所で君臨していた。岩山、泉、二人の身体の重みで震える怪物のような植物が生えるあの恐ろしい地面さえも支配していた[…]
>
> 彼らに服従していないのは植物だけだった。アルビーヌとセルジュは彼らに従った数多くの動物がいる庭園を王のように堂々と歩いた。

恵まれた変異の出現は、ある人間がこの王国の一部を専有することを可能にする。この変異が何世代にも渡って続き、ある種の恒久性を持つという明白な事実は、貴族の観念の支柱となるものであり、この簒奪を固定化させ、一族を利することになる。しかし、ある人々が王位を簒奪するや否や、ほかの人々は地位を追われ、単なる動物の地位まで格下げされてしまう。ここで、地上の王国が奪われたことを天上の王国を約束することで隠蔽するカトリック教会が、きわめて重要な役割を果たすことになる。さらに、状況が異なれば簒奪によって利益をえるはずであった人々が、ほかの人々よりもかなり悪い状況におかれてしまう。同じ遺伝的特徴が「価値」として現われる代わりに、犯罪や悪徳や狂気に行き着くことがありうるのである。たとえば、血筋が正統ではないというだけで、あるいはルーゴン家の一員ではなくマッカール家の一員であるというだけで、そのようになってしまう。人間らしい人間であり、とても優れた能力に満ちた「人間の姿をした獣」ジャック・ランチエの運命は獣の運命よりもひどいものである。

そして、貴族にとって絶対である血の永続性が、実際にはごく束の間のものであるならば、そして、恵まれた遺伝的変異が数世代後には支配者の一族から消え去るのであれば、その一族の外部に出現するあらゆる傑出した人間は、たとえ天才であったとしても、権力の座にある人々の目には、もはや危険な存在、つまりかなり有害な存在としか思われないであろう。廃位された王は怪物になり、その代わりに王位につく人間はたいていの場合かなり凡庸な人物なのである。

ルーゴン＝マッカール家の物語全体が簒奪を背景として展開される。十九世紀のあらゆる作家がそう考えていたように、ゾラにとってもナポレオンは間違いなく天才であり、そのことによってナポレオンによる権力奪取が説明され、ほとんど許容されていたが、ナポレオンの偽の後継者であるナポレオン三世においては、原初の遺伝的変異は、それが識別可能なままであったとしても、まったく別のかたちで表出するほかはなかったのである。十二月二日のクーデター[09]は正真正銘の簒奪であり、必然的に無数の人間が人間性を奪われることになる。

キュリニョン老人は「返還すべきだ、返還すべきだ」と何度もいうが、これは、『労働』の文脈においては、簒奪した財産、特に「ヴォルー」（『ジェルミナール』〔〈ルーゴン＝マッカール叢書〉の第十三巻、一八八五年刊〕の立坑）と同じように労働者の人間性そのものが食い尽くされるあの「アビーム」〔「深淵」を意味する〕（キュリニョンの工場の名前）を形成するすべてのものを返還すべきであるという意味である。

老女アデライドが一族の物語を語ることはない。この役割は、彼女から眼差しのみを受け継いだ孫のパスカル博士に与えられている。若いシャルルの死を目の当たりにして、パスカル博士も返還すべきであること、人々に自分たちの王位を返還すべきであることがわかる。シャルルがその絵をはさみで切り抜いたばかりの王たちは皆、血だまりで溺れ死ぬのである。遺伝を実験小説の技法として用いることは、王たちの時代を永遠に消し去ることに寄与するであろう。ルーゴン＝マッカール家の人々の血を介して、小説の登場人物たちの性格を作り出すことによって尽き果てることになるのは、王や皇帝のすべての家系の血である。これらの性格が書き記されるのは、このインクによってである。

4　アルコール

『パスカル博士』のシャルルの死の場面は、同じようにきわめて異常なもう一つの死の場面に直結するものとして、いわばその帰結として描かれている。パスカル博士は、クロチルドとともに、チュレットの施設、シャルルがそこで自分の血をすべて失うことになるこの施設に少年を連れて行く直前に、血のつながりがないおじで、一族の恥部である老アントワーヌ・マッカールに会うために、この老人が毎日酒を飲んで暮らしている人里離れた場所を訪れる。

彼らが到着すると犬が静かにうめき続けている。博士は何度も「マッカール！　マッカール！」と呼ぶがまったく返事がない。ドアを開けると真っ暗で、台所には吐き気を催させるような濃い煙が充満している。博士はよろい戸を開く。

ようやく確認できたその場の状況に博士は驚くほかなかった。

すべてがいつもの場所にあった。テーブルの上にはグラスと強い蒸留酒の空ボトルがおかれていた。火事の痕跡が残されていたのはおじが座っていたはずの椅子だけで、前の二本の脚が黒ずみ、藁が半ば焼けていた。おじはどうなったのか。一体どこに消えてしまったのか。椅子の前の大きな油の染みがついたタイル張りの床に少量の灰が残されているのみで、灰の横にはパイプが落ちていた。それは黒いパイプで落下しても折れていなかった。おじのすべてが、この一握りの細かな灰、開いた窓から出ていく赤茶けた雲のような煙、台所全体を覆い尽くした煤の層、すべてを包み込み、指の下でねっとりとして悪臭を放ちながら飛び去っていく肉体の恐ろしい脂分のなかに含まれていた。

これは、ゾラがはっきりと述べているように、あらゆる医師がこれまでに観察した中で最も見事な「自然発火」の事例である。そして、それが全くの空想であることをゾラは熟知している。

[…]ひとかけらの骨も歯も爪もなく、ドアのすきま風で吹き飛んでしまいそうな少量の灰色の塵以外、彼の肉体は何も残っていなかった。

後にアントワーヌ・マッカールの遺書を開封すると、そこには自分の墓、「翼をたたみ、涙を流した二人の巨大な天使が彫られた大理石の豪華な墓」の建設のために全財産を捧げると書かれている。しかし、その墓に埋葬する彼の遺骸は何も残されていないであろう。

この光景を見たパスカル博士は、悲しむどころかそれに魅了される。

こうして彼は、酒飲みのかしらとして王のように死んだ。(ここにも「王のように」という表現があることを強調しておこう)、自分で火をつけて、自分の肉体を薪にして燃え尽きてしまった！[…]これは驚嘆すべき死だ。横に少量の灰と一本のパイプを残して、自分の遺体は何も残さずに消えてしまった！

博士は、そのパイプを彼の言葉によると「遺品」として保管するために拾い上げるが、姪のクロチルドが机の下で見つけた別のもの、一つの破片、一片の切れ端も拾い上げる……。それは緑色の女性用の手袋である。

クロチルドは叫んだ。「ああ、これ、おばあさまの手袋だわ。覚えているでしょう？　昨夜、おばあさまがなくした手袋よ」

このとき二人は、パスカルの母、クロチルドの祖母、シャルルの曽祖母であるフェリシテ・ルーゴンが、老マッカールが燃える現場に居合わせていたのにもかかわらず、それを阻止しなかったことに気づく。もっとも、少し後にシャルルの死の直前に二人が施設でフェリシテと面会した際、彼女はそれを二人に打ち明けることになる。

義理の姉[10]フェリシテの不作為による老マッカールの殺人、長期に渡って計画されていたこの殺人は以下のように行われた。実際、この殺人は長期間に渡るものであり、老マッカールが施設の近くの隠遁所に住み始めてから、フェリシテは「汚らしい老人を一族から厄介払い」するために、ワインやリキュールやブランデーをマッカールに贈っていたのである。老人を葬り去っていたならば、彼女は「古い汚れ物、つまりプラッサンの二つの征服の血と泥」も同時に葬り去ることになったであろう。われわれはこのように葬り去ることができないであろうことを知っている。フェリシテにとって老マッカールを葬り去ることは、息子であるパスカルの文書を消し去ることと同じである。あいにくアルコールは最初のうちは犠牲者にとても良い効果をもたらし、その生命力を回復させたかのように見える。フェリシテは十分だと思われる量のアルコールを飲ませ、この種の「贈り物」をやめてから長い間待つことになった。しかし、八月の酷暑の日に彼女がマッカールの家を訪れると物音がまったくしなかった。彼女もまた「マッカール！　マッカール！」と呼ぶのだった。そして薄暗い台所に入った。

部屋に入ってすぐに感じたのは、台所に充満したアルコールの強烈な匂いで喉が締めつけられるような感覚だけだった。どの家具からもこの匂いがにじみ出ているように思われ、家全体に匂いが染み込んでいた。そして、薄暗がりに目が慣れてきたので、ようやくおじの姿が見えてきた。彼はテーブルの近くに座り、テーブルにはグラスと完全に空になった強い蒸留酒のボトルがおかれていた。

彼は眠っているのでフェリシテの声が聞こえない。彼女はそこに誰もいないかのように行動する。暑いので手袋を脱ぎ、喉が渇いたのでグラスを洗い、水を注いでまさに飲もうとしたときに、彼女ははっとして飲むのをやめ、手袋の近くに水でいっぱいのグラスをおく。

マッカールの短かく黒いパイプが彼の膝の上に落ちていた。タバコを吸いながら眠ったのかなと思った矢先、フェリシテは唖然として動けなくなった。タバコの火が広がり、ズボンの布が燃えていた。そして、すでに百スー硬貨ほどの大きさになったズボンの穴から、むきだしの赤い太腿が見えており、そこから小さな青い炎が出ていた。
　最初、フェリシテは下着、つまりズボン下やシャツが燃えているのだと思った。しかし、これは疑いようのないことだったが、むきだしの肉体と、そこから発する小さな青い炎をはっきりとみたのである。その炎は、火がついたアルコール入りの瓶の水面に漂う炎のように、ゆらゆらと揺らめいていた。それはまだ聖体ランプの炎ほどの高さで、音もなくおだやかに燃え、風が少しそよいだだけで揺れるほど不安定であった。しかし炎は大きくなって急速に広がり、皮膚が裂け、脂肪が溶け始めた。

　マッカールはまだ息があり、呼吸で胸が上下している。フェリシテは彼の名前を呼んだが、今度は目覚めさせるためではなく、ほんとうに死に際にあるのか、もう目を覚ます恐れがないのかを確かめるためであって

（同じように、『ローマ』〔ゾラの三部作〈三都市〉（一八九六－九八年刊）の第二巻。一八九八年刊〕では、教皇の主任秘書ボッカネラ枢機卿が、じっとしていられないほど待ちきれない思いで、至福の瞬間を待つことになるであろう。

　今から彼は、小さな銀の槌を携えて、側近に囲まれ、ベッドに横たわった教皇、冷たく硬直した教皇レオ十二世の頭蓋骨を、象徴的な行為として三回叩きに行くのだ。ああ！　なんの反応もなく、内部に闇と静寂しかないことを確かめるために、とうとうこの脳の壁を叩くのだ。「ヨアキム！　ヨアキム！　ヨアキム！」というこの三回の呼びかけが響き渡るだろう。そして、遺体はその呼びかけに応じることはなく、主任秘書がしばらく待った後、振り返って「教皇様が崩御されました！」ということだろう）

　フェリシテ・ルーゴンは一族の恥を体現した男が死に瀕していることを確信して、グラスの水を一気に飲み干し、大急ぎで片方の手袋を拾い上げ、両方の手袋を持ち帰っていると思い込みドアを閉めて逃げる。

　現場には二人の当事者のしるしが残されることになる。手袋とパイプである。きわめて女性的なものである手袋、たとえば『ボヌール・デ・ダーム百貨店』〔〈ルーゴン＝マッカール叢書〉の第十一巻、一八八三年刊〕において検証可能な、衣服のあらゆる象徴体系と結びついた手袋は、手を隠すものであり、ある行為や出来事の起源を隠蔽しようとするものである。男性的なものであるパイプは、老アントワーヌが常に持ち歩いていたもので、彼自身の死を予告するものである。『居酒屋』〔〈ルーゴン＝マッカール叢書〉の第七巻、一八七七年刊〕や『ジェルミナール』においてアルコールが果たした役割はよく知られている。アルコールはいわば血のアンチテーゼであり、遺伝の発現を妨げるものである。フェリシテはアントワーヌを一族から取り除くために大量のアルコー

ルを飲ませる。同様に、炭鉱の経営者とその取り巻きたちは、あらゆる手を使って炭鉱夫をアルコール中毒にしようとする。それは、たとえばエティエンヌ・ランチエのような特定の人間に現われる変異がもたらす反乱、つまり、失われた王国や人間性を回復させるために、ほかの人々を巻き込んで引き起こされる反乱を防ぐ最良の手段である。一族のうちで個体から個体へと流れる血は、一族のある系統においてはアルコールに浸ることになり、そのアルコールの循環によって部分的に無効化されるのである。

緑色の手袋によって署名されたアントワーヌ・マッカールの殺害は、ルーゴン家の支配を強化し、一族の恥を隠蔽するはずであったが、この殺害が青い炎、つまりアルコールによる自然発火によって達成されたことで、この隠蔽は台無しになるであろう。アルコールという隠蔽するものが燃え尽きたため、罪を犯した手を隠蔽するはずであった手袋が告発者となるのである。

その「王のような」死において、老マッカールは、老アデライドが「死を見届ける女《ヴェイユーズ》」であるのと同じように「聖体ランプ《ヴェイユーズ》」に変化する。マッカールの内部では、炎が彼のアルコールのすべてを、簒奪の盲目的な共犯者である彼の個性のすべてを消し去ろうとして、ひそかにくすぶっていたのである。

III　ページを火にくべる

1　教会の火災

『プラッサンの征服』〔〈ルーゴン＝マッカール叢書〉の第四巻。一八七四年刊〕において、アントワーヌ・マッカールは、チュレットの施設の門番がフランソワ・ムーレの別荘のドアを開けたままにしておくように仕向けた。ナポレオン三世による簒奪、プラッサンにおいてはルーゴン家による簒奪となって現われたこの簒奪を確固たるものにするために、パリからフォージャ神父が派遣される。そして、フォージャ神父が支配する王国となった自分のかつての住まいに火を放つために、この狂人〔フランソワ・ムーレのこと〕を解き放ったのはマッカールである。

放火の準備をしながらフランソワ・ムーレは次のように言った。「何も残さない。何も残さないようにしなければ」。実際、この壮麗な火災の後、一族の共犯である神父やその取り巻きの人々の痕跡は何一つ残らないであろう。フォージャが厄介払いできなかったトルッシュ夫妻、この累を及ぼしかねない厄介な親類は、酩酊状態のまま息をつく間もなくベッドで燃え上がってしまう。その住人たち、より正確にいうとその侵略者たちとともに家屋が消失した後、コンダマン氏がルーゴン家の人々はこの事件を喜んでいるはずだと指摘すると、パロック夫人は答える。

もちろんよ！　ルーゴン家の連中は有頂天だわ。彼らは神父が征服したものを相続することになるから［…］もしかしたら、あばら家に火をつけるという危険を冒した人間に大金を払ったかもしれないわ。

この会話を耳にしたアントワーヌ・マッカールは不満げな様子でその場を立ち去る。彼は自分がだまされたと感じて、ルーゴン家の人々の喜びを見て暗澹たる気持ちになる。この一族は「常に二股をかけ、組むと最後には裏切られてしまうという抜け目ない連中だった」。マッカールは自分の死によってようやく復讐を果たすことになる。自分自身に復讐すること、つまりみずからの身体を燃やし、告発者たる手袋がパスカル博士にフェリシテ・ルーゴンの罪を示すことによってのみ、マッカールはルーゴン家に対して復讐を果たすことができるのである。

これら二つの箇所を比較すると、ゾラの思考におけるカトリシズムとアルコールの深い親近性が明らかになる。アルコール中毒は人間性を喪失した人々にとってはいわば信仰の代用となるものである。どちらも陶酔をもたらし、家庭という環境において伝えられる。セルジュ・ムーレ神父は母親から、そして、とりわけ母親のそばにいて父親の代わりとなったフォージャ神父から神秘主義に向かう性格を受け継いでいる。『プラッサンの征服』の結末部で、ルーゴンを旧姓とするマルト・ムーレは、死の床で自宅の火事の最後の炎に照らされて目を開く。

彼女は名状しがたい恐怖に襲われて両手を合わせ、赤い光の中でセルジュのスータン〔カトリックの聖職者の通常服〕が燃えているのを見ながら、息を引き取った。

セルジュ・ムーレ神父の場合は炎が燃やしたのは室内だけであったが、ゾラの後期作品を読むと、教会の火災のテーマが次第に重要性を帯びてくることがわかる。ルルドの洞窟は永遠に燃え盛る火であり、見事な蝋燭行列の描写〔〈三都市〉の第一巻『ルルド』（一八九四年刊）の一場面〕では、ゾラは蝋燭の炎の真ん中に、突然雷のイメージを少しの間現出させる。

それは魅惑的な光景だった。揺らめく小さな光の数々が巨大な炉からくっきりと浮かび上がり、ゆっくりと優美に舞い上がっていった。地上でそれらを支える人々はまったく見えなかった。暗闇のなかで小さな光が日光の細かい粒のように動いていた。やがて斜めの線が現われ、急な角度で折れ曲がり、また線が現われて、今度はその線が折れ曲がった。最後には、丘全体に、まるで版画に描かれた暗い空から落ちるあの雷に似たジグザグの線がつけられた。しかし光の跡は消えず、相変わらず小さな光が同じようになめらかにゆっくりと動いていた。

行列自体に刻印された動かない雷、中断された雷。〈三都市〉の結末部において雷は遥かに強い脅威を与えるものとなるであろう[11]。

2　肉屋[12]の勝利

われわれとともに『ルルド』で行列に参加したばかりのピエール・フロマン〔〈三都市〉の主人公〕は、『パリ』で兄のギヨームと再会する。ギヨームは新しい爆弾を発明した天才的な科学者であり、何年も前から、当初はフランス政府に寄贈したいと思っていた恐ろしい兵器、彼の考えでは全世界に平和をもたらすはずの絶対的な兵器の開発に取り組んでいる。これはどこかで聞いたことがある話である。しかし小説の最後で、ギヨーム・フロマンは当時の政府は信用に値しないと判断し、決定的な意思表示として彼自身が爆弾を使用することを選ぶ。それは盛大な聖体降福式の最中に、建設されたばかりのサクレ・クール寺院を爆破することである。

ルルドでは信仰を取り戻すことに失敗し、ローマでは教会の新たな改革の望みを完全に失って、パリではあらゆる信仰の実践から次第に離れていくピエール・フロマン神父は、兄の挙動に不安を抱き、その重要な日に彼を尾行してこのモニュメントの基礎の部分に入る。そこには爆破の準備がすべて整っており、夜通し燃える炎〔聖体ランプのことだと思われる〕さえもあった。

ピエールは恐怖で凍りついてしばらく身動きできなかった。歩くことも叫ぶこともできそうになかった。彼は自分の頭上に、ひしめき合った群衆、聖体降福式のために大聖堂の天井が高い外陣ですし詰めになっている一万人の巡礼者がいることを思い出した。ラ・サヴォワヤルド〔サクレ・クール寺院の大きな鐘〕が激しく鳴り響き、香からは煙が出て、一万人の声が壮麗で歓喜に満ちた讃美歌を歌い始める。そこに突然、雷、地震、噴火が始まり、信者たちの群れとともに教会全体が炎と煙に飲み込まれる。

ピエールは爆破が狂気の沙汰であることを兄に伝えようとする。すると兄は落ち着いた様子で、なぜサクレ・クール寺院に関心を抱くようになり、なぜ最終的にこの寺院を選ぶにいたったのかを弟に説明する。こうした場面に見られるブラックユーモアは、ゾラの後期の作品に見られる往々にしてやや間延びした説教調の文章の中にあって、異彩を放っている。

オペラ座を爆破しようと考えていた時もあった。しかし、怒りと正義の嵐で、享楽主義者たちのこの小さな世界を吹き飛ばすことに重要な意味は希薄で、貪欲さに満ちた卑しい嫉妬に穢れた行為であるように思われた。次に証券取引所を標的にすることも考えた。そうすれば、腐敗した金銭や、賃金生活者を苦しめる資本主義社会に一撃を与えることができる。しかし、これも限定的で特殊すぎる攻撃ではないだろうか。裁判所とりわけ重罪院を標的にするという考えも頭から離れなかった。人間による裁きが、いかに間違っているかを立証し、罪人に加えて、証人たちや罪人を告発する予審判事、罪人を弁護する弁護士、罪人を裁く裁判官、新聞連載小説を求めるかのようにやって来る物見高い聴衆、これらすべてを吹き飛ばすことにかなり魅力を感じた。些事にこだわらず、すべてを飲み込む火山によってすぐに下されるこの優れた正義は、何という残酷な皮肉だろう。しかし、彼が長い間温めていた計画は、凱旋門を爆破することだった。彼にとって凱旋門は、戦争、民族間の憎悪、あまりに大きな代償、あまりに血塗られた偉大な征服者たちの偽りの栄光を永遠のものにする忌まわしいモニュメントだった。なんの意味もなく大量の人間が犠牲になった恐ろしい殺戮を記念したこの巨像は消え去るべきだ。もし凱旋門を地中に葬ることができれば、自分だけが死ぬという英雄的で偉大な行為、

（なぜなら彼は崩壊したモニュメントの下敷きになって死ぬつもりであるから）

　雷に打たれたように、巨石に押しつぶされてひとりで死ぬという、英雄的で偉大な行為が実現されるだろう。なんという墓［…］

しかし、これらの忌まわしいモニュメントのなかで最も忌まわしく、同時に、その破壊者の素晴らしい墓になるものとして最もふさわしいモニュメントはサクレ・クール寺院である。彼は叫ぶ。

　嘘と隷属の神とともにサクレ・クール寺院は崩壊すればよい。寺院の瓦礫で押しつぶされて多くの信者が死ねばよい。このカタストロフが、太古の天変地異のように、人類の奥底で警鐘を鳴らして人類を生まれ変わらせるのだ。

そして、さらに、

　今後永遠に血が流されないようにするための、大量の死と多量の血！

　小説の力強さという意味ではおそらく残念なことだが、ピエール・フロマンは兄にサクレ・クール寺院の破壊は比喩的な価値

しかないことを理解させることに成功する。小説の結末部においても、この「ばかげたことを称えるために建てられた寺院」は屹立し続けるのである。

ゾラは、彼の言葉によれば教区の旗を肉切り台に変えるサクレ・クール信仰の広がりに嫌悪感を抱いている。彼の目にはカトリシズムが血の宗教であることがそこで明らかになる（ゾラはこうした主張の裏づけをジョゼフ・ド・メーストル[13]の著作にどれほど多く見出すことができたであろう！）。天国に行けるという約束によって地上で王位を奪われた人間が想像の世界で報われるのと同じように、実体変化[14]が、反乱を無効化する慰めのワインを聖なる血に変化させることで、血の特権から排除された人間が報われるのである。したがって、聖体降福式のときに爆発つまり地下からの雷撃が起きなければならないのである。

ゾラによるとカトリック教会は血に奉仕している。アンシャン・レジームにおいては聖職者は第二身分でしかなかったし、その成員は独身を通すという掟が存在していたために、みずからが子を産み、子孫を増やすことは禁じられていた。教会の最高権力者となるのは名家の第二子以下の男子であった。聖職者の家系では、血の結びつきはその写しといえる精神的な結びつきに取って代わられていた。したがって修道士は、少なくとも合法的には父親《ペール》になることができないので、その埋め合わせに神父《ペール》と呼ばれていたのである[15]。

3　懲らしめの神

サクレ・クール寺院の儀式の執行者は雷撃からかろうじて免れた。ゾラが今でも謎につつまれている状況で死亡し[16]、第四の福音書『正義』が書かれなかったため、彼の遺作となった『真理』（〈四福音書〉の第三巻。一九〇三年刊）では、同じ恩寵にマイユボワ市の最後の聖職者たちが浴することはないであろう。

この町のカプチン会修道士たちは、聖アントワーヌ・ド・パドゥ信仰を大いに広めていた。ゾラの目には、資本家による簒奪とこの信仰の関係は、国王や皇帝による簒奪とサクレ・クール信仰の関係と同じメカニズムのように映るのである。修道院長のテオドーズ神父は、天国の銀行を開発することになる。

意気軒昂なテオドーズ神父は、この聖人を利用してもっと儲けることができる天才的なアイデアを思いついたばかりであった。彼は人々が驚くような金融事業を始めた。天国を担保にした五フランの債券を発行したのだ。この地域に回状やパンフレットが大量にばらまかれ、天国での至福を担保するこの有価証券の巧みな運用を説明していた。各々が十枚の五十サンチームの配当券に分かれており、それぞれの配当券は、祈りやミサなどの慈善活動の金庫への内金であり、そのすべてを、地上では現金で支払うことが可能で、天国では奇跡を起こす聖アントワーヌの富によって償還できるのだ。さらに、さまざまな景品が出資者を引きつけるはずであった。この有価証券を二十枚購入すると聖人の彩色小像を受け取る権利が与えられ、百枚購入すると毎年のミサを約束していた。そして最後に、パンフレットでは、天国の聖アントワーヌが百倍の額にして償還するので、この有価証券に「聖アントワーヌの債券」という名前をつけたことが説明されていた。パンフレットは以下のような文言で締めくくられていた。「神の力による保証となりますので、この有価証券はまさに絶対確実な担保つき債券なのです。いかなる金融恐慌にも脅かされることはありません。終末時の世界の破滅さえも証券の価値を損なうことはありません。むしろ世界の破滅によって出資者は自分が積み立てた利息をすぐに受け取ることができます。」

ユダヤ人の教師シモンは、甥のゼフィラン少年に対する暴行と殺人の罪で告発されるが、実際はこの少年はゴルジアという キリスト教学校の品行の悪い神父に殺されたのであった。ドレフュス事件が反映されたこのシモン事件において真実がマイユボワにて勝利を収めたとき、聖アントワーヌ教会を除くすべての教会から人がいなくなる。以下は聖アントワーヌ教会で執り行われた最後の儀式の場面である。

ちょうどこの日は、聖アントワーヌを祭る儀式があった。百名ほどの信者がこの華やかな式典を見ようと集まっていた。テオドーズ神父の懇願に負けて、クラボー神父［イエズス会士］は［…］儀式に出席することに決めた。二人の神父はどちらも教会にいて、ひとりは祭式を司り、もうひとりは巨大な聖人像の足元にあるビロードの椅子に座っていた。一同は聖人の奇跡的な全能の力によって、卑劣で冒瀆的な新しい社会を一撃で消し去る恩寵、なんらかの天変地異による恩寵を神に祈っていた。そのとき、突然雷雨になった。マイユボワの上空を恐ろしい真っ黒な大雲が覆い、あたかも天上で地獄の竈が開いたかのように稲光が輝き、雷鳴が巨人の一斉砲撃のように地上に襲いかかった。テオドーズ神父はすべての鐘を鳴らすように命じた。組み鐘の音が、神の加護を得ようとして、自分の家を教えようとするかのように礼拝堂から上空に向って激しく鳴り響いた。それは皆殺しであった。恐ろしい雷が鐘を直撃し、縄をたどって、外陣で天が崩壊するかのような爆音がとどろいた。テオドーズ神父の身体は祭壇で火がついて松明のように燃え上がった。祭司服、聖なる器、さらに聖櫃そのものも溶けて粉々になった。とりわけ聖アントワーヌの巨像が砕け、粉塵と化して、落雷で即死したクラボー神父の全身を覆った。灰に覆われた神父はもはや捻じ曲がって黒ずんだ骸骨にすぎなかった。そして、あたかも二名の聖職者だけでは物足りなかったかのように、五名の敬虔な信徒も死んだ。ほかの信徒たちは円天井の下敷きになるのを恐れて悲鳴を上げて逃げまどった。円天井は音を立てて崩れ落ち、信仰の影も形もない巨大な残骸の山となった。

これはまさにギヨーム・フロマンが夢想した天変地異の実現にほかならない。ゾラはアン・ラドクリフ[17]の伝統に従って、自然現象によって説明される可能性を残してはいるものの、二人の神父が雷に打たれたことは、アントワーヌ・マッカールの燃焼と同程度に「自然発生的」である。この場合、雷撃は建物の基礎という物理的な構造物からではなく、神という語がその真正さと深遠さにおいて意味したすべてのものからやって来るのである。

マイユボワの住民は皆茫然とした。カトリック教徒が崇める神がこのような過ちを犯されることがあるだろうか。これは、これまで教会が雷に打たれたり、司祭や跪いた信者の頭に鐘楼が崩れ落ちたりするたびに繰り返された悩ましい問いであった。神はご自身の宗教を終わらせたいとお望みなのであろうか。あるいは、より理性的に考えるとすれば、人間に手懐けられれば幸福の力となる自然の力、雷を導く神の手は存在しないのであろうか。しかし、この出来事が起きたときに、ゴルジア神父が再び姿を現して、神は今回も過ちを犯されなかったと叫びながらマイユボワの町を歩きまわった。神は私の願いをお聞きになって、鉄と火によってのみよみがえることができるすべての教会に教訓を与えるために、愚かで卑怯な長上者たちに雷を落とされた。そして一か月後、かつてヴィクトル・ミロムの死体が回収された売春宿の前で、ゴルジア自身が頭を割られ、体中がおぞましい傷跡で汚れた状態で発見された。

ゴルジア神父は、ゾラが〈ルーゴン＝マッカール叢書〉の最初の草案の頃から、例外的な世界として区別していた四つの世界、つまり娼婦の世界、人殺しの世界、聖職者の世界、そしてその野蛮な雄弁によって芸術家の世界さえも、彼ひとりのうちに併せ持っているのである。

4　樹木

これらの文章は、このように切り取って引用するときわめて反教権主義的なものに思われる。しかしゾラにおいては歴史によってカトリシズムそのものがみずからを断罪するよう仕向けられる。カトリシズムの廃絶をもたらす落雷は、その価値を宣言するものにほかならない。

実際、『パスカル博士』において老アントワーヌ・マッカールを燃やした青い炎は、パスカル博士が、彼の著作を通して、彼の原稿と資料のすべて、つまり小説としての〈ルーゴン＝マッカール叢書〉そのものを自分の身代わりとして燃やすことになる別の炎、老女フェリシテの狂気の手がその火をかきたてることになる別の炎を予告するものにほかならない。

「ああ！　ここにあった[…]燃やしてしまえ！　燃やしてしまえ！」

フェリシテはついに書類に見つけ出した。高く積まれたノートのうしろのかなり奥に、博士は青い紙のファイルを隠していたのだ。そのとき、常軌を逸した破壊の衝動、猛り狂った激情が彼女を駆り立てた。フェリシテは書類を両手いっぱいに摑んで炎に投じた[…]

「燃えた！　燃えた！[…]やっと燃えた！[…]燃えた！　なんて美しい炎だ！」

まったく煤払いがされていない暖炉の煙管に火が燃え移り、おりよく雷鳴のような爆音が響き渡っておじのそばで眠っていた可哀想なクロチルドが目を覚ます。彼女は叫ぶ。

あなたは自分の息子に火をつけたのと同然よ！

フェリシテが答える。

「私がパスカルの原稿を燃やしたのは、彼を燃やすためだよ。[…]われわれ一族の栄誉を守るためなら町でも燃やすだろうさ。[…]その低い背丈が高くなったように見える老女は言葉を続けた。「あんたもよく知っているように、私のただ一つの願い、ただ一つの生きがいは、われわれ家族の財産と王のごとき権力を手に入れることなんだよ[…]」

老アントワーヌの台所と同じように、その部屋には煙と煤が充満している。フェリシテは再び自分の勝利を確信する。この火は隠されたままになるのであろうか。ルーゴン家の運命に捧げられた見事なモニュメントにその灰を隠すことができるのであろうか。机の上で緑色の手袋を探してみよう。その手袋とは、完全な形で残された系統樹、あまりにも目につく場所に広げてあったので、火をつけたフェリシテと女中のマルチーヌが探すことさえしなかった系統樹にほかならない。

こうした破壊の場面を読むと、この忌まわしい一族が燃えるべき運命にあることがよくわかるし、一族全体がどのような意味で天才の土壌、炎あるいは永久の雷とも言えるこの系統樹の土壌になりえたのかもわかる。この土壌において、われわれは『ムーレ神父のあやまち』〔〈ルーゴン＝マッカール叢書〉の第五巻。一八七五年刊〕に登場するパラドゥの木を見出すのである。

ほとんど知られていないけど、彼らは庭園の中に至福を感じる場所を見つけていたのよ[…]涼しい日陰になった所で、分け入ることが難しいほど茂った木々の奥深くに隠れた場所、驚くほど美しいので、そこにいると世界のすべてを忘れてしまうほどよ。[…]とてつもなく大きな樹木の葉むらが屋根のように覆っている魔法の隠れ家[…]そこでは瞬く間に人生のすべてを経験するといわれているわ。[…]死んだ女性がそこに埋められている[…]彼女はここに座ることができたという喜びで死んでしまった。この木陰には人を死にいたらしめる魔力があるのよ[…]」

庭園に入ってから自分が聖職者であることをすっかり忘れてしまったセルジュ・ムーレが話をさえぎる。

「震えあがるほど怖い木陰なら、そこに座ることは禁じられているはずだよ」

「ええ、禁じられているわ」とアルビーヌは厳かな口調で答えた。「この土地の人は口をそろえて私にそう言っていたわ」

この樹木は、ゾラの〈四福音書〉の第一巻『豊穣』(一八九九年刊)において、新たに獲得された所有地に植えられ、住民の増加とともに成長する木として再び登場することになる。

5 霊薬

〈ルーゴン＝マッカール叢書〉を読むと、燃えるべき運命にあるのは、われわれ自身に巧妙に注ぎ込まれたすべてのアルコールであることがわかる。アルコールの燃焼は、われわれの血を解放し、その血を照らし、静かなわれわれの反乱がより効果的なものになること、そして、見出された王位の洗礼の水にわれわれが浸ることを可能にする。

なぜなら、これまで社会の「円環《キルクルス》」に流れる二つの忌まわしい液体、つまり簒奪するものとしての血と、無力化するものとしてのアルコールについて話してきたのであるが、作品の機能において、それらとまさに同じような重要な役割を果たし、幸運をもたらす少なくとも二種類の別の液体が存在するからで、

それは、『パスカル博士』の結末部でクロチルドとおじ(パスカル博士のこと)との間に生まれた娘、一族の血を引くこの幸せな謎めいた子どもに彼女が与える母乳である。この母乳については特に乳母に関する『豊穣』の驚くべき一章を参照すべきであろうし、

そして、とりわけ水である。生きるために何よりも必要とされる媒質、精液の水、パラドゥの樹木の皮から流出し、この庭園を「豊穣の湯気」で浸すあの樹液、『生きるよろこび』(〈ルーゴン＝マッカール叢書〉の第十二巻。一八八四年刊)の母なる水、聖母マリアの御心によってではなく、もっぱらそれが水であることによってルルドで奇跡を起こし人々

の病を治す水である。十九世紀の錬金術師といえるパスカル博士は、

> 万能薬、あらゆる病の唯一の実際の原因である人間の衰弱に打ち勝つための生命の液体、人間に力と健康と意志を与え、まったく新しく優れた存在にする科学的な正真正銘の若返りの泉

を追い求め、羊の脳髄を濾過する作業を繰り返し、ついに蒸留水の注射という簡便な手段によってほとんど奇跡的な治癒をもたらすことに成功する。

　最後にもう一度あの素晴らしい静物を見てみよう。床に落ちたパイプ、酩酊した状態で亡くなった老人が変身した姿である椅子の上の青い炎、机の上にある強い蒸留酒の空ボトル、水入りのグラスの近くにある緑色の手袋。

　いまや、アントワーヌ・マッカールの死体の前におかれた水入りのグラスの役割が理解される。それは、卑しい意味においての「王のような」一族のための霊薬、老女フェリシテと結びつき、彼女が身も心も捧げたあの「性格」のための霊薬、彼女が入手したと思い込んだ不老不死の霊薬にほかならない。

　遺伝的変異が、血が、簒奪しないこと、そして遺伝的共同体が、水が、日光にあまねく照らされることを可能にするのは、アルコールの燃焼によってのみ生じるわけではない青い炎、すでに古い福音書[18]がその中でワインをひそかに燃やしていた聖なる血、教会の聖体ランプに見守られたこの聖なる血の燃焼によっても生じる青い炎だけである[19]。

　小説において実験的であるということは、その実現が不可避ではあるが、それまでにかなりの時間を要する新しい社会の建設を早め、促進し、容易にして、その建設によって流される血を少量にすることを意味する。新しい社会は、こうした作品に〈四福音書〉というタイトルをつけることが、それほど馬鹿げたことでもなく、それほど不愉快なことでもなかったと認めることができるはずである。このような敬意を込めた挑発もまた小説における実験の一例なのだ。

ジルベール・ル・モーヴェの七人の女

もう一つの七面体[01]

ジャン・プフェフェール[02]に

I　寝室

『失われた時を求めて』は、とある寝室、そこでまさに作品自体が書かれる寝室の中で始まるものの、話者は、それを見分け、それがその寝室だと分かる前に、ほかの寝室、ほかの目覚めなのではないかと試してみる。これらの寝室、目覚めは、後で登場して作品全体を区切ることになる。それはまずコンブレーの寝室、われわれが読んでいるこの作品冒頭のすぐあと、第一章の寝室である。

私の脇腹がしびれていると、それがどちらを向いているかを割り出し、たとえば壁のほうを向いて、天蓋つきの大きなベッドに横になっていると想像する。と、すぐに私は、こうつぶやく、「おやっ、お母さんがおやすみを言いに来てくれなかったのに、寝てしまったんだ。」私はもう何年も前に亡くなった祖父の田舎の家にいるのだ。すると私の身体、いや、下になっていた脇腹が、私の精神が忘却してはならなかった過去の忠実な番人として、天井から鎖で吊りさげられていた壺形のボヘミア・ガラスの常夜灯の炎や、シエナの大理石でできた暖炉などを想い出させてくれた。それはコンブレーの祖父母の家で私にあてがわれた寝室にあったもので、目を覚ました瞬間には遠い日々のことなのに現在のことと想いこみ、正確に想い描けなかったが、あとで完全に目覚めたときにはもっとはっきり目に浮かぶはずであった。

〔『スワン家のほうへ』第一巻（一巻）〕[03]

『スワン家のほうへ』の初版と同時期のヴァージョン（初版の裏表紙[04]が全体のプランを示している）では、彼の身体のもう片方の「脇腹」からは、これとは反対に、最終篇『見出された時』が始まる寝室、「ロベール・ド・サン＝ルーの結婚」と踵を接して、最終章「終わりなき崇拝」が始まることになっていた寝室、タンソンヴィルの寝室が出てくる。

それから、またべつの姿勢の記憶がよみがえる。壁が大急ぎでべつの方向に移動すると、そこは田舎のサン＝ルー夫人宅で私に与えられた寝室だった。これは、まずい、もう十時にはなっている。夕食は終わってしまったにちがいない！　どうやらうたた寝をして寝過ごしてしまったらしい。うたた寝は毎晩のことで、サン＝ルー夫人と出かけた散歩からもどり、燕尾服に着替える前のことなのだ。長い年月が経ってしまったがコンブレーでは、どんなに帰宅が遅くなっても、私の部屋の窓ガラスには赤い夕映えが見えていた。ところがタンソンヴィルのサン＝ルー夫人宅で送っているのは、すっかり別の生活で、日が暮れると散歩に出て、昔は陽光をあびて遊んだ同じ道をいまや月明かりに照らされてたどるという、べつの楽しみがあるのだ。そんなわけで私が夕食の正装に着替えるのを忘れて寝てしまった部屋は、私たちが散歩の帰りに遠くから見ると、闇に浮かぶただひとつの灯台さながらランプの灯りに照らされていたのである。

〔『スワン家のほうへ』第一巻（一巻）〕

二千ページ以上先、『見出された時』に差しかかるところで、プルーストはほぼ同じ言葉を繰り返して、この第二の寝室のことを記している。

いまやタンソンヴィルでは、かつてコンブレーではとっくに寝ていた時刻に夕食をとる［…］

〔『見出された時』第四巻（十三巻）〕[05]

反転された世界。コンブレーでは日中に外出し、夜は眠る。タンソンヴィルでは外出するのは夜で、眠るのは日中だ。これら二つの寝室が両極として喚起された後、ほかのすべての寝室が扇のように広がり、それらの寝室は冬と夏というもう一つの対照によって特徴づけられる。

冬の寝室では、ベッドに横になると、雑多なもので編んだ巣のなかに顔を埋《うず》める。枕の隅とか、毛布の襟とか、ショールの端とか、ベッドの縁とか、「デバ・ローズ」紙の一日分とか、それらを全部いっしょくたにして、あくまで小鳥の巣づくりの技法にならっていつまでも体を押しつけて固めてしまうのだ。凍てつく寒さのときに味わう楽しみは、外界とすっかり遮断されていると感じるところにある(海鳥のアジサシが地面の奥の、地熱で暖められたところに巣をつくるのと同じだ)。また、ひと晩じゅう暖炉に火が消えないようにしてあるので、暖かく煙《けぶ》る大きな空気のマントに包まれて眠るのに等しい。それは、ふたたび燃え上がる熾火《おきび》の薄明かりが浸みこんだマントであり、目には見えないベッド用の壁の窪み《アルコーヴ》であり、寝室のなかに穿たれた暖かい洞穴である。この熱気のこもる地帯では、暖かい外縁が揺れうごき、そこに流れこむ冷気は、窓に近かったり暖炉から離れていたりして冷えきった部屋の四隅からやってきて顔を冷やすのである　〔『スワン家のほうへ』第一巻(一巻)〕

(これら冬の寝室は、ほかのあらゆるバカンスの寝室、すなわちコンブレーやタンソンヴィルといった田舎の寝室、それから、読者がやがて知ることになる、小さな街の寝室、海辺の寝室、海辺の街の寝室とは対照的であって、明らかにパリの二つの寝室である——

一つはシャンゼリゼの近くの寝室で、『スワン家のほうへ』の最終章[06]で少し話題になるものの、とりわけ『花咲く乙女たちのかげに』において登場することになり、

そしてもう一つは、『ゲルマントのほう』で、ブーローニュの森のそばにあるゲルマントの館[07]の一翼に引っ越した後の話者をわれわれが見つける寝室、執筆活動《エクリチュール》の寝室そのものであるのだが、まずは冬が夏に反転された形で登場する)。

夏の寝室では、生暖かい夜と一体になれるのが嬉しい。なかば開いた鎧戸に月の光が身をもたせかけ、ベッドの足元にまで魔法のハシゴを投げかける　〔『スワン家のほうへ』第一巻(一巻)〕

(話者はそこでは、ロメオを待つジュリエットになる)、

〔夏の寝室では〕そうした光線の先端にとまっていると、そよ風に揺れるシジュウカラよろしく戸外で寝ている趣である。ときにそれはルイ十六世様式の寝室となり、雰囲気がずいぶん陽気なので、最初の夜でも私はそれほど辛い想いをしないですんだ。天井を軽やかに支える小さな円柱がいとも優雅に間隔をあけ、ベッドの位置を指し示しつつ、それを確保してくれていた　〔『スワン家のほうへ』第一巻(一巻)〕

(これは、とても快く迎えてくれる、ドンシエールのフランド

ル・ホテルの〔冬の〕寝室のことだ。

壁は、四方から寝室を抱きしめるようにとり囲み、寝室をほかの世界から隔離したうえ、寝室の仕上げとなるものをそこにとり入れて封じこめるためか、身をひいて書棚の場所を空けたり、ベッドを置くへこみを確保したりする。そのベッドの両側に立つ柱は、壁の窪《アルコーヴ》みの高い天井を軽やかに支えている、

〔『ゲルマントのほう』第二巻(五巻)〕

親愛なるジャン・プフェフェール、あなたはこの〔冬の〕寝室が秋の特徴を持っていることをはっきりと示してくれた[08]、なるほどそのとおりで、ありとあらゆる付属物、暖炉、中庭と一緒になって、この寝室は実際には冬の寝室と、次の引用にある寝室のような厳密な意味での夏の寝室の、中間項なのである)、

ときにそれは、正反対の、狭くて天井の高い寝室となり、二階ほどの高さにピラミッド状の空洞が穿たれ、一部にマホガニーが張りつめてある。私は、なかに入った瞬間から防虫剤の嗅いだことのない臭《にお》いに心理的に参ってしまう。そのうえ紫色のカーテンは私に敵意をいだき、振り子時計は私のすがたが目に入らないかのごとく声高にわめきたて、傍若無人の無関心を決めこんでいるのは明らかだ。おまけに奇怪で情け容赦のない四脚の鏡台が、部屋の一角を斜めに占領しているので、私の慣れ親しんだ快い完璧な視野に、傷口のように思いがけない空間が穿たれる[…]

〔『スワン家のほうへ』第一巻(一巻)〕

(バルベックの寝室は、コンブレーとタンソンヴィルの寝室とあたかも正三角形を成しているかのようであり、またわれわれはその寝室と、『スワン家のほうへ』の第三章[09]「土地の名―名」冒頭で再会する。

眠れない夜に私がいちばんよく想いうかべた寝室のなかでも、バルベックの海浜グランドホテルの寝室ほど、コンブレーの寝室と似ても似つかないものはなかった。コンブレーの寝室を覆っていた大気が、粉をまぶしたようにざらざらして、花粉にまみれ、食べられそうで、信心深かったのに対して、グランドホテルの寝室のエナメル塗りの壁が閉じこめていたのは、プールのつるつるした内壁がたたえる青い水のように、澄み切った、紺碧の、潮の香りのする空気だった。ホテルの改装を請け負ったバイエルンの室内装飾業者は部屋ごとに装飾を変える方針で、私が滞在した部屋では三方の壁ぞいにガラス戸つきの低い書棚が据えつけられていた。装飾業者が予期しなかった効果とはいえ、書棚の位置によってそのガラス戸に刻々と変化する海の光景が映し出される結果、明るい海洋画の絵巻がくり拡げられ、

マホガニー製の書棚の木部がその絵巻の仕切りになっていた、

〔『スワン家のほうへ』第一巻(二巻)〕

描写の続きが行われることになるのは、『花咲く乙女たちのかげに』の最終章[10]「土地の名—土地」においてであり、〔同篇の第一部にあたる〕スワン夫人をめぐる長大な脱線を経た後に、われわれは話者とともにその寝室に入ることになる。

振り子時計は[…]いっときも休むことなく訳のわからない言葉をしゃべり続け、その発言は私に意地悪なものにちがいなかった。というのも紫色の大きなカーテンはそれを黙って聴いていたからである。[…]私が苦しめられたのは、まわりの壁に並ぶガラス戸つきの小さな書棚と、とりわけななめに置かれた大きな脚付鏡台で、この鏡台が出てゆかなければ私にくつろぎはありえないと感じられた。私はたえず視線を上に向けたが、[…]その先にあるのはやたらに高い天井で、そもそも祖母が私のために選んでくれたホテルの一番上にあるこの部屋はまるで展望台だった。そしてわれわれが見たり聞いたりする領域よりはるかに内密な領域、つまりわれわれが匂いの質を感じとる領域にまで、いや、ほとんど私の自我の内部にまで攻撃をしかけ、私を追い詰めたのは防虫剤の臭《にお》いで、[…]

〔『花咲く乙女たちのかげに』第二巻(四巻)〕

その後で、われわれがまたそこに戻って来るのは、『ソドムとゴモラ』におけるさらにいっそう決定的な滞在のためにである)[11]

したがって、われわれには六つの寝室からなる体系がはっきりと浮かび上がって来るのが分かる。

コンブレーとタンソンヴィル、

パリⅠとⅡ、

ドンシエールとバルベック、

とはいえ、『失われた時を求めて』の読者であれば誰でも、話者がもう一つ別の寝室にも暮らしているのを知っている。そこで彼はかつてコンブレーでしばしば感じたのと似通った印象[12]、ただしすっかり異なる、さらに豊かなやり方で置き換えられた印象を、

レプリカを展示するいかなる美術館にも、図版を収録するいかなる美術書にも、中世建築[13]の傑作のひとつとしてその複製が出ている、いまだに半ばアラビア様式をとどめる建物正面の尖頭アーチ、

〔『消え去ったアルベルチーヌ』第四巻(十二巻)〕

から受け取る。『逃げ去る女』[14]におけるヴェネツィアの寝室である。然るに、われわれはこの寝室が、『スワン家のほうへ』の

冒頭部分の最後の段落ですでに言及されていたことに気づく。

私は、コンブレーの大叔母のところや、バルベックや、パリや、ドンシエールや、ヴェネツィアや、その他の土地で過ごした私たちの昔の生活を想い出したり、そんな土地や、そこで知り合った人たちのこと、そんな人たちについて私が見たり聞いたりしたことを想いおこしたりして、夜の大半を過ごしたのである。
〔『スワン家のほうへ』第一巻(一巻)〕

『失われた時を求めて』における七という数字の重要性を私はすでに指摘しておいた〔〈レペルトワールII〉所収「プルーストにおける架空の芸術作品」を参照のこと〕。それがラスキンの『建築の七燈』というタイトルによって鼓舞されてのことであるのは疑う余地がないものの、プレイヤード叢書版(この作品をそこに収録するのに〔プレイアデス七姉妹を意味する語が冠せられているとは〕何と素晴らしいタイトルだろう!)が草稿について教えてくれることによれば、ヴァントゥイユの合奏曲が七重奏曲として固まるのも、小説の全体が七篇に分けられて、その結果、プルーストがわれわれの文明の中にある七という数字の照応関係(音階、虹、など)の豊かさをついに余すところなく使うことができるようになるのも、少しずつでしかないことが確認できるのだから、話者の七つの寝室という体系が小説の最初の数ページからすでにして完全に構築されているのが分かるのは驚くべきことだ。

最終的な配列では、これら七つの寝室で過ごす主要な滞在地が、そのうちのいくつか(パリとバルベック)については多くの副次的な滞在地によって準備、ないし喚起されたりするものの、小説の七篇のそれぞれを特徴づけることになる。

コンブレーの寝室――『スワン家のほうへ』、
パリI――『花咲く乙女たちのかげに』、
ドンシエール――『ゲルマントのほう』、
バルベック――『ソドムとゴモラ』、
パリII――『囚われの女』

(そもそもこの時期の私は、とりわけ寝室の中から外部の生活を把握していた)、
〔『囚われの女』第三巻(十巻)〕

ヴェネツィア――『逃げ去る女』、
タンソンヴィル――『見出された時』。

残念ながらプレイヤード叢書には収録されていないものの、『サント゠ブーヴに反論する』初版の編者[15]によって「寝室」と題された一節の中には、コンブレーの寝室がすでに認められていた。

私の祖父母の家のあの寝室、まだ寝室というものがあり親がい

て、ひとつひとつのものごとに決まった時間がまだあった時代のあの寝室、〔…〕またシエナの大理石でできた暖炉の上には常夜灯があり、病気のときに起きあがったり健康な人の生活を送ることができると思わせたりしてくれるような、よからぬ薬はなく、〔…〕

〔『サント＝ブーヴに反論する』〕

タンソンヴィルの寝室――

私はレヴェイヨンの城館にある自分の寝室にいる。私はいつものように夕食前に自室に上がっていって一休みした。すると肘掛椅子に身を埋めて眠り込んでしまったのだろう。夕食はおそらく終わってしまっていた、

〔同前〕

冬の寝室――

〔そこでは〕外界とすっかり遮断されているのが好ましく、ひと晩じゅう火が消えないようにしているか、あるいは暖かい空気の薄暗く煙《けぶ》るマント、〔火の〕薄明かりが浸みこんだマントを肩の周りにまとわせている、

〔同前〕

夏の寝室、とりわけドンシエール[16]――

私がブリュッセルで寝泊まりしていた寝室は、その姿が非常に晴れやかで広々していて、それでいて閉じられた空間であって、そこにいると鳥の巣の中に隠れているように思え、また宇宙にいるかのように自由であるように思えた、

〔同前〕

バルベックの寝室――

この寝室は天井がとても高くて狭く、このピラミッド状の部屋は私が病後療養を終えるためにディエップにやってきたときの部屋であった、〔…〕

〔同前〕

また編者が「お母さんとの会話」と名づけた一節には、ヴェネツィアの寝室があり、その窓は

世界中のいかなる美術館にも中世建築の傑作のひとつとしてその複製が出ている。

〔同前〕

またパリの第二の寝室、ゲルマントの館の一翼にある寝室は、すでにして決定的な目覚めの、作品創造の寝室として考えられているものの、室内の配置をめぐる予想はすっかり裏切られる。

私は自分の周りに、ここにはたんすが、あちらには暖炉が、向こうには窓が配置されるさまを作り上げていった。すると突然、私がたんすに割り当てた場所の上に見たのは、のぼってきた太陽の光線であった。〔同前〕

かくして、「コンブレー」では〔「コンブレー一」と「コンブレー二」という〕二章にわたり長々と脱線した後で、その末尾で話者の寝室とレオニ叔母の寝室が現われる。

ところが陽の光が〔…〕暗闇のなかにチョークで記したように白く最初の訂正の筋を引いたとたん、窓はカーテンとともに、私が間違って位置づけていたドアの框《かまち》を離れ、私の記憶が不用意にそこにあると思いこんでいた机は、そのあいだ窓に席を譲るために全速力で逃げ出し、勢いあまって暖炉を押しやり、廊下との境界壁を遠ざけたのである。ほんのしばらく前にまだ化粧室が広がっていた場所は、いまや小さな中庭に占められ、私が暗闇の中で再建していた住まいは、覚醒時のすべてが旋回していたときに垣間見たさまざまな住まいと合流してしまった。その住まいが追い立てられたのは、カーテンの上部に引かれた青白い線とともに夜明けの光が指をあげて訂正の合図をしたからである。〔『スワン家のほうへ』第一巻（一巻）〕

II　寝室で私が知り合った人たち

これらの寝室はそれぞれ、ベッドと窓という基本的な器官だけでなく、書棚や机、ナイトテーブルといった読書用家具とでも呼ぶべきものも備えている。いわゆる夏の寝室はその上驚くほど生き生きとしており、そこではあらゆるものが擬人化されている。しかしとりわけ、それぞれの寝室は、それぞれひとりの人物をめぐる愛とドラマに言わば充てられているのだ。

コンブレーの寝室は、母親に対する情熱に取り憑かれている。その人物〔である話者〕が毎晩思い出す根源的な場面において、謎めいた儀式を執り行っている大人たちの邪魔をしてしまったという、最悪の過ちを犯したと思っていた彼は、それにもかかわらず、母親がやって来て自分が寝るのに付き添ってくれるという、この上ないご褒美を表向きは受け取る。しかし、この愛の夜は同時に殺人の夜でもある。それもそのはずで、母親の姿形はそのせいで永遠に損なわれてしてしまうからだ。

私は喜んで当然だったが、実際はそうではなかった。母はきっと辛い想いにかられつつ私に最初の譲歩をしたのであり、それは母が私のために抱いていた理想の最初の放棄であり、あれほどの努力家がはじめて敗北を認めた気がしたからである。私が勝利を収めたとしても、それは母の意志に反してであり、病気や深い悲しみや年齢がそうするように母の意志を弱め、道理を曲げさせたのであり、この夜は新たな時代のはじまりとなり、悲しい日付として残るように思われた。［…］この夜、母が、私の両手を優しく握り、涙を止めようとしてくれたとき、たしかに母の美しい顔はいまだ若さに輝いていたが、だからこそ私はこんな事態になるべきではなかったという気がした。子供のときに味わったことのない母のこの新たな優しさよりも、母に怒られるほうがまだしも悲しくはなかっただろう。私としては、目に見えない親不孝な手で、母の心に最初の皺を刻みつけ、最初の白髪を生じさせた気がしたのである。

〔『スワン家のほうへ』第一巻（一巻）〕

愛するものを手に入れようとするまさにそのとき、彼はそれを殺してしまう。まるで『千夜一夜物語』の外枠をなす物語の中の、シャフリヤール王のようだ。彼はこの王よろしく、女性から女性へと（そして母親から母親へとさえ）渡り歩き、ついには彼が殺さずにいられるひとりの女性を発見し、ついにはみずからが恐れる欺瞞の向こうに、新たな誠実さを発明することが可能になり、われわれの手の内にある二つの予告されたプランが『見出された時』の最終章に対して与えているタイトルを借りれば、「終わりなき崇拝」に最後は身を委ねることが可能になるのだ。彼に従順でありながらも母親は彼に背いていたがゆえに、彼は母親を死に追いやらざるを得なかった。なるほどきわめて緩慢ではあるものの、取り返しのつかない殺人だ。

バルベックの寝室においては、それは彼の祖母で、彼女は母親よりさらに長い間〔彼のことでは〕我慢してきたし、彼の母親が本来ならそうあって然るべきだった存在であり続け（そして母親は、喪の悲しみに暮れながらも懸命に祖母に倣い、祖母の役割を引き継ごうと努めることになる）、彼女が突如として彼の元へと返されるのは、彼がハーフブーツの一番上のボタンに触れたときで、彼女はよみがえるものの、ただしそれはほんとうの意味で死んでしまうことだった。

私がやっと今しがたそのことに気づいたのは、心を張り裂けんばかりに膨らませながらはじめて生きた真の祖母を感じたことによって、つまりようやく祖母を見出したことによって、祖母を永久に失ったことを知ったからにほかならない。

〔『ソドムとゴモラ』第三巻（八巻）〕

そして当然ながら、この死の責任の少なくとも一端が自分にあることに彼は気づく。というのも、そのために彼女を許すことができなかったあの些細な不誠実、あの写真をめぐる揉め事ゆえに彼には責任があるからだ。

その写真のために祖母がいちばん立派な装いをして、どの帽子がいいかとあれこれ迷っているのをみた私は、およそ祖母らしくない子供っぽい振る舞いにいささかいらいらとした。私は、祖母について思い違いをしていたのではないか、あまりにも買いかぶりすぎていたのではないか、その人柄は果たして私が考えていたほど恬淡としているのだろうか、むしろ無縁と信じていた媚まで持ち合わせているのではないか、と自問さえした、

〔『花咲く乙女たちのかげに』第二巻(四巻)〕

祖母に見放されてしまったかのように彼が感じた気持ちの頂点――

私が不機嫌だったのは、その週、祖母が私を避けているように感じられ、昼も晩も一時たりとも差し向かいでいられなかったのが主たる原因である。午後、祖母とすこしふたりきりですごすつもりで帰って来ても、祖母は外出中だと告げられる。さもなければ祖母は部屋にこもってフランソワーズといつまでも内緒話をしていて、私にはその邪魔をすることは許されない。サン＝ルーと外で夜をすごしたあとの帰り道、もうじき祖母に会ってキスができると期待していたのに、お寝みの挨拶に来るように言ってくれるあの仕切り壁ごしの軽いノックの音は、いくら待っても聞こえてこない。とうとう私はあきらめてベッドに横になり、祖母には珍しい無関心さで私があれほど当てにしていた歓びを奪ったのをいささか恨みながら、少年のころと同じように心臓をどきどきさせてなおも耳を澄ませるも、壁はむっつりとおし黙り、私は涙を流して眠りこむのだった。

〔同前〕

そして、『ソドムとゴモラ』におけるあのよみがえりとほんとうの意味での死の後でフランソワーズがしてくれる説明は、優しい殺人者という話者の性格を再確認することを可能にしてくれるだけで、そうした説明によって、彼は自分の犠牲者を撮したその写真の中に、母親が見て取ることになるものを察することができるようになる。

すでに選別されて屠られる番だと感じている家畜のようなまなざし[…]まるで死刑を言い渡されたような、意図せぬうちに陰鬱な顔になり、意識せぬうちに悲愴な顔になり、[…]彼女の母親の写真というよりも、母親の病気の写真、その病気が乱暴にも祖母の顔に食らわせた侮辱の写真のように思えたからである。

〔『ソドムとゴモラ』第三巻(八巻)〕

『ソドムとゴモラ』のこの一節に対応するのは『逃げ去る女』の一節で、そこではアルベルチーヌもまた、ヴェネツィアの寝室

でよみがえるものの、よみがえったためにさらにいっそう死んでしまうようにしか見えない。彼女の署名があると見まちがえられる電報は実際、アルベルチーヌへの愛に対して三度打ち鳴らされる弔鐘の音[17]の一つである。アルベルチーヌは、このヴェネツィアの寝室に亡霊としてしかやって来ないだろう。なぜなら、彼女は海辺の街の代わりになると同時に、そこへ行くのを禁じるものでもあったからだ。ゲルマント公爵夫人に手伝ってもらい、話者は彼女にフォルトゥーニのドレスを着せることになるが、そのドレスは

> まるで舞台装置のように、いや、舞台装置はあくまで想像に委ねられているから、舞台装置よりもはるかに強力な喚起力でもって、オリエントの横溢するヴェネツィアを出現させていた。そのヴェネツィアで着用されていたかと想わせるこれらドレスは、サン＝マルコ大聖堂の聖遺物箱に収められた遺物にもまして、その地の太陽や周囲のターバン姿を想起させて、ヴェネツィアの断片的な、神秘あふれる、補色となっていたのだ。
> 〔『囚われの女』第三巻（十一巻）〕

話者はこのヴェネツィアと等しい価値を持つものがあまりにも待ちきれないので、ときには彼女が欲しがっていたドレスの出来上がりを待つ間にさえ、何着かを、さらにときには生地だけを貸してもらった。そうした生地を彼はアルベルチーヌに着せたり、まとわせたりする。

> 彼女はまるで総督夫人やファッションモデルのように厳かに私の部屋のなかを歩きまわった。ただしヴェネツィアを想わせるそうした部屋着を見ると、私はパリに縛りつけられている自分の隷属状態がいっそう重荷に感じられた。
> 〔同前〕

このファッションショーにおけるドレスの役割は、旅行の際の、アカデミア美術館におけるアルベルチーヌの亡霊のあの再度の出現によって確固たるものとされる。

> そのとき突然、私は胸に軽い痛みを感じた。袖や襟首に陽気な同信会の紋章が金と真珠の刺繍で縫いつけてあるのでそれとわかる、カルツァ同信会員のひとりの背中を見ているうち、アルベルチーヌのコートにそっくりだと気づいたのだ。それはアルベルチーヌが私といっしょに幌をあげた車でヴェルサイユに出かけたときに着ていたコートだった。[…]アルベルチーヌはそのコートを翌日も着て出かけた[…]。ところがヴェネツィアの生んだ天才が、このカルパッチョの画からくだんのコートを借用し、[…]。
> 〔『消え去ったアルベルチーヌ』第四巻（十二巻）〕

ヴェネツィアは、バルベックという名前に込められた夢（海辺の教会、ただしこの夢は、教会と海がそこでは何キロも離れているため、バルベックそのものにおいては現実と矛盾している〔〈レベルトワールⅡ〉所収「プルーストにおける架空の芸術作品」を参照のこと〕）を実現するものであるものの、大聖堂ばかりでなくドレスによっても特徴づけられている。周知のように、これらはプルーストがみずからの作品に適用する二つの本質的なメタファーである。それゆえ、まさにアルベルチーヌとヴェネツィアの関係、彼女とヴェネツィアのドレスの関係から、新たなゲルマント大公妃の新邸宅の中庭において、文学の決定的なよみがえりと作品創造へといたる偉大なるよみがえりの連続の端緒となるのが、一体なぜこの街の甦りからなのかが理解できるだろう。

実際には、ヴェネツィアで受け取った電報にあった署名はジルベルトのものだった。アルベルチーヌが登場すらしないうちに、『花咲く乙女たちのかげに』の中でフランソワーズが犯したのと同じ読み間違いを、郵便局員は繰り返していたのだ。

フランソワーズは、手紙の末尾の署名はどうしてもジルベルトとは読めないと言い張った。飾り文字にしたGが点を省略したiにくっついてAに見える〔『花咲く乙女たちのかげに』第一巻（三巻）〕

（『逃げ去る女』では、

ジルベルトのiの点は、上方へはみ出し、中断符合のひとつの点に見えたのだろう。Gのほうはゴシック文字のAに思われたのだろう、〔『消え去ったアルベルチーヌ』第四巻（十二巻）〕

『花咲く乙女たちのかげに』では、）

その一方で、最後のシラブルが署名末尾のぎざぎざの飾りとして長く延ばしてあった〔『花咲く乙女たちのかげに』第一巻（三巻）〕

（『逃げ去る女』では、

電報の係員が上の行のsやyの丸くなった箇所を、ジルベルトGilberteのあとにineという語尾がついていると思ったのも無理からぬことだった、〔『消え去ったアルベルチーヌ』第四巻（十二巻）〕

『花咲く乙女たちのかげに』では、）

この手紙の文面が伝える私を有頂天にした事態の急変にどうしても理屈に合う説明を探そうとするなら〔…〕

〔『花咲く乙女たちのかげに』第一巻（三巻）〕

この有頂天は欺瞞的だ。それまで彼女を与えようとしなかったジルベルトの両親の方から彼女が提供されたように見えるまさにそのとき、反対に彼女は逃げ始める。シャンゼリゼの場面、恋の取っ組みあいは、もう繰り返されることはないだろう。

そうして身体を動かしているうち、筋肉運動と熱中した取っ組みあいとで、はあはあと息切れが高まったかと思うとまもなく私は、力を出したときに数滴の汗がほとばしるように快楽をもらした。しかしそれをゆっくり味わうゆとりさえなく、すぐさま私は手紙を取った。〔同前〕

これは、話者が自分の汚れなき意図と善良な心を証明しようと、数日前にジルベルトの父親であるスワンに書いた手紙のことで、スワンは手紙を読むと肩をすくめて、はっきりとこう言う、

こんなものにはなんの意味もない、わしの言っていることが間違いないと証明するだけだ、〔同前〕

そして手紙は彼の娘によって〔取っ組みあいの末〕話者に返される。こうした欺瞞の後、シャンゼリゼは喜びを損なう公園になる。

しばらく前から家庭によっては、お客の口からシャンゼリゼの名が出ると母親たちが憎悪の目で迎えるようになっていた。評判の医者が、あまりにも多くの間違った診断を下すのを見てきたのでもはや信頼できない、というときと同じ憎悪の目である。シャンゼリゼ公園は子供にふさわしくない、公園が原因で喉が痛くなったり麻疹《はしか》にかかったりする子が何人も出たらしい、熱が出た子はもっと大勢いる、という。お母さんは以前と同じように私をそこに遊びに行かせてくれたが、友人の母親のなかにはお母さんの愛情をあからさまに批判しないまでも少なくともその無分別を嘆かわしいと言う人たちもいた。〔同前〕

罪のある話者は、病という罰を下される。ジルベルトからの赦しの手紙を受け取るのは、ベッドに横たわってのことだ。この手紙を読んだ後に続くのは、スワン夫人の天国のようなアパルトマン、温室への入場だ。薄れゆくジルベルトへの恋愛感情に取って代わるのが、子どもが親に抱くような、オデットに対する崇敬である

（話者のことを「私の小さな子」「私の大きな子」と呼ぶアルベルチーヌの愛情もまた、きわめて母性的だ）。

引越の後で、話者はゲルマント公爵夫人に恋焦がれるものの、彼女に接近するや否や、彼は彼女の美貌を破壊し、彼女からゲルマントという名前を取り去ってしまう。彼女に対する恋愛感

情がなくなってようやく、あるいはむしろ、恋愛感情が親に対する敬愛（彼女もまた彼のことを自分の「小さな子」と呼ぶ）にすっかり変わってしまったときにようやく、彼は彼女の家に入り、この名前をいくらか取り戻すことができるようになる。『失われた時を求めて』において完遂されるのは、貴族階級の最期なのである。

ドンシエールの寝室はと言えば、サン＝ルーのとても篤い友情に取り憑かれている。話者の体調をいつも気にかけ、彼を包み込み、ショールを貸してくれるとは、サン＝ルーもまたなんと母性的であることか！　彼は、シャルリュスとともに、ゲルマントの名が話者めがけて送り込んだ密使である〔〈レペルトワールII〉所収「プルーストにおける架空の芸術作品」を参照のこと〕。話者の欲望に応じるかぎりにおいて、彼らは同性愛者として姿を現し、父性的な男らしさ、生殖能力を奪われている。サン＝ルーの同性愛、その「欺瞞」は、相手を見ても誰だか分からない態度を取ることの中に初めて現われ、その態度はこの本が進むにつれてきわめて特徴的になるのだが、そのときには別れの挨拶の際に彼の友人〔である話者〕をひどく驚かせる。

ひとりではなかったのでロベールと呼びかけるのはためらわれたが、馬車を停めて乗せてくれるかもしれないと思い、知らない同乗者がいるからそうしたと見なしてもらえるよう、大げさに敬礼をしてロベールの注意を惹こうとした。ロベールの近視は承知していたが、こちらを見てくれさえすれば私だとわからないはずはないと考えたのである。ところがロベールは、こちらの敬礼に気づいて敬礼を返しはしたが、馬車を停めようとはしなかった。全速力で遠ざかりながら、にこりともせず、顔の筋肉ひとつ動かさず、しばらく片手を軍帽《ケピ》のふちに挙げていただけで、まるで知らない兵士の挨拶にでも答えるようなふるまいだった。

〔『ゲルマントのほう』第二巻（五巻）〕

かくして、誠実な友人、あらゆる女性たちよりも誠実だと思われていたこの友人もまた、底知れぬ欺瞞を秘めている。ラシェルが出演するとある公演の際に、サン＝ルーは話者の姿が見えていたことを認める。

すでにバルベックで気づいたことだがロベールは、いきなり押し寄せたなんらかの動揺を顔の皮膚ごしに透けて見せる、そんなばか正直な面をもつ一方で、礼儀作法上の一定のことがらをつつみ隠すような見事に仕込まれた肉体も備えていて、連隊での生活でも社交上の生活でも、つぎつぎと異なる役柄を完璧な俳優のように演じることができるのだ。こちらを心底から愛して兄のように親身に接する役柄を演じるときもある

〔『ゲルマントのほう』第二巻（五巻）〕

（周知のとおりプルーストの弟の名前はロベールだったのだが）。

彼は実際〔バルベックで〕兄のように接してくれたし、また〔ドンシエールでも〕そう接してくれるようになったが、あの一瞬にはこちらのことを知らぬべつの人物になりきり〔…〕

〔『ゲルマントのほう』第二巻（五巻）〕

数年後、一九一四年の戦争の間に前線に復帰した翌々日に訪れたサン＝ルーの死は、真実をすっかり解き明かしてはくれなかったこの啓示の中にすでに書き込まれている。

ロベールは戦争がはじまるずいぶん前から、しばしば悲しげに私にこう言っていた、「いや、ぼくの命のことなんか話すのはよそう、ぼくは前もって死を宣告された人間なんだ」。ロベールは、それまでみなに隠しおおせてきたものの自分では自覚している悪癖のことを、もしかするとその深刻さを過大視して、ほのめかしたのだろうか。ちょうど少年たちが、はじめて愛の営みをしたとき、あるいはそれ以前にひとりで快楽を求めたときでも、花粉を放出するとただちに死ななければならない植物と自分が同じ運命にあると想いこむようなものである。〔…〕おまけに偶然の死そのものでさえ――そもそも偶然の死も、サン＝ルーの死のように、私が指摘すべきと考えた以上に本人の性格と関連しているのかもしれない――、これまた前もって書き込まれていて〔…〕

〔『見出された時』第四巻（十三巻）〕

われわれの民間伝承におけるシャフリヤール王は、青髯と呼ばれている。彼もまた自分が愛する女性たちを殺す。そして民話のいくつかのヴァージョンでは、彼は七人の女性と結婚し、最後の妻に七つの寝室用の七つの鍵を与える。好奇心に駆られた妻は、金の鍵を使ってはならないという与えられた指示に背いた結果、六人の前妻たちの死体を発見する。彼女は、姉のアンヌが見張りに立ち、兄たちがやって来てくれたおかげで自分は殺されずに助かる。『失われた時を求めて』においては、青髯の名前は一度、ゴロの名前と結びつけられて登場する。ゴロは、ゲルマント公爵夫人の神話上の先祖であるジュヌヴィエーヴ・ド・ブラバンを殺そうとする。子どもだった話者は、母親をこの犠牲になる女性に、自分をこの犯人に結びつける。

そんなわけで夕食をつげる鐘がなると、私は大急ぎで食堂に駆けつける。そこに下がる大きな吊りランプは、ゴロや青髯のことは関知しないものの、両親とブフ・ア・ラ・キャスロルのことは熟知しており、いつもの夜となんら変わらない明かりを投げかけている。私はすぐにお母さんの両腕に身を投げるのだが、ジュヌヴィエーヴ・ド・ブラバンの不運を想うとお母さんがいっそう愛おしく、同時に、ゴロの犯罪を想いうかべつつわが良心を糾明すると、ますます気が咎めるのだった。
〔『スワン家のほうへ』第一巻(一巻)〕

ゴロ＝ゴロー[18]。

けれども、ゲルマント一族のもうひとりの神話的先祖、コンブレーのステンドグラスに描かれているジルベール・ル・モーヴェの名前の中に、当時ユイスマンスによって黒魔術の光の中に置き直され、伝統的に青髯を体現する存在とみなされている、あの歴史上の人物ジル・ド・レ、あるいは光線《レ》のジルを認めることは容易い[19]。

ジルは、ジルベール〔Gilbert〕の二重語〔形と意味は異なるが、同語源の一対の語〕だ。彼の名前は、「ベール〔bert〕」という音節があることで、この音節が二度韻を踏んで現われるあの画家の名前、ユベール・ロベール〔Hubert Robert〕と結びつけられる。この画家の〔絵に描かれているサン＝クルーの〕「有名な噴水」は、ゲルマント大公妃〔マリー＝ジルベール(Marie-Gilbert)〕の庭園できわめて特別な役割を果たすことになる。

　話者にとっては、殺してはならない女性を見つけ、ついに殺人者であることをやめる(そしてそのときに罪を償うために死ぬ)だけでは十分ではなく、これらの死者たちをせめていくらかはよみがえらせ、生き延びさせ、そうすることで、シェエラザードのごとく、民を丸ごと救う方法を見つけなければならない。殺害された六人の母性的な恋人たちは次のとおりで、各人その巣房にいる。

母親はコンブレーに、
ジルベルトはシャンゼリゼ付近のパリに、
公爵夫人は自邸の一翼に、
サン＝ルーはドンシエールに、
祖母はバルベックに、
アルベルチーヌはヴェネツィアに。

七人目の、誠実な恋人、終わりなき崇拝に値し、それを確立してくれる恋人は、シェエラザード、語り女、救済としての作品、不滅の母親でしかありないだろう。彼女の中で、話者はついに生まれ変わる、そう、お望みならばマルセルに、だがもはやプルーストではなく、ルネ〔・ド・シャトーブリアン〕と呼ばれもする別のマルセルになることができるだろう[20]。

　しかも私は、どうだか分からないという、激しい不安にさいなまれながら生きてゆかざるをえないだろう、わが運命を司る「師」
が
(彼自身の身体のことだ)、

シャフリヤール王ほど寛大ではない〔「師」が〕
（シャフリヤール王自身も魔法にかけられている）、
朝になって私が物語を中断したとき、はたして私に死刑判決を
下すのを延期して
（作品に対する死刑判決のことだ）
つぎの夜にそのつづきを物語るのを許してくれるかどうか。
〔『見出された時』第四巻（十四巻）〕

シエエラザードもまた、死の試練に苛まれていたし、毎夜その危険に身を晒しているからこそ、同じ運命を共有する女たちを救うことができるのだ。この千夜一夜の回想は墓の彼方からの回想であるに違いない。そこには話者だけではなく、文学そのものの死とよみがえりもなければならない。タンソンヴィルの寝室で生起するのはこうした死であり、戦争と大量殺戮を別にすれば、それに引き続いて文学のよみがえりが、名前の上ではゲルマント大公妃であるものの、実際にはヴェルデュラン夫人である人物のサロンに入る前に起こる。

III　胡麻と書物

実際、話者は、サン＝ルー夫人（ジルベルト）のところで長時間、ゴンクール兄弟の日記の未刊行断片に読みふける。それはまさにヴェルデュラン夫人宅への訪問を伝える〔日記の〕パスティーシュで、話者を魅了すると同時に、文学とは根本的に欺瞞に満ちた性質を持つものであると確信させることによって、話者をがっかりもさせる。一九一四年の戦争をめぐる脱線による断絶を挟んで、〔ゲルマント大公妃の〕あの盛大なマチネの直前に、彼はその話題に立ち戻ることになる。

パリへ帰るべく汽車に乗っているあいだ、またもや私は自分には文学の才能がないという想いにとらわれた。この想いは、かつてゲルマントのほうで最初に気づいたことであり、タンソンヴィルで夜遅く夕食に戻るまでジルベルトとした日課の散歩のあいだにもいっそう悲しい想いで再認識させられたことであり、またタンソンヴィルの屋敷をあとにする前夜、ゴンクールの日記の数ページを読んだときには、才能の欠如を想うのは文学が虚妄であり虚偽であるからだとさえ考えたものである。自分に才能がないというそんな想いも、それを自分自身に特有の欠陥だとみなすのではなく、自分が信じていた理想など存在しない

のだと考えれば、苦痛はかなり減るかもしれないが、むしろ気は滅入るだろう。私はもはや久しく脳裏に浮かぶこともなかったそんな想いにまたもや襲われ、それはかつてない痛恨の極みだった。[…][21]それは、いまでも想い出すが、汽車が野原のただなかに停まったときである。

〔『見出された時』第四巻(十三巻)〕

幹の半分が太陽に照らされた木々のエピソードがこれに続き、そしてすぐさま邸宅の中庭に入ると、一連のよみがえりが起こる。かくして、『サント゠ブーヴに反論する』は、「ゴンクールに反論する」になった。サント゠ブーヴは〔話者の〕母親の趣味と立場を体現していた。サント゠ブーヴの抹消は、母親の代りとなるものとしての、構築された母親としての、大聖堂であるだけでなくドレスでもあるものとしての作品に対する意識が次第に明確になっていくことに対応している。だが、なぜゴンクールなのか。ゴンクール賞[22]もおそらくはなにほどか理由をなしてはいるのだろうが、こと《アフェール》はもっと以前にさかのぼる。それを説明してくれる主な資料は「ルモワーヌ事件《アフェール》」の中に見つけられる。実際、そこにはゴンクール兄弟を元にした最初のパスティーシュがあり、とりわけこのパスティーシュ集の中でもほかのものには見られないある種の卑俗さによって、また、刊行された作品の中ではプルーストが自分の姓を使って自身のことを話題にしている唯一のテクストであるために、注目に値する。『失われた時』の内部にあるパスティーシュは、この最初のパスティーシュのいくつかの文章をほぼ一字一句たがえずに繰り返している。

『見出された時』では、

ロシアのさる大貴婦人、[…]彼女によれば私はガリツィアならびにポーランド北部全域においてまさに異例の地位を占めており、若い娘は婚約者が『ラ・フォースタン』の讃美者と判明せぬかぎり金輪際結婚を肯首せぬという、

〔『見出された時』第四巻(十三巻)〕

『模作《パスティーシュ》と雑録』[23]では、

新任の日本公使が、[…]言葉遣いも優雅に私に言ったところによれば、ホノルル族の国にながい間駐在していたのだが、あそこでは弟と私の本を読むことが、キャビアを食べる楽しみから現地の民を引き離すことのできる唯一の娯楽で、読みだすと一気に深夜おそくまで読みつづけ、中休みにするのは当地の葉巻を噛むことぐらいで[…]

〔『模作《パスティーシュ》と雑録』〕

あらゆる種類のしるしというしるしが、ほかの多くのページと

はちがって、プルースト自身によって一冊の書物として刊行されたかつてのこのページを参照するように読者を誘い、またこのページにおいてわれわれが知るのは、マルセル・プルーストという名前になっている話者その人の死とよみがえりである。このルモワーヌというのは三面記事の主人公で、人工ダイヤモンドの発明家であると偽っていた。十二月二十一日(冬至)の夕食の際、エドモン〔・ド・ゴンクール〕にこの話をしたとされるのはリュシアン・ドーデ[24]である。エドモンは直ちにそこに戯曲の主題を見出す。

いわば最後の仕上げとして、リュシアンにある知らせがもたらされ、すでに腹案のできた私の戯曲にも結びをつけてくれたが、それは彼らの友人マルセル・プルーストがダイヤモンド価格の急落の結果、資産の一部がフイになったので自殺したという知らせだった。このマルセル・プルーストってやつは変り者でね、とリュシアンは断言した、なにかにたいする熱狂、ある種の風景とかある種の書物に対するいやはや参ったに浸かりきって生きる男、例えばレオンの小説にぞっこん惚れこんでいるような男なんですよ〔『模作《パスティーシュ》と雑録』〕

（レオン・ドーデ[25]、彼には『ゲルマントのほう』が豪勢に捧げられている。

そのほか数々の傑作の〔…〕作者〔レオン〕に、比類なき友に、感謝と賞賛のしるしとして）。〔『ゲルマントのほう』第二巻(五巻)〕

それからしばらく間をおいて、晩餐の後の熱っぽい真情吐露のままに、リュシアンは言いきった。「いや、兄のことだから言うんじゃありませんよ、信じてください、ゴンクールさん、絶対に違うんです。でも、とにかく真実は言わなくちゃなりませんからね」。そして彼の語りの細密画的作りのせいで妙味の一層際立つ次のような逸話を紹介した。「ある日、マルセル・プルーストはさる人に大変世話になっていたので、お礼のつもりで、その人を田舎での昼食に連れて行きました。ところが話をしているうちに、その人、実はほかでもないゾラなんですが、フランスにはほんとに偉大な作家、わずかにサン＝シモンだけがそれに肉迫できるほどの作家はひとりしかいない、その作家とはレオンだってことを、頑として認めようとしなかったんですね。すると、どうでしょう。プルーストはゾラにたいする感謝の念も忘れて、往復びんたを喰らわせ、ゾラを十歩ほど先へふっとばして、仰向けに引っくり返しちゃったんです。翌日決闘ということになったんですが〔…〕」〔『模作《パスティーシュ》と雑録』〕

そして夕食の翌日、マルセル・プルーストがよみがえる。

十二月二十二日

不吉な知らせの予感を覚えながら四時の昼寝から目を覚ました。五年前、クリュエが抜いてくれた時ひどく痛かったあの歯がまた生えた夢を見たのだ。と思っているうちにペラジー[26]がはいってきて、リュシアンが持って来たという知らせ、私の悪夢を乱さないために言わないでいた知らせを私に伝えた。マルセル・プルーストは自殺しなかったというのだ。ルモワーヌはなにも発明したわけではなくて、腕利きですらないただのいかさま師、さしずめ片手しか利かないロベール・ウダン[27]の類いにすぎないということだった。われわれの運のつたなきことかくのごとしである。今度こそは現代の平板で、窮屈な上着を着た生活が、芸術家風にいい、われわれに戯曲の題材を提供してくれたと思ったのに！

〔『模作《パスティーシュ》と雑録』〕

タンソンヴィルの寝室において『ゴンクール兄弟の日記』を読むことが持つ決定的な重要性は、ほかのいくつかの寄港地〔の寝室〕におけるほかのテクスト〔を読むこと〕の重要性を強調する。寝室とは、読書をする場所なのである。

フランソワーズが火をおこしに来て、暖炉の焚きつけに小枝を何本か投げこむと、夏のあいだじゅう忘れていたその匂いが暖炉のまわりに魔法の輪を描き出し、私はその輪のなかに、ときにはコンブレーでときにはドンシエールで本を読んでいる自分のすがたを認めた。私は心が浮き立った〔…〕

〔『囚われの女』第三巻（十巻）〕

ベッドが寝室の中心をなす家具であるとすれば、種々の飾り戸棚に、とりわけ書棚に囲まれているように、ほかの家具に囲まれている。

コンブレーで母親がやって来て息子のそばで寝てくれたとき、彼女は、『フランソワ・ル・シャンピ』を読み上げることで、すなわち田園で見つかったフランス人、両親がいなくなってしまったフランス人について読み上げることで、母子ともに関わる罪を大目に見ることにする。かくして、読書によって寝室が特徴づけられる。手紙と電報を読むこと、ベルゴットの本を読むこと、彼〔プルースト〕が取り組んでいるラスキンの作品、『建築の七灯』や『ヴェネツィアの石』を、彼が翻訳している作品、『アミアンの聖書』に加え、とりわけ『胡麻と百合』、それを構成する二部である「王の宝庫」と「王妃の庭」を読むこと。死体のある寝室と驚異〔の宝物〕がある洞窟、その両方の胡麻、鍵であり、ジョン・ラスキンはきわめて母性的であるゆえに、『時評集』に収録された記事の最後で、プルーストは彼を、コンブレーの台所にいる妊娠した未婚の娘のあだ名であるジョットの《慈愛》に喩えており

（二人の作家の関係は、ボードレールとポーを結ぶ関係と同じくらい本質的なものだ）、
続いて、『失われた時』がモデルとすることになるそれ以外の全書物、二つの主要な書物、二つの極、ゲルマントのほうとスワン家のほうにあたるのが、
サン＝シモンの『回想録』と『千夜一夜物語』だ。

〔なんらかの作品に惚れこんだ人が、それとそっくりなものをつくりたくなるのは無理もないが、しかし一時の愛着は捨て去らねばならず、自分の好みにこだわるのではなく、〕自分の嗜好などを必要とせぬ真実、自分の嗜好にこだわるのを禁じる真実にこそ想いを致すべきであろう。そのような真実に従うときにのみ、ときに人は捨て去ったものに出会うことができ、自分の嗜好を忘れることによってべつの時代の「アラビア物語」や「サン＝シモンの回想録」を書きあげることができるのである

〔『見出された時』第四巻（十四巻）〕

（あるいは〔そうした作品を書きあげることによって〕自分の嗜好を忘れずにいることができるのだ）、
それらに加えて、『フランソワ・ル・シャンピ』から『ゴンクール兄弟の日記』まで広がる書物の扇が経由するのは、
『胡麻と百合』、
〈人間喜劇〉、
『墓の彼方からの回想』、
そのうしろに続くのは、さらに多くの七つで一組《プレイヤード》になった書物、
そして丸ごと一つの図書館だ。

IV　社交界という迷宮

家の中で最も閉じられた、最も私的な部分である寝室に、応接室であるサロンが対比される。寝室から寝室への話者の旅に、彼がサロンからサロンへと行う旅、社交界における彼の上昇が組み合わされている。胡麻としてのオデットのサロン＝寝室が、家にあるこれら二つのほうを連絡させる。

気の置けぬ家であるコンブレーには、なるほどサロンはあるものの、ほとんど重要性を持っていない。とはいえ、社交人士たるスワンがそこに迎えられるのは、たとえ彼がどれほど社交界の人なのか知られていないとしても、当然の成り行きである。「スワンの恋」においては、彼が対照的な二つのサロンにいるのが見られる。ヴェルデュラン夫人のサロン、そこにはオデットが彼を招き入れたのであり、そして、サン＝トゥーヴェルト夫人のサロン（これら二つの名前は「ヴェル〔vert〕」においてシンメトリーをなしている）、そこで彼は、当時はレ・ローム大公

《慈愛》

ジョット作

パドヴァ、スクロヴェーニ礼拝堂

妃だったゲルマント公爵夫人と再会する。したがって、彼は少なくとも周縁的にゲルマント家の交際範囲に属していたのであるが、オデットとの結婚によってそこからほぼ追い出されてしまい、ゲルマント家の人々に彼女を紹介することはけっして叶えられないだろう。

このサン＝トゥーヴェルトのソワレにおいて、スワンはわれわれのためにサロンという語の二つの意味、すなわち、ひとりのご婦人を中心とした会話の集いと絵画の展覧会の間にある関係を調査し、まるで美術館の中であるかのようにそこを散策する。まもなくオデットが、温室がある彼女の寝室から発展していくサロンのおかげで、これら二つの極の間に連絡を打ち立てることに成功し、そのサロンは、『ソドムとゴモラ』ではベルゴットを中心にはっきりとした形を取ることになる。

話者について言えば、彼がゲルマント家の交際範囲に入り込んでゆく過程には、三つの大きな段階がある――

邸宅の一翼にあるヴィルパリジ夫人宅でのマチネ、

公爵夫人宅での夕食会、

大公妃の庭でのソワレ。

作品を閉じ、またそれを開始するマチネの際、新たなゲルマント大公妃、実際にはヴェルデュラン夫人の邸宅で催される最後のサロンにおいて、もうひとりの別のサン＝トゥーヴェルト夫人を見つけても驚く者はいないだろう。

私がどなたかと訊ねると、ゲルマント公爵夫人は、この人はサン＝トゥーヴェルト夫人だと答えた。そこで私は、この人が私の知り合ったサン＝トゥーヴェルト夫人とどのような間柄なのか知りたいと言った。ゲルマント夫人は、この人はサン＝トゥーヴェルト夫人の甥の息子の妻にあたると答え、その口ぶりから、ラ・ロシュフーコー家の生まれだと考えているようだったが、夫人自身がサン＝トゥーヴェルト家の人たちと面識のあることは否定した。私は、公爵夫人に、レ・ローム大公妃だったころにスワンと再会したときのソワレのこと(もちろん私はこのソワレのことを人づてに聞いたにすぎない)を思い出させたが、公爵夫人はそんなソワレには絶対に行ったことがないと断言した。公爵夫人の発言にはつねに嘘が少々混じっていたが、いまやそれがひどくなっていた。公爵夫人にとってサン＝トゥーヴェルト夫人は――そもそも時代とともにずいぶん凋落していたサロンであったが――否認したいサロンだったのである。

〔『見出された時』第四巻(十四巻)〕

嘘が少々混じっているということは、少々欺瞞的だということだ。話者が彼女に近づくや否や、彼女は自分の名前を裏切る。だが、公爵夫人がそのサロンに行っていたのは、彼女がまだレ・ローム大公妃だったときばかりではない。『ゲルマントのほう』

の最後の数ページで、赤いドレスに身を包み、赤い靴を履いた彼女が、すでに重病だったスワン、そして何より危篤状態のアマニアン・ドスモンを見捨てて駆けつけたのは、まさにそこだったのだ。『囚われの女』の冒頭で、話者がアルベルチーヌのドレスについて彼女に助言を求めた際にはまだ、彼女はかなりよくそのことを憶えていた。


「奥さま、たとえばゲルマント大公妃のお宅へいらっしゃる前にサン＝トゥーヴェルト夫人のところで晩餐をなさるご予定だった日、真っ赤なドレスに、赤い靴をお召しでしたね、あのお姿には驚嘆しました、まるで血の色をした大輪の花か、燃えあがるルビーを想わせるお姿でした、あれはなんと呼ばれるものだったのでしょう？　若い娘が着てもよろしいのでしょうか？［…］」

「燃え上がるルビーだとか、血の色をした大輪の花だとか、そんなことはわかりませんでしたが、たしかに赤いドレスを着ていたのは憶えています［…］」

不思議なことに、さほど昔のことではないそのソワレについてゲルマント夫人が憶えていたのは自分の衣装だけで、これからお話しするように夫人の心にとりついて然るべきであったことがらは忘れていたらしい。

〔『囚われの女』第三巻（十巻）〕

この一節において問題となっているのは、ショースピエール夫人という人がそのソワレにいたかどうかである。公爵夫人はたくさんのことを忘れている。この赤い靴の場面は、彼女がまるで自分の血と、ほかの多くの人の血に浸されているように見え、彼女を中心とした時系列の逆転によって著しく強調されている。実際、話者がシャルリュス男爵とジュピアンの出会いを見かけ、さらに近くから彼らの交わりの様子に聞き入るのは、彼女の邸宅に足を踏み入れる前であるのに対して、これらのことが語られるのはようやく『ソドムとゴモラ』の冒頭になってからである。このように後になってから語られることから振り返ってみれば、赤い靴の場面は、衰退期にある一族に特徴的な悪癖（ゲルマント大公さえ最後にはモレルと関係を持つ）の発見に支えられ、公爵夫人のサロンを飾る花々との比較によってその意味合いを明らかにされている。この場面では、ドレスを身に纏うことで彼女は象徴的に皮を剝がされて正体を現し、友人のスワンと一族のアマニアン・ドスモンに対してそもそも不誠実であるのみならず、従僕に晩の仕事を免除する許しを与えないエピソードにおいて積極的に意地悪でもあることを示すのだ。

ゲルマントの名が、フォーブール・サン＝ジェルマンという表現〔パリの最も洗練された上流貴族の世界、その階級を指す代名詞〕に含まれるサン＝ジェルマンのアナグラムであることに気づくには、〔ジェルマン（Germain）の〕Gをドイツ語風に硬い音で発音し、英語風にｉをｅに変えるだけで十分だ。いくつものサロンが作り出す虹は、一族をめぐる三つの領域をわれわれに見せてくれる――

　ヴィルパリジは文学に溺れて名前を失ったゲルマントなのだが、そのヴィルパリジの区域では、ゲルマントは『失われた時を求めて』がそれを完成させるロマン主義時代の特徴である、貴族の威光が文学のそれに取って代わられることを示するしとなり果てていて、

　ゲルマント大公妃の区域では、〔ヴェルデュラン夫人という偽物ではなく〕本物の大公妃が、クールヴォワジエ家の夫を通じて、貴族階級の中で最も保守的であると同時に、最も損なわれていない部分に触れており、

　真ん中〔の区域〕には、生粋のゲルマント中のゲルマントである、公爵夫人とその「サークル」がある。

　大公妃はじつのところ、結婚によってゲルマントになったにすぎないのに対して、オリアーヌは公爵と結婚する前からすでに一族の一員であった。彼女に息子がいれば、その息子が完全無欠のゲルマントということになっていただろうが、彼女は自分の影を薄くして自分のイメージだけしか生かしてくれない養子、話者しか手に入れることはないだろう。二つの極とは実際には、ヴィルパリジ夫人と大公である。公爵夫人のまわりに、最初は近親者たちによって形作られていた交際圏が徐々に広がってゆくのだ。

　ゲルマントという名前に透けて見えるフォーブール・サン＝ジェルマンのジェルマン〔germain〕には、ゲルマン人《ジェルマニック》の（ゲルマント＝バイエルン家）という意味だけでなく、兄弟という意味（実のいとこ《クーザン・ジェルマン》[28]）もある。一族の偉大さ、それは格式であると同時に人数である。貴族に特徴的な長所である鷹揚さとは、身体的な気前のよさ（勇気）および金銭的な気前のよさ（豪華さ）であると同時に、生殖に関する資質のことでもある。人数の多くない一族はその名を失い（たとえば、公爵も大公も嫡出男子は得られない）、多産な一族に吸収される。ゲルマント家は人数が多くてこそほんとうにゲルマント家であることが可能なのだ（だからこそゲルマント〔Guermantes〕は複数形なのである）。また、芽《ジェルム》〔germe〕という語も透けて見え、誕生、復活を連想させる。事実、『ジャン・サントゥイユ』と『サント＝ブーヴに反論する』の一部において、この一族はレヴェイヨン[29]（マドレーヌ・ルメールの城館の名）と呼ばれていた。訛りを介して、われわれはクリスマス《ノエル》とノアイユが置き換え可能であることに気づく。

　サン＝ルーの従兄弟のひとりが結婚相手としたさるオリエントの若いプリンセスで、ヴィクトル・ユゴーやアルフレッド・ド・ヴィニーと同じほどに美しい詩を書くという評判だったにもかかわらず、人びとからは想像もつかない精神の持ち主、つまり『千夜一夜物語』の宮殿に閉じこもったオリエントのプリンセスと同じ精神の持ち主だと思われていた。そのプリンセスと近づきになる特権を享受する作家たちには、シェエラザードを思わせ

る会話ではなく、アルフレッド・ド・ヴィニーとかヴィクトル・ユゴーとかのたぐいの天才を想わせる会話を耳にするという幻滅、というか、歓びが待ち受けていたのである。

〔『ゲルマントのほう』第二巻(五巻)〕

このサン＝ルーの従姉妹とは明らかにノアイユ伯爵夫人[30]のことで、プルーストは『時評集』に収録された長いエッセイで彼女の『めくるめき』について論じている。ゲルマントという名前は、多くの変数を持つ方程式をめぐって長い間探し求められてきた解なのだ。

だから、社交界というこの迷宮の真ん中にしっかりと居続けるために、話者の歩みを導くアリアドネ《アリアーヌ》であるオリアーヌは

(アリアドネの妹であるファイドラ《フェードル》はと言えば、『失われた時を求めて』におけるラシーヌの悲劇[31]を通したその無数の分岐について、延々と詳しく語り続けることができるだろう)、

弟と妹のいるひとりの男性と結婚しなければならない。すなわち、

公爵、

〔妹の〕マルサント子爵夫人[32]、

〔弟の〕シャルリュスであり、彼もまた、そうしようと思えばレ・ローム大公と名乗れただろう

(鉄道の時刻表がこの名前の鍵をわれわれに与えてくれる、パリとローマを結ぶ路線には、レ・ローム＝アレジアという駅がある)、

この〔ゲルマントの〕中核を占める人々にはひとりの息子、サン＝ルーが、息子の中の息子(サン＝ルーの聖人《サン》は、マルサントの聖《サント》なると重ね合わせることができ、そうすると残るのはマルであり、母親《メール》、ドレフュス事件の際に提案された間違った語源ではユダヤの母親《マテル・セミタ》、そして狼《ルー》さんであって、話者の母親と祖母が彼に愛情を込めて話しかけるために愛用していたあのあだ名である[33])が含まれているものの、

彼がその名を子孫に伝えることはない。

V 増殖

プルーストの想像力は、グループを作ることによって展開する。一つのまとまりが十分にきちんと構築され、それがかなり堅固な構造を持っているならば、それを支えとするまた別のまとまりを生み出すことが可能になる。

かくして、「コンブレー」において、われわれは話者の寝室に入るばかりでなく、ハーブティーに浸したマドレーヌという開け胡麻の後で、レオニ叔母という、家の所有者にして、伝統的な世界ならびに往時のあらゆる母親を代表し、ベッドから動か

ない人物の寝室も発見する。

　オデットも同じようにひとりのマドレーヌ、〔マグダラのマリアのような〕罪深き女であり、秋の森という、枯葉のハーブティーに浸されるとき、彼女は持てるすべての効力、エッセンスのすべてを放出する。


　ブーローニュの森といっても、実際には人為的に作られた場所であり、動物園でも神話上の楽園でもあるという意味では「公園」と言うべきかもしれない。そもそも私がさきに述べた森の複合的な性格を改めて知ることになったのは、今年

(われわれがいるのは、『スワン家のほうへ』刊行前年の一九一二年である)

トリアノンに行くために森を横切ったときである。十一月はじめの朝のことで、この月にパリの街なかで家に籠っていると、あまりにも早く終わりを迎えた秋の景色のごく近くにいながら見る機会に恵まれず、枯葉を見たいというなつかしい想いが昂じて眠れなくなる。〔以上、『スワン家のほうへ』第一巻(二巻)〕

　作品の最初の区分〔第一篇『スワン家のほうへ』〕の終わりは、作品の第一章[34]の終わりに呼応している。オデットもまた胡麻であり、彼女が〔ブーローニュの〕森に姿を現すことで、話者には一つ目の洞窟、同時にサロンでもあり、庭園でもあるオデット自身の寝室[35]という洞窟が開かれるだろう。

　ドンシエールでは、フランドル・ホテルの〔寝室の〕小円柱の間に心地よく逃げ込む前に、話者はサン＝ルーのほかでもない寝室に泊まり、人生最大の喜びの一つを知るだろう。

　バルベックでは、祖母が隣の寝室に宿泊しており、壁を叩くことで彼女の「狼さん《ルー》」と連絡を取ることができる。

　われわれが公爵夫人の寝室に入ることはけっしてないものの、彼女の義理の弟シャルリュスの寝室で、彼が話者を相手に養子縁組の計画を語る長い場面に立ち会う[36]。

　そしてヴェネツィア女たるアルベルチーヌは、話者のアパルトマンに寝室を所有しており、そこには一台のピアノラが飾られ、バルベックで祖母の寝室が話者の寝室と対になっていたように、話者の化粧室と対になった化粧室があって、入浴中に壁を通して彼女が歌うのが聞こえる。

　最後に、タンソンヴィルの寝室、文学の死とそのよみがえりの始まりを画するこの寝室にシャルリュス氏の第二の寝室が対応しており、一九一四年の戦争の間にジュピアンが設えた卑猥の殿堂[37]にあるこの責苦の寝室に、厳密に言えば話者は立ち入らないものの、巧妙な仕掛けのおかげで一瞥を投げかける。

　話者の七つの寝室は、実際には二重になった寝室なのだ。各

寝室はそれと関係のある別の寝室を含んでおり、後者には多少なりと別の女が取り憑いている。
同様にして、ゲルマントという星座の構成員それぞれに対して、別の構成員、姻戚あるいは盟約関係によってゲルマントの一員となった者をひとりずつ結びつけることができる——
大公妃は大公と結婚しており、
ノルポワ氏はヴィルパリジ夫人の愛人、
マルサント氏は子爵夫人の夫、
ジルベルトはサン＝ルーと結婚しており、
スワンは公爵の友人、
オロロン嬢はシャルリュスの養女、
話者は、公爵夫人の精神的な継承者にして、最終的にはほかのすべての人物たちの継承者。
この二重になった星座は、その他大勢からくっきりと浮き出ており、後者の中には少なくとも第三のグループ、公爵夫人の小派閥というグループが見分けられ、話者が出席する初めての夕食会の際にこのグループの展開が見られる——
パルム大公妃、
アニバル・ド・ブレオーテ、
シャテルロー公爵、
フォワ大公、
フォン大公、
アグリジャント大公、
ゲルマント家出身のグルーシー夫人。
また、ヴェルデュラン〔夫人〕のサロンを子細に眺めてみれば、「スワンの恋」においてそれが最初に提示される際にも、ゴンクール兄弟のパスティーシュの形でそのときの様子が回想される際にも、このサロンがプレイヤード状に案配されていることがわれわれに分かるだろう。そこでは、いかにして新参者が、離脱や逝去によってグループに残された空席を埋めることができるのかがはっきりと分かる——
若いピアニストはモレルに取って代わられ、
医師コタール、
大学教授ブリショ、
画家ティッシュあるいはビッシュ、すなわちエルスチール
は、ポーランド人彫刻家ヴィラドベッツスキー、通称スキーに取って代わられ、
蒐集家スワンは、シャルリュスに取って代わられ、
古文書学者サニエット、
常連の鑑オデットは、シェルバトフ大公妃に取って代わられる、
(彼らの一様な服装と従僕たちのお仕着せの墓場[38])。
さあ現われよ、これらのほかの寝室に取り憑く者たちよ、そして御身らと結びついた者たちに対して手を差し出されよ——
母親に対してはレオニ叔母、

ジルベルトに対してはオデット、
公爵夫人に対してはシャルリュス、
サン＝ルーに対してはラシエル、
祖母に対してはフランソワーズ、
文学に対しては死（シエラザードとラ・ベルマ〔お菓子の会の客人たちをラシエルの朗読会に取られてしまう。〈レペルトワールI〉所収「マルセル・プルーストの「瞬間」」を参照のこと〕）、
アルベルチーヌに対してはアンドレ、
海を前にして出現する乙女たちという虹の両極端をなす彼女たちは、ジゼル、
ロズモンド、
エリザベート某、
以下の文章においてアンドレに取って代わることになっていたジェルメーヌ[39]――

生前のその人のうちには発見できなかったが、墓のかなたのその人から届けられた未知の暗い花のように、思いがけず発掘されたもの[40]として、私は目の前にアルベルチーヌの「欲望」の化身を見る想いがした［…］、ちょうどウェヌスがユピテルの欲望の化身であったように。

〔『消え去ったアルベルチーヌ』第四巻（十二巻）〕

また、その名前が

アルベルチーヌに関する思い出の底から神秘的な花のように立ちあらわれた

〔『見出された時』第四巻（十三巻）〕

ジュリエットとともに虹となり、この虹もやはり二重になっている。

そんな好意あふれる若い女友だちの数は、それほど多いとは思えなかった。ところがごく最近ふと思い返してみると、その娘たちの名前が思い出された。数えてみると、この年のシーズンだけで十二人の娘が、私に一時的な愛の証を授けてくれたことになる。その後もうひとりの名前を思い出して、合計十三人になった。そのとき私は、この十三という数字にとどまることに子供じみた不吉な怖れを感じた。なんということか、私は最初のひとりを忘れていたことに気づいた。もはやこの世にはいないアルベルチーヌで、それで十四人になったのである。

〔『ソドムとゴモラ』第三巻（九巻）〕

VI 庭

娘たち、すなわち花々。

ノアイユ伯爵夫人の『めぐるめき』をめぐるエッセイの中で、プルーストは『天国の六つの庭』と題された書物を書こうとしていたことを明らかにしている。それらは
伯爵夫人自身の、
ジョン・ラスキンの、
メーテルリンクの、
フランシス・ジャムの、
アンリ・ド・レニエの、
そしてクロード・モネの、
庭になるはずだった。
七つ目の庭は、『胡麻と百合』の翻訳に付された序文、「読書の日々」[41]の中に見つけられるだろう。

> 庭の低いあたり、白鳥たちのそばでおやつを食べている他の人たちを置き去りにして、私は迷路のなかを走ってくましでに覆われたあずまやまで駆け上り、人からは見えないよう、はしばみの刈込みに背をもたせて腰を下すのだったが、そこからはアスパラガスの苗床や小径を縁取っている苺、日によって馬たちがぐるぐる回って水を汲み上げる水槽、上のほうの庭の外れの白い門、そしてその向うには矢車草やひなげしの野原が見えていた。そのあずまやのなかでは沈黙が深く、人にみつかる危険はほとんどなく、遠ざかった呼び声によって安心感はいっそう甘美に感じられた。というのも下のほうから私を呼んでも無駄で、時には近づいてくることさえあり、最初の斜面を登ってきていたるところ探しまわり、結局見つからずにまた戻って行くのだったから。そうすればもうどんな物音も聞えなかった。ただ時おり、遠く、いくつもの平原のさらに先、まるで青空の裏側で響いているかのような、黄金の鐘の音が、過ぎて行く時間を私に知らせることもできたはずだった[…]〔『模作《パスティーシュ》と雑録』〕

これは、やがてコンブレーの庭になるイリエのプレ・カトランのことで、それと対照をなすのはタンソンヴィルの庭で、そこではシャルリュスがオデットに付き添い、またサンザシの繁茂する生け垣の向こうで幼いジルベルトが、幼い話者に気があることを慎みに欠けた身振りで示そうとする〔〈レペルトワールI〉所収「マルセル・プルーストの「瞬間」」を参照のこと〕。

バルベックには、第三の庭。

> 〔庭にあるのは、〕芝生――芝生はパリの郊外に住むどんなブルジョワの家の芝生よりずっと狭かった――、粋な庭師をあらわした小像と、人の顔が映るいくつものガラス玉と、小径を縁どるベゴニアと、青葉に覆われた小さなあずま屋で、その屋根の下には数脚のロッキングチェアが鉄のテーブルの前に置いてある、〔『花咲く乙女たちのかげに』第二巻〔四巻〕〕

これはエルスチールの庭で、アトリエの窓から庭を眺めているときに、庭の向こう側にある田舎の小径に目をやると、

例の小さな一団の自転車娘だった。髪は黒く、ふっくらした頬にかかるほどポロ帽を目深にかぶり、快活でいささか食いいるような目をしている。甘い約束を奇跡のように満載したこの幸先のいい小径の木陰から、娘がエルスチールに親しげなにこやかな会釈をするのが見えた。私にとってその会釈は、この地上の世界を、それまではとうてい近づきえないと想いこんでいた地帯に結びつけてくれる虹の架け橋に思えた。〔同前〕

これらのバカンスの庭。次いでパリの庭、公園。すなわち、オデットが女王であるブーローニュの森、まるで彼女の寝室＝温室がとてつもなく伸び広げられたような森、オデットの娘ジルベルトが君臨し、大戦中にはソドムの情熱がそこで繰り広げられるシャンゼリゼ、

個人宅の庭。すなわち、

ゲルマント公爵夫人の館の小さな裏庭、

そして〔ゲルマント大公邸にある〕壮麗な「エステルの庭」

（コンブレーのサン＝ティレール教会においては、ジルベールはステンドグラス、エステルはタペストリーに描かれているので、エステルという名前は、ゲルマント大公妃にとっては夫のジルベールという名前と同じくらい伝統的なものに思われる。彼女は結婚前にエステルという名前を持っていなかったのだから、結婚した際にその名前を採り入れて、〔マリー＝ジルベールではなく〕マリー＝エステルと名乗ってもよかっただろう）であって、これらの庭の中央には「ユベール・ロベールの有名な噴水」が聳え立ち、ゲルマント公爵のかつての愛人、アルパジョン夫人に水飛沫を浴びせることになり

（噴水の性的メタファーとしての価値をはっきりさせることが必要ならば、『サント＝ブーヴに反論する』の次の一節で十分だろう、

だが、十二歳のとき、コンブレーの私たちの家の最上階にあった、アイリスの実の輪飾りを吊るしてある小部屋に初めてこもったとき、私が探しに来たのは、未知の快楽だった。〔…〕そのとき探索していたのは自分自身の中だった〔…〕絶えず、死んでしまいそうな気がした〔…〕しばし休みを入れた〔…〕とうとう、乳白色の噴水が続々と噴き出した、それはユベール・ロベールがその描写を残しているのでそれと分かる、サン＝クルーの噴水が噴き出すときのようであった――というのも、水の絶えざる流出の中に、丈夫な曲線が優雅に描き出すこの噴水の個性があったからだ――〔…〕）、〔『サント＝ブーヴに反論する』〕

話者はこの一節を介して象徴的に、ゲルマント公爵をめぐる女性たち、その虹がオリアーヌからほかの多くの女性たちを通ってオデットにいたる女性たちの主人になる。

VII　コンクールへの誘い

肩書きや博士論文がある正真正銘の教授たちは、七つのものを数え上げる私の取りとめのない言葉から彼らにできそうなことを取り出して、自分たちの書くページの下に厳密な註をどっさりと付けるだろうが
（私の言っていることをある人たちから見て通用するものにするためには、どれほどたくさんの専門用語をそれにまとわせなくてはならないだろうか！）、
この批評的な奇想《カプリッチョ》の増殖をこの辺りで押し止めるために、一つのコンクールを彼らに提案して楽しむことにしよう。
『失われた時を求めて』の全体的なプランの発展について、われわれは〔現行版より前の〕はっきりとした二つの段階を手にしている――
『スワン家のほうへ』の初版の背表紙[42]に載っている段階（作品は当時は三篇構成になるはずだった）、
『花咲く乙女たちのかげに』の初版の冒頭に載っている段階（作品はこの時点では五篇構成になるはずだった）、
そしてこれに続くのがほぼ現行版で、これら五篇のうちの五篇目が著しく増大し、それ自体がさらに三つに分けられて、全体の区分は数字の七にいたる。
それに対して、第一段階と第二段階の間には、掛け値なしの激変がある。〔第一段階における〕第三篇（『見出された時』）がそこから始まるはずだった章のタイトル、『花咲く乙女たちのかげに』は第二篇のタイトルになり、〔第一段階における第二篇〕『ゲルマントのほう』の冒頭となるはずだったもの（〔後に〕「スワン夫人をめぐって」になった「スワン夫人宅で」と「土地の名―土地」）を〔この第二篇が〕含むことになるが、これは明らかに、アルベルチーヌという登場人物がすでに大きな発展を見せていたことに起因するものであり、
シャルリュスとヴェルデュラン家の人々との関係をめぐる章の後になってようやく起こるはずだった祖母の死は、その章の前に移動し、
またとりわけ次の二つの章が姿を消す――
「カンブルメール夫人」（とはいえ、ルグランダン家出身のカンブルメール侯爵夫人は『逃げ去る女』の末尾においてもかなり重要な役割を依然として演じていて[43]、ヴェネツィアからパリへ向かう列車の中で、パドヴァを通過した頃、驚くべき結婚、シ

ンメトリーをなす二つの結婚のことを話者の母親が彼に知らせる。すなわち、ジルベルトとサン＝ルーの結婚、カンブルメール家の息子〔レオノール〕とオロロン嬢との結婚であり、とにかくこの〔後者の〕出来事と関係があるのだから、この〔「カンブルメール夫人」という〕章タイトルが指し示すことになっていたのは実際にはジュピアンの姪〔であるオロロン嬢〕のことで、彼女は、ちょうどロベール〔・ド・サン＝ルー〕が自分の結婚式の数年後に亡くなるように、結婚式の数日後に亡くなってしまうのだ）、そしてとりわけ

「パドヴァとコンブレーの《美徳と悪徳》」で、この章があったことを証言してくれるものは現行版にはもはやほんのわずかしかない――

ヴェネツィア滞在時に、母親と息子はある日パドヴァまで足を延ばし、アレーナ礼拝堂を見学するものの、話者の注意を惹きつけるのは、いくつもの寓意像――スワンからもらったそれらの複製写真がおそらくはまだコンブレーの家の書斎に掛けてある――ではなく、聖母マリアとキリストの物語を描いた上段にあるフレスコ画、特にそれらの画面における空飛ぶ天使たちである。

周知のとおり、七つの悪徳と七つの美徳のうち、サン＝トゥーヴェルト夫人宅でのソワレの際、片メガネをめぐる一節[44]において、スワンはパランシー氏（ラ・ベルマが出演する『フェードル』上演の際、話者の羨望を最もかき立てたのがこの男性で、ゲルマント大公妃の洞窟の奥底で揺れ動いていた海の聖なる怪物の一頭である）によって《不正》像を思い浮かべ、

コンブレーのブルジョワ女性たちは《正義》像を彷彿とさせ、

そしてなんといっても、フランソワーズに虐待される台所女中、妊娠した未婚の娘は、驚くほど《慈愛》像に似ているため、もはやこのあだ名でしか名指されることはなく

（しかも〔この《慈愛》像は〕ジョン・ラスキン〔その人〕のアレゴリーでもある）

作品の続きにおいては、話者自身がみずからを《妬み》像と同一視し（ゲルマント公爵夫人とヴェネツィアの両方を夢見ている話者は、この両者にたどりつけない自分の無力さを次のようにして投射する。

> 私が夢を見ながら自分自身に向けて際限なくことばを連ねて理屈をこねているのに、その友人たちに話しかけようとしたとたんに声が喉につかえて出てこなかったのは、夢のなかでは明確に話せないからだ。私がその友人たちのもとに行こうとしたが脚を動かせなかったのは、夢のなかでは歩くことができないからだ。また私が友人たちの前に出るのが不意に恥ずかしくなったのは、眠るときは服を脱いでいるからだ。このように目は見えず、唇は閉じられ、脚は縛られ、身体は裸というのが、私の

睡眠自体によって映し出された睡眠のすがたで、そのすがたには、スワンから与えられたあの偉大なジョットの寓意像、なかでもヘビを口にくわえた「妬み」を描いた寓意像の趣があった。)、

〔『ゲルマントのほう』第二巻(五巻)〕

そして、《偶像崇拝》はアルベルチーヌに体現される。

彼女のすがたを見て、紐の先に奇妙なシンボルを高くかかげているのがジョットの《偶像崇拝》とそっくりだと私は思った。シンボルといっても「ディアボロ」という空中独楽であったが、いまではすっかり廃れてしまったので

〔『花咲く乙女たちのかげに』第二巻(四巻)〕

(実際にはそれ以来、何度もリバイバルして使用されている。私の姉妹たちはそれで遊んだし、今やどこの海水浴場でも売られている)

それを手にした娘の肖像を前にする未来の注釈者たちは、娘が手にしているものが何なのかをめぐって、まるでアレーナ礼拝堂のくだんの寓意像について論じるみたいに、とくとくと自説をくり広げるかもしれない、

〔同前〕

これはきわめて重要な描写である、なぜなら偶像崇拝というのはプルーストがラスキンに対して批判する唯一の過ちであるからで、そのせいでラスキンはプルーストにとってすっかり申し分のないひとりの母親であることができずに、それゆえ彼は翻訳から『サント=ブーヴに反論する』へ、次いで『失われた時』へと移行する——

アレーナの表意文字の体系が、作品の全体を支えているのだ。このコンクール〔の目的〕は、コンブレーの登場人物たちとジョットの寓意像との間に元々あった対応関係を見つけることにある——

然るに、周知のとおり、一九一三年に『スワン家のほうへ』が刊行された際、作品の大筋はすでにすっかり出来上がっていたし、大戦が始まる直前には、近刊が予告され、『ゲルマントのほう』と題された二巻目が、印刷所で校正刷りになっていた。かなりの確率で、「パドヴァとコンブレーの《悪徳と美徳》をめぐる章の少なくとも最初の草稿は執筆されていたはずだ(この章が現行版にもう姿を見せないとすれば、それはおそらく、さまざまな置き換えによって、作品のかなり深いところまで達する再編成が求められたからであろう)——

この章が見つかって出版される可能性は大いにある。そこで、プルーストの構想に一番迫ってみせた研究者に、私は喜んでマドレーヌを一つ、差し上げることにしよう。

百頭女の語ること

パトリック・ワルドベルグ[01]に

かねてから私は、マックス・エルンスト〔一八九一―一九七六。ドイツ出身の画家、彫刻家、詩人〕の文才に感嘆してきた。ここで私が言いたいのは、彼の絵画作品の中に文学的なところが見出せることではなく、こうした側面についてじつに愚かにも非難する美術評論家がかつてはおり、この種の手合いは絶滅しつつあるわけであるが、そうではなく、彼が言葉を操る巧みさのことであって、それは三カ国語にわたって発揮されえたのであるから、そこには尚更目を見張るものがある。彼の作品におけるこうした側面を検討するのに不可欠な道連れたる書『エクリチュール』[02]には、英語またはドイツ語の原文が提示されていない文章もあることを残念に思う。愛好家にとって初耳であるようなことはこの書にほとんど見つけられないであろうが、例外は自伝用の覚書であって、それは、親愛なるパトリック、君の書物[03]に味わい深い補足となる逸話を加えてくれるのみならず、『絵画の彼岸』[04]ですでにあった一人称と三人称のあいだのあの奇妙な揺らぎを今ひとたび目撃させてくれる。このエッセイにはブルトンによる加筆が、『神々の不幸』[05]にはエリュアールによる加筆が感じられるからといって、画家の声が、抑揚に対するその小説的な感受性ともども、他を圧して響くことが妨げられはしない――とりわけ、大部分が協力者なしに書かれ、そしてそれらが集められることで新たな解明の光をもたらす文章をこれらの〔他者と書かれた〕文章と付き合わせることがじつに容易になった今となっては。

マックス・エルンストの文学が飛翔するのは、まずは絵画ないしコラージュの題名においてであって、この点でクレーの例に従っており、作品そのものに造形的に題名が含まれ、単に印象的であるだけでなく、その題名が指し示しているイメージから切り離されたとしても力を失わず、以下のごとく、時に驚くほど長い。

タロル〔タギルの書き間違い〕山におけるカメレオンの変容は優雅なリムジンと化し、そのとき、天使とカナリア〔夜露の書き間違い〕は人間の家から飛び立ち、われらが主のとても聖なる衣装は三回にわたって深淵《デ・プロフンディス》より叫びを上げてから、露出狂どもの肉を鞭打つ。

題名＝詩は、今回に関しては行の長さが不揃いなのであるが、最近数年間の展覧会を詩集に変える――『ある気質を通してみた七匹の微生物』、『カプリコーン岬』、『人類博物館、付けたり朝日を釣る』、展覧会カタログは、イメージだけではなくそれらのタイトルも再録し、両者を向かい合わせ、それぞれに同じ重要性を付与し、イベントの教育的要約のように見え、見学者に展覧会そのものをぱらぱらめくるよう誘いかけてくる。

『絵画の彼岸』においてすでに、「子どもと呼ばれるにふさわしいあらゆる子どもであれば、その題名リストを暗記しているべきマックス・エルンストのコラージュはいずれか」という節におけるタイトルの単純な連鎖（このエッセイが最初に掲載された「美術手帖」誌の特別号を担当した編集者には、名指されているすべての作品を再録することは不可能であった）は、タイトルのそれぞれを、一篇の長大な詩、当時のシュルレアリスムの教理によれば、われわれそれぞれの内で始終口にされていた詩のある瞬間となしていたのであって、ということはつまり、それぞれのイメージは、一本の想像を絶した映画から切り取られたスナップショットになり、そして、タイトルのこうした連鎖は、「ある博物誌の歴史」という第一節の各部分において一つの言説となることで、タイトル同士のつながりの明示、ぱらぱらとめくられていくあの流れの闡明《せんめい》、あるいはほかにも複数ありうるそうした流れの一つの闡明によっていっそう際立たされていた。イタリック体の題名〔以下の引用ではゴシック体で示す〕がローマン字体の現象液に浸され、これらの二つのタイポグラフィによる色彩の対比は、イメージとそのキャプションの対比を反映する――

鳩の胸の色をした国で、私は**十万羽の鳩**の飛翔を喝采とともに迎えた。私は、鳩たちが欲望の**黒い森**を、終わりのない**壁と海**を覆うのを見た。

私は**蔦の葉が海に浮かぶ**のを目撃し、とても**穏やかな地震**を感じた。**一羽の白く青ざめた鳩、すなわち砂漠の花。それは理解することを拒んだ。雲に沿って、**素晴らしい**男と女が愛のカ**

ルマニョール〔フランス革命期に流行した輪舞〕を踊っていた。
鳩はみずからの翼に閉じこもり、そして永遠にその**鍵**を飲み込んだ。
私のテーブルの上で見つかった紐は、大勢の**若者たちが自分の母を踏みつける**のを、**美しいポーズ**を喜んでとっている**若い娘たち**を大勢、私に見せた。

〔『絵画の彼岸』〕

イメージへの参照によってテクストが転調する、たとえそれらのイメージが未知のものであったとしても。たとえば、「壁」という語がイタリック体になっていることで、それに絵画的な響きが与えられる。それはある種の音符の下には指示されているが、ほかの音符の下には指示されていない低音である。たとえば、「鍵」という語は、経過音のように立ち現われる。翻って、この言説に組み入れられることでタイトルもまた転調する――文法的に変化し、順化され、挿入節のように動詞〔「喜んでとっている」のこと〕を置くために「美しいポーズの若い娘たち」のなかに壁龕が穿たれる。

こうした連鎖は、キャプションによる二篇の小説、『カルメル修道会に入ろうとした少女の夢』と『百頭女』において、その最も見事な表現を見出す。これらの書物におけるイメージがあまりにも力強いせいで、それらに付随するテクストによってもたらされるものを認めつつも、これらのテクストがいったん切り離されてしまうとそこからなにが残るのか自問する人もあるいはいたかもしれない。今やその点に関する証明はなされており、なぜなら、『エクリチュール』の中に残された挿絵はテクストへの郷愁を誘い、それらの不在を強調する一方だからである。これらの見本は、じつのところ、作品それ自体において「続き」という語のさまざまな審級を乗り越えたものを読者に再構成させてくれるようなことはまったくなく、それらが読者のためにただ窓を開いて見せてくれる宇宙は、その大部分が依然としてただテクストのみを介することによって知覚可能であることが、そしてテクストの素晴らしい一貫性、柔軟性、多様性が示される。あまりにも頻繁にイメージがキャプション抜きに再録されるとすれば、われわれは後者の復讐に立ち会うのだ。

『絵画の彼岸』においてマックス・エルンストは、実在する〔自作の〕絵画の名前をとりあげて、それらをつなげたりつなげ直したりすることで文章や段落を構成するが、それは、そうしたタイトルにとって外部にとどまる文法的な接続によるものであるのに対し、書物をなす作品のなか、とりわけ、テクストの密度(ここで私は質的な密度ではなく、単にページごとの単語の数の話をしている)が最も高い『夢』のなかでは、キャプションの文章が強力な原子価を帯びた断片に分割されて、直前のイメージの登場人物あるいはオブジェを直後のイメージのなかにいわば流れ込ませ、一つ目の断片において文章の主題をなしているものが二つ目の断片においても主題であり続ける。

無言の祈りの時間がやってきました。祈り。「愛する主よ、あの忘れられない夜にあなたがしてくださったように、私を愛撫してください……

……私の魂は天上の露で溢れました……

……そこはわたしたちがちょっとした煉獄を用意していた場所でした……

[…]保育室のなかです、そして、一つの籠があり、あらゆる徳行のたびにわたしたちはそこに捨てに行ったものです[…]

[…]わたしたちの二度目の聖体拝領式の聖体のパンにするための一粒の小麦」(祈りの終わり)

〔『カルメル修道会に入ろうとした少女の夢』の第二部「髪の毛」の末尾〕

残留するテクストのもつ力を強調することに私は専念しているので、キャプションの言葉とそれらの上にあるイメージのあいだの結びつきを詳細に検討すべき時ではない——マックス・エルンストが紙葉の連鎖においてテクストにあてがっていた機能は、ある断片から別の断片へと導きうるベクトルを注意深く検討するよう彼を促したのだとだけ指摘しておこう、そして、元版においては、それ以前の数々のページの記憶とともにあるページを眺めるとき、次のページは隠されているのだということを忘れないでおこう。結果としてスカンシオン〔シラブルを切って発音すること〕が起こるが、テクストのまとまりのそれぞれはその価値を有していなければならず、全体は抗しがたい一つの連なりに編成されなければならないからである。文法的な原子価の中断は、中断府によってしるしづけられるが、ある断片が直後の断片のなかに継続するようにするための手段の一つでしかない。たとえば、『百頭女』の第八章の終わりは以下のとおり。

この章に不可欠である幽霊たちのなかに……

……人は見分けるだろう……

……少し躊躇してから

書斎のパストゥールを。

探偵か、カトリックか、または株式仲買人かもしれない猿を。

ファントマ、ダンテ、ジュール・ヴェルヌ。

セザンヌとローザ・ボヌール。

マタ・ハリ。

ヒトコブラクダの糞から輝かしく復活したラザロ

幽霊を列挙することで、マックス・エルンストは、あるページを次のページに向けて開く中断符(あるいはコロン〔同格や言い換えや説明を追加するときに用いられる〕)であるが、これはなおのことそうである)をやめ、その代わりに、ページを閉ざす単なる句点を用いている。文章が終わっていないとはわからなくなる。この新しいリズムにあっては、音節数あるいはむしろ意味の最小単位の数の漸進的な減少が、文法的な中断に代わる形象となる。つまり全体が音楽的な構造をもつ——各ページが一つの拍子なのだ。

　反復（『夢』における「それ飛べ《オップ・ラ》！　やれ飛べ《オップ・ラ》！」[06]のリフレインを思い浮かべよう）、番号づけによって、拍子のこうした連続を活気づかせることができるだろう。『百頭女』の最初の章の全体をごらんにいれよう。


　犯罪か奇跡か——ひとりの完全な男。

　しくじった無原罪の宿り。

　同様に、二回目も……

　……そして三回目も失敗。

　風景が三回変わる（Ⅰ）。

　風景が三回変わる（Ⅱ）。

　風景が三回変わる（Ⅲ）。

　半ば生殖力のある子羊が、思うまま腹を膨張させ、牝になる。

　空が二度晴れ渡る（Ⅰ）。

　空が二度晴れ渡る（Ⅱ）。

　パリ盆地では、鳥類の長たるロプロプが、街灯たちに夜食を運ぶ。

　無原罪の宿り。


　おそらく『百頭女』における音楽的側面が最もよく表れているのが最終章であり、最初の章と対照させると、いかに両者が互いに応答しているか、感じさせられるだろう。


　みんなサタナスに感謝しよう。彼が私たちに示そうと望んだ共感をよろこぼう。

　つづき。

　つづき。

　両目のない目、百頭女は秘密を守る。

　両目のない目、百頭女は秘密を守る。

　両目のない目、百頭女は秘密を守る。

　両目のない目、百頭女とロプロプは野生状態にもどり、彼らの忠実な鳥たちの目を、摘みたての葉で覆う。

　永遠なる父は虚しくも光を闇から引き離そうとする。

　両目のない目、百頭女は秘密を守る。

　彼女は秘密を守る。

　彼女は秘密を守る。

　彼女はそれを守る。

　ローマ。

　ローマ。

　パリ——夢の沼。

　この猿に尋ねてみよ——百頭女とは誰か？　教父のように、猿はあなたに答えるだろう。私には百頭女を見るだけで十分であって、私にはそれと知れる。あなたが私に説明を求めるだけで十分だ、私にはそれがわからなくなる。

気のいい絶滅者であり、かつて鳥たちの長であったロプロプは、宇宙の残滓にニワトコの弾を何発か放つ。

構成に関わるこうした側面の重要性は、語の通常の意味におけるシュルレアリスト的な文章がこれらのキャプションにあまり含まれていない理由を説明してくれる。われわれは、ある種の自動筆記による単調さとはかけ離れたところにいる。気が向いたときにエルンストが採用する術を心得ているこの口調〔自動筆記〕は、彼にいわせれば、目にとってだけでなく、注意深い耳にとっても、他の口調と組み合わせるための一つの色彩でしかない。

ここで、シュルレアリスト的な意味でのイメージが彼にとって厳密には何であるのか検討してみよう。ロートレアモンの決まり文句――「解剖台の上のミシンと傘の偶然の出会いのように美しい」――を援用しながら、エルンストはコラージュを「二つの互いにかけ離れた現実同士の、そぐわない背景での偶然の出会いの明白化」と定義する。そしてさらに先の箇所では、より厳密に――

その素朴な用途がひとたび決定されてしまったかのように見える完全に出来合いの現実(傘)が突然、非常に離れたところにある、同じくらいばかげた別の現実(ミシン)と、双方が場違いだと感じるに違いない場所(解剖台の上)で相見え、このこと自体によって、その素朴な用途とアイデンティティをすり抜ける。現実は、その偽の絶対性から、相対的なものを経由して、真正にして詩的な、新たなる絶対性に行き着く――傘とミシンは愛を交わすだろう。手法のからくりはこの非常に単純な例によって露わになったように思われる。所与の事実によって有利な条件が整うたびに、完全なる〔錬金術における〕変成が、愛の行為のように純粋な行為に引き続いて生じる――一見すると交合不可能な二つの現実の、それらにそぐわない背景での交合。

〔『絵画の彼岸』〕

エルンストはすぐに続けて、一九二〇年に開催された自身の展覧会のためにブルトン(知られているように、このエッセイのフランス語を読み直し修正した人物である)が寄せた序文のテクストを、自説を補強するために引用する――しかし、双方の解釈は実際には大きく異なっている。

互いにかけ離れた二つの現実に到達し、それらの接近によって火花を起こす、ブルトンは、たとえば一枚の絵画とそのタイトルといったように、二つの要素しか考慮しておらず、それだと静力学である。マックス・エルンストの方はといえば、三つの要素が必要であることに固執する——ミシンと傘という二つの行為者、解剖台という一つの背景、居心地の悪い風景であり、現象液による水浴。この一般的な図式を三篇の小説に含まれるすべてのイメージに当てはめることが可能であり、われわれは、ロートレアモンの言い回しの以下のような読解の小説性、物語性を実感する——表面的にはふさわしくないように見える背景に浮かび上がる二人の人物あるいは二つのオブジェは、別の場所、別のページからやって来て、別のページに向かい、変化あるいは変容の途上にあって、それらにふさわしいように見えていた一つの平面、一つの風景から、現実には、あるいは超現実的にはそれらにふさわしい平面に移行するという印象を直ちに与えるだろう。

そういうわけで、キャプションによるコラージュ小説において、絵画とタイトルとは二人の行為者であり、それらは、一つの小説的な動きとして連鎖するこれらのページという、そぐわしくないように見えるベッドの中で出会うのだが、このベッドは実際には非常に適切であって、それらを挿絵とキャプションに変える。書物の物理学が隅々まで両者の光に溢れている。もしこの三重構造が挿絵のうちに繰り返されているのであれば、それはキャプションにおいても反映されることになって、そこで重要なのは別の地平からきた二つの語同士の出会いだけでなく、この出会いの場所、それらの語が変わるために宿りにくることになる文章ないし言説という被膜ではないだろうか。

マックス・エルンストは、『百頭女』を「熱狂と方法をもって」構成したと宣言している。絵を描くという作業の性質、手仕事的で、汚れやすいその性格（絵筆を洗浄すること、〔画布の〕枠を移動させること、匂い、光に払わざるをえない注意……）のために、シュルレアリストの画家たちは、その作品において詩人よりも几帳面になることを余儀なくされる。マックス・エルンストは、自作における文章の構成においてもこの方法を継続する術を知っていた。

一つの文章に浸され、場違いであり、人を場違いにする語、額縁のなかの細部は、その脇にあるもの、それらが遭遇するものとだけではなく、その下にあるもの、それらによって隠され、代替され、仄めかされているものと戯れている。『慈善週間』においてはキャプションが完全に言外のものとされているが、書物は一つのテクストのように構成されている——複数の部に分けられたイメージは、章のタイトルに浸っており、そうしたタイトルはごく自然に元素のように立ち現われ、すなわち七大元素、場所や日付であって、そこから例という人物たちが浮かび上がり、それらの人物たちは、あれらの元素の凝縮となっていることが多く、風景から誕生し、あるいはそこに沈み込んでいく行為者なのである(火曜日の元素は水であり、例は水である[07])。ここで物語は線状の連続としてではなく、七本あるいは八本の枝をもつ星座(木曜日こと暗黒は、二つの例を含んでいる――雄鶏の笑いとイースター島)として配置される。初版では、五つのノート[08]の表紙を染める素晴らしい色が白いページに息をつかせていた(新版と、これらの複数生産された初版とその関係は、とある一枚の絵画と紙の上のまずまずの出来のその複製との関係と同じである)。戦時中、それらのイメージを初めて見てからというもの、このダンスのなかに私自身の言葉を持ち込みたいという欲求に駆られてきたのだった。

変容

ミュゲット[01]に

小石、壺、顔、どんなものであれ対象を一つ選んでみよう。どうすれば画布の平面のうえに収めることができるだろう。その対象をもとに一種の写真、だまし絵をつくるならば、対象を切り抜いたたった一つの面でしかなくなり、対象の残りの一切は私には隠されてしまうだろう。それに、目はそれほど容易く騙されるわけではない。ある視点から見て得られた錯覚がどれほど完璧だとしても、ほんの数センチ移動すれば、どんな巧みな技もどんな詐術も砕け散り、すべてが平らになってしまうからだ。だまし絵がわれわれをがっかりさせるのは、だまし絵が一瞬、ほんの一瞬だけ目の前に示してくれた対象がじつは存在しないからだ。この問題を解決するために、古代の絵画はしばしば逆遠近法[02]を用いた。消失点が絵画の向こう側にあれば側面の少なくとも一つが常に目に入らなくなるのだが、そうではなく消失点は観者の側におかれる。フレスコ画、モザイク画、タピスリーの前を歩いても、描かれた対象がこの移動によって損なわれることはない。たとえば古代エジプト人たちは人体を平面に描くのに一連の回転投影《ラバットメント》をもちい、一つひとつの部位は最も表情豊かな横からの姿《プロフィール》のとおりに描かれている。キュビスムの絵画とりわけファン・グリス[03]の絵画も回転投影《ラバットメント》の方法に従い、一つの絵のなかで対象が提示する一瞬かつ不動の視点を、常に純粋さの極致にいたった姿で選び抜いたうえで、いくつか組み合わせている。これにより対象は透明な〔＝結晶の〕構造に近づく。対象は、その量感《ヴォリューム》が暗に示す稜線を介して表現される。稜線と稜線の結びつきと組み合わせが構成する平面上の図像は、いわば理想的な不変項であり、われわれが画布のまえを歩いたり、右や左に移動したり、立ち上がったり屈んだりするときに、目の前で対象が被ることになるあらゆる変容の規準《ノルム》である。

　けれども、稜線や、最も質の高い横からの姿《プロフィール》に従って適切に描かれた複数の側面が、正面と組み合わされることで、対象がまったく別の存在感をもつことがあるとしても、対象のある部分はまるごと、つまり対象の反対側は、やはり隠されたままだ。話を分かり易くするためにこうした対象の一つを立方体にいれてみると(絵画の実践においては、最も単純な対象を選んだとしても、遙かに複雑な幾何学的立体が問題になるだろう)、このさいころの六つの面を一つの平面に展開することにより、第六の面がほかの面から切り離されてしまうという重大な欠点を生じさせるだろう。そのため画家にとっては、この第六の面においていかに右と左、上と下の見え方が結びつくのかを示すことができなくなる。対象の裏側を感じられるようにするために必要なのは、対象がわれわれに見せているこちら側の面を通して裏側を示すことなのである。

　すなわち、この立体《ヴォリューム》を今から透明なものに変容させ、穴をあけてみよう。われわれが認めることのできた焦点、そして鋭い線のはざまに残された隔たりのなか、われわれの視線は、それを見ることが禁じられていたであろう面にまで到達することができるだろう。けれどもこの瞬間から、われわれが到達できるようになるのは、もはや単に対象の裏側だけではない。裏側と表側のあいだに広がる隔たり、厚みの全体、すなわち対象の内部であり、そのまわりをぐるりと回ったりそれを弄んだりする時だけではなく、壊したり穴をあけたりした時に、対象が見せる姿である。つまり、もはや対象の表面だけが画布に描かれるわけではない。この表面の全体にわたるあらゆる測地点だけではなく、対象の内奥が描かれるのだ。リンゴの皮だけではなく、ぐるりと一回りを示すことができるように、形は破壊しないまま、われわれが穿つことのできた穴を通してリンゴの果肉と種が示されるであり、顔であれば、骨や筋肉、神経、すなわち内部の構造全体が示されるのである。

　事物の内奥へのこのような侵入は、たいてい暴力を伴うものである。物体を破壊することなくその内部をいかに知ることができるのだろうか。皮を剝がれた事物の表象は、必然的に、破壊された事物の表象にならないだろうか。このことは、対象が人間の場合さらにいっそう当てはまるだろう！　穴を穿たれた顔面は不可避的に顔面の廃墟であり、まるでメスを用いたかのように探りを入れられた身体は死骸なのではないだろうか。

『ふつつかな絵画論』という評論の冒頭で、ジャック・エロルド[04]は、幼年時代の三つの挿話について語っているが、それらが彼に取り憑いて離れないのはもっともである。そのうちの二つは、身体の内部が突如として開示されたことを語り、もう一つは、身体が突如として絵画に変容したことを語っている。

とても賑やかな通りから大通りへ、全速力で一台のバイクが現われる。運転している男は、革のジャケットとパンツを身に着けている。交差点でタクシーと激突する。衝突ののち、立ち上がる彼は見たところ無傷なようで、大丈夫かと尋ねる通行人たちをすぐに安心させる。転倒したにもかかわらず、傷はひとつも受けなかったようだ。その瞬間、小さな穴がたくさんあいた衣服から、血が噴き出す。往来が続く大通りの真ん中で立ちつくす運転手は、まるで、幾筋もの血を噴出させる巨大な噴水のように見える。

革のジャケットとパンツは、眼差しにとって、皮膚よりも固い甲冑であり、皮膚よりも手ごわい防御である。ところが、このように衣服を身に着けた身体の内部が、突如として露わになり、開示される。肝心なのは、いっときのあいだではあるが、この開示が損傷もなく行われたように見えることだ。

ある大都市の路上で、路面電車が脱線し一軒の家の壁に衝突する。列車の残骸を撤去すると、パン屋の店員が、まるでポスターのように、建物の壁にぴったり貼りつけられて見つかった。彼の肉体にはクロワッサンが象嵌され、まだら模様をつくっていた。

一つ前の経験の、いわば反転である。一瞬さかのぼるとパン屋の店員の外部にあったもの、つまりクロワッサンは、店員と一体になるにはほかの誰から見ても不可視にならねばならなかったはずだが、こうして投射されたおかげで店員の上に刻み込まれているからだ。

女店員が梯子にのぼり、ショーウインドーを磨いている。顔は際立って美しい。歩道に立てかけられた梯子が滑る。転落した娘が立ち上がると、顔の皮膚がはがれ、まるでカンナくずのようにらせん状に巻かれている。顔の筋肉はむき出しのまま、無傷で一滴の血のしずくもない。

第一の挿話とほとんど同じだが、加えて、いっそう雄弁である。無傷で一滴の血のしずくもない、という記述が重要である。物体と身体の内部を探求することになる画家にとって、物体と身体を破壊せずに生かしたままにする手段、つまり、バイクの運転手がまだ転倒していない瞬間、娘のむき出しの顔が際立った美しさを保っている瞬間にとどまる手段を見出すことが肝要なのである。外科医はすでに開胸し心臓を観察しているが、心臓の動きは活発で申し分なかった。そのため、いまのところ人体の機能はいささかも妨げられていない。出血すらもない。この時すべてが停止しなければならないだろう。絵画とは何よりも、このように時を中断する手段なのではないだろうか。石が流れだすことがないのと同じく、血が流れてはならないのだ。

エロルドの描く物体や人物が、エロルドの眼差しの残酷な侵入に答えることになるのは、まず石化を通してである。皮をはがされ、血は凝固する。人体の皮膚同様、物体の外部を向いた表面は鋭い稜線として凝縮していたのだが、この稜線は最大の強固さへといたらしめられていたため、表面に穴をうがつことにはいかなる危険もなかった。同様に、内部は、角柱《プリズム》や横木、梁として収縮することになり、それらのあいだを光や空気が通過しても危険はないだろう。画家が画布のうえに対象を投射するときの暴力性ゆえに、対象はもはや画布から離れることができない。対象は画布のうえで押しつぶされたのだが、その破砕の瞬間、すぐに死ぬはずの断片のすべては、無傷で生き生きとしていた。すべての断片は、ずっと前から共存し続けていたのである。画布のうえでこれらを生きたままにするためには、金属の枘《ほぞ》を用いて互いをつなぎ合わさなければならない。こうして、これらをいっしょにつなぎとめてきた力自体もまた投射され、直線の動きを通して目に見えるようになる。メスで開胸し心臓をじっと見つめる外科医の例をもう一度引こう。入れたばかりの切り口の両唇をひろげた外科医は、そこに認める構造体を型に取ることも石化させることもできる。けれども、いま目に見えているものは、かつてあったものと同じではない。前者を見るために外科医は、肝心の要素を、すなわち自身が分離した細胞のすべてをかつて一つに保っていた力を破壊してしまった。ゆえに、目に見えるようになったものは、それが目に見えるためになにが攪乱されたのか熟考することによって補われなければならない。

対象を開いたときに現われる構造物は、対象の内部のうち目に入るもの、すなわち内部の表《おもて》であるが、そこに付け加えなければならないのは、この内部の表を見るためにわれわれがまさに隠してしまったもの、これを目に見えるようにするためにたいていは破壊されるもの、言ってみれば、内部の裏、である。

こうした投射の力は、構成要素をばらばらにすると同時に要素間の結びつきを明らかにし、いかなるものも原則的に抗し得ぬほどの力によって、ただしほんのわずかな襞を傷つけることもなく各要素を分離し、そして、穿ったばかりの隔たりを即座にすっかり満たすわけであるが、この投射の力を、一枚のシーツを開きその二つの面のあいだに入り込む風に例えることができる。この風の力は、二つの面が互いに貼り付いたままでいるようにさせる力に、正確に対応している。風はたんに要因であるのではなく、媒体である。風は一方で、分離させられた要素を緊張させ、硬くさせ、理想化し、縫い目をはっきりとさせ、のばし、広げるが、同時に、分離させられた要素は、風に浸り、風を通して、すなわちこれらの要素と接触することで細分化される諸力の総体を通して、交流する。

こうして、内部のプリズム構造は硬さと孤立を部分的に失うことになる。対象に穿たれた穴は、対象の裏と内部を開示し、それぞれの対象はしばし対象を互いから分け隔てていたすき間と同等の空洞となるが、穴は、ある種の体液に満たされることになり、その透明さの度合いはこの体液を揺さぶる諸力に応じて変化するだろう。

然るに、対象の内部で起きていることは、対象のあいだでも起こる。とある物体あるいは身体の各部分を互いに結びつける力の延長を、複数の物体を互いに結びつける力に見出すことができる。物体は、互いに惹かれあい、互いに拒絶する。愛しあい、いがみあう。愛撫しあい、互いを避け、互いを待ち、用心し合い、互いを量り、互いから逃げ、互いを燃やし、互いを冷やす。これらの各内部構造は互いの関係に応じて方向づけられるが、それらが組織する体制《システム》の全体としての作動も、同じように表出されることが可能になるだろう。内部の空間が外部の空間と異なるのは程度の差ということになるであろうし、事物であれ人間であれ、すべては動的《ダイナミック》な媒体に浸されることになり、この場の歪曲と変形はそれら事物や人間のあいだの関係を表わすだろう。

しばらくのあいだ、物体や身体における内部の空間と外部の空間のあいだのこうした類似性は、大きさがほとんど均質である小さな切子面を使用することで表現されてきた。対象とそれを囲む場とを、公分母でいわば通分するのである。対象は、これらの切子面の方向や強度の差異を通して表されながら、この脈絡の背後、ある種の透明さのなかに出現する。まるで凝縮したかのようであり、結晶らによってすでにすっかり取り憑かれた溶液のなか、上位の別の結晶が形成されつつあるかのようなのだ。

しかし、明確に定まったプリズムあるいは多面体の図形《フィギュール》を使用することには、図形の内部を開いた場合、そこからこうしてすでに滲出させられていた要素を閉ざしてしまうという不都合があった。対象あるいは、対象のうちの目に見える、はたまた目に見えるようにされた細部は、たとえ透明な媒体を通して観察されたとしても、頑なに一つの面しか示さず、眼差しを拒み、何が起ころうとも眼差しから隠れてしまうのだった。対象の量感《ヴォリューム》は、それをおおよそに把えようとする程度が一定の度合いを超えると、画布の平面に入ることを拒み、裏面や内部は閉ざされたまま残存していた。これらがこうして突きつけてくる拒絶は、この限界にいたるまではこれらを探求しおおせていただけに、いっそう激しいものであった。問題はつぎのように提起されうる。たった一つの面しか示してくれず、目に見えない、禁止された内部をもってわれわれを笑いものにする、錯覚をもたらす事物を構築することなく、いかにして一つの平面上に、対象の内部と外部を両者のすべての面において表象すればよいのだろうか。事物が空間においてもつ固有の特徴を平面において十全に表現するためには、どのように事物を平らにすればよいのだろうか。

このためには、事物の表面が、事物がそのなかに囚われることになる表面、すなわち画布自体に備わっている力に比肩しうるほどの限定する力を、もはやもたないことが不可欠であった。対象において孤立させられた面の一つひとつは外部であれ内部であれ、この面の錯覚をもたらす切子面によってはもはや表現されず、この面を喚起するかけら[05]によって示される。対象は、空間において対象にどうにか隣り合ってしまいかねない、錯覚をもたらすまた別の対象によってではなく、平面におけるその転換によって表される。こうして、一つひとつのかけらが、それを孤立させる背景から浮かび上がるありようは、事物の表面が、事物を囲む場から事物自体を切り離すありようの、すなわちそれらの面一つひとつが孕む緊張の転換であり、かけら同士の関係は、事物の面同士の配置の転換である。対象はこうして、皮や花びらを通して画布の上に広げられ、探索され、召喚され、それら皮や花びらの取り結ぶ関係が対象を再構成するのだ。

それでは、いぶかしく思われる向きもおられるとおり、一体どのような対象だろうか。

まだ何も描かれておらず、なんらかの色をした画布、たとえば灰色の大きな長方形の前にあなたがいるものとしよう。暖炉の縁におかれた小石、あるいは女性の顔に、あなたの眼差しが惹きつけられたと想像してみよう。突出したとある点を孤立させることは目にとっては容易であり、この点は画布のうえではかけらとして読み替えられ、再現されることになる。けれども、この表面においてこのかけらに固有の特徴は、空間においてこの点がもっていた固有の特徴とはまったく異なることになるだろう。こちらに見える薔薇色のタッチは[06]、灰色の巨大な面のさなか途方に暮れており、まわりで凹んでいるこの巨大な面の前で、くっきりと浮かび上がっている。この灰色の巨大な面は、多少とも広範な影響がもたらされる圏域を、全体を巻き込み始める運動を、その面自体の細部に応じて即座に確定する。この瞬間から錯覚の可能性が生じるが、すでにこの時から、かけらは、その裏側を隠してしまうある対象の表側、内部を隠してしまう表面であり、そこからわれわれがかつて出発した一つしかないあの顔や一つしかないあの小石ではまったくない。すでにまったく別の何かが、〔薔薇色のタッチという〕この最初の行為によって引き起こされた想像上の空間のうちに漂っている。

画題《モチーフ》を当てにするならば必然的に、外皮が、すなわち侵すことのできない表皮が構成されるにいたるものの、もしもこの時以来画題を当てにしたくないのならば、最初の一筆によってこの画布に導入され、こうして芽生えつつある対象を追求し続けなければならない。われわれの努力を傾注すべき先はこの現われであり、二つ目のタッチは、その継続となるだろうし、まさにすでに逃れ去りつつあるものを捕獲しようとする試みとなるだろう。少しずつ、いくつものかけらの共謀により、対象を固着させることに成功するだろう。しばらくすると、対象を喚起する〔平面における〕紐帯は〔空間における〕探査棒なのである。に必要なすべてが定着されるが、革のジャケットとパンツ、すなわち対象の外的な形態においてというだけではなく、対象の血と筋肉と欲望と拍動と重力と夢を伴ってである。

もはや画布の反対側ではなくその手前の空間に、古典主義の絵画というよりもタピストリーに近いかたちで構築されるもの、かけらが一体となって形作る要約と分析から出発し、われわれのただ中にそのあらゆる面において現出するもの、それは、かけらの別のまとまりから生まれうるすべてのものの方へ情熱的に向かい、このすべてをいまにも愛撫しようとし、これを注視し、これを欲して飢え渇き、これについて考え込む。この最初の一歩から始まったのは、ゆえに一つの冒険であり、画家は、自身の思い出のすべてを用いて、平面上のこうした集合と空間の住人たちのあいだに提起されるあらゆる類比《アナロジー》を用いて、この冒険を明示し、認識する義務を負っている。この作業において、物事はますます鮮明に喚起されるようになり、細部のなかには文字どおりの象徴《アトリビュート》となって、しかじかの物体やしかじかの領域を特定するのに役立つものもあり、さらには表題までもが影響を受ける。ここに見られるのはゆえに画布との対話であり、この画家の全体と観客の双方が、それも、画家の網膜と手だけではなく、画家のすべての知性とわれわれの知性、画家のもつあらゆる知が徐々に巻き込まれていく。

このような行程は、《蘇るフェニックス》[07]においてとりわけ明白であるように私には思われる。始まりはあの赤い背景であり、画家にこの色が指し示されたのは、おそらく、画家のほかの作品が示す色階における欠落が埋められることになるためだ。かけらの三つのまとまりが、互いに燃えあがらせあうと同時に互いにたち消えさせあい、燃焼という観念がかき立てられている。これらを互いに結びつける運動のおかげで、まるで同一の工程における三段階であるかのようだ。

燃焼は、事物を爆発させ、その繊維を切り離し、その骨組みを照らし出し、事物を若返らせる。この燃焼によって、事物は灰燼に帰する危険にさらされるものの、絵画には、こうした現象の最高の瞬間を保存し、対象をその老齢の灰燼真っただ中で若返らせておく力がある。

燃焼、灰燼、若返り。これらこそ、この赤い湯あみにおいて、ひかり輝いて燃えたつこの血の湯あみにおいてなされる循環である。画布のおかげで接近可能となるこの現象を、われわれは認識し始め、いまだどのように呼んだらよいのか分からずにいた「対象《オブジェ》」は、いまや間違いなく一羽の鳥でしかないことが明らかとなり、その嘴、羽根、鉤爪が存在を主張してくる。表題は、作品それ自体のなかで生じる読解の延長であり、結果にすぎない。

《シャーマン》[08]では、琥珀色の大気のなか幸運を思わせる翡翠色が輝いており、嵐と爆発が揺さぶり横断することで、そこに出現する人物が魔法使いと化す。宝石を身に着けたシャーマンは、止むことのない突風のただなか、平穏をもたらしつつ黄金を配っている。こうして目に見えるようになるのは、この人物がもつ杖であり、彼が利用するとともに、飼いならす術も真似をする術も心得ている昆虫たちである。そして、頭の領域には彼に支えられると同時に、彼を維持している極小のカテドラル。

次にくるのは、黒い色による二枚の大きな場面であり、白く重厚な数々の破片が、熱、蠢動、雑踏を伴っている。雑踏が喚起する廃墟の世界では、とある知が発酵しつつある。

どちらにおいても、左手には大きな人物がおり、右手から吹き込む束は、力強く濃密な風のようだ。《時には》[09]において、この風は城壁から生まれているようで、風が運び去る壁の断片は、軽々とまるで枯れ葉のように旋回し、若返り、花開き、もうひとりの人物として組み合わされるにいたる。このひどく惚れっぽい亡霊を、ひとり目の人物は欲しながらも捕まえるにはいたらない。《住まい》[10]においては、風は冬の夜景から生まれ、花開き宙を舞うかのように展開し、まるで体が蜂の群れでできている巨大な鳥を思わせる。かの人物はこの光景によって熱を帯びるが、その場に釘づけになったまま、まるで自分の作品であるかのようにそれを凝視している。画布のうえで繰り広げられていることとは、彼自身に宿っているものにほかならず、右手の景色あるいは宇宙が彼のうちに引き起こしているものなのだ。彼は、自分が保持する絶対的な権力を示す笏をもち、近作にしばしば見られる三日月形《クロワッサン》を頭上に頂いている。さきに引用した逸話は、この三日月形の意味を明確にする手助けになってくれる。単に月というだけではなく、みずからの作り手のぺちゃんこにされた身体に象嵌された食べ物というわけだ。すべての部分が平衡を保っているのは、色づけされたさまざまな強度という物理的な次元においてだけではなく、言葉による解明に従って、色調の移行のたびにそこで開始されこの文章自体が続行しているはずの注釈に従ってのことである。

この作品およびそれ以外の複数の作品において、読者は、迷宮の象徴にお気づきになるだろうが、私はその迷宮の中に、絵画というもの全体の冒険である平面における、終わることのない運動の凝縮した表現を見出す。

陰険な者たちのパレード

ジャック・デュパン[01]に

ソール・スタインバーグ[02]の最初期のデッサンの一つで、一九四五年に『オール・イン・ライン』〔*All in Line*〕に再録されたものを誰でも覚えている。人の絵を描いている人の絵を描いている……手の絵だ。『新しい世界』〔*The New World*〕(一九六五)を機に刊行された対談のなかで、スタインバーグは次のように述べている。

この本はさまざまな状況や問題を表わす形而上学的なデッサンを集めたものです。本のエピグラフは《Cogito ergo Cartesius est》(我思う、ゆえにデカルトあり)[…]。その意味は、私に言わせれば、私が線描《デッサン》するものはデッサンであって、デッサンはデッサンから生じてくるのだということです。私の描く線は、それがインクでできていることを絶えず思い出させようとします。私には、文化とか、歴史とか、詩といったわれわれの共通基盤を使って、この線を意味に変えてくれる読者の共謀が必要です。同時代性は、そういう意味で共謀なのです。読者は、私の描く線を目で追うことで、芸術家になります。(我見る、ゆえにスタインバーグあり)。

スタインバーグの作品はこうして、デッサンの世界の内部に出現するような、生じるような観を呈する。それはデッサンによるデッサン自体についての、およびわれわれの世界のなかで多少ともデッサンに関連するものすべてについての自省である。作品に親しみさえすれば、こうした自省の営みの多大な役割に気づく。その役割は、密接な類縁関係にある言語の役割にほとんど匹敵するほど大きいのだ。

　となると、スタインバーグにおいてパロディが次第に重要性を帯びてきていることにも納得がいく。ペンで、鉛筆で、筆で、あるいはこうした筆記具を引き継ぐべく発明されたものを使って、すなわち何であれいずれかの印刷方式を使って作成されうるものすべてのパロディであり、このデッサンの世界のうちで美術には、そして美術のいわゆる無償性なるものには無縁な領域に取りかかるとき、「見せかけ」の観念とこの上なく愉快で啓発的なやり方で戯れるパロディである。「見せかけ」の観念との戯れは、とりわけ『パスポート』〔*The Passport*〕に顕著で、そこには見せかけの証書、見せかけの書類、見せかけの身分証明書、見せかけの署名、見せかけの文字、見せかけのスタンプがぎっしり詰まっている。

　だがスタインバーグの自省は、われわれの文明から諸々のデッサンされた様相を借りてきて、それらを明るみに出し、批判するような文脈に導き入れるにとどまらず、そうした様相の形式的分析を行い、そこから基本図式を抽出し、一定数の線のタイプを分離して、これらに対しても同じ探究を行おうとする。その結果、この現代の肖像の内部では、抽象的な要素が見事に生気を帯びるのだ。

　同じ対談で、画家はいずれも螺旋を描いた、向かい合う二枚の図版についてコメントしている。

> 　この二つのデッサンは結びついています。左のデッサンでは、男が歩いている水平線はそのうしろで螺旋状になっています。これは彼の過去です。過去は完全に有効期限切れです。未来には、自分の人生に関して彼が抱いているありふれた幻想が、ことごとく含まれています。一本の木、一つの景色、一つの給水塔があります。でも過去が未来を蝕みます。
>
> 　右のデッサンでは過去にもっと意味があり、未来は男を呑み込んでいるところです。でも未来に基づいて彼は生きている。未来は、彼が自分自身で作るものなのです。この線は彼自身の時間と空間、すなわち彼の人生であって、同時に彼の破壊でもあります。この線はだんだん狭くなってきます。これは恐ろしい絵です。自分自身の本質によって生きる芸術家の人生かもしれません。彼は線そのものと化し、そして最後に螺旋が閉じられるとき、自然と化すのです。

『仮面』〔*Le Masque*〕にある、自分の両足を螺旋の始まりでくるんだ男を見てみよう。そうやって台座の上に登ってはいるが、しかし男は二本の螺旋が一回転するたびに、それが檻の新たな格子となって自分を閉じ込め、自分を覆い隠し、しまいには自分を押しつぶすことになることが分かっていない。

このページの前後のページにも螺旋が見られるが、螺旋はどのような様式や転調でも取り入れることができ、その行程のうちにテーブルを加える。テーブルは、今日のデッサン画家にとって基本的な家具であり、デッサンしたりものを書いたりするわれわれ皆に必要不可欠な物である。絵のなかの人物たちがその上でデッサンしているテーブルは、すでにデッサンを含んでいた。まずテーブルを作るには、いつか誰かがその図面《デッサン》を引かなければならなかったからだが、何よりわれわれがテーブルを見るときの見方が、われわれを取り巻くデッサンの世界によって、とくにわれわれが描くデッサンによって、根本的に変えられているからだ。したがって、私がテーブルの上で引くどんな些細な線も、なんらかの仕方でこのテーブルの縁とつながって、テーブルを見る私の見方を変えることになる。このプロセスからきちんと距離を保ち、それを観察する者もいるが、他方で、あのインディアンの髪形をした「アメリカ人」芸術家のように、目の前にあるものばかりか、まわりにあるものすべてを、自分のデッサンで変容させる者もいる。元々彼らがその前に座ったテーブルは、そのデッサンの営みによって、彼らのまわりに配置され、まさに彼らの行動と知覚の領域となるだろう。

彼らは人間でもあれば猫でもあり、雄でもあれば雌でもある。猫は、何年も前からスタインバーグの想像力に取り憑いていて、その数限りない変貌を研究しなければならないだろうが、その猫は最近、スタインバーグにとってまったく人間らしい姿を纏うようになった。テーブルに飛び乗る癖のせいで、猫は画家本人を、あるいは彼の妻[03]を、あるいはほかの画家たち(出征する画家＝猫＝消防士たちの大隊[04]を見よ)を表わしている。

垂直に立てられたテーブルは画布の載ったイーゼルと化し、折りたたみ椅子に座った画家が、眼前の景色をテーブルに描き込む自分を想像すると、往々にして、ほんのひと筆が彼に情景全体を変化させてみせるだろう。そうした情景は、彼が見たか、描いたか、影響を被ったかしたデッサンの全体によって、すでに変化させられてはいたのだが。スタインバーグに語ってもらおう。

> 美しい女性は、虹、日の入り、月のようなもので——こういうものはみな眺めるべきものであって、描くべきものではありません。美しい女性はトーテムとしてしか、つまり女性ではなく聖母《マドンナ》、女王、スフィンクスとしてしか描くことができません。それは聖像《イコン》の芸術であって、今ではモード写真にその名残をとどめるだけです。
>
> それほど美しくない女性が興味深い存在になっているとすれば、それは彼女が属する社会や政治の世界の痕跡を顔や体にと

どめているからです。その顔は、彼女の全人生、彼女の過去、彼女の未来さえをも表わすなんらかの特徴を帯びています。そういう顔には、熱意や恐怖が表われている。それこそが私の興味をそそるのです。私は自然に対しても同じ気持ちを抱きます。私は風景を描くことはできませんが、建築物や道路といった、人間が作った状況は描きます。自然だとか、人が手を触れていないものすべてに関しては、私は一連の紋切り型を使うのです。

確かに、建築物の素晴らしいデッサン画家ではある――『オール・イン・ライン』『パスポート』『迷宮』〔*The Labyrinth*〕に集められた、家、通り、橋、そこを散歩する人たちの様子についての現地報告《ルポルタージュ》を考えてみよ（しかも、われわれも知るとおり、スタインバーグは建築家だったのであり[05]、彼に最も大きな影響を与えたのは建築学の教科、すなわち

> 正確さと巧妙さと理性の結合だったのであり、

彼は建築をこう見なしているのである、すなわち

> 諸々の芸術のなかで最も高貴で最も困難かつ最も哲学的な分野であると）――、

だが『仮面』には、一連の風景画が、写生されたものではなく「哲学的」な風景画が見られ、そこにはしかし見事な「自然の感情」が、とりわけ野生の、人けがない、人が、少なくとも西洋人が手を触れていない自然の感情が通っていて、そこにわれわれは虹を、月を、日の入りをさえ見出すという嬉しい驚きがある。

それはつまり、デッサンとデッサンされたものについて自省した末に、スタインバーグは風景が、自然が、芸術のなかにどのような姿で現われるかに興味を抱くようになったということだ。とりわけ、砂漠や雲や樹木を見るわれわれの見方を画家たちが変容させられるようにするときの図式に、興味を抱くようになったということだ。かつて人間の形を描き入れることだけを目指して使っていた基本的な型が、こうして著しく増え、柔軟になり、ニュアンスがつくようになった（モンドリアンの例の連作をパロディにした三本の木）。彼はヨーロッパ風の風景のなかに、中国の磁器に見られるような景観を忍び込ませる。はたまた、ほとんど幼稚な点でこれ以上ないほどありふれた田舎の光景の真ん中に穴を穿って、「抽象的」な風景画の間歇泉を噴き上がらせる。

画家たちが使う基本図式のおかげでわれわれが再現できるこの原始的な風景、この砂漠、この荒野《ウィルダネス》は、われわれの想像力の

奥底では、すでに人が住みついているものとして見出される。スタインバーグは初めてインディアンのテーマに、アメリカのスフィンクスに対するインディアンの闘いのテーマに取り組んでいる。ドル紙幣の裏面を飾る未完成のピラミッドの近くに、やがてハクトウワシになるスフィンクスもしくは女スフィンクスを描いている。

　この画集のもう一つの新機軸は、静物画の連作である。絵画一般、とくに風景画についての自省が、この出会いを導いたに違いない。先ほど述べたテーブルが、今度は風景と化す。テーブル《タブラ》は、われわれが思い込んでいたように「何もない《ラサ》」状態で〔白紙状態で《タブラ・ラサ》〕、染み一つなく、いつでも描線を受け入れる用意のある唯一の白い表面として現われるどころか、一連の用具類、堆積物、雑然たる事物で覆われ、いっぱいになっているから、仕事に取りかかれるようにするには、こうした事物を片づける必要があるだろう、少なくともその侵攻を食い止める必要があるだろう。つまり手紙、コップ、瓶、ラベル、皿、マッチ箱、ティーカップ、チューブ、ハサミ、手帳、薬、切符、コンパス、切手、レコード、新聞、さまざまな書類、ビー玉、版画でいっぱいになっているのだ。こういう事物の堆積のなかを、物が崩れ落ちてこないように動き回れるのは、猫だけだろう。

　私はそれ以前の画集には、静物画は一点しか確認できなかった。それは『パスポート』のなかにあるもので、静物の最初の素描《エスキース》である。そこには一台のテーブルの上に、デッサンの基板となる「あの」根本的なテーブルの上に、オブジェがいくつか描かれている。グラスが一脚、手紙秤が一つ、画鋲の箱が一箱、フィリップ・モリスの煙草の箱が一箱、墨汁のボトルが四本——そのうち三本はまだホルダーに入っており、四本目は少し開いている——、予備の栓が一つ、《*curiously strong ALTOIDS peppermint oil*》という記載がある薬箱が一箱、鎖でつながった二本の鍵、粉末コーヒー《*Medaglia d'Oro*》の箱が一箱あって、わざと不器用な遠近法で描かれ、斜めの線で影がつけられている。

　これらのオブジェはすべて(シュヴィッタースのメルツ作品[06]で、さまざまなやり方で印刷され、絵が描かれ、字が書かれている紙片と同じく)、過去の一瞬の雰囲気を見事に復元しているが、そこで今何が起こるかといえば、スタインバーグが仕事に取りかかるためにテーブルを片づけようとするときに、これら積み重なった紙類が、すでに何かしらシュヴィッタースの作品めいたものをなしているのに気づいてしまうということなのだ。そこでスタインバーグは、それらの紙を平らに貼りつけ、位置をずらしたほかのオブジェを、自分で描いたテーブルの上に収めるために、当然のことながら、キュビスムの画家たちの投影図法に匹敵するような解決策を取るにいたる。テーブルの風景の上に、自然に対して用いるのと同じほど多様な、一連の基本的な絵画図式を重ね描きする。そして、オブジェが「ほんとうに」そうであるか「見せかけ」であるかはともかく、しばしばすでに印刷されたものだったり、絵に描かれたものだったり、文字に書かれたものだったりするおかげで、そのオブジェが周囲のオブジェの見え方にどう作用するかを示して見せるのだ。中国製の皿は、テーブルの縁に中国の地平線を投影する。航空便の封筒の赤・白・青の縁は、延びて迷宮じみた道となる。

　オブジェはしゃべりだす。実際、手紙の封筒や折りたたまれた新聞紙が、われわれのために、なかに閉じ込めているのは、何かしらの言説である。これらの印刷された、または手書きされた文章に、コミック・ブックにおける「吹き出し」という強力な約束事のおかげで、その音響の表現が重ね描きされるが、吹き出しには、ほかの見せかけの文字ばかりか、ほかのデッサンも含まれることになる。

　これら具象的に「しゃべる」オブジェのなかにあって、ほんとうにしゃべるオブジェがある。レコードだ。しかしレコードが実際に貼りつけてあるのではなく、貼りつけてあるのは、その絵にすぎない。それは明らかにレコードだが、円形ではなく、古典的な遠近法におけるように楕円形ですらなく、見せかけの楕円形で、いわばテーブルの外に持ちあがっている。とはいえ、ほんとうに貼りつけてある要素、新聞を表わすために貼りつけてある新聞に、関係づけられている。それは、でっちあげられたセリフや文字と違って、レコードのラベルが新聞と同じく完全に「読み取れる」ためだ。

　これらの静物画には、厚みを備えた自省があって、そこにはさまざまな水準が見分けられる――

(一)貼りつけてある物がそれ自体を表わしている、たとえばラベル、封筒、版画、

(二)貼りつけてある物がそれ自体とは違うものを表わしている、たとえば瓶や引き出しになるラベル、

(三)物の模像が貼りつけてある、たとえばレコード、

(四)物の模像が平面的に描かれている、たとえば描かれた封筒、描かれたラベル、

(五)物の模像が遠近法で描かれている、たとえばファン・グリス[07]風のグラス、

(六)物の音が場所を変えて描かれている、たとえば見せかけの文字が入った吹き出し、

七、こうしたものから幾何学的な構造が現われ出ている、たとえば同心円。

　こうした同心円は――もちろんほのめかし、なかでも何人かの現代画家たちの画風へのほのめかしでもあるが――、『新しい世界』のなかに、とりわけスタインバーグが次のように描写する図版に、すでにさりげなく現われていた。

　一つの技術からほかの技術へ、あるいは一つの意味からほか

の意味――紛争？　空間？　時間？　感情？――へと移っていく男です。彼はてっぺんでは、ごく単純で、型にはまったデッサンから出発し、はしごを伝って同じデッサンの単純化された表象まで下りていき、橋を渡って一連の同心円まで行きます。

（はじめの二つの逗留地[08]は、一本の木のかたわらの小さな家を表わしている。）

同心円はここで、静物画の抽象的極限として、コラージュの現実主義的極限と釣り合いを取っている。『迷宮』のデッサンの一つに、おおざっぱな立方体が幾何学的な完璧さを夢見ているのが見られたように、モンパルナス駅の郵便局の消印が円形を夢見ているのが見られる。

コミックスの吹き出しにある見せかけの文字が、文字――本物であれ見せかけであれ、近くに表象されているのであれ別のところに表象されているのであれ――の音響であるのと同様に、これらの完璧な円は、円形でないレコードの夢見られた音響なのだ。それが明瞭であり、内的ダイナミスムを湛え、波のように広がっているおかげで、完璧な円は、これら静物の時間的および精神的な厚みに、言うなれば目印を付けているのであり、われわれに向けてその意味を発信しているのである。増殖していく小さな円の線は、スタインバーグのコミックスや多くのデッサンで夢想や観念の爆発に行き着くが、ここでは理想的な垂直性を見出している。

円はそれゆえ、これらの作品において、われわれに話しかけてくるものであるが、しかし常にわれわれの解読の及ばぬものなのである。

こうしてオブジェは、われわれの眼前で、三次元に従って再構成されるだけでなく、デッサンの技法と産業についての一連のユーモラスな考察に従って再構成されてもいる

（文字はデッサンの特殊なケースである）。

だが、そのような技術的発展は、常にわれわれの作家の主要な関心事であったものに、つまり「肖像画」に、どう適用すべきなのか

（私が肖像画という言葉を括弧でくくったのは、それが特定のモデルの肖像であることはけっして、あるいはほとんどないからだ）――

確かに人物それぞれの様式で、つまり彼らが自分を見たり自分を想像したりしている通りのやり方で描かれた人物の素晴らしい例がいくつかあって、それがなおいっそう印象的なのは、複数の人物が隣り合わせになって、いろいろな技術が突き合わされているときで、

たとえば三人組で、

男性が、ごく明瞭に、ごく単純に、込み入ったところもなく、中間色もなく、白と黒で、光と影で、

女性が、アングル〔十九世紀フランスの画家ドミニク・アングル（一七八〇－一八六七）のこと。「絵画のなかの言葉」参照〕風に、薄れていく感じで、

そして赤ちゃんが描かれているが、

ここにはっきり見て取れるのは、この三種からなる表象が人物三人に共通であるということ、こうして三人のめいめいが自分のために、またほかの二人のためにいるということ、ゆえにこれら三つの描画法のあいだには三人のあいだにあるのと同じ緊密な関係があるということ、これらのデッサンの仕方のそれぞれがほかの二つに依拠しているということ、この絵はつまり諸々の様式の複合もしくは群像なのだということであるが、

しかしどうしたら人間の顔を原材料として扱えるようになるのだろうか、静物画におけるコラージュに匹敵するものを作れるようになるのだろうか、人間の顔という画題でデッサンの画法を繰り広げてやるために。

第一の方法は写真を使うことである。というのも、写真はわれわれに見えるとおりの顔を与えてくれるという幻想をわれわれが抱いているからだ。そこで顔写真を、デッサンした絵のなかに組み込む。だが写真はけっして顔そのものではないので、われわれが目の当たりにしているのは、それ自体を表わすためのラベルや封筒の使用になぞらえられる現象ではなく、すでに事物の模像のコラージュなのであって、それはレコードに関して起こっていたのと同じことなのだ。

最も鮮やかな解決法は、だから顔の模像を、すなわち仮面を用いることであり、仮面はアメリカの文明においてわれわれの肌にとくに類似している紙で作られることになるが、それも外見ではなく機能が類似している紙で、すなわちスーパーマーケットを出るときに食料品を包装してもらう茶色い袋の紙で作られるのであり、実際にわれわれはその袋に包まれた食料品を、われわれの肌という大きな袋に詰め込むことになるのだ。

スタインバーグにしてみれば、われわれは皆仮面をつけているのであり、われわれの顔はすでに仮面なのである。仮面の真実とは、少なくとも仮面が仮面として露わになっていること、そしてわれわれが顔だと思っていたものを仮面と解釈するよう強いることである。

> 仮面は、人々が纏おうとする外見を、そうありたい自分の姿を表わしています。人間の生活は二つの部分に、つまり感情的、身体的、私的な生活と、政治的、社交的な生活の二つの部分に分けることができるでしょう。後者においては、ほかの人たちに会うので、絶えず期待された形で現われなければなりません。常に同じ顔、同じ表情を纏って、出会う人たちが安堵するようにしなければならないのです。もしあなたが以前のあなたに似ていなければ、あるいは痩せたり太ったりすれば、人々はパニックに陥ります。私が口ひげを剃ったときには、皆が愕然とした

ものでした。私は突然人々に自分の目を使うことを余儀なくさせたのです。人々は、見ようとはしていなかった。彼らは自分に都合のいい私の顔のイメージを持っていたにすぎません。友人のひとりは、とくにショックを受けていました。彼は私に裏切られたような気がしたのです。私は変わった、すると彼は、何かなくなったものに資力を空費してきた、そんな気持ちになったというわけです。彼としては、私とのことは最初からやり直さなければならなかった。当然のことです。

人々が、とくにアメリカ人がしているのは何かといえば、自分自身に幸福の仮面を拵えてやることです。彼らは自分の顔に、安堵をもたらす絶えざる微笑みをくっつけるのです。そうすれば親切で、感じがよくて、健康そうに見えるので、私たちは彼らを心配する必要もなくなるというわけです。

然るにスタインバーグは何年にもわたって、スーパーマーケットの袋の紙で、自分のために仮面を拵えてきた。それはとりわけ、公式写真を撮影するときにはそれとなく仮面をかぶれという、あの陰険な押しつけに応じるためだった。

カメラマンが私の方にカメラを向けると、私はいらいらしました。そこで私は、紙袋で自分の顔の仮面を作ったのです。仮面の内側でリラックスしながら、いつもの私自身のイメージをカメラに見せることができました［…］。そんなふうに私は、写真をその目的とは逆の仕方で使ったのです［…］。

仮面を着けることで、スタインバーグはほかと変わらぬひとりのアメリカ人になるように感じる。だが、ここに見られるのはほかの人たちの仮面だ。彼らはたぶん、仮面をかぶることで、ふだんの自分と変わらぬアメリカ人になるのだろう。

見よ、これらの仮面を、彼らが自分の顔だと思っているものを、見よ、これらの引き剝がされた顔を、デッサンの分光器にかけるべく、ガラスの薄板ならぬ一枚の紙の上に貼りつけられた顔を、だから見よ、これらの衣服が、足が、手が、アクセサリーが、彫刻が、家具が、パイプが、ティーカップが、自動車が、ランプが、そういった顔に与える注釈を、ごらんあれ、いかにしてそれらのデッサンの告白が、われわれのために、日常生活から、甘美で無尽蔵で恐るべき旋律豊かな真実の吹き出しをほとばしらせているのかを。

ちょっとした合図

C・G・ビュールストロム[01]に

I 岩

ペール・オーロフ・スンドマン[02]はストックホルムに近いヴァクスホルムで一九二二年九月四日に生まれた。自伝的なエッセイ『交差点の岩』において、最も古い思い出についてこのように語っている。

幼年時代の目印が一つある。五歳になった時、オートヴィーダバリからリンショーピン〔いずれもストックホルムの南西に位置するスウェーデンの都市〕へ私たちは引っ越した。オートヴィーダバリについて私が覚えていることはすべて、私が五歳になるよりも前のことになるわけである。

二十五年を経て、私はほんの短い滞在のために車で帰って来た。私たちはかつて、オードヴィーダバリ経済協会(この名称でよいのだろうか。叔父たちのうち、私の後見人であるひとりが、この協会の店舗を任されていた。父は、私が二歳のころ亡くなった)所有の家に住んでいた。

「家は直角に曲がった形をしている」とこの小さな町に入りながら、私は妻に語った。「角の中、中庭側に、ベランダがある。高さの低い別の建物が、中庭を取り囲んでいる。この建物が建てられた時のことを覚えている。前には柵があって、農夫たちが馬をとどめていた」

私たちはその家を見つけた。中庭に入った。ベランダ、建物、柵、どれもが私が言ったとおりだった。

「大きい岩を覚えている」と私は言った。「家を出て左へ曲がろう。だいぶ遠いと思うけれど、交差点がある。その交差点に、その岩がある。登ったことがある。難しかった。大きく、丸く、滑らかな岩だった。落ちてしまい、額を傷つけた。丸くて滑らかな大きい岩が、家から出て左に曲がったどこかの交差点にあるはずだ」

妻と私は、その岩を長いこと探した。ついに見つけたその岩は、滑稽なほど小さかった。膝に届くほどの高さで、初夏だったため、草のせいでほとんど隠れていた。確かにこの岩に違いない、丸くて滑らかだから。

「まだ小さかったのだから」と私を慰めようと妻が言った。「二十五年前、四半世紀もたつ。今だから、小さく見えるのね」

それは間違っている。この岩が大きかったことなどないのだ。ずっと小さかったのだ。幼い少年だった私のせいぜい腰に届くほどの高さだった。けれど、岩の思い出が、幼い少年と同時に成長したのだ。

七歳になると、彼はストックホルムに来る。高校では、学級新聞に記事を書き始め、たくさん読書をし、とりわけ通俗科学の読み物と精神分析の著作を、同級生のひとりと一緒に読む。

いま思い出したいのは、友人と私のふたりが秩序だった全体像を見出したいと思っていたことだ。私たちは非常に真面目にこの課題に取り組んだ。当時私たちはまだまだ理性を信じていたし、理性には唯一の意味《サンス》があるのだと思っていた。その後、理性はまるで密閉されたガスのようにあらゆる方向《サンス》へ同時に広がるものだということを私たちは発見した。これまでに習ったあらゆる規則とは正反対であるが、提起されたいかなる問いに対しても、第二第三の解決策がたくさんあるのだということを発見したと私たちは考えた。私たちは、唯一の真理も複数の真理も、信用しなくなった。真理は、たくさん学ぶにつれて、いっそう疑わしく思えるのだった。

三十年代には、二人揃って、スウェーデンの人たちがこの語に与えている意味における「未来派」になる。

熱に浮かされながら生を受け入れること。過去と現在を同時に嫌悪すること。反道徳の数々の夢は、絶えず増大する運動と活動であり、震える生に溢れる工業都市、高層ビル、港にひしめく船舶、金属と金属がぶつかる音、青い油に浸かって稼働する鋼のピストン——速度、二十世紀の新しい美、アスファルトの上を機関銃の弾丸のように疾走する車。

体育の授業は休むことを認めてもらったので、その時間に小説の習作を初めて試み、詩を書いていたある友人に——この人物は後に民族誌学者になる——それを読んでもらう。兵役が終わると、二つめの習作に取り掛かるために北方に隠棲する。

十一月だった。列車と長距離バスを乗り継ぎ、スキーでさらに進んだ。まず身を落ち着けたのは、人里離れた谷の奥に位置し、三軒の農家から成る小集落だった。鞄には、タイプライターと五百枚の紙を持ってきていた。ひどく熱中して速いテンポで、二つ目の小説を開始した。

とはいえ、とても寒く、朝の空は赤く、夕日は緑だった。すぐさま星は輝き始め、見えなくなるのには時間がかかった。隣人たちが行っている冬の労働に、私も参加するようになった。薪を割り、薪を運び、氷の上であんこうを釣り、雷鳥にわなを仕掛けた。私は痩せ、髪は長くなり、小説を書くための時間はもうあまりなかった。

トナカイの飼い主に連れられて、スキーで奇妙な冒険に出かけた。目的もなく、村々と人里離れた農地をめぐった。一月になると、移牧のための農地に住むために森林限界のすぐそばに引っ越した。最初の何週間かは仲間がいたが、その後ひとりで残った。冬は厳しかった。家の窓はすべて〔二重ではなく〕一重で、玄関ドアは庇のない一重だった。暖炉には仕切り板もなかった。大したものは書けなかった。毎晩十時間眠り、昼間もいっとき静かにまどろんだ。

春になった。ノルウェーからきたラップ人[03]の家でしばらく下男として働いたのち、ひと月にわたり松ぼっくりを拾った（国の森林保護官がヘクトリットルあたり四十クローナ支払ってくれた）。夏がやってきた。私は、タイプライターのことを忘れた。雪がすっかり消え去ると、穏やかな風が丘々をやさしく撫でていた。私は、長距離のハイキングに繰り出し、筋肉は鍛えられた。けっして疲労を感じなくなり、ときおり眠くなるだけだった。二作目の小説は諦めた。

ところが、文学と決別したわけではもちろんなかった。ストックホルムに戻ると、自動車所有者購買組合の事務員となり、結婚し、三度目の小説の試みに毎晩取り組む。その後、書きかけの原稿をもって再び北へ向かう。妻とともに、フロストヴィーケン地区のヨームリエンで小さな宿を経営する。農地と森を購入する。村の仕事にますます取り組む。三作目の小説は破棄される。

最終的に、自分がどのような現実の中で生きているのかに気が付いたのだ。

こうして、村での生活のとある出来事は、破棄せずにとっておかれた最初の短編小説の題材を提供する。

II　雪

スンドマンによる物語の驚くべき簡潔さの下に、膨大な量の削除の作業があることが分かる。白いページの上には、いくつかの染み、いくつかの線しかいまや残っておらず、残りのすべては再び覆われ、消された。文学を雪の試練にかけたのだ。とどめられたのは、このゆっくりと積み重なる白さに抗するものだけである。けれども、だからこそこれらの黒い印はほんのわずかでも重要である。形《フィギュール》を構成する要素を一つでも見逃してしまうと致命的になりうる。一面に広がる雪の景色には、見るべきものはあまりないとはいえ、すべてを見なければならない。出来事は、まるで顕微鏡のスライドガラスに置かれたかのように、くっきりと浮かび上がる。

「狩人たち」と題された短編集は、同じタイトルを冠せられたスンドマンの最初の短編作品集[04]に収められているが、そのなかの一編の短編小説において、二人の人物がひとりの犯罪者の追跡に加わる。二人はじっくりと待ち伏せする。二人には何が見えるのだろう。白いページなのだ。

相変わらず雪は降り続け、雪は、岩壁に挟まれた湖に沿って谷をくまなく覆っていた。少し離れると、雲や氷、そして斜面を覆う雪を、そのとき降っている雪から区別することはもはやできなかった。

この白い空間で二人は何を感知するのか。いくつかの音の合図なのだ。

飛行機のかすかな音が聞こえたことがあった。その音が聞こえたのは、一体何を耳にしているのか私たちがはっきり分かるのにちょうど十分な時間だけだった。――すぐにその音は止んだ。

いくつかの黒い印、まるで読むべき文字のような。

そのすぐ後、ひとりの男が遠くに見えた。氷のうえでひとりだった。

「やつだ」とカール・オーロッフソンは言った。

カール・オーロッフソンは、望遠鏡を取り出したものの、焦

> 点を合わせ終える前に、男は雪の渦の向こうに見えなくなった。
> […]
> 降る雪が、氷のうえの男をしばらくのあいだ私たちから隠した。再度姿が見えるようになるたびごとに、彼はこちらに近づいていた。[…]

二人のほうもまた、この映写幕、この沈黙の上に、同じぐらい限定的ないくつかの印を書き込むことになる。

> カール・オーロッフソンは、片腕を折り曲げ拳銃を構え、引き金を引くまえに入念に狙いを定めた。とはいえ、狙いを定めるのはおそらく無意味であった。――訓練で習ったとおりに、前方の遠くへ向かって撃った。
> 爆発音が鳴り、すぐに消えた。土地が新雪に覆われているとき、こだまは聞こえないのだ。

この合図をきっかけに、白いページのうえで、「逃げる男」を示す表意文字は、直ちに「隠れる男」の表意文字に変貌する。

> 氷の上の男は不意に立ち止まり、私たちのいる方角をじっと見たが私たちを見つけることはなかった。そして、橇のうしろに駆け込み、橇を起こし、盾にした。
> 橇は短く、そのうしろから両脚がはみ出ていた。

「狩人たち」と題された短編集のすべての作品において、スンドマンは物語を語りはじめる際に、後に姿を見せることになる文言のいくつかを予め取り出しておく〔各短編の表紙に、本文の一節が引用されていることを指す〕。まるで、さらにもっと深い雪があるかのようだ。白いページの上に残るのは、もはやこれら二、三の証拠だけなのだから。

スンドマンにおいて雪は、現実がいくつかの合図に還元されることを示す根源的な隠喩である。読み取る術を知らねばならないこれら合図のなかには、いくつかがまとまって確実に読み解かれることもあれば、一方で不完全なまとまりにしかならないこともある。この場合、欠落している決定因を見つけ出さないかぎりそこから結論を引き出すのは危険である。この不完全なまとまりは、それゆえに、すでに知られていることのまわりをさまざまな可能性から成る暈で取り囲むのだが、この暈を見極めることができなければならない。ページまたは雪の上の合図が稀少であるからこそ、われわれは真剣に読み解くことができる。普段は過剰であるがために、合図の大部分についても合図の不在についても、われわれはまったく考慮する必要はなく、実際はいささかもそうではないものを所与のものであると勘違いしてしまう。

ゆえに、最初の四つの著作の物語のすべてが、何年ものあいだ彼自身が住まうことを選択した辺鄙な北国を舞台にしているという事実は、語の通常の意味における「地方主義《プロヴァンシアリスム》」なのでは全くない。家族に伝わる伝統へのこだわりでもなければ、ほかの地域についての無知でもなく、観光向けの異国趣味《エグゾチスム》でもない。スンドマンは、大都市の出身で、大都市に強い愛着をもっており、遠くの北国がほかの場所とりわけ都会で起きていることに対して新しい光をもたらすのだということを発見したからこそ、物事をはっきりとさせるためにかの地へ赴いたのだ。

III　奥底

このことについて彼は、「ある主義《イスム》についての田舎からの考察」と題された論考において説明している。ある批評家が、彼のしていることは「地方主義の繰り返し」であると断言したことに対して、

> 私はその批評家に、地方主義とは何を意味するのかと書面で尋ねた。返事はこうだった。「この問題についてあなたと議論する機会があれば興味深いでしょう」。その機会はいまだ訪れていない。

少し後にまた別の批評家が、若い作家たちのあいだで「新《ネオ》＝地域主義《レジョナリスム》」的な傾向がますます強まっていると指摘したことに対して、スンドマンはまず、いくつかの点を訂正することを求めた。

> 狂人であるからといって天才であるわけではなく、地域の状況を相手にしているからといって地方主義であるわけではない。［…］ある場所を、自分の居場所だと思う人たちがいる一方で、そこでは観光客にすぎない人たちもいる。
> このことが私を苛立たせる。山に暮らす人々についての短編小説をいくつか読んだことがあるが、それを書いたのはどうみても、山の人々のひとりと農場で黙って三日間を過ごしたことなどない人たちであった。［…］村落の住民が、首都の考え方を語り人口過密な地域の感覚をもっている、そんな本もいくつか読んだことがある。［…］

スンドマン自身はというと、かくも遠くの地方を選んだのも、そこの現実を学ぶためにあらゆる手段を尽くしたのも、

> 個人とその周囲の状況とのあいだの関係は、人口密度の高い地域では、あまりにも複雑で混乱をもたらすような織物の、あまりにたくさんの色を持った織物の性格を必然的に纏うことに

なるため、この性格を文学としてとらえようとするならば、ひどく単純化しなくてはならない。他方、地方でならば(彼がここで話題にしているのは、人口密度が極端に低いスウェーデンの辺鄙な地方のことだけである)、

人間の小さな集団における関係は、まったく異なってくる。個人の状況は、隣人として見るならば、ひと目で把握することができ、人間の集団のなかにおかれた個人の状況は、いっそう包括的な描写の対象となりうる。

修業時代において私は、大きな道もない遠く離れた小集落で九か月過ごしたことがある。三世帯に十二人が住むだけで、そのうち老人が二人、子どもが三人、若者がひとりであった。外部の世界との関係はほとんど存在しなかった。この小さな共同体におけるひとりひとりの状況は、ひと目で把握することができた。個人の状況のすべてを経験することは、ほとんど眩暈をもたらした。

ひどく小さな共同体で生活することは、人間の集団に、社会の組織にレンズを向けるための一つの手段であり、それゆえに、一般に人間の集団がいかに機能しうるのかを検討するための一つの手段である。「(人口が)稀少になった」こうした地域は、人間の「物理学」にとっても無機物の「物理学」にとってと同じぐらいの重要性をもつ。こうした地域は、いっそう大きな人間集団の「縮小モデル」とみなすこともできるだろう。

村議会をごらんなさい(議員の半分は任期を通してずっと黙っている)、この村議会を追い詰めなさい、村の出納係をよく観察しなさい。そうすれば、ストックホルムの謎について、さらには、中央の行政機関と国会についてすらも、なんらかのことが学べるだろう。地方はこうして、時に少しばかり異国趣味的《エグゾチック》な色遣いをしたガラスの破片を通して、非-地方を映すという働きをしうるのである。

人間が暮らす状況において密度が低いことは、個人と集団との関係だけではなく、この集団と自然の状況との関係を、遙かにより正確に理解できるという利点がある。白いページに置かれた合図が少ないおかげで、われわれはページの紙自体を検討することができる。

都市では、その日の天気について話すことは、今やほとんどできなくなった。窓は気密性が高く、中央暖房の専門工は労働協約によって給料が定められており、嵐は、駐車場から建物のエントランスまで走る際に脚をいっときくすぐる空気のかすか

な動きにすぎず、雨は屋根の外側にとどまり、雪は精巧な機械によって集められる。そして、人間の群衆が急にまるごとアスファルトから現われる。多くは壮年、ほとんどが赤ら顔で、古いコートを身に着けているものもいる。一方、地方では、天気予報は、ラジオ番組のなかで最も視聴される時間である。

都市はわれわれに何ものかを隠している。都市に固有の場所をわれわれに隠している。ほかの都市への依存ではなく、都市ではないものへの依存を隠している。遠く離れた地方は、この舞台装置の裏側を見せてくれる。地方は、都市の疚しい意識なのだ。

IV 欠落

ところで、わずか数人の住民しかいない人里離れた共同体において、ひとりの人間について知られていることの「すべて」を見渡すことが比較的容易である一方で、この「すべて」は、こうした好条件においてすらも、重大な欠落を示すことが明らかになる。北欧を舞台にするスンドマンの二つの小説、『調査』(一九五八年)と『発砲した男』(一九六〇年)は、こうした欠落を明らかにすることを目的としている。

『調査』では、スウェーデン北部のある自治体において給与ならびにアルコール中毒に関する委員会の委員長(これはスンドマンがヨームリエンで一九五四年から務めた職である)を務めるエーリック・オーロッフソンの一日がたどられる。この自治体に属するいくつかの村落は、かなりの距離で隔てられているため、調査対象の現地へ赴くには長距離バスに二時間乗らなければならない。これ以上適切に限定された観察区域は、想像することができない。建設中のダムの現場監督がアルコール依存症なのかどうか調べることが目的である。この問題は、最初はきわめて単純だと思われるものの、実際の諸条件のもとでは解決不可能であることが明らかになる。エーリック・オーロッフソンは一日のうちにたくさんの事柄を知るが、別の場合だったならば彼はそれらを知ることができなかったであろう。村の現実は、これまでにない仕方で彼の眼前に展開するが、彼は正直なところ[05]当初の問題について肯定も否定もすることができず、彼にできることは、この問題についてひとが知りうるすべてをわれわれの前に並べることだけである。

スンドマンは、この本の出発点である「事件」について、評論「他者に到達することの困難について」において語っている。興味深いのは、実際の事件においては、彼がアルコール依存症という事実について疑いを差し挟むことはいささかもなく、問題となるのは、その後取るべき段取り、そして、彼が保持している介入する権利だけだった。

『調査』という小説を書き始めた時に私がもっていたいくつかの意図のうちの一つは(もしも記憶違いでなければ)、それ以外の人たちの状況を改善するという目的のもと、社会が強制的にいち個人の生活に介入しその人に不幸をもたらしてしまう権利について検討するというものでした。次第に私の関心の中心は、隣人について疑う余地のない知識を獲得することは可能なのか、というより本質的な問題へ移りました。

『発砲した男』では、狩の参加者のひとりの頭に弾があたって彼は死ぬ。事故だと結論づけた警察がしばらくして知るのは、発砲した男は犠牲者が自分の方に戻って来ていたことに気が付いていたに違いないということである。ところで、発砲した男は、この狩のために数日の休暇をとっていた。つまり彼には、村を歩き回ったり、行きかうひとたちとおしゃべりしたりして過ごす自由な時間がいくらか残っているのだ。小説が語るのはこのことである。最終ページにおいても、発砲した男が罪を犯したのかどうかという当初の問題について、われわれは最初よりも多くを知ることにはならないが、この謎が執拗にさまようことによって、村全体が否応なく別の仕方で姿を現すことになったのだ。

出来事と人間関係が織りなす織物において、なんらかの合図が編み目を開いても、別の合図がそれを閉じることをわれわれは期待する。このように閉ざされることがなく、織物に裂け目がある時、それ以前の合図はあらゆる方向へ拡散し始め、みずからの周囲のあらゆる場所で、応答してくれるものを探し始める。合図は、宙づりになっている。一方、ある決定的な合図が編み目を閉じ、そのおかげでわれわれがとある読み方を採用する時、われわれがかつて目にした事柄の一部、機会が試みられていた事柄の一部は、丸ごと闇に帰ることになる。そのときわれわれは、採用された解釈に対応しない証言をすべて消すだろう。けれども、新しい別の合図が、それがおそらく適切な解釈ではないということを示してくれることがしばしば起きる。かつてわれわれの手元にあった手がかりをいっそう注意深く検討し、その手がかりをもっと長いあいだ不確定さのうちにとどめておくべきであった、というのである。

欠落が明らかになることで、われわれは遙かによりよく見るようになる。

V　電話ゲーム

ストックホルム大学の教育学の教授であり、二つの犯罪事件に関連して「供述の心理学者」としてスウェーデン中で突如として著名になったトランケルによる『人間の判断における魔術と理性』[06]に対する書評において、スンドマンはこの教授がラジオ番組で行なった実験について語っている。フランスに古くからある集団ゲームで、電話と呼ばれているものと同じだが、ここでは科学的に管理されている。まず、ある紳士《ジェントルマン》のインドでの冒険を聞かせる。聞いていた三人がこの話をまた別の三人に伝え、この三人がさらにまた別のひとに伝える。こうして、互いに独立した情報の連鎖が三つできあがるのだが、いくつかの仲介を経た結果、まったく異なるお話が見いだされるのだ。すべては磁気テープに記録されているため、どのように変化したのか詳細に検討することができる。

参加者は皆、このゲームではできるかぎり忠実に伝えなければならないことを分かっており、それゆえ、いささかの変更も加えないよう努力している。つまり、ここでの膨大な歪曲には完全に悪意がなく、歪曲はそれを生み出した人のあらゆる努力にもかかわらず生じる。

ここでスンドマンが指摘するのは、トランケルが実験に註釈を加える時点から、トランケル自身もじつに不確かな供述者としてみなされなければならないということである。トランケルは、そうする意図もなく歪曲する。トランケルは、解答つまり元のお話を知っているという事実ゆえに、ほかの諸々のお話の細かな点について判断の明晰さを失っている。いっそう深刻なのは、ほかの事例において、実際にはまったくそうではないのに、解答を知っていると思い込んでいることである。

無意識に行われる歪曲についての研究において、さらにもう一つじつに特殊な状況があり、それを強調しなければならない。実験を組み立てることで、トランケルは解答を知ることになる。録音された最終的な三つのお話を、客観的に確認できる現実と、つまり、同じように録音された元のお話と比較することができる。ここで注意が必要だ。というのも、ほかのさまざまな研究においてトランケルは、「実際に起きたこと」について、この電話ゲームの事例においてと同様に、まるで現実について疑いの余地のない知識をもっているかのように語っているからだ。

実際のところ、ほとんどの事例において、われわれは、歪曲をもたらすこのメカニズムの結果しか手にしておらず、この結果を頼りにしなければ、「実際に起きたこと」にまでさかのぼることはできない。トランケルの実験において、伝達の三つの連鎖が互いに完全に分離されていたという事実によって、われわれはすでに、最後のお話がたった三つしかないという、特別に有利な状況に置かれているといえよう。三つの最後のお話に共通する要素が元のお話に対応している可能性は確かに高いものの、一般には、連鎖のあいだには無数の接触点があるもので、なかには歪曲が定着し、揃って受け入れられるバリアントになることもあり、その場合これを排除することはじつに困難になるだろう。

　ところで、たった一つしか連鎖がない場合、たとえその連鎖がたった一つの環でできていたにせよ、つまり、ある出来事についての知識がたったひとりの目撃者に基づく場合、その人がまったく誠実なひとであるとみなしたとしても、どれほど警戒して話を聞かなければならないだろうか！　あるいは、互いに強く結びついた目撃者たちから成るたった一つの集団に基づく場合ですら同様である。「実際に起きたこと」を思い浮かべるにいたるためには、想像力を体系的に働かせることがどれほど必要ではないだろうか！

VI　森

　こうして、スンドマンが探検家の物語に魅了されることが理解できる[07]とはいえ、極地の探検家ならいくらでもいるわけで、この作家が北方の地方を常になんの仲介もなく直接あれほど綿密に描写してきたことに親しんできたスウェーデンの読者は、彼が突然スタンリー〔サー・ヘンリー・モートン・スタンリー（一八四一―一九〇四）。イギリス出身のアフリカ探検家〕とともにアフリカの奥地へ飛び込んだことに、確かにひどく驚いたに違いない。

　というのも、北方の地方とは、何よりも、ストックホルムを研究するための「一片のレンズ」であったからだ。彼自身の都市であり彼自身の生活であるストックホルムと、一般に「西ヨーロッパ」という表現が表わすすべてを研究するためであり、そして、この都市を現実のより単純でより直接的な解釈《ヴァージョン》と突き合わせるためであった。けれども、この北方の証言自体を批評するにはどうすればよいのだろうか、この解釈と突き合わせるための、また別の単純な解釈はどこで見つけたらよいのだろうか。ヨーロッパと自分自身を別の方向から、別の側面から把握するには、どのようにしたらよいのだろうか。サー・ジョンは、『遠征』[08]のなかでこう語るだろう。

> 最初の偉大な旅行者であるポルトガル人は、大地が五つの区域に分割されていると考えていた。二つの先端となる地域は、極地のため住むことができない。中央の地域はあまりにも暑すぎる。中間の二つの地域だけが温暖で、人間の居住に適している。中央の区域は、灼熱の空気と沸き立つ水によって熱せられた地帯である。温暖な二つの区域の人間は、それゆえ、互いに接触する機会をけっして持たないはずであり、互いに知ることのない対蹠点であり続ける運命にあった。

スンドマンはこうして、十九世紀の探検家のうち最も著名な人物とともに、世界のもう一方の端へ、北方の裏面としての赤道へ深く入り込むための努力をたどることになる。ここではページはもはや白くはなく、緑である。もはや沈黙はなく、途切れることのないざわめきが聞こえる。まったく別の状況であり、ここでは合図はすっかり異なる様子で浮かび上がることとなり、あまりに異なる様子なので、実を言うと、そこに合図があるということを知るためには豊富な経験が必要であるほどだ。北方では、白い雪のうえ、目に入るものはほんのわずかなものですら合図であるが、緑が蠢き、無数の事物が絶えず目にはいるここでは、どのように合図を見分けたらよいのだろうか。

スンドマンは以前、都市の現実を雪の光のもとにおいたが、今度は、ヨーロッパの現実を森の暗さのもとにおくのである。『遠征』の語り手のひとりジャファー・トッパンは、非ヨーロッパ出身の通訳であるが、現地の生まれでもなく、ヒンズー教徒かどうかも正確には分からないが[09]、自分自身の替わりに彼を旅へ送り出した主人のセジッド・ベイに向けて次のように書き送る。

> 私を驚かすことといえば、沈黙です。森に入るとすぐに、チンバ〔探検隊の第四中隊の隊長〕が連れる運搬の人夫たちは歌うのをやめました。全員が黙ってトンネル状の小道を進み、アジャンチ〔遠征隊が通過する中継地点の周辺に暮らす人々を指す〕たちの大鉈がたてる音しか聞こえませんでした。［…］
> 沈黙という印象が錯覚であったことは分かっています。森は音で満ちているものですから。［…］小道の空気自体が音を発します。［…］土ですらも静かではありません。［…］
> 森は無数の音なのです。
> それにもかかわらず、私たちが森で過ごした初めの数時間は、私にとって深い沈黙から成る短い間と言えるものでした。［…］
> 森に入った時、慣れていない私たちの耳は、聾するような沈黙を聞き、チンバの人夫たちは歌を止めざるを得なかった、とすでに書きました。
> 緑の暗闇のなかを沈黙が支配しています。沈黙は、木々の巨大さも支配しています。［…］
> セジッドよ、わかりますか。森がどうして、はじめ私にとって無数の沈黙でしかなかったのか。

合図を読み取ることができず、そもそも合図があることすら分からないヨーロッパ人は、結果として、すくなくとも見習いの時期だけでも、代わりに合図を読んでくれる誰かの仲立ちがなければ森で生きることができない。実際、十九世紀の探検家は、こうした地域を歩き回るのに、人間から成る環境をまるごと移動させなければならず、それはまるで彼にとっての潜水鐘[10]

のようなものであった。合図を読むときは、彼が連れている一つあるいは複数の人間集団による翻訳――つまり大量の環をしばしば含む情報の連鎖――を介さなければならない。けれども、自身の探検をのちのち語る際には、こうした仲介はすべて消え去ってしまうことになるだろう。まるで、自分自身で直接「読み」、「見た」かのようになるだろう。

VII スタンリー

こうしてスンドマンは、北方での彼自身の体験のおかげで、スタンリーの旅行記を読むとき、そこに本質的な要素がいくつか抜け落ちていること、スタンリーの記録だけでは「実際に起きたこと」を思い浮かべるのに完全に不十分であることを理解することができる。「不可欠な真実を獲得する」と題された論考においてスンドマンは、この小説を書くためにどのように資料を集めたのか、とりわけ、スタンリーが提供する資料がどのような点で彼には虚偽だと思われたのか説明してくれている。

> [...]この秋の小説『遠征』では、私は熱帯の風景に飛び込みました。物語は一八八〇年ごろに展開します。私は熱帯に行ったことがなく、一八八〇年代も知りません。そのため、細かな「真実の」細部のすべてを、私の蔵書の書棚とウステシュンドの図書館に勤めている友人であるインゲマル・カーレンのもとで探さなければなりませんでした。
>
> [...]もちろんたくさんの事実をスタンリーの著作から借りました。[...]
>
> スタンリーは、語り口は詳細で溢れるように豊かなのですが、驚くべきことに旅のあいだの日々の面倒についてはほとんど情報を残していません。食糧不足や空腹について語るものの、物資が手に入った際にどのように食事を用意させるのかについては一言も漏らさないのです。[...]
>
> 初めて読む際には、スタンリーの報告はじつに完璧に思えるものです。簡潔にして正確に見えます。日々の指示のほか、士官や当局とのやり取りを漏れなく《イン・イクステンソ》再現しています――けれども、人夫や兵士たちがどのような服を着ているのか、テントを持たない彼らがどうやって悪天候から身を守るのかについて、ほとんど一言も語らないのです。
>
> スタンリーの正確さと入念さといっても、単に表面上そう見えるというだけのことがしばしばなのです。スタンリーは、リヴィングストン[11]についての本のなかで、たとえば荷物の重さや価格について長々と論じていますが、これらの数字がほかの場所で彼が示す数字と対応することは稀です。
>
> スタンリーは医学と薬に関心を示しました。彼が書いている

ことは表面上は精緻ですが、ただの素人による検討にも耐えられません。［…］発熱に対して、キニーネを臭化水素酸に溶かして処方するのです。処方した量を小数点以下などなども含めてみずから進んで書き残しています。こうして彼は二度ならずも少なくとも一度は、致死量を自身に与えていきます。スタンリーは、完全に信頼するに足る証人ではないのです（『遠征』のサー・ジョンが、正確であるふりをしながら、自分自身でその正確さを信じ始めてしまう一種の「知ったかぶり《ヴェッセルヴィッサー》」[12]であるのと同様です）。

私の小説の中にある「真実の細部」の大部分は、別のところに由来するのです。

興味深いのは、スタンリーに同行した人たちも、彼ら自身が残した旅行記において同様の切り取りを行い、現地の状況について、記憶を振り返る際のこの盲目を共有しており、スタンリーの見方を完全に踏襲している、ということである。

スタンリーの報告書において機能している歪曲する力は、個人の特質に由来するわけではまったくない、ということなのだ。信頼に足る証人ではないとはいえ、スタンリーはそれでも完全に誠実なのである。われわれを欺くことによって、自分自身を欺いている。われわれの前でこれほどまことしやかに正確さを装うとき、スタンリーは自分が正確であると思い込んでいる。これは、当時のあらゆる探検記に共通する特質である。この種の遠征の性質そのものの一部であり、最も暴力的に拡大していた時代におけるヨーロッパの性質そのものの一部なのである。

そのためスンドマンにとって、スタンリーの事例を詳細に批判することが目的なのではまったくなく（スンドマン自身、「真実の細部」のなかにはアフリカの植生ではなくブラジルの植生から選んだものもある、と語っている）、スタンリーと同型のあらゆる旅行記がひとを欺くなんらかのものを必然的にかかえているのはどうしてなのかをわれわれが理解できるようにすることが重要なのである。こうして、『遠征』の全体を、ほかの大陸との関係におけるヨーロッパの状況の縮小モデルとして考えることができ、スンドマンが行う小説的作業はすべて、この状況にたいていの場合由来するするわれわれの盲目を克服するための努力であるとみなすことができる。

VIII 矢

スンドマンのおかげで、われわれはサー・ジョンという人物とともに暮らすことになるが、この人物がヨーロッパに帰還した後に書く旅行記は、間違いなくスタンリーの旅行記と同じ特質をもつに違いない。どうしたら、彼自身が従っている反射的な反応の裏をかき、われわれ読者に対して別のものを気づかせることができるのだろうか。スンドマンはまず、まったく別の視点から書くことになるひとりの非ヨーロッパ人の語り手〔上記ジャファー・トッパンのこと〕を想像するが、このような探検においてヨーロッパ人とそれ以外の人々との間の距離はあまりにも画然と保たれているので、これだけでは十分ではなく、この場合われわれは、われわれの同国人の後を十分に近くから追うことができないだろう。そのため、ヨーロッパ人の中に「裏切者」となる語り手が必要だ。確かに、ラロンヌ[13]は行動でも言葉でもサー・ジョンに対して完全に「忠実」であるものの、サー・ジョンとは別のことに気が付くのは、ラロンヌの警戒を呼び覚ます手がかりが小説の冒頭からいくつかあったためである。

　二人の語り手は、際立って注意深く綿密である。同じ出来事を語るさいには、互いに矛盾することはないものの、二人は、自分たちが知っていることのうち、相手とは別のものを取り上げる。とりわけ、二人は、同一の事柄を手にすることができるわけではない。ジャファー・トッパンはヨーロッパ人が彼らの間で交わす会話を耳にすることができず、一方ラロンヌは、非ヨーロッパ人の会話を耳にすることができない[14]。

　遠征はうまくは終わらず、われわれはその理由と原因を知りたくなるが、ジャファー・トッパンのおかげで、われわれはそれについてラロンヌよりも遥かに多くのことを知っている。迫りくる脅威がどのようなものであるのか、ヨーロッパ人たちは気が付くことはないが、われわれは知っているからだ。遠くの地方が都市の疚しい意識であり、都市が隠していること、そして都市がみずからに対しても隠していることを明るみに出すのと同様に、アフリカ（あるいはブラジル）はヨーロッパの無意識であり、それなくしては現在あるようなヨーロッパが実現し得なかったであろうもの、ヨーロッパがこれほどまで念入りに無視しようとするものが何であるのかをわれわれに対して明るみに出してくれる。

　この穴、すなわち、小説の最後のページで語られていることと、二人の語り手がそれぞれの旅行記を執筆し始める瞬間とのあいだに大きく広がるこの傷を埋めるための、もっともらしい解釈《バージョン》をわれわれは確かにいくらでも想像することができる。けれども、遠征に終止符を打つこの矢[15]が、ヨーロッパ人であるわれわれの心で長い時間震えるままにしておくほうがよい。この矢が見える人たちにとっても、見えない人たちにとっても。

モデルの深淵で

ベルナール・デュフール[01]に

アトリエのなかにひとりの女性がいる、裸だ、だが画家は近づく代わりに、自分の画布のうしろに座ったままか、立ったままでいる。ときにはひと言二言ことばを交わすが、すぐに会話は途切れてしまう。まるでこの二人の人物は堅牢なガラス板で隔てられているかのようだ。彼は彼女を見つめ、彼女は見つめられるままになっている。ピグマリオンの恋愛とは逆だ。彼女は彫像になってしまったのではないか。窓辺でときどきソドムの火が赤々と燃えあがることはないのか。ところがどんな物質的障壁もないのだ。ときおり、彼は彼女の足の位置を変えに来たり、疲れていないかどうか尋ねたりするだろう。彼らは一緒にリンゴを食べ、それからまた沈黙が、ほとんど静止の状態が、距離が戻ってくる。

すると彼女は、そういうときには、物体の一つにすぎないのだろうか、つまり水差しや、ストーブや、イーゼルや、裏返された画布と等しいもの、同じように冷ややかなものなのだろうか。まさにそういうことをテーマにしている《アトリエの裸婦像》が、山ほどあるではないか。女性は家具に、ときには快適な、官能的な、甘美な、一つの家具に堕している。ジャコメッティ[02]の天才的な面の一つは、この根本的な失墜をわれわれに明白なものとし、石や木に、あるいは灰に、静物にさせられるこの肉体の叫びを捉え、その肖像を、つまりモデルの仕事をするひとりの女性の肖像を作ることで肉体を救い出すことにある。

そのようにして、モデルとなったその女性の状況は、今日モデルの仕事をするすべての女性の状況について、範例としての価値を有するようになる。だがそうすると、ジャコメッティは、モデルの仕事を成り立たせているすべての画家、すべての絵画購買者を糾弾していることにならないだろうか。

　じつのところ、特殊な物体である。この水差し、このストーブ、このイーゼルなら、今夕も、今夜も、明日も、このまま残っているだろう。習慣の一部なのだ。だがモデルの方は、服を着て――輝きが失せないように宝石箱のなかにしまうアクセサリーや、貴重な盃のように――、それから立ち去って、もしかすると戻ってくる。だからどんな宝石とも比べられない。かりそめの姿なのだ。モデル[03]に、モデルをする女性[04]に――ごらんのとおり、彼女は日常生活でのあり方からは大いにかけ離れているので、自分の「文法上の性」を失っている――一番よく比較できるのは、消え失せるためにのみ家に来る「傷みやすい食料品」、すなわち家禽の肉や、猟肉や、果物や、野菜といった食糧で、これらは実際、古典的な静物画の典型的な題材である。オランダの画家たちは食事の時を定着するにあたり、持続性のある物と、手をつけた食べ物とを並べていた。壊れやすい陶器やガラスが、この二つの世界の橋渡しをしていた。

　わが家に、いつもと同じように、テーブルがある。私は野ウサギを一匹買ってきて、脚が縛ってあるまま、赤ワインが半分入ったグラスの横に置く。モデルは、この女性は、豪華なものであれ質素なものであれ、この食事の甘美な頂点ではないだろうか、マネが《草上の昼食》でモデルを美しく変容させているように。

　モデルとは、調度品としての女性＝物体、消費される飲食物としての女性＝物体である。

　野ウサギは森に戻ることはない、死んでいるのだ。もし私がそれを描くのに手間を取りすぎれば、傷んでしまう。女性は自分の家に帰り、戻ってくる。街で彼女に会い、おしゃべりをし、互いに微笑み合う。一体どうして画家は、こうした実際の暮らしを、こうした日常の気がかりすべてを忘れ去るほどに、非人間的になれたのだろう。彼女はこの沈黙、この静止の状態、この距離のためだけに来るが、こうして来ることは、会話の、歩きぶりの、身振りの、活動の魅惑的な余白をもたらしはしないのだろうか。

　さて、肖像が描かれるとして、しかし何ゆえの裸体なのか。いつもの服を着たままで描いてはいけないのか。

　彼女が来たのは、肖像画を描いてもらうためではなく、この上なく奇妙な役割を演じる女優としてなのである。彼女は美術学校の教室や、どんなところであれ絵画を教える教室にいるときのように、研究されるためにいる。手や、足や、胸の秘密を明かすためにいる。画家が熟練に達することができるように、画家が自分の見ているものとは違うものを表現できるようにするためにいるのだ。最も美しい《アトリエの裸婦像》は、私の念頭に浮かぶのはもちろんドラクロワのもの〔《マドモワゼル・ローズ》〕だが、休息しているモデルの肖像を描く、くつろぎの作品だ。モデルはそのために来たわけではないが。

　昔は単純だった。マグダラのマリアとかネレイス〔ギリシア神話に出てくる海の精〕を描く必要があれば、モデルを呼んでいた。何ら屈辱的なことではない。援助だったのだ。この女性は椅子だの置物だのの地位に追いやられることはなく、それどころか、彼女の存在はすべての日用品を遠ざけ、覆い隠していた。灰色の食人鬼めいたアトリエが、この肉体を呑み込んでしまうことは微塵もなかった。彼女の裸体の力で日常全体が消え失せ、神話の侵入に場所を譲っていた。通常の光景はすべて中断され、そこにあるもののうちで描かれるものといえば、彼女の役割に関連づけられるもの、彼女が呼び寄せるものだけだった。彼女は女王であり、光であった。

　かくして彼女は何も失うことなく、傷をつけられることもなく、自分の姿や肌を、女神に貸し与えることができたのである。彼女は自分が保つ距離自体によって作品に協力し、画家の視線は、彼女を一種の後光で、光輪で包み、彼女を保護し、まわりにある塵全体から彼女を守っていた。彼女からオリエントが、宮殿が、アルカディアが、黄金時代が広がった。昔の画家たちがモデルを使っていたのは、静物扱いするためではなく、服を脱いだ女性の身体が、アトリエという装置のなかでは、そういった夢想にうってつけの扉だったからであり、画家は欲望を中断した状態に進んで身を置いていたからだが、

　しかし中断されていても、欲望は維持され、育まれていた。単に身体を凝視しているだけではまったくない。単なる凝視ならばすぐに飽きて、すぐに別のものに成り変わってしまうだろう。凝視が持続し、花開くためには、何かしら擬態的行為を差し挟んでやる必要がある。画布が支えとなりながら、そうした真似事が少しずつ作品を生み出し、夢想から一つの物体を残すことになる。

　女性を愛撫すること――あるいはワインを飲んだり、絹を皺くちゃにしたりすること――をみずからに禁じながら、画家は女性のイメージに対して、長い時間をかけて愛撫の真似事をし、そうすることで女性のイメージも少しずつはっきりしてくる。ここでは、伝統的な絵画制作においては、すべてが魔術の遺産なのだ。どれほど深い忘却の深淵を埋めなければならないか！

　まずは、顕わになった肌がアトリエ全体に広げた霧に似た、このまっさらな白さの上に、その女性の形をはっきり浮かび上がらせることだ。昔の輪郭線は、形を守る光輪の表現だった。次に、層を重ねていくようにして、画家自身が魅惑されるつもりになって、肌の等価物で形を覆っていく。今や画家が食い入

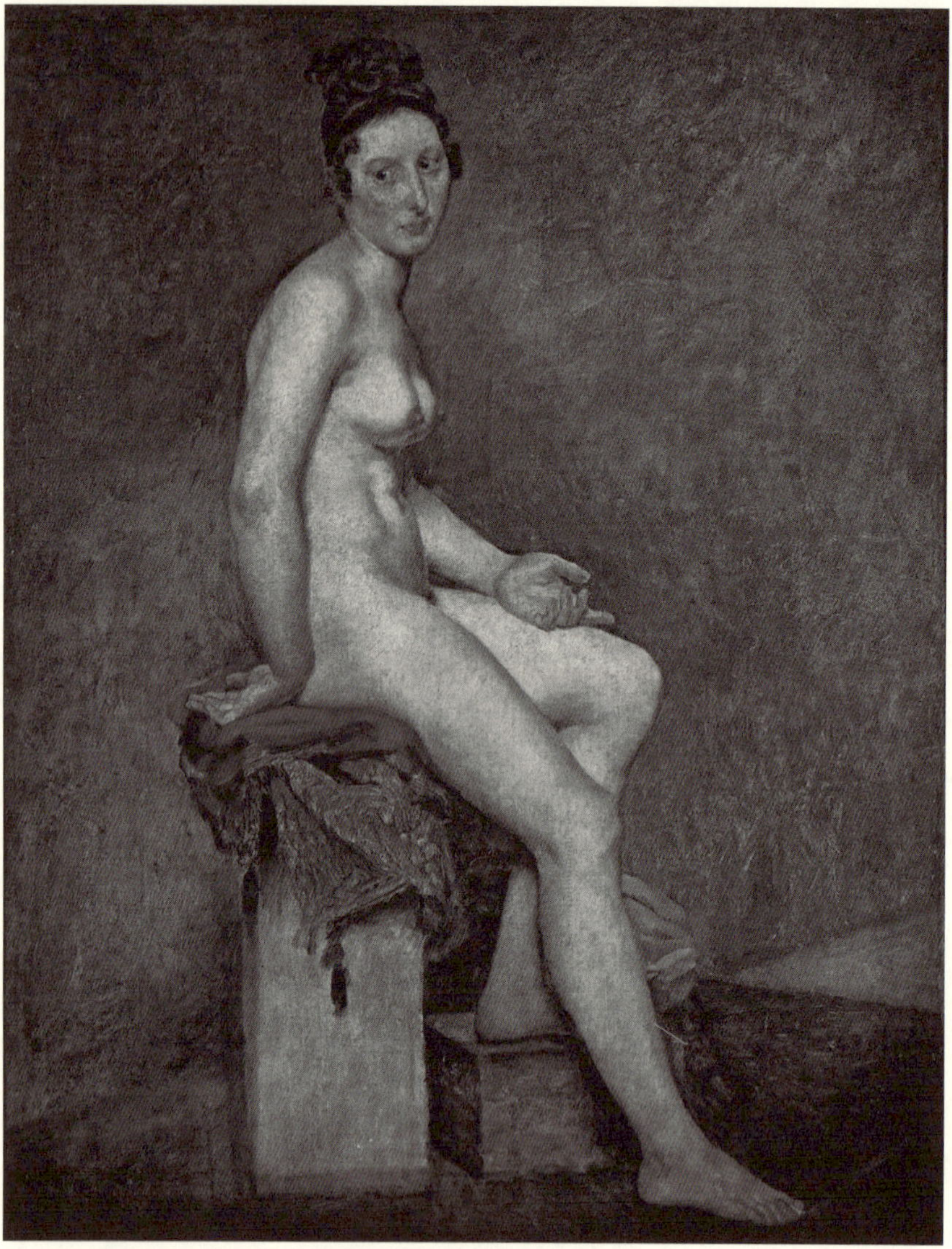

《マドモワゼル・ローズ》
ウジェーヌ・ドラクロワ作
ルーヴル美術館

るように見つめているのは、画布にいる女性である。本物の女性の方にちらりと目をやるとしても、ふいに迷いを感じたときだけ、触覚的かつ精神的な愛撫が画布という障害物に出会うときだけ、画布でしかないものとして突然現われ出すこの画布、絵具でしかないものとして現われ出すこの色という障害物に出会うときだけだろう。そのとき画家は、手の届かない女王に、彼が探検し始めた冥界を案内してくれるこの黄金の小枝を手にした巫女《シビュラ》〔古代ローマの詩人ウェルギリウスの叙事詩「アエネーイス」に登場する巫女。冥界への道を進むのに必要な黄金の小枝を持ってアエネーイスを導く〕に助けを求めることになる。握ることのできないこの指、絵でしか抱きしめることのできないこの膝を、画家はなんと細かく描写することだろう！

　似ているかどうかは、ここではまったく問われない。画家は手首を、胸を、髪を欲しいと思い始め、その代用品を現出させることで、自分の欲望を維持する。もしかすると画家は同時に緑色の眼を夢見るかもしれない。すると、画家の筆先では緑色の眼が見開かれ、画家を見つめ、画家に誘いかけてくるだろう。モデルの眼は褐色だが、そんなことはどうでもよい、画家に必要なもの、画家がまだ考えたことはなかったけれど、今や彼を捉えて放さないもの、それはこの耳のデッサンだ。噛んでみたい、だが噛むことはみずからに禁じているこの耳のイメージに、画家は赤色の点をちょんちょんとつけ、そうしてから優しくならしていくだろう。

　街中でこの女性を識別させてくれるもの、目鼻立ちや、傷跡は、完全に消え失せてしまうだろう。反対に、足取りや、振る舞いや、生き方や、郷愁や、希望や絶望は、この脚のデッサンに分かちがたく結びついている。彼女とともに生きたい、と画家は夢見る、このアトリエから、この街から遠くへ連れ去って、解き放ってやりたい、と夢見る。昔はなんて単純だったのだろう、絵画の典礼において女性たちが纏っていた後光は、ニンフや聖女たちの纏う後光だったし、否定され、空っぽになったアトリエは、画布の上で、決まって聖なる光景で満たされていた。はじめから注文があったり、長いことあたためてきた計画があったりして、マグダラのマリアやヘーベ〔ギリシア神話に出てくるゼウスとヘラの娘、青春の女神〕を描くことが決まっていれば、画家はモデルのおかげでそうした女性像を手に入れていて、モデルの肉体の力で生まれたユダヤやオリンポス山を散策するなかで、画家がモデルに授けてやるのは、そうした名高い女性たちのよく知られた振る舞いだった。どうすればこの物憂げな様子、この声の調子、この優しさ、この尊大さを適切に融合できるかを画家は発見し、どうすれば彼女とともに一種の神聖な一生を送ることができるかを発見していた。こうして画家がモデルに導かれて訪れる未知なる神話の国、あの長い沈黙、あの静止状態、あの写真術で言うポーズ、香の匂いに代わって油絵具の匂いがただよう、あのきわめて緩やかな儀式のなかで訪れる神話の国には、すでに道と道標が備わっていた。出かけるところは分かっていた。それに、あらかじめ考えたり、言い表わしたりしたアイデアがなくても、中断した欲望から生じる夢想は、同一視できるものを容易に見つけていた。この上なく野放図な気晴らしを埋めるのに、《フォキオンの葬送》〔フォキオンは古代ギリシア、アテネの将軍、政治家。フォキオンの葬送を画題にしたニコラ・プッサン(一五九四－一六六五)の絵が有名〕やら、レダ〔ギリシア神話に登場する、白鳥に変身したゼウスと交わる人間の女性〕、イオ〔ギリシア神話に登場する女性。ゼウスに愛されるが、妻ヘラの怒りを恐れたゼウスに牛の姿に変えられる〕、ガラティア〔ギリシア神話に登場する海のニンフ〕やら、殉教の場面やらを、いつも見つけていたのである。

今日では、われわれは自分の夢想のなかで迷子になっていて、美しい身体を見ることでわれわれが連れて行かれる場所を、生きるべきあの領域を、もはや名指すことができない。このことには少なくとも、こうした夢想を絶えず問いに付すよう余儀なくさせ、夢想をわれわれの現実の状況に常に突き合せて状況を変えるという利点がある。夢想をもっとうまく語り、もっと深く考究できるよう、絵画の形で夢想を見てみたいという欲求を、これまでになく大きな欲求を、われわれも持つようになる。ところでインクの染み、薄塗り、コラージュが捕獲と解明の貴重な手段であるならば、どうしてあれほど強力で効力も証明済みの手段を使わないでいられよう、すなわちアトリエのモデルを。

透視のための女性＝物体。

白い画布のなかで、モデル〔il〕は、いや彼女〔elle〕は、増殖する。彼女のさまざまな顔、懇願のあいだで、一つの神話が形を成す。この美女、この親切な女性、この険しい道を開いてくれる女性は、ほかの美女たちの一群を引き連れている。彼女は、別の画布のなかにいた女に合図を送って、付き添ってくれるよう頼む。あなたの脚の助けがなければ、あなたの肘のつき方がなければ、私たちの社会は不完全でしょう、と言って。彼女はまわりに自分の姿に似た建築物を出現させる。この腋窩は扉みたい、この脚は支柱みたいではないかしら？　そして胸はティンパウム[05]の渦巻き装飾に、膝は係船環になるだろう。泉、扉、群集、家、通り、階段状の路地、ポーチ、暗がりのなかの階段、そうした通り道のすべてが彼女の似姿になるだろう。円形広場、囲い、塔も。彼女の両脚のあいだのあの一帯、あれほど忍耐強く追い求められていたあの一帯は、今や一つの深淵になる。未来の街および街ならざるものは待ち受けているのだ、その深淵から生まれ出ずるための産婆役を、われわれが果たしに来るのを。

魅惑する女《ひと》

ジョルジュ・ペロス01に

I　安全確保の場所《アブリ》

人は愛されるために書き、

〔「文学と意味作用」02〕

『批評をめぐる試み《エッセ・クリティック》』の末尾にロラン・バルトはそう記し(愛してもらうために書くだって？　確かに私だって愛されたい、そして私が今、書いているものが幾人かから、とりわけロラン・バルトその人から愛されることになるなら儲け物だが、それで十分というわけではないだろう。私が書くのは彼を愛するためだし、彼を愛してもらうためなのだから)、

そうされえぬまま、読まれます。

〔同前〕

文法的にぎこちない分、この定式表現はよりいっそう、印象深く、

おそらくこの隔たりこそが、作家の本質をなしているのです。

〔同前〕

ロラン・バルトは入念に文章を結んだ。彼のテクストは結びの語句へと開かれ、その句をめぐる瞑想へと私たちを誘う。彼の主要関心事を映し出すそうしたリストをここに書き出すこともできるだろう。

人は書く、

転調され、偽装され、衣を纏っているとはいえ、この「人は《オン》」という言葉の背後に、いかに作者自身の「私は《ジュ》」という語をすぐさま読み取らずにはいられようか。この点にかんして『批評《エッセ・クリティック》をめぐる試み』の序文で、すでにこんなふうに書かれていた——

ヴェルデュラン夫人がブリショに、彼が戦争についての記事のなかで「わたしは《ジュ》」といいすぎることを注意したため、この大学人はすべての「わたしは《ジュ》」を「人は《オン》」に変えるが、「人は」といったからといって、作者が自分について語っているのを読者は見てとらずにはいなかったし、「人は」というおかげでいつでもこの言い方の陰に隠れて[…]、作家はたえず自分について語り続けることになったのだった。滑稽のきわみとはいえ、ブリショはそれでも文筆家にはちがいなく、彼が操る種々の個人的カテゴリーは文法的カテゴリーよりも数が多いが、結局のところそれらは、自分自身の人格に真の意味での記号としてのステータスを与えようとすることを目的とする一連の試みにほかならない。じっさい作家にとって問題なのは、みずからの〈わたし〉を表に出すことでも隠すことでもなく（ブリショはばか正直なやり方をしてそうできなかったし、そもそもそうしたいなどとはこれっぽっちも思っていなかった）、その安全を確保して、やること、すなわちそれを保護すると同時にその居場所を作ってやることなのだ。

〔「序文」〕[03]

要約しよう。

「私ロラン・バルトは、愛されるために書く、」

だが、その数行先で

ブリショの用いる「人は《オン》」以上に明瞭なものは何ひとつない、

と宣言するのであれば、話は違ってくる。なぜなら、明らかにバルトの用いる「人は《オン》」は同じ透明性をもってはおらず、それゆえに「私は《ジュ》」から「安全確保の場所《アブリ》」へと向かう複雑な運動を明らかにする必要があるからだ。「人は《オン》」とは、いまだ非人称的な人間的主体、それを背景にして各人称が定義されることになる地、ある場所への参照によって特に確定される主体のことだ。建物に関係づけられるかぎりで、管理人は「そちらに参りますよ《オン・ヴィヤン》」と叫ぶ。「私たち《ヌ》、皆《オン》がしたいのは、私たち《ヌ》、皆《オン》で行くよ……」と若者言葉では言う。大人たちの反感を買う言い回しだが、今や世間全般に広まった表現であり、自分たちのテリトリーで少しでも外的なグループと対峙したときに、若者たちが使おうとする攻撃的な「この私は《モワ、ジュ》」の複数形に相当する表現である。

他方、「人は《オン》」の使用例、たとえば格言で使われる「人は《オン》」についていうなら、不完全な普遍、すなわちあらゆる人間の等価物ではないものの、ほぼ全員、つまり数人を除いたほぼ全員に相当するという意味合いをもつ。たとえば、定義に使われる

「人は《オン》」……を三角形と呼ぶ

といった表現における「人は《オン》」はすべての人を指しているものの、当然ながらこの規則をまだ知らない人は除くというニュアンスを含んではいるが、

風変わりな無学者ですらいずれやむなく従わざるをえない規範とみなされうる、不完全な普遍性がここにはある。だが、それと同時に、ほかの表現、たとえば多くの批評文の冒頭で次のような表現として使われるとき、

「人は《オン》しばしばこう言う」、「人は《オン》こう主張する」、「人は《オン》はこう断定する」等々、

ここでの「人は《オン》」という表現は、人がそこから脱すべき曖昧さとしてみなされうる。

ロラン・バルトはこう私たちに言うかもしれない。「愛されるために書くのは、なにも私ひとりではない。作家の名に値する者なら誰しもそうなのではないか。それにあなたがた読者だって、わずかなりとも書く行為に携わっている以上、あなただって同じ強迫観念をもち、同じ障害にぶち当たっているという事実を認めざるを得ないのではないだろうか。」

というのも、この不完全な普遍性という庇護の下で「なんらかの価値をもつ作家は誰しも――私もそのひとりだと思いたいが――愛されるために書く」という規範が明瞭に言明されたとしても、そうした態度の不十分さもまた、そこに読み取れてしまう。たとえ悩めるすべての「私《ジュ》」たちをそこに含み入れようとしたところで、ロラン・バルトの「人は《オン》」は、告白の意味を秘めているからだ。

II　われわれのなかで燃えあがるもの

先に続く部分が強調するのはまさにそのことである。

> そうされえぬまま、読まれます。

彼以外の作家なら、おそらくは誰もが次のように書いたので

はなかろうか――

「だが、人は自分が読んでいる作品が好きではない」

あるいは

「自分が読んでいる作家」というように。

だが、ロラン・バルトの場合、私たちは多くの箇所でそれを感じるのだが、彼は自分が読んでいる作品、読んでいる作家があまりにも好きなために、先のような文章を書くことはできなかった。受動態を使うことで、バルトは「人は《オン》」という表現がもつ普遍化の運動を断ち切り、それを彼自身に向かわせることができたのだ――

確かにほかの人たちも十分には愛されていない。しかし、私こそが最も愛されていない人間、最も不遇な人ではないだろうか。

なぜに？

なぜって、私は読まれてすらない、ほんとうに読まれていないのだから――

この点にこそ、先の構文が宿していた両義性、文章の一部を抜き出したとたんに明白になったあの両義性の要因があるのであって、

この件で罪を負うべきはあなた、つまり私の読者ではなくて、もし逆のことを言いたければ能動文になっていたはずで、私が読まれない原因はこの私の中にあるのであり、ほかの誰よりも私の中にある何かのせいなのだ。

両義性の効果は、ここでは「そう〔それ〕」という代名詞の使用によって保証されている。ところで、この代名詞はその前に置かれた二つの過去分詞[04]を指し示すが、そのとき一方を通して他方を、あるいはまた一方を無視して他方を示すという方法で指し示すのである。二つの分詞が一つの代名詞に置き換えられたというたったそれだけで、分詞が名詞化される。とくに最初の分詞がその影響を強く受けるため、その分詞を指して文法の方向指示器は最終的に停止する。

人は愛される者になるために書く。

ある意味、愛が禁じられているがゆえに、ことばの中の何かがそれをあなたに禁じるがゆえに、人は書くのである。

愛してください《エメ・モワ》。

ルソーの卓抜な『言語起源論』によると、これこそ人間が最初に発した言葉である[05]。ロラン・バルトにとっては、あらゆる文学の最初の素地ということになろう。

正確なものにするために変化をつける必要があるこの原初的なメッセージとは、結局われわれのなかで燃えあがっているものにほかならない。文学作品にとっての一義的なシニフィエは、

ある種の欲望以外にないのだ。書くとは〈エロス〉の一様態である。だがこの欲望は、始めは平板で貧しい言語しか自分の自由にできない。あらゆる文学の基底にある情緒は、ばかばかしいくらいかぎられた数の関数をもっているだけだ。わたしは欲望する、苦しむ、憤る、抗議する、愛する、愛されたいと望む、死を恐れる、これだけのもので無限の文学を作らねばならないのだ。〔「序文」〕[06]

だが、厳しい気候の北方の国々では、原初の言葉は変調し、次の言葉になった、とルソーは説明している。

助けてください《エデ・モワ》。

昨今の厳しい気候では、ロラン・バルトの文章でもこの「助けてください《エデ・モワ》」が震えている。

III 教条主義者《ドグマティック》

ところで、このバルトの文章は——著作全体を締めくくる文章というだけでなく——、定型表現のヴァリエーションについて彼に質問を投げかけた若い作家たちへの一つの回答を締めくくるものでもある。

あなたは(「アルギュマン」六号[07]で)、「あらゆる作品は教条的だ」といい、別のところでは(「アルギュマン」二十号[08])、「作家は教条主義者の反対だ」といっています。この矛盾を説明していただけますか。〔「文学と意味作用」〕

発言の矛盾などどの作家にも起こりうるし、この点について、ボードレールが不可侵の権利と呼ぶものを彼にも認めてやるべきだろう。だが、その一方で、これほど明瞭に相反する命題が並ぶのは、ほかの作家では珍しい。そうした理由から、ジアンジロ・フェラッタはバルトを「自己応答する《アメベ》」作家と呼んだ[09]。「タイムズ・リテラリー・サプルメント」誌初出で、『批評をめぐる試み《エッセ・クリティック》』の最後から二番目に再録された論文「批評とは何か?」で、バルトはやはり同じテーマに触れ、次のように書いている。

「教条的」である偉大な作品など存在しない、〔「批評とは何か?」〕[10]

だが、先に挙げた回答の冒頭ではこんな風に宣言していた。

作品はつねに教条的だ[…]〔「文学と意味作用」〕

連続するこれら引用群が示すのは

（一）ロラン・バルトの作品は独断的《ドグマティック》ではないということ。なぜなら、自分が前日に述べた内容に対して、ためらいを見せることなく激しく反駁し（この事実は、彼の作品を表面的にしか読まず、また、バルトを読み、愛する術を知らないか、そうすることのできない追従者を怯えさせた）、否定された前言をそのまま放置したからだ。つまり、彼が築いたシステムにみえるものを、彼自身は日々、一から見直す準備ができているということだ。

（二）その一方で、本質的に開かれたこの思考が、見事に独断的《ドグマティック》な調子で表現されるということ。そして、その思考の説得力の一部はこうした独断調に負っている。

> 作品は作者の「誠意」をどれ一つとしてとっておくことができない、その沈黙、その後悔、その素朴さ、そのためらい、その恐怖、作品を友愛に満ちたものにするであろうそうしたすべてのうち、書かれた対象のなかに移し入れることができるものは何一つありません。［…］どのようなものであれ、寛容な言語活動などけっして存在しない［…］、作家とは「真正さ」を拒否された者のことです。礼儀正しさ、苦悩、人間性、そして文体のユーモアですら、言語の絶対的にテロリスト的な性格に打ち勝つことはできません［…］
> 〔「文学と意味作用」〕

この文章に続くはずの「しかし……」に私たちは期待する。それは確かにやって来るだろう。バルトの語調は独断的《ドグマティック》、猛烈に独断的ですらあるが、この調子は最終段落まで続き、その最終段落で突如として躊躇や悔恨、不安が生じ、ついにあの「おそらく」が介入するのである。

> おそらくこの隔たりこそが［…］

こうした「おそらく」や「いわゆる」といった表現、そして条件法の使用などはすべて、度量の大きなことばの名手だったモンテーニュが推奨した慎重さにつながるものだ（『エセー』の作者と『神話作用』の作者との少々強引なこの比較については、バルト自身はおそらく夢想していたことであろうし、何より両方の作家について私たちに多くを教えてくれるはずだ）。

末尾の文章は、テクスト全体を一つの命題へと開く役割を担っているが、その命題は、同じ著作内の章ごとに大きく異なりうる。

> 書くとはまさに、一つの言葉がある与えられた意味の受託者になることを望み（作家であったならば）、にもかかわらず、世

界がその言葉を教条的な言説に変容させてしまうのを眺めて、それを受け入れることです。書くとは、他の人々に、自分の手であなた自身の言葉を閉じる権利を与えることであり、エクリチュールとはその答えをけっして知ることがない一つの提案にほかなりません。

〔「文学と意味作用」〕

この定理の対象となるのは、なんらかの学説とか領域とかいう類いではないだろう。こうして二つのテクストは、明らかに相反するテーゼを介して、とは言いつつも近似する例証をたどりながら、同じ終結点を目指して平行に進行することができる。すべてがこの終結部を明らかにする。理論家や哲学者であるよりもずっと、バルトがひとりの詩人である理由はここにある。たとえ作曲技法でいうところのこうした解決[11]や、言葉が沈黙に場を譲り、他者の想像力へと身を委ねるこの瞬間や、本質的な問いを提示するこうしたテーマが、しばしば見事なまでに抽象的であったとしても、その評価は変わらない。

IV 非相称

ミシュレ作品の主要な特徴の一つである主題《テーマ》の概念を定義しようとしたとき、バルトはそれが「反復的」な性格をもつこと、つまり作品の作者の経歴の異なる時期において同様に反復されるという事実に気づいた。

なるほど一八三〇年から一八六〇年にかけて、ミシュレはキリスト教にたいする彼の見解をさまざまに変えたかもしれない。[…]だが、彼の思想の、結局のところはかなめをなす一点におけるこうした変化を直視するとともに、子供が人形を信じ込んでいると同時にまた信じてもいないという、あの人形のテーマのように一見したところでは取るに足りぬテーマが、しかし確乎として変わることなく存在していることも考え合わせなければならないのである。一八三七年、一八四九年、および一八五八年にそのことが見られるはずである。

〔第十一章「ミシュレの読み方」〕[12]

一九六三年、私は初めて彼の『ラシーヌ論』を読んだ。そのとき、次の一節を読んで、

悲劇の世界の構造は、あらかじめ構図ができており、ために世界は、絶えず不動性のなかに沈められてしまう。対称性とは、調停の不在と、挫折と、死と、不毛性の造型術にほかならない。

〔第一部「ラシーヌ的人間」I「構造」〕[13]

そこに次の奇妙な註がついているのに気づき、驚いた。

美的あるいは形而上学的な次元と、生物学的次元の比較を無理にするつもりはないが、しかしながら、存在するものは、常に非相称によって存在していることを、思い起こしておかねばならないのではないか。

「左右相称の或る種の要素が、或る種の現象と共存することはあり得るが、しかし、それらの要素は必然的なわけではない。必然的なのは、或る種の左右相称の要素は実在しないということである。現象を生み出すのは、非相称なのである」(ピエール・キュリー)。

〔同前〕

一九六七年には、手にしたばかりの『モードの体系』を一読しながら、均衡の変異項《ヴァリアン・デキリーブル》[14]をめぐるくだりの

相称形のものは動きがなく、不毛だ。

〔第十章「関係の変異項」II「配分の変異項」〕[15]

という文章に続いて、先の註を奇妙にも想起させる次の註を見つけたときの驚きと喜びは相当なものだった。

生物学的な問題を審美的な問題にみだりに移し置きかえるつもりはないが、非相称性が生命のひとつの条件であるということは思い出しておくべきである。「或る種の左右相称の要素は[…]」

〔同前〕

まったく同じように切り取られた引用を、再びここに書き写す必要はおそらくあるまい。しかし、引用文の作者の名を見ると、興味深い事実が分かる。

(ピエール・キュリーのことば、J・ニコルによって『対称形』(文庫クセジュ、P・U・F社、八三ページ)の中に引用されている)。

〔同前〕

ここから私たちは、バルトをこのテクストへと導いたものについて、そのテクストの真の起源とともに知ることになるが、それこそが「相称性」という言葉であり、その言葉に出会うたび、バルトは同じテクストに立ち返ることになる。

バルトが分類カードを使って仕事をしていたことは知られているし、カードがどんなふうに機能していたかについては、たった今、その実例を見たところだ。だが、瞠目すべきは、これほどまでに抽象的なテーマが帯びうる情動性の負荷の大きさである。バルトが『モードの体系』のためにこのカードを使用したとき、すでに『ラシーヌ論』でも同じカードを使っていたという事

実が完全に意識から消えていたことからも、それがわかる。

V　ヴォージュ産の羊小屋

この主題《テーマ》あるいは終結点《テルム》に接近するにあたって、これほどまでに攻撃的で暫定的な形象を与えるようバルトの思考を導くのは何であろうか。

それは言語活動《ランガージュ》だ、と彼は私たちに向かって叫ぶ。テロリストは私ではなくあくまでも言語活動《ランガージュ》なのだ、と。ほかの人たちにとってはそれほどではないかもしれないが、私にはそうする以外にはない。私が無理強いするのは、私自身の思考ではなくて、あなたがたの思考だ。私自身が弾劾されるか、それについての私の意見が反駁される危険を冒しつつも、私が光を当てようとするこの領域をめぐって私が強いるのは、思考がみずからを晒すことなのである。そして、反駁されるかもしれないというこの危険について、私はあえてそれを引き受ける。重要なのは、そこに逸脱や動揺が生じることなのだ。中心を今占めているという平穏だけが私に禁じられている。抜け道や思わぬ贈り物を利用して、私自身の言説から抜け出すことはできても、そこに入る道は私にとって暴力と不法侵入しかない。

ことばが大好きな子どもがいた。その子にとってことばは最愛のおもちゃだったが、彼に禁じられていた言葉もあった。ある種の道徳から、あるいは子ども自身の感覚の鋭さや、言葉に対する彼自身のためらいから、それらは禁じられていたのである。「もっと大きくなってから、そうした言葉を使いなさい」。歳を取ることへの子どもじみた無限の努力は、こうして生まれたのだ。

> こうして、小説家とは、自分の〈わたし〉を幼児化して、他者の形づくる大人のコードをそれと結びあわせるにいたる人間である。いっぽう批評家のほうは、自分の〈わたし〉をことさらに老けさせる、すなわちそれを閉じこめ、保護し、忘れ去る[…]　〔「序文」〕[16]

だが、

小説は

——そして子どもたる小説家は——、

つねに批評家の地平である。　〔同前〕

——今回に関しては「人は《オン》」という表現の背後にブリショを見

つけられるのと同じくらいあからさまに、その背後に作家を見つけることのできる三人称表現——

批評家とはこれから書こうとする者のことであって[…]

〔同前〕

『神話作用』の中の玩具について書かれたテクストのあの見事な結論部にただよう郷愁《ノスタルジー》は、ボードレールの書いた「おもちゃの道徳」に匹敵するものだ。

玩具のブルジョワ化は、まったくの機能本位なその形式にだけ認められるわけではなく、その実質にも及んでいる。今日のおもちゃは不快な素材で作られている。自然素材ではなく、化学素材だ。今は多くのものは合成素材の型で作られている。プラスチック製の素材は、お粗末であると同時に衛生によさそうな外観をしている。これは、おもちゃに触ることの快楽、甘美さ、人間らしさを、かき消してしまう。人をがっかりさせるし、それは木が徐々に使われなくなっているということである。だが木というものは、丈夫さや優しさ、

〔「おもちゃ」〕[17]

（優しさ《タンドルー》という語は辞書にはない。温かさ《タンドルテ》という単語は確かに辞書にはあるが、自然な温もり《タンドルー》のほうがどんなに優しく《タンドル》響くことか！）、

手で触れたときの自然な温もりといった点で、理想的な素材である。木はそれが支えているどんな形からも、鋭すぎる角による怪我や、金属の化学的な冷たさを取り除く。子供が木製のおもちゃをいじくり回したり、叩いたりしても、それは震えたり軋んだりしない。それが立てる音は鈍いが、同時にはっきりしている。これは、親しみやすく詩的な実質である。おかげで子供は、樹木やテーブルや床とずっと接触した状態でいられる。木は人を傷つけることもなければ、故障することもない。それは破損せず、磨り減るだけであって、長い間壊れずに、子供とともに生きながら、少しずつ対象物と手の関係を変えてゆくことができる。木製のおもちゃの寿命が尽きるときは、それが磨り減ったときであり、壊れて飛び出したゼンマイの下に姿を消す、あの機械仕掛けのおもちゃのように、破裂したときではない。木が作り出すのは本質的な対象物、永遠の対象物なのだ。ところで、そうした木のおもちゃ、そうしたヴォージュ産の羊小屋のおもちゃは、もはやほとんど見られなくなっており、職人による手仕事の時代にのみ可能だった。これからのおもちゃは、素材の色彩も化学で作られる。そうした材料自体は、快楽の体性感覚へではなく、使用の体性感覚へと人を導く。しかも、そのようなおもちゃはすぐに寿命が尽きてしまう。そしてひと

たび死んでしまうと、子供から見て、いかなる死後の生も持ちはしないのである。〔同前〕

ロラン・バルトは一体どの押入れの中にこんなにも長い時間、幼年時代に親しんだヴォージュ産の羊小屋の玩具のかけらを大切にしまい込んでいたのだろうか。だが、仮になんらかの偶然、あるいはさもありそうな理由によって保管が叶わなかったとしたなら、こうした玩具たちはいかなる死後の生を彼の夢想の中で持てたことか……

完璧な玩具である言葉についていうなら、それは

　本質的な対象物、永遠の対象物、〔同前〕

なのであり、バルトにとってこうしたオブジェは、今日にいたるまで木が本質的に持っていたあの魔法の特徴を保ち続けていた。というのも、『モードの体系』の序文によると、言葉の研究、すなわち言語学はある種の展開によって

　第二の誕生を経て、ありとあらゆる想像の世界をつかさどる科学、〔「まえがき」〕

になりうるからであるが、もしかするとその科学は、冷淡な俗物の目には、顕微鏡による観察と微生物学を混同しているようにもみえるかもしれない。

VI 捕食者バルト

書物や会話のショーウインドーの奥に置かれた言葉を、子どもバルトはこの上なく欲しいと思う。もし両親、あるいは意識上か意識下でのまったく別の権威によってこのまま禁止され続けるなら、子どもはそれを盗むよりほかなくなるだろう。独断的《ドグマティック》な語調は不法侵入がもつ文体《スタイル》の一側面でしかない。

ミシュレにかんして、バルトはミシュレを典型とするいわゆる「捕食者型」作家を、シャトーブリアンのような「スケーター型」作家に対置させた。高貴な芸術がもつ弁論的な拍子《カダンス》にミシュレが置き換えたのは、次のものだった。

　「かりに、こうなるだろう、これはあとでまた取りあげることにしよう、思うに、思い切って言おう、こう言わねばなるまい」といった式の、突然の挿入節や詰問の文句を以てすることである。そして序文、註、あとがきの言説にたいする関係は、挿入節の文にたいするのと同様である［…］〔第二章「歴史を食う人ミシュレ」〕

この類型学にしたがうなら、バルト自身は間違いなく「捕食型」に分類される。なんという数の序文と註、そしてあとがき（それは著作集の内部だけでなく、その外部にも当てはまる。たとえば、『批評と真実』は『批評をめぐる試み』の、『魔女』をめぐるエッセイは『ミシュレ』の、それぞれ一種のあとがきとしてみなすことができるからだ、等々）！　文章そのものにかんしても同じで、バルトの文章の律動性《リトウミック》へのミシュレの影響は決定的だった。たとえばここで、最も古く最も有名なバルトのエッセイの一つである、オランダ絵画を論じた「事物《オブジェ》としての世界」を例にとってみよう。エッセイの中できわめて頻繁に使われる呼びかけ表現、とりわけ「ご覧いただきたい」という命令文によって導かれるくだりは特筆に値する。

オランダの偉大な海景画[…]をご覧いただきたい[…]
オランダの静物画をご覧いただきたい[…]
アムステルダムにおいて、その同じ瓦礫がふるいにかけられ、はしけに積まれて、運河に沿って運ばれていくのをご覧いただきたい[…]
動産、不動産のリストをご覧いただきたい[…]
例外を見ていただこう。レンブラントのダヴィデは涙を見せることなく、カーテンになかば頭を突っ込んで身を覆い隠している[…]
（描かれているのはもちろんサウル[19]である）

〔「事物《オブジェ》としての世界」〕[18]

堂々たる聖人伝をご覧いただきたい[…]
アイラウの戦いをご覧いただきたい[…]
レンブラントの織物業者たちをご覧いただきたい[…]

〔同前〕

そして、まるで王冠を象るかのように、この命令文の周囲にほかの命令文が並ぶ。

物を運んでいく水の動きに、[…]家々の垂直の面を付け加えていただきたい[…]
今度は若い貴族を正面から眺めていただきたい[…]
クールベの《画家のアトリエ》をよく眺めていただきたい[…]

〔同前〕

さらに指示副詞[20]などが加わる。

人間はしたがっていまや歴史の頂点におり[…]
こんな具合に人間たちは、みずから空間の上に書きこまれ[…]

したがってこれは、まさしく事物の転移というべきであって[…]
〔同前〕

こうした比較をさらに続けることもできるだろうが、捕食行為の効果がひときわ明瞭になるのは、挿入句の使用においてである。

オランダの偉大な海景画(カペーレやファン・デ・フェンネの)をご覧いただきたい[…]

あの運河、あの風車、あれらの木々、あれらの鳥たち(エサイアス・ファン・デ・フェルデの)は[…]

わたしがオランダの「調理場」(たとえば、ブーケラールのそれ)に見るのは[…]

今度は若い貴族を正面から眺めていただきたい、彼は活動していない神といった姿勢のまましゃっちょこばっている(とりわけフェルスプロンクの描く貴族たちがそうだ)[…]

それは肉付きのよい大きな花であったり(ハルスの場合のように)、鹿毛色の混沌とした集積であったりするが(レンブラントの場合のように)[…]
〔同前〕

ここでのバルトは、まるで通りすがりに、これだと思う名前をできるだけ素早い動きで摑み取っていくかのような印象を与える。『モードの体系』では、女性たちの使う言葉を掠め奪うための最良の手段として、挿入句が使われることになるだろう。

VII　禁じられた言語活動《ランガージュ》

幼い少年に禁じられたのは、次の三つの本質的な言語領域だ。

(一)性的言語、

(二)学術言語、

(三)女性が使う言語。

性的言語は表向きにしか禁じられていないという事実をここで強調しておこう。それは性的言語の禁止が最大限に誇示されるブルジョワ家庭でも同様で、少年たちがある種の「卑猥な」言葉を使うのは、男らしさの証拠だということを両親はよく知っている(少女たちに対するこの禁止はより堅固で、より長く続く)。とりわけ父親は、こうした軽い脱線を擁護し、必要とあらばわざと煽ったりする。そういうわけで、この領域の制覇はほかと同じ問題を提起しない。バルト自身もこの領域にほとんど足を踏み入れない。だが、だからこそ、刊行された最初の著作である『零度のエクリチュール』に次の冒頭文が登場するとき、その重要性に気づくのである。

《サウルとダビデ》
レンブラント作
ハーグ、マウリッツハイス美術館

エベールは「ペール・デュシェーヌ」紙の記事をいつもきまって、「くそ」とか「ちくしょう」といった類のコトバではじめたものだった。〔「序」〕[21]

公然と掲示するのは禁じられていても、それを印字するポルノグラフィと同じく、性的言語は「黙認されている」。だから年若の少年たちにとって、残りの二つの言語領域に課された禁忌のほうが遙かに奥深いのだ。

意味を知らない言葉を使ってはいけない、という言葉は、「卑猥な」言葉があまりにも早熟に子どもの口から出たときに、ブルジョワ家庭の親が子に対して用いる常套句だ。そして、

大きくなれば、お前にもその意味が分かる、

これは、卑猥な語彙が多出する領域について子どもが質問するときに、総じて使われる言葉である。だが、一見したところ、この表現はあらゆる科学用語や技術用語についても使えるし、事実、その子が大人になり、十分な研鑽を積んだ後で、彼自身が望むなら、好きなだけ数学や生物の専門用語を使うことができるという印象を与える。しかし、実際には教育システムや社会における専門化の加速によって、こうした領域の一つ、あるいはそのいくつかの解禁は、一般にはそれ以外の領域の閉鎖を招いてしまうのである。確かに、数学者になった子どもは、正確な意味を十分理解した上でいくつかの専門用語を使う権利を持つであろうが、その一方で、医学や法律などの語彙を使用することは、多くの場合禁じられたままだ。そもそもそうした場合、彼自身がみずからに使用を禁じるであろう。苦労の末に解明された意味に対して彼自身が持ち続ける敬意こそ、語の使用をみずからに許可する条件なのだから、彼が今後その意味を変えることがあるとしても、それは確実な立証の積み重ねの上に、ゆっくりと、困難を伴いながらなされるはずである。フランス語において造語が唯一許される領域が、科学と技術に関する言語使用であるのも、そうした理由による。古い用語の定義を変えるよりも、新しい用語を作ったほうがましというわけだ。

ひとたび試験に受かりさえすれば、専門用語の番人たちはこう告げるだろう。

「これらの語を使う許可は与えますが、それをおもちゃにしてはいけません」。

ところで、バルトの文体のもつ本質的な特徴の一つ、年ごとにますます際立つようになり、彼の著作の理解を著しく困難にしているその特徴の一つは、借用されたというよりもむしろ、多種多様な学科《デイシプリン》から引き剝がされた専門用語の自由な使用である。従来の意味に対してバルトが強いるねじれそのものが、その用語を我が物にしたことの証となる。というのも、用語の正統的な定義について十分に知ることなく、ねじれを生じさせる

ことなど当然、不可能なのだから。それはバルトがある学問の某問題について——それもきわめて細心に！——調査するとき、あたかもその分野のいくつかの用語に新たな意味を施し、それらの用語を利用するためだけなのだと言わんばかりである。

　こうした領土征服、こうした越境行為について、バルトはできるかぎり間髪を入れず、新語の考案によってまずその事実を強調する。こうした態度は、節のタイトルで合成語がしばしば多用されている『ミシュレ』において、すでに顕著であった。例を挙げると、

　歴史＝対象、結合＝統一、水＝魚、ゲーテ＝犬、歴史＝植物、歴史＝方程式、〈世界〉＝女、〈死〉＝〈眠り〉、〈死〉＝〈太陽〉などで、

　こうした傾向は、「〜性」という名詞の出現とともに、『神話作用』においてさらに明白になる。たとえば、

「中国性」や「バスク性」といった言葉がそれで、

『モードの体系』で完成される。

　バルトが現代フランス文学における最も多産な造語の作り手であるのは間違いない。いや、フランス文学全体における最も偉大な語の作り手のひとりとすらいえるだろう。とくに近年、バルトが言語研究を徐々に発見していくなかで、こうした一種の語彙の楽園を前にした〔バルトの〕驚嘆をわれわれは感じざるをないし、その楽園の島では、あらゆる専門用語がまだ若々しく柔軟で、ほかのどんな場所にも増して、彼にとっては発明の権利を容易に得られるように思われるのである。

VIII　女性たちの言語《ランガージュ》

　しかし、あらゆる言語領域の中で幼い少年に最も禁じられたもの、そしてたいていの場合、男性にとって永遠に禁じられたものにとどまるのが女性たちの言語であり、もちろんそれに限定されるわけではないものの、とりわけ私たちの社会ではおしゃれ用品に関する領域がそれにあたる。夫が「エル」や「ヴォーグ」、「マリ・クレール」に目を通すのは禁じられてはいないものの、それは常に遊びの範疇だ。服飾分野で働く男性なら、確かにこの言語を話す権利をもっている。だが、そのときこの言語は、それと釣り合いをなす形で、まったく異質な職業用語の裏地をつけている。単に女性服の作り手というだけでなく、流行についても公に語るべき立場の男性デザイナーは、一般の目には多少なりとも女性的にみえる。一方で、既製服の製造者はまったくそうみえない。

　この城塞に足を踏み入れて、かくも特殊で把握しがたい専門性から生まれたこれらの語彙を公に使用するという野心がバルトにはあって、

たとえば、ブラウス、ジャンパー、キャラコ、縁なし帽、トック帽、頭巾、首飾り、パンプス、スカート等についてであるが、

しかも、だからといって「最新流行」の記事を書くマラルメのように、マルグリット・ド・ポンティかミス・サタンになったりはせず、通常なら要求されるべきこうした条件を満たさずに、それをやり遂げようとバルトは考えたのであり、

そのために、妻の肩越しにしげしげと眺める夫に身をやつすことなく、「エル」や「マリ・クレール」を詳細に読もうとしたのだ。

『神話作用』はこうした問題を解決する最初の方法だったし、『モードの体系』はそれをさらに押し進めることになるだろう。

バルトの関心を引いたのは、流行そのものではなく、それに纏わる言葉である。自分で女性服を作ったり、そのデザインを決めたり、ましてや流行を予告するために女性服を理解しようとしたわけではまったくない。彼が望んだのは、女性服について語る絶対的な権利を認知してもらうことだった。彼が「実際の」洋服ではなく、「文字に書かれた」洋服だけを研究した理由もそこにある。彼にとってある意味、流行《モード》は常に、それをめぐる言語を身に「纏って」いたのだ。

バルトは夫の微笑みを科学の奇妙な微笑みにすり替える。『モードの体系』という表現それ自身が、言語学分野の言語活動《ランガージュ》を流行《モード》分野の言語活動《ランガージュ》に適用すること、つまり、洋服は言語活動《ランガージュ》であるという本質的な隠喩を体系的に展開するという意味合いをもっている。この隠喩の有効性は、逆転現象をも含むという事実にあり、だからこそ、流行《モード》研究で得られた結果のうちのいくつかは、文学研究へと転用されうるのだ。

ファッション誌で使われる用語や表現を、科学の用語や表現に絶えず並置させるというこのやり方、『モードの体系』というタイトルがその最初の実例でもあるこの方法からは、汲みつくせぬユーモアが生じる。一方が他方に感染し、流行の中の遊びが科学を楽しいものにする。したがって、衣服の科学という領域に豊かさをもたらしたのは確かであるにせよ、何よりも文学作品として提示されていることで『モードの体系』は厳密に科学的な視点から提出されるはずのあらゆる細かい批判にあらかじめ応答している。

「文字に書かれた」衣服のほうが「実際の」衣服よりもバルトの関心を惹いたのと同じく、こうした適用のプロセスで肝要なのは、科学的言語のもつ様相、バルト的な造語をお許しいただけるなら、私がここで「科学性《シヤンテイフイシテ》」と呼ぶものである。

サドの『ジュスティーヌ』と『ジュリエット』という、二作品のあいだの語彙的な変化をめぐって、バルトは「犯罪の木」という論文の中で見事にこう記している。

知られているように、『ジュスティーヌ』においては、愛欲のコードは隠喩的であり、そこではシテールの島の桃金嬢とかソドムのバラとかが語られている。『ジュリエット』では、逆に、エロスの用語集はむきだしである。この移行に賭けられているのは、あきらかに、一般言語の露骨さ、卑猥さではなく、別個の修辞法を定着させることだ。サドは換喩的暴力とでも呼びうるであろうものを、全体にわたって実行している。彼は同じひとつの連辞のうちに、異質ないくつもの断片を並置しているからだが、それらの断片は、社会的＝道徳的タブーによって普通は分け隔てられた、言語活動の領域に属している。たとえば〈カトリック教会〉と見事な文体とポルノグラフィーという例がある[…]〔『サド・フーリエ・ロヨラ』「サドI」〕[22]

それとまったく同じことが『モードの体系』でもなされている。異なる点といえば、単に半ば禁じられただけの、許容された（とはいえ、サドはこの許容された言語を耐えがたいものへと変えるべく努力したのであるが）「むきだしの」言語から出発する代わりに、バルトは女性の言語から出発し、教会的な美辞麗句を科学性に置き換えたことだけだ。

「NRF《エヌ・エール・エフ》」の短評の一つでジャン・ポーランが行なった「ロラン・バルトはマルクス主義者なのだろうか」という問いかけについて、バルトは数年前、私にこう答えてくれた。自分自身がマルクス主義者かどうかはどうでもよく、重要なのは彼の分析がマルクス主義者にとって有効かどうかだ、と。「ロラン・バルトは学者かどうか」という質問についても、同じくこう答えることができるだろう。重要なのは本書の分析が学者にとって意義のあるものかどうかであり、いくつかは間違いなく有効であり、それらは皆、模倣を手段として科学言語を自家薬籠中のものとするという本質的な運動に導かれている、と。ロラン・バルト自身についていえば、彼はまったく別の存在、一般にいう典型的でアカデミックな学者以上の存在である。

IX 作品の物理学／容姿《フィジック》

実際、『モードの体系』へといたった膨大な作業が、数年のあいだ博士論文執筆を目的としていたという可能性は十分ありえるものの、その結果はまったく別物である。博士論文執筆の規則を部分的に入念に踏襲しているがゆえになおいっそう、正統的な形式からの逸脱を強調するような擬似博士論文となったのだ。『モードの体系』が普通の博士論文のように大学内部で扱われなかった最大の理由は、大半の引用元の正確な出典が明記されてないことだ。私たちが知りうるのは、それが一九五八年六月から一九五九年六月にかけてのファッション雑誌、とりわけ「エル」誌と「ル・ジャルダン・デ・モード」誌から引用されていることだけだが、それ以外の雑誌類、とくに「ヴォーグ」と「レコー・ド・ラ・モード」に加えて、複数の日刊紙が毎週連載している文化・ファッション紙面も含まれる。つまり、『モードの体系』を詳細に議論しようと望むなら、バルトが作成した作業分類カードを完全に再現しなければならないということだ。こうして、新たな博士候補者が、同一あるいは近似のテーマですでに論文を執筆した博士が論文中で示した出典を参考にして原典にさかのぼるというプロセス、すなわち新参の論文によって古参の論文がスポイルされるという、博士論文には馴染みの運命をバルトは完全に阻止することができた。それは、提案された命題としての価値をテクストに保持させる一つのやり方でもあった。つまり、いくつかの細部を除いて、この『モードの体系』の成果を決定的たりうるもの、すでに学術的価値の定まったものとして提示する意図はバルトにはまったくなかった。そこで検証された題材《マチエール》はどれも、たとえそれがそうした試みによっていかに見事に説明済みであったにせよ、もう一度考察されて然るべきなのである。

バルトが望んだのは、流行がすでに自明になっている場所で作業をすることであり、だから、歴史上のある人物がしかじかの言葉を語ったかどうかについて私たちが実際に確認できる場合であっても、自分の言うことをそのまま信じるように求める小説家のように、バルト自身は振る舞った。もちろん、私たちがここで引用すべてを確認することは不可能ではないが、それには大変な苦労が必要だ、というのも私たちは正確な出典を知らないし、結局それができるのは、問題を学術的に見直そうと試みる者に限られるからだ。

奥義を極めたこうした遊戯のせいで、作品には格別風変わりな物理《フィジック》(この場合、ほとんど容姿《フィジック》と言い換えてよいだろう)が与えられることになった――

科学性にかかわる視覚的要素がそこでは著しく強調されており、それらを列挙すると、

(一)膨大な註――二五〇ページ余りのテクストのうち、三六ページ分だけが註を免れている。通常の学術書のように、出典や例示の論証、あるいは細部の議論のための目的で用いられる例はそのうちのわずかだけで、大多数はほかのページへと送り返すことで、読書の道すじの多様化をうながすものだ。つまり、ここでの註は本質的な構造的役割、すなわち引用全体の運動や循環を助長するという役割を担っており、

(二)略号――十二の「本書で使用される書記記号」から成るリストが一二ページで提示されているが、そのうちの七つは活字的に珍しい記号であり、結果としてその記号が使われるページに独特の精彩を与え、

(三)定型表現――膨大に導入された定型表現はときに数行に

渡ることもあり、挿絵と同じ程度に印象的な形象もたらしている。そこに特殊な印刷記号が添えられると、定型表現が生き生きと色づくのであって、

（四）図表――著作中で用いられる枠ありの図表は四十三にものぼり、驚くまでもないが、しばしば明らかな非対称をなしている。枠なしの図表は定型表現との連続性を保っているのだが、

それ以外にも、大段落に付された番号にも注目したい。こうした段落はときとして定型句や図表のおかげで余白が十分あり、二十の章に対して二重の番号づけ、外部と内部の番号づけがなされている。作品の本文はこのように、通常の段落分けで構成される序文や補遺とは明確に差異化されている一方で、

こうした視覚的要素は、純粋に文学的なある要素によって埋め合わされている。最終章を除く残り十九章すべてでそれらを導入する十九の題辞《エピグラフ》が、出典の不明なファッションに関する題辞《エピグラフ》なのだ。読者からすれば、それらは明らかにファッション雑誌からの引用にしかみえない。これらの題辞《エピグラフ》はテクスト全体の構成からみても非常に重要なものなので、ここにまとめて書き出す価値はある。それらはまるで、これから突破すべき城塞の見取り図のようにみえる。

1　バラの花をステッチした革のベルトを、シェットランドのしなやかなドレスの、ウエストの上に。

2　ドーヴィルでのお祭りの昼食に、ふんわりとしたカヌズー。

3　小さな紐飾り《ガンス》がエレガンスをつくります。

4　街着は白のドットもようです。

5　えりをあけるか、とじるかによって、スポーティーにもあるいはドレッシーにもなるカーディガン。

6　赤と白の市松もようの木綿のドレス。

7　ツウィン・セットを着ていると目立ちます。

8　ゴーズ、オーガンジー、ベール、木綿のモスリン、ここに夏があります。

9　フラットで割れ目のある本当のチャイニーズ・チュニック。

10　前があいてトリコットのモデスティー〔胸当て〕を見せているセーラー・ブラウス。

11　これこそリネン、軽いのもあれば重みのあるものもあります。

12　大きなえりの、ゆるやかなえりの、小さなえりの、オフィサー・カラーの、カリフォルニア・スタイル・シャツ。

13　田園ですごすウィーク・エンドの涼しい秋の晩のためのスウェーター。

14　コケットリーなしにコケットな女性。

15　テーラード・スーツそっくりのすてきな小さなテーラード・スーツ。

16　彼女は勉強とサプライズ・パーティーとパスカルとモーツァルトとクール・ジャズが好きです。彼女は平らなかかとの

靴をはき、小さなフラールを集め、おにいさんのきっぱりとしたスウェーターと、ふっくらふくらんできぬずれの音のするペティコートが大好きなのです。

17　あたたかい、あたたかいボティヨン。

18　私は秘書、完璧でありたいのです。

19　女性なら誰でもスカートをひざの線まで短くして、まざりチェックのがらを採り入れ、二色コンビネーションのパンプスで歩くべきです。

以上が禁じられた言語《ランガージュ》の概要、または香水師のいうエッセンスである。彼がこれらすべての掌握に成功すれば、敵の陣地は奪われ、流行はそれを語る言語《ランガージュ》の衣服を剝がされるだろう。

一見して、というのはつまり、実際に著作を読む前にという意味であるが、上記の題辞《エピグラフ》を以下の章題に関連づける要素は皆無である。

第一章　書かれた衣服
第二章　意味の関係
第三章　物とことばの間
第四章　無限界の衣服
等々。

また、別の場所にむしろ置かれたほうがよいと思われる題辞《エピグラフ》もいくつかある。一般に、題辞《エピグラフ》はその章の内部で取り上げられ、検討に付されるが、そうでない場合もある。しかしながら、題辞《エピグラフ》は必ずどこかで分析され、多くの場合、あらゆる解析と試薬に身を委ねながら、幾度となく回帰するのである。タイトルそのものにおいて、二種類の言語活動《ランガージュ》間の衝撃がある。各章の冒頭に掲げられ、乗り越えられるべきものとして示されるこうした異種性は、章題と最初の節題の間に位置する題辞《エピグラフ》の垂直なフレーム、通常、極度の科学性を与えられ、まるでやっとこかピンセットのような働きをする章題と最初の節題の間の題辞《エピグラフ》の垂直的なフレームによって、ことさらに誇張されている。たとえば、第五章では次のように書かれている。

第五章　意味作用の単位
「えりをあけるか、とじるかによって、スポーティーにもあるいはドレッシーにもなるカーディガン。」
I　意味作用の単位の探求

第九章ではこうだ。

第九章　存在の変異項
「フラットで割れ目のある本当のチャイニーズ・チュニック。」

段落中に登場するファッションに関わるほかのあらゆる引用と同じように、題辞《エピグラフ》は斜体字で表現されている。『モードの体系』のような書物に登場する斜体字の用法を網羅的に検討しようと欲するなら、多くのページを要するだろうが、その一方で、本書で使用される多くの英単語も同様に斜体字で書かれていることから、ファッション《モード》の言語活動《ランガージュ》が一種の外来語であるという印象を与える点は強調する必要がある。この印象は多くのファッション用語が英語由来である事実によって、容易に与えられる。十九の題辞《エピグラフ》で実際に使われている、シェトランド、カーディガン、ツイン・セット、スウェーター、ウイーク・エンドなどの単語をみれば明らかだ。また、あるページでは、二つの言語活動《ランガージュ》というよりも、ほとんど二つの言語《ラング》のもたらす対立が、こうした不統一によって露骨に表明されている。

X　無限界の衣服

こうした非連続の物理学は、著作の独断的《ドグマティック》な側面を強調し、その断定的な調子を際立たせる。それらは一見して亀裂のまったくない城塞の周囲で輝く武具一式だ。「無限界の衣服」と題された第四章は、次のように始まっている。

ひとりの女が無限界の衣服をまとっているありさまを(もしできたら)想像していただきたい。その衣服そのものはモード雑誌が語っていることのすべてを材料にして織られているのだ。なぜなら、この無限界の衣服は無限界の文章を通じて与えられているものだからである。この全体一体の衣服の構造を組織づけてみることが仕事である。というのはつまり、その衣服の中からいろいろの意味作用の単位を切り分けることにより、それら単位同士を比較し、そうしてモードの意味作用全般を再構成することができるようにしなければならない、ということである。
〔第四章「無限界の衣服」I「変形と切り分け」〕

二つのレベルがある――
まずは、無限界の言語活動《ランガージュ》を意味作用の諸単位に分割する必要があること。というのも、その言語の背後に衣服が隠れているからで、
また、無限界の衣服を個々のパーツに裁断する必要があるということ。というのも、その衣服の背後に女性が隠れているから。

「類の一覧目録」と題された第九章[23]では、研究のために裁断されるべき、縫い目をもたない最初の衣服という考えが再び登場

する。

類を列挙していく前にまだ、どういう順序で類を提示していくかを決めなければならない。探り当てられ、採用された六十の類を何かうまい方法的な分類法に収めることができるだろうか。ほかのことばでいうなら、全体的衣服を順にいくつかの部に分けて、すべての類をこれらの部から派生するようなぐあいに分けることができるだろうか。そのような分類はたしかに可能である。が、ただしそのためには書かれた衣服から外へ出て、解剖学的な、あるいは工芸的な、あるいはまた純粋に言語的な何かの基準に頼らなければならないだろう。第一の場合にはまず人体をいくつかの区域に分け、それの区域が順を追って細かくなっていくようにして、その区域ごとにそれに関連する類をグループに分け、それを順に二分していくという手つづきが可能であろう。〔第八章「類の一覧目録」II「類の分類」〕

この引用の末尾部分には、次のような註が付されている。

たとえば、Tronc〔胴〕= buste〔上半身〕+ bassin〔下半身〕、— Buste〔上半身〕= cou〔首〕+ corsage〔上胴部〕、— Corsage〔上胴部〕= dos〔背〕+ devant〔上胴前部〕、などというぐあいである。〔同前〕

彼は一枚一枚剝ぐ。

彼にとって女性の身体は、まずは裸、ついで衣服を着た姿ではないらしい。その身体は最初から縫い目のないドレスを着ていて、両手や頭部はドレスの穴から辛うじて姿を現す権利しか与えられていない。裸性が露わになるのは不法侵入の場合に限られる。異なる諸パーツへの切り離しは、まるで裂傷行為のようだ。女性の衣服を剝ぐことはあっても、衣服を着せてやることはない。

ブルジョワ階級の若い少年に典型的な態度だ。古い礼儀作法の本にはこんな風に書かれてはいなかっただろうか。自分の身体を見ずにすむように、夜の身繕いは暗がりですべし、と。

彼にとって女性とは本質的に衣服を着た存在である以上、たとえストリップにおいてすら、そこに暴力性がないかぎり、真正な裸にいたることはない。

だからストリップでは、女が裸になるふりをするにしたがって、つぎつぎと体のうえに覆いがかけられていくことになる。エキゾティシズムはそうした距離のうちでも第一のものである。なにしろいつも出てくるのは、肉体をおとぎ話とか小説っぽい世界に遠ざけてしまう、硬直したエキゾティシズムなのだから。アヘンの煙管（中国性に不可欠なシンボル）を手にした中国人の娘、ばかでかいシガレット・ホルダーを持って体をくねらせる妖婦、ゴンドラのあるヴェネツィア風の舞台背景、パニエ入りのペチコート、セレナーデの歌い手。これらはみんな開始の時点で、女を仮装した対象として構成することを狙いとしている。そうなるとストリップの終わりは、秘められた深部を明るみへと追い立てることではなく、異様でわざとらしい衣装を脱ぐことによって裸体を女の自然な衣服として意味することになってくる。これは完全に恥じらいに満ちた肉体の状態を最後に再発見することである。〔「ストリップ」〕[24]

（お分かりであろうが、このテクストは『神話作用』からの引用である）

ミュージック・ホールの古典的な小道具も、ここでは例外なく動員されて、あらわになった身体をそのつど遠ざけ、すでに知られた儀式の包み込むような慰めのなかに追いやっている。毛皮、扇、手袋、羽根、網目の靴下、要するに、洋服屋の装身具売り場がそっくりまるごと、生身の体にたえず贅沢品というカテゴリーを組み込み続ける。それらの品物は、魔法の舞台背景によって男をぐるりと取り囲む。羽飾りをつけたり、手袋をはめたりして、女はここでは、ミュージック・ホールの固定された要素として、わが身をさらしている。そしてこんなにも儀式的な品物を取り外すことは、もうあらためて裸になることからはほど遠い。羽根、毛皮、手袋は、いったん外された後も女をその魔法の力のなかに浸し続ける。優しく包んでくれる豪華な抜け殻の記憶のようなものを、彼女にもたらすのだ。なぜなら、どんなストリップでも、始まるときの衣服の性質自体の状態で演じられるという、明らかな法則があるからだ。〔同前〕

女性の裸はバルトにとって完全に禁じられたものなので、ストリップにおいて女性が自分を衆目に晒すという事実そのものが、彼にとっては女性が裸ではないことの証左となってしまう。ショーの最後に姿を現すのは、エナメルでコーティングされたオブジェのようなものだ。いまや身体の全体が薄膜に覆われ、完璧なタブーとして現われる。

ストリップの目的そのものはというと、ダイヤモンドやべっこうとしての性の深い意味作用である。つまり、あの最後の三角形は、その純粋な幾何学的なフォルムや、その光り輝く硬い材質によって、純潔の剣のようにセックスをはばみ、女を鉱物的な宇宙に決定的に追いやる〔…〕〔同前〕

確かに、ストリップが最後に行き着くオブジェはなめらかな代物だが、それはほんとうに手に入れたい宝物から私たちを隔てる板ガラスのようなものではないだろうか。

XI　なめらかさ

継ぎ目のない滑らかさは、つねに完璧さの属性である。なぜならその逆の状態は、組立てという技巧的でまったく人間的な作業をあらわにしてしまうからだ。サイエンス・フィクションの宇宙船がつなぎ目のない金属でできているように、磔刑のキリストが着ていた長衣にも縫い目がなかった。

〔「新しいシトロエン」〕[25]

なめらかさはバルトにとって両義的な主題《テーマ》である。なぜならなめらかさは真の完璧さの属性、とりわけ自然の属性、すなわち世界の基底をなすものの属性であるその一方で、偽の完璧さの属性、すなわち真の完璧さから私たちを遠ざける存在でもあるからだ。また、このなめらかさは、バルト自身の秘められた強迫観念、彼自身はそれが奪われるのをけっして許すはずなどない強迫観念を特徴づけると同時に、バルトが告発しようとする現代の平均的フランス人の強迫観念、プチブル的な強迫観念を特徴づけもするだろう。これほど執拗にバルトがそれに挑む理由は、当然のことながら、こうした強迫観念が彼に対して永遠に罠を張りつづけるからにほかならない。

ミシュレはここではちょうつがいの役割を担っている。ブルジョワ的な幼年期に彼自身が経験した深遠な主題《テーマ》のすべてが、ミシュレの作品の中に表現されているのにバルトは気づいた。しかも、今日のフランスでこうした主題《テーマ》がみずからの惨めなパロディになり下がるよりも以前の、まさにその零落期が始まった時代に、その同じ主題《テーマ》がミシュレにおいては中世の民衆、つまり自然とのつながりをいまだ無傷のまま保っていた民衆と歴史的に通じ合っているという印象を抱いたのだ。彼自身、危うく何度も落ちそうになったせいでいまや忌み嫌うようになった罠を、バルトがついに自分の周囲に探り当てるとき、その罠の意味作用を転覆させながら、変造されたかつての真実までさかのぼる手段を、彼はミシュレ作品の中に見出すであろう。

バルト的主題《テーマ》の曖昧さをめぐる最初の定式は、すでにミシュレの中に存在していた。ミシュレの著作の中で、本質的ななめらかさはすでにみずからのパロディによって汚され続けていたのだ。あらゆる種類の意味の横滑りに抗うことに、ミシュレはすべての時間を費やしていた。バルトのこの著作は「永遠の作家たち」と題された叢書から刊行されたが、その叢書では、研究対象の名前に「彼自身による」という表現を添えたタイトルで出版されていた。純粋な宣伝目的であり、たいていの場合、滑稽なこの表現も、今回に限っていえば、作家同士の真の親和性に応じているといえる。

バルトはミシュレにおける豪奢ななめらかさをオランダ艦船

のイメージで象徴し、次のように表現する——

ミシュレにとって、オランダ舟は家族の理想の場だ。この凹状をなしていっぱいつまった物体、洗滌の湿気と大気の流動性とをたえず交換しつつ海水というなめらかなもののなかに宙吊りになった、この一種の堅固な卵、これは均質なるものの甘美なイメージだ。それはミシュレが提起したミシュレ的な大いなるテーマ、継目のない世界というテーマなのだ。

〔第三章「オランダ舟」〕

こうした縫い目の不在がもたらす大いなる美点とは、楽園を再び手にすることができるという美点、つまり、どの端から始めようとも、私たちが失ってしまったものへと再びたどりつくことができるという美点なのだ。

〈自然〉はもはや、百科全書家たちにおけるような目録ではなくて、敷布のように一面に広がっているのだ。布のどこか一ヵ所をつまんでもちあげてみたまえ。布全体が寄ってくるだろう。世界は絹のようになめらかなのだ。

〔同前〕

大きな危険があるとすれば、それは偽のなめらかさ、その絹を包む包装だ。指でつまんだときにくっついてくるのはその偽の覆いだけで、布地そのものは手繰り寄せられない。想像されたあらゆる世界との交流を可能にするどころか、その覆いはそれらを私たちから永久に遠ざけてしまう。だから切断しなければならない。不連続こそ、偽のなめらかさの罠に対する最良の盟友である。

バルトにとって、真のなめらかさを表わす本質的な形象《フイギュール》は木である。ヴォージュ産の羊小屋の玩具で遊んでいた二十世紀初頭のブルジョワ家庭の子どもは、木のもたらす秘跡を通じて、宇宙の基底そのものと交流していたのである。

これは、親しみやすく詩的な実質である。おかげで子供は、樹木やテーブルや床とずっと接触した状態でいられる。

〔「おもちゃ」〕

それとは逆に、偽のなめらかさの形象《フイギュール》はプラスチックである。ギリシアの羊飼い風のその名前(ポリスティレーヌ)からして、人を欺くのが上手だ。

どんな状態に導かれようと、プラスチックが保っているのは綿のようなふわふわした外観であり、不透明で、クリーム状で、凝結したような何かであり、〈自然〉の勝ち誇った滑らかな状態には決して到達しえないという不可能性である。

〔「プラスチック」〕[26]

偽のなめらかさのなんと蠱惑的なことか、なぜなら自分を本物と称して通そうとするのだから。また、断定的な言語を本質的な形象《フィギュール》にもつ不連続のなんと魅惑的なことか、というのも、私たちをあの虚偽から解放するのだから。しかし、じつのところ絶えざる嘘＝偽の連続の共犯者である、偽の非連続だってありうるのではないか。だからこそファッション誌がときとして使う独断的《ドグマティック》な言語使用《ランガージュ》は、無限界の衣服の閉鎖や遮蔽に一役買うのである。文学的な不連続が価値を持つのは唯一、それが世界のなめらかさへと通じるときだけなのだ。

XII　超－裸性

女性はかくも強制的に衣服で覆われているために、彼女にとっては裸の姿をさらすという単純な事実ですら、みずからの素肌を衣服へ、すなわち耐久性のプラスチック膜へと変えることになってしまう。最後に残った装身具の名残りである、あの禁じられた三角形、光り物か鼈甲でできた性器だけが、唯一、失われた連続性への道筋を私たちに示してくれる指標となる。こうした見せ物《スペクタクル》において、裸性ですらガラスや嘘のようにしかみえない以上、もはや超－裸性に訴えるよりほかないだろう。

この表現は『ミシュレ』から借用したものだ。ミシュレの妻への素行はバルトの眉を顰めさせると同時に、彼を魅了する。窃視者ミシュレにして、小間使い女のようなこの男が描写する次の光景に、バルトは我が目を疑う。

かくて、女の血のなかに、律動という、その贖いの原理が発見されたのである。血の律動の役割は、動く時の上に固定した時を重ね合わせることにある。血の律動は、有無を言わせず二つの対立物を従えるのであるが、しかも一瞬といえどもこの二つの対立物を変質させることはしないのである。ということは、〈女〉の固定性が女の弱さを犠牲にして確立されるのではないということを意味する。いつもそのたびに乗り越えられるのではあるが、膣内の生理的変化が〈女〉を武装解除し孤立無援にする。そしてまさにこの窮迫そのものが〈女〉を空たらしめ、男をめまいと心情吐露へとそそるのである。出血を伴う月経時の生理痛は、ある種の昆虫の必然的で恐るべき脱皮（蛹化）と同じように〈女〉をむき出しにする。この生理痛は超裸化であり、〈女〉をば、殻もなく秘密もなく、甲殻のない蟻もしくは繭のない蛹のように危険にさらされた存在たらしめるのである。

〔第七章「いとやんごとなき存在としての女」〕

あまりにも自分の衣服に結びつけられているために、衣服そのものがほんとうの皮膚になる。そうであるなら、現実の脱衣行為は血液まで達しなければいけないだろう。そしてこのように女性を所有し、固く禁じられていた場所を占拠しなければならず（『魔女』をめぐるエッセイで、バルトは次のように宣言している。

というのも、結局のところ、ミシュレが聖職者もしくは悪魔による誘惑において断罪したことはまた、彼がつねに大いなる悦楽をもって書いたことだからだ、すなわちこっそりと巧みに支配すること、〈女〉の秘密に徐々に通じていくことである。この本そのもののなかにそのようなイメージは数限りなくある。それはあるときは農奴の妻のなかに滑りこむ子どものような精霊であるし、霊たちがサナダムシのように彼女のなかに居坐ったり、〈サタン〉が火の矢で〈魔女〉を刺し貫いたりすることもある。いたるところ、内に入りこむことというよりは――それではありきたりのエロティシズムをあらわす凡庸な暗喩にすぎない――、横切ることや腰をすえることのイメージが支配する）、〔『魔女』〕[27]

結局のところ、それは女性に服を着せてやる行為、むろん衣類を何枚か余分に加えてやることではなく、彼自身が女性の衣服になること、つまり、みずから女性の皮膚になることを意味する。

恋愛の理想的な運動とは、ミシュレにとっては、深く潜り入ることではなくて岸辺に沿うて進むことである。なぜなら恋愛の醍醐味を汲みつくすものはセックスではなくてまなざしだからである。魚のなかにゼラチン状となった水を見てミシュレが世界を本質的に心地よくすべすべとしたなめらかなものとして設定したのと同様に、〈女〉を保護し〈女〉を覆いつくし〈女〉を包みつくし〈女〉をその全面においてくまなく「見守る」こと、それはとりもなおさず物質の一切の切断を祓いのけることなのだ。恋する男の理想的な表象、それはつまるところ、衣服である。海藻と魚とのあいだに区別が存しないのと同様、女の肌と肌を覆う絹布のあいだにも区別はない。ミシュレが女身のまわりに絡まる着衣を愛情こめて描写するとき、彼が自ら、広げられた衣服、見守られ追跡され、ぴったりと密着した秘密、深さのなかにではなく広がりのなかに吸収された秘密と化することを願い、かつ化した己れを見ていることに疑いをさしはさむ余地はないのである。〔第七章「いとやんごとなき存在としての女」〕

こうした衣服への変身が成就する瞬間、内側と外側が逆転する。女性を完全に覆うことに成功したとき、彼は血まみれの原初の蒼穹の中央に陣取り、再び子宮を見出したのだ。

じっさい、〈女〉は人間に隣接していながら、しかも同時にその埒の外にある一要素、いわば男を囲繞する全き環のごときもの、一言にしてつくすなら環境なのである。〔同前〕

そして、バルトはミシュレその人に語らせる。

「女には、地にとっての天のごときところがある。下にもあり、上にもあり、まわり一帯に遍在しているのだ。われわれは女のなかに生まれた。われわれは女によって生きている。われわれは女につつまれている。われわれは女を呼吸している。女は大気であり、われわれの心臓の原質なのである」〔同前〕

バルトにとってミシュレは交換者だった。そこを介して、自分の足を掬いかねない、退廃し、倒錯し、下劣な現代社会の醜い神話たちから、再び見出された彼自身の神話の黄金にまでついにさかのぼっていくことのできる、そうした文学的な場がミシュレだったのだ。そうであるから、バルトがかくも見事に露わにしえたあの「父」の強迫観念についても、より激しくより悲痛なバルト自身の強迫観念へといたる中継点としてのみ考慮されるべきなのだ。ミシュレにおいて、そうした強迫観念は言葉にできる代物だった。バルトにとって、女性の裸性はおそらくそれよりもずっと強固な禁忌に支配されており、だからこそ、冴えないもうひとりの預言者アテナイス[28]の発作を眺めるだけでは、解決にならないのである。

XIII 無限の言説

叙事詩。その冒頭の数ページで、彼は現代のトロイアを軍隊で取り囲む。部隊に漲る自信と、軍隊の誇る完璧な装備を見て、猛攻撃の容易さと容易な勝利を誰が疑ったことだろう。だが、戦いの進捗のいかに緩やかなことか！　突破口が開かれるたび、その向こうにすぐさま新しい壁がそそり立つようだ。女性を「匿す」ファッション《モード》は、追撃の手を際限なくかわし続ける。

こうして、当初最も確実に思われた公理の一つ、つまり流行《モード》という綱《クラス》にはたった一つの変数、すなわち流行《モード》かそれとも流行遅れ《デモーデ》かという偏差しか存在せず、だから二つの用語の対立は絶対的で、第三の項などありえないという、そうした公理への確信は、著作が終わりに近づくにつれて、ますます疑わしいものになっていく――

> 記号意味部〈モード〉には識別関与的な対立変異としてはただひとつ、デモーデという変異しか含まれていない。が、〈モード〉としては、美化表現という規則を建て前としている都合上、自身の存在自体を否定するようなもの〔デモーデ〕をわざわざ名づけて呼ぶわけにはいかないから、本当の対立関係に立つものは《ア・ラ・モード》対《デモーデ》ではなく、むしろ、（ことばによって）《マークされた》にたいする《マークされていない》（沈黙）ということになる。
> 〔第十九章「記号のレトリック：モードの合理」III「集合B：モードの法」〕

そして、とりわけ一九六七年夏のあいだに雑誌「マリ・クレール」に掲載され、のちにバルトの『モードの体系』の欠くべからざる補遺にもなった、最も風変わりで最も重要な「哲学者が審判をつとめるシャネル対クレージュ戦」という記事の中で（当然ながらこのタイトルは雑誌社によるもので、バルト自身がつけたものでないが、女性たちの城塞の中で語ることへのこの誘いが、勝利に酔いしれる瞬間を私たちの戦士に与えたであろう事実は想像にかたくない）、シャネル・スタイルを語る上での重要概念である「おしゃれ《シック》」という第三の項目によって、二項対立が乗り越えられる場面に私たちは立ち会うのであって、それは

> 人を魅惑することと長持ちすることを結びつけるきわめて特殊な、矛盾したともいえる価値　〔「シャネルとクレージュ対決」〕[29]

（ちなみに、この「おしゃれ《シック》」という語は『モードの体系』に一度も登場しない）。

そうとはいえ、彼にとって最も意義のある試みをロラン・バルトがなし得たのは、ほかならぬ追跡者の手を逃れながらもその実、自分の隠れ家の秘部へと彼を徐々に誘い込む魅惑的な女性のおかげだったのだ。

『神話作用』でバルト自身が流行らせた表現を使うなら、当初は単にそれら一切を非神話化することだけが問題であったにもかかわらず、『モードの体系』の最終段落にいたって、バルトはこんなふうに読者に宣言するのである。

> そこで、記号学的分析とレトリックの陳述との関連は決して真実対虚偽という関連ではないということがわかる。問題は決して〈モード〉の読者を「まやかしから解く」[30]などということではない。その関連は、〈モード〉とその分析の双方どちらもが部分となって構成する（さしあたっては仮に有限の体系とはなっているが）無限の体系の内部における、相互補足的な関連なのである［…］　〔第二十章「体系の経済体制」V「体系に対する分析の姿勢」〕

無限というこの言葉は、この最終段落で数度にわたって登場する。

> 無限の科学[…]、この無限の構成[…]　〔同前〕

（私たちはここで、終わりなきテクストを通して与えられる無限界の衣服を思い起こす）。
そして、最終行では、次のように書かれている。

> 記号学者の場合は、自分が世界を名づけ、世界を理解したその用語それ自体によって、そのまま自分の未来の死を表現していることになるのだ。　〔同前〕

同じく、ミシュレもまた、

> あたかも己れ自身の死の従弟修業に専念するかのごとくに歴史に没頭した　〔第五章「眠りとしての死と太陽としての死」〕

のであり、言葉《パロール》へとみずから変貌を遂げたその男は、拡張し続けるその無限の言説の内部で安らかな死を見出すことだろう、ひとりの母親の腕の中、あるいはその胸に抱かれる人のように。

以上が、魅惑する女《ひと》がその一途な敵対者に与える褒美である。ユーモラスでありながらもドラマティックなこの叙事詩の中で、絶えず裏切られる復讐の試みが次第に膨らむ驚異へと純化されるにしたがって、悲痛な愛として顕れた原初の怨恨を和らげたのだ。

衣服、そして衣服となった皮膚そのものは最初、純然たる禁止、女性と世界が脈動と拍子を打つあのなめらかさと一つながりであることへの不可能性に思われた。だが、衣服はなめらかさの発露として顕現する。そのとき、最も断定的な言語《ランガージュ》は、ついに文学を、輝かしい愛撫を、永遠に自分だけを匿し続ける素肌になった愛する衣服を織り上げることに成功したのである。

流行《モード》と現代人《モデルヌ》

マリ＝ジョ[01]に

I 言語活動《ランガージュ》としての衣服

衣服はそれを纏う人について多くを教えてくれる。だが、流行《モード》となると推測はすぐさま複雑になる。流行《モード》以外の衣服記号は単純だ。それをさっそく一覧してみよう。

ヒンズー教徒たちのサリー、ブーブーと呼ばれる黒人たちのチュニックなどの衣服が示すのは、まずその地理的起源である。ごく普通の服装、つまりそれが着用されている土地ではなんら固有の価値をもたない服装であっても、旅先ではその価値が変化する。その新しい価値があまりにも目立つために、たいていの場合、つまりそれがハレの機会でもないかぎりは、あまり注意を引かないような服に着替えるのが普通だ。地域の伝統衣装についても同じである。

靴直し職人のエプロンや機械工の青いツナギのように、ある種の職業には機能的な服装がつきものである。また、看護婦の制服や、航空会社ごとに異なるスチュワーデスの制服のように、機能性にかかわりなく、制服を採用したグループごとに厳密にコード化されうるツリー状の記号や指標となって現われることもある。

軍服や教会の祭服のように、外部に認知させるための指標である衣服が、グループ内部でさまざまな情報を与えることもある。

社会全体が厳密に階層化されている場合には、階級、アンシャン・レジーム下におけるいわゆる身分《エタ》の違い、貴族階級の序列の違いといったように、位が誰の目にもわかるようになっている。

衣服によって男女、子ども、大人、老人などの違いもわかる。フランスでは、さほど昔でなくとも、地域によっては既婚女性と寡婦の衣服にはそれとわかる特徴があった。私たちの国では純白のドレスとヴェールが、かつて社会の中の地位の変化や向上を表明するものであった衣装の最後の遺物となっている。喪服も同じである。

聖と俗、平日と祝日が明瞭に区切られた社会では、その区別は衣装によって示される。私が子どもの頃には、日曜日用の服と「普段着」があった。

私が「語基」と呼ぶ、こうした服飾上の意味作用の厳密さを保証するのは、強力な懲戒である。仮にある民間人が自分に着る権利のない制服を着たなら、彼は単に笑い者になるだけでなく、処罰の対象になる。禁じられた衣装を試着できるのは、特殊な場合に限られる。たとえばカーニバルといったジャンルで括られるような、ある種の祝祭などがそれにあたるが、まさにそうした機会において、衣服のもつ記号性が試されるのである――ここではそれが仮装という意味で。こうした特殊な場合にかぎり、禁止の侵犯が冗談として通用する。侵犯行為が深刻化しない範囲なら、それに類似した別の機会(仮面舞踏会など)でも、仮装は許される。四旬節中日のパーティー[02]で、子どもが将校に扮する場合などがそれだ。その子が同じ扮装をまったく別の機会にすれば、なにかごく仲間うちのカーニバルに参加しているのだと周囲の人は考えるだろう。いくつかの国では、謝肉の火曜のカーニバル[03]で大人が軍服を纏うこともある(仮装の意味が取り違えられないよう、こうした場合には仮装を誇張するのが賢明だ)。だが、別の日に同じ仮装をすれば、制服を不当に着用したかどで、見つけられるやすぐに逮捕されるだろう。例外は劇場とサーカスの場で、そこでは常にカーニバル時の寛容さが認められている。だからこそ、舞台と観客席があれほどまで厳密に区別されているのである。

II 装飾と場所

こうした語基の検討から、衣服の記号学全体の土台が得られる。これら語基は厳密な境界によって規定されてはいるものの、それぞれの領域内での変化の余地は常にある。たとえば、軍服についていえば、外出時か職務中の服装という区別以外にも、決まった範疇での自由度もあるため、そこに「遊び」が生じる。個人がそうした機会を利用するとき、そこには彼自身に対して、つまり自分の顔や体つき、あるいは自分の普段の衣服では示すことのできない別の何かに他人の注意を引きつけようとする意図が生じている。こうした語尾変化や装飾は常に一つの誘い、いろいろな条件を伴うものの、一種の誘いの表現として受け取ることができる。そうした誘いには、ときとして奥深く隠された性的な要因がある。

イギリスのブルジョワ階級特有の男性衣服は、西洋世界全体において広く一般化したが、そのためほかのすべての語基を引き立てる中性要素となった。つまり、普段は制服を着用するあらゆる男性が、職務から離れた際に着用する共通の衣服となったのである。そこから、ほかの衣服が誇示する要素を隠蔽するという、カモフラージュとしての本質的価値をもつにいたった。その役割を演じるために、イギリスの男性衣服は軍服並みに厳格な規則に従う必要があり、ネクタイやカフスボタン、特別感の漂う裁断や生地などの装飾部分についても、同じ厳密さが求められた。イギリスの男性衣服は(下着、靴、そしてどれも同じくらい規則に縛られ、窮屈なあらゆる付属品を除いて)ズボン、上着、チョッキという、伝統的にはこの三つの要素から成り立っており、チョッキ(それは覆い隠すことができる)については任意の選択肢になったために、長い間、遊びの要素をもたらすアイテムとして重宝されてきた。

これに比べて、女性の衣服を彩る装飾に与えられた自由領域は遙かに大きかったが、男性中心の社会の中では誇示すべき社会的機能をほとんどもたず、自分たちが依存している男性を惹きつけるべき立場にあった女性たちにとって、それはある意味、当然の状況でもあった。中性要素へと収斂していく衣服の発展が、語根としての女性衣服を規定する境界内部において、その全表面を装飾の領域へと変化させたのである。

女性農民がその伝統衣装に櫛や宝石、花束を付け加えることもあった。こうした貴重品の存在は、女性農民その人以上に、裕福さや血族、家系の伝統へと注意を向けさせた。衣服に関する語基の場合と同じように、あくまで明確な意味作用を持つかぎりにおいて、そうした装飾品は婚姻的な価値を生んでいた。その一方で、枯れるというその性質から、花は財産とはみなされえなかったがゆえに、その花を選び、しつらえ、それに価値を与えた女性の側にその意味は関連づけられた。女性の身なりにまつわる花のテーマが今日にいたるまできわめて重要なのは、そうした理由による。

こうした衣服の語尾の中に流行《モード》は現われる。それは女性にとっても軍人にとっても同じかもしれないが、女性においては流行《モード》がほかのすべての要素を凌駕している。

今日でも変わらずイギリスのサラリーマンたちの制服である、イギリスのブルジョワ階級の中性要素は、ほかの職種グループにとっては制服や作業着を脱いだときに着用する服となったために、パーティーや余暇という付加価値も帯びるようになった。そうとはいえ、退屈仕事とみなされる活動に結びついているがゆえに、その付加価値は不十分なものでしかない。だから、西洋社会では余暇活動の種類(衣服の差異化のおかげで、余暇活動の区別がある意味、可能となった)、とりわけ休暇を過ごす場所による衣服の分化が進んだ。スポーツウエア、狩猟時の服装、スキーウエア、海辺での服装などがそれにあたる。

冬のバカンス地では、自分は部外者どころか、その地での習慣を熟知しているかのように振る舞うのがよい。街中では普通だった服装が、そこでは調子外れにみえる。別の場所でいかにエレガントに見えようと、そこでは的外れになる危険があるのだ。反対に、オフィスに戻ったときにスキーの服装の要素を一点、あるいは複数纏っていれば、自分は山帰りだということを伝え、職場の日常の灰色の風景に一陣の風を吹かせ、私生活や個人的嗜好を他人に知らせることになるだろう。ここでは自由な活動領域が問題となっていて、しかもその活動に本質的な機能が備わっていないのだから、身なりを規則化する必要などなおさらない。たとえその年一度もスキーに行っていなくとも、あるいは一度もスキーをしたことがなくても、人は好きにスキーパンツを履いて会社に行ってよい。服装は人が現にしていることだけでなく、したいと願うことも示すことができる。

スキー場では皆がその格好をしているのだから、スキー服が地元での中性要素となる。だから、特殊な場合(たとえばダンスパーティーなど)を除いて、スキー服を脱ぐことは、そのゲームから抜けるという意思表示になる。実際には、スキー場から戻った先の場所で、スキー服そのものとしての関心を集めるだろう。スキー服の境界部分にはある種の余白があるのだから、逆にその余白の内部で創意工夫の効いた変異形を選ぶことで、その人が他から際立ち、自分の価値を高めることができる。

同じように、スペイン旅行の際に買ったベルト、明らかにイタリア製とわかる靴やロシア製のブラウスなどは、それらを身に纏うあなたのまわりにエキゾチックなオーラを発散し、そこに行けなかった人たちからあなたを差異化するだろう。衣服の語基に属するものすべてが、流行《モード》によって語尾として利用されることもある。

流行《モード》を身につける個人の職種や国籍、身分に関係なしに、その人の私生活や嗜好、理想や余暇について注意を向けさせたいとき、流行の服装はその機能を発揮し、

その際には、スキー場や浜辺、夜のパーティー(流行《モード》における場所は、時間的条件によっても左右される)など、場所の特定に衣服が関わる必要がある。パリでエレガントに見えるため

にはまず、(本来の出身地がどこであれ、それを隠して)自分がパリっ子であると誇示しなければならないし、異国情緒溢れる服装が最新流行《モード》という価値に結びつくためには、そうした服装がパリという中性要素を基盤に持つ必要がある。仮にその中性要素を逸脱すると、単に異質な代物として注意を引くだけで、流行《モード》とは相いれなくなってしまうから、

衣服そのものに目が向かないこと(それを常に実践するのが語基となる衣服である、というのも、衣服によって覆い隠される個人の特徴よりも、衣服の意味作用の方がずっと重要なのだから)、そして衣服が着用者と一体であることが重要である。ファッショナブルなのはドレスではなく、女性でなくてはならない。だからこそ、たとえ流行《モード》では衣服が決定的な役割を果たすにせよ、衣服は絶えず流行《モード》という概念に凌駕されるのである。流行という価値づけによってある衣服が選ばれたとしても、それを着用する人物と調和していなければ、これ以上目障りなものはない。そのとき、衣服には間違いなく失敗の烙印が押され、すぐさま流行遅れとなる。

III　流行《モード》を生み出す、流行《モード》を追う

流行《モード》は本質的に通時的な現象である。その点、ファッション雑誌は流行《モード》について学ぶ最適な手段であるとはいえ、それがそこから差異化すべき基礎的な服飾体系を明示することなしに、同時代的ないくつかの提案を並べ立てるだけなので(そうした体系を常に念頭に置き、実践しているファッション雑誌の女性読者たちにとっては〔そうした明示は〕なるほど無意味だが、多くの記号学者にとって事情はまったく異なる)、研究者の目を欺き、袋小路に導くおそれがある。

ある流行《モード》の場所、たとえばスキー場とかパリっ子の生活空間で、ひとりの女性が中性要素の内部において、他人の注意を確実に自分に向けさせることのできる変異形、というよりはむしろ変異形の総体を見つけ出したと想定してみよう。すると、ほかの女性たちも当然、同じ効果を得ようと期待して、彼女の真似をするだろう。そのとき、彼女の掘り出し物を自己流に取り入れることができれば、ほかの女性たちも同じように成功するだろうし、創意もなく先駆者の猿真似に終わってしまえば、しばしば失敗するだろう。仮に彼女たちが皆、模倣に成功したとしても、全員同じ状態であるというだけの理由で、注目を集められないだろう。こうなると別の方向性を模索しなくてはならなくなる。とはいえ、一定数が必ず失敗するのだから、変異形の方に余計に光が当たり、衣服の着用者でなく、衣服の変異形そのものが注目を集めてしまう。そのとき、変異形は鑑賞者を遠ざけ、流行遅れを知らせるという逆の機能を持つことになる。

流行遅れという変異形は、流行《モード》に乗りたいという意図を覗かせてしまい、それを頓挫させる。目立たない要素であれば、小さな効果しかもたらさない反面、流行遅れになるにも時間がかかり、もしかしたらまったく流行遅れにならないかもしれない。衣服の語基は流行《モード》の外部にあり、流行遅れにはならない。変化が起こったとき、古いモデルは単に期限切れとなるだけだ。そのせいで不利益を負うことはあっても、滑稽になることはない。一九〇〇年以前の衣服、つまり現代の語基の境界から大きく外れた昔の衣服なら、滑稽などころかまったくの別物、仮装でしか使えないような代物となる。反対に、両親や祖父母の世代のパーティー衣装は失笑を誘う。

流行《モード》に乗るとは、流行《モード》に先んじることであり、流行《モード》を生み出すことである。では、この明白な事実が一体どのようにして、ファッション誌の存在も含めて、流行《モード》を追い求める現象を丸ごと利用するあらゆる装置と足並みを合わせることができるのだろうか。その答えは、流行《モード》の時間軸が非常に長い点にある。流行《モード》がまだ生まれていない場所で新しく流行《モード》を起こすために、人は流行《モード》を追いかける。流行《モード》が成功したとき、流行《モード》が特徴の一つとなった場所に自分も属するために、人はその流行を追いかける。

成功した流行《モード》が消え去るのは、同じように完璧に流布した別の流行《モード》が現われたときだけだ。そのとき、それは流行《モード》としての積極的価値を失い、それが流行った場所でもはや注目を集めることもなく、みずからその場所の一部になる。そうなるまでの間、新しい流行《モード》が次々と生み出され、その役割を十分演じるものの、完全に受け入れられるにはいたらず、確実に時代遅れとなる。

IV　デザイナーのアトリエから家庭のアトリエへ

流行るものをみずから発見するのはきわめて難しく、いくつもの試作品を個人で作るにはおそろしく費用がかかることから、私たちは結局、人々の支持をこれまで集めてきたファッションの専門家に頼ることになる。

ファッション誌は流行《モード》の長いプロセス内での、重要ではあるけれども二次的な要因にすぎない。夏の終わりになると、ファッション誌は冬のコレクションを予告するが、コレクション自体はデザイナーたちが少なくとも一年前の冬から準備していたものである。つまり、夏の終わりというのは、既製服を扱う企業が、数カ月後に市場に溢れ出る衣服のプロトタイプを決定する時期なのだ。もちろん、それが実際に街で見られるのは冬になってからだけれど。その頃、デザイナーのアトリエでは、来冬の準備が始まっている。この過程《サイクル》は最低一年、多くの場合はそれ以上長く続く。その間、同じ間隔で夏のコレクションが準備される。

新しい流行が普及するまでの大まかな流れをおさらいしよう

(一)流行《モード》を取り巻く状況を見守りながら、服飾デザイナー《モデリスト》たちは現在進行中のファッション・シーンではなく、一年後に来そうなファッション・シーンをイメージしながらアイデアを探す。その過程でなんとかなりそうな型《モデル》、つまり成功して長続きしそうな型《モデル》と、この時点でもうどうにもならない型《モデル》がわかってくる。

(二)アイデアについての提案を受けた主任デザイナー《クチュリエ》は、コレクションを構想する。このコレクションは、流行《モード》という価値をもたらす作品の見本帖となるべきものだ。デザイナーにとっては新しい方向性を探るだけでは不十分で、それ以上に、流行《モード》として成立するものを提示すべく努力しなくてはならない。コレクションというこの一大イベントは、常に厳重な秘密裏のうちに進められる。事実、重要なのは事物《オブジェ》ではなく、それが指し示すものなのだ。ところで、何が流行るかを言い当てるのは難しくとも、一度それを見たら、受け入れるのは容易い。こうしてトレンドが見つかれば、それを具体的な誰それに割り当て、そのデザイナーがトレンドを命名し、そこにみずからの署名を施すことが重要だ。そうすることで、デザイナーは自分の名声を利用して、より大胆に振る舞うことができるようになる。

(三)コレクションの発表は決定的な試練だ。そのとき、ジャーナリストたちは初めて秘密の内奥へと誘われ、それに反応し、その一部に驚嘆し、別の一部を排除する。とりわけ重要なのは、デザイナーの提案する衣服が、そのとき初めてそれを纏う女性たちの目に触れることだ。その際、女性たちの選択は決定的な価値をもつ。ある流行服はあるタイプの女性には似合っても、別のタイプの女性には似合わないからだ。主任デザイナーは当然のことながら、自分の作る服は人に似合う服で、それを着る女性たちを魅力的に見せると思わせたがっている。ファッション・モデルの容姿は、提案された諸々の変異形の合わさった結果であり、流行となるものによってとりわけ価値づけられるべきものである。しかし、この価値づけは非常に両義的だ。なぜなら、コレクションお披露目の際に結果的に売買され、名づけられ、指示されるのは、着用者ではなく、あくまでも衣服だからだ。仮にモデルの存在が流行の体つきを強調するにせよ、衣服を購入する女性がいかにそうなるよう努力をしたところで、必ずしもモデルに自分を合わせるわけではない。衣服の人生が始まるのは、実際にそれを購入した女性においてなのだから。

(四)デザイナーたちによる多くの提案のうち、流行を担うことができるのは、女性たちが実際に着用するであろう衣服である。コレクションに立ち会うジャーナリストは、女性たちがどんな選択をするかについて、くれぐれも見誤らないことが肝要で、そうしないとファッション誌はすぐさま読者を失いかねない。女性たちはファッション誌の写真を眺め、写真で見るような衣服がもうすぐ街中で見られるかどうか吟味する。既製服のメーカーについても同じで、彼らも選択を誤らないようにしなくてはならない。というのも、彼らの規格品の中にはまったく売れないものがあると判明するかもしれないからだ。

(五)いまや既製服を買う機会がますます増えているとはいえ、現在でもなお流行《モード》の婦人服にとって最後の、そして最も重要な試練は、自分で行う縫製、家庭縫製である。実際、この場合、女性はデザイナーの創意を内面から評価することができる。プロの縫い子さんによる技術的な補助があろうがなかろうが、自分の家で縫ったり縫わせたりするという事実は、確かに経済的な理由(高級ブランド品は高価すぎる)によるとはいえ、単にそれだけではなく、そのより本質的な理由は、流行《モード》を効率良く取り入れるため(既製服は一般的に安価だが、クオリティや洗練という点では劣る)であり、だからこそ、すぐに時代遅れにはならないもの、長きにわたって肯定的な価値をもつ型《モデル》を女性たちは求めるのであるが、

一方、デザイナーに仕立ててもらった服を纏う女性にしても、真の意味で時流に乗るためには、ある程度の主体性というものが必要で、与えられた衣服という道具に遊び心を加えたり、それをちょっと変化させたり、装飾品や組み合わせを変えたりするなどの工夫が必要だ。デザイナーの求めるままに着用し、それを少しも着崩すことができなければ、着用者はマネキンガールにしか見えないだろう。

あるデザイナーが数度に渡って流行《モード》を牽引する重要なデザイナーとして成功したとき、彼はファッション界で秀でた先見の明の持ち主とみなされる。ブリッジやチェスの名手のように、たとえ持ち札が変わっても、彼は勝ち続けることができるかもしれない。その結果、彼のコレクションは注目を浴び続け、流行《モード》からすぐには排除されず、人々もまたより大胆に彼の示す方向性を受け入れる。だが、最も名声を得ることができるのは、とりわけその独創性が長続きするデザイナーであるが、そのためにはその独創性が流行りの体型に依存しすぎないこと、あまりにも簡単に流通しないこと、コピーや分析に抵抗しうるものであるなどの条件が必要となる。この場合、技術面での創意工夫や製法上の秘密、ちょっとしたコツが決定的要素ではあるが、それと同時に、衣服の変異形がいうなれば十分高尚であることも重要だ。そのかぎりで変異形はそれを自由に取り入れるよう女性に促すことができ、変異形としての個性をほとんど失い、仮にそれが流行らなくなっても、悪目立ちしない。

流行《モード》という装置は少なくとも二重の時間軸をもっている。一つ目の時間軸はわかりやすく、年二回のコレクションによって

示される。コレクションの記事を掲載する雑誌やそれを後追いする宣伝広告によって、あたかも一九六九年の流行が一九六八年のそれを一掃し、過ちを水に流して新たなスタートが切られるかのような印象が作られる。だが、実際には、古い型《モデル》のいくらかはその価値を失うことなく存在し続けるし、逆に、最新型《モデル》のいくらかはそうした価値すら持たないだろう。低迷する年だってある。パリのデザイナーたちの勘が鈍っているときに、突如としてロンドンのファッション・シーンが目覚めることもある。

V　流行《モード》を作るのは誰か

流行《モード》を作り出すのはデザイナーだという印象を広告はしばしば与える。当然ながらデザイナーにはなんの力もない。流行《モード》は単に流行に応答するのみで、両者の対話の内容は、流行に操作されつつそれに付随して発展する参照項の数が膨大である分、極度に複雑である。

デザイナーの才能とはしたがって流行《モード》を見出すことである。流行《モード》がデザイナーの気分や欲求に左右されることはない。ひと言でいうなら、批評家の才が重要なのだ。たとえそうであるにせよ、デザイナーが流行《モード》に働きかけることはないのだろうか。

ここでそうしたエキスパートのひとり――あるコレクションがうまくいきそうで、そのモードが衣類全般の姿を反映しているとまではいかずとも、少なくともその冬のファッションについて十分に正確なイメージを伝えることができると感じながらも、その一方でその流行《モード》が不合理で高価すぎ、着やすくないと考えているひとりのエキスパート――を想像してみよう。果たして彼が流行《モード》を変える可能性はないのであろうか。

このエキスパートの提案する型《モデル》のうちのいくつかが、仮に彼の同業者たちによっても同じように見出されていたとすれば、その型《モデル》は確実に流行するだろうし、彼がその型《モデル》を提案しなければ、利益はすべて同業者たちの元にいくだけだ。もしそのトレンドを見出した人物がほんとうに彼ひとりだったなら――そうした状況は無論ほとんどありえないけれども――、彼の沈黙によって一旦は葬り去られるかもしれないものの、それでも次の冬にはいわば自然発生的に出現する可能性はある。

流行《モード》が必ずしもあらゆる可能性を実現するというわけではなく、デザイナーみずからがコレクションを方向づけることもある。ここで、デザイナー自身はあまり評価しないジャンルの型《モデル》が確実に流行すると想定してみよう。そのとき、彼はちょっとした遊びの要素としてそれを取り入れる(実際、わざと流行遅れの要素を取り上げ、流行遅れそのものを強調し、隈取ってみせるような、流行の皮肉《アイロニー》というものが存在するのだから)にとどめ、同じくらい流行する可能性を持つ別の要素に注力することもできる。名声を得た熟練デザイナーであればあるほど、こうした自由が行使できる。
しかし、たとえ別のトレンドを退けて、あるトレンドだけを数年間に渡って優遇することにデザイナーが成功したとしても、流行《モード》が有する自動機能によって、それまで除外されていた方のトレンドが同じ力で一気に世に出るのではないだろうか。長期的に見て、独創性は互いに無化しあうのではなかろうか。
ところで、衣服の発展全般と流行《モード》のあいだにはどのような関係があるのだろう。次のような考えを持つ傾向の人たちがいる。すなわち、この二つの領域は互いに独立しており、語基とその中の中性要素は、デザイナーたちの名声や創意工夫とは関係なしに(ただしいくつかの技術革新は別として。だが、そうした新技術ですら、既製品産業が実現した数々の技術革新に比べると、大したものではない)ゆっくりと変化するものなので、その結果、デザイナーたちのひとりが真に一貫した活動を行い、服飾の改善に貢献し、前衛アーティストであるというのはまったく不可能で、結局のところ彼らは流行《モード》のしもべでしかない、と。そして、
流行《モード》という装置とそれに関わる広告がもたらすのは、衣服の浪費現象であるが、その恩恵を受けるのはメーカーだけで、実際には今日私たちに押しつけられている衣服の形態よりもずっとましな形態へ向かおうとする衣服の発展にブレーキをかけてしまうのではないか、と
(たとえそうであれ、ファッションという現象の詩的《ポエティック》な価値、私たちの人生を文句なしにより美しいもの、より生き生きとしたものにするという価値をいささかも損なうものではない)。
だが、服飾作家が流行《モード》とみずからの名声を利用して、語基と、とりわけ中性要素を大きく変えようとする場合には、衣服の発展と流行《モード》の間に連鎖反応が起こり、服飾作家の存在が衣服の発展に決定的な力を及ぼすことがある。衣服の語基と中性要素の限界は、その周縁部では強い強制力を発揮するものの、いたる場所で同じ耐久性をもっているわけではなく、それらを体系的に計測できるのは唯一、流行《モード》のもつ熱狂《フィーバー》だけである。そうした熱狂が方向づけられたものであれば、発展はより早いかもしれないが(この方向に方策を取っている政府もある)、発展の余地はより少ないだろう。というのも、そうした発展は最も厳格な服飾上のタブー、いまだ揺るぎないタブー(自国では格段に不便な代物でしかない西洋の中性要素を適用した極東の国々がその例だ。そのうえ、ネクタイを詰襟に置き換えることで、彼らは遊びの領域をさらに限定してしまった)の内部でしかなされないだろうから。だが、流行《モード》は単なる労働以上に、衣服をめぐる夢でもあるのだから、流行《モード》が私たちに約束するのはそれ以上のものである。

VI 流行《モード》をめぐる言語活動《ランガージュ》

衣服は一種の言語活動《ランガージュ》であり、流行《モード》はこの言語活動《ランガージュ》の内部で作用し夢見るのであるが、それと同時に、流行《モード》は衣服をめぐる言語活動《ランガージュ》の作り手でもある。コレクションは新しい型《モデル》だけでなく、新しい用語《ターム》も私たちにもたらす。同じ品物が別の言葉で呼ばれ(造語、外来語、名誉回復された古語)、新しい呼称(カーディガンやバヴォレ[04]、ブルー・ジーンズなど)が奨励されるや、その呼称が一つの種全体を一時的に吸収してしまうこともある。衣服自体がそれほど変化したわけでもないのに、人はそれをまったく別様に語り、それを使って別の話題について語ることもできる。

こうした語彙の刷新は、色彩表現において最も明らかだ。たった一つの色調だけ流行るというのは稀で、普通はその色調を含む色階全体が流行すると考えられるが、その色階の中のそれぞれの微妙な違いが視覚的に見て以前のそれとほとんど区別がつかないとしても、色彩全体の中で新たな場所を与えられ、聞きなれない形容詞によって価値づけされた新たな参照項を与えられることによって、まったく別の響きを発することになる。

流行《モード》は会話の話題にもなる。みずからが纏う衣服によって語るだけでなく、その衣服について、さらにはほかの人の洋服についてどのように語るかによって、女性は流行《モード》の局面をそのプロセスの内部に位置づける。

細部、目配せ(同定可能なあらゆる語基への)、ギャップ(パリで纏うスキーウエアなど)などは会話のきっかけになる。それらが機能ではなく現実あるいは空想の生活様式に関して与える指標は、言説《ディスクール》によって補完される。イタリアに関する話題が流行れば、イタリア的な記号を身につけるのがいっとき流行《モード》となる。

VII 衣服としての言語活動《ランガージュ》

言語活動《ランガージュ》は実際、衣服的と形容しうる機能の総体を有しているが、それがとくに明確なのは、人が会話と呼ぶ自由な対話においてである。そのとき言語活動《ランガージュ》は、

(一)話を切らずに攻撃を交わしたり、茫漠とした発言《パロール》の背後に身を隠したりできるから、保護であり、

(二)看板でもあり、というのも、その人なりの話し方は出自や環境、職業を顕わにするし、また、幾つかの言語では話者の地位や社会的身分によってことばの形態が同じではないこともあり、同じものを指すのにあるグループは別の用語《ターム》を使うというような単なる暗示的意味《コノテーション》だけではなく、それと同時に、ある

グループではこれについて話すのに、あれについてはまったくかほとんど話さないという明示的意味《デノテーション》も問題になっていて、(三)さらに、たとえば女性たちにとって流行《モード》をめぐる言語活動《ランガージュ》は「パリ的生活」という場の主要構成要素であるから、ある種の話し方を真似しないと排除されるというように、それは場を構成し、(四)最後に、ある言語活動《ランガージュ》の領域内で許されたいくばくかの自由のおかげで、流行《モード》現象が開花するのである。男性(あるいは女性)話者は、独自の語彙や文法によって、そしてとりわけ自分で発見した話題や擁護したいと望む主張を利用して、自分に注意を惹きつけるだろう。

デザイナーをはじめとするある種の人々は、この点に関して驚くべき感受性を持ち合わせている。流行《モード》の領域で今後、役に立ちそうな話題を彼らは見抜き、そうやってさまざまなテーマ、作家、言葉などを時流に乗せるが、それらが流行遅れになる気配をいち早く察知するのもまた彼らであり、そのときにはそれらに代わる新たなテーマを提供する。

VIII　前衛

流行《モード》の探求者は当然のことながら新奇さを求めるものの、その新奇さもまた、現在の流行《モード》の場との関係性、すなわち多様な語尾の内部においてしか規定されず、だからこそ、どんな古いスタイルでも時が経てば十分別のものに変化し、流行《モード》という魅惑のプロセスの中で役割を演じることができる。

前衛作家とは流行のしもべになるのを拒否する人であり、今日の自分の選択が明日の選択によって無化されるのを受け入れないがゆえに、言語活動《ランガージュ》と現実全体の発展に対して一貫した姿勢で働きかけようとする。

違いをもたらすかぎりにおいて、前衛は常に流行《モード》にとって一つの可能性として現われるものの、そうした存在は実際のところ、前衛のみというわけではない。流行《モード》は前衛を時々しか利用せず、しかもその際には前衛以外の芸術家が数十年も前から積み上げてきたものに光を当てながらそうするのである。それ以外では、流行《モード》は前衛にそっぽを向く。

文学の服飾デザイナー《モデリスト》と主任デザイナー《クチュリエ》は、服飾分野にいる彼らの同僚に比べると、有利な立場にいる。というのも、彼らはより柔軟に時間を使うことができるからだ。前衛の精神を感じさせるドレスを披露するには、年二回のコレクション展示の機会に合わせるしかない。そこでドレスが流行《モード》の注目を惹かなければ、廃棄を待つだけだ。おそらく三、四年経ってからしか反応を得られないような独創性にこだわるのは、この世界ではとりわけ難しい。その点、文学や絵画の世界なら、いくら時間をかけても許される。

流行《モード》が前衛を利用するのはあくまでもその差異性のためであり、前衛の持つ積極的能力は無視される。前衛の準備するものは流行《モード》の興味を引かず、前衛が離反するものに対してしか流行《モード》は興味を示さない。流行《モード》が前衛を利用するとき、前衛作家の頭の中では未来を見極めるための試みの結果でしかなかった否定的な特徴だけが常に強調される。だから、前衛が流行るときには、しばしば虚無主義的《ニヒリスト》な様相を帯びるのである。前衛が本来持っている真摯さを剝奪し、代案を一切もたないがゆえに不可侵の語基になんら危害を加えないただのお飾りへと骨抜きにする手段として、流行《モード》は前衛のこうした否定的性格を過度に強調する。時流に乗る若者は私たちにこう言い放つ。「お分かりでしょう、僕だってこんなに否定的な言語《ランガージュ》を長く使うつもりはありません。ですが、それが僕に与えてくれるこの大胆な様子、意気揚々とした雰囲気をどうぞ見てください！」

前衛の持つそうした雰囲気が十分に利用尽くされたあとで、流行《モード》は掌を返して元の場所へと立ち戻るだろう。多くの場合、そこに長くとどまるために。

IX　古典作家たちにとっての煉獄

古典にならないかぎり、つまり流行《モード》という場所の構成要素にならないかぎり、前衛はこんなふうに幾度となく流行《モード》によって愛されては捨てられる。たとえ古典になっても、たとえばユゴーやゾラのように、いわゆる煉獄を経験することがしばしばある。熱狂的な読者は常に存在するのに、ある期間、流行《モード》から完全に無視される。邪魔者になってしまうのだ。

流行《モード》からのこうした排斥についていうなら、たとえば歴史上の大きな転換のせいで美術史のある時期、文学のある領域が被ったほぼ完全な掩蔽とは本質的に異なる。

それがどんなに複雑に見えたにせよ、私たちはこれまで流行現象をそのたった一つの次元、水平的な次元から見てきたにすぎない。あたかも流行《モード》がその波動を与える諸個人が皆、同じ年齢で、同じ屈折度しか示さないかのように。当然ながら、そこに垂直的次元が加わって然るべきだろう。しかもそれは、単に老い、つまり人を魅惑しようと思わなくなる時期に、流行《モード》というプロセスそのものの重要性が減少するという理由だけではなく、同世代人の中で抜きん出るだけでは足らず、むしろ彼らと一緒になって老世代から独立を勝ち取り、古くなった流行《モード》と競合できる場所をある意味において確立する必要があるからなのだ。若者たちは年長者とは違う格好をし、違う書物を読み、別の話題を語ろうとする。若さは魅惑の主要な要因であるから、母親は自分の娘たち、父親は息子たちの考えを取り入れようとするが、それでは単なる問題の先延ばしにすぎない。実際、若者たちに必要なのは、彼らの両親が真似しようとしても真似できないものを見つけることであり、両親たちがついにあきらめて若者たちの好きにさせるように仕向けることなのだ。

同じように、ある作家が一つの世代を代弁するほどに成功した場合、続く世代によって彼が流行《モード》から遠ざけられる事態は避けえない。なぜなら、彼に関わる参照項はどれも、単なる順応という意味しか持たなくなるだろうから。仮にその作家を推奨するにしても、その前に自分たちには別のお気に入りの作家がいて、その作家たちが両親の書棚から来たのではないことを若者たちは証明しなくてはならないのだから。

結局、流行《モード》からの排除がもたらすのは全面的な利益であって、それによって〔排除された作家の〕影響力が妨げられるようなことはいささかもなく、それどころか別の何かの発見へと促す。

ある種の作家(ランボーやロートレアモン)には若さという特徴がはっきり備わっているおかげで、数世代にわたって誰もが自分たちを親世代から区別することができた。もちろん、両親たちも若かりし頃には同じ作家を利用したわけだが、もはやそれを語ることはしなくなった。

次世代が新たな場所をちゃんと見つけた暁には、作家はみずからの煉獄を逃れ、無尽蔵に探求されうる古典作家たちの保護地区についに属することになる。

X 誰が文学を作るのか

流行《モード》を決めるのはデザイナーではない。彼は流行《モード》を察知し、指し示すだけだ。腹黒い実業家にいたっては、流行《モード》を察知する人々の助けを借りて、それを利用することしかできないだろう。それと同じく、文学の流行もまた、広告によって作られるわけではまったくなく、広告は流行《モード》を追い、流行《モード》を拡大したり歪めたりする商業利用を可能にするにとどまる。

前衛は言語活動《ランガージュ》の一般的状況に呼応し、作者がその背後に身を隠して無名性の中に没しようと願うテクストを提示する。流行《モード》はそうしたテクストをときおり、しかも部分的に使うが、それは発話者に後光を授ける発言の中で、語尾の状況に応えるためである。

言語活動《ランガージュ》に関わる活動全般にとって、流行《モード》は明らかに攪乱的な効果を持つがゆえに、人は往々にしてすすんで流行《モード》を排除するのみならず、それを禁止しようとする傾向を示す。多少なりとも短い期間のうちに流行《モード》に見捨てられると理解する聡明さを持ちあわせながらも、今はまだ流行《モード》に捉えられている前衛作家は、特にそうした傾向を示す。だが、前衛作家の成功そのものがその否定的な側面を強調する方向に働くため、成功のもたらす反響の一部にまやかしを聞き取ったとき、前衛作家は次のように値ぶみする。権威的な方策、ある種の検閲は、少なくとも古い流行の回帰を抑制し、その結果、自分が時間稼ぎするのを助けるだろう、と。

ところが、流行《モード》と歴史の連鎖は、衣服よりも言語活動《ランガージュ》において遙かに緊密である。流行《モード》の禁止は、語基の内部で自由度が減少した場合、すなわち、衣服あるいは思想に関わるタブーが強化された場合にしか実行されえない。そうした流行《モード》の禁止が仮に前衛にとって有利に働いたとしても、前衛はすぐに息切れ状態になるだろうし、その成功もほかのあらゆる前衛を犠牲にしてなされるにすぎないのだ。こうした禁止やタブーは目覚ましい結果をもたらすかもしれないが、それも最初だけで、結局は停滞しか招きえない。

現代性《モデルニテ》とは解放であり、それは流行《モード》の遊びとその多様性に存する。たとえ前衛に不断の危機をもたらすとしても、流行《モード》は前衛が永続するために欠かすことのできない保証でもある。

前衛にとって不本意な利用法に抗う手段、すなわち流行遅れに対する幻滅から身を守り、さらには遅れを最小限に食い止めることで最大の効果を得る唯一の手段とは、流行《モード》の道具にならず、逆に流行《モード》を利用することであり、誤謬と偽りに満ちたその影響力を方向づけと正しさの道具へと変えることである。流行《モード》を決定的に超越する唯一の手段は、おそらく次のように言い表せるだろう。テクストと発言の差を乗り越えることによって。すなわち、流行遅れの言語活動《ランガージュ》とはそれを着用している人へ、その人の生き方や考え方へ、その人の歴史への組み込みへ、語る人あるいは語ることのできる人へ、つまり作者であるけれどもまずは読者である人、ということは、その人物の語ること、その人の欲望や欲求へと結局は送り返される言語活動《ランガージュ》なのだという、その事実を最終結論まで押し進めることによって。そうした多声的な発言の中にテクストを完全に吸収させようとすることによって。そうなれば、テクストが自分に似合うことなしに、またそれを自分のうちに取り込み、あるいは適合させることなくして、テクストを身に纏おうとする人がそれを使うことなどありえないだろう。

自分の作品がただ一個の大聖堂のようにというにとどまらず、一枚のドレスのようにも作られるべきだとプルーストは語っていた。

臣従の誓い[01]

ドニーズに[02]

親愛なるピエール・クロソウスキー[03]、『ロベルトは今夜』〔一九五三年に刊行されたクロソウスキーの小説〕が世に出たときには——その後ほどなくして、あなたはこの「お芝居《テアトル》」の役を一つ、忘れがたい稽古のために、私に任せてくれることになるわけですが[04]——オクターヴという、あなたに少しばかり似ているあの在俗の神学教授が、自宅で、歓待の掟の奇妙な実践を行うのを目の当たりにして、面食らったものでした——なにしろオクターヴは、自分の妻を、無信仰者たるロベルトを、客人たちに、とりわけ自分の若い甥であるアントワーヌに、差し出すのですから——あなたのお考えでは、その顔と声とが私のものにそっくりなのだ、ということでしたが。

そもそもの出発点は、

と、あなたの三部作の第二部[05]で、ロベルトは説明することになります、

夫に対して貞淑であり、なおかつ信仰心を持たないとしたら、私が矛盾を抱え込んだ化け物になってしまう、ということなのです。彼は、私のことを貞潔だと思い込んできました。何かの不義をはたらいたり、この身を売ったりした場合には、私が魂の中で苦しむことになり、ついにはその不滅を信じるようにな

るのではないか、官能が満たされた場合には、救済に資する羞恥心が生まれるのではないか、と考えているのです。そして、最終的に、私は分裂し、彼が罪《ペシエ》[06]と名づけているものに対して己を開いたがゆえに、恩寵に対しても開かれた状態になるのではないか、と[07]。

不品行そのものが、それを非難するキリスト教の擁護に役立ち、地獄の数々が神の栄光を歌っている――しかし、ひとたび書物が閉じられて、その教えが採用されたならば、最初になすべきこととは、その書物を消滅させることではなかったでしょうか。「わが書を棄てよ」とナタナエルは言っていました[08]。ですが、一体誰がそれを真に受けたでしょう。著書の恒久性それ自体が、物《オブジエ》としてのその持続性、物質性が、彼の立論全体をこっそりと破綻させてはいなかったでしょうか。

ところで、『ナントの勅令破棄』の中であなたが掘り下げていったのが、まさしくこの危なっかしい部分《ポルタフォ》[09]でした。芳しからぬ評判のせいで免職となったオクターヴは、トネール[10]が前世紀〔十九世紀〕に描いた淫らな絵の蒐集家としてこの作品の中に登場し、ロベルトはすでに急進党[11]の幹部のひとりになっています――オクターヴの方がうさんくさいカトリシズムの寓意《アレゴリー》であるのと同じく、彼女もまた高潔な自由思想の寓意《アレゴリー》なのです。アングルを思わせる文章で書かれた彼らの日記による対話を通じて、私たちは、オクターヴが、

ロベルトは自分の欲望をとことんまで突き詰めたりはしまい、ある秘められた羞恥心に抑えつけられているのだ、もしも彼女が自分の性癖に身を任せるとしたら、私〔オクターヴ〕が過ち[12]だと考えていることをしでかすとしたら

（その過ちが、私〔オクターヴ〕の目にはどれほど神意にかなったもののように見えるとしても、ああ幸いなる罪よ《オー・フェリックス・クルパ》[13]）、

その羞恥心はもはや秘められたままではありえないはずだ、彼女は自分が罪を犯してしまったと感じ、ゆえに神の掟を前にして――さんざん正道を踏み外してきたものの、私〔オクターヴ〕がその証人となっている〈神の言葉《パロール》〉[14]を前にして――身を低くせざるを得なくなるに違いない、と断じながら、

彼女のために堕落の機会を増やしていくのを――また、彼女が誘惑に屈しはするものの、そのせいで、罪深き女、ふしだらな女になったり、自分がその種の女であると感じたりすることはなく、この上なく淫猥な情事のさなかにあっても、なお変わることなき純真さを保持しているのを、目の当たりにしていたわけですが、

パートナー同士、二人の争いはエスカレートしていき、ロベルトの方では、オクターヴがあわよくば彼女を突き落としてやろうと念じている不幸な意識の深淵の、次第にごく近くまで寄っていくのを楽しんではいるものの、だからといって、夫が求め

ているあの満足感を与えてやることはけっしてなく、

それにまた、オクターヴの方でも、その満足感が最終的に手に入るのは、彼の見地からすれば妻が彼に対して犯しうる最も重い罪《クリム》、すなわち彼本人の殺害においてでしかありえない、と考えていたのです。しかしながら、自分は常に自由に行動している、と思い込んではいたものの、彼女はそのとき、実際には夫に割り当てられた役しか演じてはおらず、夫にとっての端役に、手の込んだ自殺劇における夫の道具にすぎなかったわけですから、私も共犯だ、という意識がもたらしていたはずの悔悟の念からは、私は自律している、というくだんの錯覚が彼女を守ってくれることとなり、そのせいで、ひとたび完遂された行為は、ほかの諸々の行為と同様、その第一の責任者へと跳ね返っていって、ロベルトの自由が強化(ないしは確立)されることになった結果、ついにはオクターヴ自身が姿を消すとともに

ロベルトがたったひとりで残ることになるのです——独裁的な夫(《グランド・オダリスク》[15]のあの「不在の専制君主」)が彼女を断罪して従わせるための方便にしようとしていた、あの内面生活の豊かさをすべて吸収し尽くしたような状態で。

かたや、『聖ルカによる福音書』の以下の一節を作品の題辞として掲げることで、

……だから、いかにして聞くかに注意するがよい。というのも、持てる者はさらに与えられ、持たざる者は、自分が持っていると思い込んでいるものまでも取り上げられてしまうのだから[16]

(神の言葉を受け取る者は、さらに別のものを、すなわち真の自由を受け取ることになるだろう。おのれの自由を守りたい、と称して神の言葉を拒む者は、まさしくその自由を拒まれることになるだろう)、

あなたの方では、ご自分の三面鏡の第二面[17]をこの言葉の例証として提示し、ある種の思考の自由をとことんまで突き詰めることで、もしもその自由が、天啓を——〈聖書《エクリチュール》〉のみならず、〈聖伝《トラディシオン》〉[18]をも——前にした際に、謙虚さを欠いているとしたら、その自由とは結局のところ隷属状態にほかならないのだ、ということを自白させたわけですが、

そして新たな、またいっそう徹底的《ラディカル》なナントの勅令破棄を、悪戯っぽいやり方で提示していたわけですが、

かたや、あなたのロベルトは、この目論みがまさしく実現せんとする中で、夫の気まぐれな望みのすべてに——すなわち、あなたの気まぐれな望みのすべてに——従ってはいたものの、その実、最終的な決定権だけは、完璧に保持していたのでした。つまり、この著作は、その配列によって、またその生命によって、キリスト教を擁護しようというオクターヴのあからさまな意図からはものの見事に逃れていたため、彼のその意図は、も

はや一つの口実として出現することさえなく、背景の諸要素の内の一つとして、ある種の小説性《ロマネスク》の、ある種の喜劇性《コミック》の、ある種の個性《アクサン》の誕生に欠かせない成分の一つとして、出現していたのです――そして、その個性《アクサン》は、ひとたび現われ出るや、彼を押しのけてしまったのでした。

『プロンプター』[19]では、あの殺されぞこないは、自分が利用した道具自体を有罪とすることに失敗したあの自殺者は、あのお粗末な殉教者は、テオドール・ラカズの相貌のもとに、ついでその分身にして親密なる敵である作家Kの相貌のもとに、再登場していたわけですが、その作家Kを、ロベルトは最後に優しさのかぎりを尽くして介抱し、快復させることになります[20]。

　思わず困惑させられてしまうようなイマージュの数々ですが、あの神学的な議論はすべて、これらを深く探求するためにこそ展開されていたのではなかったでしょうか。キリスト教の中にいる、というには程遠く、私たちの抱えている矛盾の数々について、ほかの誰よりも苦しみながら、あなたはキリスト教の伝統に――入口であると同時に出口でもあるような、その敷居のところに宙吊りになったままで――救けを求めていました――さらにはキリスト教の伝統を突っ切った、その先にある異教の伝統の数々にまで[21]。

　ニーチェの深遠なる注釈者であるあなたは[22]、神の死と彼が呼んだものをほかの誰にも劣らず切実に生きていたわけですが、この出来事に端を発する世界の居心地の悪さを甘受し、それについてはもう考えないようにする、などということはなく、以前の諸宗教は私たちを裁くような光をふんだんに備えていた、という事実を生きながら、それらの宗教を再度活気づけ、燃え上がらせることで、私たちを照らそうとしていたのです、

　そこには、いくばくかの郷愁も混じってはいたわけですが。すなわち、ただ単純にキリスト教に帰依すること、あれやこれやはすべて忘れてしまうこと、見たり聞いたりしない方がよさそうなことはすべて消去すること、いっそのこと中世あたりの修道士に戻ってしまうこと……。

　　そんなふうにして、

と、ロベルトの名前がいくつもの模像《シミュラークル》のもとで再登場するあの『バフォメット』[23]の終盤で、中世版のアントワーヌである若きオジエ・ド・ボーゼアン〔『バフォメット』の主人公〕があなたに述べています、

私たちは皆[24]、おそらくはまるで取るに足りない何ものかに満たされて、もう何も欲しくはないし、翌日のことを気にかけることもないという、そんな平穏なひとときを、短い人生の中で経験しているのです。ですが、あえて野原の百合のように生きた者などいたでしょうか[25]。その花が、栄光の絶頂にあるソロ

モンを凌駕している、などと考えた者がかつていたでしょうか[26]。かくして人は、まだ始まったばかりの平穏に、早くもそれ以上は耐えられない、という曲がり角にさしかかることになるのです。まったくもって、あれは子供じみていたし、あまりにも些些たるものだった！　彼はもうそのことを恥じています！　すると、彼の同時代人だと称する人々のあいだで、役立たずの異邦人として生きるのが怖ろしくなってきます。この世に生まれてくるのが早すぎたり遅すぎたりしたとしても、それは彼の過ちなのでしょうか。どんな国の、どんな時代の〈礫にされた者ら〉[27]や偶像たちであっても、商人どもを富ませてしまうわけですから、偶像たちの時代よりはむしろ反キリストの時代に生まれたとしても、奴隷売買の時代よりはむしろ農奴制廃止の後で生まれたとしても、円形競技場での祭典競技の時代、ワイドスクリーンの聖史劇の時代[28]、物々交換の時代あるいは有給休暇の時代、乗用馬《アクネ》[29]の時代あるいは寝台車の時代、動物園の時代、禅の時代、あるいは殺虫スプレーの時代、それらの前に生まれたにせよ、後で生まれたにせよ——生まれが一二六四年だろうが、一九六四年だろうが——彼としては、そういうものだと納得するしかないのです〔…〕[30]

あなたは書かずにはおれませんでした、同時代を生きる人々のひとりたらざるを得ず、それゆえ私たちと語り合わずには、私たちのように感じずには、私たちのために感じたり、考えたりせずにはおれませんでした

（確かに、無数の教会や神殿の廃墟に埋め尽くされている私たちの時代は、廃れてしまった幾多の信仰に、いまにも廃れようとしている幾多の信仰に取り憑かれている私たちの時代は、まるごとあなたの幻想《ファンタスム》の数々へと引き裂かれています。私たちの誰にとっても、これ以上に今日的《アクチュアル》なことなどほかにありません）、『かくも不吉な欲望』[31]の中で、あなたがその内の幾例かを研究したあの俊傑たちの一門のひとりとして、あなたご自身もまた、光へのかくも不吉な欲望に[32]——あなたにとっては多くの点で不吉ですが、私たちにとっては幸いなものである欲望に——苛まれながら。

　ところでロベルトとは、いかなる信仰であろうとそんなものを扱った著書や論文などではなく、あの種の小説やエッセイを書くことをあなたに強いるすべてのものの名前であり、記号であるわけですから——また、キリスト教の内部におけるあなたの召命を中断した[33]、そしていまなお際限なく中断し続けているすべてのものの名前であり、記号であるわけですから（また文学は、ここではそのような召命を中断するものとして立ち現われてくるがゆえに、どこかのタイミングで、できるだけ信仰の妨げ《スキャンダル》となるような[34]ものとして姿を現さなければならないわけですが）、

どうしてあなたが試みないはずがあるでしょうか――ときには彼女に復讐し、罰を与え、彼女を他人に押しつけて、自分は彼女から解放される、ということを[35]。

ですが、どんな波乱《オラージュ》や侮辱《ウトラージュ》のさなかにあっても、彼女はあなたのもとに残ってくれますし、幾度となく回帰してくるあのささやかな晩、自分がどうなっているのか、何であるのか、誰であるのかがもう分からなくなってしまったようなときであっても、彼女は必ずそこにいて、愛撫ひとつで、あなたに自分の名前を取り戻させてくれます。あなたの輪郭線《トレ》[36]がことごとくこんがらがり、消されてしまうようなときであっても、彼女はあなたの素描《デッサン》[37]の力であり、

私めは、あなたの忠実なる〈猿のアントワーヌ〉なのです[38]。

私の顔について

エドゥアール・ブバに[01]

私は誰なのだろう？　私は自分がどんな顔をしているのか一度も知ったことがなく、知らずにいる。もちろん、毎朝髭剃りをしながら鏡で自分の姿を見てはいる。頬がさっぱりと清潔であるかを確認しながら、そこに映る人物の身元については疑問を呈したりしない――私は自分にしかめ面をすることもできるが、もしも偶然に、道や、店や、友人宅で鏡が私の姿を返してきたならば、この当惑した眼差し、それを自分のものであると認めるにはしばし時間が必要になる。

しかも写真はあまり私の役に立ってくれない。私は写真のなかに自分自身よりも写真家のほうを認識してしまう。とある写真家は私をエジプト人に、別の写真家はトルコ人に、さらに別の写真家は明らかにドイツ人のように写した。確かに、私の中には、とりわけエジプト人や、トルコ人や、ドイツ人のような面がある。行き先の国々が私を浸食しているのだ。

ほかの人々もあまりあてにならないようだ。顔をじろじろと凝視されるあの恐ろしい国境通過では、訝しげな職員がパスポートの即席写真と私の同一性を認めてくれないのではないかといつも不安だ(向こうにも一理あると人は言うだろう)。今までのところなんとかなってきたものの、とはいえ逡巡が少し長いことはあった。私は言い訳をしなければならなかった。その頃はもっと若かったとか、そのあと痩せたのだとか、髪がもっと長くなったとかその逆とか。

しかし問題は、写真の質だけではない。最近のこと、私がいくつか考察を寄せた画集が展示されたミラノのとある書店にて、その数日前に優れたアーティストが撮影したとても美しいネガをもとにした写真が壁を埋め尽くしていた。別のフランス人作家がその宵に講演をしていた。私が到着し、ずっと前からの知り合いではあるものの、何年も会っていなかった書店主に挨拶をする。私はその目の中に、その微笑みの裏に隠れた戸惑いを察知する。秘書が近づいてきて私は誰なのかとひそひそ尋ねている。「ええと、画家ではないし、ミシェル・ビュトールでもない、つまりもう一方の作家に違いない。お知り合いになれて光栄です」。私は自分がビュトールであると請け合っておく方がいいと考えた。すると目が、この捉え所のない存在とイメージを突き合わせる。そして、それでも少しずつ、そう、何かが、名前が実際に貼りつく。同一人物であることが明らかになる。

路上で友人たちが私に近付いたり、遠くからでも挨拶してくれたりする。それでもときどき、私が友人たちの注意を引こうとしても、その目線は私の上を滑り、なんの印にも引き止められないことがある。まるで、私は透明になってしまうほどに滑らかになってしまったかのようだ。裏切りがあったのか、なんらかの旅から戻ってきたら、理由も忘れてしまった、あるいは気付いてもいないか、つまらない噂話による誤解(パリ)があったのか、謎の利害関係があるのか、外見は変わっていないにもかかわらず、その人の前では私とまったく関わりがないことを示したいと願わせる第三者の存在があるのかなどと思いをめぐらせてしまい、時にそれは事実なのだが、ほとんどの場合は、明らかにまったくそうではないと気付かされることになる。それゆえに、このようなことが頻繁に起きるとなると、私は今日一体どんな顔をしているのかと自問することになる。

私は私に似ていない。

木の面やぴんと張った皮のように不動の顔もあれば、絶えずどこかの筋肉が動いている顔、たとえば目が休みなくぱちぱちしているような顔がある。若い頃から死ぬときまで、回り道やしばしば回帰も伴う緩やかな成熟もある。ひとりの人間の一連の肖像写真を広げてみれば、ある時に、ある試練のあとに、彼が最終的な顔になったと気がつく。その顔は彼にふさわしいものであり、その親族の記憶や辞書のページのなかにとどまることになる。パチリ、まさにここで、人物像ができあがる。しかしそのあいだに中間的な変化があって、それはわれわれが引き受けることのできる役割の変化であり、より正確に言えば、われわれの上を通り過ぎ、自分ではたいてい、それを認知することも、名づけることもできないままでいる役割の数々である。

私は、入念に準備された自分の写真を見ると、ディドロがミシェル・ヴァン・ローによる自身の肖像画について述べたサロン評をついでに思い浮かべずにはいられない[02]。

> わたしは一日のうちに、気を取られる事柄に応じて、百面相をしてみせたものだ。穏やかな顔、悲しい顔、夢想家の顔、優しい顔、凶暴な顔、情熱的な顔、熱狂者の顔をたたえたものだ。

しかし、私はそれに続く言葉を自分にあてはめることはけっしてできない。

> しかしわたしは断じておまえたち〔ディドロ自身の孫を指している〕がここに見出すような姿をしたことはない。

なぜなら、それが自分自身でありうることはわれながら非常に驚くべきことでありながらも、確かに私は時にそのようであったし、そのようであるのだから。私は自分で知らなかった、あるいは自分にとって多少なりと親しみのもてる「役どころ[03]」のなかに自分を発見する。それは小説を書こうなどとした者にとって自然なことではないだろうか。〔先のディドロの引用の〕より先の箇所には、

> わたしは芸術家を騙す仮面をつけていて、ときにはそこにあまりにも多くのものが溶け合わさり、ときにはわたしの魂の印象が高速度で連続して発生し、それらがすべての表情に現われてくる。そうして画家の目は、瞬間ごとに異なったわたしを見出すのであり、その作業は、画家が予想していたよりもずっと困難なものとなるのだ。

写真家はといえば、真実の、啓示的な瞬間を、ポーズでしかないその他の瞬間から切り離さなければならず、コンタクトプリント上で、無意味な、失敗したネガを一定数削除することができる一方で、一度きりの一時間の撮影では、ただ一つの部屋において、衣装の変更も人工照明の助けもないのに、複数の異なる「真実」が出現しうるし、それらは同じように必要で、互いを必要としており、この劇場では複数の年齢や職業が次々に現われる。となれば、「どれが私だろうか」という問いに対しては、答えることが私には不可能である。私は一方であり他方であり、一方であるのと同じくらい他方である。一方である以上に他方であることはなく、一方と他方を結ぶ運動こそが私なのである。

しかしこの変幻のなか、諸々の登場人物の製造において、何時間にもわたって顔が不動なままの人物たちがいる。彼らは少しずつ舞台を占拠する。いつか、私を対象に制作される肖像写真は、あれこれの本に付される著者像になるだろう。もはや私には不可能な役柄が、それらの写真のうちに、まるで衣装部屋のように掛けられている。そして最後に残る顔が、腐敗する前に定着されるだろう。

タイプライター礼賛

ステファヌ・コルディエ[01]に

文士たちは現在にいたるまで、彼らの手仕事を根本から変える道具であるにもかかわらず、その発明と完璧さをほとんど称賛してこなかった。社会学者に精神分析家の諸氏よ、かくのごとき沈黙の理由をわれわれのうちに探ってみたまえ！

というのも、文士たちの実践からその手間を省いてしまうと、彼らをめぐる神話の大部分がお払い箱になるからである。まずは、それが機械であるというただそれだけの理由によって、書くという動作から、その貴族的な威信を取り除いてしまう。だから私が今この瞬間に行っていることとはすなわち、手仕事だということになる！　しかしながら、それこそが「手稿《マニュスクリ》」という言葉の意味するところではある。いつだってそうだったではないか。ベラム紙〔クリーム色の高級紙〕の上に文字を書き入れることは、鷲ペンを用いてであろうと、手先の器用さによるものだったのではないか。もっとも、かつては中間的な職人、作家《エクリヴァン》という言葉の古い意味での代書人、筆生、秘書、書記がいた――スタンダールは口述筆記をしていた。

そして著者は書記を自分の肉体に取り込んだが、それをまったく高貴にすることはなく、それどころかできるかぎり覆い隠したのであった。もはや何者も、口述と紙のあいだに介入することはなく、身体さえも介入しないと言わんばかりであった。この理想的な連続性は流れるような筆跡の走り書きのなかにその象徴を見出す。考えを紙の上に置き、その糸を繰り出す。それはいっときたりとも中断させてはならない臍の緒である。シュルレアリスムの自動筆記はこれを極限まで押し進めた。

むろん、近年の改善(万年筆であれボールペンであれ)より以前には、インク壺に浸すためにしょっちゅう羽ペンを〔紙面から〕持ち上げなければならなかったわけだが、しかしこの液体は、書字における流体性の凝縮のようなものだった。湿った要素のなかに、潤滑剤のなかに再び浸るために息をついていた。

筆跡と親密さの連続性――自分のものとして筆跡を形成すること(自分のサインを作り上げようとする高校生たちの努力)があれほど大事だったのはそれゆえである――このように個別化された特性《カラクテール》=文字は自由業階級の占有物であり、公証人の書記、民事登記官など、筆記をこととする奴隷たちのそれと対立させられる。

公印を署名が引き継ぎ、ついで、ページ全体が署名印となった。作者は、用紙に身をかがめ、線を伸ばし、みずからをそこに見出す。神経と筋肉という機械仕掛けはことごとく忘却され、隠蔽される――ロマン主義文学者の手とは、廃された筆生なのであり、そんなものはもはや存在しない。口述筆記は手を通り過ぎなければならない。その結果は、思考、すなわち純粋に内的な過程の直接的な痕跡とみなされ、この過程をわれわれは時に仕事と呼んだりすることがあっても、職人の仕事と同列に扱いうると認めたりはけっしてしない。

文字を書くための指の動きを改めて意識するや否や、われわれは「芸術」の種類を変え、書道や絵画にいたって、われわれの分類に罅が生じる。

手稿の連続性、糸は、線状の霊感に対するノスタルジーのうちに花開く――頭のなかに演説が流れ、それがページの上に置かれる。それは、下僕たちに下される主人の言葉であって、下僕たちがそれをすぐに実行できない場合は彼らがそれを保存する。後戻りすることは、その言葉がもつ権威を弱めることになるだろう。先に申し渡されたことを修正することは無用であり、危険ですらある。発語され、なぞられた語はすべて最終的なものなのだ。そんなことがほぼ絶無であることは、この上なく通り一遍に調べるだけでもすぐわかるものの、伝統的作家において、

(ここで私が設ける分断は、通常「アヴァンギャルド」という語が示すそれとはなんの関係もない。タイプライターを使用する者と使用しない者との違いであり、より正確には、実際には誰もが多少なりとも使っているのであるから、彼らが使っていることを認めているか否か、そこからなんらかの帰結を多少なりとも引き出しているか否か、という違いである)

こうした夢が無言で演じられるところの儀式――それは清書である。あらゆる削除線や加筆、ありとあらゆる逡巡の末に、手で、その手にはまったく注意を払うこともなく、筆跡という

鏡に魅せられたナルキッソスのごとく、ようやく到達した自信に満ちて、作者はゆっくりと、うっとりとしながらみずからのテクストを浄書する。

印字機《ダクティログラフィ》[02]――この指は、走り書きの手稿にある手、黒いシーツに覆われたかのような、インクの染みに押しつぶされたかのような手をわれわれに見せてくれる。手はこの活動のために必ず補佐を必要とし、その背後に隠されるのであり、この補佐が決まって批評家の用いるメタファーにおいて根本的な役割を演じている。この物語は軽快な筆ないし文体《スティル》[03]で書かれている、などと人は言う。誰も手の話などしないわけで、というのも、頭脳あるいは言葉の人を手の人から区別する必要があるからである。ありきたりの言葉遣いがここでなんという力強さを帯びているかを見よ。

ランボーいわく――

ペンを持つ手は犂《すき》を持つ手に値する。

ロマン主義者にとって、以前と同じく一九七二年においても、ペンとは彼の剣であり、道具ではない。建設し、鍛練し、解体するかわりに、彼は身を投じる《アンガージェ》のである。

私はこのテクストをタイプライターで書いているが、直前の段落は草稿の余白に書き加えた。

これらの基礎的な道具は、今世紀初頭以来、目覚しく改良され、正真正銘小さな機械になったため、紛う方なきロマン主義者あるいはそうではないように偽装する者たちにとって、ページの上に見えるものとの関係において作者の身体的姿勢を何ら変えないという利点がある。いくらかの付随的あるいは下準備的な儀式は廃止される――鵞ペンを削ること、指を汚すインク壺に浸すことといった。作家の営みはかえってその古い神話により適合するものとなる。

しかし手書きの清書は今日、ますます非現実なものと化している。いったんすったもんだから解放されるや否や、完成したテクストを手稿《マニュスクリ》のかたちで清書し、まるでそのテクストが頭から湧き出してくるかのようにペンでざっとたどり直す時間など、一般的にいって、作者にはない。もし作家が自分ではまったくそれをタイプしないのであれば、印刷に回せるよう、秘書にタイプさせる。

ここで奇妙この上ない盲目性が現われる。なぜならば、われわれのいう伝統的作家が数世紀このかた知っているとおり、彼の手稿が人に働きかける力を持つために、それは職人的あるいは工業的な手法でつくられた物体におき替えられ、彼の個人的な筆跡は、印刷された共通の字体に完全に覆い隠されることになるのであって、その選択に作家はあまり関与せず、たいていの場合、興味をもっていないふりをする。しかしながら、この点についてはあり余るほどの証言があり、作家がはじめて印刷された自分のテクストを校正刷りで見たとき、事実としてはじめてそれを見るような気持ちになり、だからこそしばしば修正を加えざるをえなくなるのである。それがまだ手稿であったとき、それを視覚的な現象として見なすことを妨げるなにかがあったために、それは音であり、話し言葉であった。筆跡の個人性は、確かに個人が自己を示す手段なのであるが、注意すべきは、手にとってはみずからを隠す手段だということだ。われわれに見えるのは他者の筆跡であって、われわれの筆跡ではない。筆跡自身にとってもみずからを隠し、われわれの背中の一部となるための手段なのである。それは鏡であり、いってみれば私は、透明になった自分自身をそのなかに見ているかのように思い込む。私は自分の魂に耽溺し、天使になり、ある純粋な精神を生きている状態を演じる。

　印刷されたものによってもたらされる客体化によって、それを再びわがものとするための集中的な作業を引き起こされる者たちがいる。モンテーニュ、バルザック、プルーストの繁茂する余白を見よ。それが新たな校正刷り、新たな客体化、しばしば新たな修正や加筆や削除をもたらす。印刷物において著者はまるで他者であるかのように自己を読む。〔活字になる〕以前のテクストが、文学のある種の状況に対する応答、彼の読解を通じてその文学に対してなされた応答であったのと同様に、あの繁茂のほうは、この新たな作品による変形をすでに受けた状態においてこの文学を読解した結果に対してなされた応答にほかならない。なんという成果であろう！

　とはいえ、その過程は高くつく。が、実際のところは印刷機械ないし前印刷機械と呼ばれて然るべきであろうタイプライター《マシーン・ア・エクリール》（英語のtypewriterではこの二つの意味[04]が重ね合わされている）は、即時にテクストを客体化でき、私にそれを見せてくれるという途方もない利点を備えている。このように私は単にそれを読むばかりではなく、それが他者のものであるかのように書くことができるのである。通常においては非常に緩慢なこの循環を私は圧縮し、この対話を増殖させる。私の力の及ぶかぎりにおいて、私は文学を一世紀短くする。時間を横断する機械。

　タイプライターが要求する身体的手順の習得は、走り書きのそれを習得するより遥かに容易ではあるものの、職人仕事としての価値をいくらか保持している。機械はわれわれに自分の手と目を返してくれる。

　その影響を受けて、われわれ個人の筆跡がまったく違って見えてくる。そのときわれわれは、筆跡がその効力を発展させることができるのは、清書の線条性においてではないと気が付く。それどころか反対に、タイプされたテクストという印刷の前段階にあるものと清書原稿とを区別するのは、後者の柔軟性であり、その曲折なのだ。それが代替不可能に見えてくるのは、私がページの全体を使う必要があるときである。タイピングと組み合わせられることで、モンテーニュ、バルザック、プルースト（手稿／印刷／手稿／印刷……）のずっしりと太い束《つか》をなす層状のエクリチュールは、素晴らしい繊細さや可延性を獲得しうるだろう。

　同様に、紙に対するタイプ打ちの垂直性は、われわれを極東の書家に接近させるのだが、彼が象る文字の中に次々と異なる描線（あるいは別々に異なった部分、ある描線の瞬間）が際立たされる結果なのであって、それは草書体の筆跡において語が形成する絡み合いや結び目のごとく、活字《タイプ》というものの同時性とは対極にある。絵画における近年の一大変化がその証左である。

　最後に、タイプライターが可能にしてくれるだけでなく、われわれに強いてもくる〔語間や行間の〕空白の正確な測定、タイプライターがわれわれの指におしつけ、その作動の過程において鳴らしてくるリズムのなかに、汲み尽くしえない韻律的興奮。

　だが、現在の機械は、たとえ最新型のものであっても、事後の印刷を依然として要求するという一点をもって、印刷を以前よりもわれわれにとって思いどおりのものとしてくれるにせよ、われわれを依然として古典的な本の時代の黄昏に置き去りにしている。一刻も早く、それらに置き換わるものを活用すること、それを、歴史の加速装置を要求すること。

今日、あれこれと本をめぐって

ジョルジュ・ランブリックス[01]に

I　本とその重さ

われわれの文明にとって枢要な道具である本(現代において、電話帳なしに存続しうる大都市がどこにあろうか)は、視聴覚技術による変革を余儀なくされているところだが、この変革はその進展につれ、本に働きかけてくるようになって、その姿形を一変させようとしているため、われわれは、印刷を施された紙の平行六面体という、かくも馴染み深い物体、その背がわれわれの書棚に整列しているこの物体の黄昏を真に経験しつつあるほどである。

黄昏を迎えているのは本の一形態であり、読書ではない。それどころか、その姿を現しつつある新たな物体は、古い物体を完全に統合しうるであろうから、われわれは、ようやく読書というものを意のままにできるようになった、との印象を抱くことになろう。

実際、現行の本の不都合な点は、主としてその重さにあり、場所塞ぎになることだ。なるほど、メソポタミア時代の煉瓦は、花崗岩に刻まれた碑銘に比べれば、可動的《モビール》であったし、パピルスや羊皮紙に移行したのは、扱いやすさの面でなんという進歩であったことか。印刷術の発明によって部数を増やすことが可能になり、遍在性《ユビキテ》をテクストに付与できる、と人々は考えた。ところが、この部数たるや、どれだけ巨大になろうが、無限大とまではいかない。いかなる図書館といえども、ある著作に突如として需要が集中してしまうと、それに応じられるだけの部数を所蔵してはおらず、受け入れて然るべき書物をことごとく収容できるだけのスペースも有していない。上昇する一方のこの潮を、急場凌ぎで堰き止めているのである。

本は、その祖先たちに比べればいかばかり軽量であろうと、重たすぎる。どれだけ数が増えようと、希少すぎる。どれほど〔一ヵ所に〕集中させたとしても、嵩張りすぎる。

ここにおいて新技術が助けに来てくれる。事実、稀覯本が出ていくに任せてそれを移送中の危険に晒すより、マイクロフィルムに複写する方が好まれているわけで、そうすれば、一冊しかない本が、同時に多くの研究者によって、非常に離れた場所で閲覧可能となる。古典的な本に比べると、マイクロフィルムには欠点があって、それは、古代の巻物への回帰によって、読書における第三次元の導入という、巻物《ウオルーメン》から冊子《コデックス》への移行が体現していた意義が無視され、ページをぱらぱらとめくることが実質的に禁じられてしまうことだ。とはいえ、テレビカメラを用いて、フィルム、テープ、〔レコード等の〕溝、分子構造にページを連続的に記録し、読み取り装置で再生速度を微妙に調節できるようにして、束幅において試料を採集できるようにすることはまったくもって可能であり、そうすれば古い物体の効能はことごとく取り戻される。紙の手触りや匂いは脇に置こう。再現し甲斐のある要素がそこにはあることだろう。

これらの分野における小型化の進展はめざましく、世界中の図書館の全所蔵資料をささやかな衛星の内部に凝縮しようと思えば、理論的にはなんの困難もないだろう。いくぶんかテレビ受像機に似た読み取り装置《リーダー》を介して、誰にでも、いついかなる時も、どんな著作であれ、閲覧できるようになるだろう。部数の問題は決定的に乗り越えられるだろう。窓口に列を作った挙句、その本はすでに貸し出されています、などと金輪際言われずにすむようになるだろう。

そのとき、テクストはついに、事実上あらゆるところに同時に存在できるようになる。つまり、グーテンベルクに始まるあの革命が勝利し、過去四世紀はその第一段階をひたすらよちよちと歩んでいたにすぎなかったと人は思いいたることになるのだ。

かくのごとき流通体制からどれほどの新機軸が生まれることになるのか、想像に難くない。映画に関する本の図版は、現状だと静止画に限られている。お望みとあれば、連続画面《シークエンス》全体を目にすることも可能になるだろう。音楽に関する本であれば、楽譜のあらゆる断章をわれわれの耳は聴くことができるようになる。美術史に関する本では、取り上げられる絵画の一つひとつを仔細に眺められるようになる。外国語であれば、一つひとつの単語ごとに、さまざまな辞書が供され、それらが必要な項目のところで自動的に開かれるだろう。ある著者に関する本であれば、一つひとつの引用の文脈が余すところなく示される。

ラブレーであれ、マラルメであれ、古い古典作家のページがその物質的様相のあらゆる細部を保持したまま、じつに安定した彼らの語ともども伝達されてゆくかたわらで、ページ表面の部分部分が〔他とは〕異なる速度でめくられることにより、詩行が明滅したり、横滑りしたり、拡大されたりする驚異的な詩篇をわれわれは目にすることになるだろう。

無論のこと、書店は大混乱に陥り、新たな経済システムが、したがって新しいタイプの資金繰りが生まれる。著作権収入が販売部数(そのようなものはもはや存在しなくなる)に応じたものではありえなくなって、閲覧にのみ関わることになるが、その度合いを決定できるようにしなければなるまい。衛星の容量は、提案される原稿(手が用いる機器がいかなるものであれ)の総体を吸収できるくらい大きいので、そもそもどんなものでも発表できるようになるだろう。

II 本と街路

それならば、こうした新たな段階の到来を待てばいいではないか。かくも扱いづらく、かくも読みにくい紙の重い嵩張り《ヴォリューム》を満たそうと躍起になるいわれがどこにあるのか。文学によって夢見られる道具が製造されるまで、文学を冬眠させておけばいいではないか。私には以下のような声が聞こえてくる。こういった進歩を遅らせうるものとの戦いに全力を傾注しよう。これは何よりも政治に関わる問題ではないか。戦いの舞台を街路に移そう。社会の根本的な変化、それのみが新しい空間へのこうした飛躍を可能にするだろう。それゆえ、声を上げよう、演説をしよう、新聞、ラジオ、映画で意思表示をしよう。構造がひとたび据えられさえすれば、文学的冒険もようやく再開可能となって、装備も比べようがなくよくなるだろうし、先史時代を脱することだろう。

しかし、ああ、騒擾が時としてどれほど必要でありえようとも、テレビや映画といった視聴覚技術の時宜を得た協力がどれほど貴重でありえようとも、われわれが今なお知るとおりの本というこの粗削りな下書きに働きかけることを通してこそ、ほかのなににも増して、本の変質を引き起こす望みを抱けるのである。

政治活動は、理論に照らし出されないかぎり、それがわれわれにテクストを差し出さないかぎり、真に実効性を持つことはない。同様に、視聴覚技術をいかに操作するのかをわれわれに教えてくれるのは、説明書である。仲介がどれだけ長い連鎖をなしていようとも、われわれが最終的に見出すのは、決まってあの交差点、文字と図が記されたページの重なりが形成するあの転車台なのだ。

エッセイ「フローベールの文体について」において、プルーストは、アルベール・ティボーデ[02]に応じて、

> カントがその範疇を用いて、〈認識〉並びに外部世界の〈実在性〉の理論を刷新したのと同じくらい、定過去〔単純過去のこと〕、不定過去〔複合過去のこと〕、現在分詞、ある種の代名詞、ある種の節[03]を全面的に新しく個人的な仕方で使用することによって、われわれのものの見方を一新させたひとりの男が、ものを書く才能を欠いた人物として扱われているのを見て

みずからが覚えた茫然自失の念を告白している。

問題になっているのは理論だけではなく、実践とヴィジョンである。人称代名詞や段落の並べ方、綴りの改変、形容詞の選択、その他多くの言語的側面に対してある作家が傾ける努力は、一見したところ、その時々の焦眉の課題とはどれほどかけ離れているように見えようとも、革新性において、電子顕微鏡、月ロケット、サイクロトロン〔粒子加速装置の一種〕の開発にもまったく引けを取らない数々の道具をわれわれに提供してくれるのだ。粗悪な装置や出来の悪い新語が存在しうることもまた、われわれは知りすぎるくらいよく知っている。

本は、われわれの文明においてあまりにも中心的な存在であるため、その両者〔本と文明〕を相関的にしか変えられないのだとすれば、間違いなく絶好の攻撃ポイントである。物理学を前進させるには、実験室を変えるだけでは足りず、概論書を、とりわけ入門書の文体を変革しなければならない。

われわれは、あるがままの本には辛抱できなくなっているが、このことを口実として捉え、行く手に見えてきつつある変貌が到来するまでのあいだ、文学的活動をなおざりにしたりすれば、そうした変貌がけっして訪れなくなってしまいかねない。それゆえ、現時点で示されていないながらも、掘り下げられているとは到底言えない可能性をすべて突き詰めなければならない。いわばヴェールがそうした可能性の数々を覆っているのだ。今日における本がいかなるものなのかを辛抱強く顕わにしていかなければ、それが別のものに変わることを強制できるようにはならない。

書くことは、行動の最たるものなのである。

III　本と諸ジャンル

社会においてさまざまな機能を果たしてきたがゆえに多様化しており、いかなる時代にも見られる活動。古くからあるジャンルの一つひとつは、古代ギリシア社会において、ムーサたち

クリオが叙事詩ないし史詩を、
エウテルペが歌われる詩を、
タレイアが喜劇を、
メルポメネが悲劇を、
テルプシコラが踊りを伴う詩を、
ポリュヒュムニアが竪琴を伴奏とする詩を、
エラトが哀歌を、
ウラニアが教育的ないし天文学的詩を、
カリオペが政治詩を、

それぞれ擬人化していた九種類のジャンルにせよ、旧体制《アンシャン・レジーム》の末期に、われわれの祖先たちが侃侃諤諤の議論を戦わせていた諸ジャンルにせよ、全体の組織およびその保全において明確な役割を演じていた。諸ジャンルの規則はこのことに由来していたのである。ブルジョワ劇を導入することは、社会秩序を根底から覆すことだった。こうした観点から、その時代に公認されていたか否かを問わず、あらゆるジャンルの置かれていた状況、とりわけ、ソネ、バラード等、西洋で流通していた詩形式のそれぞれが有していた長所、それらの形式のあいだの正確な関連性を分析できるであろう。当然、ほかの社会についても同様であるが、われわれは、それらを研究するにはやや資料を欠いていることを認めなければならない。遠方の文学に関するわれわれの無知は、ますます弁解しがたくなっているにもかかわらず、ほとんど全面的といえる状態のままである。われわれに届くのはほんのわずかな影だけであって、少しでも確認の労をとれば、それらが実態とかけ離れていると知れる。これらの窓を真に押し開くには、間違いなく何十年もかかるだろう。

　古くからあるジャンルは亡霊であって、すこぶる凶々しい。あなたはそれらを突きつけられる。〔それらは〕出版社の叢書、大学の講座、図書館の分類といった諸制度のかたちで堅牢化されている。なんでも好きなものをお書きなさい、と批評家はのたまう。ただし、それをどこに分類すればよいのか、私に知らせること。なるほど、悲劇と喜劇のあいだの確固たる弁別はもはや意味を失ったとはいえ、エッセイ、小説、戯曲、詩のあいだの境界に噛みつこうとしてみたまえ、どんな怒号が降りかかってくることか！

　だが、古いジャンルのあいだの区別が徐々に溶解しつつあるからといって、もはやジャンルがなくなるというわけではない。

もしそうだとすれば、文学活動とわれわれの社会のさまざまな機関のあいだのはっきりとした連関がなくなることを含意してしまうからだ。われわれは、祖先たちと同じくらい多くの、同じくらい厳格なジャンルを有していながら、彼らほどにはそれらについて知らずにいる。

　小説ジャンルの境界は、あちらこちらで綻びを見せつつあるにせよ、それでもやはり驚くべき堅牢さを保っている。書店の平台や棚を見さえすれば、それらが厳密な規則を備えた下位ジャンルに多様化されているのがわかるのであって、推理小説とそのさまざまな種類、たとえば〈セリ・ノワール〉[04]であれば、今や帯文でそれぞれの性格をご丁寧に明示するようになっている——ウエスタン、サスペンス、スパイ小説、

　SF小説、医療小説、女性向け小説、この年代やあの年代向けの児童向け小説、ポルノ小説、カトリック小説……

　そしてもちろん、純文学小説といった按配に。

　視聴覚技術は、演劇という古いジャンルにいっそう根本的な変容を強いたのであった。シナリオ、ラジオドラマの台本、テレビのスクリプト等は、かつての戯曲とはもはやなんの関係もないことが多い。

　エッセイはしばしば講演が元になっており、発表媒体に応じて個別化される。ある種の雑誌はそれ自体が一つのジャンルである。同様に、講義録、教科書があり……。ポスター、パンフレット、豪華本についても語りうるだろう……。

　そして、発表媒体によって手順がどれほど違うものか、作家であれば重々承知している。

　今日「エクリチュール」と呼ばれるものについて言えば、それがあらゆるジャンルを吸収する、というには程遠いものの、それは一つの独特なジャンル、おそらくは最も高貴なジャンルをなしており、解釈者の不在、および量的な制約（小説シリーズ、ラジオドラマの台本、新聞におけるこの制約がいかに絶対的なものであるかは周知のとおり）の不在によって、際限なく拡張可能な表面と見なされる白紙を前にして書き手が抱え込む孤独によって、特徴づけられている。これは劇場なのであり、特有の演出もあれば、舞台（「書斎」、「書屋」、「炉部屋」、「籠り部屋」）もあり、「不在」の観客もいて、現代の出版業という一大機構の織りなす途方もなく厚い幕の向こうに身を潜めており、報酬は、その仕組みを把握してそれに目を光らせるのがことのほか難しく（この目張りのおかげで、エクリチュールは、この上なく猛烈に政治的たらんとしている場合であっても、みずからを規定しているものをしばしば知らずにすみ、みずからが解放されているかのごとく錯覚できる）、特有の挙措、神話体系、文体、

　下位ジャンルもある——日記、日付のない控え帳、私抜きの日録、箴言、「テクスト」……。

ところで、ジャンルというものは、硬直化に伴って必然的に保守的となり、保持すべき成果もある以上、それなしでは後戻りが起きてしまうので、必ずしも悪いことばかりとも言えないにしろ、真に革新的なのは、新しいジャンルを生み出すこと、諸ジャンルのあいだの均衡を攪乱することだ。

IV 本と諸言語

古代ギリシアの全ジャンルは、「古代ギリシア文学」というジャンルの種別のようにわれわれには思われるし、中国の全ジャンルは中国文学の種別のように思われる一方で、われわれがよく知るとおり、あるジャンルが一つの言語から別の言語へと移動することもありうる。

ヨーロッパの諸国民の歴史のあいだにある並行関係と相互作用のゆえに、イギリスの全ジャンルを結び合わせる近親関係には、フランス小説、イギリス小説、ドイツ小説等々のあいだにある垂直的な近親関係が重なっている。

さらに、古いものであれ、最近のものであれ、一つの社会は、ほかの社会からモデルとして採用されうる。すると、そちらの文学が透けて見えてくるだろう。

モンテーニュやラブレーにおいて、参照される文献は、フランスのものであるのと少なくとも同じくらい、イタリア、古代ローマ、古代ギリシアのそれである。彼らより後になると、スペインやイギリスの影響が及んでくる……。フランスの本とは、複数言語によるネットワークの結節点なのだ。

われわれの祖先のあいだで教養のある人物であれば、例外なくラテン語とギリシア語が読めなくてはならなかった。したがって、古典文学のテクストを翻訳する必要はなかったように思われる。ところが、これほど盛んに翻訳が行われた時はなかった。翻訳には、新しい言語を作り出す力があると考えられていたからである。現代の言語をすべて知ることはできないので、われわれとしては翻訳を当てにするしかない。

交通手段が進歩し、そして、曲がりなりにも政治的組織も進歩するにはしたので、移動の頻度と速度が途方もなく上がり、その結果、われわれは、外国語を話す人たちと絶えず顔を突き合わせている。通訳が必要になる。言語的に孤立できる国はもはや存在しない。

こうした状況に対する最初の反応は、他人に自分の言語を押しつけようとすることだ。ああいう野蛮な言語を学ぶ必要はない、とフランス人たちは言ったものだった。あの連中がそのうちわれわれの言語を話すようになるだろう。必ずしも常にそうなったわけではない。そういうわけで、多くのアングロサクソンの人たちは、英語のみを話すという良識を誰もが持ってくれる未来を夢想する。すべてがどんなにか単純になることか！

文学上の傑作ならいずれ翻訳してもらえばよろしい。

だが、言語は、思考の主体の形成それ自体においてきわめて重要であるため、翻訳される側がこうした解決案を受け入れるのは不可能である。ある言語を廃れさせるということは集団殺戮なのだ。言語の上で植民地化されつつある国の作家が、植民地化を進める言語にはみずからの言語が正しく翻訳されえない事実を示すことによって、それを擁護し、顕揚しようとするのはそのためである。

ますます必要になる翻訳は、それゆえ、ますます難しくなっていき、しまいには、少なくともある種の人々に関するかぎり、知識が洗練されてくるため、フランス語を英語に翻訳するには、英語を変形させ、英語に働きかけなければならなくなっていくことだろう。そのとき、翻訳は、ルネサンス期に持っていた創造的な役割を取り戻すが、自国語を昔のモデルに匹敵させることはもはや問題ではなく、諸言語のまったく新しい状態に到達しなければならない。

ほかのいかなる言語もうまく話せないとしても、作家は諸言語の圧力を強く感じており、それからは逃れられず、そのため、それらの言語について最低限なにがしかのことを知っている必要がある。今日における言語学の隆盛以上に当然の事態もありえず、その進歩が熱烈に期待される。


作家がなんらかの外国語を使っているのであれば、そして、そのようなことはますます普通になるわけだが、その言語は母国語ではないままに、作家を多少なりと形作る。作家が日記をつけていると想像してみよう。イギリスに旅行する際には、英語で交わした会話をそのまま英語で引用することになるのではないか。モンテーニュはしばしばラテン語で引用していた。

ある文学の内部に外国語の単語や文章が押し入ってくる事例は、間違いなくほかにも数多く挙げることができるだろうが、今日、二カ国語、三カ国語、または多国語の小説やラジオドラマ台本といった、超国民的なジャンルの形成という問題を立てるべき時期に入っているのは確かである。では、こうしたほかの言語を理解しない人たちのためにはどうすべきか。彼らのためには部分的な翻訳を行い、それは完訳と同じ効能を持つだろう。だが、こうした作業は、諸言語の画一化につながりはしないか。いささかもそんなことはなく、諸言語をそれらの差異それ自体において交流させ、諸言語にそれらの差異を味わわせるだろう。だが、ある言語を母語としない者は、それを母語とする著者たちに太刀打ちできるくらい、その言語に関する知識を習得できるのだろうか。そうした例は無数にあって、いずれにせよ、手助けを受けることも可能だ。

複数の親を持つ作品。究極的には、既知の言語の総体の独創的な断面図をそれぞれの本が構成することになるはずだ。一冊一冊の本がそれ固有の国籍を構成するはずだ。いかなる本も原文だけではけっして読みきれまい。読者ごとに別の本なのだから。

技術的な進歩を前にして、われわれは恐るべき単調さに見舞われることになるとしばしば脅かされる。だが、本についてあれこれ思いをめぐらせると、そうした進歩を按配よく導いてやれば、われわれの知るどんなものよりも遥かに個別化された多様性へとわれわれを突き抜けさせてくれることが明らかになる。

V 本と諸芸術

本とはまた、図版入りの本のことでもあって、この種の形態は近年急速に発達したため、活字しかない本は古風だと見なしうるほどだ。それはまた楽譜のことでもある。

図像や音楽のパートをある作者に、テクストのパートを別の作者に委ねるのは、古来普通に行われてきたことである。この種の著作が複数の国で刊行されれば、テクストだけが翻訳作業の対象とされるだろう。こうしたことはありふれているが、じつのところ、〔著作の〕構成がある程度以上おおざっぱだったり、これら二つのパートが入念に分けられたままになっていたりする場合にしか、こうした手順は可能とならない。繊細さの度合いが増せば、テクストそれ自体の音響的ないし視覚的側面が重要性を担うようになり、どのように翻訳しようが、作品のそれ以外の部分の再構成を迫られる。

音楽、絵画あるいは映画において生じていることを記述するために、言語《ランガージュ》という言葉が頻繁に用いられることは、しばしばこれらの芸術を文学ジャンルの一種として、もしくは個別の言語《ラング》の一種として考察するよう仕向ける。そのとき、あるテクストに挿絵を、あるいは曲をつけることは翻訳であって、一方の言語から他方の言語への移行を保証する辞書は、万物照応に関する一般理論を練り上げることにほかならない。

しかし、こういった理論は、それをどれだけ洗練させられるにせよ、文学とそれ以外の諸芸術の関係、本とそれ以外の審美的対象の関係のごく一部しか説明できない。書かれたテクストはすでにしてグラフィックであって（そのことは、この語そのものが示している[05]——そしてページの継起はすでにして映画である）、すでにして音響現象の記譜、楽譜である以上、諸芸術のあいだには平行関係があり、〔それは〕インド＝ヨーロッパ語族の諸言語間のあいだに現時点で存在している平行関係と似たようなものである、といった通念に甘んじていることはできない。そもそも、ページ上で画家ないし音楽家に割り当てられる領域、そして作家に割り当てられる領域の範囲は、各言語（表意文字の言語、声調、音節の長短、アクセントのある言語）に依存している。絵画や音楽は、ルネサンスの人文主義にとって古典的な教育言語[06]であったラテン語と古代ギリシア語のようなものだと考えておいた方が、少しばかり正確になるだろう。俗語の一つひとつが、並行的な翻訳をいくつも生み出すことができるわけだから。

とはいうものの、たいていの場合、この「原文」に歴史的な先行性をわずかなりとも認めるのは不可能だ(われわれも知るとおり、ほとんどの場合、逆のことが生じている——テクストはその挿絵に、その音楽的処理に先んじて存在している)。唯一の「原文」は白紙のページ、沈黙であり——というよりもむしろ、ページの白さそれ自体、沈黙の成立が、そこで生じるはずの出来事によってすでに規定されている以上、空間と持続であり——それは、

とりわけ絵画、音楽、テクストにとって、そこから出発して極度に多様な方式で仕事を分担し合うための地面なのであって、版画を詩と向き合わせたり、歌詞の一節の上に楽譜を配したりといった按配に、二連画《ディプティク》に折り畳んだり、ページの一部を他方が覆ったりするのは、個別的な事例にすぎない。

それゆえ、翻訳であるのはもちろん——というのは、審美的な分析も、ある種の要素を対象にしてごく入念に行われた翻訳、あらゆる翻訳がそうであるように、常に不完全な翻訳以外のものでは断じてないからで——、対話でもあるのだ。そして、同一の書物内にさまざまな声が存在することで、こうした対話に途方もない含蓄が与えられ(絵画的な声は、版画であるにしろ、あるいはとりわけ写真であるにせよ、大きさの変更を伴う原画の複製をしばしば導入し、音楽的な声は、テクスト的な声が部分的にはそうであるように、見られるよりも聴かれるために発せられるのであって、それらの分野に特有の翻訳過程を導入する)、われわれがより無媒介的に対話を享受することができるようになっているのは事実であるにせよ、そうした共存が不可欠というわけではいささかもない。

テクストは、同一の書物内にとどまらず、外部にあるものとも対話しうる(し、常に多少とも対話している)。とりわけ美術書における複製は、作品それ自体へとわれわれを送り返す合図なのだ——それらの細部をいくらか見せてくれることしかできはしないだろうが。

〔作品制作の〕最初から対話を行うことで、私は〔任意の〕音楽家や画家とも一冊の書物を練り上げていくことができる。だが、ベートーヴェンやレンブラントの作品がそこにあるからには、彼らの作品と対話し、それが断片として現われるような新しい作品を作り上げることも可能であろう——だからといって、私の本の中に彼らの絵画や楽譜をことごとく再録する必要はないし、録音についても、もちろんそんな必要はないわけだが。書物は、その周囲と仕事を分担できるのであって、その自立性の度合いにはあらゆる種類がありうるのだ。

　この階梯のうち、今日われわれが自由にできる範囲は相当に限られているのに対し、冒頭で私が述べた本の進化形であれば、その全域にわたって探査することを可能にしてくれるだろう。ある画家に関する本において、そこで複製されているものとされていないもの、現地に見に行く必要があるもののあいだには絶対的と言っていいほどの違いがあって、〔外部の〕複製やほかの著作の援用は、これらの極のあいだの、はなはだ使い勝手の悪いいくつかの道標しか与えてはくれない。宇宙図書館をわれわれが利用できるようになった暁には、しかじかの著作のためにしかじかの絵画をわざわざ複製する必要はもはやなくなって、それはいつであれ、すでにそこにあるだろう。最初に読むときのために、著者は、特定の細部がわれわれの眼前に現われるのに必要とされる信号をみずからの録音の中に導入するであろうが、そうした参照項を奥行きにおいて組織し、調和に満ちたこの美術館の内部をめぐる長短さまざまな一連の順路をすべてわれわれに提案することもできるだろう。われわれの粗野な鍵盤からだけでも、新しい音響を数限りなく引き出すことは可能なのだ。

VI　本とほかの本

一冊の本があれやこれやの物体と組み合わせうるとしても（そして、仔細に見れば、本は常にそうなっており、諸々の物体からなる一大システムの要素たるかぎりにおいてのみ、本として構成される）、当然ながら、格別に密接な関連のある領域が存在し、それは言語それ自体という領域である。話し言葉であれ、書き言葉であれ、大気のような言語の地平、とりわけほかの本が形作る地平の上に本は必ず立ち現われる。

　一冊の本を作るためにひとりの画家と、英仏二言語本のためにひとりのイギリス人作家と、だがそれだけではなくて、フランス語の本を作るためにひとりまたは複数のフランスの作家たちと共同作業をすること。音楽または建築と対話し、カンタータないし大聖堂を、風景そのものを、さらにはほかの一冊または複数の書物を内包するような作品に、その要素として参加するような書物を作ること。

　文芸批評を手がけると、その著作はほかの著作に関与する《ドネ》わけだが、前者の有効性はこの「贈与《ドン》」にかかっている。解釈する側の書物が、解釈される側の書物を再読しようという意欲、欲求をわれわれのうちに目覚めさせず、じつにしばしば起ることだが、対象に取って代わろうとするならば、その書物は、われわれに語り損なったまさにそのことによってごく速やかに排除され、抹消される。

　そして、いかなる本も、ほかの本を含む諸物体のシステムに関与している以上、いかなる著者であれ、どれほど孤独な生活を営みうるとしても、エクリチュール（必ずしもジャンルとしての「エクリチュール」のことではなくて、ものを書く営みの総体のことである）の一契機でしかなく、通常はほとんどそれと意識することなく、ほかの作家たちを含む作者たちのシステムの代弁者となっている。

　引用出典の明示は、権威《オートリテ》＝作者性《オーサーシップ》（英語の原作者の訳語として、フランス語にもっと自然な言葉がないのは奇妙なことである）のこうした循環の表現そのものであって、新たなテクストはことごとく、はっきり特定されず、漠然とした過去のテクストの多種多様な引用と見なすことができる。われわれが話題にしたような、複数の人によるエクリチュールの実践によって、あるいは、会話、落書き、破れていたりそうではなかったりするポスター、名前も知らない人との対話といった、街路で目にしたり耳にしたりすること、すなわち拾い物の言語を利用することで、われわれはこうした流れをコントロールし、その結果、文学という大海原をますます自在に、安全に、有益に渡っていけるようになることだろう。

　だが、ほとんど孤独と言えるような状態に置かれていながらも、著者は、一冊の書物と複数の書物のあいだの区分を徐々に崩していくこと（その端緒は、「私は自分の全集を書いている」という表現に見出される）により、みずからの単数性を乗り越えようと努め、みずからを複数の存在と見なすことができるわけだし、

　ほかではなくわれわれ自身の著作でしかないにせよ、独立した書物としての存在を獲得し、またそれを保持しえた複数の著作が、そこで単なる著作集のように並列されるのではなく、交流を始め、ゲームに加わり、人間たちのように対話を交わすような著作群――すなわち、いくつもの扉が開かれており、それらを通してほかの書物が出入りするのが見えるような複数の書物――を実現することもできるのである。

註

旅とエクリチュール

01——一九三二－二〇一七。オーストラリア出身のフランス文学者。このエッセイの初出時にはシドニー大学で教鞭をとっていた。

02——ビュトールには四人の娘がいた。

03——ビュトール自身の『聖マルコ大聖堂の描写』を踏まえている。

04——ビュトール自身の『心変わり』が念頭に置かれている。

05——ギリシア語およびラテン語の慣用句がまとめられていた。

06——ビュトール自身の『時間割』が踏まえられている。

07——枠組みと方位等だけが書かれた白紙の海図。

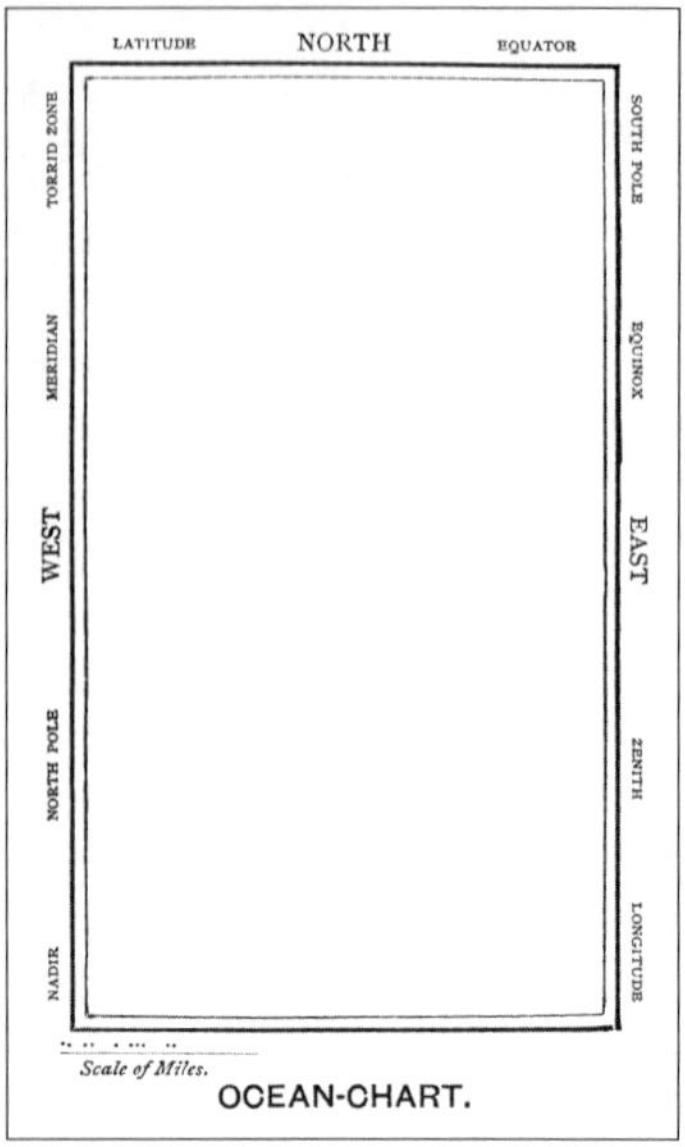

08——ラテン語ietr(旅)とギリシア語logos(学問)を合成させた造語であるため。

09——第三巻所収の「世界の果ての島」参照。

10——トルクァート・タッソ『解放されたエルサレム』第二〇歌第一四四詩連(詩節)、第七－八行。作品全体の結語にあたる。

11——『モビール』『聖マルコ大聖堂の描写』『毎秒六八一万リットルの水』は元より、このエッセイが発表される前年に刊行された〈土地の精霊〉第二巻の形式的実験が念頭に置かれている。

12——この当時、ビュトールの自宅であった〈対蹠点《オザンティポード》〉は、アルプ＝マリティーム県のニースにあった。

13——このエッセイの初出である雑誌「ロマン主義」を編集していた「ロマン主義および十九世紀研究会の所在地。

絵画のなかの言葉

01——一九二四－一九九八。哲学者。ビュトールとは、学生時代、大学教授資格試験《アグレガシオン》の受験勉強を共にした仲であった。

02——レオナルド・ダ・ヴィンチ《ラ・ジョコンド》(一五〇三－一九頃)

03——ダヴィッド《ナポレオン皇帝の戴冠式》(一八〇七)

04——《摂政ダイヤモンド》

05——パオロ・ヴェロネーゼ《カナの婚礼》(一五六二－六三)

06——ルーヴル宮

07——《ミロのヴィーナス》

08——テオドール・ジェリコー《メデューズ号の筏》(一八一八－一九)

02

03

04

05

06

07

08

09――《サモトラケの勝利像》(前二〇〇－前一九〇頃)
10――ファン・エイク兄弟《義の十師たち》(一四三二、複製一九四五)
11――ルネ・マグリット《ラ・ジョコンド》(一九六〇)
12――以下、ブリューゲルの《イカロスの墜落のある風景》(一五六〇年代
が論じられている。
13――ヒエロニムス・ボス《十字架を負うキリスト》(一五一〇－一六)
14――クロード・モネ《印象、日の出》(一八七二)

09

12

10

13

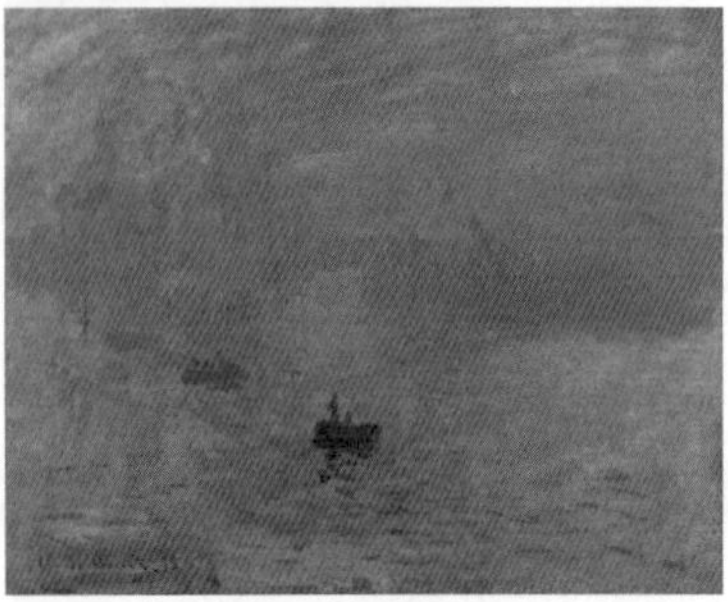
14

15――ワシリー・カンディンスキー《橋》(一九三一)

16――ワシリー・カンディンスキー《二つの緑の点》(一九三五)

17――一九一二―一九六二。アメリカの画家。《アルファ》《オメガ》等を題に用いた。

15

16

19

20

18――一九二七年生まれのベルギーの画家。ビュトールと多くの共同制作を行なっている。

19――アレクサンドル゠フランソワ・デポルト(一六六一―一七四三)。フランスの画家。動物画および静物画を専門とした。

20――ジャン゠バティスト・ウードリ(一六八六―一七七五)。フランスの画家・版画家。動物画の大家。

21――ハンス・ホルバイン《ウェデヒ家の一員の肖像、おそらくヘルマン・ウェデヒ》(一五三二)

22――ハンス・ホルバイン《ヘルマン・ヒレブラント・デ・ウェデヒの肖像》(一五三三)

21

22

23——十五世紀末に活躍したフランスの画家で、現在ではジャン・エイのことではないかと考えられている。《オータン美術館の聖児降誕の図》(一五〇五頃)。

24——アルブレヒト・デューラー《皇帝マクシミリアン一世の肖像》の下絵(一五一九)

25——アルブレヒト・デューラー《皇帝マクシミリアン一世の肖像》(一五一九)

26——現在はルーヴル美術館に所蔵されている。ヴィルヌーヴ=レ=ザヴィニョンの《ピエタ》(十五世紀半ば)。

27——ジョヴァンニ・ベリーニ《聖なる寓意》(一四九〇–一五〇〇)

23

24

25

26

27

28――ブリューゲル《ネーデルラントの諺》(一五五九)
29――ブリューゲル《人間嫌い》(一五六八)
30――ルネ・マグリット《イメージの裏切り》(一九二九)

28

29

30

31――一九二〇年代から三〇年代にかけて二冊の著作を刊行した正体不明の錬金術師フルカネルリの『賢者たちの家』（一九三〇）で、中世の庶民が好んだ謎かけの一例として紹介されている。

32――ヤン・ファン・エイク《アルノルフィーニ夫妻の肖像》（一四三四）

33――実際は二人か。

34――イタリアの画家Garofaloは、みずからの名前とgarofano（イタリア語でカーネーション）をかけて、その花を署名がわりにした。

35――デューラー《聖三位一体の礼拝》（一五一一）

36――モンドリアン《赤、青、黄のコンポジションII》（一九三〇）

37――モンドリアン《赤、青、黄のコンポジション》（一九三七－四二）

38――モンドリアン《ブロードウェイ・ブギウギ》（一九四二－四三）

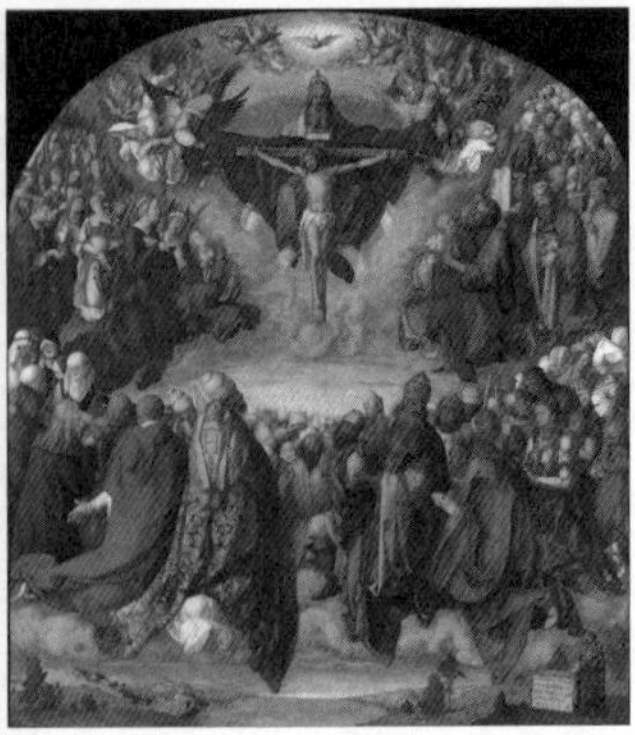
35

32

36

37

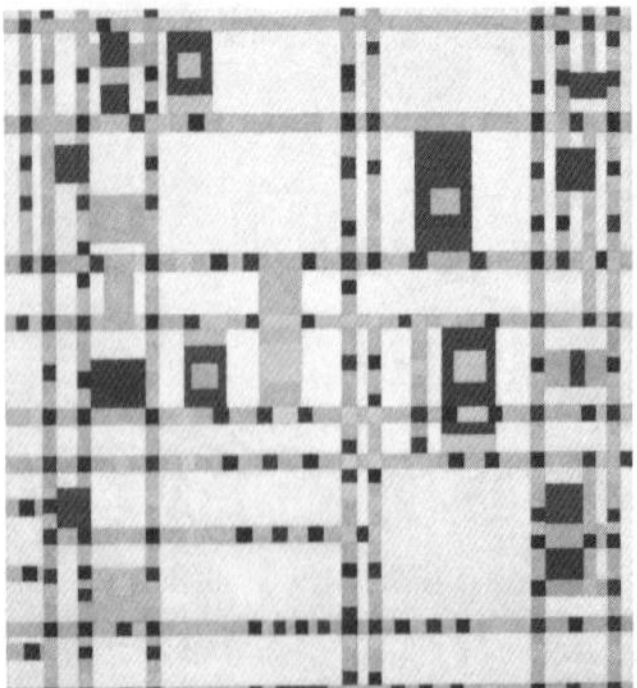
38

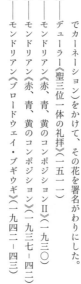

39——ドラクロワ《民衆を導く自由の女神》(一八三〇)
40——アングル《スノン子爵夫人の肖像》(一八一四)
41——マネ《紫の花束と扇子》(一八七二)

39

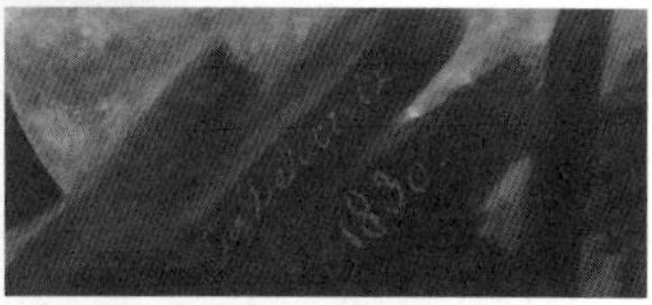

40

41

42——原語légendeは、ラテン語の「読まれるべきもの」を語源とする。
43——バルデス・レアル《最後の瞬間》(一六七〇－七二)

43

44——ジョルジョーネ《老婆の肖像》(一五〇六)

45——ヤンの兄で、ヘントの祭壇画の制作は彼が開始したものの、完成前に世を去ったため、弟のヤンが引き継いだとされる。

46——ジョヴァンニ・ベルリーニ《神々の饗宴》(一五一四)

47——ティツィアーノ《ピエタ》(一五七五)

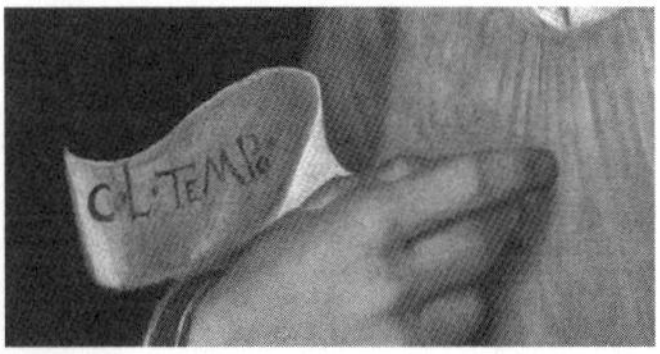

44

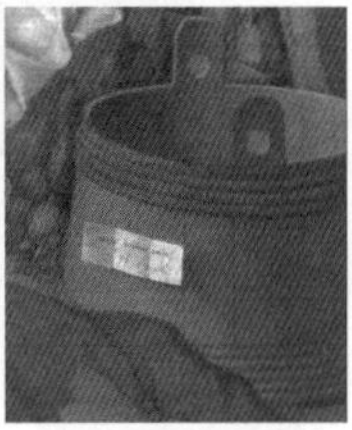

46

47

48

48――ファン・エイク《ヘントの祭壇画》開いた状態(上)と閉じた状態(下)。

49

49——ヨハン＝ベルトルト・ヨンキント《フラン＝ブルジョワ街》（一八六八）

50

50——シスレー《ポール＝マルリーの氾濫》（一八七六）

51

51——ホルバイン《イギリスの宮廷におけるふたりのフランス大使》（一五三三）。〈レペルトワールIII〉所収の「細かく見た一枚の絵」参照。

52

53

54

55

52——ゴッホ《黄表紙本——パリの小説本》

53——ゴッホ《本のある静物》

54——ニコラ・プッサン《われもまたアルカディアにありき《エト・イン・アルカディア・エゴ》》(一六三七–三八頃)

55——ワトー《ジェルサンの看板》(一七二〇–二一)

56

56——カプリッチョ《聖ウルスラ伝説》(一四九七-九八)

57

57——マリヌス・ファン・レーメルスヴェーレ《収税吏》

58——カルパッチョ《書斎の聖アウグスティヌス》(一五〇二)
59——アントネルロ・ダ・メッシーナ《書斎の聖ヒエロニムス》(一四七四)

58

59

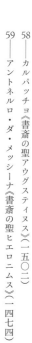

60——クルト・シュヴィッタース(一八八七－一九四八)。ダダイズムや構成主義などに携わったドイツの芸術家。《無題》(一九三六)。

61——ナポレオンのエジプト遠征の成果として、一八〇九年から二九年にかけて刊行された。

62——ドラクロワ《アルジェの女たち》(一八三四)

63——ファン・ゴッホ《広重による樹》(一八八七)

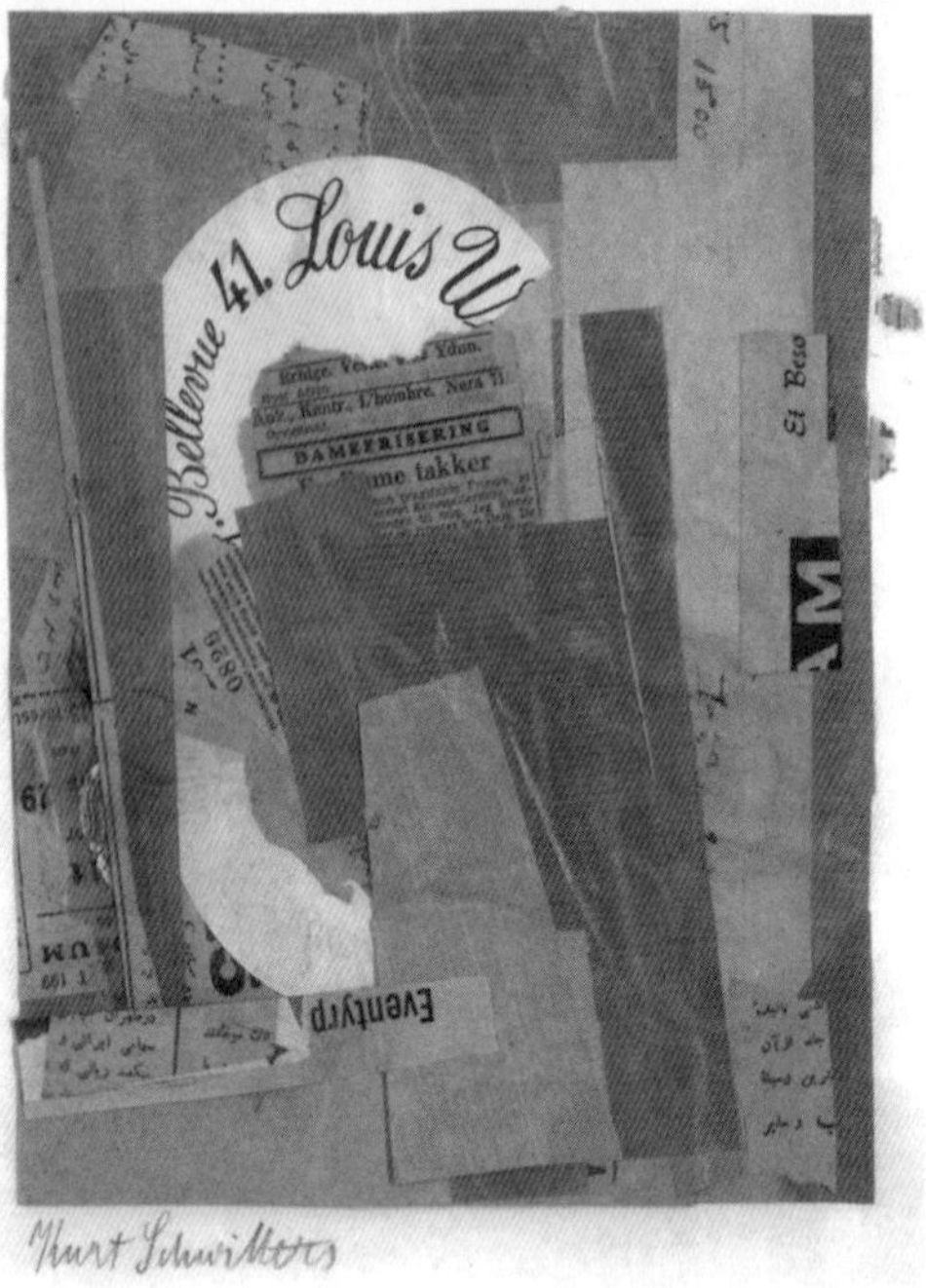

60

62

63

64——ワシリー・カンディンスキー《継起》(一九三五)
65——パウル・クレー《Villa R》(一九一九)

64

65

66——ポリフォニーによる宗教声楽曲。
67——ダヴィッド《シャン＝ド＝マルスにおける鷲章軍旗の授与》(一八〇五－一〇)

67

ヴィヨンの韻律法

01——一九一二－八三。フランスの言語学者。一九六八年に『ヴィヨンの隠語あるいはコキヤール団の「悦ばしき知識」』［*Le Jargon de Villon ou le Gai Savoir de la Coquille*］、一九七〇年に『ヴィヨンの『遺言書』あるいは法曹の「悦ばしき知識」』［*Le Testament de Villon ou le Gai Savoir de la Basoche*］を刊行した。

02——「墓碑銘」を加えると『遺言書』は百八十六詩節。この箇所も「百八十六」としなければ「しめて合計は二百八十四」とする計算と合わないためビュトールの誤記と思われる。

03——歌節《クプレ》と呼ばれる詩節三つと半詩節の反歌によって構成される定型詩。

04——ビュトールは五音節八行の詩篇（脚韻はＡＢＡＡＡＢＡＢ）を、冒頭二行を一行にまとめ、四、七、八行目を括弧にくくることで脚韻がＡＢＢＡとなる四行詩に改変している。

05——行末で意味が完結せずに一文が次行に跨ること。この後の引用では二一八－二二〇行目に見られる。

06——ビュトールは水平方向に《７＋ｒ》、垂直方向に《７＋Ｒ》と書いており、ｒ＝脚韻（rime）、Ｒ＝繰返し句《ルフラン》（refrain）と理解される。縦書きの邦訳との視覚的印象の相違に注意されたい。

07——図式の直前に「他のバラード八篇」とあることから、ここでビュトールが示している「歌節《クプレ》」は、実際にはバラードを指すと考えられる。

ヒエログリフとサイコロ

01——一九四二年生まれ、米国イエール大学フランス文学教授。ビュトールとの共著に本作の初出にあたる以下がある。*Rabelais ou C'était pour rire*, Paris, Larousse, 1972.

02——パリのこと。『パンタグリュエル』第六章。以下、『パンタグリュエル』からの引用は、宮下志朗訳（ラブレー『パンタグリュエル　ガルガンチュアとパンタグリュエル２』ちくま文庫、二〇〇六年）によるが、文脈に応じて適宜改変してある。

03——パニュルジュはトルコ人に捕まって串刺しで火炙りにされているが、火事を起こして脱出する。火事に絶望した総督は、悪魔の名前を唱えたのちに焼き串を自分に刺すも自刃できず、パニュルジュに手伝ってもらう。なお、この章ではキリスト教改革に関する人物が暗示されており、同時代の政治を反映してトルコ人を登場させながら、同時にパリ大学神学部の保守反動勢力をも想起させている。

04——第五章から登場するパンタグリュエルの家庭教師。ギリシア語で「学識ある」を意味する。

05——フォントネー・ル・コントの修道院時代をともにしたラブレーの友人。人文主義者。ラブレーにギリシア語の手解きをした。

06——ポワトゥー地方の高位聖職者。ジャン・ブシエやメラン・ド・サン・ジュレなどこの地方の文人を評価する。ラブレーは秘書を務める。

07——国王フランソワ一世に重用され、フランス外交でも活躍した聖職者。兄にランジェ公ギヨーム・デュ・ベレーがいる。

08——錬金術師のこと。ラブレーは『パンタグリュエル』と『ガルガンチュア』で、筆名アルコフリバス・ナジエにこの肩書きを付している。

09——ディフェランス版では「彼ら［聖職者たち］の肉切り包丁の下で［sous leur couperet］」となっており、ビュトールによる修正の可能性も考えられるものの、ミニュイ版の「それら［言い回し］の見せかけに陰に［sous leur couvert］」の方が文脈に合うと判断し、こちらに従う。

10──『第四の書』「いとも高名なる王公《プランス》にして、いとも尊き、シャチヨン枢機卿オデ猊下に捧げる献辞」より。以下、『第四の書』からの引用は、宮下志朗訳(ラブレー『第四の書　ガルガンチュアとパンタグリュエル4』ちくま文庫、二〇〇九年)によるが、文脈に応じて適宜改変してある。

11──『ガルガンチュア』第三九章より。以下、『ガルガンチュア』からの引用は、宮下志朗訳(ラブレー『ガルガンチュア　ガルガンチュアとパンタグリュエル1』ちくま文庫、二〇〇五年)によるが、文脈に応じて適宜改変してある。

12──テニスに似た球技。古代に掌[paume]を使う球技として始まり、十六世紀初頭にはラケットが用いられ始めた。

13──一四九一?-一五五八。クレマン・マロと並ぶフランスの名詩人。フランソワ一世、アンリ二世の寵愛を受けた。

14──décours の語源であるラテン語の decursus は「走り下ること」の意。

15──たとえば、聖書「コリント人への第一の手紙」第九章二十四節などで、キリスト教徒の生き方をスポーツに例えている。

16──十六世紀前半のリヨンの出版印刷業者。ラブレー作品のほか、ゼバスティアン・ブラントの『阿呆船』やクレマン・マロ、ジャンヌ・フロールの作品などを出版する。

17──『パンタグリュエル』一五四二年フランソワ・ジュスト版第十八章には「Sophistes」の語のみが残るが、それ以前の版では Sorboniste、Sorbillans、Sorbonagres、Sorbonigenes、Sorbonicoles、Sorboniformes、Sorbonisecques、Niborcisans、Bosornisans、Saniborsans といったソルボンヌの合成語が続いていた。

18──一五四三年の誤記と思われる。同年三月のパリ大学神学部ソルボンヌの禁書目録に『ガルガンチュアとパンタグリュエル』が掲載される。

19──一五三四あるいは一五三五年にフランソワ・ジュスト(リヨン)により出版された『ガルガンチュア』初版の謎歌最後の十行。一五四二年版で大幅に修正される。

20──『パンタグリュエル』と『ガルガンチュア』の作者および語り手。フランソワ・ラブレーのアナグラムによる筆名。

21──『第四の書』「いとも高名なる王公《プランス》にして、いとも尊き、シャチヨン枢機卿オデ猊下に捧げる献辞」より。

22──『第五の書』第二章。以下、『第五の書』からの引用は、宮下志朗訳(ラブレー『第五の書　ガルガンチュアとパンタグリュエル5』ちくま文庫、二〇一二年)によるが、文脈に応じて適宜改変してある。なお、『第五の書』は、ラブレーの死後出版されたものであり、まず一五六二年に『鐘の鳴る島』が出版されたのち、『第五の書』、写本を加えた三種類のテクストが第三者の手によって編集されて出版されたものである。テクストの真偽については議論が絶えない。

23──変質の一つとして考えられるのは聖書である。ラテン語訳聖書(ウルガタ)が教会公認として用いられていたが、ルネサンス期に人文主義的文献学によって、ギリシア語・ヘブライ語原典との校合が行われるようになる。エラスムスは、一五一六年に『校訂新約聖書』として、独自のラテン語訳を付したギリシア語原典を出版する。パリ大学神学部はこうした動きを攻撃する。ラブレーは直前の引用で、聖書において反キリストの象徴を示すマゴグ王ゴグを示唆している。

24──langage naturel、自然に備わった言語使用能力を指すと思われる。

25──langue naturelle、母語としての言語そのものをさすと思われる。

26──『第三の書』第十九章。以下、『第三の書』からの引用は、宮下志朗訳(ラブレー『第三の書　ガルガンチュアとパンタグリュエル3』ちくま文庫、二〇〇七年)によるが、文脈に応じて適宜改変してある。

27──献辞の中で用いられた「ミトロジー」という語に対し、巻末の「難句略解」においてこの言葉で注釈を付している。

28――チャンスをのがすこと。

29――へたな言い訳をすること。

30――一挙両得をすること。宮下訳は「一石二鳥の得をしたり」。

31――宮下訳は「ばかなふりして、まんまと望みのものを手に入れたり」。

32――もらい物に苦情を言わないということわざのもじり。

33――支離滅裂な話をすること。宮下訳は「次から次へと脈絡のない話をしたり」。

34――宮下訳は「酸いも甘いもいっしょくたにしたり」。

35――無駄な期待のこと。

36――堪えがたい重荷に耐えて徳を表わす機会にすること。

37――嘔吐すること。宮下訳は「げろを吐いたり」。

38――《ネーデルラントの諺》一五五九年、ベルリン美術館所蔵。本書「絵画のなかの言葉」参照。

39――この章では修辞学の「練習弁論(デクラマティオ)」を模して、当色紋所についての「おもしろまじめ」な演説が展開される。

40――espoir のことだが、当時はこのように発音された。

41――スコラ学的な中世の教育から脱し、古典文献に直接あたる新しい方法によって、失われた古代の叡智を取り戻す、人文主義者たちの動向。

42――神の子羊が描かれた大アネル金貨のこと。以降、大アネル金貨と訳す。

43――この箇所で、大豊作のセイヨウカリンを食した人々の身体のあちこちがふくれていく。

44――横書きで左のほうをうしろと呼んでいる。

45――ローマン体のこと。十五世紀後半に、古代ローマの碑文の字体をもとに作られた活字体で、人文主義者に多く用いられた。

46――二人の母親アナ・リヴィア・プルーラベル。

47――一四三三－一五二七。ヴェネツィア出身のドメニコ会修道士。『ポリフィルスの夢』を執筆した。ラブレー作品には本作からの影響が多くみられる。

48――十五世紀のベネディクト会修道士と言われているが不詳。この著者名で十七世紀初頭に錬金術書が出版された。

49――一五七五－一六二四。ドイツの神智論者。形而上学、神秘学、錬金術理論などの境界域に関する著作を出版する。

50――インドの伝説の王プレスター・ジョンのこと。

51――この章は写本のみに見られるもの。ラブレー『第五之書』第三四章(渡辺一夫訳、岩波文庫、一九七五年)を参照。

52――宮下訳では「旧作なり」。

53――『ガルガンチュア』第一章。ビュトールは「De la généallogie et origine du grand Gargantua」としているが、十六世紀のものを含め主要な版では「De la genealogie et antiquité de Gargantua(ガルガンチュアの家系と先祖について)」。

54――すぐ後の箇所で引用されるように、三美神の像が飾られ、その身体の開口部から清水が流れ出る豪華な噴水であり、洗礼用としては特殊と言えるだろう。また、本挿話中、通常の修道院に入る女性の形容詞として、「淑女(pudicques)」と「娼婦(publicques)」と、版によって二通りの表記があり、ビュトールは「慎ましい(pudique)」という語を用いるにあたって、それを念頭に置いたものと思われる。

55――噴水の描写は『第五の書』第四十二章に登場する。ここから寺院の扉の装飾と、噴水の装飾が比較される。

56――噴水では第二の円柱にユピテル像が掲げられている。

57――噴水では第五の円柱でエジプトに言及される。

58――小骨《タール》占いとさいころ占いを同じようなものとして指している。

59――ビュトールの段落わけに従って、改変した。

60――ミシェル・ド・モンテーニュ『エセー 2』宮下志朗訳、第一巻、第三十章「人食い人種について」より。

61――北の塔と氷結の塔のあいだに図書館があり、六つの言語の書籍が言語別に分類され、六階までの各階に収められている。

62――版を追うにつれて、言語の数が増えていく。

63――ミニュイ版ではここから改行されていたが、ディフェランス版に従って改行しない。

64――アッシリアでは、カルディア語が使用されていた。

65――『ガルガンチュア』第一章、ガルガンチュアの家系と歴史で示されるアッシリアからフランスまでの系譜。直前の引用を参照。

66――『第四の書』「前口上」より。一五四八年にリヨンのピエール・ド・トゥールが出版した不完全版の『第四の書』に付された「前口上」。

67――Panomphaeus は、すべての予言や神託を司るユピテルの異名。

68――『第三の書』第十九章。ヘロドトスによると、エジプト王プサンメティコスの命令で、二人の赤子が小屋の中に閉じ込められ沈黙のうちに育てられたが、しばらくすると、プリュギア人の言葉でパンを意味する「ベコス」ということばを口にした。

69――René、「再び［re］生まれる［né］」の意。

70――原文には開き括弧が見当たらないが、忘れたものと思われるため補った。ミニュイ版もディフェランス版もこの部分に異同はない。

71――『第五の書』第二十六―二十八章。フルドン修道会のある木靴《エクロ》族の島の住人は、四旬節の日々のようにタラのスープしか食べない。

72――テレームは、「ほかの修道院とは正反対の修道院」（『ガルガンチュア』第五十二章）としてジャン修道士のために建てられる。名前はギリシア語の「意志《テレーメー》」に由来しており、この語は新約聖書では神の意志、あるいは人間の自然な意志を意味する。テレームの修道院の唯一の規則「あなたが望むことをしなさい」は、このことと関係する。またこの名称は、『ポリフィルスの夢』で主人公を先導する女性テレミア（意志）とも関連づけられる。

73――この直前では、パニュルジュがうんちを表わす語を連発する。サフランの黄色がうんちを示唆する。ヒベルニアはアイルランドのラテン語名。Hibernia の文字に bren（糞）の文字が含まれている、という説もある。

74――『ガルガンチュア』第二十三章に下剤として登場する。狂気を治癒する薬草として知られていた。アンティキラはエーゲ海の島で、ヘレボルスの産地として有名だった。

75――『ポリフィルスの夢』の引用については以下の翻訳を参照した。フランチェスコ・コロンナ『ヒュプネロートマキア・ポリフィリ――全訳・ポリフィルス狂恋夢』大橋喜之訳、八坂書房、二〇一八年。

76――『第五の書』第二十五章に登場する島。道が動物のように動く。

77――ディアーヌ・ド・ポワティエのこと。

78――『第五の書』写本、第四十七章の後に続くテキスト。一五六四年版には存在しない。『第五之書』渡辺一夫訳、第四十九章末尾を参照。

79――ジェイムズ・ジョイス『ユリシーズ』に登場するスティーヴン・ディーダラスの台詞「歴史というのは［…］ぼくがなんとか目を覚ましたいと思っている悪夢なんです」（丸谷才一他訳、集英社、二〇〇三年）より。

フーリエにおける女性的なもの

01――一九六七年、シモーヌ・ドゥブー（一九一九―二〇二〇）は、フーリエの未公刊草稿『愛の新世界』を、全十二巻の〈フーリエ新全集〉の第七巻として加え、アントロポ社から刊行した。しかしながら、第七巻を除く巻は、弟子たちによって一八四〇年から一八四八年に刊行されたソシエテール社旧全集の複写復刻版であった。十九世紀に広く読まれた第六巻『産業的協同社会的《ソシエテール》新世界』も、弟子たちが一八二九年の初版本に検閲を加え、いくつかの箇所を削除したものであった。そこでビュトールは、初版に基づき削除部分を復活させた改訂版を、一九七三年にフラマリオン社から出版することになる。本稿は、そのフラマリオン社改訂版の序文として書かれたものである。

02——一九二九‐七九。シュルレアリストの画家。絵画ではレ・ファム・ファタルの連作、デッサンではバカナルで乱舞する女たちの連作を描いている。

03——フランス革命の中、一七九三年から一七九四年にかけて、ジャコバン派独裁政権が反革命派を厳しく弾圧した。

04——一八〇八年に上梓されたフーリエの処女作。アントロポ社版新全集では第一巻である。初版に基づいた巖谷國士の全訳、『四運動の理論』(現代思潮社、一九八四年)がある。

05——ナポレオン・ボナパルトが皇帝に即位した、強力な軍事力をうしろ盾とした軍事独裁政権。一八〇四年から一八一四年および一八一五年まで存続。

06——アントロポ社版全集では『普遍的統一の理論』の名で、第二巻から第五巻に収録されている。

07——この初版に基づいた福島知己の全訳、『産業の新世界』(作品社、二〇二二年)がある。

08——アントロポ社版全集では第八巻と第九巻。

09——アントロポ社版では第七巻。福島知己の全訳、『愛の新世界』(作品社、二〇〇六年)がある。

10——バルト『サド、フーリエ、ロヨラ』(一九七一年)、クロソウスキー『生きた貨幣』(一九七〇年)。

11——ミニュイ版のみイタリック。

12——先の引用「先入観に配慮して、連繋の優美な計算を私が排除せざるをえなかった結果として生じた欠落」のこと。

13——ディフェランス版ではここで一行空けられているが、明らかにおかしい。

14——フラマリオン社版の『産業的協同社会的《ソシエテール》新世界』序文では、「ことを指摘するのは、おそらく無駄ではないだろう」がここに加えられている。

15——おそらく、ここでは言及されていないレアンドル青年と年上の女性の関係に関する逸話を指す。

16——ニコラ・ルモワーヌ、一七九六‐一八七五。サン・シモン主義に関心をもっていたが、一八三二年以降フーリエ思想に傾倒し、すぐさま実際に適用しようと考え、「ファランステール」紙、「ファランジュ」紙に寄稿、小冊子を書くなど、宣伝活動に尽力した。

17——ヴィクトル・コンシデラン、一八〇八‐九三。フーリエの一番弟子で、一八三二年には「ファランステール」紙の編集長となり、その廃刊後、一八三六年には「ファランジュ」紙を創刊し、そのかたわらフーリエ思想の合理的側面を解説した『社会的運命』(一八三四‐三八年)を上梓した。フーリエの死後、ソシエテール派の最も活動的なリーダーとなる。一八四〇年代には、学派の活動は、「平和的民主主義」(刷新された日刊紙、月刊紙の名でもある)を目指す社会主義運動へと変質し、かなりの政治的勢力となる。ソシエテール社版〈フーリエ全集〉が出版されたのは、このような時期である。

18——マルタン・ロック・グザヴィエ・シャンブラン、一八一〇‐五三。「ファランジュ」紙の共同執筆者のひとり、試行ファランジュ建設のために小冊子も書いた。

19——『四運動の理論』によれば、宇宙には、社会的、動物的、有機的、物質的という四つの運動があり、社会的運動がほかの三つの運動を司る。したがって、ファランジュの建設が社会的運動を飛躍的に進歩させると、ほかの運動が連動し、地球の気候さえ変化する。地球の発情の印である北極冠が現われオーロラのように光を放ち、その影響で極点であってもアンダルシアやシチリアのような温和な気候となるという。

20——フーリエは、社会的な絆を編成するという重要な役割を果たす三つの機構的情念として、複合(Composite)、密謀(Cabaliste)、移り気(Papillonne)をあげている。移り気が産業や恋愛において解放されることによって、人々の行き来が促進され、さまざまな新奇な結合が形成される。ここでビュトールはinconstanceという言葉を用いているが、調和期において十全に解放される移り気を想定していると思われる。

螺旋をなす七つの大罪

01——一九二七–二〇一四。フランスの作家、批評家。チューリッヒ工科大学名誉教授(フランス語フランス文学)。カントの仏訳も手がけた。邦訳に『ダンディ——ある男たちの美学』(桜井哲夫訳、講談社、一九八九年)。

02——デュ・カン『文学的回想』(戸田吉信訳、冨山房、一九八〇年)。なお、本作をふくめ、本文中の引用はすべて拙訳。

03——『聖アントニオスの誘惑』に登場する霊鳥。シーモルグはペルシア、アンカーはアラブの伝承における名称。なおポン=レヴェックは「素朴なひと」(「純な心」とも訳される)の舞台。

04——この引用はフローベール自身による『螺旋』の筋書きではなく、以下の論文内に記された筋書きの要約を書き写したもの。Paul Dimoff, « Autour d'un projet de roman de Flaubert : *La Spirale* », *R.H.L.F.*, octobre-décembre 1948, p. 309-335.

05——一八一六–四八。フローベール青年期の無二の親友で文学仲間だったが早世した。ギ・ド・モーパッサンの伯父。

06——一八五六年十月五日付。

07——マンドラゴラのヘブライ語による名称。『聖アントニオスの誘惑』では「人間の頭を実としてつける木」とされる。

08——レバノンに伝わる架空の植物で魔力をもつ。『聖アントニオスの誘惑』では「草の中を走る」とされる。

09——『聖アントニオスの誘惑』一八七四年版刊行に際しテーヌがフローベールに送った手紙より。コナール版全集に収録されている。Flaubert, *La Tentation de saint Antoine*, Paris, Conard, 1924, p. 683.

10——コナール版全集には一八七八年八月の言葉とあるが、正しくは一八七三年八月三十一日付ジョルジュ・サンド宛書簡からの引用。Flaubert, *ibid.*, p. 679 ; *id.*, *Correspondance*, éd. Jean Bruneau, Paris, Gallimard, « Pléiade », 1998, t. IV, p. 669.

11——以後、本節における一八七四年版からの引用はすべて第七部、一八四九年版(第一稿)からの引用は第二部。

12——プラトン哲学における「感覚によって捉えられる模写」(copie sensible)と、ブヴァールとペキュシェによる愚言の筆写とを掛けている。プラトン『ティマイオス』28A、48E。

ボードレール小品《オプスクルム・ボードレリアヌム》

01——一九一四–二〇〇二。チェコ出身の作家、画家。一九七二年、短冊状に縦に切った詩人シャルル・ボードレールの肖像と同様に切った別の図像を交互に配置したコラージュ作品を発表した。ビュトールはコラーシュの手法に倣い、ボードレールの詩集『悪の華』から十二音節詩句で書かれた「バルコン」(三十行)、「悲しみ彷徨う女」(三十行)、「夕べのハーモニー」(十六行)の三篇を主な素材とした四行詩を作成し、コラーシュの展覧会カタログの序文として書かれた本作に配置している。前述三篇の合計七十六行に加えて、「夕べのハーモニー」の詩篇中で反復されない一行目、三行目、一四行目、一六行目を他の詩句と同様に反復し、また同詩集中の詩篇「髪」の二行目と「香水瓶」の一四行目をそれぞれ二回ずつ用いることで、二十一詩節(合計八十四行)の素材としている。これらの四行詩の作成の際には、文法と表現の上で必要な修正を音節数を保ちながら適宜加えている。また散文の引用は、同じくボードレールの散文詩集『パリの憂愁』の巻頭に置かれたアルセーヌ・ウーセへの献辞の冒頭部を分割して順番に挿入したものである。

02——「バルコン」一行目。
03——「悲しみ彷徨う女」一行目。
04——「バルコン」二行目。
05——「悲しみ彷徨う女」二行目。
06——『パリの憂愁』献辞。
07——「バルコン」三行目。
08——「悲しみ彷徨う女」三行目。
09——「バルコン」四行目。
10——「悲しみ彷徨う女」四行目。
11——「悲しみ彷徨う女」五行目。
12——「夕べのハーモニー」一行目。
13——「バルコン」五行目。
14——「夕べのハーモニー」二行目。
15——『パリの憂愁』献辞。
16——「夕べのハーモニー」三行目。
17——「バルコン」六行目。
18——「夕べのハーモニー」四行目。
19——「悲しみ彷徨う女」六行目。
20——「バルコン」七行目。
21——「悲しみ彷徨う女」七行目
22——「バルコン」八行目。
23——「悲しみ彷徨う女」八行目。
24——『パリの憂愁』献辞。
25——「バルコン」九行目。
26——「悲しみ彷徨う女」九行目。
27——「悲しみ彷徨う女」一〇行目。
28——「夕べのハーモニー」五行目。
29——「バルコン」一〇行目。
30——「夕べのハーモニー」六行目。
31——「夕べのハーモニー」七行目。
32——「バルコン」一一行目。
33——『パリの憂愁』献辞。
34——「夕べのハーモニー」八行目。
35——「悲しみ彷徨う女」一一行目。
36——「バルコン」一二行目。
37——「悲しみ彷徨う女」一二行目。
38——「バルコン」一三行目。
39——「悲しみ彷徨う女」一三行目。
40——「バルコン」一四行目。

41――「悲しみ彷徨う女」一四行目。
42――『パリの憂愁』献辞。
43――「悲しみ彷徨う女」一五行目。
44――「夕べのハーモニー」九行目。
45――「バルコン」一五行目。
46――「夕べのハーモニー」一〇行目。
47――「髪」二行目。
48――「夕べのハーモニー」一行目。
49――「香水瓶」一四行目。
50――「夕べのハーモニー」三行目。
51――「夕べのハーモニー」一一行目。
52――「バルコン」一六行目。
53――「夕べのハーモニー」一二行目。
54――「悲しみ彷徨う女」一六行目。
55――『パリの憂愁』献辞。
56――「バルコン」一七行目。
57――「悲しみ彷徨う女」一七行目。
58――「バルコン」一八行目。
59――「悲しみ彷徨う女」一八行目。
60――このビュトールによる説明文と直後の四行詩を除けば、「小品」の全体は「四行詩句＝『パリの憂愁』献辞（序文）＝四行詩節＝ビュトールの説明文」の規則的な繰り返しとなる。したがって「追加の四行詩句」は、円環の完成のための連結部、予備的なパーツと見なすべきであり、説明文も同様に除外することで、VIIIに見られる「私の九つの説明文」という数字と合致する。
61――「バルコン」一九行目。
62――「悲しみ彷徨う女」一九行目。
63――「悲しみ彷徨う女」二〇行目。
64――「夕べのハーモニー」一三行目。
65――『パリの憂愁』献辞。
66――「バルコン」二〇行目。
67――「夕べのハーモニー」一四行目。
68――「夕べのハーモニー」一五行目。
69――「バルコン」二一行目。
70――「夕べのハーモニー」一六行目。
71――「悲しみ彷徨う女」二一行目。
72――「バルコン」二二行目。
73――「悲しみ彷徨う女」二二行目。
74――『パリの憂愁』献辞。
75――「バルコン」二三行目。
76――「悲しみ彷徨う女」二三行目
77――「バルコン」二四行目。
78――「悲しみ彷徨う女」二四行目。
79――「悲しみ彷徨う女」二五行目。
80――「夕べのハーモニー」一四行目。
81――「バルコン」二五行目。
82――「髪」二行目。
83――『パリの憂愁』献辞。
84――「夕べのハーモニー」一六行目。
85――「バルコン」二六行目。
86――「香水瓶」一四行目。
87――「悲しみ彷徨う女」二六行目。
88――「バルコン」二七行目。
89――「悲しみ彷徨う女」二七行目。

90――「バルコン」二八行目。

91――「悲しみ彷徨う女」二八行目。

92――『パリの憂愁』献辞。

93――「バルコン」二九行目。

94――「悲しみ彷徨う女」二九行目。

95――「悲しみ彷徨う女」三〇行目。

96――「バルコン」三〇行目。

短編映画ロートレアモン

01――本章の土台となったのは、ビュトールが一九七一年に制作した短編映画「ロートレアモン」のシナリオ（*LautréamOnt. Un film de Michel ButOr*, dossier de production pour le court métrage « Lautréamont », Paris, Como Films, s. d. [1971], p. 2-22. 以下、〈シナリオ〉と略記）である。この〈シナリオ〉を大幅に改稿したテクストが、まずはミニュイ社の〈レペルトワールIV〉（一九七四）に、ついでディフェランス社の〈全集〉第三巻（二〇〇六）に収録された（句読点やレイアウトを中心に、ミニュイ版とディフェランス版のあいだにも少なからぬ異同がある）。拙訳の底本はディフェランス版だが、この版に見つかる軽微な誤植については〈シナリオ〉とミニュイ版を参照しつつ、特に註記することなく修正を行なった。なお、「ロートレアモン（伯爵）」というのはモンテビデオ出身の詩人イジドール・デュカス（一八四六－七〇）が『マルドロールの歌』（一八六九）を出版する際に用いた筆名である。

02――ジャック・キュピソノフ（一九一八－九六）はロシア出身、主にベルギーで活動した映画監督・シナリオライター。短編映画「ロートレアモン」（一九七一）を監督した。

03――『マルドロールの歌』第一歌第九詩節からの引用。以後も同詩節からの引用が頻繁に行われるが、その部分はビュトールのテクストではイタリック体、かつポイント数を落とした文字で印字されているため、このテクストを構成するほかの諸要素（映像に関する指示など）からは明瞭に区別される。拙訳では原文がイタリック体になっている箇所はすべてゴチック体にしている。

04――イジドール・デュカス『ポエジーI』（一八七〇）からの引用。この作品を締めくくる最後の一文である。

05――以後も時おり差し挟まれ、デュカスの伝記的情報を伝えるこういったナレーションは、ポイント数を落とした文字で印字されているという点では『マルドロールの歌』第一歌第九詩節からの引用箇所と同じだが、イタリック体にはなっていないので、『歌』のテクストとは視覚的に区別することができる。

06――象徴性の高い「円」の形状を持つせいか、あるいは「水（eau）」と同音であるせいか、ビュトールのこのテクストではアルファベットの「O」が特権的な扱いを受けている。〈シナリオ〉においては特にその傾向が顕著であり、これを収める小冊子の表紙でも、作品名は「Lautréamont」ではなくて「LautréamOnt」、作者名も「Butor」ではなくて「ButOr」と表記されている。

07――正しくは十六日。

08――『ポエジー』はイジドール・デュカスの作品名だが、正確には一八七〇年四月に刊行された『ポエジーI』と同年六月に刊行された『ポエジーII』の二点からなる。

09――「大いなる軟弱者たち《グランド・テット・モル》」、すなわち多少なりともロマン主義的な――感傷性やメランコリーに特徴づけられた――作品を書いたことのある十七人の作家（シャトーブリアン、セナンクール、ルソー、ラドクリフ、ポー、マチューリン、サンド、ゴーチエ、ルコント・ド・

リール、ゲーテ、サント＝ブーヴ、ラマルチーヌ、レールモントフ、ユゴー、ミツキエヴィチ、ミュッセ、バイロン）の名前を列挙し、そのそれぞれに嘲弄的な色合いを帯びたニックネームを付けていく有名なパラグラフ。『ポエジーⅠ』の終盤に登場する。ビュトールはこのパラグラフを十七個に分解したうえで括弧《ギュメ》を付し、以後、断続的に引用していく（十七個の引用の中にはイタリック体のものとそうでないものとが混在しているが、拙訳では統一は行わず、〈全集〉版の表記に従う）。なお、「大いなる軟弱者たち」の原語は、デュカスのテクストでは「Grandes-Têtes-Molles」だが、ビュトールはハイフン無し、かつすべて小文字で「grandes têtes molles」と綴っている。

10——「六通目」と呼ばれているジョゼフ・ダラス宛書簡（一八六九年五月二十二日付）は現物が失われており、ジュノンソー版『マルドロールの歌』（一八九〇）の序文の中に引用された一部分しか後世に伝えられていないため、ビュトールはこのような書き方をしている。なお、その後、ヴィクトル・ユゴー宛書簡（一八六八年十一月十日付）が一九八〇年に発見され、存在の確認されているデュカスの手紙としては七通目となった。

11——「署名（signature）」は原文では複数形。数は明示されていないが、この直後の行に書かれているように「四つ」なのだろうと推測される。

12——イジドール・デュカスのものだと断定できる肖像写真は二〇二四年現在においてもなお一枚も発見されていない（伝記研究者ジャン＝ジャック・ルフレールが一九七七年の著書『ロートレアモンの顔』の中で公開し、話題となった肖像写真もデュカスのものであるという確証はない）。

13——この箇所についてはデュカスの原文（「n'ont pas juré fraternité」）とビュトールの引用文（「n'ont juré aucune fraternité」）とのあいだに比較的大きな異同が見られるが、ここではビュトールのテクストに従って訳しておく。

14——ポール・レスペス（一八四六－一九三五）はポーの高等中学校におけるデュカスの同級生のひとり。『ポエジーⅠ』の献辞にもその名が見つかる。一九二七年にジャーナリストのフランソワ・アリコに求められて高等中学校時代のデュカスに関する情報提供を行い、それが現在ではこの時期のデュカスについての貴重な証言となっている。レスペスがアリコに送った九通の手紙については以下を参照のこと。« Dossier Alicot : Les lettres de Paul Lespès à François Alicot », *Cahiers Lautréamont*, Livraisons V-VI, 1988, p. 2-51.

15——〈シナリオ〉に付された「緒言（Notes préliminaires）」によると、このレスペスの声は、『マルドロールの歌』第一歌第九詩節の朗読とも、デュカスの伝記的情報を伝えるナレーションとも異なる声で演じられる。

16——以後も何度か登場するこの「当時の版」という表現は、「デュカスにとって参照可能だった十九世紀当時の版」というニュアンス。

17——ダンテ『神曲』「地獄篇」第三歌からの引用。

18——この改変の結果、『ポエジーⅡ』収載の「汝、入らんとする者よ、一切の絶望を棄てよ」という一文ができあがる。『ポエジーⅡ』には後出のパスカル、ヴォーヴナルグのものをはじめ、古典作家たちの箴言を書き換えた文章が多く含まれている。

19——「一切の希望を棄てよ」の原文である「laissez toute espérance」の中の女性名詞「espérance」を男性名詞「désespoir」に置き換えた場合、「espérance」に合わせて女性形になっていた形容詞「toute」も——「e」を削除することで——男性形の「tout」に修正する必要がある。

20——エルネスト・ナヴィル（一八一六－一九〇九）はスイスの哲学者。『悪の問題』はナヴィルが一八六七年から六八年にかけてジュネーヴとローザンヌで行なった七つの講演の原稿をまとめて出版したものであり、デュカスは自分の所有していた本の一八〇ページに書き込みを行なっている。

21——原文には「*Pensées* de Vauvenargues」とあるが、ヴォーヴナルグには『パンセ（*Pensées*）』と題された著作はなく、このパラグラフで引用される文の出典も『省察と箴言（*Réflexions et maximes*）』であるため、「*Pensées*」の大文字とイタリック体は〈レペルトワール〉編集時のミスだと推測される。したがって、ここでは〈シナリオ〉の一二ページに見られる表記（「pensées de Vauvenargues」）に基づいて「ヴォーヴナルグの箴言集」と訳しておく。

22——デュカスが参照したと推定されている版は以下。Vauvenargues, *Réflexions et maximes*, dans *Œuvres de Vauvenargues*, éd. D.-L. Gilbert, Paris, Furne, 1857.

23——〈レペルトワール〉のテクストには不備があり、ミニュイ版でもディフェランス版でも「entre « que »」の二語が脱落している。ここでは〈シナリオ〉の一二ページを参照しつつ、上記二語を補って訳しておく。

24——以上の一連の操作により、『ポエジーII』収載の箴言（「人は、死の美しさによってしか生の美しさを判断することはできない」）ができあがる。

25——「死」を意味するフランス語。ヴォーヴナルグの前出の箴言の中に含まれていた。

26——モンテビデオでイジドール・デュカスの父フランソワ・デュカスと親交のあった人物。イジドールよりも十二歳ほど年少なので、一八六六年当時はまだ八歳の子どもだったはずだが、ウルグアイに一時帰国中のイジドールに会ったことがあると後年証言している。

27——パリ一区、中央市場《レ・アル》地区にあるサン＝トゥスタシュ教会のこと。後出の商品取引所《ブルス・ド・コメルス》もそのすぐ近くにある。

28——第二帝政期に建築家ヴィクトル・バルタール（一八〇五–七四）によって設計され、パリ一区に建てられた中央市場《レ・アル》のパヴィリオン群のこと。全十二棟の鉄骨造の建物からなり（ただし、第二帝政期に完成したのは十棟のみ）、各棟はガラス屋根付きのアーケードで連結されていた。パヴィリオン群は一九七一年から一九七三年にかけて取り壊されたが、十二棟のうちの一棟（第八号棟）はノジャン＝シュル＝マルヌの街に移設され、歴史記念物として現存している。

29——一八九〇年に『マルドロールの歌』を刊行した出版者レオン・ジュノンソー（一八五七–没年不明）が、みずから執筆した序文の中でこれらの逸話を披露している。

30——パスカル『パンセ』からの引用。『パンセ』には多くの版があり、デュカスが参照したのはコンドルセ版（コンドルセが校訂し、ヴォルテールが注釈を付した版）だと推定されているが、ここでビュトールが引用しているのは——テクストの異同があまりにも多いので——それではなく、ブランシュヴィク版だと思われる（断章番号は第七編の四三四）。ただし、句読点についてはブランシュヴィク版とのあいだにもわずかな異同が観察される。

31——『ポエジーII』からの引用だが、ビュトールは一か所、原文の読点《ヴィルギュル》を句点《ポワン》に換えている。

32——『マルドロールの歌』は第一歌のみがまず一八六八年八月に出版された。

33——匿名で出版された『マルドロールの歌　第一歌』の表紙には、作者名として三つの星印（★★★）が印字されていた。

34——一八六九年一月にボルドーで刊行された詩のアンソロジー。エヴァリスト・カランス（一八四二–一九一六）という作家兼編集者が主催した詩のコンクールの応募作品を掲載しており、同コンクールで入選を果たした『マルドロールの歌　第一歌』も——作者名は依然として三つ星印のままで——収録されている。

35——一八六九年の夏に印刷・製本された全六歌からなる『マルドロール

の歌』をビュトールは「完全版」と呼んでいる。

36――パスカル『パンセ』からの引用。句読点の異同の数から判断するに、ここでもビュトールはコンドルセ版ではなく別の版を、おそらくはブランシュヴィック版(第六編の三四七)を引用している(ただし、ブランシュヴィック版とも句読点が完全に一致するわけではない)。なお、ビュトールが引用しているテクストは句点《ポワン》やセミコロンの代わりに読点《ヴィルギュル》が多用されていて構文が確定しがたく、「というのも」以降は「[…]人間は自分が死ぬことを知っているのだから。かたや、宇宙が人間に対して備えている優越性について、宇宙の方では何も知らない」と訳すこともできる。

37――『マルドロールの歌』と異なり、『ポエジーⅠ』と『ポエジーⅡ』はイジドール・デュカスの本名で出版された。

38――実際には、当時居住していたフォーブール＝モンマルトル通り七番地の部屋で死亡。

39――実際には、「モンマルトル大通り(Boulevard Montmartre)」ではなくて「フォーブール＝モンマルトル通り(Rue du Faubourg-Montmartre)」が正しい。

40――パリ十八区にあるモンマルトル墓地のこと。

41――デュカスの原文では「別れを告げたいんだ」の直後にエクスクラメーションマークが置かれ、文がいったん切れているが、ビュトールはそれを読点《ヴィルギュル》に置き換えている。

42――パリ北東の郊外にあった共同納骨所。デュカスの亡骸はパンタン納骨所に納められた、とかつては考えられていたが、現在ではモンマルトル墓地の「一時的使用区画」を含む一部分が一八七九年にパリ市に接収された際に行方不明になってしまった、という説が有力。

実験小説家エミール・ゾラと青い炎

01――ゾラ研究の世界的な第一人者(一九二八－二〇二一)。

02――「彼はそのテーマを選ぶや否や」Dès qu'il a eu choisi son sujet という文は「重複合過去」という比較的珍しい時制が用いられている。

03――フランスの生理学者(一八一三－七八)。ゾラの「実験小説」の理論はベルナールの『実験医学序説』(一八六五年刊)をモデルにしている。

04――同種の生物の個体間に形態的・生理的な差異が現われること。

05――言語学で文を構成する文法的規則の総体のこと。

06――〈ルーゴン＝マッカール叢書〉の第十八巻『獣人』(一八九〇年)の主人公は当初はエティエンヌ・ランチエの予定であったが、小説の準備段階でこの作品のために急遽生み出されたジャック・ランチエに変更された。

07――これ以降は、一九六七年刊行の「カイエ・ナチュラリスト」第三四号に掲載された「ページを火にくべる」(同年十月一日にゾラの別荘があったパリ近郊の村メダンでビュトールが行なった講演の採録)が初出である。ただし初出の版に大幅な加筆がなされており、ゾラにおけるカトリシズムの問題を扱った三〇一ページ「III　ページを火にくべる」の「1 教会の火災」から三〇七ページの「4 樹木」の第一段落までの部分が書き加えられている。また三〇〇ページの『ローマ』からの引用部と三一〇ページの最終段落も加筆されている。

08――le gendarme(憲兵)の定冠詞 le と名詞 gendarme のこと。

09――一八五一年十二月二日にルイ・ナポレオン(後のナポレオン三世。一八〇八－七三)が国民議会に対して起こしたクーデター。

10――原文は demi-belle-sœur。フェリシテ・ルーゴンはアントワーヌ・マッカールの異父兄ピエール・ルーゴンの妻にあたる。

11——後述のように〈三都市〉の最終巻『パリ』の結末近くでサクレ・クール寺院が爆破の危険にさらされることになる。

12——「肉屋」を意味するフランス語の boucherie は「殺戮」という意味もある。

13——カトリックの立場から大革命を批判し、王政を擁護したフランスの思想家（一七五三－一八二一）。

14——聖体の秘跡でパンと葡萄酒がキリストの肉と血になること。

15——フランス語の père は「父親」と「神父」の両方を意味する。

16——一九〇二年にゾラは自宅で一酸化炭素中毒により死去するが、何者かによって殺害されたという説もある。

17——イギリスの女流作家でゴシック小説の大家（一七六四－一八二三）。

18——新約聖書の福音書のこと。ここではゾラの〈四福音書〉が新しい福音書とみなされている。

19——初出の「カイエ・ナチュラリスト」版では「アルコールの燃焼によってのみ生じるのではなく、インクというあの素晴らしい無尽蔵のアルコールの燃焼によっても生じる青い炎だけである」となっていた。ゾラにおけるカトリシズムを論じた文章を加筆したことで、このような修正が行われたものと思われる。

ジルベール・ル・モーヴェの七人の女　もう一つの七面体

01——〈レペルトワールⅢ〉に収録のブルトン論「七面体へリオトロープ」が一つ目の「七面体」であるのに対して、このプルースト論が「もう一つの七面体」であるということ。

02——一九一三－八五。ベルギーの文芸評論家。

03——『失われた時を求めて』の引用については、全七篇のうち該当する篇のタイトルのあとに、まずプレイヤード新版の四巻中の巻数を示す。続いて（　）内に岩波文庫版の巻数を示す。翻訳は基本的に吉川一義による岩波文庫版を参照しつつ、文脈に応じて適宜改変してある。なお、ビュトールは一九五四年に刊行された全三巻からなるプレイヤード旧版の『失われた時を求めて』を使用しており、新版とはしばしば本文が異なるため、異同についてはそのつど註記する。

04——実際には本の最初から四ページ目。

05——プレイヤード新版にはない一節。一九二五年刊行の『消え去ったアルベルチーヌ』初版、プレイヤード旧版の『見出された時』、および吉川訳が底本としているリュック・フレスによる校訂版『消え去ったアルベルチーヌ』（リーブル・ド・ポッシュ版）には含まれている。

06——正しくは、最終部である第三部「土地の名―名」。

07——ゲルマント館はブーローニュ界隈ではなく、小説の設定ではセーヌ右岸のフォーブール・サン＝トノレ界隈にあると考えられる。

08——プフェエールの文章が、ビュトールの本論考前半とともに「ラルク」誌のプルースト特集号（一九七一年の第四七号）に収録されている。

09——正しくは、第三部。

10——正しくは、最終部である第二部。

11——三一四ページ下段四行目の最初にある開き括弧に対応する閉じ括弧の記号が脱落していると思われるので補った。

12——フランス語原文では、impression の複数形を示す s が脱落している。

13——プレイヤード新版では、「中世建築」ではなく、「中世民間建築」。

14——プレイヤード新版の『消え去ったアルベルチーヌ』にあたる旧版でのタイトル。

15——ベルナール・ド・ファロワのこと。ファロワによる『サント＝ブーヴに反論する』初版は一九五四年にガリマールから刊行された。プレイヤード版の出版は一九七一年。以下の『サント＝ブーヴに反論する』からの引用はすべてファロワ版による。

16——実際には、ドンシエール滞在は冬の出来事であるため、その寝室は冬の寝室である。ただし、ビュトールがここで取り上げている『スワン家のほうへ』冒頭の「不眠の夜の回想」においては、ドンシエールの寝室はまずは冬が夏に反転された形で登場することから、夏の寝室とされている。

17——アルベルチーヌをめぐる忘却の三つの段階のこと。

18——モーリス・メーテルリンク『ペレアスとメリザンド』の登場人物ゴローのこと。ゴローはペレアスの異父兄で、二人の母親はジュヌヴィエーヴという。メリザンドをめぐる恋愛のもつれから、ゴローはペレアスとメリザンドを殺す。

19——ユイスマンスの小説『彼方』(一八九一年)では、主人公デュルタルがジル・ド・レの伝記を執筆する。

20——ビュトールは、本論以前の二つのプルースト論、「マルセル・プルーストの「瞬間」」(〈レペルトワールI〉所収)および「プルーストにおける架空の芸術作品」(〈レペルトワールII〉所収)において、『失われた時を求めて』の一人称の話者であり、主人公でもある人物(「私」)について、しばしば「マルセル」、あるいは「プルースト」との同一視を行ってきた。これに対して、本論では「私」のことを一貫して「話者」と呼んでおり、現在のプルースト研究における一般的な了解、すなわち「私」は完全に固有名を欠いた存在であるという解釈へと移行していることが分かる。ただし、より正確を期すならば、第五篇『囚われの女』において、アルベルチーヌが一度は口頭で、もう一度は手紙で、「私」のことを「マルセル」と名指している。プルーストは小説の執筆が進むにつれて、初期草稿に見られる自伝的要素を周到に排除していったことが知られており、作者の生前に十分な校正の時間が残されていたならば「マルセル」という呼び名はすべて消去されていたと考えることもできる。しかし、事態はさらに複雑である。『囚われの女』に登場する「マルセル」の語は清書原稿以降にわざわざ加筆されており、プルーストが小説の作者と「私」の間により多層的な関係性をもたらそうとしたとも考えられる。その意味では、ビュトールのここでの「マルセル」の使い方は、プルーストの意図を十分に汲んでそれを見事に展開していると言うことができるだろう。

21——ビュトールは中断符を書いているが、プレイヤード新版では前の文と次の文の間に省略はない。

22——フランスで最も権威ある文学賞の一つ。ゴンクール兄弟の遺言にしたがって一九〇二年に設立されたアカデミー・ゴンクールにより、その年の最も独創的な散文作品に贈られる。プルーストは一九一九年に『花咲く乙女たちのかげに』で同賞を受賞している。

23——ビュトールが使用していると思われる『模作《パスティーシュ》と雑録』は一九七一年のプレイヤード版『サント゠ブーヴに反論する』に収録されたテクストである。「ルモワーヌ事件」の引用については、翻訳は基本的に平岡篤頼による筑摩書房の『プルースト全集』版を参照しつつ、文脈に応じて適宜改変してある。

24——一八七八–一九四六。フランスの作家。アルフォンス・ドーデの次男。プルーストの親友のひとり。

25——一八六七–一九四二。作家。アルフォンス・ドーデの長男。プルーストに対するゴンクール賞の授与に最も貢献した人物。

26——ペラジー・ドニ。一八三一年生まれで、一八六八年からエドモンが亡くなるまで、ゴンクール兄弟に仕えた家政婦。

27——ジャン゠ウジェーヌ・ロベール゠ウダン。一八〇五–一八七一。一九世紀における最も著名なマジシャンのひとりで、ゴンクール兄弟の『日記』に登場する。

28——たとえば、ゲルマント大公とアマニアン・ドスモンは、二人ともゲルマント公爵の「実のいとこ」。

29——大晦日の夜、あるいはクリスマスの夜の意。

30——アンナ・ド・ノアイユ（一八七六－一九三三）。詩人で、プルーストは彼女と親交を結び、高く評価した。

31——『フェードル』はラシーヌの代表作の一つ。一六七七年初演。『失われた時を求めて』の中でたびたび参照される。

32——マルサント夫人は「伯爵夫人」とされることが多い。

33——話者に対するこの呼称が登場するのは、たとえば『花咲く乙女たちのかげに』の第二部「土地の名、土地」の冒頭においてである。

34——正しくは、第一部「コンブレー」の第一章のこと。

35——温室のある冬のサロンのこと。

36——実際には、『ゲルマントのほう』においてはシャルリュスが「養子縁組」について語る場面はない。話者がシャルリュスの庇護を受けるかどうかということが問題であるだけで、シャルリュスの「養子縁組」の対象となるジュピアンの姪（オロロン嬢）が登場するのは、もちろんシャルリュスがジュピアンと出会う場面から始まる『ソドムとゴモラ』以降である。

37——「卑猥の殿堂」は引用符を付されていないが小説にある表現。

38——ヴェルデュラン夫人のサロンでは貴族のサロンのような儀式張った服装をしないことになっている。

39——草稿における書き直しについてはビュトールの述べるとおりだが、正確を期すならばジェルメーヌはバルベックの花咲く乙女たちのひとりではなく、ラシェルの知り合いの娼婦。

40——プレイヤード新版では、「思いがけず発掘されたもの」ではなく、「思いがけず発掘された評価を絶する形見」。

41——正しくは「読書の日々」ではなく、「読書について」。ただし、ビュトールが使用していると思われる一九七一年のプレイヤード版『サント＝ブーヴに反論する』においては、この序文は「読書の日々」と題されていた。「読書について」の翻訳は岩崎力による筑摩書房の『プルースト全集』版を参照しつつ、文脈に応じて適宜改変してある。

42——実際には本の最初から四ページ目。

43——ビュトールは触れていないが、カンブルメール夫人のエピソードは『ソドムとゴモラ』の中に残されている。

44——第一篇『スワン家のほうへ』第二部「スワンの恋」において、ソワレの男性招待客たちがつけている片メガネから、スワンが各人の個性を読み取ってゆく一節のこと。その最後で言及されるパランシー氏は「片メガネの背後で、まるい目をした鯉のような大きな顔をふり立て、ゆっくりと社交人士のあいだを移動してゆく」とされる。また、ビュトールが本文の続く括弧内で触れている『フェードル』上演は、第三篇『ゲルマントのほう』にある挿話。

百頭女の語ること

01——一九一三－一九八一。美術評論家。邦訳に『シュルレアリスム』（巌谷國士訳、河出文庫）。

02——一九七〇年に刊行されたエルンストの画文集。

03——一九五八年に刊行されたパトリック・ワルドベルグの『マックス・エルンスト』を指していると思われる。この著作の書評をビュトールは「クリティック」一五一号（一九五九年十二月）に発表している。

04——一九三七年にエルンストが刊行した絵画論。

05——一九二二年刊行のポール・エリュアールとの共作。

06——河出文庫版の巌谷國士訳による。

07——ビュトールの勘違い。実際にそうなっているのは第二のノートにあたる月曜日で、第三のノートにあたる火曜の元素は火、例は龍の法廷である。

08——『慈善週間』は五つのノート＝部からなる。

変容

01——画家ジャック・エロルド（後の註04を参照）が一九五六年に結婚した三番目の妻。

02——ルネサンス以降の西洋近代絵画の基盤となった透視遠近法とは異なり、画面の後方のものを前方のものよりも大きく描く技法。ロシアの思想家パーヴェル・アレクサンドロヴィチ・フロレンスキイ（一八八二－一九三七）に由来する概念。

03——「絵画のなかの言葉」参照。

04——一九一〇－八七。ルーマニア生まれのユダヤ系のシュルレアリスムの画家。言及されている書籍の原著は一九五七年出版。書籍の表題の訳は永井敦子論文（「ジャック・エロルド／結晶の夢」、「武蔵野美術」一〇八号、一九九八年）に従った。

05——ここで用いられている語tacheは「染み」とも「点」とも訳されうるが、五〇年代初頭以降のエロルドの作風を代表する矩形を指すと思われ、この訳語「かけら」を選択した。なお、エロルドの作風の変化について、本稿の初出の一九五九年までに限っても、筋肉をむき出しにした人物が登場する「皮剝ぎ」の時代に続いて、一九三九年以降は「結晶の時代」、五〇年代初頭からは「結晶」の粉砕による小さな矩形が用いられる、といった変化が知られている。五九年以降も含めたエロルドの作風の変化については、前掲の永井論文に加えて巖谷國士「結晶の探求　ジャック・エロルド」（初出一九七一年）、『シュルレアリスムの芸術』（河出書房新社、一九七六年）を参照。

06——一九五九年五月、パリの七区ヴォルテール河岸に位置していたギャラリー、クール・ダングルにおいてエロルドの展覧会が開かれたが、それに際してビュトールを筆者とする『ジャック・エロルド』と題した小冊子がギャラリーから発行され、そこに収められた文章が本稿になっている。この冊子には、展覧会で展示された作品リストとして十七点が挙げられており、ここでの記述はいずれかの作品を念頭においたものであると考えられる。

07——一九五七年作。前出の展覧会の展示リスト（註06参照）に記載がある。

08——一九五七年作。前出の展覧会の展示リスト（註06参照）に記載がある。

09——一九五九年作。前出の展覧会の展示リスト（註06参照）に記載はない。

10——一九五九年作。前出の展覧会の展示リスト（註06参照）に記載がある。

陰険な者たちのパレード

01——一九二七－二〇一二。詩人、美術批評家。一九四六年から八二年にかけて刊行されていた美術誌 *Derrière le miroir*（「鏡の裏側」）一九二号（一九七一）のスタインバーグ特集号にエッセイを寄せた。

02——一九一四－九九。ルーマニア出身のアメリカの画家。六〇年近くにわたって「ニューヨーカー」誌の表紙イラストを手掛けた。

03——ヘッダ・スターン（一九一〇－二〇一一）。画家。

04——『仮面』所収の、尻尾のある者たちが左手にパレットと筆を、右手にサーベルを持ち行進する絵。

05——スタインバーグは一九三三年から一九四〇年までミラノ工科大学で建築を学んだ。

06——「絵画のなかの言葉」註60を参照。

07——「絵画のなかの言葉」参照。

08——同じテーマを二つの異なる技法で描いている。

ちょっとした合図

01——カール・グスタフ・ビュールストロム（一九一九－二〇〇一）。スウェーデン出身の翻訳家。ビュトールをはじめとするフランス現代文学のスウェーデン語への翻訳とスウェーデン文学のフランス語への翻訳で知られる。スンドマン（註02を参照）著『遠征』（註07を参照）フランス語訳への序文の冒頭において、ビュトールは、自身はスウェーデン語を知らないため、スンドマンについての情報はすべてビュールストロムに負っていると明言している。なお、同序文から当該の箇所が削除され、本稿になっている。

02——一九二二－九二。スウェーデンの小説家。邦訳としては『気球エルン号の死』（松谷健二訳、早川書房、一九七五年）がある。また政治家としては、地方議会を経て六八年から七九年にかけて国会議員も務めた。

03——スカンジナビア半島北部からフィンランド、ロシア領にかけて居住する人々。ラップは蔑称のため、現在ではサーミと呼ばれる。

04——一九五七年出版。この書では、一から四までの数字を付された短編小説「狩人たち」が四編並んだ後、ほかの短編作品が続く。

05——ディフェランス版では「正直なところ」が脱落している。

06——アルネ・トランケル（一九一九－八四）。スウェーデンの心理学者。犯罪捜査における供述分析についての論文・著作が多数あり、邦訳としては『証言のなかの真実』（植村秀三訳、金剛出版、一九七六年）がある。同書には、下記のインドでの冒険譚をめぐる実験が解説されている。また、ビュトールがここで挙げている著書『人間の判断における魔術と理性』は、一九六一年にスウェーデン語で出版された。

07——スンドマンの小説として邦訳もある『気球エルン号の死』（原題を直訳すると『技師アンドレーの飛行』）は北極探検隊を題材としており、以下で論じられる『遠征』の五年後の一九六七年にスウェーデン語で出版されている。

08——スンドマンによる一九六二年発表の小説。スタンリーの著作、とくにエミン・パシャ救援のための遠征を記録した著作を利用していると、スンドマン自身がこの作品の冒頭に書き記している。サー・ジョンは、『遠征』作中で語られる探検の責任者であり、スタンリーをモデルにしている。

09——ヨーロッパ、アラブ、アフリカなど参加者の出自が多様なこの遠征隊において、この人物のヒンズー教徒という出自は繰り返し言及されながら、留保も示される。

10——ダイヴィング・ベルとも呼ばれ、かつて水中で作業する際に用いられていた金属製の鐘型の装置。

11——デイヴィッド・リヴィングストン、一八一三－一八七三年。スコットランド出身の宣教師、探検家。ヨーロッパ人として初めてアフリカ大陸横断を行なった。一時行方不明となったリヴィングストンをスタンリーは一八七二年に発見し、その顛末を含む著書を一八七二年に残している。邦訳（抄訳）は、『リヴィングストン発見記』村上光彦、三輪秀彦訳、『世界ノンフィクション全集』第六巻、筑摩書房、一九六〇年。

12——ドイツ語（besserwisser）が用いられている。

13——副官としてサー・ジョンの探検に参加する。『遠征』は、ラロンヌとジャファーという二人の語りが交差しながら物語が進展する。

14——『遠征』では多くの会話のシーンが描かれるが、遠征隊の本部をなすサー・ジョンとラロンヌを含むヨーロッパ人の会話と、通訳のジャファー・トッパンを中心に運搬の人夫や兵士、現地の案内人などが交わす非ヨーロッパ人の会話とに区分される傾向があることを指していると思われる。

15——小説の終盤、ジャングルを進む遠征隊は、そこに住むバクエと呼ばれる敵対的な人々から毒矢をはじめとする攻撃を受ける。食糧不足や頻発する脱走などにより遠征の先行きが危ぶまれるなか、非ヨーロッパ人の間で目に見えない「小人」たちが遠征隊を見張っているという話題が繰り返される。小説の最終ページでは、暗闇の向こうにいると思われる「小人」たちへ呼びかけた結果、一つの矢が撃ち込まれ、これが「小人」たちによる返答とみなされる。最終ページを含む「小人」たちへの言及が、二人の語り手のうちジャファー・トッパンの語りにしか現われないことが示唆的である。

モデルの深淵で

01——一九二二－二〇一六。フランスの画家。肖像画、人物画が有名。

02——一九〇一－六六。スイス生まれの彫刻家、画家。

03——原文では《le》、すなわち男性名詞《modèle》〔モデル〕を受ける代名詞。

04——原文では《la》、すなわち女性名詞を受ける代名詞。

05——アーチとまぐさに挟まれた三角または半円の部分。

魅惑する女《ひと》

01——フランスの作家・詩人、俳優(一九二三－七八)。ビュトールと交流があり、書簡集も出版されている。

02——『ロラン・バルト著作集5　批評をめぐる試み——1964』、吉村和明訳、みすず書房、二〇〇五年。本書収録のエッセイの翻訳は基本的にこの版を参照しつつ、文脈に応じて適宜改変してある。

03——『ロラン・バルト著作集5　批評をめぐる試み——1964』、前掲書。一部表記を改変した。

04——ここでは前文の「愛される」という過去分詞と、代名詞直前の「読まれる」という過去分詞のこと。

05——〈レペルトワールIII〉所収の「世界の果ての島」参照のこと。

06——『ロラン・バルト著作集5　批評をめぐる試み——1964』、前掲書。

07——「ロブ＝グリエ派など存在しない」。

08——「文学者と著述家」。

09——おそらく次の記事を参照していると考えられる。Giansiro Ferrata, *« A un maestro amebeo. da Barthes a Barthes »*, in *Paragone*, n° 198, 1966.

10——『ロラン・バルト著作集5　批評をめぐる試み——1964』、前掲書。

11——西洋音楽の調性理論において、一般には不協和音から協和音へと単音あるいは和音が移行する状態を指す。

12——ロラン・バルト『ミシュレ』、藤本治訳、みすず書房、一九七四年。以下、本書からの引用はこの版を参照しつつ、文脈に応じて適宜改変してある。

13——ロラン・バルト『ラシーヌ論』、渡辺守章訳、みすず書房、二〇〇六年。以下、本書からの引用はこの版を参照しつつ、文脈に応じて適宜改変してある。

14——「均衡の変異項」はバルトが『モードの体系』で用いる「変異項」の一つ。変異項とは、種より複雑な形態、すなわち複数の用語(辞項)をもつ「対立関係」群として母型の中に現われ、本来の意味でのパラディグムとしての力をもつとされる。前掲書参照。

15——ロラン・バルト『モードの体系——その言語表現による記号学的分

析』(以降、『モードの体系』と略記)、佐藤信夫訳、みすず書房、一九七二年。以下、本書からの引用はこの版を参照しつつ、文脈に応じて適宜改変してある。

16——『ロラン・バルト著作集5　批評をめぐる試み——1964』、前掲書。

17——『ロラン・バルト著作集3　現代社会の神話——1957』、下澤和義訳、二〇〇五年。以下、本書からの引用はこの版を参照しつつ、文脈に応じて適宜改変してある。

18——『ロラン・バルト著作集5　批評をめぐる試み——1964』、前掲書。

19——旧約聖書に登場する、紀元前十世紀にさかのぼるイスラエル王国の最初の王。おそらくここでは《サウルとダヴィデ》と題されたレンブラントの絵画が問題になっているが、ビュトールの指摘するとおり、カーテンで涙を拭うのはダヴィデではなく、サウルである。

20——具体的には次の引用の「いまや」、「こんな具合に」、「まさしく」などを指すと考えられる。

21——ロラン・バルト『零度のエクリチュール』、渡辺淳・沢村昂一訳、みすず書房、一九七一年。

22——『サド、フーリエ、ロヨラ』、篠田浩一郎訳、みすず書房、一九七五年。

23——ビュトールの思い違い。「類の一覧目録」は『モードの体系』第八章のタイトルである。

24——『ロラン・バルト著作集3　現代社会の神話——1957』、前掲書。

25——同前。

26——同前。

27——『ロラン・バルト著作集5　批評をめぐる試み——1964』、前掲書。

28——古代都市イオニアのエリュトライにいたとされる巫女(シビュラ)のひとりで、預言者だった神話的人物。

29——『ロラン・バルト著作集6　テクスト理論の愉しみ——1965–1970』、野村正人訳、みすず書房、二〇〇六年。

30——この表現が本文での「非神話化」というビュトールの言葉に対応している。

流行《モード》と現代人《モデルヌ》

01——マリ＝ジョはビュトール夫人のこと。

02——キリスト教の四旬節の第三週の木曜日には、子どもたちが仮装する慣習がある。

03——カトリック系のヨーロッパ社会で始まった、年に一度の民衆的祝祭で、カーニバルの最終日はマルディ・グラ(ふとった火曜)と呼ばれる。

04——帽子のうしろ飾りのリボン。

臣従の誓い

01——このエッセイは、まず「ドニーズのために」というタイトルで雑誌「ラルク」のクロソウスキー特集号に発表され(Michel Butor, « Pour Denise », *L'Arc*, vol. 43, 1970, p. 21-24)、ついで若干の異同とともに「臣従の誓い」というタイトルで〈レペルトワールIV〉に収められた(Michel Butor, « Aveux », *Répertoire IV*, Paris, Minuit, 1974, p. 415-419)。前者には以下の先行訳がある。「ドニーズのために」立花英裕訳、「ユリイカ」一九九四年七月号。

02——ドニーズ・マリー・ロベルト・モラン＝サンクレール(一九一九–二〇一九)はピエール・クロソウスキーの妻。クロソウスキーとは一九四六年に出会い、翌年の七月三十一日に結婚している。なお、ドニーズの生年については、一九一八年としている資料もある。

03——初出のテクスト(「ラルク」版)では「クロソウスキー」[Klossowski]というファミリーネームは記されておらず、呼びかけの言葉は「親愛なるピエール」[Mon cher Pierre]のみであった。また、その直後で改行が行われ、本エッセイが書簡を模して書かれていることが強調されていた。この改行は、ミニュイ社の〈レペルトワールIV〉のテクストでも保持されているが、ディフェランス社の〈全集〉版では省かれている。

04——一九五五年の夏から翌年の夏にかけて、クロソウスキーはビュトールを含む友人たちと『ロベルトは今夜』の演劇版を上演しようと準備していた。ビュトールにはアントワーヌの役が割り当てられ、稽古は週に一度のペースで行われていたという。詳しくは以下を参照のこと。ミシェル・ビュトール「社交劇の回想」須田永遠訳、大森晋輔編『ピエール・クロソウスキーの現在』、水声社、二〇二〇年。

05——一九五九年に刊行された小説『ナントの勅令破棄』のこと。なお、『歓待の掟』[*Les Lois de l'hospitalité*]三部作は『ロベルトは今夜』[*Roberte ce soir*](一九五三)、『ナントの勅令破棄』[*La Révocation de l'Édit de Nantes*](一九五九)、『プロンプター』[*Le Souffleur*](一九六〇)の三作からなる。いずれにおいても「ロベルト」という名の女性登場人物が重要な役割を演じるため、「ロベルト三部作」と呼ばれることもある。邦訳は以下。ピエール・クロソウスキー『歓待の掟』若林真・永井旦訳、河出書房新社、一九八七年。

06——原語は「péché」。法律的な罪(crime)ではなくて宗教的な罪を指す。

07——『ナントの勅令破棄』に組み込まれているロベルトの日記からの引用(拙訳)。

08——アンドレ・ジッド『地の糧』(一八九七)の語り手は、作品末尾の「跋文」[envoi]において、架空の読者ナタナエルに対し、「わが書を棄てよ」[jette mon livre]と三度忠告する(ビュトールはこの発話の主体がナタナエルであったかのように書いているが、おそらくは記憶違い)。なお、クロソウスキーは十八歳のとき(一九二三年)に初めてジッドに出会い、以後しばらくは三十五歳ほど年長のこの作家の庇護を受けている。

09——原語は「porte-à-faux」。この語は建築用語としては建物の突出部を指すが、ここではおそらく「不安定な部分」「危うい部分」といった比喩的な意味で使われている。

10——『ナントの勅令破棄』で言及される十九世紀の架空の画家フレデリック・トネールのこと。作品中ではオクターヴがこの画家の絵を愛好・蒐集している。

11——一九〇一年に成立したフランスの政党。正式名称は「急進共和・急進社会党」[Parti républicain radical et radical-socialiste]。フランス革命の民主主義的伝統を理念として掲げ、議会主義、個人主義、私有財産制などを擁護したほか、教育の民主化や国家の非宗教化にも政策の力点を置いた。

12——原語は「faute」。「誤り」「過ち」を指す一般的な語だが、しばしば道徳的・宗教的な「罪」、とりわけ「姦通」の意味で用いられる。

13——原文ラテン語(「*o felix culpa*」)。「幸いなる罪《フェリックス・クルパ》」とは、一般的には「不注意や過失が原因で思いがけない好結果を招くこと」を指すが、元来はカトリックの神学用語であり、アダムの原罪のこと(原罪の結果として神がキリストをこの世に送り、全人類の罪が贖われることになったため)。

14——後出の「聖書《エクリチュール》」と「聖伝《トラディシオン》」とによって啓示される神の意志のこと。

15——ドミニク・アングルが一八一四年に完成させた油彩画作品。『ナントの勅令破棄』に組み込まれている日記の中で、オクターヴはこの絵について批評を行い、絵の中に描かれている女性の背後に「不在の専制君主」[potentat absent]の存在を見てとっている。

16――クロソウスキーは「ルカによる福音書」第八章第十八節からこの部分を引用し、『ナントの勅令破棄』の巻頭に題辞として掲げている。なお、拙訳はビュトールが引いている聖書の仏語訳をさらに日本語に訳すかたちで作成した。

17――『歓待の掟』三部作の第二部である『ナントの勅令破棄』のこと。

18――キリスト教における伝承のこと。カトリック用語としては、聖書に含まれていない天啓的教理の総体を指す(つまり、〈神の言葉《パロール》〉のうち、書かれたものが〈聖書〉〔Ecriture〕、書かれていないものが〈聖伝〉〔Tradition〕である)。

19――一九六〇年に刊行されたクロソウスキーの小説であり、『歓待の掟』三部作の第三部。永井旦による邦訳が前掲『歓待の掟』(河出書房新社、一九八七年)に収録されている。

20――このパラグラフは表現が切り詰められていて分かりにくいが、「あの殺されぞこない」「あの自殺者」「あのお粗末な殉教者」はいずれもオクターヴを、「道具」は――オクターヴの自殺のための道具であったという意味において――ロベルトを指している。また、「K」がクロソウスキーの名前の頭文字であることにも留意しておきたい。

21――この部分の原文は、〈全集〉版では「et les païennes à travers et au-delà」だが、これはやや舌足らずな表現であり、おそらくは「キリスト教の伝統」を指す代名詞「elle」が脱落している。そのため、この部分に限っては、初出である「ラルク」版のテクスト(「et les païennes à travers elle et au-delà」)に基づいて訳出しておく。

22――クロソウスキーは『ニーチェと悪循環』〔*Nietzsche et le cercle vicieux*〕(一九六九)をはじめとする重要なニーチェ論を著しているほか、ニーチェについての講演や学会発表も複数回行っている。また、ガリマール社版『ニーチェ哲学全集』第五巻(一九六七)と第十三巻(一九七六)の仏訳者でもある(後者はアンリ＝アレクシス・バーチとの共訳)。加えて、一九七一年にはマルティン・ハイデガー『ニーチェ』の仏訳書も刊行している。

23――一九六五年に刊行されたクロソウスキーの小説。小島俊明による邦訳がペヨトル工房(一九八五年)から出ている。

24――クロソウスキーの原文では、この文の主語は「皆」〔chacun〕の一語のみ。したがって、「私たちは」と訳しておいた「de nous」の二語は、ビュトールによる加筆であると思われる。

25――ビュトールによる引用からは抜け落ちているが、クロソウスキーの原文には「jamais」という強意の語が含まれていた。そのニュアンスをあえて明示するなら、この一文はたとえば次のように訳せるだろう。「ですが、あえて野原の百合のように生きた者など、かつてひとりでもいたでしょうか。」

26――新約聖書「マタイによる福音書」第六章第二十八－二十九節、あるいは「ルカによる福音書」第十二章第二十七節に読まれる以下の記述を踏まえた表現。「野原の花がどのように育つかを考えてみなさい。働きもせず紡ぎもしない。しかし、言っておく。栄華を極めたソロモンでさえ、この花の一つほどにも着飾ってはいなかった」(新共同訳)。

27――原語は「les Crucifiés」。クロソウスキーの原文では「le Crucifié」という単数形が使われていたが、ビュトールはそれを複数形に書き換えている。なお、単数形の「le Crucifié」はキリストを指す一般的な表現である。

28――クロソウスキーの原文には「聖史劇の時代あるいはワイドスクリーンの時代」〔des mystères ou de l'écran large〕と書かれていたのだが、ビュトールのテクストからは接続詞の「ou」が抜け落ち、そのためやや不自然な表現になっている。

29――原語は「haquenée」。かつて旅行者や女性のための乗用馬として使われていたおとなしい小馬のこと。

30——以上は Pierre Klossowski, *Le Baphomet*, Paris, Mercure de France, 1965 からの引用(拙訳)。なお、クロソウスキーの原文とビュトールによる引用のあいだには、すでに指摘したもののほかにも、日本語訳には影響を及ぼさない程度の小さな異同がいくつかある。

31——一九六三年に刊行されたクロソウスキーの評論集。フリードリヒ・ニーチェ、アンドレ・ジッド、シャルル・デュ・ボス、ポール・クローデル、ジュール・バルベー・ドールヴィイ、ジョルジュ・バタイユ、ブリース・パラン、モーリス・ブランショなどが論じられている。大森晋輔・松本潤一郎による邦訳が河出文庫(二〇〇八年)から出ている。

32——ウェルギリウス『アエネーイス』の第六の書において、冥界に下ったアエネーアスは、地上に戻ろうとする霊の大群を目の当たりにし、父アンキーセスにこう尋ねる。「父よ、では、ここから地上へと向かう霊もあるということですか。崇高な霊が、またしても鈍重な肉体へと戻っていくのでしょうか。この哀れな者たちの、光へのかくも不吉な欲望とは一体何なのですか」〔Quae lucis miseris tam dira cupido〕。クロソウスキーは一九六四年に『アエネーイス』の仏訳書を上梓しており、『かくも不吉な欲望』という評論集のタイトルはここから採られている。「光へのかくも不吉な欲望」というビュトールの表現も、上掲の一節を踏まえたものである。

33——「召命」の原語「vocation」は「呼び出し」を意味し、キリスト教の用語としては「神に召されて新しい使命を与えられること」等を指す。この語と「中断」〔suspendu〕がビュトールの文章においてイタリック体で強調されているのは、クロソウスキーに『中断された召命』〔*La Vocation suspendue*〕(一九五〇)という小説があることへの目配せだと思われる。この作品については、堀江敏幸による抄訳と行き届いた解説(「継続された召命——処女小説『中断された召命』について」)が以下で読める。前掲『ユリイカ』一九九四年七月号。

34——原語は「scandaleux」。ここでは「スキャンダラスな」「破廉恥な」「顰蹙を買うような」といった一般的な意味だけではなく、「宗教的信仰心の妨げになるような」という原義をも色濃く残しながら使われている。

35——この文以降、「彼女」と訳しておいた代名詞(「elle」「la」など)はすべて第一義的には「ロベルト」〔Roberte〕を指すが、同じく女性名詞である「文学」〔la littérature〕もまたそこには重ねられていると見るべきだろう。実際、ビュトールも示唆しているように、クロソウスキーの文学を生み、成立させているのはロベルトであるわけだから、『歓待の掟』の作者にとって、ロベルトとは実質的に「文学」そのものなのである。

36——この部分の原語「vos traits」は、「あなたの輪郭」(=クロソウスキーの肉体的な輪郭)、「あなたが描く輪郭」(=画家クロソウスキーが描く輪郭)という二つの解釈を許容する表現になっている。前者であれば、ピエール・クロソウスキーという人物のアイデンティティに、後者であれば、クロソウスキーの画家としての側面に焦点が当てられていることになる。

37——この部分の原語「votre dessin」もまた「あなたが(主体として)描いた素描《デッサン》」、「あなたが(客体として)描かれている素描《デッサン》」という二通りの意味で解釈することができる。

38——「猿」〔singe〕の正確な含意は不明だが、参考までに挙げておくならば、ビュトールは一九六七年に『仔猿のような芸術家の肖像』という自伝的な作品を発表している(Michel Butor, *Portrait de l'artiste en jeune singe*, Paris, Gallimard, 1967)。この書物には、「ぼくは在俗の修道士であり、一匹の猿だった」〔J'étais frère lai, j'étais un singe〕といった文が含まれているほか、学生である話者が夢の中で猿に変身させられるシーンもある。本作品における「猿」の暗示的含意は多岐にわたるが、その主なものとしては、(一)「猿真似をする人」(すなわち、ジェイムズ・ジョイス『若き芸術家の肖像』の模倣を行うビュトール自身)、(二)しばしばヒヒの姿で表象される古代エジプト神話の「トト神」、(三)ギリシャ神話においてトト神に相当する「ヘルメス」、(四)ローマ神話においてトト神に相当する「メルクリウス」、(五)ヘルメスやメルクリウスの庇護を受ける者としての「錬金術師」、さらには(六)「言葉を黄金(=作品)へと昇華させる」という意味において「言語の錬金術師」にほかならない「作家」などが挙げられる(詳しくは、ミシェル・ビュトール『仔猿のような芸術家の肖像』清水徹・松崎芳隆訳、筑摩書房、一九六九年、の巻末に付された清水徹による解説「《構築された自伝》について」を参照のこと)。

私の顔について

01——写真家。一九二三-九九。本エッセイはブバの写真集『鏡、自画像』の序文として書かれた。

02——同じ箇所が〈レペルトワールⅢ〉所収「運命論者ディドロとその主人たち」でも引用されている。

03——原語の emploi は、タイトル『時間割』(L'emploi du temps、直訳すれば「時の用法」)にも見出される多義的な語であり、用法、役柄、職などの意味があって、いずれもここに当てはまる。

タイプライター礼賛

01——一九〇五-八六。このエッセイの初出誌である「ラルク」を一九五八年に創刊した実業家、作家。「ラルク」は一九六九年刊行の三九号でビュトールを特集し、一九八六年刊行の一〇〇号をもって終刊した。

02——「指」を意味するギリシア語 dáctylos に由来する。

03——蝋版に書くための尖筆を意味した。

04——フランス語でタイプライターを意味する machine à écrire〔書く機械〕に含まれる「書くこと」と、「印刷すること」の二重の意味。

今日、あれこれと本をめぐって

01——一九一七-九二。作家・編集者。ル・クレジオをはじめとする新人を発掘した目利きとして名を馳せた。ミニュイ社の査読係としてビュトールの第一作『ミラノ通り』を世に出したものの、ほどなく社主ランドンとの方針の違いから退社、雑誌「ル・モンド・ヌーヴォ」の編集長となる。グラッセ社に入社して〈土地の精霊〉第一巻を刊行したあと、ガリマール社の社員となり、叢書〈シュマン〉に続いて雑誌「カイエ・デュ・シュマン」を創刊。本エッセイを含め、複数の本巻収録作品がこの雑誌に掲載された。

02——一八七四-一九三六。文芸評論家。「NRF《エヌ・エール・エフ》」誌一九一九年十一月号に彼が発表した一文に対する反駁として、プルーストのエッセイは、同誌一九二〇年一月号に発表された。

03——ビュトールは原文の prépositions(前置詞)を propositions(節)と写し間違えている。

04——ガリマール社が一九四五年に創刊した文庫版叢書。ハードボイルド系の推理小説をラインナップの中心としている。

05——「デザイン」を意味する原文の「graphisme」は、「(刻み込んで)書く」ことを語源としている事実が踏まえられている。

06——ここで「教育」と訳した原語「formatrices」は、「形成的な」と訳すことも可能であって、古典語が(単に教育に用いられるだけでなく)フランス語やイタリア語といった俗語を形成する能力を有し、それらのなかに語源として含まれることから、古典語をこれらの言語に翻訳することは、それらのなかに埋もれた可能性を掘り返すことにつながることが示唆されていると思われる。同様に、音楽性や絵画性も、元々言語のなかに含まれているのだと考えられる。

初出一覧

旅とエクリチュール
« Le Voyage et l'écriture »（石橋正孝訳）

✣「ロマン主義」四号（一九七二年）

✣「旅とエクリチュール」（清水徹訳、『中心と不在のあいだ』、朝日出版社、一九八三年）

絵画のなかの言葉
« Les mots dans la peinture »（福田桃子訳）

✣「カイエ・デュ・シュマン」六号（一九六九年四月十五日、「マグリットと言葉」「刻印と贈与」）、「マンテイア」六号（一九六九年、「肖像画の中の書き込み」）、『絵画のなかの言葉』（叢書〈創造の小径〉、アルベール・スキラ社、一九六九年）

✣『絵画のなかの言葉』（清水徹訳、〈創造の小径〉新潮社、一九七四年）

ヴィヨンの韻律法
« La prosodie de Villon »（倉方健作訳）

✣「クリティック」三一〇号（一九七三年三月）、「学校用ラジオとテレビの教材2」（公教育省）

✣「ヴィヨンの韻律法」（篠田勝英訳、『世界の詩1　フランソワ・ヴィヨン』、思潮社、一九八一年）

ヒエログリフとサイコロ
« Les hiéroglyphes et les dés »（岩下綾訳）

✣「フランス文学のエッセイおよび研究」九号（一九六八年、イタリア語雑誌、「ラブレーとヒエログリフ」）

✣「カイエ・ルノー＝バロー」六七号（一九六八年九月、「民衆的な話し方と古代の諸言語」、II・2・bからII・2・fまでに該当）

✣「クリティック」二五七号（一九六八年十月、「飢えと渇き」、I・1からII・2・a、IV・2・aからV・2・bまでに相当、リーヴル・ド・ポッシュ版『第五の書』一九六九年、フォリオ版『ガルガンチュア』一九七三年の序文に当てられた）

✣「文学」二号（一九七一年五月、「六／七あるいはラブレーのサイコロ」、III・1・aからIII・1・d、IV・1・aからIV・1・b、V・2・aとV・2・bの一部、ジャン＝ピエール・リシャール宛献辞）

✣『ラブレーまたはそれは冗談だった』（ドゥニ・オリエとの共著、ラルース、一九七二年）

フーリエにおける女性的なもの
« Le féminin chez Fourier »（篠原洋治訳）

✣「カイエ・デュ・シュマン」一六号（一九七二年十月十五日、初出タイトルは「シャルル・フーリエ」、フラマリオン社版『産業的協同社会的新世界』序文に当てられる）

506

螺旋をなす七つの大罪

« Le spiral des sept péchés »（笠間直穂子訳）

✣「クリティック」二七六号（一九七〇年五月）

ボードレール小品《オプスクルム・ボードレリアヌム》

« Opusculum Baudelairianum »（倉方健作訳）

✣イジー・コラーシュ『ボードレールへのオマージュ』（ヨハンナ・リカルト画廊、一九七三年）

短編映画ロートレアモン

« Lautréamont court métrage »（三枝大修訳）

✣『ロートレアモン　ミシェル・ビュトールによる映画』（コモ・フィルム、一九七一年）

実験小説家エミール・ゾラと青い炎

« Emile Zola Romancier Expérimental et la flamme bleue »（田中琢三訳）

✣「カイエ・ナチュラリスト」三十四号（一九六七年一月一日、メダンで一九六六年十月一日になされた講演の記録、初出タイトルは「ページを火にくべる」）

✣「クリティック」二三九号（一九六七年三月十五日・三十一日号、一九六八年「稀覯書サークル」版全集第十巻、一九六八年の序文に当てられる）

ジルベール・ル・モーヴェの七人の女　もう一つの七面体

« Les sept femme de Gilbert le Mauvais »（荒原邦博訳）

✣「ラルク」四七号（一九七一年）

✣ファタ・モルガナ版単行本（一九七二年）

✣「もう一つの七面体」（西永良成訳、「ユリイカ」一九七六年七月号）

百頭女の語ること

« Ce que dit La femme 100 têtes »（福田桃子訳）

✣「カイエ・デュ・シュマン」一一号（一九七一年一月十五日、初出タイトルは「『エクリチュール』——『百頭女』の語ること」）

変容

« Transfiguration »（上杉誠訳）

✣『ジャック・エロルド』（クール・ダングル画廊出版、一九五九年）

陰険な者たちのパレード

« Parade des sournois »（三ツ堀広一郎・堀容子訳）

✣「レ・レットル・フランセーズ」一一二六号（一九六五年四月七日、初出タイトルは「スタインバーグと仮面」）

✣『ソール・スタインバーグの仮面』（マーグ出版、一九六六年、初出タイトルは「仮面」）

ちょっとした合図
« Au moindre signe »(上杉誠訳)

❖「メルキュール・ド・フランス」一九六五年四月号(『遠征』、ガリマール出版、一九六五年の序文に当てられる)

モデルの深淵で
« Au gouffre du modèle »(三ツ堀広一郎・堀容子訳)

❖「二十世紀」一九号(一九六二年六月、初出タイトルは「ベルナール・デュフール――モデルの深淵で」)

魅惑する女《ひと》
« La fascinatrice »(小川美登里訳)

❖「カイエ・デュ・シュマン」四号(一九六八年十月)

流行《モード》と現代人《モデルヌ》
« Mode et modèle »(小川美登里訳)

❖「シャンジュ」四号(一九六九年第四下半期)

臣従の誓い
« Aveux »(三枝大修訳)

❖「ル・モンド」一九六五年六月十九日(初出タイトルは「ある中断された召命」)

❖「ラルク」四三号(一九七〇年、初出タイトルは「ドニーズのために」)
❖「ドニーズのために」(立花英裕訳、「ユリイカ」一九九四年七月号)

私の顔について
« Sur mon visage »(福田桃子訳)

❖『鏡、自画像』(ドノエル社、一九七三年)

タイプライター礼賛
« Eloge de la machine à écrire »(福田桃子訳)

❖「ラルク」五〇号(一九七二年)

今日、あれこれと本をめぐって
« Propos sur le livre aujourd'hui »(石橋正孝訳)

❖「カイエ・デュ・シュマン」一二号(一九七一年四月十五日)

解題

石橋正孝

本書〈レペルトワールⅣ〉の元本が一九七四年二月にミニュイ社より刊行されたとき、その著者であるミシェル・ビュトールは、遠く大西洋の彼方、アメリカ合衆国西部の都市アルバカーキにいた。四年ぶり二度目となるこの滞在が実現したのは、前回同様、ニューメキシコ大学が彼をヴィジティング・プロフェッサーとしてこの地に招いたからである。この第四巻の校正もアルバカーキにて前年の十二月にはすでに終えられていたものの、編集側の不手際があって図版の準備に手間取り、刊行が延引していたのであった。ちょうど六年前に刊行された第三巻は本文が四〇三ページだったのに対し、第四巻のそれはじつに四四三ページと大幅に増加しており、〈レペルトワールⅡ〉の解題で指摘したように、既刊とは異なり、収録作のすべてに献辞が添えられていた。のみならず、この当時ヴァンセンヌ大学の教授であった文芸評論家のジャン＝ピエール・リシャール（一九二二－二〇一九）に全体が捧げられていた。

ビュトールは新しく原稿を書き上げるたびに、親友であった詩人のジョルジュ・ペロス（一九二三－七八）に送ってその意見を仰いでいたこともあり、彼のペロス宛書簡はさながら創作日誌の観を呈しているが、それによれば、ビュトールは一九七三年の三月頃、第四巻に収録する二十一編のエッセイを選定してタイプライターで打ち直しはじめ、五月二十三日にいったん作業を完了、ノルマンディーのスリジー＝ラ＝サルで一週間のビュトール学会が開催される直前の六月二十二日に、ミニュイ社の社主であるジェローム・ランドンに全体の原稿を渡している。この清書兼改稿にとりかかる直前の二月七日のことだった。フランス中部のトゥール大学にて、ある「儀式」に臨む作家の姿があった。彼に国家博士号の学位を認定すべく、〈レペルトワール〉の一巻から三巻、ボードレール論『驚異の物語』（一九六一）、モンテーニュ論『エッセイをめぐるエッセイ』（一九六八）、そして共著『ラブレーまたはそれは冗談だった』（一九七二）を対象とする業績審査が開催されていたのである（トゥール大学のホームページには、大学の歴史のハイライトとしてこの時の貴重な写真が二点掲載されている）。博士論文《テーズ》とは本来、ある一つのテーゼを主張すべく、それを実証する論文の謂なのだから、あらゆる水準においてこれ以上に反博論的な業績というのもなかなか想像しがたい。予定された審査員のひとりとして、審査それ自体の可否を決定するための報告書を作成するという離れ技を演じたのがほかならぬリシャールであった。

すでに国際的に知られた作家がいまさらなぜみずから頭を低くしてまでアカデミズムの「試験」など受けるのか、誰しも疑問に思うところであり、実際、当時のジャーナリズムでもそれなりに騒がれたようである。トゥール大学のジャン・デュヴィニョー(一九二一―二〇〇七、作家、社会学者、人類学者)が中心となって審査の場が設けられたのも、パリの喧騒と人目を避けるためだったという。こうした異例ともいえる事態は、招聘教授として一九七〇年十一月以来ニース大学の教壇に立っていたビュトールに対し、その資格に疑問を挟む声が公教育省周辺の保守的な大学関係者から上がったことに端を発していた。ルノドー賞を受賞した『心変わり』がベストセラーとなり、一時的に高収入となったこともあったとはいえ、執筆活動が本格化する以前も以後も、ビュトールは基本的に教職で生計を立てていた。一九四〇年代の末に哲学の大学教授資格試験に複数回落第した後、文学に転じた(あるいは戻った)彼は、一九五〇年にサンスの高校で代用教員を数カ月務めたのを振り出しに、同年後半と翌年前半はエジプトのミニヤーでフランス語教師、一九五一年秋から五三年春まではイギリスのマンチェスター大学で講師、一九五四年秋から五五年春はギリシアのテサロニケで講師、一九五五年秋から五六年春はソルボンヌのフランス語教師養成高等学校でロラン・バルトの代役、一九五六年秋から五七年春にはジュネーヴのインターナショナルスクール教員と、マンチェスター以外はいずれも一年ないし半期の職をめまぐるしく転々とした。作家として名声を得たあとも、一九六〇年にアメリカのブリンマー大学とミドルベリー大学、一九六二年にバッファロー大学でそれぞれ招聘教授、一九六四年にフォード財団の招きで一年のベルリン滞在を挟み、一九六五年にアメリカのノースウェスタン大学で招聘教授、一九六九年にヴァンセンヌ大学で半期のあいだ講師、同年から翌年にかけて(すでに述べたように)ニューメキシコ大学で招聘教授を務めたほか、世界各地へ講演をしに出かけている。このニューメキシコ滞在中に、一九七〇年の秋からニース大学招聘教授になることが決まったのであり、同大に着任したばかりのジャン・リシェ(一九一五―九二、〈レペルトワールIII〉所収「場所」が彼に献じられている)の口利きがきっかけだった。

頻繁に場所を変えながら講義や講演を行うことは、生活の必要に迫られた面が大きかったにせよ、作品の舞台(とりわけ四作の小説および〈土地の精霊〉シリーズ)の多様化、そしてエッセイの対象の多様化(第一の多様化の反映とも解釈できる)と明らかに直結しており、ビュトールの作家的あり方を可能にしていた本質的な条件だったのである。とはいえ、四十代も半ばを越え、養うべき娘を四人抱えた身にとって、大学での常勤職の必要性は切実になっていた。ニース大学にはビュトールを常勤の職位に迎える用意があり、語の真義において「ノマド」的なこの作家が同一の大学に二年以上とどまろうとしているのもこれが初めてのことだった。専門的にも地理的にも「定住」をよしとするアカデミズム保守派の価値観に照らせば、この「侵略」は看過しがたい事態であり、「ピカール〔レーモン、一九一七-七五。ラシーヌの専門家〕＝デロッフル〔フレデリック、一九二一-二〇〇八。十八世紀文学の専門家〕＝モージ〔ロベール、一九二七-二〇〇六。十八世紀文学・思想の専門家〕一味」（ビュトール自身の表現で、彼はみずからを追い落とそうとする動きの背後にソルボンヌのこの三人がいると睨んでいた）は、招聘教授の職そのものを解こうと図る。一九七二年秋から翌年春にかけての一年はなんとか首がつながったものの、それ以降に関してはまったく楽観を許されない状況であった。

国家博士号は、ビュトールに好意的な大学人たちが出した「解答」だったのである。テーマ批評の第一人者——審査の様子を詳細に報じている一九七三年二月十五日付「ル・モンド」のジャクリーヌ・ピアティエによれば、リシャールはとりわけ、〈レペルトワールII〉所収のユゴー論「さかさまのバベル」における「滴」という「発芽性テーマ」ないし「形態《フォルム》＝意味」の変容、そしてそれが句またぎという形でページの上に視覚化されているさまを鮮やかに浮き彫りにしたビュトールの手並みに賞賛を惜しまなかったという——に対する心からの共感が前提にあるのはさることながら、さすがにこれで「一味」も引き下がり、来年度の常勤職がほぼ確定したという大いなる安堵とともに、リシャールへの献辞が〈レペルトワールIV〉草稿の冒頭にタイプされたという次第だった。ところが、あろうことか、まさにこの巻が出ようとしていた矢先、公教育省の諮問委員会から、専任教授および准教授の有資格者を掲載する「一番目のリスト」にビュトールの名を登録しないとの通知が届く。一九七四年二月二日付のペロス宛長文書簡に詳細が語られており、それによれば、ビュトールが登録されたのは、大学院生のための職位である助手(maître-assistant)の資格を認める三番目のリストで、一番目および二番目のリストへの登録はわずか一票差で否決された。と同時に、「アカデミズムの書式に則った書誌を含むなにか」を一年以内に新たに執筆すれば、資格が見直される可能性を示唆されたという。一番目のリストへの登録拒否によって、ビュトールのための国家博士号審査委員会の顔に泥が塗られてしまった以上、その上塗りはできないとして作家はこれを憤然と拒否、ニース大学から内々に提示を受けていた専任教授職に応募する可能性、ひいてはフランス国内の大学に就職する可能性そのものが最終的に絶たれた。彼に残されたのは、助手への任命をニース大学に願い出ることだけだった。

「文学的な観点はもちろん、学問的観点からすら、僕には大学など必要でないのはいうまでもなく、むしろ大学のほうこそ僕が必要」であるとはいっても、事態の深刻さに変わりはなく、「このとおり、先の見通しは今のところじつに暗く、この波の底でわれわれが持ち堪えるには友情が大いに必要となるだろう」と親友を前にしたビュトールは真率に胸の内を明かしている。結果的に、この〈レペルトワールIV〉は、アカデミズムの拒絶という烙印を押された書物となった。確かに拒絶の直接の対象は既刊三巻であったが、それらの最良の読者として認定されていればこそ、リシャールは続く第四巻の「モデル読者」(ウンベルト・エーコ)に指名されたのである以上、本書は既刊三巻以上に「一味」の拒否反応を惹起するのは必定だったからである。救いの手を差し伸べたのは、リシャールと同じ「ジュネーヴ学派」に属し、トゥール大学での業績審査にも加わっていたジャン・スタロバンスキーであった。このことをペロスに伝える一九七四年五月六日付書簡には安堵の念が漲っている。一九七四年秋から翌年の夏までニース大学助手と兼任でジュネーヴ大学招聘教授、七五年秋から特任教授、その後正教授に昇格、一九八六年夏までの十二年間、ニースの自宅(「対蹠点《オー・ザンチポード》」)とジュネーヴのアパートを往復する日々を送ることとなる。

では、本書はいかなる点においてよりいっそう反ソルボンヌ的といえるのか。この問いに取り組むに先立って、改めて既刊分を振り返っておこう。Iは全収録作が古典的文芸評論の体裁に収まっており、三部に分たれる古典的構成、そして反復という主題による緩やかな統一性に対して、フランス文学の枠を越えて英米文学(「ジョン・ダン『魂の遍歴』について」「ジョイス群島探索にあたっての事前の小周航」「フィネガンのためのある敷居の素描」「ウィリアム・フォークナー「熊」における親族関係」)、ロシア文学(「『賭博者』」)、デンマーク文学(「『反復』」「一つの可能性」)、さらには主流文学の枠を越えて児童文学(「妖精たちの天秤」「至高点と黄金時代」)やSF(「サイエンス・フィクションの成長とその危機」)まで軽やかに話題が転じられていく融通無碍が穏やかな緊張を全篇に走らせている。アカデミズム的な「専門領域」を融解させ、文学の全体を包摂せんとすることで批評の自立性を高め、小説のそれに近づけようとする野心の慎ましやかな徴候がそこにあるのだとすれば、前半の原論と後半の個別論に大きく二分され、さながらページの見開きを立体化したIIは、詩と長編小説《ロマン》を統一する高次の長編小説《ロマン》をみずから演じつつ、詩、小説、評論という三項を自由に行き来する新たなジャンルが最終的に展望されるまでの過程において、文学内部におけるこうした制度的な垣根にとどまらず、諸芸術のあいだの境界を徐々に問題化させていく。

とはいえ、ここではまだ、原論と個別論が一篇ずつ音楽に割かれているだけであり(「音楽すなわちリアリズム芸術」「ブーレーズによるマラルメ」)、プルースト『失われた時を求めて』における架空の芸術作品を論じたエッセイで、この長大な小説における音楽、絵画、文学の相互的な照らし合いが語られてはいるが、文学の優位はあくまでも保たれている。IIIにいたって、ついにこの優位に揺さぶりがかけられる。第一巻以来のひそかな目論見が巻頭の「批評と創作」によって初めて公然と言挙げされたあと、それまでは〈レペルトワール〉シリーズへの収録が見送られてきた美術批評が堰を切ったように流れ込み、本数において文芸批評と肩を並べる。加えて二十一点の図版が収録され、それらが本文との対応を無視して年代順かつ機械的に二点ずつセットで並べられることで、冒頭の一篇を除いて二篇ずつセットになっている本文に並行し、通常の挿絵本におけるがごとく挿絵が本文に隷属せず、一定の独立性を与えられている。

ここに暗示されている文学と絵画の対等性は、しかし、この巻では正面切って言語化されない。もちろん、ルソー論〔「世界の果ての島」〕、ディドロ論〔「運命論者ディドロとその主人たち」〕、ブルトン論〔「七面体へリオトロープ」〕において彼らと絵画および挿絵との関係が考察されているし、アポリネール論〔「アポリネールのための無の記念碑」〕は、話し言葉を書き言葉に統合する企てを通して同時性をいかに表現するかという問題がこの詩人において浮上し、カリグラムにいたる理路を再現している。文字が意味を伝える透明な媒体と見做されていればこそ、本書収録の「タイプライター礼賛」でも論じられるがごとく、文字を書く「手」が抑圧されて文学は純粋な精神と同一視されえたわけであるが、巻末に置かれた「文学、耳と目」は、そうして非肉体化した文学に、音楽性と絵画性という肉体を回復させ、三つの芸術を統合する楽譜状の書物という構想に発展させる。言い換えれば、文学そのものの優位には揺さぶりがかけられても、諸芸術統合の「器」は依然として書物なのであって（確かに巨大な書物としての複合施設の構想が語られはするものの、図書館や劇場の発展形態にすぎない）、諸芸術の対等性が意味するところが突き詰められるにはいたっていなかった。

すなわち、ここまでであればソルボンヌの旧守派にもぎりぎり許容できなくもないという限界にIIIは達していたのだが、それを踏み越えてはいなかった。ビュトール自身の作家活動の中核をなす「移動」と文学の関係についてさまざまな角度から考察をめぐらせるエッセイ「旅とエクリチュール」に幕を上げる本書は、限界の向こう側へ一歩踏み出す。「絵画のなかの言葉」および「百頭女の語ること」でイメージと文字の関係を直接論じるとともに、絵画の文学性（「変容」「陰険な者たちのパレード」）、文学の絵画性（「ヴィヨンの韻律法」「ヒエログリフとサイコロ」「螺旋をなす七つの大罪」）を個別論においてこれまでになく焦点化するのである。この点で最も重要な収録作は当然、「絵画のなかの言葉」ということになる。本作の初出にあたるスキラ版単行本の訳者である清水徹は、末尾に触れて「言語活動がなければイメージは存在しないのではないかという、たぶんまだ充分な解明はなされていない根源的な問いがうっすらと素描されている」（「ビュトールにおける文学と絵画——解説にかえて——」、『絵画のなかの言葉』〔一九七五年、新潮社〕、一九八ページ）と述べる。しかし、〈レペルトワール〉をIから読み進めてきたうえで、本巻の二番目の収録作に到達した者の目には、それまで徐々に浮上してきた諸芸術の対等性がまさしくこの「根源的な問い」に帰結せざるをえないどころか、それ以上に踏み込んで、この逆（イメージがなければ言語は存在しない）もまた然りであって、各芸術はほかの芸術の助けを借りずしてその意味作用を十全には発揮しえず、したがって、各芸術の自立性なるものは——ひいては、それらを仕切る境界なるものは——所詮幻想でしかなく、あらゆる芸術作品はそれ自体、どれほどの完成度に達しようとも断片にすぎない、という論理的帰結に導かれざるをえなくなる。

　考えてみれば、『モビール』にしろ、『聖マルコ大聖堂の描写』にしろ、『毎秒六八一万リットルの水』にしろ、アメリカ合衆国、聖マルコ大聖堂、ナイアガラの滝の言語的対応物を建設し、対象に置き換わろうとしていたわけではなく、対象とともに読まれることが望まれている点で〈レペルトワール〉収録の批評的エッセイと共通していた。当然、〈レペルトワール〉各巻を構成する二十一篇のそれぞれも断片であり、清水の解説から孫引きをすれば、「真の書物、正しい書物は、必然的にそれ自体が廃墟であり、発見を行う荒廃なのだ。詩人が提示できるのは破片の総体だけだ。破片は互いに遠ざかりつつ、表現しえないすべてを、それらの間に発見させるのだ」（中野芳彦訳「さかさまのバベル」、〈レペルトワールII〉、二二四ページ）から、この長大なエッセイを単独で読んだときには「うっすらと素描されている」にすぎないものが、〈レペルトワール〉という場においてその潜在性を顕わにするのである。

　各巻もまたそれ自体が断片であることはいうまでもなく、IとIIがいずれも幻に終わった著作の別の形での「実現」であるというポジティヴな言い方をIIIの解題ではしたが、三部構成のIは反復論の廃墟、二部構成のIIは小説『双子たち』の廃墟であるというほうが適切であっただろう。IIIはといえば、冒頭の一篇に加え、二篇ずつセットで合計十一部に細かく分けられることで断片性が強調されているのであって、他方、このIVは、収録作の長短の著しい違い、トーンの違い——ゾラ論（「実験小説家エミール・ゾラと青い炎」）のような手堅い文芸評論、エロルド論（「変容」）のような五〇年代の旧作、スンドマン論（「ちょっとした合図」）のような外国文学に関するエッセイなど、Iを思わせる要素があり、ボードレールを素材に新しい詩を生み出す装置（「ボードレール小品《オプスクルム・ボードレリアヌス》」）やロートレアモン（「短編映画ロートレアモン」）を主題とした短編映画のシナリオのような二次創作、モデル論（「モデルの深淵で」）やモード論（「流行《モード》と現代人《モデルヌ》」）のような新しい主題、自分自身の顔との関係や書く行為をめぐる私的エッセイ（「私の顔について」「タイプライター礼賛」）のような新しい要素がある——によって断片性が演出されているように思われる。文学、ひいては言語活動一般の優位の否定、博士論文《テーズ》的なエクリチュールの理想である統一性を解体させる断片のエクリチュール、この両者がそれぞれ内容と形式として完全に照応し合い、本書をこの上なく反ソルボンヌ的な書物としている。

全体の構成としては、原論的な最初の二篇〔「旅とエクリチュール」「絵画のなかの言葉」〕に続き、フランスの作家や詩人を取り上げる八篇が続き、マックス・エルンストのコラージュ小説における〝二次的〟な言葉の役割を分析する十一番目のエッセイ「百頭女の語ること」が蝶番となって、美術そのほかのさまざまな主題をめぐったうえで最後の原論〔「今日、あれこれと本をめぐって」〕をもって締めくくられる後半の二部構成になってIIの構成に立ち戻っているように見え、事実として、その構成に合わせるためだろう、十六番目のバルト論「魅惑する女」以降、対象の年代順という原則が大きく崩されている(この点は後述する)。ディフェランス社のビュトール全集第三巻の付録に写真が掲載されている著者自筆の目次案によれば、十八番目には当初、クロソウスキー論「臣従の誓い」ではなく、一九七一年七月にスリジー＝ラ＝サルで開催された学会「ヌーヴォ・ロマン、昨日、今日」のために書かれた「いかにして私のいくつかの本は書かれたか」が置かれていた。また、IIIと同じく、本書の元本にも図版が収録されているが、二十一点ではなく、二十点になっている。著者がフランスを留守にしていたあいだに図版を担当したミニュイ社のイレーヌ・ランドン(ジェロームの娘)の手違いによるものか、ビュトール自身の意図によるものか、その点は不明である。掲載順のリストは以下のとおりで、対応するエッセイが必ずしも明らかではない図版、対応関係が推測できても本文で直接言及されていない図版が散見され、図版の独立性が相対的に高められている趣きがある。IIIでは原書掲載の図版を全点再録したが、本書では、二十点という数が著者の意向に拠るものか定かではなく、また掲載箇所に迷う図版もあることから全点再録にはこだわらなかったことをお断りしておく。掲載順のリストは以下のとおりである。

(1)ギザのピラミッド(2)ジョットー《慈愛》(3)ファン・エイク《ヘントの祭壇画》(4)ボス《聖アントニオスの誘惑》の中央パネル〔以上、「絵画のなかの言葉」内に挿入〕(5)ブリューゲル《謝肉祭と四旬節の喧嘩》(6)ブリューゲル《フランドルの諺》(7)ホルバイン《ゲオルク・ギーゼの肖像》(8)ジャン・グージョン《ポリフィルの夢》〔以上、「ヒエログリフとサイコロ」と「フーリエにおける女性的なもの」のあいだに挿入〕(9)レンブラント《サウルとダビデ》(10)ダヴィッド《マラの暗殺》〔以上、「ヒエログリフとサイコロ」内に挿入〕(11)ドラクロワ《マドモワゼル・ローズ》(12)マネ《ゾラの肖像》〔以上、「フーリエにおける女性的なもの」と「螺旋をなす七つの大罪」のあいだに挿入〕(13)クレー《ローザ・シルバーの声の織物》(14)マックス・エルンスト『百頭女』より《ローマ》〔以上「短編映画ロートレアモン」内に挿入〕(15)ミロ《蝸牛　女　花　星》(16)エロルド《シャーマン》〔以上「実験小説家エミール・ゾラと青い炎」内に挿入〕(17)デュフール《六八年五月のポスター》〔デュフールのデッサンにビュトールの詩「フリック・フラック」が書き込まれたリトグラフによるポスターで、一九六八年の五月革命の際に作成されたもの〕(18)コラージュ《ボードレールの肖像》〔以上「ジルベール・ル・モーヴェの七人の女」内に挿入〕(19)スタインバーグ《家族の肖像》(20)ジョルジュ・ド・ラ・トゥール(?)《読書する聖ヒエロニムス》〔以上「変容」内に挿入〕

では、各収録作に簡単に触れておく。

❖旅とエクリチュール

学術誌「ロマン主義」にお題とともに依頼されたこのエッセイを、多忙のせいもあってビュトールは書きあぐね、一九七二年一月一日付ペロス宛書簡で「断念しなければならなくなるのではないかと思う」と珍しく弱音を吐いていたが、ブイユで山荘を借りて家族と休暇中の同年四月に書き上げている。一九八〇年四月に朝日出版社の招きでビュトールが来日した際に準備された二篇の講演原稿「文学と夜」「テクストとしての都市」〔ともに〈レペルトワールV〉に収録〕のそれぞれに「ビュトールの他の文章を組合せて《夢》および《都市》を主題とする本を編む」〔清水徹「あとがき」〕ことになった際、後者に相当する『中心と不在のあいだ——都市と世界と』〔朝日出版社、一九八三年〕に、本エッセイの清水徹による邦訳が収録された。〈レペルトワール〉各巻の劈頭に置かれるのは、ビュトール自身の作家としての営為を省察し、理論化したエッセイであることが原則となっており、ちょうど準備中であった〈レペルトワールII〉以降の〈土地の精霊〉が大判化し、それぞれに異なる場所を扱った紀行的エッセイを第一巻のようにただ並べるのではなく、断片化してページ単位で配列するようになった理論的背景が語られている。

❖絵画のなかの言葉

本エッセイは、「ヒエログリフとサイコロ」と同様、一書をなすほど長く、いずれも実際に単行本として刊行されていたエッセイであり、前者については後に単独で文庫化もされている。重複を厭わずあえてこれらの長編エッセイが再録されているのは、〈レペルトワール〉の一部となることで射程が鮮明になるからだろう。逆に、同じく単行本化されている『エッセイをめぐるエッセイ』は、第三巻への再録を検討されながら見送られ、本書および続く第五巻にも再録されなかった。「絵画のなかの言葉」の倍以上という長さが端的にその理由であろうが、モンテーニュ『エッセイ』が〈レペルトワール〉全体にとって事後的にモデルとなったことから〔〈レペルトワール〉収録エッセイの合計数一〇五は『エッセイ』の章数より一つ少ない事実をビュトールは指摘する一方で、〈10/18〉文庫の編集長から『エッセイ』再刊に序文を書くよう依頼されるまでは、モンテーニュが「自分向きの作家ではない」〔アミール・ビグラリ『言語によって世界を変形する』〕と思っていたと述べている〕、〈レペルトワール〉収録によって自己言及的なこの側面が強調されてしまい、礼を失することになるからであるとも考えられる。

❖ヴィヨンの韻律法

本書が準備された時点における最新作にして、アクロバティックな展開が際立つ一篇である。文学作品を縦と横という二次元においてのみならず、高さないし奥行きを加えて三次元的に捉えるという発想（ここで提唱されているようなヴィヨンの読み方を真に実現するには、電子媒体によるしかあるまい）は、ビュトールにとって真剣に戯れるべき相手が制度としての長編小説からイデオロギーとしての書物へと変わって以降、特に前景化したように思われる（〈レペルトワールII〉所収「物体としての本」ならびに本書収録の「今日、あれこれと本をめぐって」参照）。しかもこの場合、ヴィヨンの詩句を素材として大伽藍を建設するにあたって、基礎となる「石材」は、詩句の音節数という水平方向の音響と行数という垂直方向の視覚性を同一視する操作によって得られている。要するに、音楽と絵画の対等性の論理がここには働いているわけである。その上でビュトールがヴィヨンの詩篇に加える加工は、訳注でも解説されているように、牽強付会とも思われる強引なものだ。しかし、それによってヴィヨンの超絶技巧の魅力がいっそう際立つことも確かなのであって、ある書き手の全作品を暗記するほど読み込み、みずからのうちに融解させたそれを再構成する際、引用に改変を加えることも厭わずにいわばビュトール化してしまう一方で、ビュトール自身も対象の中に融解してしまう、という国家博士号審査の場でみずから明かした手法がここで最高度に実践されている。プルースト論や「ボードレール小品《オプスクルム・ボードレリアヌス》」、エルンスト論同様、献辞の宛先に直接呼びかける書簡体が介入しているのも（〈レペルトワールIII〉のルソー論を除き）既刊三巻にあまりなかった特徴である。

❖ヒエログリフとサイコロ

本書収録作中、最大の長さを誇るこのエッセイは、ラブレーの五部作、〈レペルトワール〉全五巻に合わせるように五章構成で、「五への敬礼」をもって締めくくられる。第二章第二節g、第三章第二節aおよびb以外は、複数の雑誌に分散して発表され、ドゥニ・オリエ（美術批評家ロザリンド・クラウスの夫、邦訳に『ジョルジュ・バタイユの反建築』〔水声社〕）との共著『ラブレーまたはそれは冗談だった』に、本書収録のそれと概ね同じヴァージョン（ただし、第四章第一節「諸言語」、第五章第二節のaの最後に異同や加筆が目立つ）が読まれる。ラルース社の叢書〈テーマとテクスト〉の一冊として一九七二年に刊行されたこの共著は、大学の教材に用いられることを前提に、オリエによる時代背景や後世の受容に関する概説がビュトールの本文各節のあいだにイタリックで挿入され、それは、ビュトールの「前書き」によれば、「われわれが知るとおりのラブレー、われわれのカリキュラムを横切るこの学校的亡霊に対し、再生するテクストが驚くべき新鮮さで炸裂するのだが」、「現在の学識が挙げた成果のエッセンスをもって」この亡霊を「祓いのける」ことに成功している（実際には、オリエのテクストにビュトールはまったく満足できず、徹底的に手を加えたとペロスに打ち明けている）。また、〈レペルトワールII〉所収「ラブレー」の途中まで（一四一ページの四行目の第一文まで）が序章に置かれ、その直後の、出版をめぐる時系列的概要が第一章に一種の注として挿入され、そのあとの部分は第三章の冒頭に流用されているほか、三章を除く各章の前にカルヴァン、ユゴー、ミシュレ等の引用が掲げられている。

第二章第二節ｆが初出のように「ことわざ」ではなく、「またしてもことわざ」と題されているのは、「絵画のなかの言葉」でブリューゲル《ネーデルラントの諺》を論じた箇所を受けている。民衆言語の諸側面のうち、身振りと発声の等価的結びつきが絵画に対応物を見出し、絵画と音楽の対等性に転じられることで、直前のヴィヨン論にこだまを返す。数字の役割に注目が払われる点もヴィヨン論（そしてモンテーニュ論）と共通しているが、音節、詩行、詩節の数といった形式的次元ではなく、アラビア数字の視覚性やサイコロ、架空の建造物といった内容的次元における数が問題とされている。ガストン・バシュラールを指導教授に「数学と必然性の観念」と題した修士論文を提出したビュトールにとって、数字は完全言語の夢を体現し、ラブレーにとってのヒエログリフに対応していた。この後者は、肉体の基本的欲求に「接地」しつつ、表意性（絵画性）と表音性（音楽性）を統合してバベル以前への回帰を目指すが、絵画、音楽、そして数字がそうであるように、それぞれの地域に固有の歴史的背景に縛られているのであって、不透明な「厚み」を抱えざるをえない。作品の総体を通して巨大なヒエログリフの構築を目指すと同時にそこに含まれる「厚み」を明らかにすることこそ、パリ大学神学部《ソルボンヌ》の「火」に怯えながら、ラブレーが命懸けで行っていたことだとすれば、本エッセイの反ソルボンヌ性は、オリエとの共著を審査対象に含めて授与された国家博士号を否定したパリ大学文学部《ソルボンヌ》によってお墨付きを得たことになる。アルバカーキ滞在中の一九七四年、はじめから穴のあいた手漉き紙を用いるウクライナ出身の画家アーニャ・スタリツキーと共同制作された『古いソルボンヌの中庭における火刑台用の燐寸』には、公教育省の諮問委員から受け取ったばかりの通知と本エッセイの冒頭が組み合わせられている。

❖フーリエにおける女性的なもの

ビュトールのフーリエへの関心は、本エッセイの冒頭で触れられているように、アンドレ・ブルトンにさかのぼる。一九六七年に初めて刊行された『愛の新世界』に熱狂した作家は、翌年に勃発した五月革命に参加した際、ジャック・エロルドと共同制作したポスターに「シャルル・フーリエに一票を！」という文言を書き込み、七〇年には『風の薔薇――シャルル・フーリエのための三十二方位』を刊行している。ラブレーにおいては、教会による性の管理に対する糾弾、それに代わる性の社会への別様の統合が探られるにとどまっていたとすれば、ここでは、「男女の真なる平等」の貫徹によるあらゆる適合的な組み合わせの開花というユートピアが展開される。執筆直後には、「フーリエに関する罰課を最後までやり遂げた（『産業的新世界』の序文）。あまり大した成果にならなかった」（一九七二年一月三十一日付ペロス宛書簡）と自己評価したこのエッセイをそれでも本書に収録したのは、諸芸術の対等な断片性に基づく補完関係という本書のヴィジョンがフーリエのそれと完全に一致しているからではないか。今日のいわゆる「包括書法」（フランス語の男性形優位を回避する表現法）につながるような発想をフーリエに見ているのも興味深く、本書の後半で浮上する女性性のテーマ（特に「モデルの深淵で」）がなお捉えられている男性優位の発想に対する自己批判にもなっている。

❖螺旋をなす七つの大罪

フローベールは、とりわけその『ボヴァリー夫人』と『感情教育』が「ヌーヴォ・ロマン」の先駆けとされることがしばしばあり、アラン・ロブ＝グリエとナタリー・サロートはこうした見方を追認している。これに対し、二〇一四年に刊行されたインタビュー『言語で世界を変形する』のなかで、ビュトールは、フローベールの作品のうち、リアリズム（すなわち先の二作）の外に出た部分を特に好んでいると述べ、彼にとっての最重要作品は『聖アントニオスの誘惑』であると断言している。彼にとってリアリズムの教材はあくまでバルザックなのである。それだけに、「羊歯の葉状体にも似て、無数の粒子ないし胚芽の束、すなわち世界が、新たな螺層または新たな夜明けを成すことを可能にするための加速装置」として最終的に聖アントニオスが形象化されるという本エッセイの結論が、〈レペルトワールII〉巻頭の「長編小説《ロマン》と詩」の結語を導き出す次の一文と響き合っている事実は注意を惹く。「それゆえ、長編小説《ロマン》の内的構造は、その小説が出現する場である現実の構造と通底していなければならず、この葉状体にとっての胞子なのだ」。最高に優れた芸術家＝演出家としての悪魔が、幻灯の連続投影の効果を最大限になしえたがゆえに誘惑に失敗する初稿および第二稿から第三稿への書き換えに伴って、誘惑の諸形象が、フローベール自身の文学活動を図式化しつつ、「現実に面してわれわれが応ずるべき挑戦」に変容し、したがって高次のリアリズムを実現していく過程をたどってみせる。ビュトールはこの後、一九八二年から翌年にかけての年度でフローベールに関する講義をマインツ大学とジュネーヴ大学の双方で行い、一九八四年に『フローベールをめぐる即興演奏』としてまとめている。〈即興演奏〉シリーズのこれが記念すべき第一巻であった。

✣ボードレール小品《オプスクルム・ボードレリアヌス》

複数の要素をいかに並べるか、というフローベール論の問題は、ビュトール自身の作品においても常に問われているわけだが、「ボードレールへのオマージュ」と題したイジー・コラージュの展覧会の図録用に書かれたこのテクストは、コラージュを用いるコラージュの手法をボードレールの詩作品に適用し、新たなヴァリエーションを生み出しながらその仕組みを説明し、読者に別のヴァリエーションを生み出すよう誘う。各詩行の独立性の高さゆえに、ばらばらに解体できるボードレール作品は、各作品を分ける境界と作品内で詩行を分ける境界が等質であり、したがって複数の作品に由来する要素をコラージュして別の作品を生み出せる。ビュトールにとってボードレールの『パリの憂愁』は理想の作品の一つだった。複数の散文詩からなり、「すべてが、代わる代わる互いに、頭であり同時に尻尾」であるというこの作品の原理がボードレールの通常の詩作品にも当てはまることを、ビュトールはここでパフォーマティヴに示している。『パリの憂愁』に範を取ったビュトール作品として、「ジュネーヴのボードレール」(初出一九八八年、翌年刊行の『前味III』に再録)があることを指摘しておく。

✣短編映画ロートレアモン

本編の元になったシナリオの執筆をビュトールに依頼したジャック・キュピソノフは、ガリマール社の編集者ジョルジュ・ランブリックスの友人だったため、その縁でこの話が持ち込まれたらしい。ビュトール本人は計画自体の「ありえなさ」に惹かれて依頼を引き受け、一九七〇年六月頃からロートレアモン再読を開始し、十二月には執筆を終えている。その過程で『ポエジー』について別にエッセイを書く意欲を覚えたものの実現にはいたらず、ロートレアモンに関する作品はこの一篇にとどまった。『マルドロールの歌』第一歌第九詩節(「老いたる大洋」)の引用は、元俳優のジョルジュ・ペロスが朗読。ペロスのほか、イジドール・デュカスの略伝を読み上げるナレーター、ポール・レスペス役の老人の計三人が声を担い、潮騒や汽笛、砲声(イジドール・デュカスがこの世を去ったのは、ナポレオン三世の第二帝政を終わらせた普仏戦争でパリがプロイセン軍に包囲されていた時期にあたる)が加わって音声パートを形作る。映像パートには、当時の写真資料のほか、とりわけ『ポエジー』からの引用を構成する文字が含まれる。映画の出来栄えにビュトールは意外にも満足しているが、イメージ、音、文字がそれぞれの役割を平等に分担するように意図されていることは、こうしてテクストとして読みながら映画を想像するとよりはっきりする。なお、ビュトールが制作に関与した映像作品としては、ほかにラン大聖堂に関するドキュメンタリー映画『ロクス・ルキス』(一九九〇)、北京の近代美術館で開催されたロダン展に取材した『彫像たちの道』(一九九三)などがある。

❖実験小説家エミール・ゾラと青い炎

本エッセイは、メダンのゾラ記念館でなされた講演の文字起こしに大幅な加筆をし(詳細は訳註を参照)、第一章を新たに加えてなったものである。ビュトールによるモノグラフィの対象となった十九世紀の小説家(ヴェルヌ、バルザック、ユゴー、そして第五巻のスタンダール)のうち、明らかに彼が最も重要視しているのはバルザックであり、次いでユゴーであるとすれば、ビュトール自身の作品との類縁性を感じさせるのはヴェルヌとゾラであろう。パリの集合住宅を描いた第一作『ミラノ通り』を書いた時点では『ごった煮』を読んでおらず、『モビール』を書いた時点では『ある変人の遺言』を読んでいなかったことに象徴されるように、この類縁性は単なる影響関係ではなく、より本質的なものだった。また、一九八八年から翌年にかけての年度にジュネーヴ大学で「最後のゾラ」と題した講義を行い、〈ルーゴン＝マッカール叢書〉以後の連作〈三都市〉と〈四福音書〉を論じ、代表作である前者よりも、最近までその陰に隠れていた後二者に積極的な関心を示しており、確かに〈三都市〉第一作の『ルルド』には、『心変わり』や『段階』に通じる側面がある。

❖ジルベール・ル・モーヴェの七人の女　もう一つの七面体

ビュトールのプルースト論としては、〈レペルトワールⅠ〉所収の「マルセル・プルーストの「瞬間」」、〈レペルトワールⅡ〉所収の「プルーストにおける架空の芸術作品」に続いてこれが三本目となり、いみじくも本人が末尾で本作を指して「批評的な奇想《カプリッチオ》」と述べているとおり、過去二作に比べて遊戯的な印象を与え、「肩書きや博士論文がある正真正銘の教授たち」に対する挑発にすら及んでいる(ファタ・モルガナ版に加筆された後半部に含まれるこの箇所だけ読むといささかおふざけがすぎるのではないかと思われもするが、この時期のビュトールとアカデミズムの関係を考慮する必要がある)。過去二作がプルースト作品の方法を対象としていたのとは異なり、本エッセイの対象がその物語としての側面、素材、すなわち主として社交界における「軽薄」な人間関係であることが大きい。そこに「七つ組み」を読み込んでいくゲームに打ち興じるビュトールは、その時点ですでに生真面目な学者たちをからかって楽しんでいる趣きがある。しかしそれ以上に重要なのは、この軽やかな遊戯性が『失われた時を求めて』全編を貫いている遊戯性に触発された結果なのであって、この小説をつい深刻に読んでしまいがちなわれわれ一般読者に向けられた一種の警告となっていることだ。特に文学研究者としては文学的自家中毒に対する一種の解毒剤として本作を服用したい。

❖百頭女の語ること

ここまでの十篇が本書の「前半」に相当し、二篇の原論を受けて八篇が連続して広義のフランス文学に当てられていた。とはいえ、分量的には、蝶番に相当する本作に引き続く「後半」の約三倍もあり、さらに、プルーストを十九世紀の作家にあえて分類すれば、二十世紀をもっぱら扱う「後半」では、フランス文学に加え、フランスとアメリカの同時代画家、現役だったスウェーデン作家、そしてモデルやモードが論じられる。さらに、ビュトール自身との親交が深い作家や画家（バルト、クロソウスキー、エロルド、デュフール）が目立ち、前半でもときおり唐突に顔を出した私的な語り（ヴィヨン論やフローベール論）が前面に出てくる。「前半」は二篇ずつセットになっているようにも読めるが、「後半」は必ずしもそうはなっておらず、年代順の原則もテーマを優先して崩されている、等々、両者のあいだには対称性よりもコントラストが仕組まれている（バルト論で非相称が問題になるのも偶然とは思えない）。

挿絵と本文の完全な対等性の原理に基づく制作を行なったエルンスト以上に、本書の要が任されるのにふさわしい芸術家もいない（一九四五年に初めて活字になったビュトール作品が詩「マックス・エルンストへの部分的オマージュ」であったことも思い出しておこう）。「三」による「二」の統合という〈レペルトワールII〉で浮上したテーマは、ここで一つの解を見出す。絵画（それ自体、異なる書物に付された挿絵に由来する断片の遭遇による）と文学は、本という場において対等な邂逅を果たす。文字と絵にとって本は「そぐわない背景」とはいえないのではないか、と咄嗟に思ってしまうのは制度がもたらした錯覚にすぎず、エルンストにおいてはむしろ、絵におけるコラージュ、文章におけるコラージュ、その双方のコラージュがそれらにとって本がもつ「そぐわなさ」を意識させ、そのことが読者自身の「参加」を促すのだ。短文ではあるが、この頃から本格化していく画家たちとの共同制作を理解する上でも重要なエッセイといえる。

❖変容

本書収録作のなかでは最も早く、〈レペルトワールI〉の刊行とほぼ同時期に発表されたエッセイである。エロルドと親交のあったビュトールは、一九六八年の五月革命の際、エロルドやデュフールと共同でポスターを制作しており、後者とのそれが本書元版に掲載されていることはすでに紹介した。発表時点までのエロルドの足取りを簡潔に素描し、その内発的なプロセスの帰結として、イメージが言葉を生み出し、そのことでイメージに新たな運動が吹き込まれるという往復＝対話が前景化する。エロルドは、複数の作家・詩人と共同制作を展開し、ビュトールとの共作としては、『三界の対話』（一九六七）『魅惑する女たちの政治』（一九六七、巻物状の作品）『ジャック・エロルドの透明な巨人の到来を早めるためのささやかな私的儀式』(一九七二)『活人画』(一九八〇)『シルフィード』(一九八〇)などがある(『ミシェル・ビュトールと画家たち　100の本・100の美術空間展』参照)。

❖陰険な者たちのパレード

「ニューヨーカー」誌を舞台に活躍したイラストレーター、スタインバーグの作品集『仮面』収録のデッサン、そして何より、紙袋製の「仮面」を被った画家の友人たちの肖像写真を少し眺めるだけで、ビュトールがこれらに魅せられたことに自ずと納得がいく。「モビール」ほどではないにせよ、「仮面」はビュトールのキーワードの一つであり、複数の登場人物たちという「仮面」を次々に取り替えるのが小説家である以上、不完全な断片としての「仮面」自体が「モビール」でもある。複数の「仮面」をもち、そのうちの多くを他者と共有しているわれわれは、孤立したただ一つの人格ではありえない。この基本認識の射程をエッセイごとに、そして巻を追って段階的に意識化していく過程として〈レペルトワール〉を捉え直すことも可能だろう。

❖ちょっとした合図

ベルリン滞在中の一九六四年、スンドマンの仏訳者ビュールストロムが『遠征』に序文を書くようビュトールに依頼してくる。「そう、ビュールストロムにスンドマンの序文を書く約束をした。なにに巻き込まれていることやら！　いつになったら僕は断るってことを知るんだろうかね」と十二月四日付ペロス書簡にはある。ビュトールは方々から舞い込む原稿依頼を基本的に断らず、「罰課《パンソム》」と呼んで引き受けていたが、この依頼にはとりわけそうした気味合いがあった。実際、知り合い以外には同時代の作家について書かれたエッセイがほとんど見当たらず、しかも翻訳を通してしかアクセスできない作家が対象となるときわめて異例であって、そのせいもあってか、〈レペルトワールI〉所収のいくつかのエッセイに通じるような、ビュトールにしては慎重な書き方となっており、周囲からやや「浮いている」(それこそがこのエッセイを本書に収録した理由の一つかもしれない)。しかしたとえば、探検家と原住民「通訳」の問題は、「旅とエクリチュール」でも再度論じられているし、作家にとって場所を変えること(とりわけ「辺境」に身を置くこと)の意義を考察するための好個な事例をスンドマンは提供している。雑誌「レアリテ」一九六五年八月号に発表された「ミシェル・ビュトールが今年読んだ最良の三冊についてコメントする」でも『遠征』が挙げられている。

❖モデルの深淵で

エロルド論に次いで古い本エッセイの初出時のタイトルは「ベルナール・デュフール」、現行タイトルは副題となっていた。かつての画家のようにアトリエにモデルを呼ぶことが必要になる場合がある、とデュフールから直接聞いたことを出発点に書かれたため（「アトリエにおけるベルナール・デュフールとの会話」、雑誌「眼」一〇〇号、一九六三年四月）、当初はもっぱらデュフールを念頭に書かれ、そのように読まれることが意図されていたと思われる。しかし、タイトルからデュフールの名が消えて献辞に移されると、その名に対する言及をまったく含んでいない本文は、現代美術におけるモデルの状況に一般化され、直後のバルト論およびモード論、そしてクロソウスキー論で（フーリエ論に続いて）焦点となる「女性性」の復権（多くの専門的職業を指す名詞に女性形がないフランス語では、女性が多いはずのモデルという職業にすら男性形しかない）が力強く主張される代わりに、フランス語には元々男性形しか存在しない「画家」を男性に固定している点が気がかりになる。

❖魅惑する女《ひと》

一九六七年の春から数カ月かけて『モードの体系』を読んだビュトールは、直ちにこの本に関するエッセイの執筆を計画する。この計画はそのままの形では実現されず、バルトの著述全般に関わる本エッセイとモード論が生まれることとなった。ロラン・バルトは一九一五年生まれなので、生年順でいえば、スタインバーグ（一九一四年生まれ）とスンドマン（一九二二年生まれ）のあいだに置かれなければならない。それが無視されたのは、モード論とカップリングしたうえで、モデル論（「透視のための女性＝物体」という来るべきモデルは、バルトのエクリチュールの果てに現われる「魅惑する女《ひと》」に通じている）とクロソウスキー論（文学としての女性＝ロベルト）のあいだに置くというテーマ連関が重視されたためであろう。

ビュトールとバルトとの関係については、ティフェーヌ・サモワイヨ『評伝ロラン・バルト』（桑田光平ほか訳、水声社、二〇二三年）に以下のような記述が読まれる。「ビュトールとはミドルベリー・カレッジで出会い、急速に親しい間柄となっていた。彼らの書簡が疑似家族的な関係を証明しており、それぞれが近親者の健康を心配していた。〔…〕バルトは、ビュトールに対して、文学についてのカウンセラー、すなわち、進行中の計画案についての主要な対話者の役割を担っており、〔…〕彼はビュトールの足取りと『野生の思考』におけるレヴィ＝ストロースの足取りとを比較し、あるねばり強い探究を明かし立てていると述べている。「さまざまなできごとの断片同士の組み合わせを試しながら意味が生まれ、それらのできごとを倦むことなく関数に変容させることで構造が構築されるのだ」」（二九八－二九九ページ。最後の引用は『モビール』を擁護した「文学と不連続」より）。ただし、ビュトール自身の証言によれば、ジョルジュ・ランブリックスの紹介で彼がバルトと知り合ったのは（ミドルベリー・カレッジに二人がいた一九六〇年ではなく）一九五三年のことだった。二人はすぐ親しくなり、十歳以上年長のバルトは、職を斡旋したり、ビュトール一家が休暇先(『モードの体系』が書かれたアンダイユ)で宿泊する家の手配を手伝ったりした。「文学的な不連続性が価値を持つのは唯一、それが世界のなめらかさへと通じるときだけなのだ」というビュトールの言葉は、先の引用文中のビュトールの詩学を見事に捉えた引用への応答になっており、二人のあいだの文学的共感を証し立てている。事実、ビュトールから事前に校正刷りを受け取ったバルトは、大変喜んでいたという。また、ビュトールに献呈した『彼自身によるロラン・バルト』(一九七五)の扉に、バルトは「以下に続くこと(ナルシシスティックすぎないことを願う)に対する多くのお詫び、古い友情を込めて、ロラン・バルト」と書き込んでいる。

✣流行《モード》と現代人《モデルヌ》

モードを言語活動《ランガージュ》として捉えるというバルトの発想を受け、それを文学論に転じていく本エッセイは、本書収録作のなかで最も難解であるが、それだけに読み応えがある。いくらバルトの著作がヒントになったとはいえ、この分野にまで筆が及んでいたことには改めて驚かざるをえないが、小説、とりわけ十九世紀のリアリズム小説という勝手知ったる領域において事細かに描写される衣服が果たしている記号としての役割をベースに論を組み立てているため、論の運びに危うさの印象は一切なく、着地はこれしかありえないと思わせる見事さである。

ちなみに、ビュトール自身はある時期からサロペットしか着用しなくなり、トレードマークとなったこの衣装を作っていたのは本エッセイを捧げられているマリ＝ジョ夫人であった。ビュトール夫妻が一九八九年に移り住み、終の住処となったオート＝サヴォワの小村リュサンジュの邸宅は、増改築された広いスペースの一階が夫人のための裁縫用アトリエ、二階がビュトールの書斎となっていた。

✣臣従の誓い

ビュトールは第二次世界大戦中、ドイツ占領下のパリで神学者マリ＝マドレーヌ・ダヴィと知り合い、ラ・フォルテル城で非合法的に開催されていたシンポジウムに参加、そこで知り合ったミシェル・カルージュの家でクロソウスキーと知り合う(時期ははっきりしないが、パリ解放の前後のことである)。このダヴィやマルセル・モレ(カルージュとビュトールをヴェルヌ再評価に導いたカトリック神秘主義者)を中心とするサークルにクロソウスキーも属しており、ビュトールによれば、そのときのことを書いた小説が『中断された召命』であるという。本エッセイの最初のヴァージョンはまさに「ある中断された召命」と題され、直前に出たクロソウスキーの小説『バフォメット』が批評家賞を受けた際、この選択に抗議して選考委員を辞任したロジェ・カイヨワの文章とともに一九六五年六月十九日付「ル・モンド」に掲載された。

その五年後、「ラルク」誌のクロソウスキー特集号への寄稿を依頼されたビュトールは、多忙を理由にこの旧稿を再録しようとしたものの、結局はかなり書き直す羽目になった。一般読者向けの導入や『バフォメット』に関する説明的なくだりが消され、三人称が二人称に書き直され、議論の精度が上げられて本エッセイがなった。すでに述べたように、当初の目次案ではここに「いかにして私のいくつかの本は書かれたか」が置かれる予定になっていた。差し替えの理由は明らかでないが、自作解説より親密な語り口がこの位置に必要とされた、ということなのかもしれない。

✣私の顔について

本エッセイは「仮面」というテーマにおいてスタインバーグ論と呼応し、また、その都度入れ替わっていく断片として相互に補完し合う儚い「仮面」のイメージは、各巻二十一篇の断片において語り手が次々に異なる「仮面」を着用する本シリーズにいかにも見合っており、直前のクロソウスキー論を受けるように、何よりビュトールのいわば「オフ」の声をより強く感じさせる。

✣タイプライター礼賛

ビュトールは執筆に関わる新しいテクノロジーの導入に積極的な作家だった。ごく初期のエッセイおよび小説以外はタイプライターを使用し、晩年には、インターネットこそ利用しなかったものの、パソコンを執筆に活用していた（ノートに書いた草稿断片をパソコンで清書していくという手順）。とはいえ、ここで注目されているのはむしろペンの方で、なぜならば、手作業の簡略化によってよりいっそう手の抑圧を招きそうなタイプライターのおかげで、それ以前の手で書いていたペンの時代に手に加えられていた抑圧の大きさが、ひいては、その後の手の解放がかえって強く感じられるようになるからだ。書くこと＝画面上の文字を見ることが久しく当たり前になってしまい、その潜在性を眠らせたままにしているわれわれの目に、ビュトールと画家たちによる共作のうち、豪華本以上に、積極的に「貧しい」手書き本がひときわ新鮮に映るゆえんであろう。

✣今日、あれこれと本をめぐって

既存の紙媒体をなぞることしか知らない今日の電子書籍とはまったく異なる「電子書籍」を夢想する第一章に始まる本エッセイは、そうした可能性を開花させるには、まず「われわれが今なお知るとおりの本というこの荒削りな下書きに働きかけること」の重要性を力説する（逆にいえば、現状の電子書籍は、こうした努力がビュトールの孤軍奮闘に終わったことの結果ともいえるかもしれない）。制度やイデオロギーの加えてくる抑圧の力を逆用するビュトールは、文学を制覇した長編小説《ロマン》から、キリスト教に基づく西洋文明の中核的イデオロギーたる書物へとターゲットを移していく。すでに〈レペルトワールII〉の「物体としての本」において書物の現象学的考察が試みられていたが、本エッセイはさらに広い文脈に書物を置き直し、その可能性を抑圧しているさまざまな区分けを次々に論じていき、最終的には、個々の本を互いに孤立させ、自立性を与えているように見える境界に及ぶ。

本書はMichel Butor, *Répertoire IV*, Paris, Éditions de Minuit, 1974の全訳である。ただし、既刊の三巻と同様、ディフェランス社から刊行された全集版も適宜参照し、引用等の体裁はそちらに合わせた。「旅とエクリチュール」におけるシャトーブリアンの引用文中のタッソ『解放されたエルサレム』大尾の原文解釈について霜田洋祐氏、「ちょっとした合図」におけるスウェーデンの人名や地名の表記について大鋸瑞穂氏からそれぞれ貴重なご教示を賜った。この場を借りて深謝申し上げたい。

本来なら一年早く刊行する予定だったので、お待たせしてしまったことを読者各位にまずはお詫び申し上げる。分量もさることながら、長短、論じ方がさまざまに異なることで監訳者が対応に苦慮したことが最大の原因である。

この遅れに相当する二〇二三年度の一年間、立教大学から在外研究を許された監訳者は、ビュトールが教壇に立ったジュネーヴ大学に研究員として迎えていただき、弓状になったレマン湖の端にあるこの街に滞在することができた。フランスに囲まれているので、トラムに乗れば二十分ほどで国境を越えられる。十七番線の終点アンヌマスでタクシーに乗り、七百メートルほど上がるとリュサンジュに着く。ジュネーヴとレマン湖を見下ろすテラスのような教会前の広場、そこから少しだけ上に行ったところにある三階建ての石造の家、それがビュトールの旧宅〈隔離《ア・レカール》〉である。アンヌマス地域圏が所有するこの家は、現在、アーチストレジデンスになっており、監訳者は、季節を変えて合計一カ月ほどここに滞在するという幸運に恵まれた。スーパーすらなく、郵便局、バーとレストランが一軒ずつ、あとはビール醸造所くらいしかなく、麓のアンヌマスか週末の市場で買いだめを余儀なくされるこの村での生活は、今思い出しても心が躍る。ビュトールの寝室で眠り、その台所で自炊し、「本の館《マノワール》」に通って彼の残したリーヴル・ダルチストを手に取る日々は、今は亡き主人の歓待を受ける日々だった。「人は生きていた時と同じように死んでいる」という小沢信男の言葉をこれほど実感したことはない。この時の経験を最終第五巻に少しでも活かせられれば、そしてパリでお目にかかる機会を得たビュトールの次女アニエスさんの激励の言葉に応えられればと切に念じている。

著者略歴

ミシェル・ビュトール［Michel Butor／一九二六－二〇一六］

フランスの小説家、詩人、批評家。フランス北部モン＝ザン＝バルールで生まれる。ヌーヴォー・ロマン（Nouveau Roman）の作家の旗手のひとりと目される。一九五六年、小説第二作『時間割』（*L'emploi du temps*）でフェネオン賞（le Prix Fénéon）を受賞、翌年一九五七年第三作目の『心変わり』（*La Modification*）でルノドー賞（le Prix Théophraste Renaudot）を受賞し注目を集めた（主人公に二人称代名詞〈vous〉を採用した小説作品として有名）。一九六〇年に四作目の『段階』（*Degrés*）を発表後は小説作品から離れ、一九六二年『モビール――アメリカ合衆国再現の習作』（*Mobile. Étude pour une représentation des États-Unis*）を皮切りに空間詩とよばれる作品を次々と発表し始める。画家とのコラボレーション作品は数多く、書物を利用した表現の可能性を追求し続けた。文学をはじめ絵画、音楽などを論じた評論集『レペルトワールⅠ～Ⅴ』（本書を含む全五巻で完結）がある。

監訳者略歴

石橋正孝［いしばし・まさたか］

一九七四年、横浜生まれ。東京大学大学院総合文化研究科博士課程単位取得退学、パリ第八大学大学院博士課程修了、博士(文学)。現在、立教大学観光学部准教授。専門は十九世紀フランス文学(ジュール・ヴェルヌ)。著書に『大西巨人　闘争する秘密』(左右社)、『〈驚異の旅〉または出版をめぐる冒険――ジュール・ヴェルヌとピエール＝ジュール・エッツェル』、『*Michel Butor : à la frontière ou l'art des passages*』(共著、ディジョン大学出版局)、『あらゆる文士は娼婦である――19世紀フランスの出版人と作家たち』(共著、白水社)、『鳥たちのフランス文学』(共著、幻戯書房)など。訳書にミシェル・ビュトール『レペルトワールI［1960］』『レペルトワールII［1964］』『レペルトワールIII［1968］』(監訳、幻戯書房)、『ジュール・ヴェルヌ〈驚異の旅〉コレクションII　地球から月へ　月を回って　上も下もなく』(インスクリプト)、レジス・メサック『「探偵小説」の考古学――セレンディップの三人の王子たちからシャーロック・ホームズまで』(監訳、国書刊行会)がある。

翻訳者略歴

荒原邦博［あらはら・くにひろ］

一九七〇年、東京都生まれ。東京大学大学院総合文化研究科博士課程単位取得退学。パリ第四大学大学院博士課程ＤＥＡ修了、博士(学術)。現在、東京外国語大学大学院総合国際学研究院教授。専門は近現代フランス文学、美術批評研究。著書に『プルースト、美術批評と横断線』(左右社)、『ジュール・ヴェルヌとフィクションの冒険者たち』(共著、水声社)、訳書にＪ・ヴェルヌ『ハテラス船長の航海と冒険』(インスクリプト)、ミシェル・ビュトール『レペルトワールI［1960］』『レペルトワールII［1964］』『レペルトワールIII［1968］』(共訳、幻戯書房)、マリー・ダリュセック『ここにあることの輝き――パウラ・M・ベッカーの生涯』(東京外国語大学出版会)がある。

岩下綾［いわした・あや］

一九七九年、東京都生まれ。パリ第四大学大学院博士課程修了、博士(文学)。現在、慶應義塾大学准教授。専門は十六世紀フランス文学(フランソワ・ラブレー)。訳書にG・ヴィガレロ編『感情の歴史I』(共訳、藤原書店)、E・コバスト『１００の神話で身につく一般教養』(共訳、白水社)、A・イズリーヌ『ダンスは国家と踊る――フランス　コンテンポラリー・ダンスの系譜』(慶應義塾大学出版会)、ミシェル・ビュトール『レペルトワールII［1964］』(共訳、幻戯書房)がある。

上杉誠［うえすぎ・まこと］

一九八四年、東京都生まれ。東京大学人文社会系研究科欧米系文化研究専

攻博士課程単位取得退学。パリ第三大学博士課程修了、博士。現在、慶應義塾大学文学部助教。専門は十九世紀フランス文学（スタンダール）。訳書に、ミシェル・ビュトール『レペルトワールⅠ［1960］』『レペルトワールⅢ［1968］』（共訳、幻戯書房）、共著書に、『フランス文学を旅する60章』（明石書店）がある。

小川美登里［おがわ・みどり］

一九六七年、岐阜県生まれ。カーン大学にて博士号取得。現在、筑波大学人文社会系准教授。専門は現代フランス文学。著書に *La musique dans l'œuvre littéraire de Marguerite Duras*, *Voix, musique, altérité: Duras, Quignard, Butor*（いずれもラルマッタン社）、パスカル・キニャールとの共著に、*Le Havre-Nagasaki*（エルマン社）、『ル・アーヴルから長崎へ』（水声社）。訳書に、クリスチャン・ドゥメ『三つの庵——ソロー・パティニール・芭蕉』（共訳、幻戯書房）、個人訳に『楽園のおもかげ』『静かな小舟』『落馬する人々』『謎——キニャール物語集』『いにしえの光』『秘められた生』、共訳に『さまよえる影たち』（いずれも〈パスカル・キニャール・コレクション〉、水声社）がある。

笠間直穂子［かさま・なおこ］

一九七二年、宮崎県生まれ。東京大学大学院総合文化研究科博士課程単位取得退学。現在、国学院大学文学部教授。フランス語近現代文学研究、仏日文芸翻訳。著書に『文芸翻訳入門』（共著、フィルムアート社）、『文学とアダプテーション』（共著、春風社）、『鳥たちのフランス文学』（共著、幻戯書房）など。訳書に、マリー・ンディアイ『心ふさがれて』（インスクリプト、第十五回日仏翻訳文学賞）、モーパッサン『わたしたちの心』（岩波文庫）、C・F・ラミュ『詩人の訪れ　他三篇』（〈ルリユール叢書〉、幻戯書房）、ジャン・フランソワ・ビレテール『北京での出会い　もうひとりのオーレリア』（みすず書房）、ジル・クレマン『第三風景宣言』（共和国）などがある。

倉方健作［くらかた・けんさく］

一九七五年、東京生まれ。東京大学大学院人文社会系研究科博士課程退学後、同研究科で博士号（文学）取得。現在、九州大学言語文化研究院教授。専門はヴェルレーヌを中心とする近代詩。共著に『カリカチュアでよむ19世紀末フランス人物事典』、『あらゆる文士は娼婦である——19世紀フランスの出版人と作家たち』（以上、白水社）、訳書にポール・ヴェルレーヌ『呪われた詩人たち』（〈ルリユール叢書〉、幻戯書房）、ミシェル・ビュトール『レペルトワールⅠ［1960］』『レペルトワールⅡ［1964］』『レペルトワールⅢ［1968］』（共訳、幻戯書房）、ピエール・ブルデュー『知の総合をめざして　歴史学者シャルチエとの対話』（共訳、藤原書店）がある。

三枝大修［さいぐさ・ひろのぶ］

一九七九年、千葉県生まれ。ナント大学博士課程修了、博士（文学）。現在、成城大学経済学部教授。専門は近代フランス文学。共著に『モダニズムを俯瞰する』（中央大学出版部）、『フランス文学を旅する60章』（明石書店）、『ジュール・ヴェルヌとフィクションの冒険者たち』（水声社）、『鳥たちのフランス文学』（幻戯書房）など。訳書にジュール・ヴェルヌ『シャーンドル・マーチャーシュ　地中海の冒険［上・下］』（〈ルリユール叢書〉、幻戯書房）、ミシェル・ビュトール『レペルトワールⅠ［1960］』『レペルトワールⅡ［1964］』（共訳、幻戯書房）などがある。

篠原洋治［しのはら・ひろはる］

一九五九年、愛知県生まれ。慶應義塾大学大学院経済学研究科博士過程単位取得退学。パリ第八大学博士課程ＤＥＡ（哲学）取得。現在、早稲田大学政治経済学部非常勤講師。専門はシャルル・フーリエを中心とする近代思想史。共著に『近代思想のアンビバレンス』（御茶ノ水書房）、訳書にルネ・シェレール『ドゥルーズへのまなざし』（筑摩書房）がある。

田中琢三［たなか・たくぞう］

一九七三年、兵庫県生まれ。東京大学大学院総合文化研究科博士課程単位取得退学、パリ第四大学大学院博士課程修了、博士（文学）。現在、お茶の水女子大学准教授。専門は近代フランス文学、比較文学。共編著に『高畑勲をよむ　文学とアニメーションの過去・現在・未来』（三弥井書店）がある。

福田桃子［ふくだ・ももこ］

一九七八年、神奈川県生まれ。東京大学大学院人文社会系研究科博士課程単位取得退学、パリ第四大学大学院博士課程修了、博士（文学）。現在、慶應義塾大学経済学部准教授。専門は十九世紀・二十世紀フランス文学（マルセル・プルースト）およびフランス映画。著書に『*Les femmes tutélaires dans À la recherche du temps perdu: approche intertextuelle de la figure de la servante*』（オノレ・シャンピオン）、『鳥たちのフランス文学』（共編、幻戯書房）など。訳書に、ミシェル・ビュトール『レペルトワールⅠ［1960］』『レペルトワールⅡ［1964］』『レペルトワールⅢ［1968］』（共訳、幻戯書房）、ジェラール・マセ『フォルチュニのマント』（水声社）がある。

堀容子［ほり・ようこ］

一九七四年、山梨県生まれ。東京大学大学院人文社会系研究科博士課程単位取得退学。現在、中央大学文学部非常勤講師。専門は現代フランス小説。訳書に、ミシェル・ビュトール『レペルトワールⅢ［1968］』（共訳、幻戯書房）、ジャック・ランシエール『無知な教師――知性の解放について』（共訳、法政大学出版会）がある。

三ツ堀広一郎［みつぼり・こういちろう］

一九七二年、神奈川県生まれ。早稲田大学大学院文学研究科博士後期課程修了、博士（文学）。現在、東京科学大学リベラルアーツ研究教育院教授。専門は現代フランス文学。訳書に、ミシェル・ビュトール『レペルトワールⅠ［1960］』『レペルトワールⅡ［1964］』『レペルトワールⅢ［1968］』（共訳、幻戯書房）、ドミニク・ラバテ『二十世紀フランス小説』（白水社）、レーモン・クノー『ルイユから遠くはなれて』（水声社）、フィリップ・ソレルス『本当の小説　回想録』（水声社）、アンドレ・ジッド『法王庁の抜け穴』（光文社）がある。

ミシェル・ビュトール評論集
レペルトワールⅣ［1974］

二〇二五年一月七日　第一刷発行

著　者　ミシェル・ビュトール
監訳者　石橋正孝
発行者　田尻　勉
発行所　幻戯書房
郵便番号一〇一‐〇〇五二
東京都千代田区神田小川町三‐十二　岩崎ビル二階
電　話　〇三(五二八三)三九三四
ＦＡＸ　〇三(五二八三)三九三五
ＵＲＬ　http://www.genki-shobou.co.jp/

印刷・製本　中央精版印刷

定価はカバーの裏側に表示してあります。

ISBN978-4-86488-312-2　C1098

ミシェル・ビュトール評論集『**レペルトワール**』既刊（I・II・III・IV）・続刊（V）——目次内容

❖二〇二一年以降、各巻ごとに、年一回の刊行予定です。

❖全巻購入の方に特典冊子『*Itérologie butorienne*』を差しあげます。

❖続刊の目次項目は仮題です。

I レペルトワール

❖探求としての長編小説《ロマン》
❖錬金術と言語
❖ジョン・ダン『魂の遍歴』について
❖ラシーヌと神々
❖妖精たちの天秤
❖『クレーヴの奥方』について
❖バルザックと現実
❖『反復』
❖《一つの可能性》
❖『人工楽園』
❖『賭博者』
❖至高点と黄金時代
ジュール・ヴェルヌのいくつかの作品を通して
❖マルセル・プルーストの「瞬間」
❖レーモン・ルーセルの手法について
❖サイエンス・フィクションの成長とその危機
❖ジョイス群島探査にあたっての事前の小周航
❖フィネガンのためのある敷居の粗描
❖エズラ・パウンドの詩的実験
❖ウィリアム・フォークナー「熊」における親族関係
❖弁証法的自伝
❖ロワヨーモンでの発言

III レペルトワール

- 長編小説《ロマン》と詩
- 音楽すなわちリアリズム芸術
- 長編小説《ロマン》の空間
- 「家具の哲学」
- 長編小説《ロマン》における人称代名詞の使用
- 長編小説《ロマン》における個人と集団
- 長編小説《ロマン》の技術をめぐる探求
- ページについて
- 物体《オブジェ》としての本
- いわゆる「一二一人」宣言について
- 批評家と公衆
- ラブレー
- 『模範小説集』
- 『危険な関係』について
- シャトーブリアンと旧アメリカ
- 貧しき縁者
- さかさまのバベル
- 小説家ヴィクトル・ユゴー
- ブーレーズによるマラルメ
- プルーストにおける架空の芸術作品
- 「テル・ケル」誌への回答

III レペルトワール

- 批評と発明
- 考古学について
- 場所
- 細かく見た一枚の絵
- アンブロジアーナ絵画館の《籠》
- 世界の果ての島
- 運命論者ディドロとその主人たち
- 富嶽三十六および十景
- 「　地方のパリジャンたち」
- 闇から出る声と壁をとおして滲み出る毒
- インクの芽生え
- クロード・モネあるいは反転された世界
- 子どもの頃の読書
- 絵画の間の連続性
- アポリネールのための無の記念碑
- 正方形とその住人
- 七面体ヘリオトロープ
- ニューヨークのモスクまたはマーク・ロスコの芸術
- ヘラクレスの視線のもとで
- オペラすなわち演劇
- 文学、耳と目

V　レペルトワール

- どうやって思いついたんですか
- 文学と夜
- テクストとしての都市
- 安住の地もなく
- パンタグリュエルの仲間たち
- アポカリプス
- ベルナルディーノ
- 寓話の泉をめぐるシャルル・ペローとの対話
- 暦の公転
- スタンダールに関する半音階的幻想曲
- プルーストと感覚
- 亡命の言語
- モンドリアンの展開をめぐるトリプティック
- クリスチャン・ドトルモンと雪
- 寄港地をめぐる一週間
  あるいは夜の曲がり角での七つの耳の物語
- 空なるかな　アルプ・マリティーヌ県での会話
- 眼の欲望
- ドンファンのための素材《マチエール》
- アメリカ合衆国でのドン・ジュアン
- 妖精モーガンのアトリエで
- レペルトワール

〈ルリユール叢書〉
子供時代

ナタリー・サロート
湯原かの子＝訳

ヌーヴォー・ロマン作家サロートが到達した、伝記でも回想でもない、まったく新しい「反＝自伝小説」。「私」と「あなた」の対話ではじまる、ことばとイマージュと記憶の物語。本邦初訳。

四六判変型ソフト上製／三八〇〇円

〈ルリユール叢書〉
魂の不滅なる白い砂漠
詩と詩論

ピエール・ルヴェルディ
平林通洋・山口孝行＝訳

シュルレアリスムの先駆的存在と知らしめた〈イマージュ〉から孤高の存在へと歩を進めた詩人の初期から晩年に至る三十篇の「詩」、本邦初訳「詩と呼ばれるこの情動」他「詩論」四篇、E・グリッサンのルヴェルディ論を収録。

四六判変型ソフト上製／三二〇〇円

〈ルリユール叢書〉
部屋をめぐる旅 他二篇

グザヴィエ・ド・メーストル
加藤一輝＝訳

フランス革命の只中、十八世紀末のトリノで、世界周游の向こうを張って四十二日間の室内旅行を敢行、蟄居文学の嚆矢となったグザヴィエ・ド・メーストル「部屋をめぐる旅」他小説二篇、批評家サント＝ブーヴによる小伝を収録。

四六判変型ソフト上製／二九〇〇円

〈ルリユール叢書〉

みつばちの平和　他一篇

アリス・リヴァ
正田靖子＝訳

二十世紀スイス・ロマンド文学を代表する女性作家アリス・リヴァ――告白体の軽快な「女性の文体」で〈女の生〉を赤裸々に綴った、時代に先駆けたフェミニズム小説の表題作と、名もなき者たちの沈黙に言葉を与える詩的散文『残された日々を指折り数えよ』を収録。本邦初訳。

四六判変型ソフト上製／二四〇〇円

〈ルリユール叢書〉

三つの物語

スタール夫人
石井啓子＝訳

ナポレオンとの政治的対立から追放されながら、個人の自由と寛容を重んじ、政治的リベラリズムを貫き通したスタール夫人――奴隷制度廃止宣言の翌年に刊行された、三角貿易の拠点セネガル、アンティル諸島、ル・アーヴルを舞台にした三人のヒロインたちによる「愛と死」の理想を描く中編小説集。本邦初訳。

四六判変型ソフト上製／二四〇〇円

〈ルリユール叢書〉

聖ヒエロニュムスの加護のもとに

ヴァレリー・ラルボー
西村靖敬＝訳

ジョイス、ホイットマン、バトラーら英米文学から中南米文学、伊文学まで〈世界文学の仲介者〉として多言語の文芸を翻訳したコスモポリタン作家ヴァレリー・ラルボー――聖ヒエロニュムスの論考を筆頭に、五百余名の文人をめぐり翻訳の理念、原理、技法がエッセイで説き明かされる翻訳論の白眉。本邦初訳。

四六判変型ソフト上製／四五〇〇円

好評既刊（各税別）

〈ルリユール叢書〉
シャーンドル・マーチャーシュ
地中海の冒険〈上・下〉
ジュール・ヴェルヌ
三枝大修＝訳

『海底二万里』『八十日間世界一周』を凌駕し、ジュール・ヴェルヌの小説シリーズ〈驚異の旅〉の中でも最大級のスケールを誇る、狂瀾怒濤の海洋冒険物語。上巻は、全五部のうち第三部第四章までを収録。下巻は、第三部第五章から第五部最終章までを収録。エッツェル版挿絵全点を掲載した新訳決定版。

四六判変型ソフト上製／上巻三七〇〇円・下巻四二〇〇円

〈ルリユール叢書〉
昼と夜　絶対の愛
アルフレッド・ジャリ
佐原怜＝訳

アポリネール、ブルトン、レーモン・クノー、イヨネスコ、ボリス・ヴィアンら二十世紀フランスの前衛作家たちに多大な影響を与えた、不条理の作家アルフレッド・ジャリ――兵役体験における生と存在を夢幻的に描く『昼と夜』、催眠術によって新しい世界を創造しようとする『絶対の愛』の小説二篇を収録。

四六判変型ソフト上製／三三〇〇円

〈ルリユール叢書〉
モン＝オリオル
ギ・ド・モーパッサン
渡辺響子＝訳

レジャーと治療、自然のスペクタクル、社交と娯楽、投機と事業、源泉所有権をめぐる資本所有者たちのたくらみと諍い、恋愛と姦通――温泉リゾート「モン＝オリオル」を舞台に種々様々な人間たちの感情が絡み合う、モーパッサンが描く一大〈人間喜劇〉。

四六判変型ソフト上製／三五〇〇円

〈ルリユール叢書〉

稜線の路

ガブリエル・マルセル

古川正樹＝訳

人間に潜む根源的欺瞞を暴き出し、非現実を現実に変えてしまう秩序転倒の現代を告発し、在るべき世界秩序を啓示する――『形而上学日記』の哲学者・劇作家ガブリエル・マルセルの哲学思想を先導する〈筋書きの無い演劇〉にして、マルセル戯曲作品の頂点を極めた全四幕の悲劇。本邦初訳。

四六判変型ソフト上製／三五〇〇円

〈ルリユール叢書〉

戦争

ルイ＝フェルディナン・セリーヌ

森澤友一朗＝訳

二十世紀のスキャンダル作家セリーヌの死後六十年の時を経て発見され、「二十一世紀の文学史的事件」と国内外で話題を呼んだ幻の草稿群のひとつ、『戦争』――『夜の果てへの旅』に続いて執筆された未発表作品にして、第一次大戦下の剝き出しの生を錯乱の文体で描き出した自伝的戦争小説が本邦初訳で登場！

四六判変型ソフト上製／二五〇〇円

〈ルリユール叢書〉

ガリバー

クロード・シモン

芳川泰久＝訳

『フランドルへの道』『ファルサロスの戦い』『農耕詩』など、前衛的、実験的小説作品を発表した〈ヌーヴォー・ロマン〉の代表作家クロード・シモン――シモン独自の書法で紡がれた、第二次大戦末期の、とある日曜日の出来事の〈居場所のなさ〉をめぐる初期の長編小説。本邦初訳。

四六判変型ソフト上製／四五〇〇円